上

감사하고, 또 감사합니다♡

손끝에 빛나는 나비

上

이은비 지음

R&Moon

목차

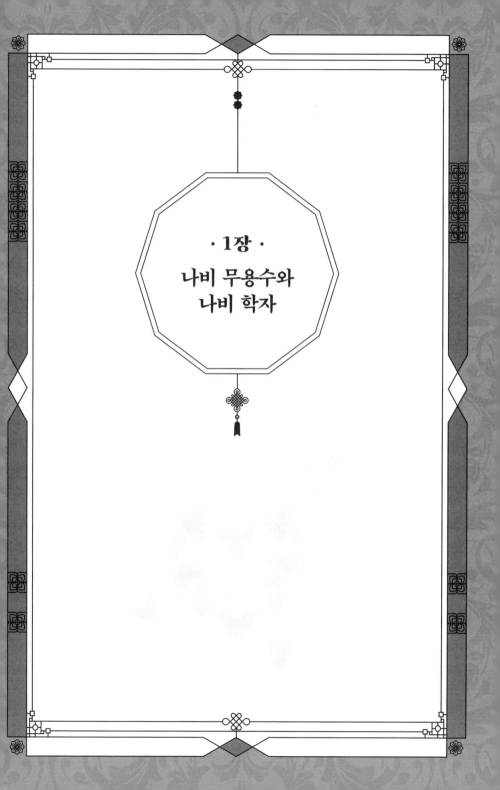

· 1장 ·

나비 무용수와
나비 학자

흙바닥을 긁는 발소리가 거칠게 귀를 긁었다. 그 소리가 날 때마다 몸 곳곳에서 동시다발적으로 통증도 느껴졌다.

"후…."

이를 악물어도 신음이 새어 나오는 건 막을 수 없었다. 시야는 어지러워 밤의 어둠과 불빛이 점토처럼 뭉개졌고, 피로 엉겨 붙은 옷은 움직일 때마다 빳빳하게 몸을 할퀴었다.

그래도 나는 걸음을 멈추지 않았다. 아니, 멈출 수 없었다.

'임무를 완수할 때까지… 절대 멈춰서는 안 돼.'

탁, 타다닥, 타닥! 그때 멀지 않은 곳에서 누군가 도망치는 소리가 들렸다. 그 역시 적지 않은 부상을 입었는지 땅을 밟는 소리가 심히 불규칙했다. 나는 마지막 힘을 짜내어 그 소리를 따라갔다. 마침내 우체국의 붉은 벽돌담에 기대어 있는 사내가 보였다.

"크윽… 젠장! 이 끈질긴 자식들!"

타이로 소스케. 악랄하고 잔악무도하기로 소문난 헌병 대좌. 그는 우리 민족에게, 이 나라 조선에 평생 씻지 못할 죄를 범한 악인이었다.

'그리고 나에게 가장 소중한 이를 죽인…'

분을 참지 못하고 오른손에 든 마우저 권총을 꼭 쥐었다. 팔뚝에서 욱신거리는 통증이 느껴지며 뜨거운 것이 왈칵 팔을 타고 흘러내렸다.

"멈춰! 더 다가오면 쏴버릴 테다!"

소스케가 총을 겨누며 마지막 발악을 했다. 아까의 폭발로 그 역시 서 있는 것조차 힘겨운 상태였지만, 과연 헌병 대좌까지 올라간 인물의 독기는 그리 약하지 않은 모양이었다.

"하찮은 조선인 계집년이! 감히 나를 이렇게 만들고도 네년이 무사할 것 같아?"

"곧 죽을 주제에 말이 많아."

"으아아악, 닥쳐!"

소스케의 총에서 발사된 총알이 연이어 내 옆으로 빗겨 갔다. 제대로 조준조차 하지 못하는 꼴이라니. 저런 인간에게 동지들이 죽었다는 생각에 더욱 분이 차올랐다. 찰칵, 찰칵. 결국 총알을 남발한 소스케의 총에서는 빈 탄창 소리만 났다. 이제 놈의 질긴 목숨도 여기서 끝이었다.

"타이로 소스케."

나는 천천히 팔을 들어 목표물을 향해 총을 조준했다.

"조선 민족의 이름으로, 그리고 네 손에 죽어간 나의 수많은 동지와…"

그의 이름으로.

"너를 처단한다."

탕! 탕! 탕!

총구 끝에서 번쩍인 세 번의 섬광. 그와 함께 소스케의 몸이 발작하듯 튀어 올랐다. 급소에 제대로 총을 맞은 소스케는 핏발 선 눈으로 나를 노려보다가 그대로 쓰러졌다. 귀를 찢는 총성이 사라진 자리에는 먹먹한 적막만이 남았다.

나는 텅 빈 허공을 바라보다가 이내 천천히 팔을 떨궜다. 총이 묵직한 소리를 내며 땅으로 떨어졌다. 그와 함께 눈물이 흘러내렸다. 한 방울씩 흘러내리던 눈물은 이내 비처럼 쏟아져 내려 볼과 옷, 그리고 땅을 적셨다.

이토록 쉬운 일을 이제야 끝냈다. 우리의 적은 죽었는데 조선의 적은 죽지 않았다. 모든 것을 잃었는데도 나는 이렇게 두 발로 서 있다. 이제 돌아갈 곳도 없었다.

"흐윽, 흐으윽…!"

천천히 허물어진 나는 바닥에 엎드린 채 울음을 토해냈다. 감은 눈꺼풀 너머로 선명히 떠오르는 한 남자의 얼굴은 나를 더욱 괴롭게 만들었다.

"다 끝났으니까…. 흐윽, 이제 와주면 안 돼요?"

예전처럼 잘했다고, 다시 내 머리를 쓰다듬어주면 안 돼요? 경성의 불빛 아래 춤추던 그날처럼. 봄밤, 꽃비 아래 입맞춤하던 그날처럼. 당신이 나에게 사랑한다 말하던 그날처럼….

"나 좀 데리러 와줘요, 제발…."

그러나 그 밤, 당신은 끝내 나에게 오지 않았다. 영영 내 곁을 떠났음을 각인시키듯이. 당신을 처음 만난 그 순간으로 사무치게 돌아가고 싶었다.

◆ ◆ ◆

4년 전, 1938년 8월.

한여름의 무더위가 늦은 밤까지 이어지는 요즘. 경성에서 제일가는 술집 겸 비밀 댄스홀인 모던 카페는 오늘도 지하에서 화려한 낭만의 불빛으로 무장한 채 시끌벅적한 음악과 웃음소리를 터트리고 있었다. 자리마다 앉은 사람들은 재즈밴드의 흥겨운 음악에 박수 치고 웃고 떠들며 이 순간을 즐겼다. 흥을 이기지 못한 남녀들은 서로 짝을 지어 춤을 추기도 했다. 언제 순사들이 들이닥칠지 모른다는 생각은 모두 술과 함께 삼켰다. 과연 경성의 모던 보이와 모던 걸이 모두 모인다는 소문이 과장은 아닌 모양이었다.

그러나 흥겨운 재즈 음악에도 불구하고, 몇몇 사내는 엉덩이를 들썩이며 무대 저편만 기웃거리고 있었다. 한 사내가 지루하다는 듯 볼멘소리를 터트렸다.

"대체 자네가 말한 양춤 공연은 언제 시작된다는 건가?"

"조금만 더 기다려보게. 곧 있으면 나타샤가 나와서 공연을 시작할 테니."

그 말을 듣고 오갑빠앞머리를 일직선으로 자른 머리 모양 머리를 한 다른 사내가 깜짝 놀라 되물었다.

"나타샤? 신무용가 최승희의 안무를 똑같이 따라 한다는 여인 말인가?"

"아, 그렇다니까. 내 누이랑 처남이 양춤을 좋아하여 곧잘 공연을 보러 다니는데, 지난주에 나타샤의 공연을 보고는 최승희와 아주 똑같다며 혀를 내두르고 갔다네."

"아무리 그래도 그렇지. 이리 기다리다가 날이 다 새겠네."

"어허, 조금만 기다려보래도?"

사내들의 실랑이가 잦아들 무렵. 모던 카페의 사장인 김만석이 두툼한 배 위로 멘 멜빵을 정리하면서 무대 위로 올라왔다. 밴드의 연주를 중단시킨 그는 홀을 향해 커다란 목소리로 외쳤다.

"신사, 숙녀 여러분! 오늘도 저희 모던 카페에 오신 여러분을 진심으로 환영합니다! 여러분께서 그토록 기다리시는 나타샤와 나비들이 곧 댄스 무대를 선보일 예정이니 조금만 더 기다려주시면 감사하겠습니다."

만석의 말에 사내들이 일제히 환호성을 내질렀다.

"나타샤! 나타샤! 나타샤!"

기대에 부푼 사내들은 곧 한목소리로 나타샤를 부르기 시작했다. 실로 엄청난 열기였다.

모던 카페의 홀이 그네들의 '나타샤'로 가득 찬 그 시각. 무대 뒤편에 마련된 작은 대기실에서는 일곱 명의 여인이 그 함성을 듣고 있었다. 그 중 제일 앞에 선, 누가 봐도 나타샤일 수밖에 없을 만큼 화려하게 꾸민 여인이 도도한 눈빛으로 뒤를 봤다.

"다들 실수 없도록 조심해. 너희 중 한 사람만 실수해도 내 모든 춤을 망쳐버릴 수 있으니까."

"네, 언니."

나타샤의 한마디에 나머지 여섯 여인이 대답했다. 그 가운데에서 소혜 역시 고개를 끄덕였다. 소혜는 나타샤의 '나비들' 중 막내로, 주인공 나타샤를 돋보이게 하기 위한 들러리였다. 손님들은 잘 봐주지도 않건만, 나타샤의 나비들은 '나타샤의 완벽한 무대'를 위해 손가락 하나까지 각도에 맞춰 움직여야 했다.

'연습한 대로만 하면 돼. 연습한 대로만.'

소혜가 허리를 꼿꼿하게 세우며 긴장을 삼켰다. 몇 번을 서도 무대는 늘 떨렸다.

"나타샤와 나비들, 큰 박수로 맞이해주시길 바랍니다!"

만석의 소개에 따라 선두에 선 나타샤가 한껏 미소 지으며 총총총 걸음을 옮겼다. 뒤에 있던 소혜와 나비들도 잇따라 환히 웃으며 그녀의 뒤를 따랐다. 나타샤의 등장에 사내들은 환영의 소리를 내질렀고, 양장을 입은 여인들은 온몸의 선이 고스란히 드러나는 옷에 눈살을 찌푸리면서도 호기심을 지우지 못했다.

곧이어 매끄러운 선율에 맞춰 일곱 여인이 물 흐르듯 움직이기 시작했다. 사람들은 낮은 탄성을 흘리며 서서히 공연에 빠져들었다. 구슬픈 듯, 혹은 청아한 듯 이어지는 선율과 거기에 몸을 맡긴 여인들. 그들의 몸짓은 과연 양춤을 잘 모르는 이들에겐 충격이나 마찬가지였다.

소혜는 다른 나비 무용수들과 함께 나타샤를 에워쌌다가 흩어지기를 반복하며 나타샤를 최대한 돋보이도록 만들었다. 마치 하늘을 날아다니는 선녀와 나비들인 것처럼 팔랑거리던 무용수들은 음악이 바뀌자 신나는 스윙 재즈를 추기 시작했다.

그렇게 10분가량의 추가 공연이 끝난 후. 다시 처음의 선율에 올라탄 나타샤는 나비들에게 둘러싸인 채 아름다운 자세로 마지막 포즈를 취했다. 선율이 멎은 자리를 대신하는 잠깐의 정적. 그리고….

"와아아!"

사내며 여인이며 할 것 없이 모두가 일어나 무용수들에게 박수를 보냈다. 대부분의 찬사는 나타샤를 위한 것이었다. 나타샤는 우아하게 가슴을 가리고 그들의 열렬한 함성을 온몸으로 받았다. 그녀는 홀로 내려가 사람들 사이에 파묻혔다. 함께 공연을 마친 나비들은 그사이에 쓸쓸히 무대

뒤편으로 퇴장해야만 했다.

"후…."

소혜는 차오른 숨을 길게 내쉬었다. 쓰고 있던 금색 가발을 벗어 던지자 땀에 젖은 검은 단발머리가 드러났다.

'오늘도 무사히 공연을 마쳤어.'

소혜에겐 그것이 오늘 하루 중 최고의 다행이었다. 조금이라도 실수를 했다면 나타샤, 그러니까 경림의 매서운 꾸지람을 들었을 테니까.

어깨너머로 본 최승희의 신무용을 제법 그럴싸하게 흉내 낸 공연이 연일 흥행하면서, 경림은 일약 모던 카페 최고의 스타가 됐다. 그 바람에 경림과 함께 재즈 댄스를 공연하던 다른 무용수들은 한순간에 들러리 무용수가 되고 말았다. 다른 무용수들은 그 점에 모두 불만을 토로했다.

"똑같은 무용수인데 왜 경림 언니만 나타샤라는 가명을 써?"

"맞아. 그리고 매 공연마다 혼자만 주인공을 하잖아."

"우리한테도 춤을 좀 더 가르쳐줘서 번갈아 주인공을 맡으면 어디가 덧나?"

"그게 다, 난다 긴다 하는 귀족 자제들 눈에 들어서 정부情婦나 되려는 심산이 아니겠냐고."

그러나 다른 무용수들이 신나게 뒷말을 할 때도 소혜는 조용히 무대용 분장만 지워냈다.

'어차피 가르쳐줘도 다들 못 따라 할 텐데.'

소혜 역시 경림의 거만한 태도가 편치는 않지만, 그렇다고 마냥 싫지만도 않았다. 비록 전문적으로 배운 게 아니더라도 경림의 춤에는 사람을 감탄하게 만드는 힘이 있었다. 제대로 배웠다면 분명 최승희인지 뭐지 하는 그 여인보다 훨씬 잘 췄을 것이다. 게다가 나비들 중에는 외모로나

춤 실력으로나 경림을 대신할 이가 아무도 없었다. 그저 함께 춤을 추는 것만으로도 감지덕지해야 하는 것이다.

물론 주인공이든 뭐든, 소혜에겐 전부 관심 밖의 일이었다. 화려해야 할 무대 위에서조차 남을 위한 장식에 불과한 여인. 꿈도, 미래도 없이 그저 하루하루 살아가기에 급급한 하루살이형 인간. 그것이 그녀, 백소혜의 본모습이었다.

'난 돈만 벌면 그만이니까.'

주인공은 그럴싸한 사람이나 하면 그만이었다.

이윽고 분장을 지워내자 성숙한 여인의 얼굴은 사라지고 앳되고 말간 얼굴만 거울 속에 남았다. 둥근 산을 닮은 유려한 눈썹과 동그랗고 또렷한 눈매. 버선코처럼 앙증맞고도 시원하게 솟은 콧방울과 너무 얇지도, 도톰하지도 않게 적당히 부푼 붉은 입술. 어깨선에서 찰랑이는 머리카락. 여름날의 청량한 바람을 닮은 그녀는 소녀와 여인의 경계에서 묘한 매력을 풍기고 있었다.

'이런 얼굴… 있어봤자 쓸모없어.'

열일곱에 노름꾼 아버지의 도박 값으로 팔려 온 지도 벌써 5년이다. 다행히 아버지의 옛 벗이자 모던 카페 사장인 만석은 인심이 좋은 이였다. 소혜를 불쌍히 여긴 그는 이미 많은 돈을 아버지에게 줬을 텐데도 그녀에게 잠잘 곳과 먹을 것, 그리고 일에 대한 약간의 급여까지 챙겨줬다. 그리고 한평생 있는 듯 없는 듯했던 아버지 대신 소혜에게 새로운 아버지가 돼줬다.

-소혜야, 너는 네 아버지를 원망하면 안 돼.

-아버지는 저를 팔았잖아요.

-네 아버지는 너를 판 게 아니야. 지키려고 한 거야.

만석이 처음이자 마지막으로 아버지에 대해 했던 말이다. 하지만 지금도 여전히 그 말뜻을 알진 못한다. 그저 노름꾼 아비 밑에서 살지 말고 네 손으로 벌어먹어라, 하고 놓아준 걸 감사해야 하나 싶을 뿐이다.

"저는 이만 들어가볼게요."

집으로 돌아갈 채비를 마친 소혜가 자리에서 일어났다. 다른 무용수들은 아직도 경림의 뒷말을 하느라 분장도 그대로였다. 인사를 하는 둥 마는 둥 하는 그들을 뒤로한 채 소혜는 밖으로 나왔다.

"나타샤, 내 잔도 받게."

"나랑 먼저 마셔야지!"

경림을 둘러싼 홀은 분위기가 한층 더 뜨거워져 있었다. 무대에 함께 올랐던 소혜가 지나가도 사람들은 눈길조차 주지 않았다. 당연한 일이었다. 단발머리를 숨긴 빵모자에 낡은 셔츠, 해진 바지를 입은 그녀의 모습은 누가 봐도 왜소한 사내 같았기 때문이다. 카페 여급 취급을 받으며 사내들에게 희롱을 당하고 싶지 않아 선택한 퇴근 복장이었다.

'사장님은 어디 계시지? 인사드리고 가야 하는데.'

주변을 두리번거리던 그때. 난데없이 등을 미는 두툼한 손길이 느껴졌다.

"에잉, 여기에 숙맥이 또 하나 있구면."

"에, 예?"

뒤를 돌아보니 얼굴이 투실한 사내 하나가 사람 좋은 웃음을 지으며 그녀를 밀고 있었다. 술이 오른 건지 두 볼이 불그스름했다.

"부끄러워하지 말게. 우리 나타샤는 모든 이를 반기니까!"

"아, 아니, 전…."

"자, 나와 함께 갑세! 모두 함께 갑세!"

"잠깐, 잠깐만요! 저기요? 저기요오?"

소혜는 있는 힘껏 발끝으로 버텼다. 그러나 술 취한 사내의 힘에 맞서기에는 역부족이었다. 그렇게 억지로 떠밀리다시피 점점 무리 속에 파묻히려던 찰나. 이번에는 커다란 손이 불쑥 소혜의 어깨를 감싸더니 듣기 좋은 중저음 목소리가 등 뒤에서 울렸다.

"애먼 사람을 왜 괴롭히나."

은은한 담배 냄새가 숨결처럼 코끝을 스쳤다.

"아닙니다, 신 선생님. 이자가 나타샤를 보고 싶은지 두리번거리기에…."

"가서 보고 와. 이자는 그만 놓아주고"

그러자 또 다른 이가 능글맞게 웃으며 주정뱅이 옆에 섰다.

"정말 안 갈 건가, 우건? 나도 세호와 함께 저기로 가보려는데."

"흥미 없어. 파묻히는 건 질색이고"

"아하하! 하긴 자네 성격에 여기까지 따라온 것만으로도 감사해야지. 그럼 비루beer나 마시고 있게. 우리는 나타샤를 보고 올 테니."

우건이라는 사내의 손짓에 두 사람은 경림이 있는 곳으로 갔다. 그러나 소혜는 여전히 뻣뻣이 굳은 채였다. 사내의 손이 여전히 제 어깨에 올라앉아 있던 까닭이다. 뜨거운 손의 열기가 그녀의 목덜미까지 홧홧하게 만드는 듯했다.

'얼른 감사 인사나 하고 나가야겠어.'

소혜는 홱 몸을 돌려 그에게 꾸벅 허리를 굽혔다.

"도와주셔서 감사합니다. 그럼 즐거운 시간…."

그리고 고개를 들어 사내와 눈이 마주친 순간. 소혜는 그만 인형처럼 멍하니 멈추고 말았다.

나이는 이제 겨우 서른이나 됐을까. 까맣게 윤기가 흐르는 단정한 흑발 아래에 일자로 짙게 그린 듯한 눈썹이 있었고, 두 눈매는 날카로웠지만 따스한 빛과 밤바다처럼 짙은 어둠이 동시에 어린 눈동자를 품었다. 콧날은 오뚝하고 강직하게 솟았고, 날렵한 턱선은 사내로서 낼 수 있는 미美를 한껏 드러냈다. 무엇보다 얼굴 전체에 흐르는 농염하고도 퇴폐적인 색. 붉은 핏빛을 머금은 입술이 색정적으로 눈을 자극했다. 과연 사람의 넋을 빼앗을 만큼 깊고도 수려한 외모였다.

"보내…."

일순 소혜의 가슴속으로 달콤하고 짙은 연기가 훅 끼쳤다. 연기는 그녀의 폐부 깊은 곳까지 침투해 숨결 하나하나에 생소한 감정을 불러일으켰다. 가슴이 간질거리고, 심장이 빠르게 뛰고, 얼굴이 홧홧하여 현기증까지 날 정도였다. 경성 제일의 밤 명소라 불리는 모던 카페에서 일하며 보이라는 보이는 전부 봤다고 생각했는데. 이처럼 잘생기고 묘한 분위기를 풍기는 사내는 처음 봤다. 아랫배가 저릿해질 만큼 농염한 그의 입술은 너무나도….

"하던 말, 마저 해도 되는데."

"입술이 너무…."

"뭐?"

"네…? 헉!"

저도 모르게 망상에 빠졌던 소혜는 놀란 나머지 고개를 확 숙이고 말았다.

"저, 저는 아무것도 안 본… 아니, 그러니까…!"

얼굴이 금방이라도 터질 것처럼 뜨거웠다. 당장 여기를 벗어나야겠다는 생각이 몸을 움직이게 했다.

"죄, 죄송합니다. 그럼 이만!"

소혜는 황급히 계단을 뛰어 올라갔다. 만석에게 인사를 하고 가야겠다는 생각은 잊은 지 오래였다. 도망치다시피 뛰던 소혜는 카페가 완전히 보이지 않을 때쯤에야 겨우 발을 멈췄다. 어찌나 급하게 달렸는지 숨이 혀 바로 아래까지 차올랐다.

"하아, 하…."

소혜는 연신 숨을 몰아쉬며 가슴에 손을 얹었다. 재즈밴드가 북을 두드릴 때처럼 가슴이 요란하게 쿵쾅거렸다. 이것이 뛰어온 탓인지, 아니면 조금 전 봤던 사내 탓인지 알 수가 없었다. 그저 한없이 어지럽고, 또 어지러웠다.

"기분이 이상해. 엄청 이상해…."

사내를 알지 못하는 소혜로서는 이 표현이 최선이었다. 심장이 터질 듯 부풀어 오르면서 괜스레 숨이 차고 간지러워지는. 눈을 감아도 보일 만큼 가슴속에 누군가의 잔상이 깊게 새겨지는.

여름밤, 짙은 향을 풍기는 이름 모를 꽃이 소혜의 가슴에 피어나는 순간이었다.

◆ ◆ ◆

"소혜."

"…."

"소혜. …백소혜!"

"에, 네?"

멍하니 입을 벌리고 있던 소혜가 흠칫 고개를 들었다. 경림이 뭐 하느냐는 눈초리로 그녀를 보고 있었다. 주위를 둘러보니 다들 모던 카페의 영업 준비로 이리저리 바쁘게 돌아다니는 중이었다. 소혜만 한 손에 기다란 마대를 든 채 멀뚱히 서 있었다.

"뭐 하고 있어? 한창 바쁜 때."

"아…. 잠깐 딴생각이 들어서…."

요즘 들어 소혜는 늘 이 모양이었다. 걸핏하면 넋을 놓기 일쑤였고, 생전 안 하던 잔실수까지 늘었다. 어제는 기어이 무대에서까지 실수하고 말았다. 신우건, 바로 그 사내 때문이었다.

어디를 봐도 그의 모습이 아른거렸고 무엇을 들어도 그의 목소리가 맴돌았다. 기억 속에서 우건의 모습은 몇 번이고 생생하게 되풀이됐다. 무심한 듯 툭툭 던지는 말투는 언제건 날아갈 듯 자유로웠고, 나비처럼 한곳에 머무르지 않을 듯한 시선이 이쪽을 향할 때는 거미줄에 걸리기라도 한 것처럼 옴짝달싹할 수 없었다. 시시때때로 제 혼을 쏙 빼 가는 그 사내 때문에 소혜는 퍽 곤란할 따름이었다.

"한가하면 들어와서 내 머리 올리는 것 좀 도와줘. 다른 애들 손은 야무지지 못해서 못 미더워."

"네, 언니."

소혜는 마대를 한쪽에 치워두고 경림을 따라갔다. 화장대 앞에 앉은 경림은 꽃 모양 장식이 알알이 박힌 머리꽂이 여러 개를 뒤로 건넸다. 가발을 쓴 머리는 하나로 꼭 묶여 있었다.

"머리를 말아서 올린 다음에 사이사이로 꽂으면 돼."

"혹시 아프면 말씀해주세요."

"괜찮으니까 네가 보기에 예뻐 보이는 곳으로 꽂아."

경림은 전적으로 소혜를 믿었다. 다른 무용수들도 몇 번 경림의 단장을 도와줬지만, 까다로운 그녀를 만족시킨 사람은 오로지 소혜뿐이었다. 소혜는 어디에 무엇을 둬야 더 예쁘고 눈에 띄는지에 대한 감각이 뛰어났다. 어릴 적 배운 미술 덕분이었다.

"마음에 드세요?"

머리꽂이를 다 꽂은 소혜가 자그마한 손거울로 뒤를 비춰줬다. 이리저리 제 뒤통수를 살피던 경림은 대답 대신 목걸이와 반지를 골랐다. 표정을 보아하니 마음에 드는 모양이었다.

"너도 청소는 그만하고 얼른 준비해. 무용수 손이 걸레로 더럽혀지면 어디 쓰겠니?"

"네, 언니."

경림은 고맙다는 말 한마디 없이 대기실을 나갔다. 하지만 나가기 전제 머리에 살짝 얹고 지나간 손 덕분일까. 소혜는 희한하게 기분이 나쁘지 않았다.

대놓고 말하진 않아도 경림이 저를 좋게 본다는 사실은 알고 있었다. 오늘처럼 청소 시간에 단장을 핑계로 데려온다든가, 춤 동선을 짤 때 자신을 그녀의 근처로 배치한다는 등이 그 증거였다. 경림은 같은 처지로 이곳에 오게 된 저를 동생처럼 생각하는 듯했다. 얼핏 듣기로는 그녀도 아버지 때문에 이곳에 왔다고 했으니까.

"나도 슬슬 준비해야겠다."

소혜는 화장대 앞에 앉았다. 청소 시간에 경림이 일찍 데리고 나와준 덕분인지 단장을 마치고도 시간이 남았다. 다시 나가서 청소를 돕기에는 애써 한 화장과 머리가 망가질 터. 잠시 생각하던 소혜는 어디선가 종이와 연필을 가져와 다시 화장대 앞에 앉았다. 사각사각, 소혜의 손길에 흑연이 부드러운 소리를 내며 종이 위에 흔적을 남기기 시작했다.

형태 없던 곡선은 점차 하나둘 모여 누군가의 얼굴이 됐다. 반듯하게 넘긴 머리와 사선으로 짙게 뻗은 눈썹. 날렵하지만 그윽한 눈매와 우수에 찬 눈동자, 곧은 콧날. 날렵한 턱선 위로 조금은 파인 듯한 뺨, 그리고 유려한 선의 입술…. 완성된 얼굴은 우건의 얼굴이었다. 그녀에게 난생처음 생소한 감정을 안긴, 바로 그 사내.

그날 우건이 짚었던 어깨가 다시 뜨거워지는 듯했다. 소혜는 그의 손이 얹혔던 어깨에 가만히 손을 얹어봤다. 제 손과 달리 커다랗고, 따뜻하고, 또 부드러운 힘이 실려 있던 손. 평온하게 뛰던 심장이 새처럼 또 파닥거렸다. 그날 처음 느껴봤던 그 달콤한 연기가 다시금 가슴께를 뭉근히 누르며 차올랐다.

"오늘은 오시려나…. 그날 이후로 한 번도 못 뵀는데."

딱 한 번만 더 오셨으면 좋겠다. 그럼 정말 기쁘게 춤을 출 수 있을 텐데. 비록 들러리일지라도, 그분 하나만을 위하여….

때마침 왁자지껄한 소리와 함께 다른 무용수들이 들어왔다. 황급히 그림을 갈무리한 소혜는 자리를 비켜주기 위해 먼저 홀로 나갔다.

◆ ◆ ◆

무대 공연을 마친 후. 셔츠와 바지로 옷을 갈아입은 소혜는 손님들로 가득 찬 홀을 연신 두리번거렸다. 이전 같았으면 공연이 끝나자마자 부리나케 이곳을 빠져나갔을 텐데, 요즘은 이렇게 한참 홀을 둘러보다가 나갔다. 행여나 우건이 왔을까 하는 기대 때문이었다.

'만나면 무슨 이야기를 하려고?'

스스로에게 물었지만 떠오르는 답은 없었다. 기껏해야 그날 도와줘서 감사했다, 정도일까. 사실 그를 찾는다 한들 다가갈 용기도 없었다. 그저 먼발치에서나 한 번 더 볼 수 있길 바랄 뿐이었다.

'안 계시네….'

오늘도 우건은 보이지 않았다. 그와 함께 왔던 동행들도 없었다. 폭, 한숨을 내쉰 소혜는 기운 없이 모던 카페를 빠져나갔다.

지상으로 나오자 여름밤의 후덥지근한 바람이 훅 불어왔다. 소혜는 연신 손부채질을 하며 걸음을 옮기다 멈춰 서서 오른발을 내려다봤다. 아까부터 내디딜 때마다 발목이 살짝 시큰거리던 참이었다. 아무래도 공연을 하다가 발목에 무리가 갔나 보다.

'얼른 들어가서 뜨거운 수건이라도 대고 있어야겠다.'

조심조심하며 다시 길을 걷는데, 어디선가 소란스러운 소리가 들려오기 시작했다.

"거기 서!"

요란한 호루라기 소리 뒤로 거친 말소리가 뒤따랐다. 뒤를 보자 저 멀리 가로등 불빛 아래에 몇몇이 뛰어오는 게 보였다. 앞서 도망치는 세 사내 뒤로 보이는 건 분명 일본 순사들이었다. 세 명은 바로 앞의 교차로에서 각각 방향을 틀어 흩어졌다. 그리고 소혜 쪽으로 방향을 튼 맥고모자의 사내가 코앞으로 왔을 때쯤.

"까악!"

사내는 돌연 소혜의 손목을 낚아 달리기 시작했다. 말 그대로 찰나의 순간 벌어진 일이었다.

"저기요, 저기! 잠시만요!"

아무리 불러봐도 사내는 소혜를 놓아주지 않았다.

"더 빨리 뛰어!"

오히려 소혜를 다그칠 뿐이었다. 아니, 이런 황당한 작자를 봤나. 다짜고짜 잡고 뛰는 주제에 더 빨리 뛰라니? 하지만 사내의 손을 뿌리치기에는 뒤에서 따라오는 호각 소리가 너무 무서웠다. 여기서 손을 놓으면 금방 순사에게 잡힐 것 같고, 그러면 이 사내와 아무런 관계가 없다고 해명한들 믿어주지 않겠지. 끌려가서 분명 엄청난 고초를 겪을 것이다. 어쩌면 고문까지도! 발이 절로 빨라졌다.

'아, 발목이….'

그러나 뛰면 뛸수록 발목의 통증이 점점 심해졌다. 앞서 뛰던 사내도 소혜가 절뚝거린다는 것을 느꼈는지, 힐끗 그녀를 보다가 이내 근처 골목으로 들어갔다. 미로처럼 구불구불한 곳을 몇 번이나 쏙쏙 들어가더니, 그중 가장 좁고 으슥한 곳에 소혜를 데리고 들어갔다. 그러곤 커다란 목판 상자 뒤에 소혜와 함께 몸을 숨기고 앉았다.

"대체, 읍…!"

따지려던 순간, 사내가 소혜를 확 끌어안더니 손으로 입을 막았다. 작은 얼굴이 반이나 그의 큰 손에 가려졌다. 그는 상자 너머로 소혜의 몸이 보일까, 그녀를 더욱 가까이 끌어당겼다. 그 바람에 두 남녀는 어둠 속에서 서로를 끌어안은 꼴이 됐다.

소혜는 놀란 나머지 그대로 얼어붙고 말았다. 공포는 이미 눅진한 공기 속으로 녹아 사라진 지 오래였다. 느껴지는 건 오로지 거친 숨소리와 폐부를 가득 채우는 사내의 체향, 저를 끌어안은 단단한 팔과 너른 품. 그리고 세차게 뛰는 제 심장 소리였다.

입술을 덮은 손바닥에서는 거칠고도 따스한 온기가 느껴졌다. 세상과 단절돼 오로지 둘만 남은 것 같은 그 순간에, 소혜는 영원히 갇혀버린 듯한 기분이 들었다. 옅게 떨리는 소혜의 눈에 사내의 가슴팍이 보였다. 낮게 숨을 몰아쉴 때마다 근육으로 꽉 잡힌 가슴이 셔츠 안에서 거칠게 오르락내리락하고 있었다.

'너무 가까워….'

안기다시피 한 상황에 부끄러움이 극에 달했다. 작게 꿈틀거리자 사내가 끌어안은 팔에 조금 더 힘을 줬다. 그 손길에 찌릿, 온몸으로 전기가 퍼져나가는 듯했다.

"젠장, 이것들이 어디로 간 거야?"

순사는 일본어로 욕을 뇌까리다가 두 사람이 숨은 골목을 지나쳤다. 발소리가 완전히 멀어질 때까지 움직이지 않던 사내는 한참 만에야 소혜를 놓아줬다.

"하…!"

사내의 품에서 벗어나자 막혀 있던 숨이 한꺼번에 터졌다. 조금만 더 있었다면 정말 질식으로 어떻게 됐을지도 모른다. 사내에게 안겨 있느라 얼굴을 보지 못했던 소혜는 그를 똑바로 마주 보며 앙칼지게 목소리를 높였다.

"이게 대체 무슨 짓이에요?"

"쉿! …음?"

입술에 검지를 세우던 사내가 흠칫하며 손을 뗐다. 사내의 얼굴을 확인한 소혜도 숨을 집어삼킬 수밖에 없었다.

신우건. 요 며칠 그녀를 계속 괴롭히던 사내가, 밤마다 카페 안을 종횡

무진하게 만들던 그 사내가 지금 눈앞에 나타난 것이다. 우건도 자기 실수를 알아차리고는 표정이 바뀌었다.

"…실수했군. 그곳에서 일행을 만나기로 해서 당연히 동료인 줄 알았는데."

말은 실수라지만 마치 그녀 때문에 일을 그르쳤다는 투다. 괜히 반항심 들게. 소혜는 흐트러진 빵모자를 고쳐 쓰며 퉁명스레 대답했다.

"저와 비슷하게 생긴 사람이었나 봅니다."

"언뜻 보면 좀 비슷합니다. 물론, 그자는 확실한 남자이지만."

확실히 남자? 놀랄 새도 없이 우건이 고개를 낮춰 소혜와 눈높이를 맞췄다. 검은 눈동자는 모자 속으로 파고들어 한순간에 시선을 옭아맸다. 소혜의 숨이 다시 바짝 조여졌다. 붉은 입술 끝을 매끄럽게 올린 우건이 느긋한 목소리로 말했다.

"모던 카페의 나비를 여기서 또 만나는군요."

소혜의 얼굴이 확 달아올랐다. 그 잠깐 사이에 내가 무용수인 걸 알았다고? 아니, 그것보다 고작 들러리 무용수인 내 얼굴을 기억한다고? 소혜는 꼴깍 마른침을 삼키며 쿵쾅대는 가슴을 지그시 눌렀다. 다른 사내였다면 그저 대수롭지 않게 생각했을 텐데. 별것 아닌 그의 한마디가 그녀에게 작지 않은 파동을 일으켰다.

'그깟 얼굴 하나 기억하는 게 무어 대수라고….'

억지로 그리 생각해도 심장은 뜀박질을 했을 때보다 더 크게 뛰었다.

"내가 잘못 본 건가?"

부드럽게 낮춘 목소리는 이미 확신하는 투였다. 그 속에 웃음이 묻어 있는 게, 이제는 좀 여유로운 모양이다. 소혜는 여러 생각이 한데 뭉쳐 어지러워진 머릿속을 애써 비워냈다. 괜한 것에 과한 의미 부여를 하고 싶지 않았다.

하지만 그렇다 한들, 자연스럽게 나올 인사말 하나 없는 소혜에겐 그저 침묵이 답일 뿐이었다. 소혜가 아무 말 않고 가만히 있자, 그녀가 곤란해서 그러는 거라 생각했는지 우건이 화제를 돌렸다.

"아무튼 이번 일은 사과하지. 혹 바쁜 일이 있는데 괜히 나 때문에… 윽!"

그러나 이번에는 우건이 채 말을 끝맺을 수 없었다. 갑자기 소혜가 그를 밀쳐낸 탓이었다.

"뭐 하는 겁니까?"

"쉿! 조용히 해요."

얼결에 눕혀진 우건이 다시 일어나려던 찰나, 소혜가 옆에 있던 널따란 거적때기를 쓰고 그 위로 덮쳤다. 그리고 아슬아슬한 차이로 순사의 목소리가 들려왔다.

"이상하다. 분명 이쪽에서 무슨 소리가 들렸는데…."

소름 끼치는 군홧발 소리가 점점 가까워졌다.

'제발 이쪽으로 오지 마라. 제발….'

소혜는 눈을 질끈 감고 숨까지 죽인 채 우건에게 납작 달라붙었다. 마침내 순사가 그들의 옆까지 걸어왔을 때였다.

"이쪽이다!"

골목 바깥쪽에서 다른 순사의 목소리가 들려왔다.

"칫, 저쪽이었나."

순사는 동료의 외침에 걸음을 돌려 골목을 빠져나갔다. 소혜는 빼꼼, 거적을 들어 올려 밖을 살폈다. 다행히 순사는 더 이상 보이지 않았다.

"하아…."

이제야 좀 숨통이 트였다. 길게 한숨을 내쉰 소혜는 몸을 일으켜 걱정 어린 눈으로 우건을 살펴봤다.

"갑자기 밀어서 죄송합니다. 괜찮으세요?"

그런데 그녀의 다급한 물음에 오히려 우건은 난감한 표정을 지어 보였 다. 왜 그러지? 혹시 너무 세게 밀어서 머리라도 부딪힌 건가? 걱정스레 내려다보는데, 우건의 입에서 나온 말은 뜻밖의 것이었다.

"글쎄… 내 위에 앉아서 할 말은 아닌 듯한데."

위에 앉아서? 이것이 무슨 소리인가. 그러다 소혜는 뒤늦게 자신이 뭘 깔고 앉았는지를 깨닫고는 얼굴이 홍당무가 됐다. 다리 사이로 단단히 맞 닿아 있는 그것. 제 허벅다리로 뭉근히 누르고 있는 것이 다름 아닌 우건 의 몸이었던 것이다.

"헉! 죄, 죄송해요!"

소혜는 펄쩍 뛰듯이 일어나 벽을 향해 뒤돌아섰다. 부끄럽고 민망해서 차마 그의 얼굴을 볼 수가 없었다. 온몸이 안으로 오그라들어서 공처럼 말리는 기분. 쥐구멍이라도 있으면 몸을 욱여넣어서라도 도망치고 싶 었다.

'미쳤지, 백소혜. 미쳤어, 미쳤다고…!'

소혜는 절로 악 소리가 나오려는 걸 간신히 참아야 했다. 벽에 머리라 도 박을 기세로 이마를 꾹 기대고 있자니, 잠시 후 뒤에서 웃음소리가 쿡 쿡 들려왔다. 그 소리를 들으니 더욱 고개를 돌릴 수가 없다.

"이제 뒤돌아도 되는데."

"아뇨…. 그냥 이러고 있을게요."

"그대로 밤을 새울 겁니까?"

"먼저 가시면 그때 갈게요…."

"늦은 시간이라 숙녀 혼자 보내기는 좀 그렇고."

숙녀라는 말에 잠깐 가슴이 설렜지만, 그래도 창피함을 모두 덮지는 못했다.

"원래도 이 시간에 혼자 잘 들어가요. 그러니까 그냥 먼저 가세요."

"뭐, 밀치던 힘을 생각하면 걱정 안 해도 될 것 같긴 한데."

낮은 탄식 뒤에 흘러나온 웃음기 가득한 목소리. 분명 그녀를 놀리는 것이었다. 소혜는 미간을 찡그리며 불퉁하게 답했다.

"놀리지 마세요. 저 진짜 창피해서 이러는 거니까."

"창피할 게 뭐 있나. 밤이고, 둘이고, 그럴 상황이었는데."

"무슨 말씀을 하시는 거예요!"

우건의 말은 모르는 사람이 들으면 충분히 오해하고도 남을 표현이었다. 황당함에 빽 소리를 지르며 그를 노려봤다. 그러자 능글맞게 한쪽 입꼬리를 말아 올리고 있던 그가 또 한 번 쿡쿡 웃음을 흘렸다. 무척이나 편안해 보이는 미소.

"이제야 보네."

냉랭해 보이던 그의 얼굴을 단번에 부드럽게 바꾸는 미소였다. 우건은 천천히 소혜에게 다가왔다. 그러곤 거적때기를 쓰느라 흙이 묻은 그녀의 어깨를 가볍게 털어줬다. 조심스러우면서도 다정한, 짧은 손길. 분명 어깨를 털고 있는데, 이상하게 그의 손이 스칠 때마다 가슴 한가운데가 따끔따끔했다. 난생처음 느껴보는 기분 좋은 따끔거림이었다.

"신세 졌습니다. 도움까지 받을 줄은 몰랐는데."

나지막이 흘러나온 목소리가 고요한 골목에 내려앉았다. 어깨를 털어주고 한 발짝 물러난 우건은 여전히 편안한 미소를 짓고 있었다. 소혜는 잠시 말없이 우건을 바라봤다. 이 남자는 왜 일본 순사들에게 쫓기고 있었을까.

'혹시… 독립운동을 하는 사람일까?'

물어보고 싶었지만 소혜는 차마 물을 수 없었다. 아니, 묻고 싶지 않았다. 솔직히 그런 일에 휘말리는 건 무서웠으니까. 소혜는 먼저 시선을 돌렸다.

"별거 아니에요, 자발적인 것도 아니었고."

사람들은 나라가 망했다고 한다. 하지만 원래부터 못사는 이들에겐 이곳이 조선의 땅이든, 일본에게 빼앗긴 땅이든 망한 인생이긴 매한가지였다. 그래서 독립은 소혜에겐 그저 뜬구름 잡는 이야기였다. 그녀는 오늘 일할 곳과 내일의 먹을거리가 있길 바라는 것만으로도 벅찬 사람이었다. 아직 이 사내에 대해 이름 말고는 아무것도 모르는데, 그런 복잡한 일로 멀어지고 싶지 않았다.

"그러니 그냥 가셔도 괜찮아요."

"호의에 대한 내 보답입니다."

우건이 모자를 집어 들어 먼저 걸음을 옮겼다. 소혜가 선뜻 따라나서지 못하자 그가 발을 멈추고 뒤돌아봤다.

"걱정 안 해도 됩니다."

앞으로 뻗어진 손이 소혜에게 향했다. 그 순간 한 가지 직감이 그녀의 머리를 스쳤다. 저 손을 잡는 순간부터 나는 이 남자와 지독하게 엮이게 될 거라고.

"이번에는 끝까지 지켜드릴 테니."

그것도 아주, 아프게.

소혜는 망설임 끝에 손을 내밀었다. 커다란 손 위에 조심스럽게 제 손을 얹자, 단단히 맞잡은 힘이 그녀를 앞으로 끌어당겼다. 우건의 손을 잡고 어지러이 쌓인 합판과 쓰레기 등을 넘자 비로소 골목 밖으로 빠져나올 수 있었다.

"아…"

순간 발목에 통증이 다시 번졌다. 소혜가 움찔거리자 우건이 그녀의 발을 보며 걱정스레 물었다.

"다친 겁니까?"

"뛰다가 다친 건 아니에요. 오늘 무대에서 무리를 했더니 조금…"

잠시 소혜의 발목을 보던 우건이 갑자기 그녀 앞에 등을 돌리고 자세를 낮췄다.

"업혀요."

"네?"

"내 잘못으로 심각해진 탓도 있으니까."

"아뇨! 저 괜찮아요. 정말이에요."

"업히는 게 좋을 텐데."

몸을 비튼 우건이 밤하늘보다 더 짙은 눈동자로 소혜를 올려다봤다. 서늘한 바람이 한 줄기 불어와 소혜의 가슴에 불을 피워 올렸다.

"그 발로 걸어가다가는 다시 잡힐 수도 있습니다."

"이게 다 그쪽 때문이잖아요."

"그러니까."

미소가 사라진 얼굴은 그만큼 냉랭했고.

"내가 책임지겠다는 뜻입니다."

동시에 지독히 퇴폐적이었다.

"절뚝이는 사람을 부축하는 것보다는 업고 가는 편이 더 빠를 테니까."

우건이 다시 등을 보였다. 얼른 업히라는 듯 손까지 등 뒤로 까딱였다. 순순히 업히자니 너무 창피하고, 그렇다고 이 발로 집까지 걸어가자니 그의 말대로 순사에게 다시 들킬 것 같고.

"…알았어요."

고민하던 소혜는 결국 마지못해 우건의 등에 몸을 기댔다. 차마 완전히 몸을 붙일 수는 없어 엉거주춤 어깨에 팔을 얹자, 우건이 그녀의 다리를 감싸며 몸을 일으켰다.

"꽉 잡아요."

"아!"

훅 높아진 시야에 놀란 소혜는 얼른 그의 목에 팔을 둘렀다. 그 덕분에 약간의 틈을 두고 있던 우건의 등과 제 가슴이 완전히 꼭 맞붙게 됐다. 낯선 체온에 심장 박동이 너무 빨라진다. 몸이 맞닿은 우건에게 고스란히 전해질 것 같았다. 다시 슬쩍 몸을 떼려 하니, 우건이 그녀의 다리를 잡은 팔에 힘을 주며 부드러운 목소리로 말했다.

"그렇게 뻗대면 나도 버티기 힘든데."

"…좀 불편해서 자세를 고치려 한 거예요."

소혜는 소심하게 부정하고는 얌전히 그에게 기댔다. 창피하긴 해도 그에게서 풍기는 냄새와 따스한 체온이 싫지 않았다. 아니, 오히려 너무 좋아 가능하면 오래 이러고 싶었다.

시끄러운 소음은 어느새 저만치 멀어지고, 가로등 불빛과 달빛이 어우러진 고요한 세상이 두 사람을 반겼다. 일정한 박자로 울리는 구두 소리. 세상 모든 것이 사라지고 둘만 남은 듯한 기분 좋은 적막. 가만가만 귀를 기울이면 그의 심장 박동도 들려와 이대로 잠이 들 것 같았다. 소혜는 오랜만에 찾아온 나른함을 느끼며 느릿하게 입을 열었다.

"그날은 즐겁게 놀다 가셨나요?"

"그날?"

"처음 만난 날요. 절 도와주신 날."

"아, 세호…."

우건은 그날 일에 대해 다시 한번 사과했다.

"그 친구가 평소에는 참 점잖고 괜찮은데, 술만 마셨다 하면 흥을 주체하지 못해서."

"친구분이신가요? 아니면 가족?"

"조수입니다."

"조수라면…?"

"송일고보에서 나를 도와 나비를 연구하고 있습니다."

"그럼 그쪽이… 선생?"

"보통은 박물 교사라 부르죠."

소혜의 입이 작게 벌어졌다. 솔직히 좀 의외였다. 생긴 것만 봤을 때는 교사보다는 고독한 룸펜이나 잘나가는 부잣집 도련님, 그도 아니면 고리의 돈놀이를 하는 무서운 사람일지도 모른다고 생각했으니까.

송일고등보통학교라면 현재 조선에서 제일가는 학교라 칭송받는 곳이었다. 신식 시설은 물론이요, 듣기로는 캠퍼스의 웅장함이 조선을 넘어 일본 대학들도 견주지 못할 만큼 대단하다 했다. 당연히 교사진도 신구 학문에 능한 최고들로만 꾸렸다. 그야말로 엘리트 중의 엘리트만 모아놓은 곳.

'그런 송일고보에서 교사를 한다니….'

소혜는 그에게 업혀 있다는 사실조차 황송했다.

"그럼 그쪽… 아니, 선생님께서도 카페를 즐기시는 겁니까?"

"선생은 그런 유흥을 즐기면 안 됩니까?"

순간 말문이 턱 막혔다. 카페라는 곳이 어떠한 곳인가. 룸펜이나 한량 같은 사내들이 찾아와 비루나 서양 차를 시켜놓고, 입은 듯 안 입은 듯한 웨이트리스들을 옆에 낀 채 시시덕거리는 곳이 바로 카페가 아닌가. 모던 카페야 사실상 댄스홀을 겸하고 있어 카페보다는 재즈 바에 가깝지만, 학교 선생이 나다닐 만한 곳이 아닌 건 매한가지였다.

"학생들을 가르치시잖아요."

"유흥을 즐긴다 하여 학생들에게까지 유흥을 가르치진 않는데."

"그래도 선생이라면 평상시에도 늘 점잖아야 하는 것 아닌가."

헛숨을 터트린 소혜가 볼멘소리로 중얼거렸다. 그가 다른 사내들처럼 여자를 옆에 끼고 웃는 모습을 상상하자 괜히 심사가 비틀렸다. 그러자 우건이 피식 실소를 흘렸다.

"그날이 처음입니다."

"거짓말."

"왜 거짓말이라 생각할까. 섭섭하게."

당연히 앞서 말한 것들만 들으면 뻔질나게 카페를 들락거린 것처럼 보이니까. 소혜는 그리 말하는 대신 입술만 삐죽 물었다. 그녀가 어떤 표정임을 아는지 모르는지, 우건은 나직한 목소리로 말을 이었다.

"그날은 세호, 그러니까 조수의 생일날이라 녀석이 원하는 대로 같이 따라가줬을 뿐입니다."

생각해보니 그는 동료들과 달리 경림을 보러 가지 않았다. 함께 왔던 다른 남자도 그가 이런 곳에 올 성격이 아니라는 듯이 말했고, 그 말을 들으니 답답했던 가슴이 조금은 편해졌다. 꼭 질투하던 마음이 풀어진 것처럼. 소혜는 꼼지락거리다가 자그마한 목소리로 물었다.

"선생님은 성함이 어찌 되세요?"

"신우건입니다."

"신우건…."

소혜는 내내 외우고 있던 그의 이름을 마치 처음 들은 것처럼 발음했다. 부드러우면서도 어딘지 단단한 힘이 느껴지는 이름. 확실히 그와 잘 어울리는 이름이었다. 소혜도 수줍게 제 이름을 밝혔다.

"저는 백소혜예요."

"백소혜. 예쁜 이름이네."

우건이 소혜의 이름을 한 자 한 자 천천히 발음했다. 그의 목소리로 만들어진 제 이름이 새삼 다르게 들려왔다. 내 이름이 이토록 곱고 예뻤나. 그가 예쁘다 하니 정말로 예쁘게 느껴진다. 경림의 '나타샤'라는 세련된 아라사俄羅斯·러시아의 음역어 이름도 지금만큼은 부럽지 않았다. 소혜는 배시시 새어 나오는 웃음을 참으며 말했다.

"아, 말씀도 편히 낮추세요. 선생님께 존대를 받으려니까 조금…."

"뭐, 편할 대로."

우건은 어색함 없이 편하게 말을 놓았다.

"무대에서 춤을 추는 건 힘들지 않나."

"힘들 게 무어 있나요. 덕분에 돈도 벌고 있는걸요."

"춤 실력이 상당하던데."

"간신히 따라 하는 정도예요. 경… 나타냐 언니가 우리에게 춤을 가르치거든요."

하마터면 손님 앞에서 경림의 본명을 말할 뻔했다. 나타샤라는 가명을 쓰기 시작한 이후부터 경림이 본명보다는 가명으로 불리길 더 원하는 눈치라 모두 입조심을 하고 있었다.

"그래도 나비들 중에서는 네가 가장 돋보였어."

우건의 칭찬에 소혜는 또 한 번 얼굴을 붉혔다. 도대체 언제쯤 가슴을 진정시킬 수 있을까. 이러다가는 심장이 너무 빨리 뛰어서 숨이 꼴깍 넘어갈지도 모르겠다고 생각했다.

"다 왔어요. 이제 내려주셔도 돼요."

때마침 제가 살고 있는 흙담집에 다다랐다. 집이라 말하기도 초라할 정도로 허름한 초가집 한 채. 만석이 구해준, 지난 5년간 모던 카페와 함께 소혜를 품어준 그녀의 집이었다. 우건에게 이런 초라한 생활을 보여준다는 게 조금은 창피했지만, 이미 들러리 무용수라는 것을 들킨 마당에 생활을 숨길 여력은 없었다. 소혜를 내려준 우건이 담장 너머 집을 살폈다.

"아늑한 집이네."

저를 배려해서 하는 말일까. 소혜는 어쩐지 냉소적인 생각이 들어 씁쓸하게 웃었다.

"혼자 사는 곳이니까요."

그 말에 우건이 한쪽 눈썹을 까딱이며 묘한 표정으로 소혜를 바라봤다.

"낯선 사내에게 함부로 해줄 이야기는 아닌 것 같은데."

이번에는 어쩐지 사람 속을 뜨끔하게 만드는 눈빛이다. 이상한 의도가 전혀 없었는데도 괜스레 시선을 피하게 됐다.

"…저한테 선생님은 낯선 사람이 아닌데."

소혜는 짐짓 딴청을 피우다가 눈을 되록되록 굴리며 기어드는 목소리로 말했다.

"서로 곤경에 처했을 때 도움도 줬고 통성명도 했는데. 이 정도면 우리, 친구 아닌가?"

괜한 말을 했나. 쉬이 들리지 않는 대답에 가슴을 졸이기도 잠시. 이내 우건이 낮게 웃음을 흘리기 시작했다.

"정말 겁 없네. 신기하게."

무표정할 때는 참으로 냉랭하고 예리하게 생겼는데, 웃을 때는 세상 둘도 없이 부드럽고 멋있어 보이는 사내다. 멍하니 웃음 띤 얼굴을 바라보던 소혜도 그를 따라 작게 웃어 보였다.

"바래다주셔서 감사해요. 저 업고 오시느라 고생 많으셨어요."

"별말씀을."

입가를 늘인 우건이 주머니에 손을 꽂으며 말했다.

"잘 자요, 친구."

그의 얼굴 뒤로 여름밤 달빛이 스며든 푸른 나무가 보였다. 바람이 사르르 불 때마다 잎사귀가 흔들렸고, 그 사이로 달빛도 어여쁘게 부서졌다. 그 꿈같은 아름다움. 공연히 또 뺨이 물들어온다.

"조심히 가세요."

붉어진 얼굴을 들킬세라, 소혜는 꾸벅 인사를 하고는 얼른 집 안으로 들어갔다.

홀로 남겨진 우건은 창호지 너머로 작은 불이 밝혀질 때까지 자리에 서서 지켜봤다. 이윽고 우건은 천천히 발길을 돌렸다. 담배를 꺼내 불을 붙이는 동안 그의 눈에는 뜻을 알 수 없는 묘한 빛이 감돌고 있었다. 깊게 빨아들인 연기를 한숨처럼 내쉬었다. 새까만 하늘 위로 희뿌연 담배 연기가 어지럽게 흩어졌다.

"나는 참으로, 나비를 쫓을 수밖에 없는 운명이구나."

작게 중얼거린 목소리에 웃음이 따라왔다. 자조가 반쯤 섞인 웃음이었다.

◆ ◆ ◆

모던 카페가 쉬는 월요일. 아침 일찍부터 눈을 뜬 소혜는 부랴부랴 나갈 준비를 하기 시작했다. 일이 없는 날에는 보통 하루 종일 집에서 게으름을 피우는 게 일상이건만, 오늘은 다른 때보다 더욱 정신없는 모습이었다.

깨끗이 세수를 한 소혜는 농에서 저고리와 까만 치마 한 벌을 꺼냈다. 오래되긴 했어도 몇 번 입지 않은 덕분에 제법 깨끗한 옷이었다. 팡팡 털어 구김살을 없애고, 설레는 마음으로 저고리와 치마를 입었다. 그러곤 살이 군데군데 빠진 빗으로 열심히 머리를 빗었다. 경대에 비춰 보니 조금 촌스럽긴 해도 길에서 흔히 볼 수 있는 여학생의 모습이었다.

소혜는 신을 신고 집 밖으로 나섰다. 밖으로 나서자 눈이 절로 찌푸려질 만큼 햇빛이 강렬했다. 바람 한 점 없어 열 발자국만 걸어도 땀이 주룩주룩 흐를 것 같았다.

"삼복더위가 정말 무섭긴 무섭네."

하지만 소혜는 집으로 돌아가는 대신, 낮은 담벼락이 만들어낸 그늘에 조금이라도 몸을 숨기며 앞으로 걸었다. 그녀가 향하는 방향은 장곡천정^{현 서울시 중구 소공동}으로 송일고등보통학교가 있는 곳이었다. 바로 우건이 근무하는 그 학교인 것이다.

따로 약속을 잡은 건 아니었다. 마침 쉬는 날이고, 또 특별히 할 일도 없었기에 나들이차 그 앞을 기웃거려볼 심산이었다. 조금은, 아니 실은 아주 많이 우건이 보고 싶기도 했고 말이다.

"우연히라도 마주치면 좋겠다…"

왜 왔느냐고 물어보면 그저 지나가는 길이었다고 시치미를 떼어야지.

혹시 차 마실 시간이 되면 근처에 있는 미모사 다방에서 함께하자고 해야 겠다. 며칠 전에 무용수 하나가 다녀와 어찌나 좋았다고 자랑을 해대던지, 돈이 생기면 혼자서라도 꼭 한번 다녀와야겠다고 마음먹은 곳이었다.

소혜는 품속에서 작은 전대를 꺼내어 안에 든 돈을 확인했다. 만일을 대비해 약간의 비상금도 가지고 나온 참이었다. 들뜬 소혜는 곧장 걸음을 재촉했다.

"날을 잘못 잡았나? 너무 덥네."

학교 앞에 도착하니 해가 전보다 더 쨍해졌다. 이러다가는 우건을 만나기 전에 더위에 녹아내릴 것 같았다. 그러나 주위를 살펴봐도 해를 피할 만한 그늘은 보이지 않았다. 소혜에게도 양산은커녕 햇볕을 가릴 만한 것이 하나도 없었다. 작열하는 태양 아래에 그대로 서 있어야만 하는 것이다.

"하지만 이대로 돌아가고 싶진 않은걸."

소혜는 하는 수 없이 땡볕 아래에서 멀거니 학교를 구경하기로 했다. 송일고등보통학교는 한눈에 다 담을 수 없을 만큼 굉장히 크고 넓었다. 우선 교문 바로 앞에는 널따란 흙 구장이 보였다. 그 너머로 수십 개는 돼 보이는 높은 계단을 따라 올라가면 4층 높이의 거대한 건물이 나왔다. 중앙에 위치한 걸로 보아 본관인 듯했는데, 그 주위로 낮은 조경 식물들이 열을 맞추어 심어져 있었다. 본관의 옆과 뒤로도 다른 건물들이 있었지만, 너무 멀기도 하고 수목들로 빽빽이 가려져 제대로 보이지 않았다. '모던'이라는 말이 실로 잘 어울리는 학교. 과연 경성 제일의 학교라 불릴 만했다. 소혜는 학교 담벼락에 붙어 신기한 눈빛으로 교문 안을 둘러봤다.

'저런 곳에서 공부를 하면 어떤 기분일까?'

교복을 입고, 많은 학문을 공부하고, 불운한 시대에 맞서 싸우며 자신이 원하는 꿈을 향해 열심히 나아가는 것. 소혜에겐 그저 상상 속에서나

가능한 일이었다.

"…부럽다."

사실 소혜도 운 좋게 학교를 다니긴 했다. 노름꾼 아버지가 어디서 그런 돈을 벌었는지는 모르겠지만, 어쨌든 꼬박꼬박 월사금도 밀리지 않고 냈다. 하지만 보통학교를 마칠 무렵, 아버지는 더 자주 집을 비우셨고 집안 형편은 더욱 나빠지고 말았다. 월사금은커녕 당장 하루 먹고살 돈마저 궁해졌다.

결국 소혜는 공부를 그만둬야만 했다. 아버지를 원망하진 않았다. 하지만 학교를 그만둔 건 솔직히 많이 아쉬웠다. 그때는 소혜에게도 꿈이라는 게 있었으니까. 보통학교의 일본인 미술 교사가 소혜의 그림 실력을 일찍이 알고 그녀를 직접 가르쳤던 것이다. 그 교사는 일본으로 돌아가는 날까지도 소혜에게 그림을 놓지 말라며 응원해줬다. 그리하여 소혜는 자신이 열심히 하기만 하면 언젠가 나혜석처럼 조선은 물론이고, 세계 곳곳으로까지 제 이름을 떨칠 줄 알았다.

그러나 소녀의 꿈은 한없이 나약했다. 나비가 되기도 전에 고치 속에서 죽어버리고 만 것이다. 시대라는 벽에 부딪혀서, 현실이라는 돌에 깔려서. 그래서 소혜에게 그림은 유년 시절의 추억과도 같은 것이었다. 떠올리면 그저 아련하기만 한 것. 그려도 그려도 그저 애틋하기만 한 것. 소혜는 쓰게 웃으며 담벼락을 하릴없이 짚었다. 그렇게 한참을 생각에 잠겨 있던 때였다.

"어?"

그토록 기다리던 우건이 눈에 들어왔다. 소혜는 조금 더 고개를 쭉 내밀어 그의 모습을 자세히 눈에 담았다. 흰색 셔츠를 입고 옆구리에 책을 낀 그는 2층짜리 낮은 건물에서 나와 넓은 운동장을 가로질러 걷고 있었다.

"신 선생님…."

작게 웅얼거린 목소리가 바람이라도 탔던 걸까. 일정한 속도로 본관을 향해 걸어가던 우건이 일순 이쪽으로 고개를 돌렸다. 화들짝 놀란 소혜는 얼른 담벼락 뒤에 숨었다. 나를 봤을까? 치마를 입은 모습은 처음일 텐데 못 알아보지 않았을까? 여기서 왜 이러고 있느냐고 물으면 뭐라 답해야 하지?

'이건 누가 봐도 몰래 훔쳐보는 꼴이잖아!'

온갖 생각이 벌 떼처럼 몰려들어 정신없이 윙윙거렸다. 예상치 못한 순간에 놀란 탓일까. 갑자기 눈앞이 핑 돌며 현기증이 일었다. 발밑이 푹 푹 꺼지듯 아찔해져 몸이 휘청거리기까지 했다. 시야마저 어지럽게 뭉쳐서 어디가 담이고 어디가 땅인지 분간할 수 없었다.

"내가 왜 이러지…."

결국 다리 힘까지 풀린 소혜는 중심을 잃은 채 쓰러지고 말았다. 그런데 이상하다. 아무리 시간이 지나도 통증이 느껴지지 않는다. 쓰러져 땅에 부딪혔다면 분명 몸 어디가 아파야 할 텐데. 벌써 정신을 잃은 건가? 근데 생각은 어떻게 하고 있지?

비몽사몽간에 이런저런 생각을 하고 있자니, 서서히 몸의 감각이 돌아오며 누군가 그녀를 흔드는 것이 느껴졌다. 눈꺼풀에 간신히 힘을 줘 올리니 흰옷을 입은 사내가 보였다. 아, 신 선생님이 나를 알아보셨구나. 이분이 또 나를 구하셨어.

"신 선생님…."

가물가물한 의식 속에서 그를 부른 소혜는 그만 까무룩, 정신을 잃고 말았다.

◆　◆　◆

　　"으음…."

　　소혜는 천천히 눈을 떴다. 제일 먼저 보이는 것은 하얀 천장에 매달린 알전구였다. 지독한 소독약 냄새가 났고, 여러 소리가 한데 뭉쳐 어지럽게 들려왔다.

　　'여기는 어디지?'

　　고개를 천천히 돌리자 우건으로 보이는 사내의 얼굴이 시야로 들어왔다. 소혜는 눈꺼풀을 느릿하게 감았다가 뜨며 입술을 움직였다.

　　"신 선생님…?"

　　"啊, 醒了(아, 깨어났다)."

　　중국어? 낯선 언어에 소혜가 몇 번 더 눈을 깜빡였다. 그러자 우건의 얼굴은 곧 낯선 사내의 얼굴로 변했다. 마주친 기억이 없는 초면의 사내였다. 의아함에 미간을 모아 올리자, 사내가 길게 입가를 늘이며 물었다.

　　"좀 괜찮아요?"

　　조금 전에 잘못 들은 건가 싶을 만큼 유창한 조선어였다.

　　"지나가던 길에 쓰러져 있는 것을 발견해서 병원으로 옮겼습니다."

　　"제가 쓰러졌다고요…?"

　　"의사 말로는 더위를 먹은 것 같다더군요. 다행히 약간의 탈수 증세만 있다고 하니, 충분히 휴식을 취하면 곧 좋아질 겁니다."

　　"혹시 옆에 다른 사람은 없었나요?"

　　"글쎄요. 누구를 찾으시는지는 모르겠지만, 그곳에는 저밖에 없었습니다."

나를 구해주신 분이 신 선생님이 아니었구나. 일순 서운함이 스쳤지만, 소혜는 애써 표정을 갈무리하며 사내에게 감사를 전했다.

"감사합니다. 괜히 폐를 끼친 건 아닌지 모르겠네요."

"걱정 안 하셔도 됩니다. 어차피 잠시 시간이 떠서 심심하던 터라."

그는 마치 무료하던 찰나에 재미있는 놀잇거리라도 생긴 것처럼 말했다. 소혜는 경계심 어린 눈으로 사내를 살폈다. 뭘까, 이 사내. 뭔가 상당히 철없는 부잣집 도련님 느낌인데. 분명 병원비도 이 사내가 다 내어준 것 같고. 현재 가지고 있는 돈과 이번 달 여윳돈이 머릿속에서 빠르게 계산됐다.

'한 번에 갚기는 틀렸네.'

속으로 한숨을 삼킨 소혜는 그의 눈치를 살피며 조심스럽게 물었다.

"실례지만 조선 분이 아니신 것 같은데, 누구신지…."

"아, 제 소개가 늦었군요. 이상한 사람은 아니니 무서워는 말아요."

소혜는 사내가 건넨 명함을 받아 들었다. 고급스러운 필체로 쓰인 상회의 이름과 그 이름 앞에 붙은 직함. 명함을 본 소혜의 눈이 커다래졌다.

'대통상회 사장, 왕학제?'

대통상회라면 중국에서 소면 사업으로 시작해 지금은 각종 농작물과 잡화, 거기에 군수 물품까지 취급하는 대형 상회가 아니던가. 최근에는 조선에까지 넘어와 각종 사업에 투자를 하며 이름을 떨치고 있는 대형 기업이었다.

'이 사람이 대통상회 사장이라니….'

소혜는 의외라는 눈길로 학제를 봤다. 조금 전까지 철없어 보이던 사내가 갑자기 의젓하고 대단하게 보였다.

"다행히 명함이 제 역할을 한 모양이군요. 실례지만 숙녀분 성함이?"

"아, 저는 백소혜입니다."

"조금 늦은 인사지만 만나뵙게 돼서 기쁘네요, 소혜 양."

싱긋 웃는 학제에게 소혜가 동그란 눈만 깜빡였다. 처음 봤을 때도 생각했지만 정말 화려하게 생긴 사내였다. 진한 눈썹은 사선으로 내려와 다소 날카로워 보이는데, 그 밑에 자리한 쌍꺼풀진 눈매와 고동색 눈동자는 시종일관 장난스런 웃음기를 띠고 있었다. 예리하게 뻗은 콧날은 붉고선 고운 입술 위로 시선이 매끄럽게 떨어지도록 했다. 날카로워 보이면서도 은근히 친근하게 느껴진다고 해야 하나. 물론 몸에 걸친 저 값비싼 차림들이 자연스럽게 선을 긋고 있었지만. 잘 모르는 소혜의 눈에도 상당히 고가로 보이는 옷과 모자, 번쩍번쩍 광이 나는 구두, 거기에 보란 듯이 가슴께에 늘어뜨린 금 시곗줄까지. 학제는 온몸으로 '나 부자요!' 하고 외치고 있었다.

'하긴 대통상회의 사장씩이나 되는 사람이니 엄청난 대부호일 수밖에.'

쓰러진 사람을 보고 손수 병원까지 데려온 걸 보면 나쁜 사람은 아닌 듯한데….

"잘생긴 얼굴은 가까이서 봐야지, 이렇게."

…자기애가 상당히 강한 건 확실하군. 난데없이 자기 얼굴을 두 손으로 꽃받침처럼 받치며 불쑥 다가온 학제에게 소혜가 인상을 찌푸렸다. 표정을 숨기지 못하는 그녀를 보며 학제가 과장되게 놀라는 표정을 취했다.

"지금 찡그린 겁니까? 내 잘생긴 얼굴을 보고? 그럴 리가 없는데!"

"자신감이… 상당히 넘치시네요."

"이 얼굴로 살면 당연한 일 아닌가."

허어어…. 소혜의 턱이 밑으로 스르르 내려갔다. 아무리 자신감이 넘치는 사내라 해도 본인 입으로 직접 잘생겼다고 말하진 않을 텐데. 이렇게 자기애로 똘똘 뭉친 사람은 태어나서 처음 본다. 뻔뻔하게 스스로를 추켜 세우니 뭐라 대꾸해야 좋을지도 모르겠고 소혜가 황당한 얼굴로 말을 잇지 못하자 학제가 시무룩하게 아랫입술을 내밀었다.

"농담입니다. 너무 경계하는 것 같기에."

"농담 아니신 것 같은데."

"아닌데. 완전 농담이었는데."

"…턱 밑에 손이나 좀 치우시고 말씀하세요."

"어울리지 않습니까? 요즘 꽃사내라는 말이 유행한다던데."

학제의 눈매가 다시 유하게 휘어졌다. 어쩐지 보고 있는 사람의 경계까지 쉽게 풀어버리는 미소. 어이없음 반, 신기함 반에 소혜는 저도 모르게 그를 따라 웃어버렸다. 참 희한한 방법으로 경계를 푸는 사람이었다.

"병원비는 갚을게요. 좀 걸릴 수도 있지만."

"그건 걱정 마요. 오늘은 좋은 사람인 척하고 싶은 날이라."

"좋은 사람인 척하고 싶은 날요?"

"그런 날이 있습니다."

학제가 한쪽 눈을 찡긋하며 웃었다. 그냥 어려운 사람을 도우면서 자기만족을 하고 싶은 건가. 역시 부자다 싶었다. 그래도 이유 없이 신세 지기는 싫은 터라 한 번 더 병원비를 물어보려던 그때였다. 어디선가 소혜를 부르는 목소리가 들려왔다.

"어머, 소혜! 여기에는 어쩐 일이야?"

모던 카페에서 함께 무용수로 일하는 동료가 그녀를 알아보고 다가온 것이었다. 그녀는 옆에 있는 학제를 의식이라도 하듯 간드러지는 목소리로 말을 이었다.

"왜 침상에 누워 있는 거야. 어디 아파?"

"제가 길에서 더위를 먹어서…."

"세상에, 조심 좀 하지 그랬어."

그러곤 자연스레 학제에게 시선을 돌렸다.

"어머, 혹시 왕학제 사장님 아니신가요?"

"네, 제가 왕학제입니다."

"이런 곳에서 만나뵙게 되다니 너무 신기하네요. 얼마 전에 신문에 사
장님 기사가 실린 걸 봤거든요. 사장님께서 철도 공사에 큰 투자금을 내
셨다고요!"

"별거 아닌 일을 가지고 너무 띄워주니 조금 민망할 따름입니다."

"겸손도 하셔라."

무용수는 평소보다 과한 애교를 부리며 눈웃음을 쳤다. 철도의 용도가
무엇이든 그저 학제의 눈에 들고 싶다는 생각만 가득한 눈빛이었다. 하지
만 다른 볼일이 있는 모양인지, 그녀는 아쉬운 내색을 하며 먼저 인사를
고했다.

"그럼 저는 급한 일이 있어서 이만."

"다음에 또 뵙죠, 레이디."

"어머…."

얼굴을 붉힌 그녀는 소혜에게도 눈짓으로 인사하고는 자리를 떠났다.
그녀가 사라진 자리에는 잠시 어색한 침묵이 흘렀다. 무용수가 너무 대놓
고 아양을 떤 터라 제가 다 민망한 소혜였다. 하지만 정작 학제는 그런 것
에 익숙한 모양이다. 아무렇지 않게 중절모를 다시 쓴 그가 소혜를 향해
손을 내밀었다.

"괜찮다면 이만 일어날까요, 소혜 양? 더 지체하면 댁까지 바래다드리
기에 시간이 빠듯할 것 같아서요."

"아뇨, 괜찮습니다. 혼자 갈 수 있어요."

"부담이 되는 거라면 큰길 너머까지만 함께하죠. 이래 봬도 내 손으로 구한 여인인데, 무사히 가는 것까지는 보고 싶어서."

학제가 소혜를 향해 팔을 내밀었다. 과도한 호의가 부담스럽긴 해도 면전에서 거절할 만큼은 아니었다.

"그럼 잠시만 실례할게요."

사실 현기증이 아직 남아 있던 터라, 소혜는 마지못해 그의 팔을 잡으며 자리에서 일어났다. 밖으로 나오자마자 강렬히 내리쬐는 햇볕에 현기증이 조금 더 심해졌다. 소혜의 몸이 살짝 휘청거리자 학제가 황급히 그녀의 어깨를 감쌌다.

"괜찮습니까?"

"잠시 어지러운 것뿐이에요. 괜찮습니다."

"병원에서 좀 더 쉬다 가시겠습니까? 추가 금액은 제 앞으로 달아놓으면 됩니다."

"아뇨, 집으로 갈게요. 집에서 쉬는 게 더 편해요."

두 사람이 잠시 병원 앞에서 걸음을 지체하던 그때였다.

"여, 왕허디."

어색하게 성조를 꾸민 목소리가 두 사람의 발목을 잡았다. 고개를 돌리니 한눈에 봐도 껄렁해 보이는 두 사내가 이쪽으로 걸어오고 있었다. 그들은 소혜와 학제를 번갈아 보더니 이내 음흉한 미소를 지으며 조선어로 물었다.

"옆의 그 계집은 뭔가?"

"길에 쓰러져 계시기에 병원으로 데려왔네."

"오호, 자네도 그런 식으로 재미를 보는 겐가?"

"왕학제 이 자식, 원래도 여자가 많이 꼬이잖아."

두 사내는 듣기에도 민망하게 저급한 농담을 주고받으며 킬킬댔다. 그들은 시종일관 웃으면서도 눈으로는 소혜를 불쾌하게 훑었다. 한눈에도 귀족이나 있는 집 여식처럼 보이지 않으니 더욱 무시하는 것이었다. 소혜는 두려움으로 몸을 움츠린 채 어서 빨리 이 순간이 지나가기만을 바랐다. 사내 한 명이 기어이 검지 끝으로 소혜의 턱을 치켜들었다.

"어디서 이런 걸 주운 거야? 꽤 쓸모 있는데?"

"그러게. 얼굴은 반반하니 재미 볼 구석은 있겠네."

"이봐, 학제. 이왕 재미 볼 거면 우리도 같이…"

그러나 그들의 저급한 언사는 거기까지였다. 학제는 소혜에게 닿은 손을 지체 없이 떼어냈다. 그러곤 소혜를 뒤로 숨기며 제법 날카로운 눈으로 그들을 쳐다봤다.

"그 저급한 수준에 나까지 끌어들이지 말라고 했을 텐데. 내가 너무 웃으면서 말했나?"

차갑게 떨어진 목소리에 두 사내의 몸이 굳었다. 한순간에 뒤바뀐 공기의 흐름. 손을 대면 손끝이 얼어붙을 것만 같은 차가운 표정. 조금 전의 장난스럽고 능글맞은 모습은 온데간데없이, 지금의 학제는 완전히 다른 사람이라 해도 믿을 만큼 냉랭한 얼굴이었다. 학제는 날 서린 눈빛으로 두 사람을 번갈아 봤다.

"당장 내일 아침에 알거지로 나앉기 싫으면 알아서 조심하는 게 좋을 거야."

"…"

"너희 가게를 망가트리는 건, 나한테 일도 아니거든."

마치 먹잇감을 지그시 노려보는 맹수 같은 눈빛에 두 사내는 마른침을 삼켰다.

"마지막 기회니 똑똑히 새겨."

"아, 알겠어! 조심할게⋯."

"이만 가봐."

"으, 응! 다음에 보세!"

도망치듯 뒤돌아선 두 사내는 금세 시야에서 사라졌다. 그러자 학제는 언제 그랬냐는 듯 다시 싱글벙글 웃으며 소혜에게 팔을 내밀었다.

"내 친구들이 좀 짓궂어서. 이만 가죠."

소혜는 놀란 마음에 작게 입을 벌렸다. 방금 전까지만 해도 소름이 돋을 만큼 서늘한 얼굴을 하더니, 지금은 또 세상 천진한 얼굴로 웃는다. 동전의 양면처럼 정반대 모습을 동시에 지닌 사내. 어느 쪽이 그의 진짜 모습인지 알 수가 없었다.

"왜요? 어디가 또 안 좋은 겁니까?"

"아, 아뇨! 괜찮아요. 가요."

병원 밖으로 나서며 소혜는 힐긋 학제의 옆모습을 훔쳐봤다. 기분 나쁜 기색은 전혀 없이 온화한 표정이다.

'이런 사람이 조금 전에는 그렇게 무서운 얼굴을⋯.'

지금 생각해도 도무지 같은 사람이라 생각할 수 없을 정도다. 힐긋거리는 시선을 느꼈는지, 학제가 여전히 앞을 응시하며 말했다.

"제가 또 달라 보입니까?"

"네?"

"아까부터 계속 힐긋거리기에."

그의 눈이 부드러운 미소를 머금으며 이쪽을 향했다.

"내가 무서운 건가?"

기껏 도와줬는데 눈치나 봐서 기분이 나빴던 걸까. 괜스레 미안한 마음이 든 소혜는 고개를 저으며 말했다.

"아뇨. 무섭다기보다는… 조금 신기해서요."

"뭐가 말입니까?"

"오늘 처음 만난 사이인데 이렇게까지 챙겨주시는 게요."

그래, 어차피 사람에겐 모두 양면의 모습이 있지 않은가. 아까 그 친구라는 사람들이 좀 심하기도 했고, 게다가 오늘 나를 구해준 사람이고, 생각해보니 고마워해야 할 점이 한두 가지가 아닌 터라, 소혜는 멋쩍게 웃으며 말했다.

"사장님께서는 정말 좋으신 분 같아요."

"…."

"좋은 사람인 척하는 게 아니라, 정말 좋은 사람."

언뜻 학제의 표정이 묘하게 변했다. 가면처럼 쓰고 있는 미소 위에 번진 아주 작은 틈.

"하하, 친구들한테 욕 들을 각오를 한 보람이 있군요."

그러나 너무 찰나의 순간이라 차마 소혜의 눈에는 보이지 않은 틈이었다. 마침 두 사람의 발이 대로변에 도착했다.

"여기서부터는 저 혼자 갈게요. 오늘 정말 감사했습니다."

소혜는 꾸벅 허리를 숙여 인사하고는 집이 있는 방향으로 걸었다. 학제는 그녀가 멀어지는 모습을 물끄러미 바라봤다. 그러다 곧 모자를 고쳐 쓰고는 몸을 돌렸다. 그의 눈동자에 채 숨기지 못한 묘한 이채가 아른거리다가 청량한 여름 바람에 실려 사라졌다.

◆ ◆ ◆

　　송일고보에서 유명한 것을 꼽으라면 세 가지를 들 수 있었는데, 그중 하나는 최신식 건물로 이뤄진 넓은 캠퍼스요, 또 다른 것은 유능한 강사진, 그리고 마지막으로 박물관이었다. 송일고보의 박물관 안에는 수많은 동식물 표본과 박물학에 관련된 자료들이 있어 외부의 유명 학자들도 종종 찾아오는 곳이었다.

　　그리고 이곳 2층에는 오로지 우건만을 위한 나비 연구실이 있었다. 실험에 필요한 온갖 도구와 귀한 서적들이 있는 연구실은 박물관에서 가장 크고 넓은 방이었다. 하지만 처음 문을 열고 들어가면 숨이 턱 막힐 만큼 좁게 느껴졌으니.

　　"어후, 선생님. 이것들 좀 다 떼어서 다른 곳에 두면 안 됩니까? 들어올 때마다 아주 미로입니다, 미로!"

　　바로 우건이 수집해놓은 나비 표본 때문이었다. 세호는 백여 개씩 묶인 채 천장에 매달린 삼각지 사이를 헤치며 겨우 연구실 안으로 들어왔다. 표본을 지뢰인 양 피해 다니느라 허리를 이리 접고 저리 접고 아주 난리도 아니었다. 우건이 서랍식 진열장은 물론이요, 벽과 바닥, 심지어 천장에까지 표본을 매달아 보관하고 있는 탓이었다. 이렇게 모아둔 나비 표본들은 60만 마리에 달했다. 송일보고 박물관에서 보관할 수 있는 최대치의 양이었다. 그마저도 너무 오래되거나 연구가 끝난 것들을 버리고 버려 겨우 자리를 만든 것이니, 아마 올해 버린 표본만 합해도 100만은 거뜬히 넘길 것이다.

　　우건은 세호를 힐긋 보고는 다시 논문 쓰기에 집중했다.

"매달아놓은 건 아직 덜 본 것들이야."

"그럼 진열장 안에라도 잠깐 넣어두시든가요."

"거기도 다 찼다."

"제가 정말 선생님 때문에, 나비들과 같이 이 무덤에… 어어!"

쿵! 결국 중심을 잃은 세호가 엉덩방아를 크게 찧고 말았다. 천만다행으로 나비 표본은 용케 피한 모양새였다.

"이러다가 나비 무덤에 같이 묻히지…. 에구구."

세호는 표본을 피해 엉금엉금 기어 제자리로 돌아갔다. 지금부터 바지런히 나비를 봐도 모자랄 시간이었다.

"선생님, 이 나비는 다른 개체보다 검은 무늬가 상당히 짙고 두꺼운데요."

세호가 건넨 전시판을 우건이 유심히 살폈다. 우윳빛으로 고운 유백색 바탕에 검은 점, 날개 위쪽에 새겨진 검은 무늬. 바로 배추흰나비였다. 보통의 배추흰나비는 날개 끝이 세모꼴로 검고 그 아래 점 두엇 찍힌 것이 일반적이다. 그런데 이 나비는 윗날개의 절반이 검은색으로 뒤덮인 데다가 두세 개 있어야 할 점도 딱 하나만 크게 박혀 있었다. 일반 개체와 달리 변종으로 태어난 나비인 듯했다. 확실히 유난히 색이 짙고 선명해 자꾸만 시선을 끄는 나비였다. 나비를 보며 세호가 옆에서 호들갑을 떨었다.

"예쁘지 않습니까? 저는 배추흰나비를 보면 꼭 단발 미인을 보는 것 같습니다."

단발 미인이라. 그 말을 들으니 문득 한 여인의 얼굴이 떠올랐다. 찰랑이는 단발머리에 백옥처럼 희고 고운 얼굴, 또렷한 눈망울과 고집 있게 앙다문 입술. 모던 카페의 나비, 백소혜.

'아까 교문 앞에 서 있었던 것 같은데…. 다른 사람이었나.'

혹시나 싶어 교문 가까이 갔지만 소혜를 닮은 여인은 이미 사라지고 난 뒤였다. 어쩌면 전혀 다른 사람인데 멋대로 착각해버린 걸지도 모르겠다. '그날'처럼.

우건은 잠시 표본을 두고 창밖을 봤다. 여름날의 뜨거운 햇볕이 내리쬐는 사이로 바람이 나뭇잎을 흔들며 지나가고 있었다. 조선어로 쓰인 연구 논문을 순사에게 걸린 그날 밤, 세호인 줄 알고 그녀를 잡았던 것은 지금 생각해도 정말 이해할 수 없는 일이었다. 세호와 소혜는 엄연히 덩치부터 큰 차이가 있었기 때문이다.

'홀린 거지. 그 나비에게.'

창밖을 응시하는 시선 속에 소혜의 얼굴이 그려졌다. 소혜가 웃을 때는 그 청량함이 한여름에 홀로 계곡을 품은 듯했고, 미소를 지운 채 허공 어딘가를 응시할 때는 아름답고 단아하기가 봄밤의 아카시아처럼 향긋하기 그지없었다. 긴 팔다리는 나비가 사람이 된다면 소혜로 나타날 것이라고 여겨질 만큼 곧고 아름다웠다. 어쩌면 그날 우건은 세호가 아닌 줄 알면서도 소혜의 손을 잡았는지도 모르겠다. 늘 나비를 쫓는 제 인생이, 나비 같은 그녀에게 끌리고 말았는지도.

－서로 곤경에 처했을 때 도움도 줬고 통성명도 했는데. 이 정도면 우리, 친구 아닌가.

새침하게 시선을 돌리며 말하던 그 모습이 어찌나 귀여워 보였는지. 그날의 소혜를 떠올린 우건이 자연스럽게 미소를 지었다.

자꾸만 그 아이에게 관심이 간다. 마치 이제까지 찾아볼 수 없던 새로운 나비를 발견한 것처럼 말이다. 이것이 비단 호기심인지, 아니면 그 자신도 모르는 또 다른 마음인지는 알 수가 없었다. 몇 번 더 만나보면 이게 무엇인지 알 것도 같은데…

"선생님! 우편물이 왔는데요."

그때 편지 한 통을 가져온 세호가 그를 다시 현실로 불러들였다. 우건은 상념을 거두며 편지를 받아 들었다. 그런데 발신인을 확인한 그의 표정이 사뭇 가라앉았다.

"누군데 그리 어두운 표정을 하십니까?"

세호가 눈치를 살피며 어깨너머로 봉투를 봤다. 편지를 보낸 사람은 바로 경성 권번 최고의 기생, 요화였다.

경성 권번 중 가히 최고라 칭송받는 기생, 요화. 중국 4대 미녀인 초선이 환생했다는 말이 있을 만큼 아름다운 외모는 물론, 가무와 시서화까지 뛰어나 전국에 소문이 날 정도였다. 그러나 무엇보다 사내들을 미치게 만드는 것은 바로 그녀의 몸짓이었다. 시선 하나, 손짓 하나, 바닥에 수놓는 걸음걸이 하나까지. 고풍적인 우아함과 기품이 깃들어 있어 보는 이로 하여금 절로 감탄을 하게 만드니, 사람들은 그녀를 천상에서 내려온 하늘의 나비라 일컬었다. 어깨너머로 요화의 이름을 본 세호가 야릇한 미소를 지었다.

"또 요화에게서 온 편지네요."

"매번 왔던 것을, 새삼스럽게."

세호의 은근한 목소리를 애써 외면하며 우건은 봉투를 뒤집었다. 요화에게서 온 편지라면 여기서 읽을 만한 내용은 아니었다.

"그러니까요. 그 도도한 요화가 왜 선생님께 매번 그리 연통을 하느냐 이거죠."

세호는 한층 더 목소리를 낮추며 물었다.

"저한테만 슬쩍 말씀해보세요. 선생님과 요화, 분명 뭔가 있는 것이지요?"

그 물음에 우건이 낮게 한숨을 내쉬었다. 어긋난 눈썹에는 이런 질문이 달갑지 않다는 뜻도 역력했다.

"누누이 말하지만, 요화는 그저 나에게 에스페란토를 배우고 있는 것뿐이야. 이건 보나 마나 이번 주에 언제 배움이 가능한지 묻는 편지일 테고."

"음, 하긴. 경성에서 에스페란토를 배우려면 선생님만 한 사람이 없긴 하지요."

에스페란토는 폴란드 사람인 라자루스 루드비크 자멘호프 박사가 만든 언어로, 초보자들도 아주 배우기 쉬운 국제 공용어였다. 현재 조선에도 한창 에스페란토 바람이 불고 있는데, 그중 선구자 행렬에 있는 사람이 바로 우건이었다. 그의 에스페란토 실력은 아주 수준급이어서, 나비에 관한 논문 역시 에스페란토로 작성해 세계 각국의 학자들과 직접 소통할 수 있을 정도였다. 물론, 요화를 만나는 건 에스페란토 때문만은 아니었지만.

'그것까지 세호한테 밝힐 필요는 없지.'

아무리 동지라도 밝혀서는 안 되는 것이고. 우건은 성가시다는 듯 손을 저었다.

"쓸데없는 얘기는 그만두고, 한가하면 주말에 채집한 나비나 분류해."

"예에? 그 많은 걸 저 혼자 다 하라고요? 이따 과학부 학생들이 오면 같이…."

"…."

"…하기 전에 제가 먼저 해놓으면 조금 더 빨리 끝나겠죠. 네, 그렇고 말고요."

저를 뚫어져라 응시하는 우건의 눈빛에 세호는 끙 소리를 내며 자리로 돌아갔다. 살짝 뒤를 힐긋거리니 우건이 편지를 품속 깊이 넣고는 다시 논문을 쓰는 게 보였다. 그리 간단한 편지라면 이 자리에서 읽어도 상관 없을 텐데.

'대체 무슨 편지기에 저러신담?'

정말 세간에 퍼진 스캔들처럼 요화가 연애편지를 보낸 것일까? 두 사람은 경성 최고의 요정料亭인 평춘관에서만 만나니. 그 으슥한 방에서 둘이 정말로 에스페란토를 공부하는지, 아니면 은밀히 다른 무언가를 하는지는 아무도 모를 일이었다.

'설령 그렇다 한들, 우리 선생님의 점잖은 체면은 내가 지켜드려야지.'

여자라면 터럭만큼의 관심도 없던 선생님이 모처럼 여자를 만나고 계신데! 에헴, 뿌듯하게 헛기침을 하던 세호는 수천 마리의 나비 표본을 보고 잠시 헛구역질을 했다.

◆ ◆ ◆

다음 날. 영업 준비를 하는 모던 카페는 평소보다 더욱 와자지껄했다.

"정말이야? 정말 왕학제 사장님께서 소혜를 병원에까지 데려다주셨단 말이야?"

"그렇다니까요. 제가 두 눈으로 똑똑히 봤어요."

전날 병원에서 소혜를 만났던 무용수가 눈을 빛내며 무용담처럼 이야기를 늘어놓았다. 본 것이라고는 그저 나란히 앉아 있는 모습뿐이었지만, 그녀는 약간의 조미료를 첨가해 아주 로맨틱한 상황으로 각색했다.

"소혜를 챙기는 모습이 어찌나 다정하시던지! 제가 다 가슴이 설렜다니까요."

"세상에나. 어쩌면 그리 자상하실까!"

"잘생겼지, 성격도 좋으시지, 거기다 젊은 나이에 그런 큰 부자라니! 왕 사장님께서는 정말 못 가진 게 없는 분이셔요."

"요즘 모던 걸들 사이에서도 그분 인기가 제일이라던데…."

"어, 저기 소혜 왔다!"

무용수들이 일제히 한쪽으로 시선을 모았다. 갑자기 그들의 시선을 한 몸에 받게 된 소혜가 흠칫하며 걸음을 멈췄다. 곧 무용수들은 나비가 꽃 주위로 몰려드는 것처럼 소혜를 둘러쌌다.

"소혜, 어제 어떻게 하다가 그분을 만났어?"

"원래부터 알던 사이였던 거야?"

"어제도 약속하고 만난 거니?"

한꺼번에 쏟아진 질문에 소혜가 당황하며 말했다.

"무슨 말씀들을 하시는 거예요? 제가 누구를 만나요?"

한 무용수가 답답하다는 듯 발까지 동동 굴렀다.

"왕학제 사장님 말이야! 어제 그분과 함께 병원에 갔다며?"

그 말에 소혜가 병원에서 만났던 무용수를 봤다. 조금 전까지만 해도 신나게 말하던 그녀는 소혜와 눈이 마주치자 짐짓 딴청을 부렸다. 어쩐 지, 병원에서 유난히 들떠 보인다 싶더니만.

'스캔들 하나 잡았다는 얼굴이었구나, 그게.'

모던 카페의 무용수들은 스캔들에 늘 목말라했다. 아무리 아니라고 부 정해도 한번 걸린 스캔들은 또 다른 재밌거리가 생길 때까지 절대 놓아주 지 않았다. 잘못 걸렸다가는 며칠은 물론 몇 달까지 시달리기 십상. 속으 로 한숨을 삼킨 소혜는 최대한 담담한 목소리로 말했다.

"제가 뙤약볕에 너무 오래 있어서 더위를 먹었는데, 쓰러진 저를 사장 님께서 발견하시고 병원에 데려다주신 것뿐이에요."

"어머, 뭘 하다가 더위까지 먹었어?"

"선….'

"선?"

순간 소혜의 입꼬리가 어색하게 경직됐다.

"…이 아니라 산보. 산보를 하다가요."

"그 더운 날에 산보를?"

"그, 그냥 갑자기 걷고 싶어서…."

거짓말에 능숙하지 않다 보니 저도 모르게 말을 버벅거렸다. 학제를 수습하려다가 하마터면 또 다른 화젯거리를 던져줄 뻔했다. 며칠 전 카페에서 본 손님이 너무 보고 싶어서 그가 일하는 곳을 서성거렸다? 심지어 그 손님이 송일고보의 박물 교사다? 말하는 순간 모던 카페에는 물론이고 경성, 아니 조선 전체에 이 소문이 퍼질지도 모른다.

**모던 카페의 들러리 무용수,
송일고보 박물 교사를 향한 에로틱한 구애 스캔들!**

이런 제목의 스캔들이 『삼천리』 잡지에 실릴 것을 상상하니 눈앞이 아찔해졌다. 작게 고개를 흔든 소혜는 쐐기를 박듯 말을 덧붙였다.

"아무튼 언니 가시고 저도 얼마 안 있어서 병원을 나왔어요. 사장님께서도 바로 가셨고요."

"정말 그게 다야?"

"이후에 커피숍에 가거나, 약속을 잡거나 하진 않았어?"

"전혀요."

생각보다 싱거운 결말에 무용수들은 아쉬운 듯 입맛만 다셨다. 때마침 홀로 나온 만석이 박수를 치며 주위를 환기했다.

"자자, 왜들 이리 모여 있나. 어서 손님 맞을 준비를 해야지!"

더 들을 것 없나 미적거리던 무용수들은 그제야 각자의 자리로 돌아갔다.

'후유. 하마터면 큰일 날 뻔했네.'

작게 한숨을 내쉰 소혜도 단장을 위해 대기실로 향했다. 대기실 문을 열자 안에서 단장을 하던 경림과 거울 속에서 눈이 마주쳤다.

"안녕하세요, 언니."

"그래."

그런데 웬일인지 인사를 받는 경림의 말투가 평소보다 더 냉랭했다. 영문도 모른 채 경림의 냉대를 받은 소혜는 쭈뼛거리며 그녀가 있는 곳으로 걸어갔다.

"머리 올리는 거, 도와드릴까요?"

"됐어."

평소라면 물어보기 전에 먼저 부탁을 했을 텐데. 단장을 돕는 것까지 거부하는 걸 보면 필시 다른 무엇이 있다는 뜻이다.

'내가 뭘 잘못했나? 혹시 지난번 무대에서 나도 모르게 실수를 해서 언니를 방해했나?'

아무리 생각해도 경림이 무엇 때문에 이리 쌀쌀맞게 구는지 알 수가 없었다. 하지만 억지로 더 말을 붙였다가는 화만 돋울 것 같았다. 소혜는 얌전히 물러서서 경림이 단장을 마칠 때까지 기다렸다.

"소혜 너."

그때 경림이 몸을 돌려 그녀를 똑바로 응시했다.

"혹시 왕학제라는 인간과 가까이 지내는 것이니?"

"예?"

"아이들이 너와 그 사람에 대해 말하는 게 들리던데."

예상치 못한 질문에 소혜의 눈이 커다래졌다.

"전혀 아니에요!"

황급히 손을 내저은 소혜는 아까 무용수들에게 말한 내용을 그대로 전했다. 이러쿵저러쿵할 것 없이 그냥 병원에만 데려다준 건데. 대체 그 사람이 뭐라고 무용수들에 이어서 경림까지 이러는지 모르겠다. 소혜가 억울한 얼굴로 부정하자 경림이 자리에서 일어나 가까이 다가왔다.

"잘 들어."

허리를 굽혀 소혜와 눈높이를 맞춘 경림이 목소리를 낮춰 말했다.

"아무리 친절하다 한들, 그 인간은 조선에서 뭐 하나 잘라먹을 거 없나 기웃거리는 악질에 불과해."

"네…?"

"국적만 다를 뿐, 결국은 똑같은 놈이란 이야기야."

경림의 입에서 나오리라고는 생각지도 못한 이야기. 자세히 듣지 않아도 느낄 수 있는 목소리 속 분노. 경림은 지금 소혜에게 충고하는 것이었다. 그와 결코 가까이 지내서는 안 된다는 것을.

"기억해, 소혜. 너와 내가 이곳에 오게 된 건 결국 그런 놈들 때문이라는 걸."

한 자 한 자 곱씹듯 내뱉은 경림이 먼저 대기실을 박차고 나갔다. 쾅! 신경질적으로 닫힌 문에 흠칫 어깨를 떨 수밖에 없었다. 소혜는 영문 모를 눈으로 닫힌 문을 바라봤다. 오자마자 잘못한 것도 없이 꾸중을 들은 게 조금 억울하기도 했지만, 그보다는 경림이 한 말들이 머릿속을 맴돌며 떠나지 않았다.

"우리가 여기로 온 게… 왕 사장님 같은 사람들 탓이라고?"

소혜가 모던 카페에 온 것은 노름꾼 아버지가 도박 빚을 갚기 위해 그녀를 팔았기 때문이다. 경림이 이곳에 온 것도 마찬가지로 아버지 때문이라 들었다. 자세한 사정은 듣지 못했지만 분명 돈과 관련된 문제였겠지. 그럼 우리 아버지들이 도박을 한 게 다 그런 사람들 때문이라는 말인가? 다들 이 좁은 나라를 조각조각 팔아치우고 자기들 배만 채워서?

"…하지만 조선은 원래 그런 나라였잖아."

잘사는 사람들은 대대손손 떵떵거리며 살고, 못사는 사람들은 대대손손 벌벌거리며 살고. 일본이 조선 땅에 있든 없든, 사람들이 나라를 팔든 말든 결국 똑같은 것이다.

"그런 사람들도 나빴지만… 조선도 제게 선한 나라는 아니었어요."

소혜는 흐려진 표정으로 조용히 단장을 시작했다. 머리를 빗어 내릴 때마다 아버지에 대한 생각도, 현실에 대한 생각도 하나하나 떨쳐냈다. 그러나 이후로도 오랫동안 심란한 마음은 쉬이 가라앉을 줄 몰랐다.

◆ ◆ ◆

송일고보의 구석진 소각장. 해가 다 지고 어둑한 그곳에서 자그마한 불빛 하나가 번쩍이더니 이내 한 줄기 연기가 피어올랐다. 허공에 연기를 뱉은 우건은 손에 들린 종이를 가만히 응시했다.

모일 모시에 평춘관에서 뵙겠습니다.

특별한 내용 없이 달랑 한 줄만 적혀 있는 편지. 요화에게서 온 것이었다. 날짜와 시간만 바뀐, 장소는 늘 같은. 표정 없이 그 내용을 반복해서 읽은 우건은 주저 없이 편지를 찢었다. 조각조각 잘게 찢어진 종이는 곧 담뱃불이 옮겨붙어 까맣게 타들어갔다.

우건은 시선을 들어 밤하늘을 올려다봤다. 어둑한 하늘에 흩뿌려지듯 박힌 별들이 반짝반짝 빛을 내고 있었다. 세상이 검게 물든 와중에도 작은 몸을 바쳐 빛을 내뿜는 별들. 어느 하나 크지 않지만, 그럼에도 빛을 지우지 않는 별들.

"그대들은 다 저 별들과 같군…."

어두운 시대에 맞서 조선을 위해 싸우는 이들. 작은 것 하나라도 보탬이 되고자 마지막까지 민족을 놓지 않는 이들. 항일 비밀결사, 한열단의 조직원들이 바로 그러했다. 한열단은 지식 계층을 중심으로 문학과 계몽 교육, 나아가 무장투쟁으로 독립운동을 펼치고 있는 단체였다.

그중에서도 우건은 각지에 뻗어 있는 한열단 조직원들에게 지령을 전달하는 역할을 맡고 있었다. 요화와 만나는 이유도 이와 크게 다르지 않았다. 지고 있는 짐이 한없이 버겁게 느껴지긴 해도, 이 땅의 자유와 독립을 위해서라면 짊어져야만 하는 무게였다. 설령 그것이 씻을 수 없는 죄를 동반한다 하더라도.

"그 억겁의 죄가 나의 유일한 속죄 방법이라면, 기꺼이 악인이 돼야지."

그것이, 내가 '그날' 죽지 않고 살아가는 이유니까. 우건은 자조적인 눈빛을 지우고는 도로 발걸음을 돌렸다. 바람 한 줌 불지 않는 눅눅한 공기가 더욱 무겁게 내려앉았다. 그가 떠난 자리에는 까맣게 타버린 재와 흩어진 연기, 그리고 향처럼 피어오르는 담배꽁초만 쓸쓸히 남아 있었다.

◆ ◆ ◆

　진고개의 화려한 유흥은 늦은 저녁까지도 이어졌다. 옷과 모자, 과자와 빙수 등을 파는 가게들이 화려한 전등 빛을 뿜으며 손님들을 유혹했고, 어두워진 거리를 환히 밝히는 가로등 밑을 많은 사람들이 돌아다녔다. 기모노를 입은 왜각시와 양장을 빼입은 모던 걸들은 우건이 지나갈 때마다 힐긋거리며 저희들끼리 키득거렸다.

　그러나 우건은 무엇에도 눈길을 주지 않고 앞만 향해 걸었다. 머릿속에는 온통 오늘 봤던 나비들과 내일 수업에서 가르칠 내용, 그리고 요화에게서 듣게 될 이야기에 대한 생각뿐이었다.

　그렇게 한참을 걷던 중. 문득 걸음을 멈추고 고개를 드니 알전구로 화려하게 꾸며진 색색의 네온사인 간판이 보였다.

　"모던 카페…."

　멍하니 간판을 읽은 우건이 작게 헛웃음을 쳤다. 무의식중에 모던 카페 앞으로 오고 말았다. 집과는 전혀 다른 방향이건만, 고작 한 번밖에 오지 못한 곳이 무에 익숙하다고 이리로 온 것인지.

　'어쩌면… 계속 떠올리고 있던 걸지도 모르겠군.'

　소혜, 그 여인을. 시계를 보니 지금쯤 한창 댄스 공연을 하고 있을 때였다.

　"잘하고 있으려나."

　한 번쯤 다시 보고 싶은데. 그 여인이 추는 춤. 들어가보고 싶어도 혼자서 카페에 발을 들인다는 게 어색했다. 해서 주머니에 손을 넣은 채 하염없이 모던 카페의 입구만 바라보고 있노라니, 어느 순간부터 묘한 시선이 느껴지기 시작했다.

처음에는 그저 모르는 척하려 했다. 그런데 아무리 지나도 시선은 사라질 줄을 몰랐다. 혹시 순사인가? 아니면 멋모르고 유혹을 해보려는 여인? 어느 쪽이든 달갑지 않기는 마찬가지였다. 한껏 경계를 하며 천천히 뒤를 돌아본 순간. 긴장으로 조여졌던 우건의 눈이 일시에 놀란 빛으로 물들었다.

"어, 진짜 신 선생님이다⋯."

백소혜. 조금 전까지 머릿속을 돌아다니던 그 여인이 생생한 모습으로 앞에 서 있었다.

'오늘 저 여인을 보려고 내 발이 멋대로 움직인 모양이군.'

눈가에 힘을 푼 우건이 그녀에게 천천히 다가갔다. 그때까지 놀라서 눈만 빠르게 깜빡이던 소혜가 가방끈을 고쳐 잡으며 그를 향해 꾸벅 인사를 했다.

"카페에 놀러 오신 거예요?"

"친구 보러."

"아⋯. 친구분을 만나기로 하셨구나."

뭔가를 기대하는 듯하던 소혜의 얼굴이 금세 허물어졌다. 감정과 생각이 얼굴에 고스란히 드러나는 솔직한 여인이었다. 우건은 입가를 조금 더 길게 늘이며 그녀를 지그시 응시했다.

"응. 못 볼 줄 알았는데 만났네."

살짝 고개를 기울이자 그의 날렵한 턱선이 더욱 선명히 드러났다.

"친구."

우건의 시선이 가리킨 것은 명백히 소혜였다. 그 시선의 뜻을 알아챘는지, 소혜의 얼굴이 삽시간에 붉게 달아올랐다. 도르르 굴러가는 눈동자는 머릿속이 얼마나 시끄러운지 여실히 보여주고 있었다. 우건은 피식 웃음을 흘리고 말았다. 방금 전까지 숨이 턱턱 막힐 듯 덥고 답답했는데. 신기하게도 소혜를 만나자 시원한 바람이 그의 주위를 맴도는 듯했다. 마치 그녀 덕분에 무거운 짐들로부터 해방된 것처럼. 우건은 선연히 미소 띤 얼굴로 그녀에게 손을 내밀었다.

"같이 걸을까. 달도 좋은데."

그는 이 보드랍고 청량한 바람을 조금 더 붙잡고 싶었다.

경림이 갑자기 몸이 좋지 않다고 조퇴를 하는 바람에 공연이 없어진 날이었다. 카페에 계속 있자니 할 일도 없고, 그렇다고 술도 즐기지 않으니 소혜는 이만 집으로 돌아갈 수밖에 없었다. 하루 공쳤다고 생각하며 터덜터덜 나오는 길이었는데, 때마침 우건을 만날 줄이야.

"같이 걸을까. 달도 좋은데."

잡지 소설의 대사 같은 말은 낯간지러웠지만 달콤했다. 소혜는 말없이 우건이 내민 손을 바라봤다. 제 손과 다르게 선이 굵고 큰 손이었다. 그리고 오래된 듯한, 정체를 알 수 없는 상처가 제법 많은 손이었다.

'교사라더니…. 손은 꼭 무슨 험한 일 하는 사람 같네.'

그날 잡았을 때 제법 단단하긴 했는데. 따뜻하기도 했고….

잡아도 되나 망설이며 잠시 그의 손을 바라보는데, 일순 뒤에서 왁자지껄한 소리가 들려왔다. 모던 카페에서 일하는 웨이터 몇 명이 담배를 피우러 나오고 있었다.

"헉."

뒤를 돌아보던 소혜는 흠칫 놀라며 모자를 푹 눌러썼다. 손님과 얽히기 싫어해 남장까지 하는 백소혜가 퇴근 후에 웬 사내와 함께 집으로 돌아간다? 스캔들에 목말라하는 이들에겐 아주 떠들기 좋은 소재였다. 분명 학제 때와는 비교도 할 수 없을 만큼 귀찮은 일들이 벌어질 것이리라.

"어? 저거 소혜 아니야?"

때마침 등 뒤에서 그녀를 알아본 듯한 목소리가 들려왔다. 가방끈을 꽉 잡은 소혜는 허공에 방치돼 있던 우건의 손을 덥석 잡았다.

"뛰어요. 얼른!"

"뭐?"

그러곤 냅다 발이 가는 대로 뛰기 시작했다. 잡으라고 내민 손이 아니었건만. 어깨에 멘 짐을 대신 들어주려던 우건은 난데없이 제 손을 잡고 뛰는 소혜에게 끌려가 덩달아 뛰어야만 했다.

"너 설마 카페에서 사고 치고 도망치는 거야?"

"그런 것 아니에요!"

"그럼 왜 뛰는데!"

"나중에 말씀드릴게요. 일단 뛰세요!"

소혜는 젖 먹던 힘까지 짜내어 최대한 빨리 뛰었다. 저 때문에 우건까지 괜한 소문에 휘말리게 하고 싶지 않았다. 처음에는 의심의 눈빛으로 보던 우건도 낮게 한숨을 삼키며 제대로 뛰기 시작했다. 어느 순간부터는 우건의 긴 다리가 소혜를 앞질러 끌고 갔다.

그렇게 얼마나 뛰었을까. 진고개의 화려한 불빛이 보이지 않을 때쯤 소혜가 발을 멈췄다.

"헉, 허억…"

그녀는 크게 숨을 헉헉거리면서도 누군가 쫓아오진 않을까 뒤를 살피는 것도 잊지 않았다. 그러다 문득 우건의 손을 꽉 잡고 있다는 걸 깨닫고 황급히 놓았다.

"죄송해요. 동료들이 보면 좀 곤란해져서…"

함께 숨을 고르던 우건은 그런 소혜의 모습에 짧게 실소를 쳤다. 그는 소혜의 한쪽 어깨에 덜렁 매달린 가방을 가져가며 말했다.

"나만 만나면 늘 뛰네, 너는."

소혜는 민망한 듯 눈을 빠르게 깜빡였다. 생각해보니 처음 만났을 때도 부끄러워 도망치듯 뛰어나갔고, 두 번째 만났을 때는 그가 순사에게 쫓기고 있어 함께 뛰었다. 그리고 세 번째 만남인 오늘도.

평생 뜀박질이라고는 무대에 설 때밖에 안 해봤는데. 요사이 우건 때문에 육상 선수가 된 기분이다. 차라리 다리만 뛰면 참 좋겠건만.

'가슴도 너무 빨리 뛰어. 선생님을 만나면….'

소혜는 둥둥 북을 울리는 가슴께를 손으로 누르며 멋쩍은 듯 헛기침만 했다. 그러다 시야에 들어오는 낯선 풍경에 뒤늦게 정신을 차렸다. 주변을 둘러봐도 보이는 것은 간판 이름만 겨우 아는 가게들뿐. 급하게 뛰느라 집과는 완전히 정반대 방향으로 오고 말았다.

"아… 완전히 이상한 데로 왔다."

멍하니 내뱉은 혼잣말 뒤로 전보다 더 큰 웃음소리가 들려왔다. 우건이 땀에 살짝 젖은 머리를 뒤로 넘기며 말했다.

"덕분에 산책은 확실히 하겠네."

드러난 이마로 달빛이 흘러내려 묘한 분위기를 만들어냈다. 소혜는 말없이 웃는 그의 모습을 눈에 담았다. 달빛과 참으로 잘 어울리는 사내였다. 관능, 그 말이 이토록 잘 어울리는 사내가 또 있을까.

"왜, 너무 뛰어서 산책은 싫은가?"

잠시 넋 놓고 우건의 얼굴을 바라보던 소혜는 그와 눈이 마주치자 얼른 다른 곳으로 시선을 돌렸다. 당황으로 빠르게 깜박이는 속눈썹이 나비처럼 팔랑였다. 절레절레, 빠르게 고개를 흔들자 우건이 귀엽다는 듯 웃었다.

"…다시 한번 죄송해요."

"죄송할 것도 많네. 가자, 데려다줄게."

잔웃음을 남긴 그가 소혜의 어깨를 가볍게 툭 치고는 먼저 걸음을 옮겼다. 집까지 가는 길이 산책로로 정해진 셈이었다. 집에서 더 멀어졌으니, 그만큼 함께하는 시간도 더 길어질 터.

'방향 하나는 잘 잡았네, 내 다리.'

배시시 미소를 지은 소혜가 총총거리며 우건의 옆에 나란히 섰다. 저번처럼 은은한 담배 냄새가 밤바람에 실려 코끝을 스쳤다. 원래 담배 냄새를 썩 좋아하지 않는 편인데도 이상하게 우건의 냄새는 싫지가 않았다. 마치 향수처럼 팬스레 설레게 만든달까. 어쩌면 우건한테서 나는 냄새라서 뭐든 좋은 걸지도 모르겠다. 소혜가 싱긋 웃으며 말했다.

"보통 담배 냄새는 엄청 지독하던데. 선생님한테서 나는 냄새는 그렇지가 않아요."

"거의 피우지 않으니까."

"피우지 않는데 이렇게 냄새가 배어요?"

"그냥 태우기만 할 때가 많거든."

"왜요?"

우건의 시선이 하늘로 향했다.

"글쎄. 향 대신이려나."

향? 소혜가 고개를 갸웃거리니 우건이 낮은 목소리로 말했다.

"연구를 위해 매일 수많은 나비를 죽이고 있으니, 그것들의 넋을 기리기 위해서?"

가벼운 웃음이 그의 입술을 타고 흘렀다. 한없이 여유로워 보이다가도 어쩐지 쓸쓸함이 감도는 웃음이었다. 보고 있자니 괜스레 기분이 이상해질 만큼, 꼭 슬픈 이야기를 하는 것처럼. 소혜는 얼른 이상한 기분을 털어내며 다른 말을 꺼냈다.

"그런데 왜 나비를 연구하세요? 나비를 연구한다고 실생활에 도움이 되는 것도 아닌데."

"이름을 붙여주고 싶어서."

"이름요?"

"조선의 나비만큼은 일본 이름이 아닌 조선 이름으로 불리길 바라거든."

우건의 입가에 미소가 한 줌 사라졌다.

"이 땅에 있는 모든 나비에게 조선어로 이름을 붙여주는 게 내 꿈이야."

"조선에 나비가 그렇게 많나요?"

그 말에 우건이 가방 속에서 웬 종이 뭉치를 꺼내 건넸다. 소혜는 신기한 눈으로 '나비 연구록'이라 쓰인 글을 읽어 내렸다. 안에는 그가 연구한 나비들의 특징과 이름이 차례대로 정리돼 있었다. 시골처녀, 은점박이알락팔랑, 민무늬귤빛부전 등 재밌고도 신기한 이름들이 한가득이었다. 그저 호랑나비, 흰나비 정도만 알았던 소혜에겐 또 다른 별세계였다.

"그럼 나비도 매일 보시겠네요?"

"파묻히다시피 살고 있지."

"좋겠다. 그런 어여쁜 것들을 매일 봐서."

술에 취해 흥청망청 놀기만 하는 사람들 말고, 예쁜 나비나 실컷 보면 얼마나 좋을까. 팔랑거리는 나비 사이에 폭 파묻히는 상상을 하니 절로 기분까지 포근해지는 것 같았다. 부러움 가득한 눈으로 연구록을 보고 있자니, 소혜를 가만히 응시하던 우건이 한 가지 제안을 해왔다.

"가볼래?"

"어디를요?"

"나비에 파묻힐 수 있는 곳."

이 밤중에 나비가 있는 곳이 있다고? 볼 수만 있다면 어디든 따라가고 싶었다. 소혜는 크게 고개를 끄덕였다.

"가고 싶어요! 데려가주세요."

"그래. 따라와."

우건이 입가를 길게 늘이며 발길을 돌렸다.

◆ ◆ ◆

소혜는 발을 멈추고 뚱한 얼굴로 물었다.

"여기에 정말 나비가 있다고요?"

"있다마다."

우건이 소혜를 데려온 곳은 다름 아닌 송일고보였다. 나비를 보여준다기에 너른 들판이나 숲을 생각했건만. 난데없이 불 꺼진 캄캄한 학교로 데려오니, 호기심과는 별개로 슬쩍 겁까지 났다. 굳게 닫힌 정문 때문에 두 사람은 높은 담벼락에 올랐다.

"뛰어. 받아줄게."

먼저 땅으로 뛰어내린 우건이 소혜를 향해 팔을 벌렸다. 많이 무거울 텐데. 소혜가 미적거리자 우건이 얼른 뛰라는 듯 손짓을 했다. 에라, 모르겠다!

"꺅!"

소혜는 눈을 질끈 감고 그대로 몸을 날렸다. 땅바닥에 그대로 엎어질 거라는 예상과 달리 단단하면서도 아늑한 품이 느껴졌다. 소혜를 받아 안은 우건이 신음 같은 웃음을 낮게 흘렸다.

"뛰는 폼은 선녀더니."

아… 뒷말이 절로 귀에 들리는 이 기분은 뭘까. 소혜는 우건을 확 밀치며 그에게서 떨어졌다.

"뛰라고 한 게 누군데요."

"잘 뛰었다고 한 말이야."

"거짓말 같은데."

"똑똑하네."

"하! 참 나."

소혜는 뾰로통해진 얼굴로 우건을 흘겨봤다. 밤이라 어둑해서 다행이지. 그러지 않았다면 화끈하게 달아오른 얼굴이 그대로 드러날 뻔했다.

우건은 소혜를 데리고 본관 옆 2층 높이의 건물로 향했다. '송일 박물관'이라는 팻말이 걸린, 지난번에 송일고보를 찾아왔을 때 그를 봤던 바로 그 건물이었다. 소혜는 주변을 둘러보다가 또 한 번 미심쩍은 표정을 지었다.

"이런 곳에 어떻게 나비가 있어요?"

"몰랐겠지만 이런 곳에 나비가 참 많아."

우건은 능숙하게 건물의 문을 열고 안으로 들어갔다. 그를 따라 걸음을 놓으려던 소혜가 잠시 멈칫했다. 어두컴컴한 건물 안으로 들어가려니 괜스레 오금이 저린 탓이었다.

"난금이 언니가 밤에 학교에서 귀신 나온댔는데…"

무용수에게 들었던 괴담이 떠올라 선뜻 발을 뗄 수가 없었다. 중얼거리는 소리를 들은 걸까. 뒤를 돌아본 우건이 다가와 소혜의 손을 잡았다.

"무서우면 내 손 잡고 가든가."

손 위로 덮이는 따스한 체온에 소혜가 작게 눈망울을 떨었다. 어린 동생을 보듯 짧게 입가를 늘인 그가 걸음을 옮겼다. 그의 보폭에 맞춰 자연스럽게 소혜의 발도 움직였다. 계단을 올라 2층으로 올라간 우건은 복도 끝에 위치한 교실로 향했다. 그리고 그가 문을 열고 전등의 불을 켠 순간.

"여기야. 나비에 파묻힐 수 있는 곳이."

"와…"

시야를 한가득 채우는 나비들에 소혜가 탄성을 질렀다. 바닥부터 천장에 이르기까지, 수많은 종류의 나비가 별처럼 매달려 있었다. 그의 표현대로 정말 나비에 파묻히다시피 되는 공간이었다. 홀린 듯 안으로 들어간 소혜는 벽에 걸린 표본 액자로 다가갔다. 날개를 활짝 편 나비들이 하나같이 고운 색을 뽐내며 그 안에 들어 있었다.

"너무 예뻐요…"

소혜는 꿈결처럼 속삭였다. 유리 면을 쓸어내리자 투명한 막 너머로 나비가 더 선명히 보였다. 이렇게 가까이서 나비를 보는 건 처음이라 무척 신기했다. 톡 건드리면 금방이라도 날아갈 것 같은 자태는 황홀하기까지 했다.

"마음에 드나?"

"네. 선생님 따라오길 정말 잘한 것 같아요."

활짝 웃어 보인 소혜가 다시 나비 삼매경에 빠졌다. 소혜가 넋을 놓고 나비를 구경하는 동안 우건도 책상에 걸터앉아 그녀를 바라봤다. 새하얀 얼굴에 옅은 홍조를 띤 채 나비를 구경하고 있는 그녀는 영락없는 소녀의 모습이었다. 늘 매서운 눈으로 나비를 구석구석 뜯어보는 얼굴들만 보다가 저렇게 순수한 얼굴을 보니, 새삼 이곳이 새롭게 느껴질 정도였다. 어린아이 같기도 하고, 순진하고 철없는 아가씨 같기도 하고.

"이 나비도 너무 예뻐요! 색이 알록달록해."

호기심 가득한 눈으로 이리저리 보는 모습이 참으로 어여쁘고 귀여웠다. 저도 모르게 웃음이 그려질 만큼.

"전부 선생님께서 잡으신 거예요?"

"나보다는 조수나 학생들의 몫이 크지."

"조선 팔도의 나비들이 전부 있다고 해도 믿겠어요."

소혜는 벽을 따라 줄지어 늘어선 나비들을 하나하나 구경했다. 표본들 밑에는 전부 조선어로 이름이 쓰여 있었다. 이름표를 하나하나 읽어보던 소혜가 문득 걱정 어린 목소리로 물었다.

"이렇게 조선말로 써둬도 괜찮아요? 듣기로는 이제 학교에서도 조선어를 쓰면 안 된다고 하던데…."

"이 학교는 미국인 선교사가 지은 학교라 비교적 일제의 눈에서 자유로워. 그중에서도 내 연구실에는 아무나 함부로 들어오지 못하고."

그래서 이렇게 곳곳에 조선어가 남아 있는 모양이다. 나비 이름뿐만 아니라 책장 사이사이에도 조선어로 쓰인 책들이 꽂혀 있었다. 우리말마저 마음껏 쓰지 못하는 세상에 이토록 자유로운 공간이라니. 꼭 세상과 동떨어진 듯한 기분까지 들었다. 소혜는 다시 무수한 나비를 구경하며 물었다.

"나비 연구는 어떻게 해요?"

"같은 종의 나비를 적게는 수천 마리, 많게는 수십만 마리를 구하여 특징을 잡아내지."

"수십만 마리씩이나요?"

어느 정도의 양인지 실감도 안 날 만큼 어마어마한 수치였다. 소혜는 믿기지 않는다는 듯 입을 다물지 못했다.

"그 정도면 책 한 권을 쓰고도 남겠어요."

"책 한 권?"

"아닌가요? 그럼 두 권…?"

우건이 고개를 저으며 팔을 들었다. 허공으로 손가락 세 개가 펼쳐졌다.

"논문 한 줄을 위해 만져야 하는 나비가, 3만."

"3만이나요? 그렇게나 많이?"

그 말에 소혜가 눈을 동그랗게 떴다. 3만. 태어나서 그만큼의 숫자를 세어볼 일이 얼마나 될까. 가늠할 수 없는 우건의 엄청난 열정에 소혜는 머리가 멍해질 정도였다.

"분류학과 측정학이라는 게 원래 그래. 일단 수로 밀어붙이는 거지."

"정말 아무나 못 하는 거네요."

"학자라는 족속이 원래 다 괴팍한 인간들이니까."

"그럼 나비를 연구하는 학자들은 다들 그렇게 하나요?"

"글쎄. 나는 형을 보고 배우다 보니…."

우건이 말을 하다 말고 잠시 멈칫했다. 잠시나마 편해졌던 그의 얼굴에 빛이 사라졌다. 대신 그 자리를 메운 건 전혀 다른 감정이었다. 그리움일까. 아니면 후회일까. 그도 아니면 지독한 원망일까. 어둡게 반짝이다 사라진 그것은 곧 옅은 미소로 덮였다.

"이렇게 됐지."

소혜는 물끄러미 우건을 봤다. 무언가 봐선 안 될 상처를 본 기분이다.

"나비는 나에게, 죄업을 뜻하는 것이거든."

당신, 이제껏 나비를 볼 때마다 그런 눈빛을 했구나. 그렇게 아픈 눈빛으로, 그렇게 슬픈 눈빛으로, 일부러 스스로를 괴롭히면서. 소혜의 눈꼬리가 밑으로 내려앉았다.

"왜 하필 나비였어요? 이름을 붙일 수 있는 건 많았을 텐데."

그녀의 조심스러운 물음에 우건이 손을 뻗어 천장에 매달린 삼각지 다발을 어루만졌다. 조금 전까지 수국 다발처럼 보이던 꽃이 그의 손에 닿자 이번에는 전혀 다른 꽃으로 보였다.

"안쓰러워서."

국화. 떠나간 이의 넋을 기리는, 하얀 국화.

"자유롭게 노니면서도 이 땅을 벗어나지 못하는 저 작은 것들이 안쓰러워서."

애처로워서. 서러워서. 그럼에도 자꾸만 눈길이 가서.

"꼭, 내가 아는 사람들 같아서."

부유하던 공기가 낮게 내려앉았다. 저 사내는 그저 나비에 대한 이야기를 하는 것인데, 왜 이렇게 가슴이 미어지는지 모르겠다. 마치 떠난 이를 그리워하며 읊는 시 같아서. 저 안쓰러운 나비 속에서 전혀 다른 걸 보고 있는 것 같아서. 아름다운데, 또 한없이 서글퍼서.

소혜는 저도 모르게 걸음을 옮겨 그에게 다가갔다. 그러곤 종이 다발을 만지고 있던 손을 붙잡아 나비가 아닌 그녀를 보게 만들었다. 허공에서 두 사람의 시선이 얽혀들었다.

"어여쁜 것은 어여쁜 것으로만 봐야지요."

소혜의 얼굴이 들어찬 눈동자가 옅게 흔들렸다.

"어여쁘게 봐주세요. 슬프게 보지 마시고."

무슨 생각을 하는지 알 수 없는 얼굴은 그저 묘한 빛으로만 가득했다. 외줄을 타듯 아슬한 침묵이 흘렀다.

"…그래."

삭막하게 말라 있던 우건의 입술에 한 줄기 유한 흐름이 생겼다.

"어여쁜 것은 어여쁜 것으로만 봐야지."

소혜의 작은 두 손에 감싸였던 우건의 손이 소혜의 머리 위로 얹어졌다. 가볍게 머리를 쓰다듬은 그가 이내 몸을 일으켰다.

"산책은 여기까지. 이만 가지."

우건은 먼저 교실을 나섰다. 문을 나서자 애써 올리고 있던 입꼬리가 서서히 밑으로 내려왔다.

'슬프게 보지 말고 어여쁘게 본다…'

그 말이 무어라고 이렇게 가슴을 울리는 것인지. 꼭 '너에겐 죄가 없어' 라고 말하는 것 같아서, '미안해하지 않아도 돼'라고 말하는 것 같아서. 숨이 막힐 듯 죄어오던 가슴에 잠시나마 틈이 생긴 것 같다. 그러면 절대 안 되는 것인데.

"같이 가요, 선생님!"

우건은 어느새 제 옆에 와서 함께 걷는 소혜를 내려다봤다. 이 작은 아이는 제 가슴 깊은 곳에 숨겨둔 것을 너무도 쉽게 건드리고 있었다.

◆ ◆ ◆

소혜는 힐긋 우건의 옆모습을 봤다. 학교를 나오고 나서부터 그는 한 마디도 않고 있었다.

'아까 괜한 말을 한 건가…'

나비를 볼 때마다 슬픈 것을 떠올리는 것 같기에 저도 모르게 내뱉은 말이었다. 슬퍼 보이는 게 싫어서, 슬퍼하지 않았으면 좋겠어서. 이후로 다행히 슬픈 빛은 사라졌지만, 대신 어색한 분위기가 감돌았다. 혹여 주제넘은 참견을 한 것은 아닐까. 소혜는 뒤늦게 걱정이 돼 계속 우건의 눈치만 살폈다.

"하고 싶은 말이 있나?"

"네?"

갑자기 걸음을 멈춘 우건이 상체를 숙여 소혜와 눈높이를 맞췄다. 코앞으로 다가온 얼굴에 소혜는 저도 모르게 숨을 삼켰다. 우건의 향이 아찔하게 폐부를 채웠다.

"아뇨, 없는데요….'

"아닌데 왜 자꾸 쳐다보지. 궁금하게."

깊이 들여다보는 눈동자에 소혜의 얼굴이 점점 새빨개졌다. 쿵, 쿵, 쿵. 뜀박질도 하지 않았는데 심장이 제멋대로 날뛴다. 우건과 함께 있으면 이젠 뛰지 않아도 가슴이 쿵쾅거리나보다. 혹시 선생님에게도 심장 소리가 들리지 않을까. 아직 정의 내리지 못한 제 마음이 드러날까 민망했다. 소혜는 홱 몸을 돌려 우건을 지나쳤다.

"제가 선생님 얼굴을 왜 쳐다봐요?"

"보던데. 그것도 계속."

"얼굴에 뭐 묻어 있어서 떼어드릴까 말까 고민한 거예요."

"떼어주든가, 그럼."

앞서 서너 걸음 가던 소혜가 황당한 얼굴로 뒤를 봤다. 우건은 소혜의 손이 얼굴에 닿기 쉽도록 허리까지 숙이고 있었다.

"서, 선생님이 떼세요."

"나는 안 보이잖아. 어디에 묻었는지."

"그냥 아무렇게나 터시면 떨어져요."

"그러다 안 떨어지면 네가 계속 볼 것 아니야."

참 나, 내가 보는 게 그렇게 싫나? 얼굴 좀 본다고 닳는 것도 아니고. 치사하게. 소혜는 샐쭉하니 우건을 흘겨보며 그의 앞으로 갔다. 친절히 허리까지 숙여주며 눈을 감는 모습이 어째 얄밉게까지 보인다. 실은 아무것도 없는데, 뭘 떼라는 건지.

소혜는 어쩔 수 없이 눈썹이라도 떼는 것처럼 눈 밑 쪽을 슬쩍 쓸었다. 잘 떼어지지 않는 것처럼 몇 번 더 떼는 척했다. 한 번에 떼면 거짓말이라 의심할 수도 있으니까. …그래. 솔직히 손끝에 닿는 감촉이 너무 좋았다. 좀 더 만지는 게 어때서. 왜, 뭐.

"됐어요."

시치미를 떼며 손을 거두자, 감겨 있던 눈꺼풀이 천천히 위로 올라갔다. 그 밑으로 드러난 눈동자가 물끄러미 소혜를 응시했다. 밤하늘처럼 어둡고 깊은 시선이 파도처럼 밀려왔다. 지그시 마주 오는 시선에 소혜는 차마 고개를 돌릴 수 없었다.

"아까 한 말은 신경 쓰지 마. 걱정하지도 말고."

그냥 모른 척, 잊은 척해줘. 우건의 눈이 그렇게 말하고 있었다. 소혜는 말없이 눈을 깜박이다가 작게 고개를 끄덕였다. 짧게 미소 지은 그는 소혜의 머리를 쓰다듬고는 다시 길을 걸었다. 대체 무슨 일이 있었기에 저런 얼굴을 하는 것일까. 물어보고 싶어도 선뜻 입이 떨어지지 않았다. 이 이상 그의 상처를 헤집고 싶지도 않았고.

'그냥 모르는 척하는 게 맞는 거겠지.'

소혜는 일부러 밝은 목소리로 다른 이야기를 꺼냈다.

"선생님께서도 어디 신문이나 잡지 같은 데에 기고하세요? 가끔 신문을 보면 어려운 연구 이야기도 나오던데."

"논문도 쓰고, 신문이나 학술지 같은 데에 기고하기도 하지."

"저도 선생님 글 읽어보고 싶어요."

"글쎄. 학술 잡지는 읽기 좀 힘들 텐데."

그 말에 소혜가 불퉁하게 입술을 내밀었다.

"카페 무용수라고 무시하지 마세요. 많이는 아니지만, 저 신문도 틈틈이 읽는다고요."

"그냥 글 자체가 재미없다는 뜻이야. 내가 봐도 지루한데 너는 오죽할까."

괜스레 발끈했던 소혜가 민망한 듯 입술을 오므렸다. 그 모습에 낮게 웃음을 흘린 우건이 다른 책을 알려줬다.

"대신 송일고보에서 격주로 내는 학술지가 있어. 학생들 눈높이에 맞추느라 흥미에도 꽤 신경 쓰지."

"정말요? 그럼 나중에 한 권 받아볼 수…."

"쉿."

그때였다. 우건이 갑자기 소혜의 말을 막더니 무언가에 집중하듯 미간을 좁혔다. 이내 그녀의 귀에만 들릴 목소리로 말했다.

"이대로 집까지 걸어가. 절대 뒤돌아보지 말고."

"왜요? 누가 따라오기라도…."

"돌아보지 마."

슬쩍 고개를 돌리던 소혜가 얼른 앞을 봤다. 허리를 꼿꼿이 편 그녀가 긴장으로 눈을 깜빡이던 순간.

"여기서부터는 이 방향으로 쭉 직진하시면 됩니다. 저는 저쪽 길로 가야 하니, 이만 조심해서 가십시오."

우건이 난데없이 모르는 사람인 척 연기를 하는 게 아닌가. 무슨 상황인가 싶어 눈썹을 들썩여봐도 그는 끝까지 초면인 것처럼 굴었다. 다행히 지금 뭐 하는 거냐고 따져 물을 만큼 소혜는 바보가 아니었다.

"고맙소."

그녀는 사내처럼 목소리를 꾸미며 꾸벅 고개를 숙였다. 그러곤 집을 향해 혼자 걷기 시작했다. 뒤에 남겨진 우건이 걱정됐지만 차마 돌아볼 수 없었다.

'내가 뒤돌아보면 선생님이 곤란해지실 거야. 돌아보지 말자. 선생님을 믿자…'

지금은 그저 우건을 믿을 수밖에 없었다.

소혜의 발소리가 멀어질 때쯤, 우건도 걸음을 옮기기 시작했다. 그러자 멀지 않은 곳에서 낯선 걸음도 따라왔다. 묵직하게 내딛는 소리는 분명 사내의 걸음 소리였다. 미행이 붙은 것이다. 그나마 다행인 점은 발소리가 하나라는 것. 적어도 제 감각이 맞다면 소혜가 위험할 일은 없다는 뜻이었다. 우건은 재킷 위를 쓸어 품속에 있는 총을 확인하고는 걸음을 계속했다.

골목으로 들어가서부터는 조금 더 속도를 빨리했다. 따라오는 걸음도 역시나 급해졌다. 그리고 마침내 길이 좁은 모퉁이를 돈 순간.

"윽!"

빠르게 몸을 튼 우건이 뒤따라오던 사내의 멱살을 잡아 벽으로 밀어붙였다. 총구를 겨누자 사내가 반사적으로 양손을 들었다.

"누군데 자꾸 뒤를 밟지."

사내는 대답하지 않았다. 우건은 그가 쓰고 있는 모자를 천천히 들췄다. 이윽고 사내의 얼굴을 확인한 순간, 우건이 의외라는 듯 눈가를 구겼다.

"…욱영 형?"

"오랜만이야, 우건. 안 보는 사이에 많이 과격해졌군."

저를 미행한 사내가 다름 아닌 한열단 단원, 고욱영이었던 것이다. 한때 한열단에서 부대를 이끌 만큼 실력 좋은 대장이었던 그는 현재 일반 단원으로 강등된 상태였다. 사유는 부대원 사살. 죽은 부대원은 밀정으로 드러났지만, 중대한 사항을 조직에 보고도 하지 않고 독단적으로 결정했다는 점에서 결국 대장 자리에서 파면을 당했다. 욱영은 비릿하게 웃으며 말했다.

"좀 비켜주지 그래. 내 목이 졸리는데."

"아, 미안."

우건은 총을 다시 품속에 넣고는 욱영을 놓아줬다. 생각지도 못하게 만난 터라 여전히 얼떨떨했다.

"얼마 전에 형이 상하이로 갔다고 들었는데. 벌써 돌아온 거야?"

"이번에 중요한 임무를 맡게 됐거든."

"중요한 임무?"

"기밀이라 뭔지는 말 못 해주고."

욱영이 한쪽 입꼬리를 올리며 피식 웃었다. 그러곤 뻐근한 듯 목을 돌리며 짐짓 억울한 목소리를 냈다.

"아, 지나가는 길에 봐서 인사하려다가 총 맞을 뻔했네. 함부로 총 빼는 습관은 좀 고쳐. 총기 소지만으로도 잡혀간다는 걸 잊은 건가?"

"…잊었을 리가."

다만 그 순간 아주 강한 살기가 느껴졌다는 말을 어떻게 할 수 있을까. 하여 우건은 멋쩍게 미소만 보였다.

"그냥 인사하지 그랬어. 마주치면 안 되는 사이도 아니고."

"모르는 사람이랑 있길래, 혹시나 해서."

그 말에 우건이 눈가를 조였다. 욱영의 말속에 뼈가 있는 까닭이었다.

"무슨 뜻이야. 방금 그 말."

"뭐, 딱히 뜻이랄 건 없고."

"하고 싶은 말 있으면 똑바로 해."

"내가 무슨 말을 하고 싶어 하는지는 네가 더 잘 알잖아."

욱영이 낮게 웃으며 제 뺨에 세로로 길게 난 상처를 툭툭 건드렸다. 부대 내의 밀정을 처리하다가 생겼다는 상처였다.

"난 그저 내 신념을 따르는 것뿐이야. 누구도 믿지 않는 것."

한때는 가장 가까웠던 부하. 누구보다 의지하고 모든 것을 함께하던 동지.

"가족끼리도 칼을 꽂는 게, 이 시대니."

5년 전 그가 죽인 밀정은 그의 친동생이었다.

자신을 의심한다는 말에 우건은 어이가 없었다. 다른 사람도 아니고 한열단 수뇌부에 해당하는 자신을 의심하다니. 이건 한열단 자체를 부정하는 거나 마찬가지였다. 하지만 욱영은 원래도 말을 가려서 하는 인물이 아닌 데다 그가 저러는 이유도 충분히 알고 있어서, 우건은 그저 속으로 참을 수밖에 없었다.

"예민한 건 알지만 함부로 찌르고 다니지 마. 형의 적만 늘어나는 거야."

"너야말로 낯선 사람 조심해."

"그건 내가 알아서 해."

"아까 그자도 일부러 접근한 건지 아닌지 네가 어떻게 알아?"

"정말 우연히 만난 거야. 상관없는 이니 괜히 뒤밟을 생각은 하지 마."

혹시 학교에서부터 뒤를 밟은 건 아니겠지. 조금 무모한 거짓말이었지만 우건은 짐짓 사실인 척 태연한 표정을 지었다. 다행히 욱영은 소혜에 대해서는 더 묻지 않았다. 가까이 다가온 그는 목소리를 낮춰 경고하듯 말했다.

"네가 우리 조직에서 얼마나 중요한 핵심 인물인지, 설마 자각 못 하는 건 아니겠지."

"…."

"우리 조직의 모든 핵심 정보는 다 너를 통해 전달돼. 너 하나 털리면 조직 전체가 털린다고. 잊지 마."

모르는 바는 아니었다. 상부에서 결정한 일들을 단원들에게 전달하는 게 바로 제 역할이었으니까. 다만 이젠 일개 단원이 된 욱영한테 그 말을 듣는 게 조금 껄끄러웠을 뿐. 우건은 냉랭한 빛이 감도는 눈으로 욱영을 응시했다. 다소 위험한 공기가 두 사내를 휘감았다.

"과한 걱정은 삼가. 형이 나를 노리고 있다고 생각하기 전에."

독사를 닮은 욱영의 눈이 번뜩였다. 당장이라도 잡아먹을 듯 먹잇감을 노려보는 모양새였다. 숨이 막힐 듯한 긴장감이 팽팽하게 조여오고, 상대를 향한 적대감이 짙게 퍼져갔다. 부유하던 공기가 터질 듯 부풀어 오르던 그 순간.

"좋네. 지금 그 눈빛."

욱영의 입에서 픽 하고 바람 빠지는 소리가 터졌다.

"그래. 그렇게 의심해. 의심하며 네 자신을 지켜. 그래야 조금이라도 더 살지."

기분 나쁘게 웃은 그는 인사 한마디 없이 뒤돌아 사라졌다. 진득하게 남은 불쾌한 감정만이 욱영이 왔다 갔음을 증명할 뿐이었다. 골목은 다시 침묵으로 가라앉았다.

"하…."

텅 빈 공간으로 묵직한 한숨이 흘러들었다. 우건은 미간을 좁히며 머리를 쓸어 올렸다. 그 밑으로 복잡하게 물든 얼굴이 드러났다.

'현실을 망각하고 몽글한 꿈에 젖어 있던 꼴이라니….'

아까까지만 해도 까맣게 잊고 있던 사실들이 벌 떼처럼 머릿속을 파고들었다. 만일 뒤따라오던 이가 욱영이 아닌 다른 사람이었다면? 밀정이나, 혹은 한열단의 뒤를 캐는 고등경찰이었다면? 하마터면 소혜까지 위험해질 뻔한 상황이었다. 소혜를 만나 들떠 있던 감정이 일시에 무겁게 가라앉았다.

내가 누군가를 새롭게 만나고 연을 쌓을 처지였던가. 매 순간이 전쟁인 나에게 그런 일이 가당키나 하던가. 대체 뭘 바라고 그 여인에게 시선을 뒀던 것일까. 그마저도 내겐 사치였는데.

'집에는 잘 도착했으려나.'

우건은 흐려진 눈으로 골목 너머를 바라봤다. 기억하기로는 여기서 소혜의 집까지 그리 멀지 않은 거리였다.

'잘 도착했는지, 누가 따라붙진 않았는지 확인만 하고….'

그러나 한 발자국 내딛은 걸음은 다시 바닥에 묶이고 말았다. 이렇게 찾아가는 것만으로도 그녀에게 어떤 피해를 줄지 모른다. 제 위치가, 제 상황이 그러했다.

"…내 처지에 누구를."

우건은 떠오르는 소혜의 얼굴을 애써 지웠다. 검은 구두는 이내 반대 방향으로 돌아섰다.

· 2장 ·

눈가림

모던 카페의 지하 창고를 개조해 만든 연습실. 이곳에서는 무용수들의 안무 연습이 한창이었다.

"됐어. 오늘은 여기까지."

경림의 말에 소혜는 거친 숨을 몰아쉬며 팔을 내렸다. 소혜뿐만 아니라 다른 나비 무용수들도 모두 땀범벅 상태였다. 몇 번이고 같은 동작을 반복시키던 경림은 무용수들이 완전히 녹초가 되고 나서야 연습을 멈췄다.

"각자 공연 전까지 쉬고 있어. 단장 시간에 늦지 말고."

"네."

경림은 무용수들을 쭉 둘러보고는 흐트러짐 없는 모습으로 연습실을 나갔다. 그때까지 허리를 꼿꼿하게 세우고 있던 무용수들은 누가 먼저랄 것도 없이 허물어졌다.

"흐아…! 나 진짜 팔 빠지는 줄 알았어."

"난 허리. 더 꺾었다가는 진짜 부러졌을 거야."

안 아픈 곳을 찾는 게 더 쉬울 판이었다. 털어놓던 불평은 언제나 그렇듯 경림에 대한 불만으로까지 넘어갔다.

"이렇게 진을 빼놓으면 이따 공연은 어떻게 하라는 거야?"

"맞아. 본인은 입으로만 하나, 둘, 숫자나 셌으면서."

"진짜 마음에 안 들어. 잘난 척이나 하고."

그 가운데 소혜는 언니들의 눈치를 보며 입술만 달싹이고 있었다.

'경림 언니 생일, 어떻게 할 건지 물어봐야 하는데…'

경림의 생일이 한 달 남짓으로 다가왔다. 그러나 이 분위기에서 생일 이야기를 꺼냈다가는 본전도 못 찾을 게 분명했다. 게다가 경림이 나타샤가 된 이후로 아예 척을 진 이들이니, 생일이라 한들 1전 하나 안 보태려 할지도 모른다.

'아무래도 올해 생일은 혼자 준비해야겠네.'

결국 소혜는 입도 뻥긋 못 하고 연습실을 빠져나왔다. 창고 옆에 있는 화장실에서 대충 목욕을 마치고 대기실로 들어왔다. 다들 아직 연습실에 있는 모양인지 대기실 안은 텅 비어 있었다. 소혜로서는 다행인 일이었다.

빠르게 단장부터 마친 소혜는 선물로 뭐가 좋을지 생각하기 시작했다. 하지만 아무리 생각해도 적당한 것이 떠오르지 않았다. 경림은 무용수들 중에서 월급과 팁을 가장 많이 받으니 갖고 싶은 건 얼마든지 살 테고, 그보다 더 값비싼 건 소혜의 주머니 사정으로는 턱도 없었다.

"뭘 선물해야 그나마 나으려나."

곰곰이 고민하던 소혜의 머리에 때마침 그림 공책이 떠올랐다. 지난번 우건의 얼굴을 그려본 뒤로 뭔가에 홀린 듯 사버린 비싼 공책이었다.

"그림! 그래, 초상화 정도면 괜찮겠다."

조금 없어 보이긴 해도, 나름 정성이 들어간 선물이니 경림도 싫어하진 않을 것 같았다. 소혜는 서둘러 가방 속에서 그림 공책을 꺼냈다. 나타샤의 공연을 홍보하는 대문짝만한 화보도 가져오고, 신무용가 최승희의 해외 공연 기사가 실린 외국 잡지도 그 옆에 나란히 펼쳤다. 어디에서도 볼 수 없는 특별한 그림을 그릴 생각이었다.

소혜는 빠르게 연필을 움직여 화보 속 경림의 얼굴을 공책에 옮겼다. 하지만 목 아래부터는 화보가 아닌, 외국 잡지 속 최승희의 사진을 보고 그리기 시작했다. 그림만 보면 경림이 세계적인 무대에서 서양 무용을 한 것이라 깜빡 속을 만했다. 그림만으로는 아쉬워 짧은 편지도 함께 썼다. 소혜는 완성된 그림을 뿌듯하게 봤다.

"이 정도면 되겠지? 경림 언니가 좋아하시면 좋겠다."

그림과 편지를 함께 갈무리하고 시간을 확인했다. 워낙 손이 빠른 덕분에 아직 공연 시간까지 한참이나 남아 있었다. 남은 시간 동안 뭘 해야 하나. 연필을 물고 빈 종이만 바라보던 소혜는 이내 또다시 연필을 끄적이기 시작했다. 하얗던 종이 위에 새겨진 건 어김없이 우건이었다. 그러나 마지막으로 봤던 모습이 뇌리에 강하게 남은 탓이었을까. 그림 속 우건의 표정은 한없이 서글퍼 보이기만 했다. 국화 같은 삼각지를 바라보던 우건. 그날 봤던 얼굴이 다시금 떠오르자, 가슴 한가운데를 바늘로 쿡 찌른 것처럼 아파왔다.

"항상 웃으셨으면 좋겠는데…."

웃는 얼굴, 참 멋지신데. 떠올리는 것만으로도 이렇게 가슴이 콩닥거릴 만큼. 흐려진 눈망울로 그림을 보던 소혜가 이내 미간 사이에 난 주름과 입매를 지웠다. 대신 눈매를 조금 더 둥글게 만들고, 입꼬리를 호선으로 바꿨다. 그러자 조금 전까지 우울해 보이던 우건의 얼굴이 금세 웃는 상으로 바뀌었다.

"이건 선생님께 선물로 드려야겠다."

이 그림처럼 항상 웃으시라고. 볼 때마다 내 생각도 하시면 더 좋고. 배시시 웃은 소혜가 그림을 가방에 넣었다. 때마침 무용수들이 우르르 대기실 안으로 들어왔다. 소혜는 얼른 자리를 비켜주며 기분 좋게 대기실을 나갔다.

◆ ◆ ◆

수업을 마친 우건이 연구실로 돌아와 외투와 가방을 챙겨 들었다. 옆에 있던 세호가 의아한 얼굴로 물었다.

"왜 벌써 외투를 챙기십니까? 어디 가십니까?"

"평춘관에."

"아! 오늘이구나. 요화를 만나러 가시는 날이."

달에 두어 번, 우건은 요화를 만나 에스페란토를 가르쳤다. 요화에게서 편지가 오고 나면 으레 있는 일이었다. 경성에서 제일가는 에스페란토 실력자라 여기저기서 의뢰가 들어오곤 했지만, 우건은 오로지 요화의 수업만 맡았다. 심지어 만나는 곳이 요릿집인 '평춘관'이다 보니 사람들의 입소문만 날로 무성해졌다.

'그렇게 아니라고, 아니라고 부정하실 때는 언제고.'

가만 보면 스캔들은 우건이 더 불리고 있는 것 같다. 세호는 호기심 가득한 표정으로 우건을 배웅했다.

"늦으십니까?"

"그리 오래 걸리진 않을 거야. 일곱 시 전에는 오지."

"기왕 가신 거, 저녁까지 드시고 오십시오. 과학지에 낼 원고는 제가 마무리할 테니."

이왕이면 오붓한 시간도 보내시고. 은밀히 중얼거린 세호가 수상한 미소를 지으며 키득거렸다. 우건은 어이없다는 눈으로 그를 쳐다봤다. 무슨 생각을 하는지 뻔히 보이는 얼굴이었다. 하지만 굳이 그것에 대해 변명을 하거나 대꾸하진 않았다. 스캔들을 놔두나 막으나, 어차피 그에겐 큰 상관이 없는 일이었다.

"원고에는 손대지 마. 마무리는 내가 해야 하니."

사실 '또 다른 진실'을 막기 위한 눈가림이기도 했고, 우건은 더 지체하지 않고 학교를 빠져나갔다. 학교 앞에는 미리 부름을 받고 대기하는 인력거가 있었다. 평춘관 소속인 차부車夫가 나와 그에게 인사를 했다.

"안녕하십니까, 도련님."

"오늘도 좀 부탁하네."

"예. 염려 마십시오."

우건을 태운 인력거가 빠르게 달리기 시작했다.

◆ ◆ ◆

"어후, 왜 이렇게… 무거워!"

소혜는 제 몸만 한 상자를 들고 끙끙거리며 모던 카페 계단을 올랐다. 웨이터들이 청소를 하는데 일손이 부족한 것 같아 선뜻 도왔건만. 생각보다 무거운 상자에 벌써 몇 분째 끙끙거리는 중이었다.

"나쁜 오라버니들. 무거운 걸 뻔히 알면서 나를 시켰어. 분장까지 다 마쳤는데!"

이따 내려가면 저 웨이터들을 가만두지 않을 테다. 씩씩거리며 또 한 계단을 오르던 그녀는 다시 울상을 지었다.

"힝, 계단은 또 왜 이렇게 많아…."

모던 카페가 지하에 있는 게 처음으로 원망스러워졌다. 까딱하면 짐과 함께 뒤로 구를 기세라, 소혜는 안간힘으로 몸에 힘을 줘야 했다.

그런데 지상으로 거의 다 올라왔을 때쯤, 상자로 가려진 시야 탓에 그만 발을 헛디디고 말았다. 가뜩이나 아슬아슬하던 몸이 그 순간 크게 휘청거렸다.

"어, 어어!"

앞으로든 뒤로든 대차게 부딪힐 걸 생각하고 눈을 꼭 감았다. 와르르! 상자에 든 물건들이 시끄러운 소리를 내며 바닥에 흩어졌다. 그리고 머리통이 바닥에…. 아니, 머리통이 아닌 이마가….

"음?"

소혜는 고개를 갸웃거렸다. 아무리 기다려도 몸에 통증은커녕 간지러운 느낌조차 없다. 뭐지. 설마 아직 떨어지는 중인가? 어떻게 된 건가 싶어 슬며시 한쪽 눈을 떴다. 그 순간 고급스런 옷감과 함께 눈에 들어온 것은 다름 아닌 학제의 얼굴이었다.

"또 만나네요, 소혜 양."

"사장님…?"

소혜는 놀란 눈을 깜빡이며 멍하니 그를 봤다. 어깨를 잡은 손과 허리에 단단히 둘러진 팔이 그녀를 안정적으로 지탱하고 있었다.

"괜찮습니까?"

학제의 목소리가 이성을 깨웠다. 뒤늦게 그에게 안겼다는 걸 깨달은 소혜는 화들짝 놀라 그의 품에서 벗어났다.

"저 아니었으면 정말 큰일 날 뻔했습니다."

학제는 계단을 보며 제가 다 아찔하다는 듯 몸을 떨었다. 가파른 계단 곳곳에 물건들이 아무렇게나 어질러져 있었다. 하마터면 저 물건들 꼴이 날 뻔했다 생각하니 절로 오금이 저려왔다. 소혜는 학제를 향해 꾸벅 허리를 숙였다.

"감사합니다. 사장님 덕분에 살았어요."

"제가 좀 여러모로 쓸모 있는 사람이긴 합니다. 자, 이왕 선행을 베푼 거, 물건까지 담아야 완벽하겠죠?"

학제는 두 팔을 걷어붙이며 쏟아진 물건들을 상자에 담았다. 괜찮다는 만류에도 상자를 건물 옆으로 옮겨주기까지 했다. 덕분에 쉽게 일을 끝낸 소혜가 미안한 표정을 지었다.

"사장님께는 늘 폐만 끼치네요."

"이왕이면 도움을 받았다고 해주십시오. 그래야 좀 더 은인 같으니까."

학제는 콧잔등을 찡긋하며 능글맞게 말했다. 이 정도 도움이야 그에겐 별것도 아니었다. 사실 이 여인을 다시 봐서 반가운 마음도 컸고, 그의 너스레가 웃겼는지 소혜는 작게 웃음을 터트리며 고개를 끄덕였다.

"네, 도움. 사장님 도움 덕분에 제가 또 살았어요."

해맑게 웃는 미소가 학제의 시선을 잡아끌었다. 순간 청량한 바람이 그의 주위를 맴도는 듯한 착각이 일었다. 예쁜 웃음이라고 생각했다. 한 번 더 보고 싶다고 생각할 만큼. 학제도 그녀를 따라 입가에 호선을 그렸다.

"내가 소혜 양에게 생명의 은인이 됐군요."

"네. 사장님이 제 생명의 은인이세요."

소혜는 진심을 담아 말을 이었다.

"오늘도 좋은 사람이세요. 척 말고, 진짜로."

학제의 두 눈에 언뜻 묘한 이채가 스몄다. 그녀에게 두 번이나 들은 '좋은 사람'이라는 말. 곤경에 빠진 이가 있으면, 특히나 어여쁜 여인이라면 발 벗고 나서던 그였기에 그리 새삼스러운 말은 아니었다. 그런데도 이 여인이 '좋은 사람'이라고 말하면 이상하게 남다른 의미로 다가왔다.

─ 약속할 수 있지? 반드시 좋은 사람이 돼주기로.

그녀의 얼굴 위로 겹치는 누군가의 모습 때문에. 잠시나마 어둡게 내려앉았던 표정은 곧 능청스러운 빛으로 돌아왔다.

"그럼 저는 갈 곳이 있어서 이만."

"네. 조심해서 가세요."

"다음에 또 봅시다, 소혜 양."

한쪽 눈을 찡긋한 학제가 발길을 돌렸다. 모던 카페에서 빠르게 멀어지던 걸음은 얼마 지나지 않아 자리에 멈춰 섰다. 뒤를 돌아봤을 때 소혜의 모습은 이미 사라진 뒤였다.

─ 꼭 좋은 사람이 될 거야, 우리 학제는.

기억 속에 몇 안 남아 있는 장면이 아른거렸다. 어느 순간 희미해져버린, 그저 아름다웠다는 감상만 남은 어린 날의 기억.

"…"

표정 없이 모던 카페를 바라보던 학제는 무표정한 얼굴로 다시 걸음을 옮겼다.

◆ ◆ ◆

인력거는 덜컹 소리를 내며 평춘관 대문을 넘었다. 아직 저녁때가 되려면 한참이나 남았건만. 마당에서는 벌써부터 음식 냄새와 시끌벅적한 소리가 물씬 풍겨 나오고 있었다.

"도착했습니다, 도련님."

"수고했네."

꾸벅 인사를 한 차부는 다시 인력거를 끌고 어디론가 가버렸다. 홀로 남은 우건은 잠시 자리에 서서 평춘관 건물을 바라봤다. 양옥으로 지은 신식 3층 건물의 평춘관. 벽돌로 쌓아 올린 몸통에 유리로 된 창문을 매단 이곳은 기와지붕을 이고 있었는데, 서양의 모던함과 동양의 아름다움을 모두 갖춘 건물이었다. 스물다섯 개의 방과 백여 명의 종업원이라는 이례적 규모를 자랑하는 곳이기도 했다. 게다가 수라간 최고 상궁에게서 전수받았다는 궁중 음식뿐만 아니라 일식과 중식, 나아가 미국이나 불란서, 서반아 등의 서양 음식까지 다채롭게 팔았다. 과연 경성 최고의 요릿집이라는 수식어에 걸맞은 요릿집이었다.

"아이고, 도련님 오셨습니까!"

평춘관 지배인인 석구가 반가운 얼굴로 마중을 나왔다.

"오늘도 '그 방'으로 가시는 것이지요?"

우건이 고개를 끄덕이자, 석구가 주변을 살피고는 정문이 아닌 측문으로 안내했다.

"이쪽으로 오십시오."

우건은 석구를 따라 그곳으로 갔다. 평춘관에는 공식적인 스물다섯 개의 식사방 외에 '비밀방'이라 불리는 방이 세 개 더 있었다. 예약금만 해도 입이 떡 벌어질 값이지만, 돈만 있다고 해서 아무나 다 잡을 수 있는 방도 아니었다. 조선에서 내로라하는 거물급 인사들만 사용할 수 있는 방. 그리고 동시에 항일 비밀결사 '한열단'의 간부들이 사용할 수 있는 방. 친일파를 불러들여 역으로 그 정보를 빼내는, 그야말로 역설의 방인 셈이었다.

지하를 따라 길게 나 있는 복도를 지나는 동안에 오간 대화는 그저 평범했다.

"그간 평안하셨습니까? 한동안 걸음을 하지 않으셔서 소식이 궁금했습니다."

"요즘 바빠서 자주 올 수가 없었네."

"이해합니다. 연구라는 일이 뭐 쉬운 게 있겠습니까."

"그저 앉아서 보고 쓰기만 하는 일이지."

"제가 학문보다 숫자에 더 밝기는 하지만, 세계에서 이름날 만큼 연구를 하는 게 얼마나 어려운 일인지는 압니다."

석구가 사람 좋게 웃으며 너스레를 떨었다. 그러다 문득 떠오른 생각이 있는지, 우건의 눈치를 살피며 슬쩍 입을 뗐다.

"참, 그리고… 오늘 사장님께서 나오셨습니다."

잔잔하던 우건의 표정이 순식간에 냉랭해졌다. 석구가 말한 사장은 그가 이곳에서 가장 껄끄러워하는 인물이었기 때문이다.

"어떻게, 일이 끝나시면 그쪽으로 모셔도 될지…."

"아니."

우건은 단칼에 제안을 거절했다. 여기서 굳이 '그 사람'을 보고 갈 이유는 없었다. 필요한 이야기는 요화를 통해 전부 들을 테니. 석구도 우건의 답을 예상했는지 더 이상 그에 관해서는 묻지 않았다.

이윽고 두 사람이 비밀방 앞에 도착했다. 석구가 문을 열자 향긋한 분내가 밀려 나와 우건의 주위를 맴돌았다. 방 한 곳에 앉아 있던 여인이 자리에서 일어났다. 경성 권번의 일패 기생, 요화였다.

"오시었어요, 오라버니."

양장을 곱게 차려입은 그녀가 고개를 숙이자 구불거리게 파마한 머리가 찰랑이며 가슴께에서 흔들렸다. 절세미인이라는 말이 부족할 만큼 아름다운 외모의 여인이었다. 길게 뻗은 속눈썹은 구름처럼 풍성했고, 곧게 뻗은 콧날은 그녀의 도도한 자존심을 닮아 있었다. 단아함과 요염함을 동시에 지닌 입술은 은은한 미소를 숨결처럼 머금고 있었다. 손짓 하나, 시선 하나 함부로 두지 않는 여인. 과연 경성의 뭇 사내를 전부 홀렸다 할 만했다. 그러나 물빛처럼 말간 얼굴을 앞에 두고도 우건은 그저 건조하기만 했다.

"늦어서 미안하다."

"괜찮습니다. 오라버니 바쁘신 거야 잘 아는 사실인걸요."

그의 무감한 시선이 요화 옆에 차려진 술상으로 옮겨갔다. 안주 겸 식사를 할 만큼의 요리도 함께였다. 다시 요화에게 시선을 둔 채, 우건이 뒤에 있는 석구에게 말했다.

"지배인, 나가면서 상을 물려주게."

그 말에 요화의 미소가 살짝 흔들렸다.

"예? 곧 저녁때인데 왜 드시지 않고…."

"물려주게."

요화의 눈치를 살피며 머뭇거리던 석구가 이내 고개를 끄덕였다.

"알겠습니다. 그럼 다른 필요한 건 없으십니까?"

"차만 내오게."

"곧 내오겠습니다. 잠시만 기다려주십시오."

석구는 술상을 들고 서둘러 자리를 비켰다. 이윽고 문이 닫히자 요화가 표정 변화 없이 단조로운 말투로 말했다.

"부러 차린 것인데 좀 드시지 그러셨어요."

흔들리는 눈빛까지는 차마 숨기지 못했지만.

"너와 술상을 마주하면 너를 기생으로 보는 것과 마찬가지니까."

그 말에 요화의 붉은 입술 끝이 옅게 올라갔다. 미소라기에는 한없이 쓰고 텁텁한 웃음이었다. 곧 종업원 하나가 간단한 다과상을 내왔다. 두 사람은 상을 가운데 두고 서로 마주 앉았다. 안부라든지 근황에 대해 묻는 말은 일절 오가지 않았다. 그런 걸 궁금해하지 않을 사람이라는 건 요화가 더 잘 알고 있었다. 그녀가 전할 수 있는 내용은 오직 하나. 바로 한열단 단장에게서 온 지령뿐이었다.

"두 달 후에 거사가 있습니다."

요화는 품속에서 밀봉된 편지 한 통을 꺼내 우건 앞에 놓았다. 말없이 편지를 바라보는 그의 눈빛이 검게 내려앉았다.

"거사라면…."

"육군성 사이토 노부요시 대좌 암살."

속삭이는 요화의 목소리가 공기를 날카롭게 건드렸다. 중대한 사안인 만큼 많은 말이 오가는 건 삼가야 한다. 우건은 곧바로 편지를 꺼내 빠르게 내용을 읽어 내렸다. 편지 속에는 폭탄의 종류와 조선까지 폭탄을 밀반입할 방법 등이 세세하게 적혀 있었다. 거사를 치를 단원들의 이름까지도. 그 이름들을 하나하나 확인하던 시선이 문득 한 이름에 멈췄다.

"마지막은 처음 보는 이름인데."

"임정에서 파견한 폭탄 전문 요원이어요."

"단원이 아닌 인물을 포함시킨 이유는?"

"김구 선생께서 직접 연결해주신 인물이니 문제없을 거랍니다. 다만 꼬리가 밟힐 위험을 최소화하기 위해 밀반입 임무에서는 제외하고, 거사 당일에만 참여시킨다 하네요."

우건은 잠시 그 이름을 눈에 담다가 곧 편지를 접어 품에 넣었다.

"날짜는?"

"폭탄 밀반입에 성공한 후 정해질 것이라 하시었어요. 거기 적힌 내용만 전달하시면 될 듯싶습니다."

요화는 그 외에도 최근 입수한 정보들을 우건에게 전했다. 전부 그녀가 일제 거물급들에게 불려 다니며 듣게 된 고급 정보들이었다. 권번의 내로라하는 일패 기생이 항일 단체에 속해 있다는 걸 꿈에도 모르는지, 그들은 요화가 있는 자리에서 거리낌 없이 이러한 것들을 얘기했다.

요화가 가져온 정보를 푸는 동안 우건은 말없이 듣기만 했다. 이따금씩 입을 열 때는 정보에 대한 세부적 질문뿐이었다. 막상 내온 차 역시 입 한번 대지 않았다.

"그래. 이번에도 수고했다."

들을 이야기가 끝나자 우건이 회중시계를 꺼내 시간을 확인했다. 평춘관에 온 이후로 정확히 30분이 지나 있었다. 이쯤이면 사람들을 눈속임하기에 충분했다. 우건은 시곗줄을 갈무리하고 자리에서 일어났다.

"이만 가지."

언제나처럼 30분의 시간만 내주는 사내. 그가 칼같이 시간을 지키는 게 어제오늘의 일이 아니건만, 요화는 오늘도 아쉬움이 담긴 눈으로 그를 붙잡아본다.

"조금 더 쉬다 가시지 않고요."

"할 일이 많아."

"저녁도 드시지 않아 시장하실 텐데…."

그러자 우건이 뜻 모를 눈으로 요화를 봤다. 어쩐지 말 대신 눈으로 그녀를 타이르는 것 같았다. 딱, 거기까지만 하라고. 그 눈빛에 요화도 그만 입을 다물 수밖에 없었다.

"몸 잘 챙기고."

"…조심히 가세요. 끼니 거르지 마시고요."

우건이 먼저 방을 나섰다. 홀로 남겨진 요화는 천천히 몸을 낮춰 조금도 줄지 않은 우건의 찻잔을 들었다. 이미 다 식어버린 찻잔에서는 온기라곤 찾아볼 수도 없었다. 그것이 마치 저를 응시하던 우건의 눈빛과도 같아, 요화는 괜스레 가슴까지 시렸다.

"기생으로 보지 아니하신다니."

그 무엇으로도 보지 아니하셔놓고는…. 흩어진 목소리가 쓸쓸히 찻잔에 담겼다. 삼킬 수도, 그렇다고 속 시원히 뱉을 수도 없는 마음이었다. 요화는 물끄러미 찻잔에 일렁이는 제 얼굴을 바라봤다. 전할 길 없는 마음이 고인 얼굴은 이토록 못나 보이는 것이다.

"요화 아가씨, 이만 가실 시간입니다."

때마침 시종이 찾아와 요화를 상념에서 꺼냈다. 손님을 받을 시간이라는 뜻이었다. 텅 빈 동공으로 허공을 보던 요화는 들고 있던 찻잔을 입에 댔다. 그러곤 차를 전부 제 입안으로 흘려보냈다. 찻잔이 사라진 자리에는 이곳에 처음 들어올 때처럼 은은한 미소가 반짝였다. 금방이라도 눈물이 고일 듯했던 눈 역시 말갛기만 했다. 순식간에 바뀐 표정에 시종이 의아한 눈빛을 보였지만, 요화는 신경 쓰지 않았다.

"밖에서 오라버니를 또 마주칠 수도 있잖아."

묻지 않은 질문에 혼자 답까지 하면서.

"가자."

클로시를 쓴 요화는 아무렇지 않게 평춘관을 나섰다. 마음을 얻지 못하여 못나진 모습은 나 혼자만 알면 된다. 당신 눈에 나는 언제나 어여쁜 모습이어야 하니까. 내가 당신을 처음 본, 열일곱 그날처럼.

◆ ◆ ◆

권번에 도착한 요화는 시종의 도움을 받아 단장을 시작했다. 양장을 벗은 몸 위로 겹겹이 한복이 입혀졌다. 저고리와 치마 모두 구름 같은 흰색이었는데, 속살이 훤히 비치는 저고리에는 노란 나비 자수가 별처럼 놓여 있었다. 하나로 땋은 머리는 동그랗게 말려 올라가 화려한 머리장식으로 고정됐다. 얼굴은 희고 보드랍게, 눈썹은 길고 곧게, 입술은 붉디붉게 변했다. 그러나 입가에는 단 한 줌의 미소도 없었다. 우건을 마주하던 모습은 온데간데없이 오로지 차갑고 시린 표정이었다.

"가시지요."

마침내 단장을 마친 요화가 걸음을 옮겼다. 그녀의 뒤로 다른 기생들도 줄줄이 따라나섰다.

"출발하겠습니다."

기생을 태운 인력거들이 빠르게 경성 거리를 내달렸다. 도착한 곳은 요릿집 송화관. 평춘관과 더불어 경성의 양대 요릿집이라 불리는 이곳은 경성 권번 기생들이 자주 불려오는 곳이기도 했다.

"들어가자."

"네, 성님."

땅을 내디딘 비단 꽃신이 지그시 송화관 대문턱을 밟고 들어갔다. 요화는 안내도 받지 않고 익숙하게 송화관 복도를 가로질렀다. 굳이 기울이지 않아도 귀를 긁는 껄끄러운 목소리와 멀리 보이는 경찰 제복이 가야 할 길을 알려주고 있었다. 마침내 요화가 걸음을 멈췄다. 뒤따르던 기생들도 조용히 자리에 섰다. 문 앞을 지키던 경찰들은 요화를 비롯한 기생들의 수를 세고는 안을 향해 말했다.

"경성 권번의 기생들이 왔습니다."

"안으로 들여."

"예."

부드럽게 열리는 미닫이문 사이로 요화의 얼굴이 보이자, 안에 있던 이들이 일제히 감탄을 흘렸다. 요화는 나비 날개 같은 속눈썹을 올리며 그들의 얼굴을 확인했다. 제국의회 중의원, 경무부 고위 관료, 동양척식주식회사 주주들. 그리고 헌병대 대좌, 타이로 소스케.

"고개 아픈데. 언제까지 서 있을 생각이지?"

소스케의 비뚤어진 말이 요화에게 날아들었다. 그의 목소리는 꼭 짐승의 울음 같았다. 자기 뜻을 거스르면 누구라도 물어뜯을 준비가 돼 있는, 제어할 수 없는 사나운 짐승. 요화는 미간에 힘이 들어가려는 걸 참으며 기생들을 데리고 방 안으로 들어섰다.

"기다리시느라 많이 지루하셨을 텐데, 흥을 먼저 돋워드릴까요."

"부릴 재주가 있다면 봐주는 게 예의겠지."

요화가 고갯짓을 하자 기생들이 일사불란하게 움직이기 시작했다. 곧 악기를 잡은 기생을 제외하고 나머지 기생들이 기무 대열을 맞췄다. 텅 비워진 한가운데로는 요화가 섰다. 구름에 휩싸인 선녀인 듯도, 그 자체가 구름인 듯도 한 모습은 신비롭기까지 했다.

요화의 입에서 낭창한 음색이 운율을 타듯 흘러나왔다. 악기는 오로지 장구뿐. 스스로 악기가 돼 연주하는 구성진 가락은 공기의 흐름까지도 휘어잡는 듯했다. 이윽고 요화의 목소리를 이은 가야금 연주가 시작되자, 요화를 중심으로 기생들이 일제히 춤을 추기 시작했다. 구름처럼 모였다가 흩어지는 그들의 몸짓에 방 안에 있던 모든 이가 넋을 놓고 바라봤다. 단 한 사람, 소스케만이 먹잇감을 노려보는 눈빛으로 요화를 지켜볼 뿐이었다.

마침내 춤사위가 끝이 났다. 사내들의 지목을 받아 자리에 앉는 다른 기생들과 달리, 요화는 흐트러짐 없는 걸음으로 소스케 옆에 가 앉았다. 요화가 소스케의 애기愛妓라는 것은 이 자리에 있는 모두가 아는 사실이었다.

"내가 기다리는 건 아주 싫어한다 말했을 텐데."

다만 소스케가 자기 기생에게도 잔혹하다는 게 문제일 뿐.

"약속한 시간을 지킨 것뿐입니다."

"내가 오는 시간을 잘 알고 있잖아."

"추가 화대를 얹는 일을 제가 대좌께 어찌…."

쾅! 소스케가 술잔을 부술 듯 내려놓았다. 갑작스러운 파열음에 기생들은 물론 함께 앉은 일본인들까지 두 사람을 주목했다. 이 땅에서 한가닥 한다는 인사들이 모인 자리이건만.

"윽…!"

우악스럽게 요화의 머리채를 휘어잡은 소스케가 그녀의 머리를 제 앞으로 끌어왔다. 안하무인의 만행에도 이 자리에 있는 누구 하나 그를 제지하지 못했다.

"나를 위해 단장을 하느라 늦었다, 그리 답하는 게 그토록 어렵더냐."

직위나 신분 때문이 아니었다. 헌병 대좌의 인내가 천황과 상관을 제외한 이들에겐 무척이나 불친절한 까닭이었다.

"네 모든 행동과 생각을 내 중심으로 바꾸란 말이다."

그의 비뚤어진 집착 역시도.

"그리하면 네 모든 게 편해질 것을."

노려보는 눈빛에도 요화는 끝까지 피하지 않았다. 이 상황에서도 꼿꼿한 고개와 소스케를 똑바로 응시하는 눈동자는 요화가 아니라면 절대 불가능한 것이었다.

"저는 모든 손님과의 약속을 공평히 지킵니다."

"그럼 네가 만나는 그 선생도 숱한 손님 중 하나인가?"

얼음처럼 차갑기만 하던 요화의 눈동자가 처음으로 흔들렸다. 이 자리에서 우건의 이야기를 듣게 될 줄은 상상도 못 한 터였다.

"요즘 거리를 걷다 보면 너와 그 선생의 이야기가 심심찮게 들려오더군."

"경성에서 떠도는 스캔들 중 열의 일곱은 그저 헛소문일 뿐입니다."

"그중 셋에 네가 속할 확률도 있는 거고."

가슴에 서늘한 바람이 일었다. 한낱 소문 같은 스캔들에는 전혀 관심없는 인간인 줄 알았더니. 그 내용에 그녀의 이름이 들어가면 달라지는 모양이다. 소스케가 짓씹듯 말을 내뱉었다.

"똑똑히 들어. 내 눈으로 직접 스캔들의 진실을 확인하는 순간, 그 선생은 내 손에 죽고 말 거다."

그저 하는 말이 아니라는 건 요화 스스로가 더 잘 알았다. 자신을 향한 소스케의 광적인 집착은 이미 수도 없이 경험했으니까. 요화는 애써 동요하는 기색을 감췄다.

"왜 불필요한 피를 묻히십니까. 대좌께 흥만 될 것을."

“하루 이틀인가. 내가 이러는 게.”

머리카락 사이로 파고들었던 손가락이 소름 끼치게 목뒤를 쓸었다.

“이미 물든 손, 한두 명 더하는 것쯤이야.”

뒤이어 벌어진 입술에 닿은 건 소스케의 술잔이었다. 입술을 비집고 흘러드는 독한 술에 요화가 미간을 구겼다.

“그러니 만에 하나 지키고 싶은 이가 있다면 최대한 내 눈에 보이지 마. 내가 다 망가트릴 거니까.”

반쯤 술을 흘려 넣은 소스케는 밀치듯 요화를 놓아줬다. 남은 술을 제 입에 털어 넣은 그는 함께 온 이들에게 인사 한마디 하지 않고 방을 나가 버렸다. 쾅, 부서질 듯 미닫이문이 닫혔다. 남아 있던 사람들은 그제야 안도의 한숨을 내쉬었다.

“성님, 괜찮으셔요?”

“어디 다치진 않으시었어요?”

붉게 번진 입술을 조용히 닦아낸 요화가 제 곁으로 다가온 기생들을 낮게 타일렀다.

“소란 떨지 말고 가서 앉아. 아직 손님들 계시잖니.”

“네….”

험한 일을 겪고도 눈 하나 깜짝 않는 그녀의 모습에 모두가 혀를 내둘렀지만, 요화에게 오늘은 오히려 조용한 축에 속했다. 다른 때였다면 지금쯤 상이 모두 뒤엎어져 있었을 테니까.

“잠시 매무새 좀 정리하고 오겠습니다.”

요화가 자리에서 일어났다. 눈앞에서 그 상황을 지켜본지라 그녀를 말리는 이는 아무도 없었다.

“하….”

방문을 닫고 나와서야 뭉친 숨이 터져 나왔다. 요화는 날이 선 눈으로 텅 빈 복도를 노려봤다. 차오르는 분을 풀 길이 없어 애꿎은 입술만 잇새에 짓이겼다.

'버러지 같은 놈. 기필코 네놈만큼은 끔찍하게 보내줄 테다.'

처참히 짓뭉개진 연지가 결국 핏빛으로 번졌다. 퉤, 바닥에 침을 내뱉은 요화는 곧 어두운 구석으로 사라졌다.

◆ ◆ ◆

늦은 밤. 집으로 돌아온 학제가 쓰러지듯 의자에 몸을 묻었다.

"하….."

그의 입에서 한숨이 길게 새어 나왔다. 온종일 바쁘게 돌아다닌 탓에 몸 곳곳에서 뻐근한 아우성이 들려왔다. 조선에 온 뒤로 단 하루도 게을리한 적이 없었기에 집에 돌아오면 항상 이 모양이었다. 값비싼 양복이 아무렇게나 구겨졌지만 개의치 않았다. 지금은 그저 녹은 듯 아무것도 하고 싶지 않았다.

한동안 죽은 듯 가만히 있던 학제는 천천히 눈꺼풀을 들어 올렸다. 시종일관 떠날 줄 모르던 웃음이 사라진 자리에는 한없이 고요하고 쓸쓸한 빛만 남아 있었다.

"조선은… 참으로 혼란스러운 나라야."

사업 때문에 수많은 사람을 만나고 돌아오면 늘 드는 생각은 단 하나였다. 나라를 빼앗고도 그걸 당연하게 여기는 족속이나, 나라를 조금이라도 더 팔아먹지 못해 안달인 족속이나 어쩌면 그렇게 뻔뻔하고 극악무도 한지. 옆에서 가만히 지켜보면 인간의 탈을 쓴 짐승이 따로 없다는 생각 이 들 정도였다. 그런 족속들 밑에 짓눌려 신음조차 제대로 못 내는 이들 이 그저 딱할 뿐이었다.

"물론, 내가 신경 쓸 사안은 아니지만."

자신은 이곳에서 원하는 만큼의 성과를 거두고 고국으로 돌아가면 그 만이다. 그에겐 상회와 그를 통해 낼 수 있는 이익 외에는 아무것도 중요 하지 않으니까.

"어머니는 왜 이런 곳에 그토록 다시 돌아오고 싶어 하셨는지…."

멍하니 허공을 바라보던 눈동자가 검게 물들었다. 한평생 고향을 그리 워하시던 어머니는 숨을 거두기 직전까지도 조선에 가고 싶어 하셨다. 그 리 가고 싶으면 어떻게든 가면 되지. 방 안에 가만히 앉아 조선, 조선, 외 고만 있는 어머니가 그때는 이해되지 않았다. 하지만 어린 학제는 알지 못했다. 어머니가 고향에 가지 못하던 것도, 세 평 남짓한 방에서 벗어나 지 못하던 것도 전부 제 집안 때문이었다는 걸.

할아버지는 사업에 대한 야망이 대단히 큰 사람이었다. 우연찮게 일본 까지 진출할 기회를 얻게 된 그에게 독립운동가 집안의 여식이었던 어머 니는 큰 걸림돌이나 마찬가지였다. 행여 일본의 심기를 건드릴까, 그는 어머니를 철저히 유폐하고 대문 밖으로 소문 하나 일절 새어 나가지 못하 게 했다. 그런 할아버지에게서 어머니를 지키기에 아버지는 너무도 심약한 사람이었다. 오죽했으면 아들이 아닌 손자에게 대통상회를 물려줬을까.

'차라리 내가 조금만 더 컸더라면.'

그랬다면 조금이나마 어머니를 도울 수 있지 않았을까.

"…쓸데없는 생각은."

그의 입가에 자조적인 미소가 걸렸다. 그런 좋은 사람이 되기에, 그는 자기 할아버지와 너무도 닮아 있었다.

―사장님께서는 정말 좋으신 분 같아요.

학제의 머릿속에 문득 소혜가 떠올랐다. 청량한 바람처럼 말간 얼굴과 저를 또렷이 바라보던 눈동자. 두 번의 우연한 만남.

―좋은 사람인 척하는 게 아니라, 정말 좋은 사람.

그리고 어린 시절과 함께 묻어둔 기억을 불현듯 꺼내버리게 만든 말. 소혜의 그 별것 아닌 말은 가시처럼 학제의 가슴 한가운데를 찔렀다.

―좋은 사람이 될 거야, 우리 학제는.

―어떻게 알아?

―엄마 아들이니까. 엄마랑 약속할 수 있지? 아버지나 할아버지와 달리, 반드시 좋은 사람이 돼주기로.

행여 할아버지처럼 돈에 눈먼 사람이 될까 걱정되셨던 걸까. 어머니는 아들을 볼 때마다 입버릇처럼 좋은 사람이 되라고 말씀하시곤 했다. 닮은 얼굴 때문일까. 혹은 닮은 목소리 때문일까. 그도 아니면 그저 설명할 수 없는 다른 이유 때문일까. 소혜에게서 왜 어머니 모습이 보였는지 알 수 없는 학제였다.

"하…."

가슴이 답답한 기분에 뭉친 숨을 내뱉은 그때. 똑똑, 노크 소리와 함께 열린 문 사이로 조그마한 소녀가 고개를 내밀었다. 아담하고 작은 몸집에 귀밑으로 똑 자른 단발머리, 새하얀 얼굴 위에 자리 잡은 동글동글 커다란 눈망울과 그 아래에 앙증맞은 코와 입술. 얼마 전 여덟 살 생일을 치른 학제의 여동생, 린진이었다. 학제는 언제 침울했냐는 듯 환하게 웃으며 린진을 안아 들었다. 또래보다 작은 몸집이 덜렁 가볍게 들렸다.

"아직 깨어 있었던 거야?"

다정한 목소리에 린진이 고개를 절레절레 흔들었다.

"근데 왜 안 자고 돌아다녀?"

 – 오라버니 들어오는 소리가 들려서.

린진은 대답 대신 손을 움직였다. 선천적으로 목에 장애가 있어 말을 할 수 없었기 때문에, 의사소통은 주로 수어나 필담으로 이뤄지곤 했다. 린진은 아무 말 없이 빤히 학제를 보다가 다시 손을 움직였다.

 – 힘들었어?

순간 학제의 얼굴에 아주 미세한 균열이 스쳤다. 이 작은 아이의 눈에도 보일 만큼 제가 많이 흐트러져 있었던 걸까. 학제는 부러 장난스럽게 웃으며 고개를 저었다.

"우리 린진 보니까 다 나았어."

린진은 오라버니 얼굴을 두 손으로 감쌌다. 빤히 바라보는 눈망울이 꼭 모든 생각을 들여다보는 것만 같았다.

"아무 일 없었어. 걱정 마."

 – 정말?

"응, 정말. 그러니 이만 자러 가자. 늦었어."

학제는 린진을 안은 채 2층으로 향하는 계단에 올랐다. 린진이 그의 어깨에 조그만 머리통을 얹으며 목을 꼭 끌어안았다. 토닥토닥. 등을 다독이는 고사리 같은 손길이 무척이나 야무졌다.

"우리 린진 봐서라도 오라버니가 더 힘내야겠네."

끄덕이는 고갯짓에 학제는 비로소 편히 웃었다.

◆ ◆ ◆

타다닥, 타닥, 탁. 연구실 안에는 새벽 동이 트도록 타자기 소리가 울리고 있었다.

"후…."

손을 멈춘 우건은 쓰고 있던 안경을 벗었다. 엄지로 관자놀이를 누르자 지끈거리는 머리가 조금이나마 나아졌다. 그의 시선이 타자기 옆에 쌓인 종이로 향했다. 송일고보 교내 학술지인 송일 과학지에 낼 기고문이었다. 완성된 원고를 타자기에서 빼낸 우건은 반대편에 있던 육필 원고 옆에 나란히 놓았다.

이미 일찍이 완성된 기고문. 더 고칠 것도 없어 이대로 내어도 문제없을 원고이건만, 그는 이것을 군이 타자기로 옮겨 적었다. 그것도 에스페란토와 일본어를 동시에 타자할 수 있는 3벌식 타자기로 말이다. 이 타자기를 사기 위해 엄청난 거금이 들었지만, 그 덕분에 해외의 다른 곤충학자들과도 에스페란토 논문으로 교류할 수 있었다. 이 타자기가 없었다면 지금의 신우건도 없다는 말이 돌 정도로 톡톡히 제 몫을 하는 타자기였다.

"빠진 건 없겠지."

우건은 육필 원고와 타자기로 옮긴 원고를 번갈아 살펴봤다. 얼핏 보기에는 오타가 없는지 확인하는 듯했으나 조금 이상한 부분이 있었다. 육필 원고에 빨갛게 표시한 부분마다 타자기 원고에 알파벳 배열이 잘못된 에스페란토 단어가 들어가 있었던 것이다. 우건 정도의 실력자라면 한눈에 알아볼 오타. 하지만 우건은 그것을 고치는 대신 그대로 원고를 추려서 종이봉투에 넣었다. 최종고라는 뜻이었다.

"엇, 신 선생님. 벌써 나오셨습니까?"

때마침 과학부 학생이 연구실로 들어왔다. 우건은 안경을 벗으면서 가까이 다가온 학생에게 완성된 원고를 넘겼다.

"여기, 학술지 기고문."

"매번 감사합니다. 논문을 쓰시느라 많이 바쁘실 텐데."

"오히려 빠듯하게 줘서 미안하다. 학술지 칸을 빌리는 처지인데."

"선생님 글을 받는 건 저희로서도 영광인걸요. 그럼 학술부실에 놔두고 다시 오겠습니다."

학생은 꾸벅 허리를 숙이고는 원고를 가지고 돌아섰다. 홀로 연구실에 남겨진 우건은 물끄러미 타자기만 봤다. 일본어와 함께 나열된 에스페란토 활자들이 뒤엉키는 듯 보여 속이 메스꺼웠다. 밤을 새운 피곤함 때문이 아니었다.

'한낱 죄책감에 또 먹히는구나.'

기고문에 의도적으로 넣은 에스페란토 오타. 그것은 사실 중요 임무에 배치된 한열단 단원들만 알아볼 수 있는 지령 암호였다. 한열단 내에서도 대장급 이상의 간부들만 알아볼 수 있는 데다가 암호 해석 방식도 매번 바뀌었다. 그 때문에 송일 과학지가 지령 전달 수법이라는 걸 모르는 단원들이 대부분이었고, 설령 알게 된다 한들 그것을 해독할 수 있는 사람은 거의 없었다. 밀정 사건을 여러 번 겪은 이후 우건이 새롭게 고안해낸 방법이었다.

그러나 지령이 담긴 기고문을 작성할 때마다 우건은 매번 죄책감에 시달렸다. 학술지를 통해 전달되는 지령은 열에 아홉이 1급 위험 임무에 해당했다. 성공을 장담할 수도 없고, 성공하더라도 조선 땅을 벗어나야만 목숨을 보장할 수 있는 임무인 것이다. 그런 위험 속으로 단원들을 보낸

다. 그것도 제 손으로 직접. 누군가는 반드시 해야 하는 일이고 그들도 임무에 동참하는 걸 자랑스러워하지만, 그럼에도 불구하고 우건은 이 괴로움을 떨칠 수가 없었다.

차라리 그들과 함께 임무에 동원될 수 있다면 이 죄책감이 조금은 덜어질까. 단원들만 사지로 몰아넣었다는 생각이 들면 끝도 없이 괴로워지곤 했다. 나는 늘 안전한 곳에서, 나의 동지들에게 죽음을 명했다고. 그래서 우건에게 나비는 과업인 동시에 괴로움 그 자체였다.

―어여쁘게 봐주세요. 슬프게 보지 마시고.

그런 그에게 소혜의 말은 한 줄기 햇살과도 같았다. 늘 나비를 보며 죄책감을 되새기던 나에게 그 말이 잠시나마 위로가 됐다는 걸, 그 여인은 알까. 그저 스치듯 한 말에 불과할지라도 우건은 그 말이 꼭 구원처럼 느껴졌다.

"이마저도 도망치는 것에 불과하겠지만…."

그래도 붙잡고 싶은 건, 내가 이 말을 오래도록 기다렸다는 뜻이겠지. 우건은 피곤한 눈을 감으며 고개를 젖혔다. 한없이 고요하고 어두운 가운데, 시야 너머로 한 여인의 얼굴이 그려졌다. 새하얀 얼굴이 그를 향해 말갛게 웃는다. 바람이 짧은 머리를 휘감을 때면 그녀 또한 바람이 돼 제게 날아올 것만 같다. 우건은 감았던 눈꺼풀을 천천히 들어올렸다.

보고 싶었다. 그대가 어떤 여인인지도 잘 모르면서.

　　　　　◆ ◆ ◆

　며칠 뒤. 모던 카페 휴일을 맞아 소혜는 다시 송일고보에 가기로 결심했다. 마침 구름이 잔뜩 낀 날씨라 오늘은 더위를 먹을 위험도 없었다.

　단장을 마친 소혜는 책상 위에 뒀던 그림을 들어 올렸다. 얼마 전 경림의 선물을 그리며 함께 그린 우건의 그림이었다.

　"오늘 만나게 되면 꼭 전해드려야지."

　이 그림을 보시고 좋아하시면 좋겠는데. 그림 속 웃고 있는 우건의 얼굴을 보니 자연스레 입가가 늘어졌다. 소혜는 그림을 말아 조심조심 가방에 넣고서 설렘 속에 집을 나섰다. 약속도 없이, 심지어 그의 일이 언제 끝나는지도 모르는 채 또다시 학교로 간다는 건 스스로 생각해도 좀 무모한 일이긴 했다.

　'하지만 이렇게라도 한 번 더 보고 싶은 걸 어떡해.'

　지난번처럼 우건이 다시 모던 카페 앞을 지날 거라는 보장도 없고, 옛말에도 목마른 자가 우물을 판다지 않은가. 가만히 앉아 우건이 오기를 기다리느니, 차라리 조금 없어 보이더라도 제가 먼저 움직이는 편이 나았다.

　"자존심? 그게 뭐 밥 먹여주나. 마음대로 하면 차라리 후회라도 덜하지."

　소혜는 씨익 웃으며 마음 가는 대로 걸음을 놓았다. 그런데 막 송일고보 정문 앞에 다다를 때쯤이었다.

　"소혜 양?"

　익숙한 목소리에 뒤를 돌아본 소혜가 눈을 크게 떴다.

　"왕학제 사장님?"

　"여기서 또 보네요. 신기하게."

학제는 반갑게 웃으며 소혜에게 다가왔다. 오늘도 변함없이 화려하고 값비싼 옷을 입은 모습은 평일 한낮의 길거리와 어울리지 않아 묘하게 위화감이 들었다. 소혜는 내색하지 않고 미소로 화답하며 그를 마주했다.

"잘 지내셨어요?"

"나야 뭐, 늘 바쁘게 지내곤 하죠. 소혜 양은 잘 지내셨습니까?"

"네, 사장님 덕분에요."

"내 덕분?"

잠시 고개를 갸웃거리던 학제가 이내 입가를 길게 늘였다.

"그동안 내 생각 했어요?"

어쩐지 상당히 기대하는 표정이다. 당황한 소혜가 어색하게 웃으며 고개를 저었다.

"아뇨, 그게 아니라…."

"아니면 내가 소혜 양에게 그만큼 영향력 있는 사람이었나?"

"아니, 그 말이 그런 게…."

"기분 좋은데요? 내가 또 소혜 양의 은인이 된 기분이라서."

"저…."

"지금 생각해보니 소혜 양이 옆에 있어야 제가 좋은 사람이 되는 것 같군요. 하하하!"

아니… 그냥 인사치레로 한 말인데…. 학제는 소혜의 말은 듣지도 않고 저 좋을 대로 해석하며 기뻐했다. 순수하게 좋아하는 얼굴을 보니 차마 그 뜻이 아니라고 냉정하게 말할 수도 없었다.

'중국인이라 관용구 같은 건 아직 잘 모르는 건가?'

뭐, 나중에 다른 사람이 알려주겠지. 나중에 알더라도 이 사람은 창피해하지 않을 것 같지만. 소혜는 어색하게 웃으며 학제의 행복한 생각을 지켜주기로 했다. 다 큰 어른이 저렇게 좋아하는 걸 보니, 어쩐지 귀엽기도 했고.

"그런데 사장님께서는 이 시간에 어떻게 나와 계세요?"

"농땡이 치러 나왔습니다."

학제는 손으로 입까지 가리며 은밀한 비밀을 말하듯 귓가에 속삭였다.

"한낮에 회사 안에만 틀어박혀 있으려니 몸이 좀 근질거려야죠."

"예?"

"소혜 양이 저와 같이 놀아주시겠습니까?"

"예에?!"

소혜는 당황하며 저도 모르게 이상한 눈으로 학제를 봤다. 그런 큰 상회의 사장이 고작 심심하다는 이유로 회사를 나오다니. 이렇게 무책임해도 되나 싶어 잘게 미간을 좁히니, 학제는 또 한 번 낮게 웃으며 고개를 저었다.

"농담입니다. 거래처 사람을 만나러 가는 길이었어요."

"아! 죄송해요. 제가 시간을 뺏고 있었네요."

"괜찮습니다. 아직 여유로워서."

찰칵, 가볍게 회중시계 뚜껑을 덮은 그가 싱긋 웃었다.

"소혜 양은 오늘 카페에 출근 안 합니까?"

"월요일은 카페가 쉬는 날이에요."

"이런, 그 좋은 날에 이런 칙칙한 고보 앞에는 무슨 일입니까?"

학제가 고개를 쭉 빼며 송일고보 교정을 둘러봤다.

"그러고 보니 소혜 양을 처음 만난 곳도 여기였는데. 이 학교에서 뭐라도 하시는 겁니까?"

"그냥 뭐, 산책요."

"이런 외진 곳에서?"

송일고보는 캠퍼스를 넓게 증축하기 위해 경성 중심부에서 멀리 떨어진 한적한 곳에 지은 학교였다. 그 때문에 이렇다 할 경관도 없을뿐더러, 비만 오면 땅이 심하게 질퍽거려 오늘 같은 날씨에는 산책하기에 좋지 않은 길이었다. 학제가 눈가를 좁히며 웃었다.

"숙녀 혼자 산책할 만한 곳이 아닌데."

그 눈빛이 꼭 '사실대로 말해봐'라고 하는 것 같았다. 멋쩍게 웃던 소혜가 쑥스러운 듯 목소리를 낮춰 말했다.

"사실, 보고 싶은 사람이 있어서요."

"보고 싶은 사람? 여기에 말입니까?"

학제가 과장되게 놀란 척을 하며 소혜와 학교를 번갈아 봤다.

"누굽니까? 소혜 양을 이렇게 직접 오게 만들 만큼 근사한 사람이."

"있어요. 그런 사람이."

"저한테만 슬쩍 귀띔해보십시오, 혹시 압니까? 내가 도와줄 수도 있을지."

도움을 받는다니. 우건과 잘된다는 건 생각도 해본 적 없는 일이라 소혜는 손사래를 쳤다.

"아니에요. 그럴 생각은 전혀 없어요."

"용기 있는 자가 미인을 얻는다는데, 여인이라고 다를 게 있겠습니까."

학제는 계속 말해보라는 듯 소혜를 재촉했다. 왠지 말해줄 때까지 안 놓아줄 것 같고, 그렇다고 선뜻 말을 하기도 좀 그렇고.

솔직하게 말해도 괜찮을까. 사장님이라면 겹치는 지인도 없고, 여기저기 소문을 낼 사람처럼 보이지도 않는데. 소혜는 한참 고민하다가 어렵게 입을 열었다.

"실은, 그게 누구냐면요…."

그때였다.

"왜 여기 서 있어? 왔으면 얼른 들어오지 않고."

낯익은 목소리가 소혜의 말을 잘라내며 파고들었다. 고개를 돌린 곳에는 우건이 서 있었다. 그것도 제 어깨를 감싸면서.

"신 선생님께서 어찌…."

"기다렸거든. 온 거 보고."

어깨를 지그시 감싸 쥐는 손길에 소혜는 긴장으로 몸이 굳었다. 순식간에 심장이 뜨거워지면서 입안에 끈적한 단침이 고였다.

"그런데 아무리 기다려도 올라오지 않으니, 내가 직접 마중 나올 수밖에."

다정하게 웃어 보인 우건이 학제에게로 시선을 돌렸다. 입가에 미소는 여전했지만, 눈매만큼은 날카로워졌다.

"오랜만입니다, 왕학제 사장."

"신 선생도 그간 잘 지냈습니까? 이렇게 또 뵙네요."

어라, 두 사람이 아는 사이? 소혜는 의아한 눈길로 우건과 학제를 봤다.

"지난번에 발표한 논문은 잘 읽었습니다. 역시 나비에 관한 선생의 시선은 늘 흥미롭더군요."

"고맙습니다. 바쁜 와중에 항상 제 연구에 관심을 가져줘서."

"당연한 것 아니겠습니까. 제가 관심을 가지지 않으면 누가 가진다고."

오가는 말은 정중했지만, 어딘지 모르게 묘한 날이 느껴지는 대화였다.

"뭐, 직원들이 어련히 신경을 쓰겠죠."

한쪽은 상대를 경계하는 느낌이었고.

"그래도 지원 결정은 사장인 내가 해야 할 몫이니까."

한쪽은 그런 상대를 가소롭게 보는 느낌이었다. 양쪽으로 팽팽하게 당겨지는 긴장의 끈. 난데없이 둘 사이에 끼게 된 소혜만 두 사람의 눈치를 번갈아 봐야 했다.

"그런데 소혜 양과는 어떤 사이인지?"

학제가 소혜의 어깨에 얹힌 우건의 손을 힐긋 보며 물었다. 웃고 있는 입술과 달리 이 상황이 그리 마음에 드는 눈빛은 아니었다. 소혜는 우건이 어깨를 감싸고 있는 게 무척이나 떨리고 설레면서도, 한편으로는 다른 사람 앞에서 이러는 게 부끄러워 슬쩍 벗어나려 했다. 그러나 작은 틈마저도 허용치 않으려는 걸까. 우건은 되레 감싼 손에 힘을 주며 소혜를 제 쪽으로 더 끌어당겼다.

"아…"

틈 없이 어깨를 끌어안는 손길. 그 뜨거운 체온에 맞닿은 살이 델 것만 같았다.

"제자, 정도로만 하죠. 일단은."

"일단은?"

의미심장한 답변에 학제가 한쪽 눈썹을 추켜세웠다.

"제가 뭘 가르쳐주고 있거든요."

"나비를 말입니까?"

"뭐, 나비도 그렇고."

소혜와 눈을 맞춘 우건이 붉은 입술 끝을 말아 올렸다. 나지막한 목소리가 그녀의 귓가를 느리게 훑었다.

"그 외에도, 이것저것 가르칠 예정이라."

이것저것 뭐요…? 제가 선생님께 대체 뭘 배운단 건데요? 무슨 말을 하는 거냐며 눈으로 물어도 우건은 눈썹만 살짝 까딱일 뿐이었다. 지금 저 말이 어딘지 야릇하고 은밀하게 들린다면, 그것은 순전히 제 착각일까. 괜스레 이상한 생각이 들게끔 만드는 말에 소혜의 목덜미가 붉게 달아올랐다.

'이러면 아까 산책 말고 대답을 못 한 게 더 이상해지잖아!'

다른 은밀한 걸 숨기려고 거짓말한 것처럼 보일까 봐 걱정됐다. 하지만 그건 어디까지나 소혜의 사정일 뿐이었다.

"그럼 이만 들어가보겠습니다. 다음에 뵙도록 하죠."

"…그럽시다."

우건은 마치 급한 일이 있는 것처럼 걸음을 옮겼다. 그 바람에 소혜도 덩달아 돌아서게 됐다. 제대로 인사조차 못 해서 뒤돌아보자, 학제가 걱정 말라는 듯 웃으며 고개를 끄덕이는 게 보였다.

'다음에 봐요.'

입 모양으로 인사를 하는 그에게 소혜도 꾸벅 고개를 숙여 인사를 전했다. 난데없이 이게 무슨 일인지. 소혜는 우건의 팔에 폭 감싸인 채 보폭에 맞춰 빠르게 걸었다.

"흠…."

학제는 소혜가 완전히 시야에서 보이지 않게 되자 나지막이 신음을 흘렸다. 어둡게 내려앉은 눈동자는 두 사람이 사라진 방향을 물끄러미 응시했다. 지금 기분이 좋지 않은 건 눅진하게 달라붙는 공기 탓인지, 아니면 지금 막 사라진 저 두 남녀 탓인지.

"별로 알고 싶지 않은 걸 알아버렸네…. 기분 나쁘게."

아무래도 후자인 듯싶다. 다른 사내의 품에 있던 소혜가 계속 생각나는 걸 보면. 이내 모자를 꾹 눌러쓴 학제도 발길을 돌려버렸다.

◆ ◆ ◆

두 번째 방문한 연구실은 지난번과 달리 아주 환했고, 여전히 발 디딜 틈 없이 나비로 가득했다. 짧게 주위를 둘러본 소혜가 뒤돌았다. 연구실에 들어와서도 우건의 표정은 내내 어두웠다. 혹시 두 사람 사이가 많이 안 좋은 걸까. 분명 사이좋은 사람들이 나눌 만한 분위기는 아니었다.

'설마 나랑 사장님 사이를 이상하게 생각하시는 건 아니겠지?'

다른 사람은 몰라도 우건이 그렇게 생각하는 건 싫었다. 한동안 우건의 눈치를 살피던 소혜가 조심스럽게 입을 열었다.

"저, 미리 말씀드리지만 왕 사장님과는 아무 사이도 아니에요."

우건이 고개를 돌려 소혜를 바라봤다. 무슨 생각을 하는지 까맣게 물든 눈동자가 다소 복잡해 보였다. 소혜는 다부진 목소리로 또박또박하게 말을 이었다.

"우연찮게 두어 번 도움을 받긴 했지만, 딱 거기까지예요. 정말이에요."

말하고 나니 어째 변명을 하는 기분이었다.

"사장님하고 같이 있는 모습을 보면 다들 이상하게 생각하길래, 혹시 선생님도 오해하실까 봐요…."

그래서 쓸데없는 평계를 하나 더 붙이니.

"오해 안 해."

우건이 낮은 한숨처럼 대답했다.

"네가 왕 사장과 함께 있는 게 싫어서 그랬던 거야."

소혜의 눈동자가 옅게 떨렸다. 마치 다른 사내와 있어서 질투한다는 말처럼 들린 까닭이었다. 괜히 혼자 설레발치지 말자. 의미를 부여하지 말자. 소혜는 콩콩 날뛰는 마음을 지그시 누르며 물었다.

"사장님이랑 무슨 일이라도 있으셨던 거예요?"

"됨됨이가 덜된 작자야."

우건의 입에서 나온 건 역시나 학제를 경계하는 말이었다. 보아하니 보통 마음에 안 들어 하는 게 아닌 듯했다.

"어떤… 사람인데요?"

소혜에게 앉을 자리를 권한 우건이 근처 책상에 걸터앉았다. 허공을 바라보는 눈매가 탐탁스럽지 않게 조여졌다.

"박쥐처럼 여기저기 붙어서 제 이득만 계산하고, 조금이라도 손해를 본다 싶으면 곧바로 발을 빼버리는 인간이지."

우건이 막 송일고보의 박물 교사로 취임하던 해였다. 일본학술진흥회를 통해 우연히 학제와 연결된 우건은 그에게서 거액의 연구비 지원을 약속받았다. 그런데 무슨 이유에선지 지원 시기를 한 달 앞두고 저쪽에서 돌연 계획을 철회해버렸다. 알고 보니 홋카이도 대학의 한 교수가 자신의 연구 성과를 높이기 위해 우건에게 갈 몫을 가로챘던 것이었다. 아직 우건의 나이가 어리다느니, 연구 실적이 미흡하다느니 하는 터무니없는 이유로 말이다.

"처음에는 설마 했지. 고작 그런 이유로 지원을 철회할까 하고."

누가 봐도 눈에 뻔히 보이는 엉터리 이유였다. 하지만 학제는 추가적인 검토 없이 곧바로 지원금을 홋카이도 대학 쪽으로 돌렸다. 들리는 소문으로는 그 교수가 일본 군부에 연줄이 닿아 있는데, 대통상회의 군사 물품 공급 건으로 거래를 했다고 한다. 더 큰 돈을 벌기 위해 이미 결정된 지원을 취소한 것이다. 일방적인 취소 통보에 송일고보 연구실은 속수무책으로 손을 놓을 수밖에 없었다. 그나마 우건이 자기 생활비를 쪼갰으니

망정이지. 그러지 않았다면 연구실의 모든 조수가 1년 내내 돈 한 푼 받지 못하고 일할 뻔했다.

우건은 긴 다리를 꼬며 창밖으로 시선을 돌렸다. 구겨진 미간 사이로 사선이 새겨졌다.

"한마디로 돈을 위해서라면 뭐든 할 자야."

설령 그것이 살인이라 하더라도. 실제로 중국 내에서 대통상회와 그 가문의 악명은 제법 높은 편이었으니까. 대통상회와 잘못 얽혔다가 비명횡사한 사람이 한둘이 아니었다. 친절한 살인자. 돈 앞에서는 살인도 서슴지 않던 조부의 별명이 후계자인 학제에게 내려오지 않았을 리 없다.

"무엇보다 왕학제 그자는…."

우건은 말을 잇다 말고 저도 모르게 소혜를 봤다. 눈을 말똥하게 뜬 소혜가 자신의 다음 말을 기다리는 것이 보였다. 경성을 뒤흔드는 희대의 바람둥이. 하루걸러 한 번씩 여자를 바꾸는 카사노바. 그 말들이 속에서 맴돌았지만, 이상하게 입 밖으로 꺼낼 수는 없었다. 어쩐지 제가 질투를 하는 것 같아서. 그것을 들키기 싫어서.

"그자는, 또 뭐요?"

"…아무튼 가까이하지 않는 게 좋아."

우건은 정작 하려던 말을 삼키고 결론만 지어버렸다. 사실 두 사람이 마주 보고 서 있는 모습을 봤을 때 기분이 썩 좋지 않았다. 좋지 않다뿐일까. 가슴 한가운데가 답답하게 조이며 피가 거꾸로 솟는 것만 같았는데. 왕학제가 여인의 주변을 맴도는 게 하루 이틀 일도 아니었지만, 그 상대가 소혜가 되니 차마 그냥 지나칠 수가 없었다. 정신을 차렸을 때는 이미 제 손이 소혜의 어깨를 감싸고 있었다. 학제가 조금이라도 소혜에게 눈길을 주는 것이 싫어서 없는 말까지 지어냈다. 오해의 소지가 다분한 말까지 부러 흘리면서 말이다. 소혜에겐 미안한 일이었지만, 당장은 그녀의 곁에서 어떻게든 학제를 떼어내고 싶었다.

"너에게 해가 되면 됐지, 득이 될 인간은 아니야."

그런 인간 때문에 이 여인이 상처받는 건 싫었으니까. 소혜는 여전히 납득이 안 간다는 표정이었다. 겉보기에는 신사답고 친절했을 테니, 제 말을 단번에 믿기는 어려울 것이다. 괜히 이런 일로 실랑이를 벌이기도 싫어 우건은 화제를 돌려버렸다.

"그건 그렇고, 여기까지는 무슨 일로 왔어? 카페에 출근도 안 하고."

"오늘은 카페 문 안 열어요."

"지난주에도 그래서 왔던 건가?"

놀란 소혜가 작게 입을 벌렸다.

"저 보셨어요?"

"정말 왔었나 보네."

반쯤의 확신으로 넌지시 물어봤더니, 역시나 순순히 수긍해버리는 소혜였다. 우건은 얼굴이 연분홍빛으로 물든 소혜를 물끄러미 바라봤다. 그녀가 이곳으로 온 이유가 자신이길 바란다면, 너무 말도 안 되는 욕심인 걸까. 그날 이후 안부조차 알지 못했기에 이렇게 다시 만난 것이 무척이나 반가웠다. 소혜가 저로 인해 위험해질 거라는 생각은 그녀의 얼굴을 마주한 순간 이미 까맣게 지워진 지 오래였다.

"두 번이나 찾아온 걸 보면 할 말이 있는 것 같은데."

우건은 상체를 앞으로 기울이며 지그시 소혜의 눈을 들여다봤다. 전보다 가까워진 거리에 두 사람의 시선이 어지럽게 얽혔다.

"말해봐. 뭔지."

"그게…."

입술만 뻐끔거리던 소혜가 겨우 목소리를 내려던 그때.

"선생님! 저 앞에 새로운 다방이 생겼다는데, 혹시 지금 안 바쁘시면 저와 함께 커피라도…!"

문을 활짝 열며 우렁차게 외치던 세호가 일순 말끝을 흐렸다.

"하실까… 싶었는데…."

소혜와 눈이 마주친 세호가 길쭉한 눈을 당황스러운 듯 끔뻑였다. 낯선 손님이, 그것도 웬 여인이 연구실에 있는 풍경이 무척이나 낯설었던 탓이다. 심지어 이 묘한 공기하며, 저리 가까이 마주 앉아 있기까지. 어째 제가 때를 잘못 고른 것 같다.

"어, 음… 커피는 다음에 마셔야겠네요."

"들어와. 괜찮으니까."

"아닙니다. 저는 먼저 가볼 테니 하던 것 마저 하십시오."

"그런 것 아니라고. 들어오라고."

"처음 뵙자마자 빠르게 퇴장합니다. 실례했습니다."

소혜를 향해 꾸벅 허리를 숙이던 세호가 비장한 눈빛으로 말했다.

"저희 선생님이 얼굴은 저래 보여도 마음은 무척 따듯하신 분입니다. 겁먹지 마세요."

"야!"

마지막 말은 왜 하는 거야? 내 얼굴이 뭐 어쨌다고? 우건이 미간을 구기며 세호에게 살벌한 눈빛을 보였다.

"너 안 들어와? 어디 가!"

그러나 세호는 끝내 줄행랑치듯 사라져버렸다. 다시 둘만 남게 된 공간에는 적막이 내려앉고 어색한 공기가 감돌았다. 소혜와 우건은 어정쩡한 거리를 남긴 채 서로를 마주 봤다. 그리고 잠시 후.

"…픕."

황당함에 눈을 깜빡이던 소혜가 작게 웃음을 터트렸다. 우건도 이 상황이 우습기는 마찬가지였는지 짧게 허탈한 실소를 내비쳤다. 그 미소에 긴장이 풀린 걸까. 소혜는 이곳에 찾아온 이유를 솔직하게 밝혔다. 찾아온 명분이 아닌, 진심을.

"저, 선생님 보고 싶어서 왔어요."

심장이 너무 크게 뛰어 입 밖으로 나올 것만 같았다. 그래도 소혜는 용기를 내어 말을 이었다.

"같이 커피 마시러 가실래요? 저 그거 한 번도 안 마셔봤거든요."

배시시 입가를 늘인 소혜가 장난스럽게 말했다.

"마음은 따듯하신 분이니, 같이 가주실 거죠?"

용기 있는 자가 미인을 얻는다. 우스갯소리 같던 학제의 말이 지금 소혜의 머리를 스친 건, 단순한 우연이 아니었다.

◆ ◆ ◆

대통상회 사장실. 책상 앞에 앉은 학제는 벌써 30분째 허공만 노려보고 있었다. 톡, 톡, 톡… 톡. 일정한 속도로 책상을 치던 손끝이 날카롭게 멈춰 섰다. 두 눈동자에 일순 시린 빛이 스쳤다.

"역시 마음에 안 들어."

굳게 닫혀 있던 입에서 서늘한 음성이 흘러나왔다. 학제는 자리에서 일어나 창문 너머를 응시했다. 먹구름 가득한 하늘이 그의 심경을 대변하듯 심상치 않았다. 책상 위에는 검토해야 할 서류가 쌓여 있었지만 그쪽으로는 눈길조차 주지 않았다. 머릿속을 내내 어지럽히는 생각이 있었기 때문이다.

"신우건이, 여자를 가까이한다."

학제는 눈가를 조였다. 몇 년 전부터 이런저런 이유로 그를 알아왔지만, 소문으로든 뭐로든 그가 여자를 가까이한다는 이야기를 들어본 적이 없었다. 그나마 에스페란토 수업으로 교류를 한다는 경성 권번의 기생 요화가 있지만….

"글쎄. 그쪽은 너무 뻔한 눈속임이라."

자세한 내막까지는 알 수 없어도 직감이 말해주고 있었다. 그들 주위로 덕지덕지 붙은 스캔들은 사실 무언가를 가리기 위한 연막일 뿐이라고. 정작 사실로 확인된 것은 아무것도 없다는 게 그 증거였다. 그런데 그런 신우건이 누군가 보는 앞에서 여자의 어깨에 손을 둘렀다. 그것도 마치 보통 사이가 아닌 것 같은 연출까지 꾸며내면서.

"속일 거면 먼저 입 좀 맞추고 속이지."

당황한 기색이 역력하던 소혜의 얼굴이 떠오르자 학제의 미간이 조금 더 구겨졌다. 오랜만에 흥미가 가는 여인을 발견했는데. 그 사이에 우건이 있다는 걸 깨닫고 나니 여간 거슬리는 게 아니었다. 심지어 그는 대놓고 경계심을 보이기까지 했다. 소혜를 가까이하지 말라는 기색이 역력한 얼굴로. 학제의 눈빛이 검게 물들었다.

"근데 어떡하지…."

그럼 더 건드리고 싶어지는데. 오랜만에 소유욕을 자극하는 위험한 본능의 신호였다. 다른 여자들에게와는 전혀 다른 이례적 관심이 소혜에게 가는 건 사실이었다. 기억 속 아득한 곳에 버리다시피 했던 것들을 다시 떠올리게 한 여인이니 말이다. 하지만 오늘 그 모습을 보고 나니 우건의 심기를 건드리고 싶은 마음이 더 커졌다. 나비 연구 외에는 아무것에도 관심을 두지 않는, 그런데도 어째서인지 일본의 감시를 받고 있는 그 사내가 무슨 생각을 하는 건지 알고 싶었다. 그 건방진 학자의 일그러진 얼굴을 보는 것도 이 지루한 조선에서 나름 신선한 재미가 될 것 같으니. 이왕이면 소혜도 제 것으로 만들고.

똑똑. 때마침 노크 소리와 함께 비서의 목소리가 들렸다.

"사장님. 타이로 대좌께서 오셨습니다."

"아, 들어오시라 해."

곧이어 문이 열리고 소스케가 안으로 들어왔다. 위험한 빛이 감돌던 학제의 얼굴이 순식간에 능글맞은 미소로 뒤덮였다. 바짝 조여졌던 눈동자 역시 유순한 눈매 속에 가려졌다.

"이런 누추한 곳까지 대좌께서 어쩐 일이십니까? 연통 한 번이면 제가 먼저 찾아뵀을 텐데."

"불러놓고 가만히 기다리는 건 성미에 안 맞아. 내가 움직이는 게 낫지."

"하하, 역시 대좌님답습니다."

"그간 잘 지냈나?"

"뭐, 저는 늘 잘 지내고 있죠."

학제의 눈꼬리가 조금 더 길게 늘어졌다.

"대좌님 덕분에, 아주 편히 말입니다."

그는 사람 좋은 얼굴로 웃으며 자리를 권했다. 소스케의 짐승 같은 눈동자 앞에서는 모두들 잘못한 게 없어도 겁에 질리기 마련이건만. 겁이 없는 건지, 아니면 그저 순진한 건지 모르겠는 이 사장은 시종일관 주인 따르는 개처럼 그를 반기는 얼굴이었다.

소스케는 눈앞에 있는 학제를 가만히 주시했다. 겉보기에는 그저 부모 잘 만난 어정잡이처럼 보이는데.

'이상하게 만날 때마다 묘한 위화감이 든단 말이지.'

마치 속에 또 다른 얼굴이 있는 사람을 마주한 것처럼. 확실히 만만하게 볼 상대는 아니었다. 뭐, 어쨌든 돈값만 제대로 해준다면 다른 거야 아무 상관도 없지만. 소스케는 속이라도 꿰뚫어 볼 기세로 학제의 눈을 봤다.

"내 제안에 대해 생각할 시간은 충분히 준 것 같은데. 이제 슬슬 답을 줄 때도 되지 않았나?"

그 물음에 학제의 입꼬리가 조금 더 위로 말려 올라갔다.

"거절해도 되는 일이었습니까?"

"선택이야 그쪽 몫이지. 물론 선택에 따른 책임은 제법 무겁겠지만."

아슬아슬한 충고에도 학제의 능청스러운 웃음은 지워지지 않았다. 오히려 오래 끌 것도 없다는 듯 어깨를 으쓱이며 말했다.

"뭐, 조금 더 고민해보고 싶었는데 대좌께서 이리 찾아와주시니 어쩔 수 없겠군요. 거절할 이유가 있겠습니까. 저야 지금까지 그런 것처럼 돈만 받으면 뭐든 하는 사람이니까요."

"깔끔해서 좋군."

소스케가 품속에 있던 봉투를 툭 던지듯 내려놓았다. 그 안에는 두둑한 지폐와 함께 우건에 대한 정보가 수두룩하게 들어 있었다.

"우리 쪽은 이미 얼굴이 너무 많이 팔렸어. 네가 직접 나서든, 새로운 인물을 보내든, 적당히 거리를 좁혀서 거기 있는 정보 외의 것들을 알아봐."

쭉 서류를 훑어보던 학제가 어렵지 않다는 듯 고개를 끄덕였다.

"실망하실 일은 없게 하죠."

"확실하게만 잡는다면 돈은 그 이상으로 얹어주지."

"아, 대좌께서는 저를 움직이게 할 방법을 너무도 잘 아십니다."

학제는 기분 좋은 티를 여과 없이 드러내며 눈꼬리를 휘었다.

"그런데 몇 가지 여쭤봐도 되겠습니까?"

소스케는 말해보라는 듯 고개를 까딱였다.

"왜 신우건 그자를 주시하는 겁니까?"

"아무것도 나오지 않아서."

소스케의 눈에 언짢은 빛이 스쳤다.

"이제껏 변절자든 뭐든 모두가 그놈을 가리켰는데, 정작 놈에게서 나오는 게 아무것도 없어. 아무리 파헤쳐도, 아무리 감시해도 이렇다 할 증거가 나오지 않아."

그야말로 심증은 있는데 물증은 없는 상황. 손아귀에 잡힐 듯 사라지는 신기루가 반복되니 그들의 입장도 답답할 만했다. 학제는 이해한다는 듯 고개를 끄덕였다.

"그렇다면 왜 하필 접니까?"

"네 명성이 마음에 드니까."

돈만 주면 무슨 일이든 처리한다는 '친절한 살인자'. 처음에는 웬 어중이떠중이들이 헛소문을 영웅담처럼 퍼트리나 했는데, 직접 만나보니 소스케는 그들의 말이 틀리지 않았음을 깨달았다. 아니, 오히려 그들은 이 사내의 반의반도 모르고 있었다. 위험한 놈이었다. 그만큼 이 일의 적임자이기도 하고. 마주친 순간 자신과 같은 부류라는 걸 느꼈던 것이다. 소스케는 소름 끼치는 미소를 지었다.

"그럼 좋은 소식을 기대하지."

이윽고 그가 탄 차가 대통상회 앞을 떠났다. 차가 완전히 보이지 않을 때까지 허리를 숙이고 있던 학제는 천천히 고개를 들었다. 내내 실없이 웃던 그의 입꼬리도 반만 남겨진 채 내려갔다.

"이거, 의도치 않게 두 마리 토끼가 한 굴에 들어섰네. 잡기 편하게."

피식 웃음을 흘린 그는 한쪽 주머니에 손을 넣으며 고개를 모로 기울였다. 실로 오랜만에 피가 끓는 순간이었다.

◆ ◆ ◆

소혜는 제 앞에 놓인 새까만 커피를 의심 섞인 눈으로 물끄러미 봤다. 모던 카페에서 손님이나 언니들이 마시는 것을 물리도록 봤지만 한 번도 입에 대본 적은 없었다. 하얀 도자기 찻잔에 담긴 게 향은 참 좋은데.

'아무래도 색깔이 가무잡잡한 게… 쉬이 손이 가지 않는단 말이지.'

초옥 언니 말로는 저게 엄청 쓰다고도 그랬고, 겁이 없는 동시에 모험심도 바닥이고, 무엇보다 쓴 걸 가장 싫어하는 소혜는 이 낯선 물이 썩 내키지 않았다.

한참 커피와 눈싸움하던 소혜는 힐긋 시선을 들어 맞은편의 우건을 봤다. 그는 여유롭게 다리를 길게 꼰 채 제 몫의 커피를 마시고 있었다. 날씨가 우중충해서 모든 것이 흐려 보일 법도 하건만. 주변의 불빛이란 불빛은 다 끌어모은 듯 우건의 얼굴만 환하게 보였다. 계속 쳐다보는 게 실례라는 걸 알면서도 정신을 차리고 나면 어느샌가 그에게 시선이 향해 있었다. 얼마나 오래 쳐다봤는지 가늠도 못 할 만큼. 그녀의 세계에서 시간은 이미 멈춘 지 오래였다. 후각을 감미롭게 자극하는 커피 향과 여름날의 뜨거운 바람, 멀리서 들려오는 전차의 종소리와 사람들의 웃음소리. 모든 것이 한데 어우러지다가 어느 순간 사라지고 눈앞에는 결국 우건만 남는다. 세상에 오로지 둘만 남게 되면 이런 기분일까 싶다.

'먼저 커피를 마시러 오자고 한 건 나인데. 정작 커피도 못 마시고, 대화거리도 생각 안 나고….'

정작 그와 둘이 있게 되니 소혜는 어떤 말을 해야 좋을지 알 수가 없었다. 우건은 그저 한 폭의 그림처럼 느긋하게 커피를 마실 뿐이었고, 그녀는 멍하니 그의 모습을 기억 속에 차곡차곡 담을 뿐이었다.

'선생님이 영화에 나오신다면 로버트 테일러인지 뭔지보다 더 인기가 많으셨을 텐데.'

어떻게 계속 보고 있어도 질리지가 않지. 잘생긴 거 최고, 신우건 최고….

"아까는 잔을 깨부수려 하더니. 이번에는 타깃이 나로 바뀐 건가."

"예?"

정신을 차리니 우건이 이쪽을 보고 있었다. 그런 줄도 모르고 계속 그의 얼굴을 쳐다봤던 것이다.

"흐, 흐음. 아, 갑자기 엄청 덥네요. 창문을 다 닫았나?"

민망해진 소혜는 헛기침을 하며 딴청을 피우듯 고개를 돌렸다. 홧홧해진 목덜미로 팔랑이는 손부채질은 얼마나 당황했는지를 여실히 드러내고 있었다. 짧게 실소를 친 우건이 잔을 내려놓으며 말했다.

"그거나 마셔봐. 한 번도 안 마셔봤다며."

"마시긴 할 건데…. 이거 많이 써요?"

"쓴 거 잘 못 마시면 설탕을 타고."

우건은 눈짓으로 하얀 가루가 담긴 작은 병을 가리켰다. 테이블마다 웬 병이 놓여 있나 했더니, 설탕이었던 모양이다.

'음…. 그래도 처음부터 설탕 타 먹기는 좀 그렇지.'

나도 모던 걸처럼 멋지게 보이고 싶기도 하고. 결심한 소혜는 한껏 도도한 표정을 지으며 잔을 들었다. 가까워진 만큼 커피 향이 더욱 진하게 풍겨왔다.

'나쁘진 않은데.'

경계하듯 킁킁 냄새만 맡던 소혜가 드디어 용감하게 잔을 입에 댔다. 그러나 삼키기 무섭게 혀를 뒤덮는 건 절로 인상이 써질 만큼 텁텁하고 씁쓸한 맛이었다.

"으으… 에."

결국 소혜의 얼굴이 불판 위 마른오징어처럼 구겨지고 말았다. 쓰면서도 시고, 더욱이 떫은맛이 혀에 착 감겨 도무지 씻기지 않는다. 뭔가 굉장히 고급스러운 쓴맛을 억지로 맛본 느낌이라 해야 하나. 우건의 앞인데도 표정 관리가 되지 않았다. 울상을 지으며 혀를 날름거리는 모습에 우건이 낮게 웃음을 흘렸다.

"누가 보면 사약이라도 마신 줄 알겠어."

소혜는 뒤늦게 입을 꾹 다물었다. 미간이 손톱만큼 더 좁아지는 건 당연한 일이었다. 쳐다보는 우건의 표정이 어쩐지 놀리는 것만 같아 더욱 창피했다.

"써서 그런 것 아니에요."

"그래."

고개를 끄덕이면서도 그는 올라간 한쪽 입꼬리를 내리지 않았다. 오히려 작게 코웃음까지 쳤다.

"진짜예요. 뜨거워서 혀를 덴 거예요."

"그렇다고 해줄게."

"그렇다고 해줄게, 가 아니라 정말 그런 거라니까요!"

"그래, 그래."

어쩐지 떼쓰는 어린아이를 달래는 듯한 어감이었다. 눈가를 여미며 흘겨봐도 얄미운 표정은 사라지지 않았다. 흥, 콧김을 뿜은 소혜는 다시 잔을 들었다. 좀 전의 쓴맛 때문에 살짝 망설여지긴 했지만, 그래도 비싼 돈 주고 시킨 음료를 그대로 남길 수는 없었다. 쇠뿔도 단김에 빼야지. 이왕 쓴맛을 봤으니 눈 꼭 감고 후딱 마시려던 순간.

"기다려봐."

일순 부드럽게 그녀의 손을 막은 우건이 물 흐르듯 자연스럽게 잔을 가져갔다.

"혀를 덴 건 어쩔 수 없다만, 싫은 것까지 억지로 마실 필요는 없지."

"억지로 아닌데…."

소혜는 말끝을 흐리며 허전해진 손을 말아 쥐었다. 손끝에 살짝 스친 그의 온기가 잔보다 더 뜨겁게 느껴졌다.

"이 다방의 커피가 다른 곳보다 유난히 써서 웬만하면 다들 설탕을 타 마셔."

우건은 커피 속에 설탕을 넣고 느리게 티스푼을 저었다. 힐긋 앞을 보니 소혜가 얼굴을 붉히면서도 제가 하는 양을 유심히 보고 있었다. 카페에서 일한다는 사람이 커피를 못 마셔봤다기에 속 보이는 거짓말이라 생각하고 우스웠는데. 정말로 처음 마시는 듯한 모습을 보니 어이가 없었다. 뭐… 그런 게 귀엽기도 했고.

"마셔봐. 훨씬 나을 거야."

우건이 잔을 앞으로 밀어줬다. 따라붙는 눈빛이 여전히 의심 반, 호기심 반이다. 고개를 살짝 추기자, 그와 커피를 번갈아 보던 소혜가 이내 홀짝 커피를 마셨다. 지레 구겨졌던 눈매가 곧 동그래졌다.

"와, 맛있다."

표정이 참 솔직한 여자. 그래서 다음이 더 궁금해지는 여자. 우건은 입가에 열은 호선을 그리며 물었다.

"왜 한 번도 안 마셔봤어? 마실 기회 많았을 텐데."

"이런 거에 돈을 내고 싶진 않아서요."

연거푸 커피를 마신 소혜가 멋쩍게 웃었다.

"저희 가게 커피가 워낙 비싸요. 아무리 직원이라도 사장님이 절대 공짜로는 안 주시거든요. 제가 쓴 걸 잘 못 마시기도 하고요."

"그럼 왜 마시러 오자 그랬어?"

"그건….."

말끝을 늘이던 소혜가 눈을 이리저리 굴리다가 대답 대신 커피를 한 모금 더 마셨다. 선생님과 오래 마주 보고 있을 핑계가 필요했어요. 그 말을 하기에는 아직 용기가 부족했다.

"설탕을 타니까 맛있네요. 적당히 달고, 적당히 시고."

목소리 끝이 어색하게 떨렸다. 이상한 티가 났을 텐데도 우건은 굳이 더 묻거나 놀리지 않았다. 대신 배려하듯 다른 질문을 해줬다.

"그래서, 나는 왜 보고 싶었던 건데?"

"켈록!"

물론 그 배려가 전적으로 소혜를 위한 건 아니었지만.

"그게… 사실 드릴 게 있어서요."

소혜는 큼큼 목을 가다듬고는 가방을 열었다. 돌돌 만 그림을 꺼내 내밀자 우건이 뭐냐며 눈빛으로 물었다.

"선물이에요."

그림을 펼친 우건이 사뭇 놀란 표정을 지었다. 어쩐지 쑥스럽기도 하고,

부족한 솜씨가 부끄럽기도 해서 소혜는 부러 목에 더욱 힘을 줘야 했다.

"별건 아니고, 그냥 심심해서 그려봤는데 버리기는 아까워서요."

그림을 바라보는 표정은 무슨 생각을 하는지 알 수 없을 만큼 고요했다. 혹시 마음에 안 드는 걸까? 아니면 멋대로 자기 얼굴을 그렸다고 불쾌해하는 걸까? 괜스레 걱정된 소혜가 조심스럽게 물었다.

"별로…예요?"

"이렇게 웃어본 적은 없는데…."

"네?"

"아니야. 혼잣말."

잠시 시선을 들었던 우건이 다시 그림을 보며 말했다.

"잘 그리네. 그것도 상당히."

나긋한 칭찬에 또 한 번 가슴이 두근거렸다. 간단한 인사치레일지도 모를 한마디. 그 한마디가 이토록 마음을 설레게 한다. 소혜는 아랫입술을 깨물며 새어 나오는 웃음을 막았다. 우건이 그림을 갈무리하며 물었다.

"그래서 이거 주려고 지난주에도 왔던 건가?"

"그때는 뭐… 그냥 걷다 보니까요."

소혜는 또 한 번 아무렇지 않은 척 딴청을 피우며 시선을 돌렸다. '그냥 걷다 보니'라는 말속에 제 진심을 슬쩍 끼워 넣고서.

"앞으로도 걷다가 또 지나갈 건가."

"…그럼 안 되나요?"

우건과 잘되고 싶다는 생각은 해본 적 없다. 그렇다고 그가 평생 제 마음을 모르길 바란 적도 없다. 우건이 한쪽 눈썹을 까딱이며 의미심장한 표정을 지었다. 역시 예상한 대답은 아닌 모양이다.

"안 된다고 하면, 듣나?"

"듣고 싶게 해주셨으면 좋겠는데…."

소혜는 우물쭈물하면서도 하고 싶은 말을 확실히 했다. 그 말에 우건이 잠시 할 말을 잃은 듯 아무 말도 하지 않았다. 그렇잖아도 날렵하게 올라간 눈매가 더욱 날카로워진 것 같다.

'음… 너무 당돌하게 말한 건가.'

카페 언니들이 여자는 좀 속내를 숨길 줄도 알아야 한다고 했는데. 시선을 피하지 않고 똑바로 마주 보면서도 소혜는 꼴깍 마른침을 삼켰다.

'하지만 사실인걸, 뭐.'

우건이 아무리 오지 말라고 해도 소혜는 버릇처럼 쉬는 날마다 그가 있는 곳을 찾아갈 것이다. 보고 싶으니까. 이렇게라도 안 보면 자꾸 눈앞에 아른거리니까. 그게 더 나를 안달 나게 만드니까. 소혜는 텁텁하게 마르는 입술을 꾹 깨물었다. 너무 저돌적으로 나가서 우건을 곤란하게 만든 건 아닐까, 뒤늦게 걱정하던 찰나. 굳게 다물어져 있던 그의 입술이 드디어 틈을 벌렸다.

"지나갈 거면 그냥 지나가고, 아닐 거면 확실히 해."

"뭐를요?"

우건의 두 눈에 예리한 빛이 스쳤다.

"제대로 보러 오라고. 나한테."

이건 확실히, 예상치 못한 답변이었다.

"월요일 오후 두 시."

우건은 소혜를 똑바로 응시하며 말을 이었다.

"동쪽 담벼락 끝으로 오면 작은 뒷문이 있어. 그 시간에 거기로 들어오면 아무에게도 들키지 않고 연구실까지 바로 올 수 있을 거야."

소혜가 계속 멍한 표정으로 있자, 우건이 한층 풀어진 얼굴로 결론을 얘기했다.

"연구실로 오라고. 괜히 정문 앞에서 서성이다가 이상한 소문에 휘말리지 말고."

소혜의 입술이 작게 벌어졌다. 처음에는 이게 무슨 말인가 얼떨떨하기도 잠시. 머리가 말뜻을 이해하게 되면서 입술 끝도 점점 말려 올라갔다. 이 와중에 본인 걱정이 아닌, 그녀가 소문에 휩쓸릴까 봐 걱정해주는 모습에 또 한 번 가슴이 세차게 두근거렸다. 소혜는 당장 소리 지르고 싶은 기쁨을 꾹 참으며 크게 고개를 끄덕였다.

"네! 절대 이상한 소문에 휘말리지 않을게요!"

"왜 불안하지, 저 말이?"

"선생님께 누가 되는 일은 절대 하지 않을게요!"

"왜 파이팅이 넘치는데, 갑자기?"

"조용히 얼굴만 보고 갈게요! 선생님은 아무것도 하지 마세요!"

"…지금 무슨 말을 하는 거야?"

"네…?"

한창 신나서 떠들던 소혜가 고장 난 라디오처럼 말을 멈췄다. 마주 오는 우건의 표정이 어쩐지 이상한 사람 보는 듯했다.

"단순히 얼굴이나 보자고 부르는 것 아니야."

"그럼요?"

"네 그림, 쓸 만한 구석이 있어. 연구실에 와서 간단히 일 좀 도와줬으면 하는데."

아, 일…. 그 짧은 사이에 일거리를 생각하고 계셨구나, 선생님은. 한껏 솟았던 소혜의 어깨가 바람 빠지듯 푹 내려앉았다. 머릿속에서 분홍빛으로 몽글몽글하게 떠오르던 로맨틱한 상상도 물거품처럼 사라졌다. 허망하기 짝이 없는 순간이었다.

그사이 회중시계로 시간을 확인한 우건은 먼저 자리에서 일어났다.

"시간 늦지 마. 그날 할 일이 많으니까."

무표정한 얼굴로 인사인지 충고인지 모를 것을 전한 그가 그대로 뒤돌았다. 내내 일자로 다물어져 있던 입매가 그제야 슬쩍 올라갔지만, 뒤에 있는 소혜가 그것을 알 리 없었다.

"치, 낭만이라고는 하나도 없으셔."

소혜는 텅 빈 우건의 자리를 보며 아랫입술을 삐죽 내밀었다. 그나마 다음에 또 볼 수 있다는 사실에 좋아해야 하려나. 뭐… 이미 가슴은 속도 없이 콩닥콩닥하고 있었지만.

낮게 한숨을 내쉬며 자리에서 일어나려는데, 문득 테이블 위에 낯익은 재킷 하나가 툭 놓였다. 고개를 드니 우건이 다시 제 앞에 서 있었다.

"밖에 비 와. 괜히 비 맞지 말고 이거 쓰고 가."

"그럼 선생님은요?"

"나는 걱정 말고. 학교 바로 앞이니까."

"그래도…."

"다음에 보자."

우건은 필요한 말만 남기고 도로 다방을 나섰다.

"선생님, 잠시만요!"

곧바로 뒤쫓았지만 이미 우건은 빗줄기 사이로 저만치 멀어져 있었다. 소혜는 멀어지는 그를 보며 재킷을 꼭 쥐어 안았다. 따스한 체온과 낯익은 향기가 품속에서 부드럽게 감돌았다. 시무룩하던 입꼬리가 다시 세차게 뛰는 심장박동을 따라 배시시 올라갔다.

"네. 다음에 봐요, 선생님."

잠시나마 서운했던 마음은 시원한 빗줄기에 녹아내렸다. 소혜는 우건의 재킷을 뒤집어쓴 채 빗속으로 뛰어들었다. 그나마 재킷 덕분에 몸이 젖진 않았지만, 지체하면 재킷 안까지 몽땅 젖어버릴 것 같았다.

'얼른 집에 가서 씻어야겠다. 이러다가는 감기에 걸려서 내일 출근도 못 하겠어.'

그렇게 얼마쯤 뛰었을까. 진고개를 지나던 중, 저만치 문 닫은 가게 앞에 웬 어린 여자아이가 서 있는 게 보였다. 겨우 여덟 살은 됐을까. 왜소한 몸의 아이는 머리부터 발끝까지 흠뻑 젖어 있었다. 무심한 표정과 달리 얼굴은 창백하고 입술은 파리하게 질려 있었다.

'엄마를 잃어버린 건가? 어떡하지.'

빗속에서 발만 동동 구르던 소혜는 어쩔 수 없이 아이가 있는 곳으로 달려갔다.

"어휴, 비 한번 매섭게 온다."

젖은 옷을 탈탈 털어낸 소혜가 힐긋 아이를 봤다. 옆에 낯선 사람이 왔는데도 아이는 눈길 한 번 주지 않는다. 경계를 하는 건가. 아니면 사람에게 관심이 없는 건가. 보아하니 입은 옷도 제법 고급스러운 태가 나고, 얼굴도 윤기 있고 뽀얀 것이 제법 있는 집 여식인 듯했다.

'이런 어린애가 혼자 집을 나왔을 리는 없고.'

역시 길을 잃었을 확률이 컸다. 소혜는 아이를 향해 몸을 낮추며 조심스럽게 물었다.

"얘, 혹시 길을 잃어버렸니?"

내내 정면만 바라보던 아이가 처음으로 소혜를 봤다.

"언니가 데려다줄까?"

그러나 아이는 대답 대신 물끄러미 쳐다보기만 할 뿐이었다. 혹시 일본인이라 조선어를 못 알아듣나? 같은 말을 일본어로도 반복해봤지만, 여전히 아이에게서는 어떤 대답도 들을 수 없었다. 그렇다고 무시한다기에는 마주 오는 눈빛이 너무도 말똥말똥하다. 어찌해야 좋을지 몰라 어색하게 웃어 보인 그때.

"응…?"

아이가 두 손을 들더니 이상한 손짓을 하기 시작했다. 같은 동작을 여러 번 반복하는 걸 보니 뭔가를 말하는 것 같긴 한데, 도무지 무슨 뜻인지 알아들을 수가 없다.

'말을 하지 못하는 아이인가.'

집중해서 쳐다봐도 뜻을 알 수 없어 고개를 젓자, 이번에는 아이가 소혜의 손을 잡고 그 위에 무언가를 적기 시작했다. 손바닥에 차례로 한자가 적혔다.

"실유모…. 유모를 잃었다고?"

소혜의 말을 알아듣지 못한 아이가 다시 그녀를 빤히 쳐다보기만 했다. 이를 어찌해야 하나. 고민하던 소혜는 아이의 손바닥에 똑같은 한자를 적었다. 그제야 소혜가 자기 말을 알아들었다는 걸 깨달았는지 아이가 여러 번 고개를 끄덕였다. 소혜는 다시 아이의 손바닥에 간단한 한문을 적었다.

-집 주소 알아?

소혜의 손가락이 움직이는 모양을 가만히 보던 아이가 다시 고개를 끄덕였다. 손바닥을 내밀자 아이가 그 위에 자신의 집 주소를 적었다. 다행히 소혜가 어느 정도 길을 아는 주소였다.

"내가 데려다줄게. 가자."

아이의 손을 잡고 나서려던 소혜가 잠시 멈칫했다. 이 세찬 폭우를 아이가 더 맞았다가는 크게 앓을지도 모른다.

'좋은 일을 해놓고 괜히 원성을 들을 수는 없지.'

잠시 고민하던 소혜는 아이의 머리에 우건의 재킷을 꼼꼼히 씌워주고는 그대로 안아 들었다.

"걱정하지 마. 언니가 집까지 꼭 데려다줄게."

고개를 갸웃거리는 아이를 향해 소혜는 자신을 한 번, 그리고 앞을 한 번 가리켰다. 대충 의미는 알아들었는지 아이는 이번에도 고개를 끄덕였다.

"언니한테 꼭 안겨. 옳지."

소혜는 아이가 최대한 비에 젖지 않도록 재킷을 여미며 빠르게 걸음을 옮겼다.

◆ ◆ ◆

소스케가 돌아간 뒤로 학제는 밀린 업무를 보기 시작했다. 아무리 웃돈 얹어진 일을 맡았다고는 해도 본업을 게을리할 수는 없었다.

"다롄 시 매출액이 상당히 줄었는데."

"예. 이번에 곡물상 몇 곳이 문을 닫으면서 납품이 많이 줄었습니다."

"개선책은 없나?"

"칭다오에서 최근 맥아를 유통할 곳을 새로 찾고 있다고 합니다. 제법 긍정적인 이야기들이 오가고 있어 결과가 좋을 것 같습니다."

아무리 조선에 와 있다 해도 중국 본사의 상황은 늘 파악해야 했다. 내지 사정을 꼼꼼히 살핀 학제는 결재한 서류를 직원에게 건넸다.

"다음 달까지 다롄 시 안에서도 다른 납품 업체를 더 찾아봐. 아예 그 지역을 놓을 수는 없으니."

"예, 알겠습니다."

직원이 꾸벅 허리를 숙이고 사장실을 나서려던 때였다. 갑자기 벌컥 문이 열리더니, 린진의 유모인 정씨가 울부짖으며 안으로 들어왔다.

"사장님, 이를 어쩝니까…! 흑흑."

"무슨 일입니까?"

"그게, 흐윽, 사실…."

정씨는 숨까지 넘어갈 정도로 끅끅거리며 말을 쉽게 잇지 못했다. 비를 맞았는지 정씨의 머리며 옷이 온통 젖어 있었다. 학제는 바닥에 주저앉은 정씨를 다정히 감싸며 물었다.

"진정하고 말씀해보세요. 괜찮으니."

"정말 죄송합니다, 사장님. 흑…. 제가 조금 더 조심했어야 했는데…!"

"린진에게 무슨 일이라도 생긴 겁니까?"

"함께 시장에 갔는데…. 갑자기 소란이 일면서 인파가 몰려 손을 놓친 사이에, 흐윽, 린진 아가씨를 그만…."

뒷말은 굳이 듣지 않아도 어떤 상황인지 알 수 있었다. 학제의 표정이 한순간 서늘하게 변했다. 정씨의 어깨를 감싼 손아귀에 힘이 들어가며 파르르 떨려왔다. 싸늘하게 굳은 눈동자가 곧바로 창밖을 살폈다. 바깥에는 한 치 앞도 잘 보이지 않을 만큼 세찬 비가 내리고 있었다. 저런 곳에 린진이 홀로 길거리를 헤매고 있다. 말도 못 하는 아이가, 길조차 모르는 아이가. 그렇게 생각하니 온몸의 피가 역동하며 미쳐버릴 것 같았다. 학제는 제 앞에서 엉엉 울고 있는 정씨를 살벌한 목소리로 내리눌렀다.

"닥쳐. 뭘 잘했다고 시끄럽게 구는 거야."

온몸을 짓누르는 듯한 음성에 정씨가 놀라 입을 다물었다. 한순간에 달라진 공기가 주변을 모두 얼어붙게 만들었다. 학제는 자세를 더욱 낮춰 정씨의 눈을 똑바로 응시했다. 숨통을 조이는 눈빛에 그녀의 턱이 덜덜 떨려왔다.

"당장 집으로 돌아가. 린진이 돌아올지도 모르니까."

"하지만 아가씨는 이곳 길을 전혀 모르시는…."

"재수 없는 소리 하지 말고 돌아가라고!"

급기야 정씨의 입에서 딸꾹질이 터졌다. 학제는 그런 그녀를 경멸의 눈으로 쳐다보며 말을 덧붙였다.

"린진이 무사히 돌아오기만을 빌고 있어. 린진이 겪은 일 그대로, 네가 당하게 될 테니까."

학제는 정씨를 밀치며 곧장 사장실을 나갔다.

◆ ◆ ◆

"이 근방이었던 것 같은데. 어디지?"

소혜는 눈 위로 흘러내리는 빗물을 아무렇게나 닦으며 주위를 둘러봤다. 만석의 심부름으로 몇 번 와보긴 했지만 워낙 오래전이라 기억이 가물가물했다.

"아, 비가 점점 더 많이 오네."

애써 비를 피하던 몸이 덕분에 쫄딱 젖었다. 그래도 소혜는 자신보다 아이의 상태를 더 살피기 바빴다. 그렇게 얼마를 더 갔을까. 마침내 아이가 알려준 주소에 도착했다.

"여기야?"

머리까지 덮어놓은 재킷을 살짝 들추고는 집을 가리키며 묻자, 아이가 빠르게 고개를 끄덕였다. 다행히 맞게 찾아온 모양이다. 소혜는 최신식 양식 건물로 지어진 집을 눈으로 훑으며 쿵쿵 대문을 두드렸다.

"실례합니다! 아이가 길을 잃어서 데리고 왔어요!"

몇 번 더 문을 두드리자, 오래지 않아 안에서 말쑥하게 생긴 중년 여자가 아연실색한 얼굴로 울면서 나왔다.

"린진 아가씨!"

여자는 재킷에 싸인 아이를 꼭 끌어안으며 서럽게 울음을 터트렸다.

"이대로 아가씨를 잃어버리는 줄 알았습니다. 죄송합니다, 죄송합니다…."

여자의 입에서 조선어와 중국어가 중구난방으로 섞여 나왔다. 린진이라는 이름으로 미루어 아이가 중국인인 모양이었다.

'그래서 조선어를 못 알아들었구나.'

아주 잠깐 학제의 얼굴이 머릿속을 스쳤지만 곧 의미 없이 사라졌다.

"무사해주셔서 정말 감사합니다, 아가씨. 흐윽…."

보통 어른이 울면 따라 울기 마련인데. 린진은 이 순간에도 침착하게 여자의 등을 토닥이고 있었다. 의젓한 아이의 모습을 흐뭇하게 바라보기도 잠시.

"에취!"

소혜의 대찬 재채기 소리가 대문 앞을 우렁차게 울렸다. 빗줄기도 씻어 내리지 못한 민망한 정적이 흘렀다. 뒤늦게 정신을 차린 여자가 눈물을 훔치며 말했다.

"많이 젖으셨는데 안으로 들어오세요. 감사 인사는 안에서 차차 드리겠습니다."

"아, 네. 감사합니다."

거절할 생각도 할 수 없을 만큼 온몸이 젖은 터라, 소혜는 사양 없이 두 사람을 따라 안으로 들어갔다. 자신을 정씨라 소개한 여자는 린진과 소혜에게 마른 수건을 가져다줬다.

"잠시만 여기서 기다려주세요. 저희 사장님께 아가씨를 찾았다고 말씀드려야 해서요."

"네. 제가 린진을 닦아주고 있을게요."

"감사합니다."

정씨는 어딘가로 전화를 걸어서 한참 통화했다. 거실 너머에서 울음 섞인 목소리와 함께 연신 사과의 말이 들렸다. 아무래도 사장님이란 사람이 린진을 잃어버린 일로 정씨를 혼내고 있는 모양이다.

'하긴. 딸을 잃어버릴 뻔했는데 길길이 날뛰는 것도 당연하지.'

이렇게 귀여운 아이라면 누구라도 그랬을 테니까. 소혜는 당연히 아버지라 생각하고는 수건으로 린진의 몸을 정성스럽게 닦아줬다. 춥고 무서웠을 순간에도 아무 표정 없던 아이는 이번에도 별다른 내색 없이 얌전하기만 했다. 아이답지 않은 모습에 마음이 쓰인 까닭일까. 괜스레 마음 한구석이 짠해져서 손길도 더 조심스러워졌다. 시선을 느꼈는지 린진이 소혜와 눈을 맞췄다. 아이는 그녀의 손바닥을 잡고 검지를 세워 글씨를 적었다.

-감사해요, 은인.

소혜는 옅게 웃으며 별것 아니라는 뜻으로 고개를 저었다. 그래도 고마움을 더 표현하고 싶었던 걸까. 린진이 팔을 뻗어 소혜의 목을 꼭 끌어안았다. 소혜 역시 작은 린진의 몸을 감싸 안으며 토닥토닥 등을 두드려 줬다. 품속에서 꼼지락거리는 작은 몸은 무척이나 포근했다. 젖은 옷 사이로 서로의 체온이 전해져 한기도 덜어졌다. 때마침 통화를 마친 정씨가 돌아왔다.

"저희 사장님께서 꼭 감사 인사를 드리고 싶다고, 괜찮으시다면 저녁 식사를 대접하고 싶으시다 합니다."

소혜는 멋쩍게 웃으며 사양의 뜻으로 고개를 저었다.

"괜찮습니다. 린진이 무사히 집으로 돌아오게 된 것만으로 충분해요."

"그러지 마시고, 작은 성의나마 꼭 받아주세요. 린진 아가씨는 이 집에서 정말로 귀한 아이입니다."

"정말 괜찮은데…."

"이대로 린진 아가씨를 잃어버렸다면… 저는 정말 못 살았을 거예요."

정씨가 눈가를 손끝으로 훔치며 말했다.

"아가씨가 무사히 돌아오실 수만 있다면 이 한목숨 바쳐도 좋다고 기도했는데…."

희미하게 떨리는 목소리 끝에 결국 눈물이 뚝 떨어졌다. 린진이 토닥이는 손길에 황급히 눈물을 닦은 정씨는 애써 웃으며 안으로 안내했다.

"목욕물을 데울 테니 우선 몸부터 녹이세요. 갈아입으실 옷도 준비하겠습니다."

린진에게도 중국어로 무어라 말한 정씨는 거절할 새도 없이 멀어졌다. 옆에 있던 린진도 고사리 같은 손으로 소혜의 옷자락을 꼭 그러쥐었다. 옷감 너머로 느껴지는 아이의 손길이 간절했다. 그 부탁까지는 차마 거절할 수가 없었다. 소혜는 결국 고개를 끄덕일 수밖에 없었다.

따끈한 물에 몸을 담그고 나오자 비싸 보이는 양장 한 벌이 앞에 놓여 있었다. 그 옷을 입기가 차마 부담스러워 망설이자니, 멀리서 정씨의 목소리가 들렸다.

"급한 대로 준비한 옷이라 잘 맞을지 모르겠네요. 부담 가지시지 말고 편히 입으세요."

"아… 네. 감사합니다."

소혜는 머뭇거리다가 조심스럽게 옷을 입었다. 양장은 태어나서 처음 입는 탓에 어색해서 몸을 이리저리 돌리니, 언제 온 건지 린진이 가볍게 허리를 툭툭 쳤다. 팔을 위로 뻗어 손을 까딱이는 게 제가 도와준다는 뜻 같았다. 자세를 낮추니 아이가 능숙하게 단추를 채우고 허리끈을 묶어줬다. 작은 손이 참 야무졌다.

"고마워. 린진은 착한 아이네."

다시금 품을 파고드는 린진을 꼭 안아주는데, 때마침 밖에서 인기척이 들려왔다. 사장님이라는 사람이 돌아온 모양이다. 소혜는 떨어지지 않으려는 린진을 안아 들고 인사를 위해 밖으로 나갔다. 그리고 집 안으로 막 들어온 사람과 마주친 순간.

"어…?"

"소혜 양이 여기는 어떻게…?"

소혜와 학제는 서로의 놀란 얼굴을 마주할 수 있었다.

◆ ◆ ◆

우건은 학교에 남아 있는 대신 집으로 돌아왔다. 머리가 복잡해서 더 이상 연구할 여력이 없어진 까닭이었다. 책상 위에 놓인 요화의 새 편지 탓도 있었지만, 그보다는 제 머릿속에서 도무지 떠날 생각을 않는 한 여인의 탓이 더욱 컸다.

간신히 처마 밑까지 들어선 우건은 젖은 제 몸을 내려다봤다. 셔츠며 바지며, 심지어 신발 속까지 안 젖은 데가 없었다.

"하…."

영락없이 물에 빠진 생쥐 꼴이 돼버린 모습에 절로 한숨이 나왔다.

'보면 또 한 소리 듣겠군.'

그때 집 안에서 '한 소리'의 주인공이 나왔다. 푸짐한 몸채에 정겹다 싶을 만큼 푸근한 얼굴. 이 집안에서 가장 오래 일해온 하녀장, 순심이었다. 그러나 지금만큼은 정겨움 대신 지청구 가득한 눈빛이 날아들었다.

"에구머니! 이게 무신 일입니꺼?"

경남 억양이 억센 목소리가 호들갑스럽게 잔소리를 늘어놓았다.

"하이고, 비 오는데 우산도 없이 어딜 싸돌아댕기신 겁니꺼?"

"학교가 파하고 오는 길에 갑자기 쏟아져서."

"아주 푸욱 담그셨네, 푸욱 담그셨어. 나비에 파묻혀서 돌아가시는 줄 알았더니, 감기에 걸려 돌아가시겠네!"

매섭게 퍼붓는 잔소리에도 우건은 그저 마르게 웃을 뿐이었다.

"맹하니 서서 뭐 하십니꺼, 퍼뜩 들어가이소!"

순심은 그런 우건을 못마땅하게 쳐다보며 집 안으로 들였다. 황급히 수건을 가지고 나온 그녀는 우건의 몸을 팡팡 때리듯 닦았다.

"앞에서 이래이래 좀 닦고 계이소. 퍼뜩 물 뎁히고 있을 테니."

부랴부랴 순심이 들어가고, 곧 뜨거운 수증기가 욕실에서 새어 나왔다. 우건은 수건으로 몸의 물기를 툭툭 닦고 털어냈다. 두드릴 때마다 물방울이

후드득 바닥으로 떨어졌지만, 축축한 옷은 되레 살갗에 더 달라붙었다. 수건 한 장으로 물기를 잡기에는 이미 너무 많이 젖은 상태였다.

"에고마, 저 꼴 좀 보소, 꼴 좀. 물에 빠진 생쥐가 따로 없네."

포기하고 그저 앉아 있으려니 곧 순심이 나왔다.

"물 받아놨으니 고마 들어가 몸 좀 누이소."

"고마워."

"저녁 차려놓을 테니까 다 씻고서 바로 드시고예."

순심은 욕실 문을 닫아주고 곧장 부엌으로 향했다. 근육의 굴곡마다 진득이 붙어 있던 옷들이 그제야 하나둘 바닥으로 떨어졌다. 이윽고 옷을 전부 벗은 우건이 뜨거운 물속으로 들어갔다. 발끝부터 눅진하게 삼킨 물은 이내 다부진 상체까지 차올랐다. 뜨거운 기운을 느끼고 나서야 비로소 몸이 차가웠다는 걸 깨달았다.

"하…"

신음이 절로 나올 만큼 노곤해지는 기분이었다. 우건은 고개를 뒤로 젖힌 채 가만히 눈을 감았다. 똑똑 물 떨어지는 고요한 소리가 시끄러운 머릿속을 차분하게 만들어줬다.

긴장과 한기로 바짝 굳어 있던 근육들이 풀어지자, 갇혀 있던 생각들도 하나둘 떠오르기 시작했다. 끝내지 못한 논문과 살펴봐야 할 연구 과제들, 오늘 요화를 통해 새롭게 전달된 이번 거사의 세부 계획, 최근 주위에서 수상한 움직임이 발견됐으니 극히 주의를 요하라는 경고. 그리고….

'백소혜.'

굳게 감겨 있던 눈꺼풀 사이로 검은 눈동자가 드러났다. 희뿌연 수증기처럼 머릿속이 온통 흐려진 가운데, 오로지 소혜의 얼굴만이 또렷이 남아 있었다.

'잘 갔으려나.'

결국 오늘도 집까지 데려다주지 못하고 말았다. 차라리 비가 그칠 때까지 함께 기다릴 걸 그랬나. 우산도 아니고, 재킷 하나 달랑 남겨준 것이 계속 신경 쓰였다.

잠시 생각에 잠겼던 우건은 이내 고개를 저었다. 어린아이도 아니고, 알아서 잘 갔겠지. 애써 그렇게 생각하며 다시금 눈을 감고 욕조에 머리를 기대기도 잠시.

"아… 미치겠다, 정말."

상체를 일으킨 우건이 젖은 머리칼을 마구 헤집었다. 다시금 오늘 하루 있었던 일이 머릿속에서 되풀이된 까닭이었다.

"대체 무슨 짓을 한 거야, 내가."

다방에서 시간을 보낸 것으로도 모자라 분위기에 휩쓸려 다음 약속까지 잡고 말았다. 아무리 생각해도 오늘 제 행동은 정말 이해되지 않았다. 다른 때였다면 약속은커녕 다방까지 가지도 않았을 텐데.

'심지어 왕학제 앞에서 그런 행동까지….'

이건 정말 몇 번을 곱씹어도 그때마다 새롭게 후회될 것 같다. 그나마 다음 약속은 일 핑계를 댔기에 망정이지. 그러지 않았다면 고스란히 들켰을지도 모른다. 흔들리고 있는 마음이든, 혹은 벌써 향하고 있을지 모를 마음이든.

복잡한 생각을 견디지 못한 눈이 다시금 눈꺼풀 밖 현실로 드러났다. 허공을 바라보는 눈빛에는 산더미처럼 쌓인 의문만 가득했다. 욱영을 만난 뒤로 소혜에게 관심을 끊어야 함을 알았다. 분명 다짐도 했다. 그런데 어째서 그녀를 만나자마자 그 모든 다짐이 단번에 무너졌던 걸까. 모던 카페로 향하려던 숱한 걸음을 돌리던 게 무색해지는 오늘이었다. 대체 어쩌자고 다음에 또 만날 생각을 한 것인지.

"…위험에 빠트려도 괜찮다는 건가."

아니면 그런 건 생각도 못할 만큼 소혜, 그 여인의 존재가 큰 것인가. 이렇게 정신을 못 차릴 만큼 여인에게 관심을 가진 적이 없던 그였기에, 지금의 모든 상황이 그저 낯설고 불편하기만 했다. 마치 폭풍 한가운데에 홀로 서 있는 듯이.

얼굴의 물기를 쓸어내린 우건이 자리에서 일어났다. 몸의 굴곡을 따라 물이 폭포수처럼 흘러내려 바닥을 적셨다. 그것을 지그시 응시하던 우건은 천천히 수건으로 몸을 닦았다.

'차라리 그 여인에 대한 생각도 저렇게 쏟아져서 한바탕 적시고 사라지면 좋을 텐데….'

지독하게 젖어 들었다가, 어느 순간 말끔히 사라질 수 있도록. 그럼 이렇게까지 마음이 복잡해질 일도 없을 터. 우건은 문득 그녀가 두려웠다. 이토록이나 자신을 흔들고 있다는 사실에. 이토록이나 그녀에게 끌리고 있다는 사실에.

"나는… 원하는 게 생겨서는 안 되는 사람인데."

언제 떠나도 미련이 남지 않도록. 내 목숨 하나 아깝지 않도록. 우건은 멍하니 거울을 바라봤다. 수증기로 희뿌옇게 변한 그 위에 손을 얹어 제 얼굴만 한 틈을 만들어냈다. 그러곤 한동안 거기에서 눈을 떼지 못했다. 불행해 보이는 한 사내가 그 속에 있었다.

◆ ◆ ◆

"앉으시죠."

린진과 함께 부엌에 들어서자, 학제가 직접 의자를 빼주며 소혜에게 자리를 권했다.

"아, 감사합니다."

어색해하며 의자에 앉은 소혜는 차려진 상을 보고 눈이 커다래졌다. 식탁 위에는 입이 떡 벌어질 만큼의 진수성찬이 차려져 있었다. 점심은커녕 아침도 제대로 못 먹었던 탓에 보는 것만으로도 침이 꼴깍꼴깍 넘어갔다. 맞은편에 앉은 학제는 미안하다는 듯 웃으며 말했다.

"할 수만 있다면 더 좋은 요리로 대접하고 싶었는데, 경황이 없던 터라 준비가 미흡한 점은 양해해주세요."

"아니에요! 이걸로도 충분한 걸요. 더하면 과해요."

"린진을 구해주신 대가로는 어떤 걸로도 부족합니다."

학제가 린진의 어깨를 꼭 감쌌다. 나이 차이가 많이 나는 데다가 말을 하지 못해서 그런가. 여동생에 대한 그의 애틋함이 지극한 듯했다. 어쩐지 흐뭇하기도 하고, 또 부럽기도 한 모습이었다.

"그런데 참 신기한 인연입니다. 이렇게 또 소혜 양을 만나게 되다니요."

학제의 말에 소혜도 고개를 끄덕였다.

"그러게요. 이렇게 또 뵙게 될 줄은 몰랐어요."

"우연이 세 번 겹치면 인연이라는데. 저와 소혜 양을 이르는 말인가 봅니다."

콧잔등을 찡긋하며 건네는 말은 진심이라기보다 한없이 장난스러웠다. 소혜는 못 말린다는 듯 웃으며 함께 식사를 시작했다. 한식으로 정갈하게 차려진 음식들은 색감과 향, 맛이 모두 훌륭했다. 하나하나 입에 착착 감겨 붙으며 감칠맛을 내는 게 보통 요리들이 아니었다.

"입에는 잘 맞으십니까?"

"너무 맛있어요. 이렇게 맛있는 건 처음 먹어봐요."

"다행이군요. 준비한 음식은 많으니 부족하면 얼마든지 더 드십시오."

배불리 식사를 마친 후에는 간단한 다과와 차가 나왔다. 배가 불러서 더는 못 먹을 것 같았는데, 곱게 빚어진 떡과 한과를 보니 배는 자존심도 없이 쑥 꺼졌다.

'그래, 언제 또 이런 것들을 맘껏 먹어보겠어.'

소혜는 겸연쩍게 웃으면서도 바삭바삭한 한과를 입에 쏙 집어넣었다. 그런데 식사 내내 학제 옆에 앉아 있던 린진이 갑자기 자리에서 일어나더니 식탁을 빙 둘러서 소혜 옆으로 다가왔다. 혼자 의자를 빼고 그 위에 앉은 아이는 그녀를 빤히 쳐다봤다. 무슨 일인가 싶어 고개를 갸웃거리니, 자그마한 손으로 소혜의 옷자락을 꼭 쥐기까지 한다. 그 모습을 본 학제가 작게 웃음을 터트리며 말했다.

"아무래도 린진이 소혜 양을 무척이나 마음에 들어 하나 봅니다."

"저를요?"

"의젓하긴 해도 낯선 사람에게 쉽게 마음을 여는 아이가 아닌데…. 저런 모습은 저도 처음 보는군요."

그 말을 듣자 괜스레 마음이 뭉클하며 감격스러웠다. 마주 손을 잡아주자 한 번도 감정을 드러내지 않던 조그마한 입가에 옅은 미소까지 떴다. 그 작은 미소가 반가워 소혜도 맑게 웃었다. 두 사람의 모습을 지그시 바라보던 학제가 일순 낮은 목소리로 말을 꺼냈다.

"소혜 양, 혹시 괜찮다면 린진의 새 보모가 돼주시지 않겠습니까?"

"보모요?"

난데없는 제안에 소혜가 얼떨떨한 표정을 지었다. 학제는 린진을 사랑스러운 눈길로 쳐다보며 말했다.

"그러잖아도 오늘부로 린진의 유모를 자르려고 하거든요."

표정과는 영 다르게 냉정한 말. 정씨가 바로 뒤에 있는데도 학제는 말에 거리낌이 없었다. 어차피 실수를 한 유모를 계속 린진 옆에 두고 싶은 마음도 없을뿐더러, 린진의 보모 역할을 소혜가 맡아줌으로써 그녀를 제 곁에 묶어둘 수도 있으니 일석이조였다. 학제에겐 충분히 많은 이득을 얻을 수 있는 제안이었다. 물론 소혜에게도 그러할 것이고.

"보수는 넉넉히 드리겠습니다. 지금 카페에서 무용수로 일하는 것보다 훨씬 나을 겁니다."

"제가 보모를 하면… 정씨 아주머니는요?"

"저렇게 조심성 없는 여자에게 우리 린진을 맡길 수는 없습니다."

소혜의 눈동자가 불안하게 흔들렸다. 처음 봤던 날, 병원 앞에서 드러났던 학제의 또 다른 얼굴이 순간 비친 까닭이었다.

"린진도 소혜 양을 따르는 듯하니 새 보모로 알맞을 듯합니다."

"아, 아니! 잠깐만요. 아무리 그래도 이건 너무 갑작스러워요. 보모를 이렇게 갑자기 바꾸다니요."

"린진을 돌보는 일에 실수는 용납할 수 없습니다."

소혜는 망연자실한 정씨와 냉담한 학제를 번갈아 보며 난처한 빛을 비쳤다. 아이를 잃어버린 건 분명 잘못한 일이었다. 하지만 일부러 그런 것도 아니고 실수로 그런 것인데, 단번에 내친다는 게 너무 가혹해 보였다. 살뜰히 린진을 살피며 눈높이를 맞춰 중국어와 수어로 대화하던 그녀의 모습은 단순히 주인집에서 돌보는 아이, 그 이상의 마음이었으니까. 게다가 유모라면 린진이 어릴 때부터 돌봐왔다는 건데, 린진 같은 아이에게 갑작스러운 이별은 오히려 더 안 좋을 것 같았다. 지금도 린진은 불안한 눈으로 눈치를 살피고 있었다. 영리한 아이니 뭔가 심각한 대화가 오간다는 걸 눈치챈 듯싶었다. 소혜는 잠시 고민하다가 조심스럽게 입을 열었다.

"저, 이게 주제넘은 참견이라는 건 잘 알지만… 아주머니께 한 번 더 기회를 주셨으면 좋겠어요."

학제가 한쪽 눈썹을 까딱였다. 내내 미소만 머물던 얼굴에 언뜻 언짢은 기색이 스친 듯도 했다. 괜한 말을 꺼냈나 싶었지만, 그래도 할 수 있는 한 정씨를 도와주고 싶었다. 정씨에게는 물론이고, 린진에게도 그게 나을 테니까. 소혜는 마른침을 삼키며 말했다.

"화가 많이 나신 것은 충분히 이해하지만, 그보다는 린진을 위해 무엇이 더 좋을지를 생각해주세요."

"이게 린진을 위한 일이 아니라면 뭐가 린진을 위하는 일입니까?"

"이별을 모르게 하는 거요."

딱 저 나이 때쯤이었다. 어머니가 돌아가신 것도, 아버지가 집에 계신 날보다 밖으로 돌아다니시는 날이 많아진 것도, 그 탓에 이 마을 저 마을을 전전하게 된 것도. 어려서 아무것도 모르는 와중에 숱한 이별을 덤덤히 받아들이게 되기까지, 어린 소혜는 너무도 많은 걸 포기해야 했다. 그래서 저 어린 나이에 가까운 주변 사람을, 그것도 오랜 시간 함께해온 사람을 하루아침에 못 보게 된다는 게 얼마나 큰 아픔으로 다가오는지 소혜는 너무도 잘 알았다.

'이미 저 작은 아이는 이별이라는 걸 너무 많이 알아버린 것 같지만…'

직감적으로 느껴지는 게 있었다. 집안 환경은 다르지만 린진도 저와 크게 다르지 않음을. 깊은 바닷속에 침전한 조개처럼 꽉 다물어져 속내를 보이지 않는 저 아이의 까만 눈이 말해주고 있으니까. 소혜는 조금 더 목에 힘을 줘 말했다.

"린진은 조선어나 일본어도 모르고 오로지 중국어, 수어, 한문만 아는 거죠?"

"그건 그렇습니다만."

"조선에서 당장 중국어와 수어를 함께 쓸 줄 아는 사람을 구하는 것은 힘들 거예요. 그리고 무엇보다 린진이 아주머니를 많이 따르는 것 같고요."

학제의 시선이 린진에게로 향했다. 무언가를 고민하는 듯하던 그는 중국어로 린진에게 말했다.

"유모가 오늘까지만 일할 거래. 어떡할래?"

그 말에 놀란 린진이 눈썹을 모으며 빠르게 손을 움직였다.

─싫어. 오라버니가 잡아줘. 안 그러면 내가 유모를 따라갈 거야. 유모 없으면 싫어.

"흑…!"

린진의 수어를 보고 있던 정씨가 짧게 울음을 터트렸다. 혼자 대화를 알아듣지 못한 소혜는 눈치껏 린진이 유모를 원한다는 뜻을 내비쳤음을 알아챘다. 웅크린 정씨가 연거푸 "감사합니다, 아가씨"를 중얼거렸기에.

"하…."

이윽고 학제가 묵직한 한숨을 내쉬었다. 마음에 안 든다는 기색이 역력했지만, 린진의 뜻을 물리치진 못하는 모양이었다. 아슬하고도 녹진한 침묵이 흐른 후.

"좋습니다."

마지못해 고개를 끄덕인 학제가 새로운 제안을 했다.

"린진에게 이별을 모르게 해야 한다고 말씀하셨죠."

"아… 네. 그랬죠."

"그럼 그 말씀, 소혜 양도 지켜주시죠."

"제가요?"

무슨 뜻인가 싶어 고개를 갸웃거리니, 학제가 그녀를 오롯이 응시하며 말을 이었다.

"일주일에 한 번. 소혜 양께서 린진의 보육 교사가 돼주시는 겁니다."

"보육 교사요? 저는 이제까지 어린아이를 돌봐준 경험이 없는데…."

"많은 걸 부탁드리진 않겠습니다. 그저 한 번씩 와서 린진과 시간을 보내주시기만 하면 됩니다. 놀이든, 소혜 양이 자신 있는 것을 가르치든, 뭐든 상관없습니다."

간단한 의사소통은 한문으로 하면 되고, 그 외 다른 건 정씨가 알려주겠단다. 생각지도 못한 제안을 연달아 받은 소혜는 그저 입만 벙긋거릴 뿐 쉽게 답을 내놓지 못했다.

"그게… 제가 다른 일을 하고 있어서…."

그 말에 학제가 빙그레 눈매를 휘며 깍지 낀 손 위에 턱을 괬다.

"소혜 양께서 말씀하시길, 월요일은 카페가 쉬는 날이라던데."

그러니 오늘 낮에 송일고보 앞에 계셨던 걸 테고, 어설프게 벗어날 생각은 말라는 듯 그가 짓궂게 웃으며 눈썹을 위로 들썩였다.

"어떠십니까? 이 정도면 충분히 받아들일 만한 것 같은데."

소혜는 망설이며 린진을 봤다. 유모에게 수어로 지금의 상황을 전달받은 린진이 그녀의 손을 꼭 잡고 제 볼에 가져다 댔다.

'하아, 정말 거절할 수 없게 만드는 남매네.'

내가 한 말이 있으니 책임도 져야겠고, 그 모습에 넘어가고 만 소혜는 결국 고개를 끄덕일 수밖에 없었다.

"제가 얼마나 도움이 될지는 모르겠지만, 필요하다면 그렇게 할게요."

"원하는 답변을 들려주셔서 감사합니다."

환하게 웃은 학제가 악수를 청했다. 조심스럽게 그 손을 맞잡으니 커다란 손에서 지그시 악력이 전해져왔다.

"앞으로 잘 부탁합니다."

"저도… 잘 부탁드리겠습니다."

부드러우면서도, 어딘지 모르게 저를 잠식하는 듯한. 소혜는 왠지 모르게 드는 위화감을 애써 떨치며 입가를 늘였다. 연기처럼 조용히, 그러나 빠르게 무언가가 다가오는 기분이었다.

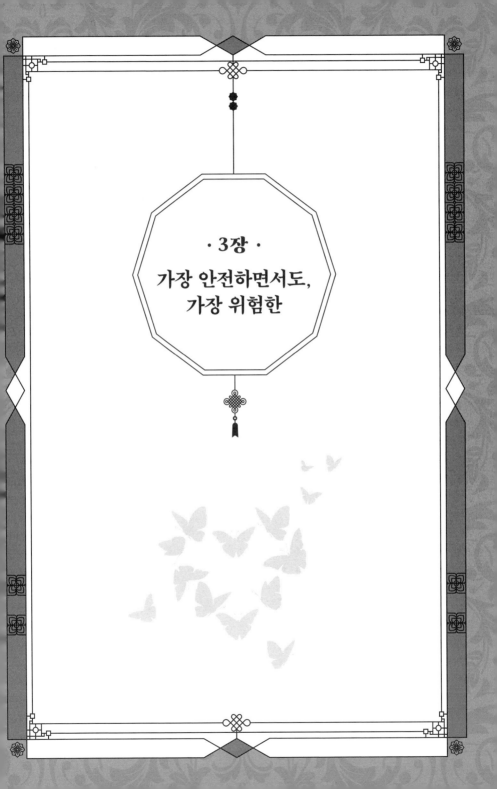

· 3장 ·
가장 안전하면서도,
가장 위험한

"아아악!"

모던 카페로 막 들어온 소혜는 난데없이 들린 고함에 어깨를 움츠려야만 했다. 앞을 보니 카페 직원들이 어느 한곳을 중심으로 둥글게 뭉쳐 있었다.

'무슨 일이지?'

가까이 다가간 소혜는 놀라 입을 다물지 못했다. 산발이 된 초옥이 바닥에 넘어진 채 씩씩거리며 경림을 노려보고 있던 것이다.

"왜 그래요? 무슨 일이에요?"

소혜의 물음에 옆에 있던 웨이터들이 한숨을 폭 내쉬었다.

"나도 중간부터 지켜봐서 잘 모르겠는데, 아무래도 초옥이 또 나타샤한테 대든 것 같아."

"처음에는 둘 다 언성만 높이더니, 나타샤가 갑자기 초옥이 머리채를 휘어잡고 냅다 밀치더라고."

그 말에 소혜가 아연한 얼굴로 두 사람을 봤다. 초옥은 평소에도 경림을 가장 싫어하던 무용수였다. 그녀는 경림 앞에서도 비아냥거림을 서슴지 않곤 해서 종종 카페 분위기를 흐렸다. 평소라면 경림도 한 귀로 듣고 한 귀로 흘렸을 텐데, 몸싸움으로까지 번진 걸 보니 그녀도 한계에 다다랐나 보다. 하필 만석까지 자리를 비운 탓에 모두들 말리기는커녕 구경만 하고 있었다.

"너…! 너 진짜 가만 안 둘 거야!"

초옥이 악에 받쳐 소리를 지르자, 경림은 기도 안 찬다는 얼굴로 헛웃음을 쳤다.

"가만 안 두면 어쩔 건데. 뭐, 죽이기라도 하게?"

"죽일 거야. 내가 너 꼭 죽일 거야!"

"죽여봐, 그럼."

자세를 낮춘 경림이 초옥의 눈을 똑바로 응시했다. 갑자기 코앞으로 다가온 얼굴에 놀란 초옥이 뒤로 물러났지만, 그럴수록 경림은 더 잡아먹을 듯 다가들 뿐이었다.

"죽여보라고."

초옥의 턱이 잘게 떨려왔다. 가까이서 마주한 경림의 눈빛은 살기, 그 이상의 것이었다. 그 살벌한 압박감에 조금 전까지 날뛰던 분노도 맥을 못 추고 사그라졌다. 하지만 이대로 물러나기에는 자존심이 상했다. 그래서 아랫입술을 꾹 깨물며 노려보기만 하니, 경림이 코웃음을 치며 자리에서 일어났다.

"입만 산 주제에 까불기는 잘하는구나."

그 말에 초옥의 눈 위로 불이 일었다. 오기가 바짝 오른 그녀는 결국 해서는 안 될 말을 내뱉고 말았다.

"아버지한테 버림받고 온 주제에!"

숨 집어삼키는 소리가 여기저기서 들려왔다. 경림 앞에서 아버지에 대한 이야기는 금기시하던 주제였기 때문이다. 그러잖아도 아슬아슬하던 분위기는 완전히 살얼음판이 돼 깨지기 일보 직전이 됐다.

"네가 한때 일본에서 춤 좀 배웠다고 콧대를 세우는 모양인데, 그래 봤자 너도 지금은 우리랑 별반 다를 것 없는 처지야. 네가 나타샤든 무대 주인공이든 집안에서 버림받은 넌이라는 건 변하지 않는다고!"

초옥은 이제 갈 데까지 가자는 심산인지 눈에 쌍심지를 켜고 독설을 내뱉었다.

"근데 뭐가 잘났다고 그렇게 우리를 깔보는 건데? 부자랑 혼인하려던 거 파투 나서 쫓겨난 거 누가 모를 줄 알고…!"

"이런 개간나 새끼!"

"꺄악!"

한순간이었다. 경림이 초옥의 목을 틀어쥔 것은. 완전히 눈이 뒤집힌 그녀는 정말로 사람 하나 죽일 기세로 온 힘을 팔에 실었다.

"컥, 커헉…!"

"더 지껄여봐라. 뭐? 쫓겨나? 니 내가 그 혼담 끝을 어찌 냈는지도 모르서 어데 함부로 입을!"

"야, 야! 저거 말려! 빨리!"

그제야 심각성을 깨달은 직원들이 우르르 두 사람에게 달려들었다.

"이거 놔! 애 죽여버릴라니!"

하지만 경림이 워낙 거칠게 버티는 탓에 덩치 큰 장정들도 애를 먹었다. 간신히 두 사람을 떼어놓자 초옥이 연신 기침을 쏟아냈다. 새어 나오는 신음과 파르르 떨리는 어깨는 공포에 잔뜩 질려 있었다. 경림은 웨이터들에게 두 팔이 붙들리면서도 끝까지 초옥을 향한 발길질을 멈추지 않았다. 그야말로 아비규환이었다.

"한 번만 더 뚫린 대로 지껄이기만 해라. 내 그 아가리 확 찢어버릴 테니!"

"경림아, 너도 그만해라. 이제 됐다!"

"놔. 놓으라고!"

경림은 저를 붙든 팔들을 기어이 뿌리쳤다. 저를 말리던 이들까지 죽일 듯 노려보던 그녀는 그대로 카페를 나가버렸다. 아수라장이 됐던 카페는 그제야 소강상태에 접어들었다. 무용수들은 일제히 초옥에게 달려가 그녀의 상태를 살폈다.

"초옥아, 괜찮아?"

"아이고, 이를 어째. 애 목을 완전히 다 망가트려놨네!"

초옥의 목에는 붉은 손자국은 물론 군데군데 생채기까지 나 있었다. 까딱 잘못했다가는 정말 큰일이 벌어질 뻔했다며 모두들 혀를 내둘렀다. 구경거리가 사라지자 다른 직원들은 싱겁다며 자리를 떴고, 무용수들만 남아서 초옥을 챙겼다. 그때 한 무용수가 의아하다는 얼굴로 말을 꺼냈다.

"그런데 말이야… 나타샤, 원래 사투리를 썼던가?"

"저도 좀 이상하긴 했어요. 잘못 들었나 했는데, 그거 사투리 맞죠?"

"근데 나타샤 언니는 경성 토박이라 하지 않았어요?"

"어, 나는 인천 출신이라 들었는데."

"아니야. 저번에 구성 오빠가 아래 지방에서 올라온 것 같다 하던데."

"아이참, 지금 그게 무슨 상관이야. 얼른 초옥이나 데리고 들어가자, 사장님 오시기 전에."

무용수들은 서둘러 초옥을 데리고 자리를 떴다. 그때까지 어쩔 줄 몰라 하던 소혜는 대기실과 카페 출입구를 번갈아 봤다.

'초옥 언니는 다른 언니들이 살펴줄 테니까…'

그녀는 이내 경림이 나간 방향으로 몸을 돌렸다. 다행히 카페에서 멀지 않은 곳에 경림이 서 있었다. 담배 연기를 내뿜는 어깨가 신경질적으로 들쑥날쑥했다. 눈치를 살피던 소혜는 조심조심 그녀에게 다가갔다.

"저… 언니."

매섭게 날아든 시선에 소혜는 저도 모르게 움찔 어깨를 떨었다. 다가온 사람이 소혜인 걸 안 경림은 도로 고개를 돌려버렸다. 어떤 말을 해야 좋을지 몰라 소혜도 그저 뒤에 가만히 서 있기만 했다. 지금 그녀의 기분이 어떨지 아주 조금은 알 것 같았기에.

그렇게 얼마나 시간이 흘렀을까. 담배를 거의 끝까지 태운 경림이 남은 꽁초를 발로 비벼 껐다. 입에서 흘러나온 연기나 발끝에서 사라진 연기나 모두 그녀의 한숨처럼 보였다.

"소혜야."

멍하니 바닥만 바라보던 경림이 조용한 목소리로 불렀다.

"너까지 상처받진 말아라. 초옥이 한 말은 온전히 나를 향한 것이니."

소혜는 아랫입술을 꼭 깨물었다. 내색은 안 했지만 사실 그녀도 초옥의 말에 상처를 받았다. 아버지에게 버림을 받고 이곳에 오게 된 것은 그녀도 마찬가지였으니까. 소혜는 애써 표정을 가다듬었다. 위로를 하러 왔다가 되레 위로를 받은 격이었다.

"감사해요. 이 와중에 저를 생각해주셔서."

"사실이니까 말하는 거야. 넌 나와는 달라."

경림은 새 담배를 입에 물며 의미심장한 말을 했다.

"네 아버지는 너를 끝까지 지키고 싶어 하셨다."

소혜의 눈동자가 옅게 떨렸다. 마치 아버지에게 직접 들었다는 듯한 말투였다. 입안이 바짝 마르며 머릿속이 어지러워졌다. 뜻 모를 감정이 파고들어 심장을 세차게 쿵쿵 두드렸다. 부정이었다. 그럴 리 없다는. 소혜에게 아버지는 영영 잊고 싶은 존재이자, 원망과 그리움이 공존하는 애증의 대상이었으므로.

"저희 아버지를… 아세요?"

경림이 고개를 돌려 소혜를 바라봤다. 아주 잠깐의 틈, 그 미묘하고도 복잡한 무언의 전달. 소혜와 마주한 눈동자에는 뜻을 알 수 없는 감정이 담겨 있었다. 마치 애틋한 것을 떠올리는 듯 아련한 빛인 것도 같았고, 혹은 아무것도 모르는 이를 향한 안타까움인 것도 같았다.

"내가 너희 아버지를 어떻게 알아. 그냥 그런 것 같다는 뜻이지."

그러나 찰나에 스친 그것은 곧 경림이 내뿜은 연기와 함께 사라지고 말았다.

"얼른 들어가. 괜히 여기 있다가 너까지 밉보이지 말고."

"언니는요?"

"오늘 안 돌아갈 거니까 사장님께 대신 전달 좀 해줘."

골목 어귀로 걸음을 옮기는 그녀를 소혜는 차마 따라갈 수 없었다. 따라가 더 물어보고 싶은 마음도 있었지만, 오래 묵혀둔 아버지에 대한 원망이 그녀의 발목을 붙잡았다. 결국 소혜는 홀로 모던 카페로 돌아갈 수밖에 없었다.

◆ ◆ ◆

며칠 뒤, 모던 카페는 다시 일상을 되찾았다. 경림은 언제 그런 일이 있었냐는 듯 무대 위에서 완벽한 공연을 펼쳤고, 자초지종을 들은 만석은 초옥에게 며칠간 휴가를 주는 것으로 이 일을 무마했다. 이후로 경림의 출신에 대한 이야기가 잠깐 직원들 사이에 떠돌았지만, 그 역시 머지않아 잠잠해졌다. 평화는 그렇게 아슬아슬한 뒷면을 숨긴 채 조용히 흘러갔다.

"나타샤! 나타샤!"

공연이 끝난 모던 카페는 오늘도 어김없이 나타샤의 이름으로 가득 찼다. 아무도 찾지 않는 나비들은 서둘러 대기실로 돌아왔다. 그들은 아무렇게나 자리를 잡고 파김치처럼 널브러졌다.

"하, 초옥 언니 빈자리까지 메꾸려니까 너무 힘들다."

"저도요. 언니가 빨리 돌아오면 좋겠어요."

"근데 돌아오면 또 괜히 싸움 나는 것 아니야? 솔직히 그날은 초옥 언니도 잘못했잖아."

"그래도 나는 좀 후련하던데. 그 언니 아니면 누가 나타샤한테 그렇게 대들어?"

시끄럽게 떠드는 무용수들 사이에서 소혜는 홀로 조용히 옷을 갈아입었다. 원래도 뒷말에는 끼지 않던 그녀였지만, 오늘따라 유난히 무용수들 사이에 끼기가 힘들었다. 아무래도 경림과 초옥의 다툼이 있은 직후, 그녀가 경림을 따라나섰던 걸 누군가 보고 말을 퍼트린 듯했다. 기분 탓이라 하기에는 돌아오는 시선들이 썩 곱지 않았다. 그들에게 단단히 밉보인 듯했다. 오랜 시간 쌓은 카페에 대한 정이 한순간에 허물어지는 순간이었다.

"먼저 가볼게요."

이제는 돌아오는 인사조차 없었다. 소혜는 대답을 기다리는 대신 빠르게 카페 밖으로 나섰다.

처서가 지난 덕인지 밤공기가 제법 서늘했다. 소혜는 잠시 걸음을 멈추고 밤하늘을 올려다봤다. 셀 수 없이 박힌 별들이 쏟아질 듯 반짝이고 있었다. 멀거니 바라보고 있자니 괜스레 기분이 울적해졌다.

"너희는 주변에 친구도 많으면서… 왜 하나같이 쓸쓸해 보이니."

그러다 문득 소혜의 머릿속에 며칠 전 경림에게 들은 말들이 떠올랐다. 아버지가 끝까지 저를 지키고 싶어 했다는 그 말이. 만석도 처음 이곳에 왔을 때 비슷한 말을 하지 않았던가.

'경림 언니도 아버지에 대해 뭔가를 아는 걸까?'

하지만 경림이 제 아버지를 알 가능성은 희박했다. 소혜가 보통학교를 졸업한 뒤로 부녀는 이 마을 저 마을로 자주 옮겨 살았고, 모던 카페에 오기 전 1년간은 소혜조차 아버지를 거의 만나지 못했다.

'그 1년 사이에 만났다면 모를까.'

완전히 가능성이 없는 이야기는 아니었지만, 그렇다 해도 이건 너무 말도 안 되는 이야기였다. 일본 유학생이었다던 경림과 파락호인 아버지. 아무리 생각해도 둘 사이에 접점이라고는 없었다. 경림이 도박이라도 하지 않은 이상…

"언니가 도박이라니. 말도 안 돼."

스스로 생각해도 어이가 없어 헛웃음을 쳤다. 경림이 도박을 했다고 생각하느니, 차라리 아버지가 도박을 핑계로 경림이 살던 곳에 계셨다는 편이 더 신빙성 있었다. 그리고 딱 거기까지 생각이 미친 순간. 실속 없이 웃으며 걷던 발길이 서서히 멈췄다.

– 네 아버지는 너를 끝까지 지키고 싶어 하셨다.

소혜의 얼굴에서 차츰 미소가 지워졌다. 만에 하나, 정말 만에 하나 두 사람이 도박이 아닌, 도박으로 가장한 다른 무언가를 함께했다면?

"…"

잇새에 아랫입술이 짓눌렸다. 소혜는 고개를 빠르게 내저으며 생각을 털어냈다.

"아니야. 이건 너무 말도 안 되는 억측이야. 그럴 리가 없잖아."

어차피 생각해봤자 계속 제자리걸음인 거, 아까운 시간을 허비하고 싶지 않았다. 이제 와서 다시 물어봤자 경림이 제대로 된 대답을 해줄 리도 만무했다.

"그만 생각하자. 그만!"

제 머리를 콩콩 쥐어박은 소혜는 모자를 더 깊이 눌러쓰고 다시 걸음을 옮겼다. 그러나 그날 밤이 깊도록 소혜는 경림과 아버지의 연결 고리에 대해 생각하느라 잠들지 못했다.

◆ ◆ ◆

시간은 빠르게 흘러 약속한 월요일이 됐다. 시간 맞춰 송일고보에 도착한 소혜는 일전에 우건이 말해준 대로 담벼락 서쪽에 위치한 쪽문으로 들어왔다.

'여기에는 정말 아무도 없네.'

그래도 행여 들킬까, 최대한 몸을 웅크리고 조심조심 연구실이 있는 쪽으로 향했다. 똑똑, 연구실 앞에 도착한 소혜는 조심스럽게 문을 두드렸다. 그런데 아무리 기다려도 돌아오는 소리가 없다. 힘을 실어 한 번 더 두드렸지만 역시나 마찬가지였다.

'안에 안 계신 건가?'

주위를 두리번거리던 소혜는 슬쩍 문을 옆으로 밀어봤다. 드르륵, 나뭇결 밀리는 소리와 함께 문은 쉽게 열렸다.

"아."

짧게 소리를 내던 소혜가 얼른 입을 감쳐물었다. 구석진 책상 앞, 의자에 앉은 우건이 벽에 머리를 기댄 채 눈을 감고 있었던 것이다. 연구실 전등은 전부 꺼져 있었고 창문마다 암막처럼 두꺼운 커튼이 쳐져 있었다. 그 덕분에 연구실 안은 먹구름이 잔뜩 긴 날씨처럼 무척 어두웠다.

'주무시나?'

소혜는 발끝에 신경을 모아 조심스럽게 안으로 들어갔다. 그러곤 도둑고양이처럼 살금살금 걸음을 옮겨 우건에게 가까이 다가갔다. 거의 코앞까지 도착했는데도 우건의 눈은 여전히 굳게 감겨 있었다.

'깨워드려야 하나.'

하지만 깨우기 미안할 정도로 곤히 잠든 얼굴이었다. 잠시 고민하던 소혜는 결국 그의 옆에 자리를 잡고 앉아버렸다.

'이왕 일하러 온 거, 조금이라도 더 쉬었다 하는 게 좋지, 뭐.'

멀거니 앉아서 앞만 보기도 잠시. 소혜는 어느 순간부터 턱을 괴고 잠든 우건을 보기 시작했다. 감긴 눈꺼풀 밑 속눈썹이 그림자를 드리웠고, 반듯하게 솟은 콧대 아래에 살짝 벌어진 입술에서는 낮은 숨결이 새어 나왔다. 세상모르게 잠든, 그 어느 때보다도 평온해 보이는 얼굴.

'자는 모습도 멋있으시네, 선생님은.'

소혜는 배시시 미소를 흘리며 우건을 바라봤다. 홀린 듯 보고 있자니 꼭 시간이 멈춘 것처럼 사위가 고요해졌다. 조금만 더 시간이 늘어졌으면 좋겠는데. 이대로 우건만 바라보다가 돌아가는 것도 나쁘지 않겠다는 생각이 들었다.

"음…."

그때 우건이 갑자기 미간을 좁히며 인상을 썼다. 놀라서 허리를 꼿꼿이 펴고 정면을 봤던 소혜는 다시 슬그머니 그의 얼굴을 살폈다. 눈을 감은 채 신음만 흘리는 걸 보니, 아무래도 악몽을 꾸는 듯했다.

"형… 아직…."

작게 벌어진 입술 틈에서 알아들을 수 없는 중얼거림이 흘러나왔다. 미간 사이로 그어진 선이 어쩐지 괴로워 보였다. 소혜는 천천히 손을 뻗었다. 실금이 그어진 미간 사이에 검지를 대자 거짓말처럼 괴로운 빛이 사라졌다. 악몽이 끝난 모양이다.

'다행이다.'

소혜는 곧바로 손을 떼는 대신 이마 위로 흐트러진 머리를 정리해줬다. 손끝에 사락사락 닿는 머리카락의 느낌이 참 부드러웠다. 정리된 머리 밑으로 보이는 평온한 얼굴은 그녀까지 기분 좋게 만들었다. 그러나 그 순간.

"꺅!"

언제 깨어난 건지, 피할 새도 없이 소혜의 손을 낚아챈 우건이 소혜를 책상 위로 밀어붙였다. 책상과 우건 사이에 그만 갇혀버리고 만 것이다. 팔랑이며 날아가는 종이들 아래, 한순간에 세상이 뒤집힌 그녀가 놀란 눈으로 우건을 올려다봤다.

"뭐야… 너."

으르렁거리는 음성에 우건의 목울대가 느릿하게 일렁였다. 등 뒤에 맞닿은 딱딱한 책상보다 두 팔을 결박한 채 위에서 내리누르는 그의 눈빛이 더 서늘했다. 마치 적을 노려보는 맹수처럼.

"서… 선생님."

그 바짝 조인 눈동자를 마주한 순간. 소혜의 머릿속에 문득 위험한 생각이 들었다. 여차하면, 잡아먹힐지도 모르겠다는.

"아…."

손목을 조이는 힘이 점점 더 거세졌다. 가만히 있다가는 상황이 더 이상해질 것 같아, 소혜는 어떻게든 우건에게서 벗어나려 발버둥 쳤다.

"저예요, 선생님. 저 소혜라고요!"

반쯤 초점을 잃었던 눈이 서서히 빛을 되찾았다. 그제야 상황이 파악되는지 놀란 눈이 소혜를 쳐다봤다.

"네가 여기는 왜…?"

그는 잔뜩 당황한 얼굴로 소혜를 내려다봤다. 소혜의 등장을 짐작조차 못 했다는 얼굴이다. 설마 월요일에 연구실로 찾아오라고 했던 말을 잊으신 건가?

'이 선생님을 어쩌면 좋을까.'

소혜는 뚱한 눈으로 우건을 올려다봤다.

"저, 언제까지 이러고 있어야 돼요?"

아차, 하는 빛이 그의 두 눈에 스쳤다. 우건은 도망치듯 황급히 자리에서 일어났다. 그 바람에 소혜만 연구실 책상에 벌렁 드러누운 꼴이 되고 말았다. 그녀는 투덜거리며 자리에서 일어났다.

"꿈 한번 참 요란하게 깨십니다."

일으켜 세워주시지도 않고. 얼마나 세게 부딪혔는지 뒤통수가 다 아프다. 손목도 아프고. 툴툴거리며 머리와 손목을 번갈아 만지는 소혜에게 우건은 되레 미간을 좁혔다.

"왔으면 깨웠어야지."

"깨우다가 이렇게 될 것 같아서요."

새침하게 톡 쏘아붙이니 더 말을 못 하는 우건이었다. 그래도 미안하긴 한 모양인지, 손목을 힐긋 쳐다보는 눈길에 걱정이 담겨 있었다.

"미안하다. 악몽을… 좀 꿔서."

뒤늦게 건네는 사과에 차마 더 투정을 부릴 수도 없었다. 대체 무슨 악몽을 꿨길래 눈앞에 있는 사람까지 못 알아봤을까 싶어 걱정되기도 했고. 소혜는 선심 써준다는 얼굴로 고개를 끄덕였다.

"괜찮아요. 악몽을 꾸면 그럴 수도 있죠. 저도 가끔 막 이불 다 차면서 일어나고 그래요."

그러곤 행여 우건이 민망해할까 봐 얼른 말을 덧붙였다.

"그래도 창피하다고 그냥 가라고 하시면 안 돼요. 저 오늘 돈 받고 일하러 온 거니까, 꼭 도와드리고 갈 거예요."

"…그냥 보낼 생각은 없었는데. 의욕적이어서 좋네."

우건은 연구실에 전깃불을 밝히고 흐트러진 책상을 정리했다. 소혜도 얼른 그 옆에서 떨어진 종이들을 주우며 물었다.

"그래서 저는 오늘 뭐 하면 돼요?"

"그림을 좀 그려줬으면 해."

"무슨 그림요?"

"나비. 곧 폐기해야 할 표본들이 있는데, 연구를 끝냈어도 기록은 따로 해둬야 할 것 같아서."

역시 예상대로 나비 그림이었다. 정리한 종이들을 건넨 소혜는 말끔해진 책상 앞에 앉았다. 손을 풀며 기다리고 있자니, 곧 우건이 켜켜이 쌓인 커다란 나무함과 간단한 화구 등을 그녀 앞에 내려놓았다. 대충 보니 함마다 비슷하게 생긴 나비가 족히 백 마리쯤은 들어 있는 것 같았다.

"이 안에 있는 나비들을 전부 그리면 돼. 대신 무늬의 길이와 간격 등이 정확해야 하니까, 반드시 자로 재면서 그려야 해."

소혜는 옆에 놓인 자를 신기한 듯 봤다. 눈금이 아주 촘촘해서 미세한 간격까지 잴 수 있는 자였다. 우건은 참고하라며 각 나비의 수치에 대해 적어놓은 수첩도 건넸다.

"생각보다 까다로운 작업이네요."

"어려우면 관두고. 어설프게 할 바에는 안 하는 편이 나으니까."

"까다롭다고만 했지, 할 수 없다고는 안 했거든요? 더없이 완벽하게 그려놓을 테니까 두고 보세요."

소혜는 아예 두 팔까지 걷어붙이고 의지를 불태웠다. 그 모습에 우건이 짧게 미소를 머금었다.

"필요한 건 뭐든 말해. 얼마든지 가져다줄 테니."

"이 정도면 충분해요."

소혜는 본격적으로 나비들을 그리기 시작했다. 나무함 속 나비에 한 번, 종이 위로 한 번. 이리저리 옮겨 다니는 시선은 무척이나 분주했다. 자세히 치수까지 재어가며 그림을 그린 적은 없는 터라 처음에는 헤매기도 했지만, 몇 번 그리다 보니 그것도 곧 익숙해졌다. 사각사각, 종이 위로 흑연이 스치는 소리가 곧 고요한 공간을 메웠다. 책상 하나 떨어진 곳에서 그 모습을 바라보던 우건이 나지막한 목소리로 물었다.

"그림은 따로 배운 적이 있나?"

그 말에 여백을 채워가던 연필이 길을 잃은 것처럼 우뚝 멈춰 섰다. 잠시 멈췄던 손은 곧 다시 움직였다.

"오래전에요."

"오래전이면 언제?"

"아홉 살 무렵요."

새삼 떠오르는 아득한 기억에 소혜가 옅은 미소를 지었다.

"보통학교에 다닐 때 미술 선생님이 계셨는데, 저더러 재능이 있다고 방과 후에 따로 가르쳐주셨거든요. 돈도 따로 안 받으시고요."

조금은 쓸쓸한, 그래도 아주 아프진 않은 미소였다.

"생각해보면 그때가 가장 좋았던 것 같아요."

집이 가난해도 하고 싶은 걸 하고 있었고, 가끔이긴 하지만 아버지도 집에 오시던 때였고. 그리고 또 아주 가끔은 사탕이나 초콜릿, 그보다 더 가끔은 연필이나 비싼 안료 등을 선물로 가져오시기도 하던. 그런 걸로 아버지가 나를 사랑하시는구나 생각하던… 그때.

"그래도 지금이 싫진 않아요."

노란색 오일 파스텔로 바꿔 든 소혜가 날개의 중실 부분을 채우며 말을 이었다.

"그때만큼 좋은 게 많거든요, 지금도."

진심이 담긴 시선이 눈앞에 있는 우건에게로 향했다. 모던 카페에서 일한 덕분에 저 사내를 만났다. 그를 만나 난생처음 느껴보는 감정들을 알게 됐고, 그 덕분에 지금 이렇게 한 공간에 앉아 저 사내를 위한 그림을 그릴 수도 있었다. 저 사내 하나가 지난날 잃어버린 모든 것을 합친 것보다 더 좋다고 할 수는 없겠지만….

'그래도 좋은 건 좋은 거니까.'

싱긋 웃어 보인 소혜는 다시 그림 그리기에 집중했다. 연구실은 다시 고요함으로 물들어 사각거리는 소리만 소복이 쌓여갔다. 그 가운데 우건이 어떤 눈으로 자신을 쳐다보는지, 소혜는 그림이 끝날 때까지 알지 못했다.

◆ ◆ ◆

　하얗게 쌓여 있던 종이가 전부 나비로 채워지기까지는 정확히 세 시간 하고도 사십오 분이 걸렸다. 그마저도 종이가 모자라서 강제로 끝난 것이 었다. 한 장 한 장 세밀하게 살펴보는 우건을 소혜가 기대 어린 눈빛으로 바라봤다.

　"어떠세요? 그 정도면 괜찮아요?"

　곧 그의 입가에 만족스러운 미소가 걸렸다.

　"나쁘지 않네. 고생 많았다."

　"선생님 마음에 들어서 다행이네요."

　우건이 나비 그림을 챙겨서 빈 상자에 넣는 동안, 소혜는 자리에서 일어나 시원하게 기지개를 켰다. 그러곤 찌뿌둥한 몸을 풀 겸 빼곡한 책장으로 다가가 책을 구경하기 시작했다.

　"여기는 언제 와도 신기해요."

　"나비 때문에?"

　"그것도 그런데, 조선어로 된 책이 이렇게 많은 게 더 신기해요."

　요즘 같은 세상에 조선어가 이토록 자유롭게 널린 공간은 보기 드물기 때문이었다. 그렇게 한참 책장에 꽂힌 책들을 보던 소혜가 문득 고개를 갸웃거리며 물었다.

　"저 책에 쓰인 글은 영어인가요?"

　"영어도 아나?"

　"조금요. 카페에서 일하다 보니 잡다한 지식만 늘어서."

　어느새 옆으로 다가온 우건이 소혜가 보고 있던 책을 꺼내 들었다. 책장을 넘기는 긴 손가락이 유려하고도 곧아서 절로 시선이 갔다.

"이건 에스페란토야."

"에스페란토요?"

"영어와 비슷하지만 훨씬 더 배우기 간단하지. 국제 공용어라 이 언어 하나로 세계 각국의 사람들과 대화를 나눌 수도 있어."

"그런 언어가 있어요?"

소혜가 눈을 동그랗게 뜨며 반문했다. 이 언어 하나면 어떤 국적의 사람과도 대화를 나눌 수 있다니. 당장 최근만 해도 중국어를 들으며 고개를 갸웃거린 경험이 있었기에, 에스페란토가 더욱 신기하게 느껴졌다. 우건이 소혜의 손에 책을 건네줬다.

"내 연구 논문 역시 에스페란토로 번역해 세계 학회에 내고 있어. 그 덕분에 영국이나 독일 학자들과도 자유롭게 소통하고."

"신기하네요. 그렇게 먼 곳에 있는 사람하고도 대화를 할 수 있다는 게."

안에 쓰인 게 죄다 꼬부랑글씨라 무슨 내용인지는 알아볼 수 없었지만, 그래도 흥미가 가는 건 사실이었다. 소혜는 읽지도 못하는 책장을 신기하다며 계속 넘겼다.

우건은 호기심 가득한 눈으로 책을 보는 소혜의 모습을 가만히 눈에 담았다. 그림을 그릴 때도 그렇고, 지금도 그렇고, 어쩐지 소혜에겐 배움에 대한 갈망이 있다는 생각이 들었다. 단순한 호기심일까. 아니면 어린 시절 미처 이루지 못한 꿈에 대한 미련일까. 그게 무엇이든 우건은 그녀의 갈망을 채워주고 싶다는 생각이 들었다. 이것이 단순한 동정이나 연민이든. 혹은 그저, 또 하나의 핑계가 되든.

"배워볼래?"

"이걸요?"

의미 없이 책장을 뒤적거리던 소혜가 놀란 얼굴로 그를 봤다.

"앞으로 이렇게 종종 내 연구 작업을 도와줄 겸, 겸사겸사."

그녀의 시선이 흔들리듯 책 위를 어지럽게 돌아다녔다. 글자를 바라보는 눈빛이 꿈에 부푼 듯 반짝였다. 그러나 그도 잠시.

"저는… 이런 거 배워봤자 별로 쓸 데도 없어요."

소혜의 눈에서 반짝이던 빛은 까무룩 사라지고 말았다. 마치 꿈속에서 나비가 돼 훨훨 날다가 한순간 깨어버린 사람처럼.

"학문에는 배우는 것만으로도 사람을 변화시키는 힘이 있어."

한 줌이라도 잡아보려고 손을 내밀었지만, 헛수고였나보다.

"변해서 뭐 하게요."

소혜의 입에서 피식 힘없는 웃음이 새어 나왔다. 체념이었다. 조금 전의 호기심과 갈망은 전부 사라진, 그저 체념.

"이런 세상에."

아무리 세상이 바뀌었다지만, 그건 특정한 몇몇 사람의 이야기다. 돈이 많거나, 혹은 돈 대신 죄가 많아 쫓기는 신세거나. 겨우 먹고살 만한 내일을 바라는 사람에게 학문은 빛 좋은 개살구에 불과했다. 이런 걸 배우고 싶다는 생각마저 욕심일 뿐. 소혜는 씁쓸하게 밀려오는 감정을 애써 지우며 속없는 사람처럼 웃었다. 채 지우지 못한 자조가 미소 끝에 묻어 나왔다.

"그래도 제안해주신 건 감사해요. 아, 오랜만에 잠깐 들떴다."

책은 고스란히 덮인 채 다시 책장에 꽂혔다. 그런 소혜를 바라보는 우건의 눈동자가 사뭇 어두워졌다. 춤을 출 때는 그토록 자유로워 보였건만, 지금은 어딘가에 매여 있는 듯했다. 결코 벗어날 수 없는 족쇄가 채워진 것처럼. 그녀 자체가 나비처럼 보이는 것은 비단 외양 때문만이 아니었다. 그녀 또한 자유롭게 노니면서도 끝내 그 땅을 벗어날 수 없는, 한없이 약하고 약한 나비였다.

"이제 가봐야겠어요. 저녁에 또 일이 있거든요."

"카페 일인가?"

"아뇨. 음… 그냥 다른 일요."

소혜는 대충 얼버무리며 자리에서 일어났다. 무슨 일인지 궁금증이 일었지만 별로 말하고 싶은 눈치는 아니었다. 우건은 굳이 묻지 않고 그녀를 배웅하기 위해 따라나섰다.

"가자. 큰길까지 데려다줄게."

"네."

두 사람은 나란히 송일고보를 나와 걸었다.

"오늘 정말 고마웠어. 덕분에 표본을 편히 정리할 수 있을 것 같다."

"제가 더 감사하죠. 그림도 실컷 그리고 보수도 넉넉히 받았는데."

소혜는 돈 봉투가 든 가방을 툭툭 두드리며 뿌듯하게 웃었다. 그 모습에 우건이 실소를 내비치며 말했다.

"다음 주에도 같은 시간에 들러. 오늘 그리지 못한 건 마저 마무리해야 할 테니."

"네! 맡겨만 주세요."

"오늘만큼 일이 많진 않을 거야. 금방 끝날 테니 걱정 말고."

"저는 오래 일해도 상관없어요."

"쉬는 날에는 좀 쉬어. 그러다 몸 상해."

"지금 저 걱정해주시는 거예요?"

묘하게 눈을 흘긴 소혜가 얄궂게 입꼬리를 늘였다. 황당함은 우건의 몫이었다.

"가뜩이나 밤낮 바뀐 사람, 유일하게 쉬는 날까지 부려먹는다는 소리를 들을까 봐 그런다."

"치, 도와드린대도 뭐라 하시네. 민망하게."

"쉬라 해도 뭐라 하네. 서운하게."

"왜 따라 하세요?"

"엄연히 다른 말인 것 같은데."

"진짜 얄밉게…!"

그런데 그 순간.

"앞에 비켜주세요, 어어어!"

모퉁이에서 갑자기 인력거가 튀어나왔다. 차부도 발을 멈추지 못하고, 소혜도 놀란 나머지 미처 피하지 못하던 찰나.

"아…!"

잡아당기는 단단한 팔에 소혜의 몸이 휙 빨려 들어갔다. 코끝을 스치는 아찔한 체향, 어깨를 감싸는 뜨거운 온기, 그리고 뺨에 맞닿은 새하얀 셔츠에 절로 숨이 막히는 듯했다. 말랑한 볼을 단단히 누르는 그것은 분명 우건의 가슴팍이었다. 쯧, 혀를 차며 멀어지는 인력거를 못마땅하게 바라보던 그는 팔을 풀고 소혜를 살폈다.

"괜찮나?"

아뇨, 제 심장이 안 괜찮은 것 같은데요…. 한 발짝 멀어진 만큼 폐부를 채우던 체향도 옅어졌지만, 소혜는 여전히 넋을 놓은 채 눈만 느릿하게 깜빡였다. 하루에 두 번씩이나 우건의 품에 갇혔다. 지성이면 감천이라더니. 하늘이 드디어 애달파하는 제 마음에 조금씩 답을 주시는 모양인가.

"앞 잘 보고 걸어. 조심해야지."

"조심 안 하는 게 더 좋을 것 같은데…."

"뭐?"

"…네? 아아, 아니에요. 아무것도."

멍하니 중얼거리던 소혜는 얼른 한 걸음 더 물러서서 흐트러진 머리를 정리했다. 입이 방정이지, 입이 방정이야. 우건 몰래 입술을 톡톡 때린 그녀가 다시 걸음을 옮기려던 그때. 한 여인의 목소리가 두 사람의 발을 동시에 붙잡았다.

"우건 오라버니."

은 쟁반에 옥구슬 흘러간다는 표현이 딱 이 목소리를 두고 하는 말일까. 낭창하게 흘러온 목소리에 소혜의 시선이 절로 돌아갔다. 짙은 붉은 빛 클로시 밑으로 폭포수처럼 길게 늘어트린 파마머리. 모자와 비슷한 색감의 긴 코트와 발목이 언뜻 보일락 말락 하는 양장 치마, 그 아래로 늘씬하고 시원하게 뻗은 두 다리. 그리고 화려한 복장보다 더 시선을 잡아끄는 곱디고운 얼굴.

'예쁘다…'

저도 모르게 넋을 놓을 만큼 수려하고 아름다운 여인이었다. 커다란 눈은 얼굴의 대부분을 차지한다고 해도 이상하지 않았고, 매끈하고 오뚝한 코는 솜씨 좋은 도공이 빚은 듯했다. 같은 여자가 봐도 참으로 사랑스럽고 어여쁜 여인. 그리고 보고 있으면 괜히 부끄러운 마음이 들게 만드는 여인이었다. 그녀가 입은 양장과 자신이 입은 낡은 저고리가 너무도 대비돼서. 가까이 다가온 부드러운 분내가 무미건조한 체향을 한순간에 덮어버려서. 조금 전까지 두둥실 떠오르던 마음이 한순간에 바닥으로 뚝, 떨어지고 말았다.

"요화."

"오라버니를 이런 곳에서 다 뵙네요."

요화라는 이름에 소혜가 작게 입을 벌렸다. 경성 권번 기생인 요화라면 그녀도 익히 소문을 들어 알고 있었다.

"이 시간에 어쩐 일로 나오셨어요? 아직 학교가 파할 시간도 아닌데."

우건과 친한 사이인 걸까. 요화는 그의 생활 반경을 잘 안다는 투로 새삼스럽다는 듯 말했다.

"어디 급히 가시는 길인가요?"

어쩐지 그녀의 목소리를 들을수록 소혜는 가슴이 답답해졌다. 그에 반해 우건은 작은 감정도 담기지 않은 얼굴로 대답했다.

"잠시 일이 있어서. 이제 다시 학교로 돌아갈 거다."

"아, 그러시구나…."

묘한 투로 말끝을 늘인 그녀가 힐긋 눈길을 돌려 소혜를 바라봤다. 어쩐지 우건을 볼 때와는 확연히 다른 눈빛이다. 단순히 처음 보는 사람에 대한 낯가림은 아니었다. 소혜는 저도 모르게 긴장하며 살짝 고개를 숙였다. 하지만 못 본 건지, 못 본 척하는 건지 요화는 도로 우건을 향해 고개를 돌리며 청아한 목소리로 말했다.

"혹시 지금 시간 있으시어요?"

"시간은 왜?"

"드릴 말씀이 있어서요."

요화는 입꼬리를 묘하게 올리며 슬쩍 소혜에게 눈치를 줬다.

"둘이서만 나눴으면 하는 이야기인데…."

등만 안 떠밀었을 뿐이지, 어서 자리를 비키라는 뜻이 분명한 말이었다. 어차피 서둘러 진고개로 가야 하기도 했고, 이 자리에 더 있는 것도 민망하던 터였다. 소혜는 어색하게 웃으며 우건에게 인사를 건넸다.

"저는 이만 가볼게요, 선생님. 말씀 편히 나누세요."

"…그래. 조심히 가고."

"네. 바래다주셔서 감사합니다."

꾸벅 고개를 숙인 소혜는 도망치듯 걸음을 옮겼다. 슬쩍 뒤를 돌아보니 두 남녀가 서로 마주 보고 있었다. 자연스럽게 머릿속에 떠오르는 한 단어.

'선남선녀….'

누가 봐도 두 사람은 잘 어울리는 한 쌍이었다. 어쩔 수 없이 떠오르고 마는 그 생각에 소혜는 다시 고개를 돌려 앞을 봤다. 심장이 옥죄듯 욱신거렸다. 우건을 만나고 처음 느껴보는, 또 다른 새로운 감정이었다.

◆ ◆ ◆

우건은 멀어지는 소혜를 말없이 바라봤다. 어차피 큰길까지만 바래다줄 생각이었지만, 이렇게 보내고 나니 어쩐지 마음이 석연찮았다. 옆을 보니 요화 역시 소혜를 응시하고 있었다. 이내 얼굴에 닿는 시선을 느꼈는지 그녀가 다시 우건을 마주 보며 버릇처럼 미소를 머금었다.

"이왕 만났는데 커피라도 한잔하시겠어요?"

우건이 미간을 좁히며 물었다.

"할 말이 있다고 하지 않나?"

"아, 할 말요."

시침을 떼듯 그녀의 시선이 다른 곳으로 향했다. 가늘게 늘어진 입꼬리와 유려하게 움직이는 눈동자는 거짓말을 인정하는 신호였다.

"그냥, 반가움에 대한 인사였지요."

옆에 있는 여자가 누군지 궁금하기도 했고. 요화는 다시 소혜가 사라진 방향에 시선을 두며 물었다.

"누구였어요? 아까 그분은."

언뜻 봐도 경계하는 빛이었다.

"요즘 내 주변 사람들에 대해 궁금해하는 사람이 많군."

"누가 또 저와 같은 질문을 했나요?"

우건은 굳이 욱영을 만난 일을 꺼내는 대신 첫 질문에만 짧게 대답했다. 사실은 감추고 그럴듯한 명분으로 만들어낸 대답이었다.

"일 때문에 알게 된 사람이야."

"일 때문에요?"

요화가 의외라는 눈빛으로 소혜의 옷차림을 떠올렸다.

"학생은 아닌 것 같은데…. 학자는 더더욱 아니고."

말의 저변에는 의아함보다는 비꼬는 의미가 조금 더 강했다.

"선은 지켰으면 좋겠는데."

우건의 눈빛이 사뭇 가라앉았다. 건드리지 말라는 뜻인가. 요화는 부러 모른 척 다시 싱긋 웃으며 말했다.

"오라버니가 다른 여인과 함께 계시는 건 처음 보는 것 같아 궁금해서 그랬던 것이니, 너무 밉게 보지 마시어요."

"더 용건은 없나?"

우건이 회중시계를 꺼내 시간을 확인하며 물었다. 쓸데없는 대화는 이만 마치고 각자 갈 길이나 가자는 뜻이었다. 대놓고 자존심이 긁혔지만, 요화는 이번에도 쓰린 속을 감추며 입가만 길게 늘었다.

"바쁘실 텐데 얼른 들어가보세요. 조만간 또 연통을 드리죠."

"그래."

끝까지 찬바람만 불던 우건이 결국 등을 돌렸다. 그의 모습이 완전히 시야에서 사라질 때까지 요화는 입술에 띤 미소를 지우지 않았다. 그저 한 번쯤 돌아봐주시려나, 손이라도 흔들어주시려나 기다리며 그 자리에 그대로 서 있을 뿐이었다. 하지만 오늘도 끝내 우건은 뒤돌아보지 않았다. 차갑게 사라진 잔상을 억지로 붙잡고 있던 요화는 쓴웃음을 지으며 발길을 돌렸다. 저렇게 냉정한 사람이 그저 일로 만난 여인을 이곳까지 바래다줬다.

'그것도 그렇게 다정한 눈빛을 하고서…'

절로 헛웃음이 나왔다. 오랫동안 알아왔지만, 우건은 아무에게나 호의를 베푸는 사내가 아니었다. 심지어 상대가 여인이라면 더더욱.

"웃고 있었어. 그 여자를 보면서…"

그렇게 없어 보이는 계집이 다른 곳을 바라보고 있을 때 우건의 입가에 어린 건 분명한 미소였다. 남들이 볼 때는 아무 일도 아니겠지만 요화에겐 몇 번이고 곱씹을 만큼 큰일이었다. 신우건이었으니까. 나에겐 단한 번도 따스한 눈빛을 보내준 적 없는 그였으니까. 잇새에 붉은 입술이 짓이겨졌다. 초조함이 불안한 예감으로 가슴을 파고들었다. 난데없이 우건 옆에 나타난 그 계집이 이상하게 거슬렸다. 직감이 알려준 탓이었다. 앞으로도 저 계집을 종종 보게 될 것이라는.

'재밌겠네. 어떻게 떨어져 나갈지 상상하는 것도.'

작게 주먹을 말아 쥔 요화는 검게 물드는 마음을 그 안에 감추고 걸음을 옮겼다.

도망치듯 걷다 보니 어느새 진고개에 도착해 있었다. 천천히 걸음을 멈춘 소혜는 눈앞의 2층 양옥집을 바라봤다. 린진을 구해준 날, 유모인 정 씨를 해고하지 않는다는 조건으로 보육 교사가 돼주기로 하여 이렇게 오 게 된 곳이었다.

'첫날인데, 그래도 웃으면서 들어가야지.'

소혜는 몇 번이고 미소 짓는 연습을 한 뒤 대문을 두드렸다. 곧 정씨가 반가운 얼굴로 그녀를 맞이했다.

"오셨어요, 소혜 양."

"네, 아주머니. 잘 지내셨어요?"

"저야 소혜 양 덕분에 계속 잘 지내죠. 안으로 들어오세요."

소혜는 정씨와 함께 집 안으로 들어갔다. 현관문을 열자 그 앞에 린진 이 인형을 껴안은 채 초롱초롱한 눈으로 서 있었다. 그녀를 기다리고 있 었던 모양이다. 자세를 낮춘 소혜가 린진과 눈높이를 맞췄다.

"안녕, 린진. 오랜만이야."

머리를 쓰다듬어주니 린진이 소혜의 손에 제 머리를 더욱 가져다 대며 배시시 웃었다. 옆에서 그 모습을 보던 정씨도 아이고, 소리를 내며 좋아 했다.

"어쩐지 아가씨가 아침부터 계속 창밖만 바라보시더라니. 역시 소혜 양을 기다리고 계셨나 봐요."

만나자마자 가슴부터 뭉클하게 만들어주는 린진이었다. 아예 제 품까 지 파고드는 린진을 안아 들고 소혜는 멋쩍은 얼굴로 정씨에게 물었다.

"저, 그런데 제가 아직 린진에게 뭘 가르쳐야 할지 정하지 못해서요."

"그냥 놀아주시는 것만으로도 저희는 충분해요. 사실 기본적인 교육을 해주는 방문 교사가 따로 있거든요. 도련님께서도 특별히 지시하신 사항은 없었고요."

"아무리 그래도 돈까지 받는 일인데, 뭔가 린진에게 더 도움이 됐으면 해서…."

잠시 고민하던 소혜가 조심스럽게 의견을 물었다.

"혹시 린진이 그림 그리는 것도 좋아하나요?"

"그림요? 음, 글쎄요. 뭔가를 그리시는 건 본 적이 없긴 한데…."

정씨가 허리를 숙여 린진에게 중국어로 뭔가를 물었다. 가만히 듣고 있던 린진이 손을 작게 꼬물거렸다. 이윽고 정씨가 빙긋 웃으며 고개를 끄덕였다.

"그림을 가르쳐주시면 되겠어요. 아가씨가 무척 기대하시는 것 같네요."

"그래요? 다행이네요."

"아가씨랑 같이 방으로 올라가 계세요. 과일 좀 가져다드릴게요."

"네. 감사합니다."

소혜는 린진을 데리고 2층 방으로 올라갔다. 방문을 열자 제 집만 한 크기의 방이 나타났다. 여자아이의 방답게 화려한 색감과 아기자기한 용품으로 꾸며진 그곳에는 온갖 인형과 붉은 천으로 장식된 액자들, 그리고 벽장 가득 꽂힌 책이 있었다. 바닥에 내려선 린진이 소개하듯 두 팔을 활짝 벌렸다.

"응, 린진 방 너무 예쁘다."

마주 고개를 끄덕여주자 아이의 입매가 방긋 벌어졌다. 린진은 소혜의 손을 끌고 이리저리 돌아다니며 제 방에 있는 것들을 보여줬다. 특히나 인형을 아주 좋아하는지 나무로 만든 목각 인형부터 시작해 헝겊 인형, 솜 인형, 도자기 인형 등을 수없이 꺼내놓았다. 교습 때마다 이 인형들을 하나씩 그려도 좋을 것 같다는 생각이 들었다. 곧 정씨가 여러 과일을 접시에 담아 들고 방으로 들어왔다.

"아가씨가 자기 방을 소개해주고 계셨나 보네요."

"린진이 인형을 참 좋아하나 봐요."

"전부 마님께서 만들어주신 것이에요."

"마님이라면…."

"린진 아가씨의 어머니요."

아, 그래서 이렇게 애지중지 모아뒀구나. 인사라도 할 겸 어머니가 계신 곳을 물어보려던 소혜는 정씨의 얼굴을 보고 곧 생각을 바꿨다. 린진을 바라보는 정씨의 표정이 왠지 모르게 흐려진 것이다. 가만히 기다리고 있으니 역시나 예상했던 말이 정씨의 입에서 흘러나왔다.

"아가씨가 워낙 어릴 때 돌아가셔서 기억도 많이 없으실 텐데, 마님께서 만드신 인형을 저렇게 아끼시더라고요."

"인형으로라도 어머니를 기억하려나보네요."

"그런가 봐요."

정씨는 괜스레 시큰해지는 코끝을 문지르며 감정을 갈무리했다.

"혹시 그림 교습을 위해 필요한 게 있을까요?"

"그림을 그릴 수 있는 종이랑 연필만 있으면 돼요. 혹시 색칠도 하게 안료가 있으면 더 좋고요."

"찾아보고 곧 가져다드릴게요. 잠시만 기다리세요."

"감사합니다."

정씨가 나간 후, 소혜는 인형을 하나하나 쓰다듬는 린진을 가만히 바라봤다. 비슷한 처지라 그런가. 어쩐지 린진이 전보다 더 가깝고 애틋하게 느껴졌다. 조금 더 신경 쓰고 잘해줘야겠다는 생각이 들었다. 소혜는 린진이 인형 놀이를 하는 사이에 방 안을 한 번 더 둘러봤다. 그때 그녀의 눈에 낯익은 문자가 보였다.

"어, 에스페란토…."

그 말에 린진이 자리에서 벌떡 일어나더니 책장에서 소혜가 본 책을 꺼내어 그녀 앞에 내밀었다. '이거 알아?' 하고 묻는 눈빛이었다. 소혜는 책을 받아 들며 린진의 손바닥에 한문을 적었다.

─이 책 읽을 줄 알아?

─조금. 배우고 있어.

─어렵지 않아?

─재밌어. 언니도 배워?

소혜는 멋쩍게 웃다가 고개를 저었다. 얼마 전 우건에게 제안받긴 했지만 그 자리에서 바로 거절한 터였다. 이런 걸 배운다고 뭐가 크게 달라질까 싶은 까닭이었다. 그나마 방금 생긴 좋은 점이라 한다면, 린진과 조금 더 쉽게 대화를 나눌 수 있다는 정도이려나. 각자 알고 있는 한자에는 한계가 있으니 말이다.

'사실 에스페란토를 배우겠다고 하면 선생님과 더 자주 만날 수는 있을 텐데.'

아닌가. 선생님은 많이 바쁘실 테니까 다른 사람을 연결해주시려나? 그렇게 생각하면 장점이라고는 정말 린진밖에 남지 않는다.

낮게 숨을 내쉰 소혜는 멍하니 허공을 응시했다. 한번 우건을 떠올리고 나니 낮에 봤던 요화까지 함께 떠오르고 만 탓이었다. 예쁘다는 말로는 한참이나 부족할 만큼 아름다운 여인이었다. 세련된 옷차림과 춤을 추듯 부드러운 걸음걸이는 어떤 모던 걸보다 멋지고 기품 있어 보였다.

소혜는 문득 제 차림새를 내려다봤다. 깨끗하긴 해도 오래 입어 낡은 저고리와 치마. 군데군데 해지고 기워지기를 반복해 자세히 보면 울퉁불퉁 꿰맨 자국까지 드러날 정도다. 화려한 양장에 최신 유행을 따르는 모던 걸인 요화와 비교하면 한없이 초라하기만 한 행색이었다. 소혜의 표정이 한층 시무룩해졌다.

'선생님과는 무슨 사이일까.'

척 보기에도 보통 사이는 아닌 것 같았는데. 단둘이서만 나눠야 할 이야기가 있다는 건, 둘 사이에 남들이 알아서는 안 되는 비밀이 있다는 뜻이니까.

'소문으로만 듣던 요화의 정인情人이 설마….'

그렇게 생각하니 다시금 가슴이 욱신거렸다. 하긴 그렇게 예쁜 여인이 옆에 있는데 이제껏 마음이 안 갔다고 하면 그것도 이상한 일이었다. 그 짧은 순간에도 그녀를 힐긋거리던 사내가 몇이나 됐는데. 우건이라고 다른 마음일 리가 없지 않은가.

'그런 줄도 모르고 나 혼자 좋다고 들이대기나 하고…. 창피해.'

나란히 서 있는 두 사람의 모습을 떠올리니, 가슴이 서늘해지다가도 뜨거워지고 텅 빈 듯 허전하다가도 갑갑해졌다. 초조한 마음에 자꾸만 입술을 깨물게 됐다. 차라리 배웅받지 말걸. 그럼 선생님도, 나도 그 여인을 마주치지 않았을 텐데.

폭 한숨을 내쉬자 린진이 무슨 일이냐는 얼굴로 돌아봤다. 소혜는 애써 입꼬리를 올리고 고개를 내저었다. 그런다고 두 사람의 모습이 머릿속에서 지워지는 건 아니었지만.

"소혜 양이 말씀하신 것들을 가져왔어요."

"아, 감사합니다."

때마침 정씨가 스케치북과 화구를 가져다줬다. 그 덕분에 머릿속을 괴롭히던 생각이 조금이나마 옅어졌다.

'지금은 일에만 집중하자. 일에만.'

린진을 옆에 앉힌 소혜는 아이가 아끼는 인형 중 세 개를 골라 차례로 앞에 세웠다.

─ 이 인형들을 여기에 그릴 거야.

─ 좋아. 같이 그려.

활짝 웃은 린진이 먼저 연필을 들고 그림을 그리기 시작했다. 소혜는 어지럽게 뭉치는 생각들을 일부러 밀어내며 그림에만 집중하려 노력했다.

◆ ◆ ◆

깊은 밤. 방 안에서 타자기로 논문을 써 내려가던 우건은 잠시 손을 멈췄다. 고개를 젖히고 내쉬는 신음에 툭 불거진 목울대가 크게 일렁였다. 온종일 논문에만 매진한 터라 눈은 뻑뻑하고 머리도 점점 굳는 느낌이었다. 지끈거리는 관자놀이를 손으로 지그시 밀어 올렸지만 개운함은 잠시였다. 집중력이 한계에 다다른 것이다.

'잠깐이라도 쉬어야겠군.'

우건은 피로라도 쫓을 겸 방을 나섰다. 넓은 거실을 지나 어두컴컴한 복도 너머로 홀로 불 켜진 부엌이 보였다. 굳이 발소리를 숨기지 않고 걸어갔다. 예상대로 순심이 식탁 앞에 앉아 콩나물을 다듬고 있었다. 졸음

가득한 눈을 끔뻑이던 순심은 우건을 발견하고는 자리에서 일어났다.

"어메, 야밤에 만다꼬 나오셨습니꺼? 주무시지도 않고서."

"논문 기일이 며칠 남지 않아서."

"아이고, 그 논문이란 거 쓰다가 사람 다 배리겠네. 있어보소, 냉수라도 드릴라니까."

"앉아 있어. 커피 내리려고 잠깐 온 거니까."

이미 배를 채우고도 남을 만큼 마신 상태였지만 여전히 커피 생각이 간절했다. 논문을 쓸 때마다 한두 잔 마시던 것이 이제는 아예 버릇이 된 것이다. 그 탓에 밤새도록 작업할 때는 커피가 없으면 논문 한 자도 쓰지 못하는 지경이 됐다. 우건은 능숙하게 커피콩을 갈고 전용 틀에 부었다. 뜨거운 물을 부으니 곧 부엌 가득히 진한 커피 향이 번졌다. 옆에서 그 모습을 지켜보던 순심은 미간을 찡그리며 고개를 절레절레 내저었다.

"그 쓴 거를 대체 무신 맛으로 먹는답니꺼? 나는 마, 그 냄시만 맡아도 속이 우리하게 쓰리더만."

"그러려고 마시는 거지."

"속 쓰릴라고 마시는 차도 있답니꺼."

"정신은 차리게 해주니까."

순심에게 웃어 보인 우건은 다 내린 커피를 잔에 부었다. 한 모금 깊이 마시자 내내 괴롭히던 지독한 피곤이 조금은 가시는 듯했다. 잠시 휴식이라도 가질 겸, 혀끝을 감도는 쌉싸름한 맛을 가만히 느꼈다.

'쓴맛을 싫어한다고 했지, 그 여인.'

문득 우건의 머릿속에 소혜와 함께 다방에 갔던 일이 떠올랐다. 나름 아는 척을 하고 싶어 설탕까지 마다하고 마신 듯한데. 곧장 쓴 티를 내며 찌푸리는 얼굴은 그 무엇보다 솔직했다. 우습다기보다는 귀여웠고, 그보다는 사랑스러웠다는 게 조금 더 맞다. 저도 모르게 웃음이 나올 만큼. 팔 랑팔랑 자유로운 모습이 나비를 보는 것처럼 즐거웠다.

우건은 찻잔을 댄 입술에 커피 대신 미소를 머금었다. 그 모습을 가만 히 보던 순심이 웬일이냐는 듯 눈을 동그랗게 떴다.

"어메, 우째 그리 웃으십니꺼? 꼭 좋아하는 계집 떠올리는 맹키로."

그 말에 우건이 정색하며 반문했다.

"내가 언제?"

"웃으셨다 아임니꺼. 이래이래, 입을 헬렐레 늘이고."

순심이 눈을 게슴츠레 뜨며 검지로 양쪽 입가를 쭉 늘였다. 아무리 무 의식중에 웃었기로서니 저렇게 대놓고 바보같이 웃었을 리가. 우건은 대 답하는 대신 미간을 좁히며 부엌을 나섰다.

그런데 막 복도를 지나서 제 방에 다다를 때쯤이었다. 난데없이 대문 열리는 소리가 들리더니 뒤이어 집 안으로 한 사내가 들어왔다. 어둠 속 을 걸어 들어오는 사내 앞에서 우건은 걸음을 멈추고 말없이 응시했다. 건장하고 우람한 풍채에 키도 우건과 맞먹을 만한 중년 사내. 그는 희끗 하게 설광이 내려앉은 머리와 달리 꺾을 수 없는 고목처럼 단단한 힘이 느껴지는 눈빛을 지니고 있었다. 다부진 얼굴에서는 거친 세월의 풍파를 가늠케 하는 강인함이 뿜어져 나와 마치 호랑이를 보는 것 같기도 했다. 이윽고 고개를 든 중년 사내와 눈이 마주쳤다. 두 사람 사이를 가로지르 는 날카로운 정적. 마주친 두 눈동자가 형형하게 빛난 순간.

"아이고, 대감마님 오셨습니꺼."

뒤늦게 인기척을 느낀 순심이 황급히 나와 그에게 허리를 굽혔다. 우 건도 굳었던 입매를 풀고 억지로 목소리를 냈다.

"…무슨 일로 오셨습니까, 아버지."

평춘관의 사장이자 우건의 아버지인 신학준. 그토록 마주치고 싶지 않던 아버지가 집에 돌아왔다. 눈짓으로 순심의 인사를 받은 학준이 다시 우건에게로 눈을 돌렸다. 그의 입에서 목을 긁는 듯 거친 소리가 나왔다.

"내가 내 집에 들어오는데도 이유가 필요하더냐."

대답을 원한 질문이 아니었기에 우건은 그저 입을 굳게 다물었다. 평춘관을 연 이래로 아버지가 집에 돌아온 날은 손에 꼽을 정도. 숙식까지 모두 평춘관에서 해결하는 학준이었기에 오늘의 귀가는 뜻밖일 수밖에 없었다.

"너야말로 언제 온 것이냐? 내내 학교에만 틀어박혀 있는 듯하더니."

근 한 달 만에 마주한 아들이건만. 그의 입에서 나온 말은 첫마디부터 핀잔이 가득했다. 부자 사이에 냉랭한 기운이 흘렀다. 그저 마주 보고만 있는데도 공기가 팽팽하게 부풀어 금방이라도 터질 것만 같았다.

"아이고…. 지는 콩나물이나 더 다듬어야겠네예. 말씀 나누이소."

순심은 두 사람의 눈치를 보며 얼른 자리를 떠버렸다.

"쉬십시오. 먼저 들어가겠습니다."

우건은 낮은 어조로 답했다. 대답이라기보다는 회피에 가까웠다.

"다음 달이다."

돌아서려던 발이 우뚝 멈춰 섰다. 굳은 그의 등 뒤로 학준의 묵직한 음성이 떨어졌다.

"중국에서 무사히 물건을 받아 얼마 전에 인천으로 들어왔다더군. 처음 계획했던 것보다 날짜가 더 빨리 앞당겨질 예정이다. 준비하고 있어."

날짜. 굳이 무엇을 위한 날짜인지는 물어보지 않아도 알 수 있었다. 이들 부자 사이에 오갈 대화는 딱 하나, 바로 거사에 대한 이야기밖에 없었다. 당연한 일이었다.

"단원들의 목숨이 헛되지 않도록 네가 계획을 잘 수립해야 할 것이야."

한열단 수장이 바로 학준이었으니까. 우건은 잔을 든 손에 힘이 들어가는 것을 느끼며 이번만큼은 아버지가 원하는 대답을 내놓았다.

"걱정 마십시오. 차질 없이 진행되도록 할 테니."

짤막한 대답만 남긴 그는 그대로 계단을 올라 2층 방으로 향했다. 아버지와는 웬만하면 오래 마주하고 싶지 않은 탓이었다.

매정히 뒷모습을 보이는 아들을 학준은 그저 말없이 보기만 했다. 등 돌린 아들을 바라보는 눈에는 서운함보다는 한심함이, 그보다 더 깊은 이면에는 그렇게 될 수밖에 없었던 상황을 부정하는 마음이 깊게 깔려 있었다.

"나약한 놈. 언제까지 그리 과거에 갇혀서만 살 테냐? 감히 내 앞에서…."

답을 들을 수 없는 물음은 허무하게 허공으로 사라졌다. 쯧, 혀를 찬 학준은 발길을 돌려 우건의 방과 정반대편에 있는 방으로 들어갔다. 다시 집은 적막으로 가라앉았다. 무거운 밤이었다.

◆ ◆ ◆

완연한 가을에 들어선 어느 깊은 밤. 송일고보 후문에는 우건과 인력거꾼이 서 있었다. 우건의 귀에 무언가를 짤막히 전달한 인력거꾼은 곧 한 발짝 물러나 꾸벅 허리를 숙였다.

"그럼 이만 가보겠습니다, 도련님."

"조심히 가게. 뒤밟히지 않도록 조심하고."

"걱정 마십시오."

주위를 살핀 인력거꾼은 서둘러 송일고보를 떠났다. 그 모습을 말없이 지켜보던 우건도 도로 연구실로 돌아와 자리에 앉았다. 타자기 옆에 쌓인 원고들이 보였지만 쉽사리 책상 위로 손이 올라가진 않았다. 지금부터 해야 할 작업은 썩 유쾌하지 않을 것임을 잘 아는 까닭이었다.

"하…."

우건은 막을 수 없는 한숨을 쏟아내고 잠시 눈을 감았다. 이마가 지끈거려 관자놀이를 눌러도 봤으나 지독한 통증은 가라앉지 않았다. 지령, 특히 거사에 대한 지령을 전달할 때마다 으레 겪는 통증이었다.

이번 거사로 몇 명의 동료가 죽어나갈까. 몇 명의 동료가 도망자 신세로 쫓기고, 또 몇 명의 동료가 이 땅으로 돌아오지 못하게 될까. 매번 반복할 때마다 죄책감이 덮치듯 찾아왔지만 차마 피할 수는 없는 일이었다. 그것이 한열단 단원의 숙명이기에. 독립을 위해 목숨을 버리려는 사람들이 있는가 하면, 기꺼이 버리는 그 목숨이 헛되지 않도록 완벽한 계획을 세우고 그들을 보내는 사람이 있어야 했다. 그러기에 목숨까지 불사하는 그들은 우건이 보낼 메시지만을 기다리고 있었다. 자신들을 언제든지 사지로 보낼, 그 한마디를.

"보내야 한다면… 보내야지."

내 손으로, 그들을. 우건은 이미 완성한 송일 과학지 기고문에서 괄호 안에 넣은 에스페란토 단어들의 철자를 고치기 시작했다. 잘 모르는 사람이 보면 그저 실수라고 넘어갈 것들. 하지만 해독법을 알고 있는 단원들에겐 무척이나 중요한 암호였다. 날짜와 시간, 이동 경로에 대한 내용이 이 기고문 안에 모두 들어 있었다. 그리고 수정한 원고의 제일 마지막 문장에 들어간, 유일하게 틀리지 않은 단어.

'Papilio파필리오.'

에스페란토로 '나비'를 뜻하는 이 단어는 한열단 단원들에게 '거사'를 뜻했다. 또한 이 단어가 기고문 제일 마지막에 붙으면 최종 거사, 즉 무력 항쟁의 개시를 명하는 것이었다. 지금까지 이 지령을 받은 단원들은 대개 거사 이후에 목숨을 잃었거나, 조국을 뒤로한 채 상하이나 만주, 혹은 저 멀리 미국으로 도망쳤다. 살아남은 이들은 그곳에서 또 다른 전투를 준비하고, 거듭 목숨을 걸어 투쟁하며, 다시 돌아오거나 끝내 죽는다. 모두가 마지막 결말에 도달할 때까지 멈추지 않고 같은 과정을 되풀이한다. 독립. 그 무겁고도 찬란한 단 하나의 열망을 위해.

매서운 총성처럼 이어지던 타자음이 일시에 멈췄다. 조금 긴 적막과 찰나의 갈등, 그리고 결단. 타자기 휠 끝에 매달린 종이를 물끄러미 바라보던 우건은 리턴 레버를 오른쪽으로 당겨 마무리를 지었다. 완성된 원고를 한 번 더 확인한 후에는 곧바로 종이봉투에 밀봉했다. 한바탕 폭풍이 지나간 듯 허무하고도 맥 빠지는 끝이었다.

안경을 벗은 우건은 피곤에 젖은 얼굴을 마른세수로 쓸어내렸다. 고개를 돌리니 어느새 창밖 너머로 동이 터오는 게 보였다. 새벽 어스름을 밀어내고 천천히 밝아오는 아침에 새삼 기분이 묘해졌다. 연구가 아닌 죄책감으로 밤을 지새우는 날이, 그리하여 밝은 것을 보면서도 밝은 눈을 하지 못하는 날이 오늘로 마지막이었으면 하는데. 그의 바람은 빛에 쫓기는 어둠처럼 다시 음지로 사라지고 만다. 늘 그러했듯이.

"안녕하십니까, 선생님."

때마침 학술부 학생이 그의 연구실로 들어왔다. 우건은 언제나 그랬듯 학생에게 원고를 넘겼다.

"이번 달 기고문이다. 교지 담당 애들한테 전달해줘."

"네, 알겠습니다. 지금 가져다 두겠습니다."

그러나 학생이 막 연구실을 나서기 직전, 우건이 다급히 그를 불러 세웠다.

"잠시만."

"왜 그러십니까, 선생님?"

"마지막으로 확인할 게 있어서."

우건은 다시 원고를 꺼내어 어느 한 부분을 펼쳤다. 오타를 확인한다기보다는 무언가를 갈등하는 눈치였다.

"저, 선생님?"

평소와 다른 그의 태도에 학생이 의아한 눈으로 그를 봤다. 원고는 한참 만에야 다시 학생에게로 넘어갔다.

"…됐다. 가져가."

학생은 원고를 품에 안고 도로 발길을 돌렸다. 마지막까지 학생의 뒤를 눈으로 좇던 우건은 고개를 젖히며 눈을 감아버렸다. 이로써 또 몇 명의 목숨을 사지로 내몰게 됐다. 모두가 살아서 임무를 완수한다면 더할 나위 없이 좋겠지만, 그건 내일 당장 조선이 독립한다는 말과 같은 것이었다.

우건은 무거운 마음을 이끌고 밖으로 나왔다. 새벽 공기가 뺨을 스치며 서늘한 기운을 남겼다. 담배에 불을 붙이고 긴 한숨을 피워 올렸다. 이후로 머금지 않은 연기는 오래도록 향처럼 타들다가 곧 소멸했다.

◆ ◆ ◆

모던 카페 대기실 앞에서 소혜가 작게 숨을 내쉬었다. 등 뒤로 감춘 손에는 경림에게 줄 그림과 편지가 들려 있었다. 경림을 그린 지는 한참이나 됐지만, 생일날에 맞춰서 줄 생각으로 여태 전하지 못한 선물이었다.

'언니가 마음에 들어 하시면 좋겠는데.'

약간의 긴장을 품고서 똑똑 문을 두드렸다.

"저, 언니."

슬며시 문을 열고 빼꼼 고개를 내밀었다. 소혜의 등장에 경림이 흠칫 놀라며 무언가를 빠르게 서랍장 안에 넣고 닫았다. 워낙 빠른 동작이라 무엇을 넣었는지는 볼 수 없었다. 뭘 숨기신 거지? 손님한테 편지라도 받았나?

"들어오든가, 아니면 다시 나가든가."

잠깐 호기심을 보였던 소혜는 경림의 예민한 음성에 얼른 입을 열었다.

"아, 드릴 게 있어서요."

"뭔데?"

소혜는 쭈뼛거리며 경림에게 다가가 제가 준비한 선물을 건넸다. 둘둘 말린 원통형 종이를 본 경림이 이게 뭐냐고 눈짓으로 물었다.

"언니 생일 선물이에요. 내일이 생일이시잖아요."

그 말에 경림이 의외라는 눈짓을 해 보였다. 생일을 챙겨 받을 거라고는 생각지 못한 듯했다. 나타샤라는 예명을 쓰기 시작하면서 다른 무용수들과의 관계가 껄끄러워졌으니 그리 생각할 만도 했다. 심지어 지난번 초옥과의 싸움도 있지 않은가. 이마를 긁적인 소혜는 멋쩍게 웃으며 말했다.

"날짜를 아는데 그냥 넘어가기는 좀 뭐해서요. 별건 아니지만 받아주세요."

경림은 둘둘 말린 그림과 소혜를 번갈아 보다가 이내 그것을 받아 들었다. 묶인 줄을 풀어내자 화려한 의상을 입은 채 멋진 포즈로 무대에 서 있는 그녀의 모습이 보였다.

"최승희 무대 사진이 잡지에 실렸길래 그거 보면서 그렸어요. 언젠가 언니도 지금보다 더 유명해져서 그런 무대에 서시면 좋을 것 같아서…."

경림은 말없이 그림만 봤다. 무슨 생각을 하는지 그림을 뚫어져라 응시하는 얼굴이 한없이 복잡하게만 보였다. 마치 그림 속으로 빨려 들어가기라도 한 듯이. 눈치만 살피던 소혜가 조심스레 그녀를 불렀다.

"언니…?"

그제야 경림이 눈을 빠르게 깜빡이며 현실로 돌아왔다.

"잘 그렸네."

"정말요?"

"예뻐. 정말로 잘 그렸어. 사진이라 해도 믿을 만큼."

소혜가 동그란 눈을 깜빡였다. 이 언니에게 이렇게 후한 칭찬을 듣다니. 오늘 해가 서쪽에서 떴나? 얼떨떨해진 소혜를 두고 경림은 편지까지 읽었다. 그리 특별한 내용도 없는 편지이건만. 몇 줄 되지도 않는 편지를 오래도록 보고 있는 경림 때문에 괜히 민망한 기분까지 들었다.

한참 만에 편지에서 눈을 뗀 경림이 소혜를 향해 고개를 들었다. 그러나 고개를 든 그녀를 본 순간, 소혜는 잠시 말문을 잃을 수밖에 없었다.

"…소혜야. 여기 와서 너를 만나, 나는 참 좋았다."

붉게 달아오른 눈시울. 경림의 눈에 눈물이 어려 있었던 것이다. 금방이라도 떨어질 듯한 눈물이.

"내 성격이 이래서 조금 더 따뜻하게 대해주지 못한 걸 용서하렴."

경림이 손을 뻗어 소혜의 머리를 쓰다듬었다. 선물을 줬는데 어찌 눈물을 흘리고, 또 돌아오는 말은 마지막 인사 같은지. 왠지 모르게 불길한 생각이 가슴을 스쳤다. 소혜가 눈망울을 맑게 흐리며 말했다.

"왜 그러세요, 언니. 꼭 떠날 것처럼…."

경림은 잠시 웃기만 했다. 나타샤로서 화려하게 꾸미는 웃음이 아닌, 경림으로서 수수하게 짓는 미소였다.

"맞아. 나 곧 여기 떠나."

"네?"

생각지 못한 말에 소혜의 눈이 커다래졌다. 경림이 모던 카페를 떠난 다니? 나타샤로 떼돈을 벌고 있는 만석이 그녀를 쉽게 놓아줄 리 없었다. 소혜의 얼굴에 떠오른 생각을 읽은 건지, 경림은 작게 코웃음을 치며 고개를 저었다.

"누가 막는다 해도 어쩔 수 없어. 너도 그날 봤잖아. 내가 정말 화나면 어떻게 행동하는지."

내가 여기에 있으면 다들 위험해지기도 할 거고. 그녀는 뒷말을 삼킨 뒤 농담처럼 가볍게 웃기까지 했다.

그러나 소혜는 그저 혼란스럽기만 했다. 이토록 갑작스러운 이별이라 니. 동병상련의 처지였던 사람이 떠난다는 외로움 때문일까. 아니면 제가 생각했던 것보다 경림을 훨씬 더 좋아하고 의지한 탓일까. 서운한 마음이 물밀듯 밀려와 저도 모르게 원망 섞인 목소리가 나왔다.

"꼭 가셔야 해요?"

"내가 있으면 자꾸 분란만 일어나는데 뭐가 좋다고 여기 있니?"

"그래도… 저는 언니한테 춤 배우는 거 좋았는데…."

목이 따끔해져 입술을 꾹 깨물었다. 여전히 표정을 갈무리하지 못하고 있노라니, 잠시 후 경림이 자리에서 일어나 그녀를 안아줬다.

"여기서 너를 만날 수 있어서 정말 다행이었어."

낮게 흘러나오는 목소리에는 전한 말보다 감춘 말이 더 많은 듯한 느낌이 들었다.

"많이 표현은 못 했지만, 나는 그래도 네가 참 좋았다."

경림이 소혜의 어깨를 가만가만 다독였다.

"항상 건강해. 지금처럼 씩씩하게 살고."

눈물이 왈칵 쏟아질 것 같아 아무 말도 할 수 없었다. 이제껏 모던 카페에서 많은 직원을 만나고 또 헤어졌지만 이때만큼 슬프진 않았다. 왜 이리 가슴이 불안한 걸까. 왜 이리 그녀를 붙잡고 싶은 걸까. 알 수 없는 두려움에 소혜는 그저 경림의 옷자락을 꼭 쥘 수밖에 없었다.

"내가 떠난다는 건 비밀로 해주길 바랄게. 너하고는 작별 인사라도 하고 싶어서 미리 말해주는 것이니."

눈물을 참는 소혜의 뺨 위로 경림의 손이 다가왔다. 울지 말라는 듯 부드럽게 쓰다듬는 손길. 하지만 화려하고 아름답게 날갯짓하는 나타샤의 손이라 하기에는 너무나 거칠었다. 이전까지 무슨 일을 했던 건지 짐작조차 안 갈 정도로.

"선물은 너무 고마워. 정말로… 정말로."

가슴을 조이는 답답함에 한 번 더 가지 말라고 입을 떼려던 찰나.

"자, 이제 곧 개점 시간이니 다들 한 번씩 리허설 좀 해봐! 무용수들 다 어디 갔어?"

밖에서 만석의 외침이 들려왔다. 경림은 그림과 편지를 제 가방 속에 넣고 자리에서 일어났다. 언제 그랬냐는 듯 눈물 어린 표정은 사라진 뒤였다.

"나가자."

경림의 입가가 길게 늘어졌다. 이 미소가 마지막처럼 느껴지는 건 그저 헛된 기우일까. 혼란스러운 눈길로 경림의 뒷모습을 바라보던 소혜가 무심코 뒤를 돌아봤다. 덜 닫힌 분장대 서랍 사이로 낯설지 않은 글자가 눈에 들어왔다.

"송일 과학지…."

다른 것은 아무것도 없이 오로지 송일 과학지 한 권만 그 안에 들어가 있었다. 경림이 조금 전에 숨겼던 게 바로 이 책이었던 것이다.

"언니가 이걸 왜…?"

전혀 연관성 없는 둘의 접점. 그 위화감이 또 한 번 가슴속으로 불안을 들이밀었다.

"백소혜, 어디 있니! 빨리 나와!"

밖에서 저를 찾는 무용수들의 목소리가 들려왔다. 학술지와 바깥을 번갈아 보던 소혜는 어쩔 수 없이 서랍을 닫고 대기실을 나섰다.

◆ ◆ ◆

늦은 저녁, 한 사내가 찻집 구석진 자리에 앉아 무언가를 읽고 있다. 겉으로 보이는 표지는 송일 과학지. 펼쳐진 부분에는 우건의 기고문이 있었다. 사내는 그러잖아도 얼굴을 반 이상 가리고 있는 맥고모자를 더욱 깊이 눌러쓰며 과학지를 읽어 내려갔다. 그는 손으로 툭툭 어느 부분을 짚어가며 읽었는데, 그 방향에는 일정한 법칙이 없었다. 언뜻 보면 그저 의미 없는 버릇처럼 보이기도 했다.

그렇게 한참을 읽던 사내는 땅거미가 완전히 지고 나서야 자리에서 일어났다. 주위를 힐긋 살피며 걷는 모양새가 무언가를 극히 조심하는 듯했다. 이윽고 사내가 으슥한 골목으로 들어갔다. 곳곳에는 할 일이 없는 노인들이 나와서 모닥불을 피운 채 싸구려 탁주를 들이켜고 있었다. 사내는 모자를 고쳐 쓰며 그 가운데로 걸어갔다.

댕그렁! 화악!

"아이쿠!"

"이게 뭐여?"

난데없이 모닥불로 날아든 무언가에 노인들이 화들짝 놀랐다. 화마에 꿀꺽 삼켜진 것은 다름 아닌 책이었다.

"저, 저저…!"

노인들이 혀를 차며 책을 던진 사내를 손가락질했다. 사내는 아랑곳하지 않고 유유히 자취를 감췄다.

그날 밤. 외부로 빠져나간 송일 과학지 다섯 권이 곳곳에서 동시에 잿더미로 변했다.

"후…."

지금 막 경림의 담뱃불에 타들어간 것도 그중 하나였다.

◆ ◆ ◆

"오늘도 또 안 나온 거야?"

만석이 지끈거리는 이마를 턱 짚으며 신음을 끙 흘렸다. 며칠 전부터 경림이 말도 없이 카페에 안 나오기 시작한 것이다. 땅으로 꺼졌는지, 하늘로 솟았는지. 머리카락 한 올도 안 남기고 사라진 그녀 때문에 흉흉한 소문이 경성 바닥을 돌아다녔다. 부잣집 도련님과 밤도망을 했다느니, 춤을 도둑맞아 화난 최승희가 사람을 시켜 혼쭐을 냈다느니, 그래서 다리를 못 쓰게 됐다느니. 더러는 미친 손님에게 납치를 당해 죽었다는 소문까지 퍼져나갔다. 모던 카페의 마스코트였던 나타샤가 없으니, 무용수들도 신무용을 할 수 없어 예전처럼 레퍼토리가 뻔한 재즈 댄스나 출 수밖에 없었다.

"에휴…. 매출이 하루하루 뚝뚝 떨어지는 게 눈에 보이는구먼, 눈에 보여."

만석은 근 며칠간의 장부를 보며 푹푹 한숨을 내쉬었다. 소문이란 발 없는 천리마와도 같다던가. 나타샤가 사라졌다는 소식에 그녀를 보러 오던 손님들의 발길이 뚝 끊겼다. 하루아침에 매출도 절반으로 떨어졌다. 이러다가는 영업시간 내내 파리만 날리게 생겨 요즘 만석은 걱정이 이만저만이 아니었다. 그때 만석의 심부름으로 나갔던 웨이터 하나가 돌아왔다.

"사장님."

"어, 그래! 좀 알아봤어? 뭐래?"

웨이터는 만석의 눈치를 살피다가 고개를 저었다.

"나타샤가 살던 하숙방을 다 뒤졌는데 남은 흔적이 하나도 없었습니다."

"거기 주인은 뭐라는데?"

"주인도 나타샤가 나가는 모습은 보지 못했답니다. 그냥 아침에 들어가니 이달 치 방값이랑 방 뺀다는 쪽지만 덜렁 놓여 있더라고…."

"하아…!"

만석의 한숨이 또 한 번 땅이 꺼져라 쏟아져 나왔다. 이쯤 되면 작정하고 숨었다 볼 수밖에 없었다.

'경성은 이미 떠났을 테고. 어디 고향으로 돌아갔나?'

그러나 고향이라고 막연히 떠올리기만 할 뿐, 그곳이 어딘지는 만석조차 알지 못했다. 이러나저러나 경림을 되찾을 방도는 없다는 뜻이었다. 만석은 주름이 늘어난 이마를 벅벅 문지르며 무용수들에게 화살을 돌렸다.

"너희, 새 공연은 잘 짜고 있는 거야? 나타샤 없다고 설렁설렁 대충하는 것 아니지?"

"아이참, 저희도 열심히 하고 있다구요."

"맞아요. 요즘 밤낮없이 안무를 짜느라 얼마나 바쁜데."

무용수들은 생색을 내며 새침하게 대답했다. 나타샤가 없어진 대안으로 그들끼리 새로운 공연을 짜기로 한 것이다.

"소혜가 오늘 중이면 다 완성될 것 같다 그랬어요. 그렇지, 소혜야?"

"아, 네."

가만히 듣기만 하던 소혜가 고개를 끄덕였다. 사실 나비들 중에서 경림의 무용을 완벽하게 재연하는 건 소혜가 유일했기에, 그녀가 주축이 돼 이전과 비슷한 안무를 만드는 중이었다. 처음에는 경림과의 일로 은근슬쩍 배척하던 그들이었지만, 막상 발등에 불이 떨어지니 불가피하게 소혜를 찾을 수밖에 없었다. 다행히 서먹한 건 하루 이틀 일이었다. 그들은 곧 이전처럼 아무렇지 않게 소혜를 대했다.

그나마 소혜가 이끈다고 하니 만석도 조금은 마음을 놓은 표정이다.

"그래. 뭐, 소혜라면 평소에도 곧잘 나타샤의 춤을 따라 추곤 했으니…. 당장은 힘들겠지만, 전화위복이라 생각하고 조금만 더 열심히 하거라."

"네, 사장님."

소혜는 어색하게 고개를 끄덕였다. 그녀라고 마음이 편할 리가 없었다.

'경림 언니…. 대체 어디로 가신 걸까.'

미리 귀띔을 받긴 했지만, 갑자기 사라진 경림이 걱정스럽기는 소혜도 마찬가지였다. 특히 경림이 사라지기 전에 했던 말들이 기억에 남아 더욱 신경이 쓰였다. 꼭 두 번 다시 볼 수 없을 것 같던 말들. 원래도 긴말을 하지 않는 데다가 뒤끝을 남기는 법도 없어 그럴 수 있겠다 싶었지만, 묘하게 가슴을 건드리는 불안만큼은 외면하기가 어려웠다.

하지만 경림이 간 곳도 모르고 연락을 취할 방법도 없으니. 소혜가 할 수 있는 건 그저 경림이 어디서든 무탈하기만을 바라는 일뿐이었다.

◆ ◆ ◆

"자, 잘 보고 따라 해보세요. 보통 놓는 수랑 크게 다를 것 없으니까요."

이전보다 준비 시간이 짧아진 덕분일까. 여유 시간이 많아진 무용수들은 틈이 날 때마다 대기실에 옹기종기 앉아 무언가를 하기 시작했다. 최근에 불란서 자수라는 것을 배웠다는 무용수 나희는 바늘을 능수능란하게 움직이며 시범을 보였다.

"이걸 이렇게 뒤로해서, 요 실 사이로 쭈욱 빼고…."

꽃무늬에 실을 길게 늘어트리는 바늘을 따라 무용수들의 고개도 함께 움직였다. 몇 번 더 같은 과정을 반복한 나희가 드디어 마무리 매듭을 지었다.

"완성!"

"와, 엄청 예쁘다!"

하얀 가제 손수건 위에 새겨진 예쁜 꽃무늬에 모두가 탄성을 질렀다. 나희는 제가 가져온 가제 손수건과 실을 동료들에게 나눠줬다.

"자, 재료는 제가 넉넉히 챙겨 왔으니까 다들 한번 해보세요."

소혜도 그 사이에 함께 앉아 바느질을 시작했다. 하지만 수를 이리 놓아보고, 또 저리 놓아봐도 예쁜 문양은 나오지 않았다. 오히려 잘하려 애쓸수록 더 엉망이 될 뿐이었다. 같은 손재주라 하더라도 그림과 자수는 영 다른 모양이다.

결국 소혜는 엉망이 된 실들을 전부 뽑아내고, 간단하게 제 이름자 중 하나인 '혜彗'만 귀퉁이에 작게 새겨 넣었다. 별이 반짝인다는 뜻에 어울리도록 노란색으로 십자 무늬도 놓았다. 다른 언니들의 것보다 초라한 결과물이었지만, 이쯤에서 만족하기로 했다.

그때 한 무용수가 작게 한숨을 내쉬며 힘 빠지는 소리를 냈다.

"나도 나희처럼 다른 재주나 배워볼까 봐요."

"왜?"

"솔직히 지금 상황만 봐서는 모던 카페가 언제 문을 닫아도 이상하지 않잖아요."

그 말에 다른 무용수들도 불안한 눈빛을 주고받았다. 모두들 말은 안 해도 같은 생각을 하는 모양이다. 나희도 고개를 끄덕이며 제 손수건을 흔들었다.

"그래서 카페가 망하면 저는 아예 자수 장사나 해볼까 해요."

"이걸로 장사가 돼?"

"요즘 귀부인들 사이에서 이 불란서 자수가 얼마나 인기 좋은데요."

나희는 요즘 같은 시대엔 여자들도 능력이 있어야 한다면서 신여성과 모던 걸들이 괜히 신문물을 배우는 게 아니라고 했다.

"이제는 배워야 살아남는 시대예요. 아무리 낭만이니 뭐니 해도 결국은 아는 만큼 보이게 되는 거라고요."

"그건 그래. 일단 뭐든 배워놓으면 나중에 쓸 일이 꼭 생기더라니까."

나희의 말에 다른 무용수들도 동조하는 분위기였다. 옆에서 가만히 듣기만 하던 소혜도 그들의 대화에 귀가 쫑긋할 수밖에 없었다. 그동안 모던 카페가 문을 닫을 거라는 생각은 단 한 번도 해본 적이 없었다. 그렇기에 다른 길이라는 것도 남의 이야기인 줄로만 알았다.

'하지만 만에 하나, 정말로 모던 카페가 문을 닫는다면?'

일주일에 한 번 린진의 보육 교사로 일하는 것만으로는 생활비를 감당할 수 없다. 그렇다고 전문 지식도 없는데 염치없이 보수를 늘려달라고 할 수도 없는 노릇이다. 그나마 할 줄 아는 거라고는 춤과 그림밖에 없으니, 어쩔 수 없이 만석을 통해 다른 카페에 취직해야 할 터였다. 하지만 다른 카페에서는 무조건 여급처럼 손님 시중도 시킬 것이다. 지금처럼 손님들의 손길에서 자유로울 수 없으리라는 뜻이었다. 그야말로 산 넘어 산.

'정말 그렇게 되면 어떻게 해야 하지…'

여러모로 최악의 상황을 대비해야만 했다.

다음 날에도 이에 관한 고민은 이어졌다. 그나마 떠오른 대책은 하나. 바로 우건이 제안한 나비 연구 보조와 에스페란토였다.

'그게 정말 가능한 일일까?'

영 뜬구름 잡는 이야기라 가늠조차 쉽지 않았다. 우건처럼 나비에 해박한 학자도 아니고, 당장 에스페란토를 배운다 하여 선생이 될 것도 아니잖은가. 하고 싶다 하여 그게 마음대로 될지도 모르겠고.

"하… 모르겠다. 뭐가 나은 건지."

폭 한숨을 내쉰 소혜는 머릿속으로 이런저런 고민을 하며 길을 걸었다. 평소 출근 시간보다 일찍 나온 탓에 시간이 많이 여유로웠다.

"산책이라도 좀 하다 갈까."

그런데 막 우체국 앞에 다다랐을 때쯤, 멀지 않은 곳에서 웬 소란이 들려왔다. 소혜는 발길을 틀어 소란이 이는 쪽으로 다가갔다. 그곳에는 사람들이 구름처럼 몰려 있었고, 그 너머로 철로를 벗어난 전차와 뒤집힌 자동차가 있었다. 아무래도 큰 사고가 난 모양이다.

"세상에…."

소혜는 놀란 눈으로 사고 현장을 봤다. 몇몇 순사가 다급하게 현장을 정리하고 있었다. 더러는 지켜보던 사람들이 다친 사람을 부축해 병원으로 데려가기도 했다.

'나도 가서 좀 도와야겠다.'

걱정스러운 마음에 여기저기 널린 파편들을 함께 치우는데, 때마침 낯익은 얼굴이 눈에 들어왔다. 멀리서 학제가 현장을 정리하고 있던 것이다. 그는 땀까지 뻘뻘 흘려가며 다친 사람들을 안전한 곳으로 옮기고 몰려든 사람들에게 할 일을 배분했다.

"셋 하면 동시에 힘을 주는 겁니다. 하나, 둘, 셋! 영차!"

다른 사내들과 함께 힘을 합쳐 전차를 다시 일으켜 세우기까지 했다. 그의 진두지휘에 현장도 빠르게 수습됐다. 마침내 어느 정도 정리됐을 때쯤.

"소혜 양 아니십니까?"

학제도 뒤늦게 소혜를 발견하고 그녀에게 다가왔다. 그런데 반가운 얼굴로 다가오던 그가 일순 소매로 얼굴을 가렸다.

"아, 이런. 지금은 썩 보이기 좋은 얼굴 상태가 아닌데…."

땀과 먼지로 더러워진 걸 걱정하는 듯했다. 이 와중에도 얼굴에 신경 쓰다니. 소혜는 못 말린다는 듯 작게 웃었다.

"걱정 마세요. 이제까지 본 모습 중에 오늘이 제일 멋지시니까."

"정말입니까?"

"이런 큰일에 직접 나서서 도우셨잖아요."

싱긋 미소 지은 소혜가 고개를 끄덕였다.

"오늘도 좋은 분이시네요, 사장님은."

해맑게 웃는 소혜의 미소가 학제의 눈동자에 맺혔다. 천천히 팔을 내린 그는 그녀를 따라 입가를 가늘게 늘렸다. 바닥을 내려다보는 시선에 뜻 모를 이채가 어렸다. 어쩐지 쓸쓸해 보이는 빛이었다.

"나는… 소혜 양을 만날 때만 좋은 사람이 되는가 봅니다."

"네?"

그러나 그도 잠시. 아래로 떨어졌던 시선이 다시 소혜에게로 돌아왔을 때는 예의 그 장난스러운 색깔이 덧입혀져 있었다.

"하하, 제 돈을 제법 들인 철도라 지나칠 수가 있어야죠. 저 복구 비용도 다 저한테 달라고 할 텐데, 제가 조금이라도 손을 보태야 그 비용을 줄일 수 있지 않겠습니까?"

능글맞게 웃는 모습에는 조금 전의 쓸쓸한 빛이 끼어들 틈조차 없었다. 잘못 봤던 건가. 고개를 갸웃거리던 소혜는 곧 무언가를 보고 놀란 빛을 띠었다.

"어, 사장님! 손에 상처가…."

"상처? 아아."

손바닥을 펼치자 제법 긴 상처가 드러났다. 아까 전차를 들어 올리면서 다친 모양이다. 옅게 미간을 구긴 학제는 곧 손을 뒤로하며 아무렇지 않은 얼굴로 웃었다.

"괜찮습니다, 이 정도는. 나중에 소독이나 좀 하면 됩니다."

"그래도 지금 그대로 두면 좋지 않아요. 가뜩이나 먼지도 많은 곳인데…."

걱정스럽게 상처를 살피던 소혜가 주머니 속에서 손수건을 꺼냈다. 얼마 전에 제대로 자수를 놓지 못하여 제 이름만 새긴 그 손수건이었다. 소혜는 학제의 손바닥을 손수건으로 둘렀다. 다행히 손수건이 커서 학제의 큰 손을 감싸고도 남았다.

"이렇게라도 감싸고 계세요. 그래야 지혈도 빨리 되죠."

상처가 압박되도록 야무지게 손수건을 묶는 소혜를 바라보면서 학제의 눈빛이 다시금 짙어졌다.

"나는 주로 신세를 지게 하는 편인데… 의도치 않게 소혜 양에겐 계속 신세를 지는군요."

소혜는 싱긋 웃으며 괜찮다는 듯 말했다.

"지난번에 모던 카페 계단에서 저를 구해주신 보답이라고 생각해주세요."

"린진도 구해주시고, 손수건도 빌려주시고. 이렇게 되면 제가 필요할 때 마음 편히 소혜 양에게 부탁을 드릴 수가 없지 않습니까."

"왜 부탁을 못 해요?"

"모름지기 부탁이란 상대방에게 마음의 빚을 지게 한 뒤에 해야, 더 잘 들어주는 법이니까."

상대방에게 굴레를 씌운다는 말을 참 아무렇지도 않게 한다. 소혜가 어이없다는 듯 헛웃음을 뱉자 학제가 장난스럽게 한쪽 눈을 찡긋했다. 그러곤 이내 정중히 감사를 건넸다.

"아무튼 정말 감사합니다. 손수건은 깨끗하게 빨아서 돌려드리도록 하죠."

"네. 천천히 돌려주세요."

"린진의 교습에 대해서도 이야기를 나누고 싶은데, 아쉽게도 아직 해야 할 일이 남아 있어서."

학제가 미안하다는 듯 웃으며 뒤쪽을 가리켰다. 소혜는 얼른 가보라며 고개를 끄덕였다.

"다치지 않게 조심하시고요."

"소혜 양이 걱정해주시는 건 무척 좋지만 아픈 건 싫으니, 최대한 조심하겠습니다."

입술에 참기름을 바른 듯 마지막까지 말씨가 번드르르한 사내였다.

"그럼 먼저 가보겠습니다."

꾸벅 인사를 한 소혜가 기분 좋게 돌아섰다. 좋은 분이라 생각하는 사람에게 선행을 베풀어서 그런가. 어쩐지 자신에게도 좋은 일이 생길 것만 같은 기분이다. 가벼운 발걸음으로 멀어지는 소혜를 학제도 웃는 낯으로 바라봤다.

"잘 가요, 나의 레이디."

그러잖아도 린진의 보육 교사가 돼달라고 부탁한 이후로 갑자기 일이 바빠져 그녀를 만나지 못하던 차였다. 그런데 이렇게 또 우연에 힘입어 그녀를 만나게 됐으니, 이쯤이면 믿지도 않는 인연에 정말 기대게 될지도 모르겠다.

"뭐… 그것도 나쁘진 않을 것 같네."

때마침 한 줄기 시원한 바람이 얼굴을 스치고 지나갔다. 학제는 물끄러미 제 손을 감싼 손수건을 내려다봤다. 하얀 손수건을 천천히 물들이던 피는 어느덧 수놓인 글자 근처로까지 번지고 있었다. 별 반짝일 혜曦. 그녀와 꼭 어울리는 글자였다. 손수건 귀퉁이에 새겨진 글자를 보며 학제가 입꼬리를 말아 올렸다. 마침내 서서히 글자로 스며드는 피.

"이러면 더 가지고 싶어지는데."

반짝이는 건 꼭 손에 쥐어야 직성이 풀려서. 학제는 손수건을 꾹 말아 쥐며 소혜가 사라진 방향을 봤다.

　　　　　　　◆ ◆ ◆

　무대가 끝나고 집으로 돌아가려던 참이었다. 갑자기 동료 무용수들이
퇴근하려는 소혜를 대기실로 불렀다. 무슨 일인가 싶어서 따라 들어갔는
데 뜻밖의 이야기가 들려왔다.

　"주인공요?"

　"응. 아무래도 네가 짠 안무니까, 첫 시작은 네가 주인공을 맡는 게 맞
는 것 같아."

　소혜가 동그랗게 뜬 눈을 깜빡였다. 그녀가 짠 안무가 완성돼 곧 첫 무
대를 올리는데, 거기서 그녀가 주인공 역할을 맡으라는 말이었다.

　"네가 며칠간 힘들게 짰는데, 우리 중 누군가 그걸 날름 채어가는 건 양
심에 좀 걸리기도 하고."

　모두가 같은 의견인지 다들 고개를 끄덕였다. 예상치 못한 상황에 조
금 얼떨떨하긴 했지만 소혜로서는 거절할 이유가 전혀 없었다.

　"그럼 그렇게 할게요."

　"대신 다음부터는 주인공 역할을 돌아가면서 한 번씩 하기다?"

　"네. 좋아요."

　소혜는 대기실을 나왔다. 언니들 틈에 치여서 안무를 다 짜고도 다시
들러리가 되겠거니 했는데. 생각지도 못하게 주인공 역할이 주어져서 그
런지 어리둥절하면서도 기분이 좋았다. 제일 먼저 떠오른 생각은 우건에
게 알리고 싶다는 것이었다.

　"월요일에 만나면 그날 와달라고 말씀드려봐야겠다."

　많이 떨리고 긴장되겠지만, 그래도 처음이자 마지막이 될지도 모를 주

인공이니 그에게 꼭 보이고 싶었다. 나비 일도 도와주고 있으니 그 정도 부탁은 들어주시지 않을까.

"꼭 와주시면 좋겠다⋯."

소혜는 설레는 마음을 안고 기분 좋게 카페를 나섰다. 그리고 집으로 돌아가기 위해 막 걸음을 옮기던 그때.

쾅! 콰과과광, 쾅—!

"꺅!"

갑자기 땅이 울릴 만큼 엄청난 굉음이 들려왔다. 요란한 울림에 몸이 휘청거릴 정도였다. 소혜는 소리가 들린 방향을 쳐다봤다. 코끝에 스치는 매캐한 화약 냄새와 귀를 찌르는 비명. 겁에 질린 눈동자가 옅게 떨려왔다.

"저게 대체⋯."

멀리 건물들 사이로 거대한 구름 같은 회색빛 연기가 맹렬하게 피어오르고 있었다.

이튿날 아침. 경성 바닥을 뒤덮은 신문에는 다음과 같은 기사가 1면에 실렸다.

육군성 사이토 노부요시 대좌, 폭탄 테러로 사망.

용의자는 잡히지 않았다고 한다. 모두가 현장에서 죽었기에.

다음 날. 카페에 출근했을 때 모든 종업원이 이 이야기로 떠들고 있었다.

"세상에, 그럼 어제 그 소리가 폭탄 터지는 소리였다는 거예요?"

"그렇다니까! 연달아 세 번이나 터지면서 사이토 놈 집이 완전히 가루가 됐대."

"웬일이야. 천벌 받았네!"

종업원들은 이번 사건을 무척이나 통쾌해했다. 부산에서 마을 하나를 쑥대밭으로 만들고 올라왔다는 이야기 때문에 사이토 대좌에 대한 조선인들의 분노가 제법 큰 탓이었다. 그때 소문에 빠삭한 어느 종업원이 은밀히 소리를 낮춰 말했다.

"근데 용의자 전원 사망이라는 거, 사실 거짓말이래요."

"그럴 리가. 신문에 전부 사망했다고 나왔잖아?"

"그게 처음에는 전부 죽은 줄 알았는데, 알고 보니 한 명이 죽은 척한 거여서 시체들 불태우기 전에 도망쳤대요."

연발한 총에 몸 곳곳을 맞아서 살아 있을 가능성은 희박하다더라. 하지만 여태 시체를 발견하지 못했으니 죽었다고 단정할 수도 없는 일이었다.

"지금 일본놈들이 죄다 그 사람을 잡으려고 혈안이래요. 야간 감시가 심해진 게 괜히 그런 게 아니라니까요."

"어머, 세상에. 그 사람은 꼭 끝까지 잡히지 말고 잘 도망치면 좋겠다."

"나는 그래도 야간 감시는 좀 빨리 풀리면 좋겠어. 가뜩이나 손님이 없는데 장사가 더 안 되잖아."

누군가는 이 상황을 응원했고, 누군가는 애먼 사람들만 피해를 보게 생겼다며 불평했다. 소혜는 혼란 속에서도 그저 살아 있을지 모를 그 한 사람을 마음속으로 깊이 응원할 뿐이었다.

◆ ◆ ◆

그렇게 어수선한 한 주가 지나고, 다시 월요일이 왔다. 격동의 나날이라고 표현해도 될 만큼 혼란스러운 며칠을 보내서 그런가. 우건을 만나러 가는 날인데도 어쩐지 기분이 들뜨지 않았다. 소혜는 경대를 보다 말고 어깨를 축 늘어뜨렸다. 희뿌연 거울도 시무룩한 제 표정을 감춰주지 못했다.

"지금 같은 때에 무대를 보러 와달라고 하면 오히려 실례겠지…."

모던 카페의 공연은 밤 열 시가 넘어서야 시작한다. 하지만 요즘 순사들의 감시가 심해져 밤거리를 돌아다니는 게 전보다 더 어려워지고 말았다. 그토록 고대하던 무대였는데, 상황이 이러하다보니 우건을 초대하기가 애매해졌다. 무엇보다 손님도 나날이 줄어드는 통에 무용수들의 사기까지 떨어져 다들 연습을 하는 둥 마는 둥 하고 있었다. 차라리 무대에 서지 않느니만 못한 상황이 된 것이다.

"뱁새가 황새를 따라가려니까 하늘이 돕질 않는구나."

이래저래 엎친 데 덮친 격이라 마냥 속상하기만 했다. 소혜는 폭 내쉰 한숨에 애써 감정을 가라앉히고 길을 나섰다.

송일고보 쪽문으로 들어간 그녀는 곧장 우건의 연구실로 올라갔다.

'설마 또 주무시고 계신 건 아니겠지?'

지난번 뒤통수의 얼얼한 통증이 되살아나며 절로 긴장이 됐다. 똑똑,

두드린 소혜는 조심스럽게 문을 열며 안을 들여다봤다. 다행히 오늘은 두 눈을 말짱히 뜬 우건이 그녀를 맞이했다. 문 열리는 소리에 힐긋 이쪽을 봤던 그는 다시 바쁘게 타자기를 치며 말했다.

"잠깐 앉아 있어. 이것만 곧 마무리할 테니."

"네."

우건은 손님이 왔다는 것도 잊은 사람처럼 다시 논문을 쓰는 데 열중했다. 그가 앉은 책상 위에는 책들이 금방이라도 무너질 듯 아슬아슬하게 쌓여 있었다. 마구잡이로 쌓아두고 그냥 치우지 않은 줄 알았는데. 쉴 새 없이 타자기를 두드리는 가운데에도 그는 틈틈이 널린 책들을 뒤적이며 논문에 넣을 부분을 찾아냈다. 조금 떨어진 자리에 앉은 소혜는 떨리는 눈으로 우건을 바라봤다.

'집중할 때 선생님은 저런 모습이시구나.'

높은 콧대 위에는 동그란 안경이 걸쳐져 있었고, 걷어 올린 소매 아래로는 푸른 핏줄이 선명히 그어진 단단한 팔뚝이 보였다. 평상시에 운동도 하시는 걸까. 타자할 때마다 표정을 달리하는 근육들은 하루아침에 생긴 게 아닌 듯했다. 일을 하면서도 반듯하게 흐트러지지 않는 자세는 그가 학자로서 지닌 고고함을 대신 드러내는 듯했다. 옅게 구겨지는 미간마저 시선을 빼앗기는 마찬가지.

'아… 또 너무 쳐다봤다.'

넋 놓고 보다가 저번처럼 민망한 상황이 펼쳐질라. 소혜는 떨어지지 않는 시선을 억지로 옮겨 창밖으로 보냈다.

적막한 허공으로 힘 있는 타자기 소리가 이어졌다. 소리가 크긴 해도 거슬리는 정도는 아니었다. 오히려 반복되는 소리를 가만히 듣고 있자니 그간 접어둔 생각들이 두서없이 떠오르기 시작했다. 모던 카페는 정말 문을 닫게 될까. 경림은 어디로 갔을까. 도망쳤다던 용의자는 무사할까. 온갖 생각들이 한꺼번에 몰려들었다가 흩어지길 반복했다. 탄압과 감시에 대한 두려움, 새로운 길이 될지도 모르는 나비와 에스페란토, 학제와 린진, 눈앞의 우건, 그리고….

'아버지.'

난데없이 떠오른 아버지 얼굴에 소혜가 흠칫 고개를 들었다. 간신히 머릿속에서 지웠건만. 파락호라고만 여기던 아버지에게 다른 사정이 있었을지도 모른다는 생각 때문일까. 오늘처럼 무의식중에 파고든 아버지 생각에 혼란스러웠던 적이 한두 번이 아니었다.

'내가 하다 하다 별생각을….'

이제 와서 아버지를 다르게 생각하고 싶지 않았다. 그런다 한들 달라질 건 아무것도 없었으니까. 이 질척한 가난도, 벗어날 수 없는 밤의 무대도, 돌아오지 않는 아버지처럼 모두 돌이킬 수 없으니까.

'어쩌면 나는… 아버지를 그냥 원망의 대상으로 남겨두고 싶은 걸지도'

그렇게라도 누군가를 원망하지 않으면 스스로를 원망하게 될 것 같았다. 소혜는 낮게 숨을 내쉬며 고개를 들었다. 그리고 마주친 우건의 눈빛은 다시 현실을 깨우쳤다. 지금 막 쳐다본 건지, 아니면 한참 전부터 쳐다보고 있었던 건지는 알 수 없었다. 그저 어느 순간부터 타자기 소리가 귀에 걸리지 않았다는 게 떠오를 뿐.

"무슨 생각을 그렇게 심각하게 해."

가볍게 묻는 목소리가 가슴에 짙은 자국을 남겼다. 조금 전까지 머릿속을 괴롭히던 생각과 함께. 당황한 나머지 차마 아무 일도 아니라는 말이 나오지 않았다. 그렇게 몇 번 입을 뻐끔거리기도 잠시.

"다음 주에… 주인공으로 무대에 서요."

결국 고민 중 하나를 그에게 털어놓았다. 사실은 가장 말하고 싶었던 것을.

"주인공?"

"네. 나타샤 언니가 일을 그만둬서 저희끼리 새로운 공연을 짰거든요. 처음으로 주인공을 맡은 무대인데…."

소혜는 우물쭈물하다가 힐끔 우건을 봤다. 처음이라 많이 긴장된다, 분명 그 한마디만 하려고 생각했다. 지금 같은 시기에 밤늦은 공연을 보러 오는 건 분명 어려울 테니. 그런데 마주 오는 시선을 본 순간.

"혹시, 와주실 수 있어요?"

생각과는 반대로 입술이 제멋대로 움직였다. 우건은 눈썹을 추키며 고개를 모로 기울였다. 말려 올라간 한쪽 입꼬리에는 조금은 허탈한 미소가 걸려 있었다.

"그게 그렇게 심각하게 고민할 문제였나?"

"요즘 감시도 심해져서 밤에 돌아다니기 힘들잖아요. 제가 괜히 무리한 부탁을 드리는 건 아닌가 싶어서…."

부끄러운 마음에 목소리가 점점 작아졌다. 역시 괜한 말을 했나. 공연 준비도 많이 미흡한데. 차라리 에스페란토 이야기나 할걸…. 이런저런 생각이 한데 뒤엉켜 후회되던 찰나.

"의외로 소심하네, 너."

낮은 웃음소리에 소혜가 다시 고개를 들었다. 우건이 부드럽게 입가를 늘이며 그녀의 눈을 지그시 마주 봤다.

"좋아."

"네?"

"갈 수 있다고."

기울어진 고개만큼 그의 눈매가 더 깊어졌다.

"다음 주에, 네 공연 보러."

그 나직한 목소리에 소혜의 입이 작게 벌어졌다. 집을 나설 때까지만 해도 그를 초대하지 않겠다고 생각한 터라 지금의 답변이 마냥 꿈같기만 했다.

"정말 오실 수 있어요?"

"가야지. 네 첫 주연 무대니까."

그의 언약이 살포시 소혜의 마음에 내려앉았다. 이리도 간단한 것을 왜 그리 망설였는지. 푼수같이 터질 것 같은 웃음을 막으려 아랫입술을 깨물었지만, 눈가에 묻어나는 미소까지는 감출 수가 없었다.

"감사해요. 저 진짜 열심히 준비할게요."

"그래. 기대하지."

소혜가 환히 웃으며 고개를 끄덕였다. 그 소담한 미소가 우건의 망막에 선명히 비쳤다. 여름 바람처럼 청량한 기운이 느껴진 건 단순히 기분 탓이었을까. 우건은 가슴께를 스치는 그 청아하고도 맑은 기운에 물끄러미 소혜를 바라봤다. 해맑게 웃는 얼굴이 나비 표본처럼 망막에 맺혔다. 어여쁜 여인. 지켜주고 싶은 여인. 멀리 떨어져서가 아닌, 눈에 보이는 곳에서.

'너는 어째서… 내 속에 이리도 큰 욕심을 심는 건지.'

올곧게 전해지는 시선이 그의 가슴에 생채기 같은 선을 한 줄 그었다. 그 선에 시원한 바람을 담던 눈동자는 이내 검은빛으로 물들었다. 저 여인을 볼 때마다 사라지는 죄책감은, 저 여인을 향한 부지불식의 제 마음을 깨닫는 순간 다시 되살아나고 만다. 자유롭게 노닐던 나비가 끝내 영토를 벗어나지 못하고 돌아오는 것처럼.

"이만 일하지."

우건은 도망치듯 소혜에게서 시선을 거뒀다. 바닥에 붙은 듯했던 걸음을 떼어서 지난번에 끝내지 못한 표본들을 가져왔다. 그것들을 종이에 옮기는 소혜를 잠시 눈 속에 담다가 곧 몸을 돌렸다.

이전까지는 단 하나의 생각뿐이었다. 이 감정을 드러내지만 않으면 된다고. 감정을 숨기는 것 따위 그에겐 일도 아니었으니까. 그래서 때때로 불쑥 찾아오는 선물처럼 그렇게 이 여인을 한 번씩 만나다가 어느 날, 어느 순간에 때가 돼 투쟁의 불꽃이 돼야 한다면 그때 비로소 흔적 없이 저 여인의 삶에서 사라지기로. 그렇게 지난날 한 줌의 기억이 되자고.

'그런데 어째서 나는 자꾸 너를 향해 가려고만 하는지.'

점점 욕심이 끝을 모르고 내달린다. 의지가, 열망이 모두 그녀를 향하려 한다. 이대로 너를 두고 사라지기 싫다고. 죄책감이니 신념이니 하는 것에 삼켜지지 않고, 온전히 나를 위해 살고 싶다고. 그것을 너와 함께하고 싶다고. 너에게, 조금 더 깊이 각인되고 싶다고.

◆ ◆ ◆

드디어 고대하던 공연 날이 왔다. 소혜는 연신 긴장 어린 숨을 내쉬며 떨리는 가슴을 달랬다.

"후… 괜찮아. 잘할 수 있어."

숱하게 오르던 무대였지만 오늘만큼은 그 느낌이 달랐다. 당연한 일이었다. 오늘은 들러리가 아닌 주인공이니까. 소혜는 쿵쿵 방망이질하는 가슴을 쓸어내리며 화려하게 빛이 나는 거울 속을 바라봤다. 그녀는 평소

입던 나비 무용수의 초라한 복장이 아니라, 반짝이는 비즈와 섬세한 레이스로 장식한 주인공 의상을 입고 있었다. 머리에는 하얀 깃털과 유백색 진주 머리꽂이가 알알이 박혀 있었고 화장 역시 다른 무용수들보다 짙고 화려했다. 오늘 하루만큼은 가장 돋보이는 만인의 연인이 되는 것이다.

'오늘은 절대 실수하면 안 돼.'

소혜는 벌써 몇 번이고 했던 다짐을 또 한 번 되새겼다. 지난 2주간 그녀는 평소보다 연습량을 두 배로 늘려 무대를 준비했다. 손님도 없다며 대충하는 무용수들을 어르고 달래서 작은 동작도 세세하게 바로잡았다. 조금이라도 마음에 들지 않는 부분이 있으면 몇 번이고 반복해서 완벽에 가까울 정도로 만들었다. 그 때문에 경림 못지않다는 무용수들의 원성을 샀지만, 소혜는 아랑곳없이 만전을 기했다.

'선생님이 보러 오시니까.'

그 사실 하나만으로 그녀는 이 무대에 모든 것을 걸었다.

"선생님은 아직 안 오셨으려나?"

대기실을 나온 소혜는 궁금증을 참지 못하고 천막 너머로 고개를 빼꼼 내밀었다. 그러다가 홀을 확인한 눈이 동그랗게 변했다. 만석이 있는 돈, 없는 돈 쥐어짜서 홍보한 보람이 있는지, 제법 많은 손님이 자리를 메우고 있었던 것이다. 시끄러운 음악 소리와 왁자지껄 떠드는 말소리, 이리저리 바쁘게 돌아다니는 종업원들과 채워지고 비워지기를 반복하는 술잔들. 실로 오랜만에 느껴보는 활기였다.

그 가운데 손님들의 얼굴을 하나하나 살피던 소혜의 눈이 반짝하고 빛났다. 중앙 구석진 자리, 빛이 잘 스며들지 않는 그곳에 우건이 앉아 있었던 것이다. 그를 발견하자 심장이 제멋대로 두방망이질을 했다. 혼자인지 그의 주변에는 아무도 없었다. 때마침 무의식중에 시선을 돌리던 우건도 소혜를 발견했다. 그의 입가가 매끄럽게 늘어났다.

'지켰어, 약속.'

입술을 천천히 움직여 입 모양으로 말한 그가 조금 더 짙은 미소를 그려냈다. 소혜는 환히 웃으며 고개를 끄덕였다. 조금 전까지 가슴을 옥죄던 불안과 긴장이 일시에 사라지는 순간이었다.

"소혜야, 동선 한 번만 더 맞춰보자!"

"네, 언니."

안으로 들어가겠다는 소혜의 손짓에 그가 감은 눈으로 느릿하게 고개를 끄덕이고는 다시 눈을 맞춰왔다. 긴장하지 말라는 듯, 잘할 거라는 듯. 그 차분한 얼굴을 보니 그녀에게 남아 있던 불안마저 모두 사라졌다.

무용수들과 마지막 연습을 마친 소혜가 드디어 만반의 준비를 마치고 무대 옆에 섰다. 곧 마이크를 잡은 만석이 우렁찬 목소리로 관객의 시선을 잡아끌었다.

"나타샤는 떠났지만 나비들은 남아 있다! 남겨진 나비들의 화려한 반란, 그 첫 날갯짓을 여러분께 선보입니다!"

후, 짧게 심호흡한 소혜가 박수 속으로 날아들었다. 총총총 짧고 가벼운 발걸음 뒤로 다른 나비들도 함께 무대에 올랐다. 화려하게 눈앞을 비추는 스포트라이트가 눈부시게 온몸을 감싸왔다.

'원 없이, 할 수 있는 최선을 다해서 선생님께 보여드릴 거야.'

나의 노력을, 나의 진심. 소혜는 손끝까지 바짝 힘을 주며 마음을 다잡았다. 마침내 무대 위로 음악이 흘러나왔다. 무용수들은 선율에 맞춰 물 흐르듯 움직였다. 나타샤 때보다 한층 부드러우면서도 밀도 있는 공연에 관객들은 넋을 놓고 빠져들었다. 소혜는 어느 때보다 밝고 환하게 웃으며 공연에 임했다. 그동안 걱정했던 게 무색할 만큼 그녀는 완벽하게 동작들을 소화해냈다. 마치 몸이 저절로 움직이는 것처럼 가볍기까지 했다. 우아하게 뻗어 나가는 손끝과 유려하게 선을 그리는 발, 나비처럼 자유로운 시선까지 전부 혹독한 연습의 결과였다. 그렇게 짧다면 짧고, 길다면 긴 시간이 지난 후.

"…와아!"

잠깐의 정적 끝에 홀에서 엄청난 박수가 터져 나왔다. 카페 안을 가득 채우는 박수와 환호성에 소혜는 비로소 공연이 끝났음을 인지했다. 그제야 안도가 밀려오며 근육에 촘촘히 들어찼던 긴장이 빠져나갔다. 밭은 숨을 내쉬며 고개를 돌리니, 우건이 다른 손님들과 함께 그녀에게 박수를 보내고 있었다. 무어라 정의할 수 없는 뻐근한 감정이 가슴께로 퍼져나갔다. 기쁘기도 하고, 어쩐지 뭉클하기도 한 묘한 감정이었다.

이윽고 눈앞을 채우던 모든 것이 사라지고 우건만 남았다. 이 무대는 오로지 그를 위한 것이었다는 듯. 그런데 소혜가 무용수들과 함께 인사를 하던 바로 그때였다.

쾅!

부서질 듯 강제로 열린 문에 모두가 뒤로 시선을 던졌다. 어두운 카페 안으로 거대한 해일처럼 밀려 들어오는 한 무리의 사람들. 묵직한 군홧발 소리와 소름 끼치는 쇳소리.

"다들 벽 쪽으로 붙어!"

다름 아닌 일본 헌병과 순사들이었다. 그들은 난데없이 들이닥친 것으로도 모자라 사람들에게 총구까지 들이밀었다. 카페 내부는 순식간에 아수라장이 됐다. 그리고 사람들을 몰아붙이는 일군들 뒤로 또 한 사람이 모습을 드러냈다.

"하여간 쥐새끼 같은 것들…. 하지 말라면 안 하면 되는데, 꼭 이렇게 몰래 하다가 들켜서 사달을 낸단 말이지. 이런 댄스홀 같은 불법 카페들, 전부 밀어버려야 하는데."

헌병대 대좌, 타이로 소스케였다. 소스케는 맹수처럼 살벌한 눈알을 굴려 장내에 있는 사람들을 훑었다. 그러다 사람들 틈에 섞여 있던 우건과 눈이 마주쳤다.

"허?"

그의 입에서 호기심과 언짢음이 동시에 섞인 탄성이 새어 나왔다. 두 눈에 일순 위험한 빛이 번뜩였다. 하지만 지금은 공사公私를 구분해야 할 때였다. 소스케는 우건에게 시선을 붙박은 채 입을 열었다.

"사장."

"…"

"사장!"

"예, 예!"

황망해하던 만석이 헐레벌떡 앞으로 뛰어나갔다. 두 번이나 부르게 한 것이 거슬렸던 걸까. 소스케는 만석이 나오기 무섭게 그의 머리에 총구를 겨눴다.

"꺄악!"

"닥쳐!"

곳곳에서 터져 나온 비명이 꾹 다문 입속에 갇혔다. 쯧, 혀를 찬 소스케가 다시 만석을 봤다.

"사람 하나를 찾으러 왔는데."

"누, 누, 누구를 찾으러 오셨는지…"

만석이 턱을 달달 떨며 물었다. 소스케는 총구를 더욱 바짝 들이대며 예상치 못한 이름을 거론했다.

"백소혜."

짐승 같은 눈은 사람들의 시선과 웅성거림을 따라 본능처럼 이름의 주인을 찾아갔다. 뱀처럼 온몸을 조여오는 소름 끼치는 눈빛이 소혜에게로 향했다.

"나와, 너."

총알처럼 박힌 시선에 소혜가 사시나무처럼 몸을 떨었다. 하얗고 작은 몸은 그 앞에서 힘없이 떨 수밖에 없었다. 장내에 있는 모든 사람이 그녀를 쳐다봤고, 몇몇 헌병의 총구 역시 그녀를 향해 위협적인 태세를 갖추었다. 심장이 천둥소리처럼 귀를 울렸다. 일본 헌병이 나를 왜? 내가 무슨 잘못을 했다고? 무슨 이유 때문인지 갈피를 잡기도 전에 순사 한 명이 무대 위로 난입했다.

"꺄악!"

"소혜야!"

순사가 우악스럽게 잡아끄는 통에 소혜는 거의 넘어질 듯 소스케 앞으로 끌려갔다. 뒤에서 무용수들이 울먹이며 그녀를 불렀다가 매섭게 부라리는 눈에 입을 꾹 다물었다.

소스케는 만석에서 총구를 거두고 소혜를 위아래로 느리게 훑었다. 번뜩이는 안광은 마치 먹잇감을 살펴보는 짐승의 그것 같았다. 소혜는 바들바들 떨며 그 눈빛을 온전히 감내해야 했다. 피하고 싶어도 얼어붙은 다리가 꼼짝도 하지 않았다. 잠시 후 소스케가 그녀를 붙든 부하에게 말했다.

"사장이랑 같이 끌고 가."

"예!"

"자, 잠시만요! 저는 아무것도 한 게 없어요. 저를 왜…!"

가까스로 말문이 트인 소혜가 항변했지만, 애석하게도 돌아오는 답은 없었다. 이대로 끌려가면 고초를 면치 못하리라. 엄습하는 공포에 어떻게든 발끝으로 버티던 그때.

"잠깐."

소란 사이로 묵직한 목소리가 떨어졌다. 이내 사람들 틈에 섞여 있던 우건이 앞으로 걸어 나왔다. 돌발 상황에 일군들이 일제히 총을 겨눴지만, 철컥거리는 사나운 쇳소리에도 그는 두려워하거나 떠는 기색이 없다. 그저 단단한 눈빛으로 소스케를 똑바로 응시할 뿐이었다.

"선생이 이런 곳을 드나드는 줄은 몰랐는데."

한 손을 들어 헌병들을 제지한 소스케가 비꼬는 투로 말했다. 가뜩이나 주시하던 상대가 제 발로 걸어 나오니, 그로서는 피가 들끓을 수밖에 없었다.

"친구를 만나러 왔습니다."

"친구라. 선생에게도 그런 게 있었나?"

"대좌께서 데려가시려는 그 여인이 바로 제 친구입니다."

비아냥거리던 얼굴이 한순간에 구겨졌다.

"내 앞에서 범죄자를 두둔하다니. 같이 잡혀가겠다는 뜻인가?"

"대체 소혜 양이 무슨 잘못을 했다고 벌써 범죄자라 부르시는 겁니까?"

"잘못했지. 그것도 아주 큰 죄를 지었지."

소스케가 품속에서 무언가를 꺼냈다.

"바로 이거."

군데군데 탄 흔적과 흙발에 밟혀 찢기고 더러워진 종이. 그것을 본 소혜의 눈동자가 세차게 흔들렸다.

"사이토 노부요시 대좌 댁 폭탄 테러 사건. 그 사건의 폭도 중 한 명이 연행 도중에 이걸 인멸하려다가 실패했다지.”

“설마…. 말도 안 돼….”

사색으로 변한 소혜의 얼굴에 소스케가 한쪽 입꼬리를 말아 올렸다.

“주경림. 얼마 전까지 여기서 나타샤라는 예명으로 일했던 바로 그년 말이다.”

소스케가 꺼낸 것은 다름 아닌 소혜가 경림에게 준 생일 축하 편지였다. 소혜는 머리 위에 바위라도 떨어진 것처럼 엄청난 충격이 느껴졌다. 경림이 그 사건의 범인이라니. 대체 왜? 어떻게? 무엇 때문에? 받아들이기 어려운 사실에 머릿속이 온통 엉망진창이 됐다.

“언니가… 대체 왜….”

“그거야 너를 조사하면 나오겠지. 그 잔악무도한 폭도들과 한패인 네년을.”

그 말에 소혜는 또 한 번 심장이 철렁 내려앉았다. 내가 그 사람들과 한패라니? 자신조차 모르는 사실에 숨이 더욱 가빠졌다. 소혜는 전보다 더 꽉 막힌 목으로 간신히 목소리를 쥐어짜냈다.

“저, 저는 아무것도 몰라요…! 정말이에요!”

“모르는지 아는지는 이따가 취조실에서 고백하고.”

“생일 편지였어요. 언니가 얼마 전에 생일이어서 선물이랑 같이 줬던….”

“하! 언제 태어났는지도 모르는 사람한테 무슨 생일이 있다고.”

상체를 숙인 소스케의 얼굴이 눈앞으로 훅 다가왔다.

“이름마저 본명인지 아닌지 알 수 없고 나이, 사는 곳, 살아온 과거가 모두 거짓이었다고. 그 여자가.”

쇠를 긁는 듯한 거친 목소리가 소름 끼치게 귓가를 훑었다.

“그러니 이 평범해 보이는 생일 편지가 사실 암호로 꾸며진 지령이라 해도 이상할 것 없잖아? 그런 큰일을 하러 가는데 아무거나 가져가진 않을 테니 말이야."

소스케는 어디 더 변명해보라는 듯 기분 나쁜 웃음을 흘렸다. 울음이 터질 것 같았다. 아니라고, 나는 정말 그 사건과 아무 연관이 없다고 말하고 싶은데. 애석하게도 공포와 혼란으로 꽉 막힌 목은 아무 말도 내뱉지 못했다.

우건 역시 현재 정황이 좋지 않음을 깨달았는지 쉽게 입을 열지 못했다. 용의자 전원 사망 보도. 그러나 놓쳐버린 한 명의 용의자. 이들은 그 용의자의 혐의를 소혜에게 전부 덮어씌우려 하고 있었다.

'젠장…. 그 마지막 단원이 나타샤였을 줄이야.'

요화의 편지에서 봤던 임시정부 파견 단원. 그녀가 바로 경림이었던 것이다. 그 여자만큼은 얼굴이나 신상 정보도 없이 오로지 이름만 전달받았기에, 설마 이런 식으로 소혜와 엮여 있을 줄은 상상도 못 했다. 속으로 욕을 곱씹은 우건은 최대한 감정을 내리누르며 표정을 갈무리했다. 섣불리 움직였다가는 자신까지 위험해질 수 있는 상황이었다.

하지만 소혜가 놈들의 표적이 된 이상, 그도 가만히 있을 수는 없었다. 여기에는 어느 정도 제 책임도 있었기에. 우건은 최대한 자신이 아는 정보를 추리고 조합하여 소혜를 대변해줬다.

"두 사람은 이곳에서 오랫동안 함께 일해온 동료입니다. 생일 선물로 건네준 편지에 감동했다면, 죽기 직전 마지막 선물처럼 간직했을 수도 있지 않습니까."

"그거야 조사해보면 나올 문제이고."

"조사해도 나오는 것은 없을 겁니다."

"선생이 그걸 어떻게 확신하지?"

"그건…."

"아니, 잠깐만."

말허리를 자른 소스케가 우건을 향해 가까이 다가섰다. 검은 동공이 가느다랗게 조여졌다. 새로운 먹잇감을 발견한 맹수의 눈빛이었다.

"그보다… 선생이 이렇게까지 이 여인을 두둔하는 이유가 나는 몹시도 궁금한데."

그러나 숨통이 타들게 할 만큼 살기 짙은 시선에도 우건은 작은 동요조차 보이지 않았다. 더 이상 고민할 여지가 없었다. 지금 이 여인을 구할 방법은 이것 하나뿐이었다. 이미 그가 발을 두고 있는 길은 생사를 건 모험이었기에. 그 길이 이 여인의 목을 옥죈다면, 반대로 그 길을 이 여인이 밟아 누르게 할 수밖에.

"제가 친구라고 부르는 것에 정말 무슨 뜻을 담았는지 모르시겠습니까."

의미심장한 말에 소스케가 한쪽 눈썹을 들썩였다. 우건은 소스케가 확실히 알아들을 수 있도록 그에게만 들리는 목소리로 말했다.

"제가 연모하는 여인입니다."

"…."

"저와 혼인을 약속한, 제 약혼녀라는 뜻입니다."

소스케의 표정이 종잇장처럼 구겨진 건 당연한 수순이었다.

"지금 어디서 같잖은 소리를…!"

어둡게 내려앉은 시선이 고스란히 소스케를 향했다.

"아버지의 반대 때문에 일단은 둘이서만 약혼식을 올렸건만. 일이 이렇게까지 됐으니 이제 밝힐 수밖에 없겠군요."

폭탄과도 같은 발언에 소혜까지 온몸이 경직됐다. 우건은 그런 소혜를 향해 말없는 시선을 맞춰왔다. 지그시 바라보는 눈빛에는 이 거짓 연극에 동참해달라는 무언의 부탁이 담겨 있었다.

'대체 어쩌자고 이런 거짓말을….'

하지만 여기서 소혜에게 주어진 선택지는 단 하나뿐이었다. 그녀는 부정하는 대신 애처로운 눈길로 우건을 바라봤다.

"선생님…."

모르는 사람의 눈에는 한쪽은 모든 걸 체념하고 밝히는 것처럼, 한쪽은 둘만의 언약을 들켜서 당황한 것처럼 보일 뿐이었다. 소스케 역시 그렇게 보는 사람들 중 하나였다.

'설마 진짜인가? 사람 하나 구하겠다고 이런 거짓말을 할 놈이 아닌데.'

수긍과 의혹 사이. 동물적인 감각도 이번만큼은 영 갈피를 잡지 못했다. 아무리 그래도 송일고보의 박물 교사와 카페의 무용수는 너무 뜬금없는 조합이었다.

'그렇다고 둘이 교제하는 걸 못 봤다고 하자니 감시를 붙였다는 사실을 알려주는 꼴이잖아.'

게다가 여인과의 만남이라면 사실 들은 바가 있었다. 얼마 전 우건이 웬 낯선 여인과 함께 있었더랬지. 요화와 셋이서 거리에서 마주쳤다는 바로 그날 말이다.

'그게 이 여인이었던 건가.'

뒤통수를 맞았다는 생각에 분이 차올랐다. 편지 하나로 저 여인을 희생양으로 삼으려던 계획이 눈앞에서 물거품이 되고 만 것이다. 소스케는 일말의 틈이라도 찾으려는 사람처럼 우건의 눈을 뚫어져라 노려봤다. 그러나 흔들림 없는 눈빛 속에서 그는 무엇도 찾을 수 없었다.

"제 약혼녀를 건드리는 건 저를 건드리는 것과 마찬가지입니다."

오히려 우건은 소스케를 압박하기까지 했다.

"행여 아무 죄 없는 제 약혼녀에게 누명을 씌우려 하신 거라면, 아무리 대좌라 하더라도 도의적 책임을 피하실 수 없을 겁니다."

맹렬한 위압이 기세를 역전하며 소스케를 내리눌렀다. 우건이 소스케 앞에서 이토록 당당할 수 있는 이유는 그가 일본의 감시를 받는 동시에 비호를 받는다는 모순적 상황에 있었다. 현재 우건은 조선은 물론이고 일본에서까지 명성을 떨치는 학자였다. 오죽하면 '일본 학자들은 신우건을 위해 조선을 옹호한다'라는 말까지 있을까. 그만큼 그를 아끼는 이들이 많기에, 확실한 증거가 없으면 자신을 함부로 대하지 못하리라는 것을 그도 잘 알고 있었다. 물론 소스케는 이 순간 다른 의미로 우건을 건드릴 생각이 사라졌지만.

'요화 그것이 이 소식을 듣는다면 어떤 표정을 지을지 궁금하군.'

짧게 스친 생각을 뒤로하고, 소스케는 고개를 삐딱하게 비틀며 우건을 봤다. 요화와 별 사이가 아님을 확인한 것과는 별개로, 이 같잖은 학자 하나 때문에 계획에 차질이 생겨 여간 짜증 나는 게 아니었다.

"기분이 조금만 더 나빴어도 그냥 죽여버렸을 텐데…. 아쉽네."

애매한 기분으로 방아쇠를 당겨봤자 뒤처리만 찝찝해질 뿐이니. 피식 조소를 흘린 소스케가 혀로 입술을 핥았다.

"재수 없을 만큼 운이 좋아, 너."

지금은 이쯤에서 물러나야 할 때였다.

"하지만 용의자의 물건에서 이름이 나온 이상, 기본적인 조사는 마쳐야 한다. 이마저 거부하면 대일본제국의 명령에 반항하는 것으로 알고 즉살하겠다."

이 정도로 마무리된 것만으로도 다행으로 여겨야 했다. 우건은 수긍하면서도 마지막까지 소혜를 위했다.

"대신 예우를 갖춰주십시오. 혐의도 입증되지 않은 상황에서 제 약혼녀를 함부로 죄인 취급하는 것은 참을 수 없습니다."

"그 정도는 들어주지."

소스케가 눈짓하자 헌병이 우악스럽게 잡고 있던 소혜의 팔을 놓았다. 우건이 손을 내밀자 소혜가 반사적으로 달려와 품속으로 안겨들었다. 우건은 제 품에서 파르르 떠는 어깨를 감싸 안으며 나직이 속삭였다.

"걱정하지 마. 아무 일도 없을 테니까."

내가 어떻게든 너 지켜. 그러니까 나만 믿어. 우건은 팔에 더욱 힘을 줬다. 그 품이 절벽 끝에서 마지막으로 붙잡은 나무 같아서 소혜는 필사적으로 그의 옷자락을 꼭 그러쥐었다. 그렇게 한바탕 폭풍처럼 밀어닥쳤던 소스케와 일군들은 소혜와 우건, 만석을 데리고 모던 카페를 떠났다.

◆ ◆ ◆

끼익. 무겁게만 보이던 철문이 마침내 쇳소리를 내며 열렸다. 소혜와 만석은 우건을 따라 종로 경찰서를 나왔다. 조사를 마치고 나왔을 때는 어느새 하루가 바뀌어 하늘 끄트머리에서 새벽 동이 터오고 있었다. 장시간 두려움과 압박의 무게를 견디고 나온 탓일까. 우건 덕분에 형식적인 취조만 받고 나왔을 뿐인데도 소혜는 다리가 후들거렸다.

"아…."

그만 다리가 풀려버린 소혜를 우건이 얼른 감싸서 부축했다.

"소혜야."

옆에서 그 모습을 지켜보던 만석이 퍼석 마른 입술을 무겁게 열었다.

"아까 신 선생님께서 하신 말씀이… 정말 사실인 게냐?"

그는 정말로 심각해 보였다. 친구의 부탁으로 이제껏 거둔 아이가 이런 큰일에 휘말린 데다가 저도 모르는 사이에 약혼까지 했다고 하니, 당연히 믿기지 않을 수밖에.

소혜는 불안한 눈빛으로 우건을 올려다봤다. 어떻게 해야 좋을지 묻는 것이었다. 그가 무엇을 어디까지 계획하고 벌인 일인지 알지 못하니 쉽게 대답하지 못하는 것도 당연했다. 짧게 생각을 정리한 우건이 이내 소혜 대신 입을 열었다. 소스케 앞에서 처음 말을 꺼낼 때부터 결심한 일이었다.

"조금 전까지는 사실이 아니었지만, 이제부터 사실로 만들어볼 생각입니다."

그 말에 만석은 물론이고 소혜까지 놀라서 입을 다물지 못했다. 사실로 만들 생각이라니. 그럼 정말로 혼인이라도 하겠다는 말인가? 이걸 다행이라 해야 할지, 아니면 말도 안 되는 이야기라며 거절해야 할지 분간이 가지 않았다. 자꾸만 생각지도 못하게 흘러가는 상황이 혼란스러워 소혜는 머리가 어지러울 지경이었다. 그러나 고민은 오래가지 않았다.

"필요하다면 정말로 혼인을 해야겠지만, 일단 그것은 최후의 방법으로 두고…."

우건이 손수 그녀의 고민을 덮어준 것이다.

"당분간은 소혜와 제가 가짜 연인 행세를 해야 할 것 같습니다."

"가짜 연인 행세?"

"예. 이미 약혼녀라고 밝힌 이상, 저들이 소혜에 대한 의심을 거둘 때까지 계속 연기해야 할 겁니다."

만석은 걱정 가득한 눈으로 소혜를 봤다. 설령 거짓이라 하더라도 사람들은 둘의 관계를 믿게 될 테고, 언젠가 이 거짓 약혼이 끝나면 소혜는 다시 혼자 남겨질 것이다. 우건과의 스캔들이 일파만파 부풀어 혼삿길까지 막힌 채 말이다. 아무리 요즘 세상이 달라졌다지만, 다른 사내와 약혼까지 했다는 여자를 누가 흔쾌히 데려갈까. 그녀를 딸처럼 아끼는 만석으로서는 여간 걱정스러운 계획이 아니었다.

"꼭 그렇게 해야만 합니까?"

"저들은 앞으로도 계속 소혜를 예의 주시할 겁니다."

"그럼 소혜가 요시찰인이 됐다는 뜻입니까?"

"지금으로서는 그렇습니다."

그렇기에 소혜는 더더욱 제 곁에 있어야 한다. 저들에게 소혜와 약혼했다고 말했는데 이제 와서 다시 거리를 둘 수도 없으니 말이다. 그러기 위해서는 당장 일터부터 바꿔야 했다. 밤늦게 오가는 카페 일을 계속하다가는 자칫 큰일을 당할 위험이 있었다.

"혹시 카페에 소혜의 빚이 있다면 제가 대신 갚겠습니다. 그러니 카페 일은 그만둘 수 있도록 해주십시오."

최대한 가까운 거리에서 최대한 많은 시간을 함께한다. 우건은 새로운 눈속임을 하기로 한 것이다. 한열단이나 자신이 아닌, 오로지 소혜를 위하여.

"카페야 지금도 간당간당해서 소혜가 일을 그만두는 건 상관없는데…."

만석은 여전히 석연찮은 눈으로 물었다.

"대체 왜 이렇게까지 하시는 겁니까? 우리 소혜와 무슨 연이 있으시길래."

우건이 짙은 눈동자로 소혜를 바라봤다. 가장 큰 표면적 명분은 이 일의 책임이 경림을 거사에 내보낸 자신에게 있다는 것. 하지만 그 너머에 은밀하게 숨긴 진짜 이유는.

"일전에 저를 도와준 것에 대한… 조금 과장된 보답이라고 하죠."

외면할 수 없다면, 한 줌의 기억으로 사라질 수 없다면 차라리 그녀를 제 옆에 묶어두고 날아가지 못하게 하고 싶은 욕심. 그 욕심을 막지 못하겠다는 것.

"이미 벌어진 일이니 안 된다 할 수도 없고…"

만석은 깊이 한숨을 내쉬며 결국 수긍을 했다. 그는 걱정 가득한 눈으로 소혜를 봤다.

"나는 전적으로 네 의견을 따르마."

"감사해요, 사장님…."

"많이 놀랐을 테니 오늘은 푹 쉬고, 카페에는 내일 나오도록 해. 남은 이야기는 그때 하자꾸나."

"네, 그럴게요."

만석은 먼저 자리를 비켰다. 남은 두 사람도 곧 소혜의 집을 향해 천천히 걷기 시작했다.

침묵 속에서 길은 한없이 짧았고, 허름한 초가집은 금세 발 앞에 닿았다. 걸음은 멈췄지만 누구 하나 말을 꺼내지 않았다. 둘만 남게 된 거리에는 가을 새벽의 서늘함과 적막함, 그리고 미래를 알 수 없는 불안이 떠돌고 있었다. 잠깐의 침묵 후, 우건이 먼저 입을 열었다.

"우선 미안하다. 멋대로 그런 거짓말을 해버려서."

"아니에요. 선생님이 아니었다면 저는 그대로 끌려가서 고초를 당했을 걸요."

이 남자가 위험까지 감수하고서 제 울타리가 돼줬다는 걸 소혜라고 모르지 않았다. 당장 눈앞에 닥친 일을 똑바로 마주해야 한다.

"그럼 저는 이제 어떻게 해야 하나요?"

우건이 어둠에 젖은 시선을 소혜에게 고정했다.

"선택해야지. 원한다면 해외로 이주하도록 도와줄 수도 있어."

내 욕망을, 너는 어떻게 받아들일래. 피해야 할 족쇄? 혹은 구원?

"그게 아니라면, 내 뜻에 따라 나와 함께해야 해."

이윽고 잇새에 살짝 눌려 있던 연분홍빛 입술이 작게 벌어졌다.

"저는… 더 이상 피할 곳이 없어요."

소혜가 선택한 건 구원을 가장한 족쇄.

"선생님이 계신 곳 이외에는."

그리고 그녀의 세상에 유일하게 남은 피난처였다. 가장 안전하면서도,
가장 위험한.

"좋아, 그럼."

우건은 그런 소혜의 결정을 기꺼이 받아들였다.

"혼자 사는 가난한 약혼녀를 혼자 두는 사내는 없을 테니…"

그리고 그보다 조금 더 깊은 피난처의 길로 그녀를 이끌었다.

"우리 집으로 들어와. 한집에서 사는 거야. 너와 내가."

이건 확실한 족쇄였다.

· 4장 ·

계약이 끝나면
서로의 곁에서
사라질 것

이튿날. 소혜는 정오가 지났을 때쯤 집을 나섰다. 발걸음이 향한 곳은 모던 카페였다. 오늘 만석에게 카페를 그만둔다고 말할 생각이었다. 너무 급하게 결정한 건 아닐까 싶어서 하루 더 고민해봤지만, 결론은 역시나 하나였다. 더 이상 물러날 데가 없다는 것.

'막상 그만둔다고 생각하니까 기분이 이상해.'

웃는 날만큼 괴롭고 힘든 날도 많았지만, 어쨌든 5년이나 몸을 담고 있던 곳이었다. 무엇보다 만석에겐 어떤 감사 인사로도 이 은혜를 다 갚을 수 없을 것 같았다. 마음만큼 발걸음 역시 무겁기만 했다.

입구에서 잠시 머뭇거리던 소혜는 이내 모던 카페 계단을 내려갔다. 어제 일군들이 들이닥치며 발로 부쉈는지, 나무로 만들어진 입구의 문 한 가운데가 쪼개진 채 움푹 들어가 있었다. 보는 것만으로도 어제의 아찔한 참상이 떠올라 절로 눈살이 찌푸려졌다.

'저것도 나중에 꼭 변상해드려야겠다.'

소혜는 문을 열고 카페 안으로 들어갔다. 아직 출근 시각 전이라 그런지 아무도 출근하지 않았다.

"왔구나."

때마침 인기척에 나온 만석이 그녀를 맞이했다. 그는 밤새 카페를 지켰는지 눈 밑이 퀭했다.

"안녕하세요, 사장님."

"들어오거라."

벌써부터 눈물이 나올 것 같아 소혜는 아랫입술을 꾹 깨물고 그를 따라 방으로 들어갔다. 자리에 앉으라며 차를 권한 만석은 한동안 아무 말도 하지 않았다. 무겁게 내려앉는 공기 속에서 소혜가 할 수 있는 일은 그저 잠자코 기다리는 것뿐이었다.

"나는…"

마침내 만석이 입을 열었다.

"네가 처음 이곳에 오던 날, 호원이 대신 네 아버지가 돼주기로 다짐했다."

소혜의 눈동자가 잘게 떨렸다. 백호원. 오랜만에 듣는 아버지 이름에 심장이 뻐근하게 조였다.

"많이 부족했겠지만, 내가 할 수 있는 최선을 다해서 네가 이곳에서 잘 지내도록 노력했어. 네가 힘들지 않았으면 해서."

"저도 알아요. 사장님이 얼마나 제 편의를 봐주셨는지…"

목이 막혀서 말소리 끝이 떨렸다. 지난 5년간 만석에게 받은 호의는 감히 계산할 수도 없을 만큼 컸다. 만석은 아버지의 도박 빚을 대신 갚아주는 대가로 저를 받았으면서, 정당한 보수를 지급한 것은 물론 일터에서 험한 일을 겪지 않도록 더없이 배려했다. 그 덕분에 카페의 다른 여급들과 달리 이 손 저 손 타지 않고 오로지 춤만 출 수 있었다. 간혹 금전적으로 힘들 때마다 어찌 알고 도움을 주기까지 했다. 장부조차 없는 부채여서 얼마나 빚을 졌는지조차 알지 못한다.

"카페 일은 그만두지만 다달이 빚은 갚을게요. 신 선생님께도 제가 그리 말씀을…."

"아니다, 소혜야. 내가 지금 하려는 이야기는 그게 아니야."

고개를 저은 만석이 눈을 들어 소혜를 봤다. 불을 전부 켜놓아 주위가 무척이나 환한데도 그의 얼굴은 그늘이 진 것처럼 어두웠다. 꼭 딸을 멀리 보내는 아버지처럼.

"내가 지금 이 이야기를 하는 이유는, 네가 여기를 떠나 어느 곳에 가더라도 부디 행복했으면 하기 때문이다."

이토록 너를 아끼는 사람이 있으니 이 마음을 잊지 말라고. 결국 참지 못한 눈물이 왈칵, 소혜의 뺨을 타고 흘러내렸다. 얼른 소매 끝으로 훔쳤지만 그새 눈물은 다시 차올랐다. 만석은 그런 소혜의 모습에 가슴이 찢어지는 아픔을 느끼며 말했다.

"너를 지키고 싶어 했고, 또 지키고 싶어 하는 이들이 있다는 걸 잊지 말거라."

나를 지키려는 사람들. 그 안에는 만석도 있을 것이고, 우건도 있을 것이고, 또 경림도 있을 것이다. 그리고 어쩌면… 아버지도. 가슴 깊은 곳에서부터 감정이 크게 일렁여 북받쳐 올랐다. 그 순간 애써 억누르고 있던 생각이 불쑥 튀어나왔다. 진실을 알고 싶다는.

"사장님, 한 가지만 알려주세요."

소혜는 차오르는 울음을 꾹꾹 누르며 간신히 입을 열었다.

"제 아버지는… 노름빚 때문에 저를 여기에 파신 게 아니었나요?"

만석은 잠시 말이 없었다. 무슨 말을 어떻게, 또 어디까지 해줘야 할까.

그리 고민하는 얼굴이었다.

"제발 사실대로요…."

소혜의 간절한 부탁에 무거운 한숨이 새어 나왔다.

"…그래."

만석은 이것 하나만 솔직하게 말해주기로 했다. 무덤까지 지키리라 했던 친구와의 약속을 깨고서.

"그 녀석은 도박 같은 것을 할 놈이 아니야."

"정말이에요…? 정말, 정말 빚 때문에 저를 파신 게 아니에요?"

"그래. 내 모든 것을 걸고 맹세하마."

"그럼 왜요? 왜 저를 이곳에 두고 떠나신 거예요?"

"그건… 나도 모른다."

그러나 만석이 할 수 있는 이야기는 여기까지였다. 이 이상은 소혜에게 너무 위험한 진실이었기에.

"이 카페도 앞으로 얼마나 유지할 수 있을지 모르겠지만, 네가 있는 곳으로 한 번씩 연통할 테니 너도 간간이 소식을 전해주려무나."

"네, 꼭 그럴게요. 그간 정말로, 정말로 감사했습니다."

소혜가 만석을 향해 깊이 허리를 숙였다. 투둑, 바닥으로 떨어진 눈물은 만석의 가슴까지 깊게 적셔왔다.

그렇게 소혜가 카페를 떠났다. 문틈으로 멀어지는 그녀의 뒷모습을 바라보던 만석은 묵직한 한숨을 내쉬며 곧 눈을 내리감았다.

"그렇게 감춰달라고 신신당부했는데…."

이내 눈꺼풀 아래로 드러난 눈동자에는 친구에 대한 미안함과 안타까움이 짙게 묻어 있었다.

"너는 무슨 심정으로 저 아이를 여기 두고 갔냐, 호원아. 이 독한 자식 같으니라고…."

　고작 5년을 살핀 정만으로도 떠나보내는 것이 이리 힘들건만. 여러 감정이 한데 뭉쳐 눈시울이 뜨거워졌다. 눈가를 벅벅 문질렀지만 그럴수록 또렷해지는 건 과거의 잔상이었다.

　만석은 아직도 생생히 기억한다. 소혜가 처음 이곳에 온 그날을. 엄동설한 그 추운 날, 오랜 죽마고우였던 호원의 손에 이끌려 들어오던 그 여린 소녀를.

　- 미안하다. 내 딸을 안심하고 부탁할 사람이 너밖에 없어….

　그간 죽었는지 살았는지 연락도 없던 친구가 십수 년 만에 찾아와 하는 말이라는 게 그저 황당무계한 소리뿐이었다. 자신이 곧 죽게 생겼다느니, 자신과 있으면 딸이 위험해진다느니 하는.

　- 너 대체 무슨 짓을 하고 돌아다니는 거야? 네가 왜 죽어?

　- 길게 말해줄 수가 없다. 다만 소혜를 살리는 길은 이것뿐이야.

　일그러지는 호원의 얼굴을 봤을 때 알아챘어야 했다. 그가 가려는 길이 어디인지, 그가 무슨 일을 하고 있는지. 나중에야 알게 된 사실들은 끝끝내 소혜에게 말할 수 없는 것들뿐이었다.

　- 혹시 뭔가를 알게 되더라도 소혜에겐 절대 아무것도 말해주지 마.

　- 대체 왜 이렇게까지 하는 건데?

　- 포기할 수가 없어서.

　- ….

　- 그럼에도 불구하고 나와 같은 길을 걷게 하느니, 차라리 나를 원망하도록 두는 게 나아서.

　그때 호원의 눈가에 채워졌던 뜨거운 감정이 지금 만석의 눈에서 흘러내렸다.

"살아만 있어다오. 살아만…"

하지만 간절한 바람은 그저 눈물과 함께 스러질 뿐이었다.

◆ ◆ ◆

소혜는 아쉬운 마음에 천천히 계단을 올라갔다. 동료들과도 마지막 인사를 나누고 싶었는데, 아쉽게도 카페를 나설 때까지 다른 직원은 만나지 못했다. 어차피 소혜와 우건에 대한 이런저런 이야기가 이미 다 퍼졌을 터. 설명할 수도, 설명할 여력도 없어 차라리 다행이라 여기기로 했다.

'그렇게 오래 일했는데 떠나는 건 순식간이라니.'

허탈과 아쉬움이 뒤섞여 괜스레 한숨이 나왔다. 아버지에 대한 생각도 여전히 혼란스럽기는 마찬가지였다.

"아…"

그런데 1층으로 올라와 고개를 든 소혜가 발걸음을 멈칫했다. 카페 앞, 멀지 않은 곳에 우건이 서 있었던 것이다.

"선생님…"

우건이 다가와 그녀 앞에 섰다.

"마지막 인사는 잘 나눴어?"

"네. 근데 여기는 어떻게 오셨어요?"

"사장님과 잠시 나눌 이야기가 있어서."

마침 학교가 일찍 끝난 터라, 소혜와 관련된 일을 빠르게 정리할 생각이었다. 소혜가 입구를 가리키며 말했다.

"그럼 들어가보세요. 사장님 안에 계세요."

깊어진 눈매 속으로 소혜의 얼굴이 가득 들어찼다. 울었던 걸까. 커다란 눈이 연붉게 물들어 있었다. 정든 곳을 떠나는 마음이 편치만은 않겠지. 신경이 쓰였지만 지금은 모르는 척해야 할 때였다.

"아니야. 다음에 얘기하도록 하지. 오늘은 다른 일을 해야 할 것 같네."

"무슨 일요?"

"너희 집에 가서 필요한 물건들을 챙겨야지. 우리 집으로 들어오는 건 빠르면 빠를수록 좋을 테니까."

소혜는 뒤늦게 우건과 함께 살기로 했다는 것을 떠올렸다. 쿵, 쿵, 쿵. 심장이 묵직하고도 세차게 뛰어올랐다. 솔직한 감정이 슬픔을 덮고서 앞으로 나아가야 할 때라며 위로해주는 듯했다.

"가지."

"아, 네…."

소혜는 우건과 함께 나란히 걸음을 뗐다. 앞을 향해 한 걸음 한 걸음 나아갈 때마다 무거웠던 발걸음이 점차 가벼워졌다. 하지만 그와 동시에 묘한 위화감도 함께 따라왔다. 평소에는 그저 스치는 것에 불과하던 낯선 시선들이 오늘따라 제 얼굴에 오래 머물렀던 것이다.

'사람들이 왜 이렇게 쳐다보지?'

기분 탓인가 싶어 옆으로 고개를 돌리자 때마침 낯선 사내와 눈이 딱 마주쳤다. 사내는 황급히 시선을 돌리며 부랴부랴 걸음을 옮겼다. 고개를 갸웃거리며 다른 곳을 봤으나 사정은 마찬가지였다. 지나가던 부인들이 이쪽을 바라보며 저희끼리 수군거렸고, 백화점 유리창 너머로 숍 걸들도 두 사람을 향해 시선을 모았다. 무대에서 받던 것보다 더 노골적인 시선에 소혜는 당황스러웠다. 우건도 그것을 느꼈는지 낮게 중얼거렸다.

"아무래도 어제 일이 벌써 퍼진 모양이군."

"어제 일요? …아."

소혜는 그제야 사람들이 쳐다보는 이유를 알게 됐다. 송일고보 교사이자 세계적인 학자 신우건. 그의 약혼녀가 나타났다는 소문이 하루 만에 일파만파 퍼진 것이다. 당장 일어난 일만으로도 머릿속이 복잡했던 터라, 신우건 이 남자가 경성에서 얼마나 유명한 사람인지 잠시 잊고 있었다. 우건은 저 시선들이 아무렇지도 않은지 담담하게 말했다.

"너무 당황하지 마. 앞으로 숱하게 겪어야 할 시선들이니까."

아무리 그래도 그렇지. 사람들이 저렇게 쳐다보는데 어떻게 아무렇지 않게 행동한다는 말인가. 하지만 소혜의 당황은 거기서 그치지 않았다.

"앗…."

우건이 그녀의 어깨를 단단히 감싸서 제 품에 밀착시킨 것이다. 마치 소혜에게 자기 존재를 확실히 각인하려는 듯. 그는 귓가에 가까이 입술을 붙여 숨결처럼 목소리를 흘려보냈다.

"잊지 마. 네가 내 약혼녀라는 걸. 그게 내가 너를 지키기 위해 선택한 방법이니까."

어깨에 스며든 온기가 심장까지 뒤덮었다. 전보다 더 세차게 뛰는 박동에 소혜는 고개를 숙이며 화끈해진 얼굴을 감출 수밖에 없었다. 이렇듯 기습적으로 다가오는 우건에겐 속수무책으로 마음을 들킬 수밖에 없었기에. 소혜는 떨리는 목소리를 감추려고 목에 힘을 줬다.

"그럴…게요."

"겁낼 거 없어. 내가 같이 있을 테니까."

우건의 말은 사람들의 시선에 움츠러들었던 마음을 다잡아주기에 충분했다.

"걱정 마세요. 뻔뻔하다 싶을 만큼 잘해낼게요."

비록 가짜 행세일지언정 사람들 앞에서는 완벽하게 그의 약혼녀가 돼야 한다.

'그래야 나는 물론이고 선생님도 위험해지지 않을 테니까.'

우건이 스스로를 내던져 만든 피난처를 제 손으로 망가트릴 수는 없었다. 소혜는 자연스럽게 우건과 발을 맞추며 당당히 앞을 봤다. 1년이 될지, 혹은 당장 한 달이 될지 모르는 가짜 연인 행세. 주어진 날까지는 온전히 이 역할을 누리고 싶었다. 이 거짓 연극이 이어지는 동안에는 그와 가장 가까운 곳에 있을 수 있을 테니. 하지만 바꿔 말하면….

'이 시간이 끝나면 선생님 곁에 있을 수 없다는 뜻이겠지.'

파혼한 남녀가 이전처럼 가깝게 지낼 수는 없을 테니까. 그 사실을 떠올리는 것만으로도 가슴이 뻐근하게 요동치고 숨이 가라앉았다.

'아니야. 너무 욕심부리지 말자. 지금도 충분히 분에 넘쳐.'

소혜가 우건의 어깨에 머리를 기댔다. 힐긋 이쪽을 바라보는 시선이 느껴졌지만 그녀는 자세를 고치지 않았다. 곧 실소인지 숨소리인지 모를 것이 들리며 어깨를 감싼 팔에 조금 더 힘이 들어가는 게 느껴졌다. 두 사람은 완벽한 한 쌍이 돼 사람 많은 거리를 걸었다. 경성에 퍼진 소문이 사실이 되는 건 이제 저 낯선 행인들에게 맡기면 될 일이었다.

◆ ◆ ◆

소혜는 제 좁은 집을 멍하니 둘러봤다. 우건의 집으로 들어가기 위해 짐을 챙기려 했건만.

"가져가려야 가져갈 만한 게… 없네."

언제 허물어져도 이상하지 않은 허름한 초가집에는 챙길 만한 물건이랄 게 딱히 없었다. 기껏해야 퇴근길에 남장하기 위해 입어왔던 낡은 셔츠와 바지, 군데군데 해져서 울퉁불퉁 우는 구두 한 켤레, 그리고 지금 입고 있는 치마저고리뿐이었다. 보자기 하나로 너끈히 싸고도 남는 짐이 민망해 주위를 더 둘러봤지만 역시나 아무것도 없었다. 좀먹어 삭을 대로 삭은 이불은 오히려 가져가는 게 민폐였다. 한 손에 덜렁 들리는 단출한 짐을 보고 있자니 새삼 가난의 짐이 얼마나 무거웠는지 실감 났다.

"쓸데없는 감상은 그만하자. 이제부터 정신 바짝 차려야 하니까."

스스로를 다잡은 소혜는 보따리를 들고 밖으로 나왔다. 마당에서 기다리던 우건의 시선이 그녀의 손에 들린 보따리로 향했다. 어쩐지 부끄러운 마음이 들어 소혜는 슬며시 등 뒤로 짐을 숨겼다.

"다 챙겼으니 이제 가요."

다행히 우건은 별말 없이 발길을 돌렸다. 큰길로 나와서 함께 전차에 올랐다. 평소에는 전차 값이 아까워 아무리 먼 길이라도 걸어가던 소혜였기에, 오랜만에 탄 전차가 낯설기도 하고 신기하기도 했다. 소혜는 차창 너머로 휙휙 지나가는 풍경을 반짝이는 눈으로 바라봤다. 앞으로 새롭게 펼쳐질 세상을 예고하기라도 하듯 시원한 바람이 얼굴을 간지럽혔다. 불어오는 바람 속에 향긋한 꽃 내음이 섞였다는 건 오로지 소혜 옆에 앉은 우건만 느낀 것이었다.

이윽고 전차가 목적지에 멈췄다.

"잡아."

먼저 내린 우건이 손을 뻗었다. 머뭇거리던 소혜는 그의 커다란 손 위에 제 작은 손을 얹고 전차에서 내렸다. 단단히 얽힌 손은 두 발이 나란히 땅을 딛고 나서도 풀릴 줄 몰랐다.

"이쪽으로."

자신을 알아볼 사람들이 많은 곳에서 우건은 보란 듯 소혜의 손을 잡고 걸었다. 처음 잡는 것은 아니었지만, 전과는 의미가 달라진 지금. 두근거리는 맥박이 손바닥을 통해 전해질까 싶어 제대로 맞잡지도 못하는 소혜였다.

마침내 우건의 집에 도착했다. 높게 솟은 대문을 열고 안으로 들어가니 한옥과 양옥이 적절히 섞인 대저택이 눈앞에 펼쳐졌다. "고래 등 같다"는 말이 절로 떠오르는 집이었다. 그때 집 안에서 하인들과 함께 나오던 중년의 여인이 우뚝 자리에 멈춰 섰다. 순심이었다.

"이기 무슨…."

억센 사투리가 목에 콱 막힌 것처럼 나오다가 말았다. 큰 덩치하며, 억척스러운 얼굴이 무서워 보이는 여인이었다. 저도 모르게 어깨를 움츠리자, 우건이 소혜에게 먼저 순심을 소개했다.

"우리 집 대소사를 챙기는 하인장 순심. 앞으로 필요한 건 저 사람에게 다 말하면 돼."

그러곤 순심에게도 이어서 소혜를 소개했다.

"이 여인이 어제 말한 그 약혼녀."

"시상에! 그럼 그기 참말…!"

숨넘어갈 듯한 감탄사와 함께 그러잖아도 부리부리한 눈이 더욱 커다래졌다. 우건이 약혼녀를 데려온다고 말할 때만 해도 저 재미없는 양반이 저를 놀리려고 농을 하는구나 했는데. 막상 실체를 마주하니 아주 놀라서 까무러칠 지경이었다.

"어메 어메, 시상에 시상에…!"

연발하는 탄성에 소혜는 민망해서 어찌할 바를 몰랐다. 체면이고 뭐고 할 것 없이 그녀에게 다가와 살피는 모습을 보니 순심은 이대로 날이 저물도록 호들갑을 떨 것 같았다. 다행히 우건이 목을 조이는 넥타이를 느슨하게 풀며 그녀를 제지시켰다.

"인사는 나중에 차차 하고, 우선 방으로 안내 좀 해줘."

"아아, 예, 도련님. 그, 들어오이소."

순심은 여전히 얼떨떨한 눈을 힐긋거리며 앞장섰다. 그녀를 뒤따라가던 소혜가 잠시 멈춰 뒤돌아봤다. 우건은 흔들림 없는 눈빛으로 그녀를 바라보며 낮은 목소리로 말했다.

"잠시 후에 방으로 찾아가지."

누군가에겐 달콤한 밀어 같은 말.

"네…. 기다리고 있을게요."

하지만 그들에겐 앞으로의 생존을 위한 계획의 시작이었다.

◆ ◆ ◆

소혜는 순심이 안내한 방으로 들어왔다. 특별한 가구 없이 농 하나만 있는 깔끔한 방이었다.

"앞으로 여기가 아가씨 방입니더. 가구들은 준비되는 대로 들어올 테니까 불편하더라도 쪼매만 참아주이소."

"천천히 준비해주셔도 괜찮아요."

원래 살던 집에서는 이보다 더 못하게 살았던지라, 소혜는 따듯하게 발 뻗고 잘 수 있는 공간인 것만으로도 충분했다.

"그 외에 더 필요한 기 있으시면 언제든 말씀 주이소. 다른 하인들에게 말씀하셔도 되고예."

"네, 감사합니다."

순심은 은근슬쩍 다가와 살갑게 웃었다.

"앞으로 소혜 아가씨라 불러도 되지예?"

"편하게 소혜라고 부르세요."

"아이고 마, 도련님 약혼녀시면 이제 지한테도 주인이신데 어찌 그리 부른답니꺼. 큰일 납니더."

남루한 행색으로 보아 부잣집 아가씨는 아닌 듯했으나, 어쨌든 주인은 주인이었다. 순심은 오히려 소혜에게 말을 낮추라며 실랑이를 벌였다. 결국 두 사람은 서로 '소혜 아가씨'와 '순심 아주머니'라는 호칭으로 타협을 봤다. 대화가 끝나고 이제 나가려니 했는데.

"흐흠…."

순심은 방에서 나가는 대신 헛기침을 작게 하며 소혜의 눈치를 살폈다. 그러더니 이내 목소리를 낮춰 은밀히 물었다.

"우리 도련님하고는 우예 만나신 겁니꺼? 거 매양 연구실에만 틀어박혀가, 통 나오지 않던 분이신데예."

순심의 눈에 소혜가 하늘에서 뚝 떨어진 것처럼 보이는 것도 무리는 아니었다. 우건은 밤낮없이 나비 연구에만 매달리느라 학교 사람들 외에는 거의 교류가 없었으니 말이다. 언제 이런 여인을 만나 또 혼인까지 약속하게 된 건지 도저히 상상이 안 갔다. 심지어 주인어른인 학준에게도 듣지 못했던 일이라 순심은 더욱 호기심이 들었다.

하지만 당사자인 소혜인들 그 답을 알까. 이 모든 것이 거짓말인데.

'지금은 대충 얼버무리고 나중에 선생님과 말을 맞춰야겠다. 이것 말고도 정해야 할 게 한두 가지가 아닐 테니.'

소혜는 그저 쑥스러운 듯 웃기만 하며 어물쩍 대답을 넘겼다.

"그냥, 어쩌다 보니…."

"아, 어쩌다 보니…."

순심이 눈을 크게 뜨고 고개를 느릿하게 끄덕였다. 대충 내놓은 대답이건만. 그녀의 귀에는 '어쩌다 보니'라는 말이 무척이나 로맨틱하게 들린 모양이다. 누가 먼저랄 것도 없이 화르르 불붙은 사랑처럼 보이려나.

"시상에, 역시 요즘 젊은 남녀는 확실히 다르긴 다르네예. 호호호!"

홀로 상상의 나래를 펼친 순심은 쉰에 접어든 나이가 무색하게 소녀처럼 부끄러워했다. 그녀가 몸을 저리 배배 꼬는 이유를 알 듯 말 듯 해서 소혜는 이번에도 그저 웃음으로 무마했다.

'죄송해요, 아주머니. 나중에 선생님과 말을 맞추고 나서 다시 말씀드릴게요….'

뭐, 어쨌든 의심만 안 하면 어떤 이야기든 상관없을 것 같지만.

◆ ◆ ◆

낯선 집에서의 첫 식사는 소혜 혼자 먹어야 했다. 우건은 일이 있어 밖으로 나간 탓이었다. 주변 환경이 휘몰아치듯 변하고 사건이 연이어 터진 탓일까. 입안이 꺼끌꺼끌하고 입맛도 없어서 소혜는 밥을 반 공기도 비우지 못한 채 자리에서 일어났다. 방으로 돌아온 소혜는 바닥에 앉아 벽에 등을 기댔다. 벌써 불을 놓았는지 바닥이 무척 따듯했다.

"전화위복이라는 말은 이럴 때 쓰는 거구나."

애먼 누명을 써서 꼼짝없이 죽게 생겼구나 했는데, 기적처럼 우건이 나서서 도와줬다. 그것도 자신이 그녀의 약혼자라는 거짓말까지 하면서 말이다. 덕분에 소혜는 거짓으로나마 그의 약혼녀 행세를 하면서 이렇듯 좋은 집에까지 들어오게 됐다. 불과 며칠 전만 해도 상상도 못 했던 일. 그렇기에 더더욱 걱정이 앞섰다.

"내가 선생님의 연인 역할을 잘해낼 수 있을까…."

자신은 우건과 어울리는 여인이라기엔 한참이나 모자란 사람이었다. 부잣집 아가씨는커녕 평범한 집안의 여식도 되지 못했으니까. 심지어 카페 무용수라는 사실이 알려지는 것도 시간문제였다. 그렇다면 우건을 향한 사람들의 시선도 썩 곱지만은 않을 터.

'그렇다고 마냥 손 놓고 있다가 선생님께 폐가 되고 싶진 않아. 나 때문에 선생님께 추문이 따라붙는 건 싫어.'

생각해내야 했다. 우건에게 짐이 되지 않을 방법을. 그가 위험을 감수하면서까지 제게 도움을 준 만큼 그에게도 도움이 될 방법을.

'그럼 역시 방법은….'

그렇게 바닥에 가만히 앉아서 열심히 생각하길 한참. 똑똑, 문득 문을 두드리는 소리가 났다.

"누구세요?"

소혜는 자리에서 일어나 문을 열었다. 고개를 들어 올리자 우건의 얼굴이 보였다. 일을 마치고 바로 왔는지 아까 입은 옷 그대로였다.

"쉬고 있었나?"

"괜찮아요. 들어오세요."

우건은 잠시 주위를 살피고는 방 안으로 들어왔다. 그의 등 뒤로 미닫이문이 조용히 닫혔다. 부드러운 나뭇결 소리가 소혜의 귀에는 유난히 크게 들리는 듯했다. 드르륵, 탁. 마침내 다른 사람들의 간섭 없이 오로지 둘만 남게 됐다. 조금 전까지 제 호흡만 들어찼던 방 안에 다른 이의 숨결이 고이기 시작하자 소혜는 기분이 이상했다. 이 남자의 얼굴이 이전보다 야릇하고 퇴폐적으로 보인다면, 그것은 이 공간이 일으키는 착각일까. 아니면 제 안에서 피어오르는 열망일까. 심장이 아찔하게 떨리며 전신에 빠르게 열기를 더했다.

"좀 앉을까."

"아… 네."

소혜는 마른침을 삼키며 바닥에 앉았다. 긴장한 그녀와 달리 우건은 그저 평온하기만 한 얼굴이었다.

"앞으로 우리 사이에 몇 가지 조항이 필요할 것 같아서."

그가 가져온 종이 두 장을 바닥에 놓았다. 종이가 두 장인 이유는 아마도 계약서를 쓰기 위함인 것 같았다. 소혜는 자신도 같은 생각을 했다는 뜻으로 고개를 끄덕였다. 그러잖아도 조금 전 순심의 일로 말을 맞출 필요성을 절실히 느낀 그녀였다. 아무래도 진짜가 아닌 가짜 연인이다 보니 두 사람 사이에 규칙은 필수였다.

"남들 앞에서 우리는 철저히 약혼한 연인으로 보여야 하지만, 그건 어디까지나 일본의 감시를 피하기 위한 가짜일 뿐이니까."

"그럼…."

"말하자면, 우리는 계약 연애를 하는 거지."

계약 연애. 어쩐지 어울리지 않는 두 단어의 조합이었지만, 그들의 상황을 설명할 수 있는 말은 이것밖에 없었다.

"필요한 조항이 있으면 너도 편히 얘기해. 지금 확실히 하지 않으면 나중에 더 곤란해질 수도 있을 테니."

"네."

두 사람은 각자 종이를 나눠 갖고 조항을 써 내려가기 시작했다. 우건이 첫 조항을 제시했다.

"첫째, 이 계약을 누구에게도 발설하지 말 것."

일본의 감시를 피하기 위한 계약인 만큼 아주 가까운 사람에게도 조심해야 했다.

"이제부터 나 이외에 누구도 믿어서는 안 돼. 설령 그게 가족, 혹은 그와 비슷한 사람이더라도."

말이라는 게 언제 어디서 새어 나갈지 모르기 때문이었다. 우건이 이집안에서 오래 일해온 순심에게조차 사실대로 말하지 않은 이유가 여기에 있었다.

"그럼 저희 사장님은요?"

"모던 카페 사장님께는 내가 잘 말씀드리고 왔어."

"아까 사장님을 만나고 오신 거예요?"

"아무래도 우리의 진짜 관계를 알고 있는 사람이니까. 정리해야 할 것도 있고."

우건은 조금 전 모던 카페에 갔던 일을 잠시 떠올렸다. 혹시나 만석이 돈을 요구한다면 부르는 만큼 줄 생각이었다. 이 일을 함구하는 대가가 곧 목숨 부지의 값이었으니까. 하지만 예상 외로 만석은 아무것도 요구하지 않았다. 오히려 소혜의 안전을 최우선으로 해달라며 되레 부탁까지 했다.

─소혜는 제 오랜 친구의 딸입니다. 그 아이가 안전할 수만 있다면 저

는 뭐든 좋습니다.

자신이 필요한 일이 있다면 뭐든지 돕겠다며 언제든 연락을 달라는 말도 했다. 예상치 못한 전개였지만, 어찌 됐든 두 사람에게 다행한 일이었다.

"계약 기간은 따로 정하지 않도록 하지. 중간에 변수가 너무 많을 것 같으니."

"그럼 선생님께서 판단하시기에 일본의 감시가 사라졌다고 생각되면 계약을 종료하기로 하는 건 어떨까요?"

"좋아. 그때 서로 합의해서 이 계약을 종료하는 걸로."

우건은 계약서에 넣을 두 번째 조항을 읊었다.

"둘째, 필요시에 상대방에게 신체적 접촉을 허락할 것."

그 말에 소혜의 눈이 더할 수 없이 커다래졌다. 신체적 접촉이라니. 남녀 사이의 애정 행각, 뭐 그런 걸 말하는 건가? 그런 거지, 이거? 생각을 더 이어갈수록 심장이 빠르게 뛰며 온몸의 피가 얼굴로 몰리는 듯했다. 남녀에게 일어날 수 있는 온갖 애정 행각이 걷잡을 새도 없이 떠오른 것이다. 손잡기부터 시작해 팔짱, 어깨동무, 포옹, 입맞춤, 그리고 더 나아가….

'으아, 나 지금 무슨 생각을 하는 거야!'

소혜는 황급히 도리질을 하며 머릿속에 떠오른 음란한 생각을 모두 몰아냈다. 심장이 쿵쿵 뛰어오르다 못해서 아예 입 밖으로 튀어나올 것 같았다. 난데없이 고개를 터는 그녀를 우건이 짐짓 이상한 눈으로 쳐다봤다. 뒤늦게 아차 싶었던 그녀는 얼른 표정을 바로 했다. 침착해야 한다. 침착해야 해!

"아, 아니… 그, 신체적 접촉이라면 어디…까지요?"

당황한 나머지 말이 절로 버벅거렸다. 그녀가 속으로 무슨 상상을 펼쳤는지는 알지도 못한 채 우건은 깔끔히 신체적 접촉의 범위를 정했다.

"필요하다면 포옹까지만."

"아….'

포옹…. 조금 전까지 당황해서 어쩔 줄 몰랐으면서 정작 그 답변을 들으니 푹 꺼지는 이 마음은 뭘까. 괜히 맥이 풀려 어깨에서 힘이 빠졌다. 이럴 거면 처음부터 포옹이라 하시지….

"거북하다면 이 조항은 넣지 말까? 만에 하나의 의심을 피하기 위해서였으니 이건 그냥….'

"아뇨! 빼지 말아주세요!"

소혜는 다급한 나머지 손까지 뻗으며 우건의 말을 잘랐다. 어떻게 잡은 애정 행각 기회인데. 이마저 그냥 날릴 수는 없었다.

"그러니까 그… 선생님 말씀대로 만에 하나의 상황이라는 게 생길 수도 있으니까요."

괜스레 민망해진 소혜는 눈을 도르르 굴리며 이 조항에 당위성을 부여했다. 다행히 조항은 사라지지 않았다.

"불편하면 언제든 말해. 강제로 하진 않을 테니."

"그럴게요."

물론 제가 거절할 일은 없겠지만. 소혜는 뒷말을 꿀꺽 삼키며 두 번째 조항을 적어 넣었다. 그러다 문득 떠오른 생각에 움직이던 손을 멈칫했다. 둘 사이에 반드시 짚고 넘어가야 할 한 사람.

"그런데 저랑 약혼 관계라 해도… 정말 괜찮으신 거예요?"

뜻 모를 질문에 우건이 시선을 들었다.

"그 상황에서 널 빼낼 방법은 그것뿐이었어. 저들은 나를 함부로 대하지 못하니까."

"아니요, 그거 말고….'

머뭇거리던 소혜가 불편한 이름을 입에 올렸다.

"그때 봤던 그분이 마음에 걸려서요. 요화…라고 하셨던."

우건이 양미간을 작게 어그러트렸다. 지금 그 이름이 왜 나오느냐는 표정이다.

"요화가 왜?"

"두 분이… 평범한 사이가 아니신 것 같아서요."

그 말에 우건이 짧게 헛숨을 쳤다. 한눈에 봐도 어이없다는 뜻이었다.

"아니야. 그런 거."

오래 고민한 게 무색할 정도로 간단명료한 대답이었다. 우건은 되레 입꼬리를 올리며 묘한 눈으로 그녀를 봤다.

"왜 그런 생각을 했는지 모르겠네."

그 눈빛이 마치 질투했냐고 묻는 것 같았다.

"그게 왜 마음에 걸렸는지도 궁금하고."

혼자 착각하고 걱정했던 소혜는 공연히 얼굴을 붉힐 수밖에 없었다. 입술을 꾹 깨물던 그녀는 소심하게나마 변명을 했다.

"혹시나 저 때문에 진짜 연인 관계가 깨지면 안 되니까요."

"그럴 일 없으니까 쓸데없는 걱정은 하지 마. 요화는 그저 나에게 에스페란토를 배우는 것뿐이니까."

그의 입술에서 피식 새어 나온 웃음이 가슴에 사뿐히 내려앉았다. 그렇구나. 그분과는 아무 관계가 아니셨구나. 조금 전까지 갑갑하게 눌려 있던 가슴이 다시 자유를 찾아 둥실 떠올랐다. 소혜는 배시시 웃음이 나오려는 걸 꾹 참으며 다시 계약서를 작성하는 데 집중했다.

"참, 저 선생님께 부탁드리고 싶은 게 있어요."

"말해봐."

이 집에 살면서 우건에게 짐이 되지 않을 한 가지 방법.

"선생님 연구실에서 일할 수 있게 해주세요."

바로 그의 조수가 되는 것이었다.

"그림이든 다른 무엇이든, 제가 할 수 있는 일이라면 뭐든 할게요. 필요하다면 에스페란토도 배워서 논문 작업을 도와드릴게요."

"은혜를 갚을 생각이라면 굳이 그러지 않아도 돼."

"그런 이유도 있지만…."

소혜는 진심을 담은 눈으로 우건을 봤다.

"이왕 연인 행세를 하는 거, 선생님께 조금이라도 더 어울리는 사람이 되고 싶어요."

비록 가짜일지라도 사람들의 눈에는 진짜로 보일 테니까. 자신의 존재가 우건의 흠이 되는 것은 결코 원치 않았다. 무엇보다 이런 상황에 이른 만큼 딱 하나만 더 욕심을 부려보고 싶은 마음도 있었다. 계속 그림을 그리고 싶다는 욕심.

"혼자 아무것도 안 하면서 가만히 있기는 싫어요."

마주 오는 눈빛은 진지했다. 우건 역시 소혜의 말에 일리가 있다고 생각했다. 소혜가 연구실 조수로 일하게 된다면 함께할 수 있는 시간이 더 늘어난다. 그만큼 일본의 감시를 완화하는 데도 훨씬 나으리라. 일전에 그가 먼저 제안한 내용이기도 했고, 우건의 입장에서도 나쁘지 않은 조건이었다.

"좋아. 그럼 그렇게 하도록 하지."

근무 일수나 급여에 관한 사항은 따로 계약서를 작성하기로 결정했다. 만일의 상황을 대비하여 연구실 근무 계약서는 분리하는 게 좋을 것 같다는 우건의 의견을 따른 것이었다. 두 사람은 그 외에 집 안에서 지켜야 할 수칙, 서로의 생활 반경과 기타 필요한 사항을 정했다. 전부 생각했던 것보다 단순하고 간단해서 소혜는 이의 없이 받아들였다.

어느덧 가져온 종이가 거의 끝까지 채워졌다. 소혜는 슬슬 뻐근해지는 목을 풀며 우건에게 물었다.

"이제 끝난 건가요?"

"아니. 한 가지 더 남아 있어."

우건은 바로 말을 잇는 대신 잠시 계약서만 물끄러미 바라봤다. 이것은 계약을 유지하는 동안이 아니라 계약이 끝난 이후에 관한 사항이었기 때문에.

"계약이 끝나면….."

어둠에 잠긴 시선이 오롯이 소혜를 향했다.

"서로의 곁에서 사라질 것."

그 순간 소혜의 눈동자가 옅게 흔들렸다. 계약이 끝나면 이 남자의 곁에서 사라져야 한다니. 단순히 멀어지는 게 아니라 평생 보지 말아야 한다고? 기분 좋은 풀밭을 걸어 다니다가 갑자기 낭떠러지 밑으로 밀쳐진 기분이었다. 이 모든 것이 계약임을 알고 있는데도 막상 그 끝을 직접 들으니 가슴이 먹먹해졌다.

"어째…서요?"

소혜는 떨리는 목소리를 간신히 붙잡으며 물었다. 계약 조항을 꾸려나가는 내내 걱정보다는 설렘이 앞서던 그녀였다. 몇 가지 제약이 있긴 해도 그의 연인으로 행세할 수 있다는 생각에 행복하기도 했다. 그래서 잠시 잊고 있었다. 우리에겐 반드시 끝이 필요하다는 사실을.

"파혼한 사이에 다시 가까이 지내는 것도 이상하니까."

분명 이 집에 오기 전까지 그녀 역시 생각했던 사실인데. 막상 우건의 입으로 들으니 그렇게 아프게 들릴 수가 없었다.

"계약이 끝나면 너에게 더 좋은 보금자리와 일자리를 찾아주지. 우리 집에서 나가더라도 어렵게 살지 않도록."

깊어진 눈매 속에서 어떤 동요도 보이지 않아, 소혜는 더욱 서운한 마음이 들었다. 그에겐 언제 끝나도 아쉽지 않은 사이라는 뜻 같아서. 이 사람에게 나는 별 존재가 아니라는 게 새삼 실감이 나서.

"너는 나라는 사람을 완전히 잊고 사는 거야."

그러나 그녀는 알지 못했다. 이 말을 꺼내는 우건의 마음도 그리 가볍지만은 않다는 것을.

"왜냐하면 우리 약혼이 깨지는 이유는, 결국 아버지의 반대를 견뎌내지 못한 네가 나를 버리기 때문이니까."

아니, 오히려 훗날 소혜의 상처를 덜고자 우건 스스로의 마음은 억지로 구겨서 짓누르고 있다는 것을. 한열단 단원으로 살아가는 만큼 그는 미래를 보장할 수가 없었다. 지금은 한열단 수뇌부로서 계획을 수립하는 데 중점을 두고 있다지만, 그 역시 필요하다면 언제든 제 몸을 바쳐 일본과 싸울 준비가 돼 있었다.

그러니 때가 됐을 때 우건은 완전한 이별을 선택해야만 한다. 자신의 흔적이 그녀에게 조금이라도 남지 않도록.

"이건 서로를 지키기 위한 조항이라고 생각해줬으면 좋겠다."

마지막 조항은 온전히 소혜, 그녀를 위한 조항이었다.

· · ·

대통상회 사장실. 학제는 검은 의자에 깊숙이 몸을 파묻은 채 비서의 보고를 들었다. 표정으로 봐서는 그리 좋은 내용이 아닌 듯했다.

"…그래. 됐으니 이만 나가봐."

"예."

비서가 깍듯이 허리를 굽히고 방을 나갔다. 문이 닫히자 다시 사장실에는 학제만 혼자 남았다. 가만히 허공을 바라보던 눈동자가 낮게 일렁인 순간.

쾅!

책상 위에 얌전히 놓여 있던 화분이 순식간에 벽으로 날아가 산산조각이 나고 말았다. 치솟는 감정을 차마 주체하지 못한 학제는 사납게 어깨를 들썩이며 호흡을 가다듬었다. 얼굴근육은 날뛰는 분노로 들썩거렸다. 깨진 파편이 사장실을 어지럽혔지만, 지금은 그런 것 따위에 신경 쓸 겨를이 없었다.

"소스케와의 약속이고 뭐고… 그냥 죽여버릴까."

학제의 입에서 얼음처럼 차가운 목소리가 흘러나왔다. 사이토 대좌의 집에 일어난 폭발 사건과 범인 중 한 명이 도주했다는 이야기를 들을 때까지만 해도 사실 별 흥미가 없었다. 하지만 우건이 사람들 앞에서 소혜를 약혼녀라고 소개했다는 말을 듣는 순간, 온몸에 피가 거꾸로 솟구쳐 하마터면 비서에게 주먹을 꽂을 뻔했다.

"일이 참 재미없게 돌아가네."

학제는 입술을 비틀어 올리며 허탈한 웃음을 터트렸다. 본격적으로 사냥에 나서기도 전에 가장 탐내던 사냥감이 눈앞에서 사라진 기분이었다.

하지만 곱씹어 생각할수록 뭔가 이상했다. 소혜의 모습이 아무리 봐도 약혼한 연인을 둔 여인 같지 않았던 까닭이다. 송일고보에서 마주친 날, 우건 옆에 있던 그녀는 어딘가 부자연스러운 모습이었다. 마치 혼자 그를 좋아하는 사람처럼. 그녀가 우건의 사소한 말과 행동 하나하나에 예민하게 반응하는 걸 학제는 놓치지 않았다. 그런데 이렇게 짧은 시일에 서로의 마음을 확인하고 약혼까지 했다?

"말도 안 되는 이야기."

분명 남들은 알지 못할 비밀이 둘 사이에 있으리라.

"승부욕을 자극한다고 해야 할지, 스스로 제 무덤을 판다고 해야 할지…."

비스듬히 고개를 비틀자 우두둑하고 위험한 소리가 났다. 어떻게든 빼앗고 싶었다. 가능하면 처절하게. 지금 내가 느낀 이 패배감을 그놈도 똑같이 느끼도록.

"조금 더 빨리 파고들어볼까."

시간을 두고 천천히 다가갈 생각이었는데, 계획보다 더 빠르게 다가가야 할 것 같았다. 백소혜, 그 탐나는 여인에게.

◆ ◆ ◆

"저… 다 입었어요."

소혜가 얇은 커튼을 젖히고 밖으로 나왔다. 그녀가 입은 옷은 매양 입던 낡은 셔츠나 저고리가 아니었다. 요즘 모던 걸들 사이에서 가장 유행한다는 최신 양장이었다. 유백색에 은은한 광택이 감도는 원피스였는데, 허리에 얇은 가죽끈을 덧대어 소혜의 유려한 곡선을 여실히 드러냈다. 살 갗을 매끈하게 감싸는 옷감은 학제의 집에서 빌려 입은 옷보다 훨씬 부드러웠고, 단아하면서도 기품 있는 맵시는 소혜가 지닌 우아함을 극대화했다. 게다가 순심이 머리를 틀어 올려준 덕분에 소혜의 희고 매끄러운 목선이 고스란히 드러났다.

"하이고, 이 옷도 잘 어울리시네예!"

순심은 소혜가 나오자마자 탄성을 내지르며 호들갑을 떨었다.

"우째 입는 옷마다 이리 잘 어울리시는교? 김씨, 이 옷도 같이 아가씨 치수에 맞춰가 제작해주이소."

"예, 알겠습니다."

"아이다, 아이다. 이기는 따로 맞출 것도 없이 이래 입고 가도 될 것 같은데. 그냥 입고 가입시다."

"그러십시오."

양장점 점원이 들고 있던 종이에 옷을 하나 더 추가했다. 그러자 소혜가 얼른 순심의 소매를 잡고 고개를 저었다.

"아니, 이건 잠깐 입어만 보라고…."

"잠깐 입어봤는데 이리 찰떡이잖습니꺼. 그럼 사야지예!"

순심은 말릴 새도 없이 소혜가 지금 입은 옷값까지 지불했다. 이렇게 한번 입어만 보자고 하고서는 주문한 양장이 벌써 다섯 벌. 그 전에 산 저고리와 치마만도 각각 열 벌에 달한다. 그것도 하나같이 죄다 값비싼 옷으로만 말이다.

'이 옷값만 대체 얼마야…. 이거 한 벌이면 한 달은 일을 안 해도 되겠다.'

한 달이 뭔가. 아껴만 쓴다면 여러 달 먹고살 수도 있을 것 같았다. 입고 있는 옷이 점점 천근만근이 되는 것 같아 소혜는 어깨가 무거워졌다.

"이렇게 잡히는 대로 다 사다가는 선생님 가산을 다 탕진하겠어요."

"예?"

그 말에 눈을 동그랗게 뜬 순심이 크게 웃음을 터트렸다.

"아하하! 아가씨께서도 참말 별걱정을 다 하십니더!"

양장점이 떠나가라 웃던 그녀가 그럴 일은 없다며 손사래까지 쳤다.

"이 집안이 어떤 집안인데 겨우 양장 몇 벌로 가산을 탕진한답니꺼."

"하지만 너무 많이 사는 것 같은데…."

"이기 다 도련님께서 선물로 드리는 거라 하셨어예."

"선물…요?"

"하모, 우리 도련님 부탁이 아니면 지 혼자 우예 이래 돈을 쓰겠습니꺼."

순심은 마치 제가 선물을 받는 사람처럼 뺨을 감싸며 부끄러워했다.

"지는 우리 도련님이 나비에 아주 미쳐버려가, 계집이라고는 돌멩이맹키로 생각하는 양반인 줄 알았는데예. 약혼녀한테 이리 다정한 분이신 줄 처음 알았다 아입니꺼."

그 말은 공연히 소혜의 뺨까지 붉어지게 만들었다. 비록 순심이 상상하는 것처럼 그리 애정 넘치는 마음은 아니었을 테지만, 어쨌든 우건이 제게 옷을 사주려 하는 건 사실일 테니까.

"네. 무척이나 다정한 분이세요."

그 다정함을 제가 직접 못 봤다는 게 가장 큰 흠이지만. 소혜는 속으로 말을 삼키며 어색하게 웃었다. 생각해보면 명색이 송일고보 교사이자 세계적인 학자의 약혼녀인데, 너무 가난한 티를 내는 것도 좋지 않을 것 같았다. 어쨌든 그에게 어울리는 연인이 되겠다고 다짐했으니까. 옷값이야

나중에 갚더라도 지금은 그저 하라는 대로 따르는 게 좋을 듯했다.

"그래도 옷은 이 정도면 충분할 것 같아요. 더 필요하면 나중에 사도 되니까요."

"그럼 그리할까예? 슬슬 시장기도 몰려오고…."

때마침 꼬르륵 배꼽시계가 울리는 배를 문지르며 순심이 멋쩍게 웃음을 흘렸다.

"아이고, 이 배가 참으로 솔직해가…. 얼른 가입시더. 이 근처에 아주 기깔나는 국시집이 있어예."

순심은 점원에게 옷을 찾으러 올 날짜를 받고서 밖으로 서둘러 나갔다. 부끄러운 모양인지 뒤를 힐긋힐긋 돌아보며 소혜의 눈치까지 살핀다. 그 모습이 무척이나 귀여워 보였다.

"입고 오신 옷은 여기에 담았습니다."

"감사합니다."

종이봉투를 받아 든 소혜도 얼른 순심을 뒤따랐다. 그런데 양장점을 나와 어느 정도 길을 걸었을 때쯤.

"어메야, 저 도련님 아이십니꺼?"

순심이 가리킨 곳을 따라 고개를 돌리자 정말로 인파 속에 우건이 있었다. 근처에서 볼일이 있었는지 옆에는 세호도 함께였다. 소혜를 발견한 우건은 회중시계로 시간을 확인하더니 세호에게 무어라 말했다. 그러자 고개를 끄덕인 세호가 짐을 들고 먼저 자리를 떠났다. 곧 긴 다리가 이쪽을 향해 걸어오자 버릇처럼 소혜의 심장이 두근거렸다.

"옷을 사러 나왔던 건가?"

우건이 소혜와 순심이 걸어온 방향을 보며 물었다.

"예, 도련님 말씀맹키로 아가씨께 어울리는 옷으로다가 싹 다 장만했습니더. 이제 국시나 먹으러 갈라고예."

그 말에 우건이 소혜에게로 시선을 옮겼다. 왠지 모르게 점점 깊어지는 눈빛. 고개를 비스듬히 기울인 그가 순심을 향해 미안하다는 듯 미소를 머금었다.

"어쩌지? 국수는 다음에 먹으면 좋겠는데."

"와예?"

"이대로 학교에 돌아가기는 좀 아쉬워서."

순심은 무슨 말인가 싶어 고개를 갸웃거렸다. 그러다 곧 소혜를 뜨겁게 바라보는 우건의 시선을 알아채고는 아, 하며 탄성을 흘렸다. 씨익 길어지는 입꼬리가 어쩐지 이상야릇한 빛을 띠었다.

"아이고, 지가 집에 일이 남아 있는 걸 깜빡하고 있었네예. 아가씨, 지는 먼저 집에 가볼 테니까예, 도련님이랑 마저 시간 보내고 오이소."

그러곤 소혜의 손에 들린 종이봉투를 낚아채다시피 들고는 부리나케 떠나버렸다. 순식간에 우건과 둘이 남게 된 소혜는 사뭇 긴장되는 마음에 눈만 빠르게 깜빡였다.

왜 순심을 보낸 걸까. 따로 할 이야기가 있어서? 아니면 일부러 함께 있는 모습을 많이 보여서 소문을 더 퍼트리려고? 별별 생각이 나비처럼 그녀의 머릿속에 팔랑팔랑 날아다녔다. 불과 며칠 전까지만 해도 그와 단둘이 있게 되면 마냥 설레기만 해서 좋았는데. 이제는 가짜 연인 행세를 해야 한다는 생각 때문인지, 전보다 더 그를 의식하게 돼 몸이 자꾸만 뻣뻣하게 굳었다. 게다가 아직은 낯설기만 한 새 옷도 어쩐지 신경이 쓰였다.

'옷… 괜찮아 보일까.'

소혜는 새로 산 양장의 옷자락을 괜히 잡으며 우건의 눈치를 봤다. 그러나 바람과는 달리 그는 새 옷을 입은 소혜를 무감한 눈빛으로 보고 있었다.

"일단 가까이 오는 게 좋을 듯싶은데."

오히려 눈짓으로 제 옆을 가리키며 가까이 오라고만 했다. 역시 어울리지 않는 걸까. 속으로 실망한 소혜는 쭈뼛거리며 그의 옆으로 다가갔다. 그 순간 자연스럽게 손바닥 안을 파고드는 온기.

"조금 더 가까이 와."

맞잡은 손은 그대로 올라가 우건의 팔뚝에 안착했다. 마치 소혜가 그에게 팔짱을 낀 것처럼. 그 바람에 두 사람의 몸은 완전히 밀착됐다.

"밖에서는 이렇게 하고 다니는 게 좋을 거야. 그래야 사람들이 우리 관계를 더 믿을 테니까."

목소리를 내면 이 떨림이 그대로 전해질까 봐 소혜는 고개만 살짝 끄덕였다. 홧홧한 열기가 두 뺨에 진득이 고였다. 심장이 너무 크게 뛰어서 그의 팔에서도 이 박동이 느껴질 것 같았다. 소혜는 일일이 부끄러워하는 제 모습을 우건이 알아채지 못하길 바라며, 그의 팔을 꼭 잡는 것으로 밀려드는 어색함을 지우려 노력했다.

"이제 가지."

"네."

소혜는 우건이 이끄는 대로 나란히 걸음을 옮겼다. 결코 사소하다고 할 수 없는 행동들이 하나둘 그녀의 일상을 점령하고 있었다.

◆ ◆ ◆

우건을 따라 들어간 곳은 인근 양화점이었다. 입구에 걸어둔 종이 딸랑딸랑 소리를 내자 말쑥한 중년 제화공이 나와 손님을 맞이했다. 우건과 면식이 있는지 그가 반갑게 인사를 건넸다.

"오랜만에 뵙습니다, 신 선생님."

"양화를 한 켤레 맞추러 왔소."

"구두라면 아직 새것을 맞출 시기가 아닌 걸로 아는데요. 혹시 다른 신이 필요하신 겁니까?"

"나 말고, 내 옆에 있는 이 여인의 것."

소혜에게로 시선을 옮긴 제화공이 곧 눈을 커다랗게 끔뻑거렸다. 최근에 경성 바닥을 시끄럽게 했던 '우건의 약혼녀'가 바로 이 여인인가. 소문의 주인공을 실제로 만나니 생각보다 더 놀라웠다.

"아, 예, 예. 이쪽으로 들어오시지요."

제화공은 허둥거리며 두 사람을 안쪽으로 안내했다. 소혜가 의아한 눈으로 쳐다보자 우건이 다정한 미소를 그리며 말했다.

"새 옷을 샀으니 그에 어울리는 신도 사야지."

그는 순심이 딱 '옷만' 샀으리라는 걸 정확히 예측한 것이다. 곧 제화공의 제자로 보이는 사내가 작은 간이 의자를 가져와 소혜를 그 위에 앉혔다.

"발 문수 좀 재겠습니다."

그사이에 우건은 진열돼 있는 양화를 여유롭게 구경했다. 다양한 색감과 문양의 양화가 한데 모여 있어서 구경하는 것만으로도 시간 가는 줄 모를 정도였다. 하나하나 눈에 담으며 고심하던 우건이 마침내 양화 한 켤레를 들어 올렸다. 깔끔한 모양의 검은색 가죽신이었는데 둥근 앞코에 발목을 감싸는 끈이 달린 독특한 형태였다. 그는 그것을 들고 소혜 앞으로 돌아왔다.

"한번 신겨봐도 되겠소?"

"물론이죠."

제자가 자리를 비키자 그 자리로 우건이 다가왔다. 그는 한쪽 무릎을 굽혀 자세를 낮췄다. 곧이어 소혜의 발목으로 길고 마디 굵은 손가락이 감겨들었다.

"제가 신어도 되는데…."

"신겨주고 싶어서."

우건의 큰 손은 가는 발목을 부족함 없이 감쌌다. 소혜는 저도 모르게 아랫배에 힘이 들어가며 어깨까지 경직됐다. 잡힌 건 겨우 발목뿐인데 어째서 온몸이 뜨거워지는지. 아마도 발목을 휘감은 그의 체온이 맥박을 따라 곳곳으로 퍼져나간 까닭이리라. 소혜는 저도 모르게 주먹을 꼭 쥐며 우건이 하는 양을 눈에 담았다.

이윽고 낡은 고무신이 벗겨지자 하얀 양말을 신은 작은 발이 드러났다. 발은 우건이 고른 양화 안에 쏙 들어갔다. 발목을 두른 끈까지 고리에 걸어준 우건은 천천히 소혜의 발을 바닥에 내렸다. 양화 신은 발을 감상하듯 아래로 숙여져 있던 고개가 이내 느릿하게 올라와 소혜의 얼굴로 향했다. 그의 시선이 지나는 곳마다 아찔한 감각이 붉은 꽃처럼 피어났다.

"잘 어울리네. 옷이랑 구두랑 전부 다."

심장박동 소리가 아득해질 만큼. 숨이 멎어버릴 만큼. 아까 듣지 못한 칭찬까지 한꺼번에 전하는 나직한 목소리에 소혜는 귀가 녹을 것만 같았다.

"이 모습을 보려고 그렇게 연구실이 갑갑했나. 연구 재료를 굳이 오늘 살 필요는 없었는데."

어느새 손가락 사이사이마다 얽혀드는 열기. 꽉 맞잡으며 힘을 더하는 손에 소혜는 저도 모르게 숨을 참을 수밖에 없었다. 무어라 형용할 수 없이 묘하고 이상한 감각이 가슴을 짙게 물들였다. 조금이라도 숨을 내쉬었다가는 파르르 떨리는 숨결을 모두 들켜버릴 것만 같았다. 연기라는 걸 알면서도 이토록 가슴이 아려온다. 아, 이 거짓 연기에 내가 스스로 빠지면 안 되는데.

'이러면… 자꾸 더 욕심내고 싶어지잖아.'

소혜는 끝없이 떠오르다가 한순간 떨어지고 마는 마음을 붙잡으려 애꿎은 치맛자락만 움켜쥐었다. 그 순간, 우건도 같은 생각을 하고 있었다는 건 그녀가 끝내 알지 못한 진실이었다.

하지만 당사자들이 무슨 생각을 하는지 알 리 없는 제화공과 제자는 엄청난 모습을 봤다는 듯 서로 눈빛을 주고받았다. 저분이 이제껏 봐온 신우건 선생이 맞나, 하는 얼굴들이었다. 찔러도 피 한 방울 나오지 않을 것처럼 감정을 드러내는 일이 전혀 없던 그였는데. 여인 앞에서 저토록 따스한 눈빛으로 다정하게 말하는 모습을 지켜보노라니, 꼭 얼굴만 똑같은 전혀 다른 사람을 보고 있는 기분이었다.

'하긴 사내가 여인에게 빠지면 뭔들 못 할까.'

제화공은 속으로 그리 생각하며 아무렇지 않은 듯 물었다.

"그럼 신은 지금 그것으로 하시겠습니까?"

"그러겠소."

다시 소혜의 발에 고무신을 신겨준 우건이 먼저 자리에서 일어나 손을 내밀었다. 그 손을 잡고 일어난 소혜는 이곳에 처음 들어왔을 때처럼 우건과 팔짱을 꼈다. 이 역시 그가 이끈 팔짱이었지만.

"제작이 끝나면 연락드리겠습니다."

"잘 부탁드리겠소. 내 여인이 신을 신이니."

"예, 최선을 다해 만들겠습니다. 그럼 조심해서 가십시오."

제화공은 양화점을 나서는 그들을 향해 깍듯이 허리를 숙였다. 두 남녀의 모습은 누가 봐도 한 쌍의 아름다운 연인이었다.

"허어…. 살다 보니 저 외골수 학자에게 여자가 생기는 걸 다 보는구나."

"그러게 말입니다, 선생님."

제화공과 제자는 멀어지는 연인을 바라보며 멍하니 중얼거렸다. 서로의 귀에 가까이 입술을 붙이며 말을 주고받는 모습은 누가 봐도 사랑의 밀어를 나누는 모습이었다. 물론 그들이 나누는 대화를 안다면 결코 그리 생각할 수 없는 상황이었다.

"미행이 따라붙었어."

"미, 미행요?"

"돌아보지 마. 나에게 조금 더 붙어."

소혜는 돌아보려던 고개를 뻣뻣하게 움직여 그대로 우건의 어깨에 기댔다. 미행이라니. 설마 일본 순사가 따라붙은 걸까? 우리가 정말 연인인지 아닌지 알아보기 위해? 긴장으로 손끝이 떨렸다. 할 수만 있다면 이 자리에서 도망치고 싶었다.

"선생님, 저희 조금만 더 빨리 가요…. 무서워요."

소혜는 동아줄이라도 되는 것처럼 우건의 팔을 꼭 잡으며 울먹였다. 가뜩이나 지나가는 순사만 봐도 온몸이 딱딱하게 굳는데 미행까지 붙다니. 금방이라도 경찰서로 끌려갈 것만 같아 소혜는 두렵고 또 두려웠다. 며칠 전 소스케에게 끌려가서 조사를 받았던 일이 그녀에게 이토록 큰 공포로 자리 잡은 것이다. 우건은 어떻게든 앞으로 나가려는 소혜를 꼭 붙잡으며 낮은 목소리로 진정시켰다.

"침착해. 그냥 우리가 연인처럼 다니는 모습을 보여주기만 하면 돼."

"하지만 저 사람이 계속 따라오면…."

"네가 겁먹을수록 의심할 상황만 생기는 거다."

이 상황에 부자연스러운 행동을 하거나 겁먹은 티를 내는 건 금물이었다. 저들이 노리는 게 바로 그런 것일 테니까. 제 팔에 얹은 소혜의 손이 파르르 떨리자 그 위로 우건이 커다란 손을 덮었다.

"저들도 결정적인 증거를 잡지 않는 이상 너에게 아무 짓도 할 수 없어. 그러니 너무 걱정하지 마. 지금은 그저 감시만 하는 것일 테니."

"네…."

손으로 전해지는 익숙한 온기에 차츰 이성이 돌아왔다. 소혜는 요동치는 마음을 꾹 억누르며 우건과 발맞춰 길을 걸었다. 이게 연기라는 것을 아무도 눈치채지 못하도록, 최대한 자연스러운 척. 머리카락을 귀 뒤로 넘겨주는 다정한 손길에 굳은 입꼬리를 억지로나마 올려 보이기도 했다. 지금은 온전히 우건을 믿어야 할 때였다. 불안이 엄습할 때면 소혜는 더더욱 그에게 밀착해 어두운 감정을 지워냈다.

우건 역시 걱정되기는 마찬가지였다. 평소라면 아무렇지 않게, 오히려 따라붙은 자와 적절한 거리까지 유지하며 집까지 걸어갔을 텐데. 이런 상황에 자주 노출되곤 하던 그였지만, 아무리 그래도 이번만큼은 소혜가 옆에 함께 있으니 잠시도 긴장을 늦출 수 없었다. 우건은 자연스럽게 소혜를 보는 척하며 힐긋 뒤쪽을 봤다. 모자를 푹 눌러쓴 사내 한 명이 양화점을 나올 때부터 그들을 뒤쫓고 있었다. 세호와 있을 때는 그 기척을 느끼지 못했으니, 아마 소혜와 순심을 내내 따라다닌 것이리라.

'게다가 처음 보는 자다. 소혜를 전담하려고 붙인 자인가?'

모자에 가려져 얼굴은 잘 보이지 않았지만, 평소 그를 따라다니던 형사와는 체격부터가 달랐다. 저들 입장에서도 하루아침에 뚝 떨어진 약혼녀이니, 이 여인을 예의 주시하려는 것일 터였다.

'이제 시작이라는 뜻이겠지.'

우건은 곧장 집으로 향하는 대신 돌아가는 길을 골랐다. 갑자기 방향을 바꾸는 두 남녀에게 따라붙은 사내도 행선지가 바뀐 사람처럼 몸을 틀어 그 뒤를 쫓았다. 두 사람은 일정한 속도를 유지하며 번화가 한가운데로 들어갔다. 주말인 데다가 요즘 백화점들끼리 경쟁한답시고 한창 세일이니 뭐니 행사를 열어대는 까닭에 거리마다 사람이 가득했다. 자연스럽게 그 안으로 녹아들어 최대한 미행을 따돌리려 했다. 그러나 사내는 두 사람을 놓치지 않고 제법 끈질기게 따라붙었다. 이대로 집까지 간다면 별다른 꼬리를 잡히지 않겠지만, 소혜에게 따라붙은 미행은 계속될 터였다. 소혜만이라도 감시망에서 빼낼 방법을 생각해야 했다.

그때 우건의 눈에 독특한 구조로 된 건물이 하나 보였다. 화려한 외관과 달리 빛 한 점 새어 나오지 않는 창문. 백화점처럼 종합적으로 가게들이 들어서는 건물을 하나 만든다더니, 시공이 끝나 입점을 기다리는 듯했다. 게다가 외벽에 이런저런 굴곡이 있어 몸을 숨길 만한 공간도 많았다.

"잠깐 저쪽으로 갈까."

곁눈질로 뒤를 살핀 우건이 소혜를 데리고 건물 옆 으슥한 골목으로 들어갔다. 바로 앞이 시끌벅적한 번화가인데도 이곳은 전혀 다른 시공인 것처럼 적막했다. 겁에 질린 소혜가 한껏 목소리를 죽이며 물었다.

"왜요? 혹시 저희 지금 위험한 거예요?"

"아니. 눈을 좀 돌리게 만들어보려고."

이해하지 못한 소혜가 고개를 갸웃거렸지만 지금은 한가하게 설명할 시간이 없었다. 어느 정도 후미진 곳까지 왔을 때쯤. 우건이 갑자기 소혜를 돌려세워 움푹 들어간 외벽으로 밀어붙였다.

"훗…."

그러곤 차마 피할 새도 없이 상체를 숙여 그녀의 입술로 다가갔다. 그들을 따라 골목 안쪽까지 들어왔던 사내는 느닷없는 연인의 입맞춤에 당황해 고개를 돌리고 말았다. 다시 슬쩍 곁눈질했지만 입맞춤은 오히려 한층 농밀해져 있었다. 그저 잠깐의 입맞춤이라 하기에는 엉킨 모습이 예사롭지 않았다. 사내는 어쩔 줄 모르고 머뭇거릴 수밖에 없었다.

"…"

우건의 엄지에 입술이 꾹 눌린 소혜는 놀란 눈으로 그를 쳐다봤다. 머릿속이 하얗게 변해 무슨 상황인지 쉽게 파악되지 않았다. 분명 조금 전까지만 해도 미행이 붙었다는 말에 가슴 졸이며 이 남자가 가자는 대로 따라가고 있었다. 그런데 정신을 차려보니 등에는 차가운 벽이 느껴졌고, 얼굴은 커다란 손에 감싸였으며, 시야에는 비스듬히 틀어진 우건의 얼굴이 가득 들어찼다. 무슨 생각을 하는지 알 수 없는 눈동자와 함께.

우건이 소혜의 눈을 똑바로 응시하며 천천히 고개를 반대쪽으로 틀었다. 마치 연인과 농밀하게 키스하는 사람처럼 말이다. 숨 막히도록 퇴폐적인 그 모습은 조금 전까지 소혜의 가슴을 옥죄던 모든 불안을 까맣게 잊게 하기에 충분했다. 눈을 감는 법조차 잊을 만큼 감각을 자극시키는 상황에 소혜는 심장이 터질 것만 같았다.

얕은 들숨에도 우건의 체향이 폐부 깊숙이 흘러들었고, 마지막 경계선처럼 입술을 막고 있는 손가락은 불처럼 뜨거웠다. 그 위로 뜨겁게 쏟아지는 숨결은 마시면 마실수록 온몸을 마비시키는 독과도 같았다. 이성을 사라지게 만드는, 너무도 달콤해서 차마 거부할 수 없는, 차라리 이 시간 속에 영원히 갇히고 싶어지는… 그런 독.

◆ ◆ ◆

또각또각, 다소 신경질적인 구두 소리가 평춘관 안으로 들어섰다. 입구에 있던 지배인 석구가 낯익은 손님의 갑작스러운 등장에 당황한 얼굴을 했다.

"요화, 이 시간에 네가 어쩐 일이냐? 오늘 너를 부른 손님은 아무도 없는 걸로 아는데…"

요화는 굳은 얼굴로 대답 대신 다른 질문만 내놓았다.

"사장님은요?"

"위에 계시긴 한데…. 어, 요화, 요화!"

요화는 석구의 부름을 들은 체도 안 하고 곧장 2층으로 향했다. 무언가에 단단히 화가 났는지, 내딛는 걸음이 평소와 다르게 무척이나 날카로웠다. 그녀는 학준의 방까지 거침없이 직진했다.

"저 요화입니다."

방문에 대고 흘린 목소리는 가시 돋은 장미처럼 아름답고도 날이 서 있었다.

"들어오거라."

요화는 학준의 말이 들리기 무섭게 문을 열었다. 책상 앞에 앉아 서류를 들여다보던 학준은 잠시 시선을 들어 난데없이 찾아온 요화를 쳐다봤다. 연통도 없이 찾아온 그녀의 방문이 의외였던 터라, 학준은 들고 있던 서류를 내려놓고 심각하게 물었다.

"무슨 일이라도 생긴 게냐."

"드릴 말씀이 있어서요."

"거기 앉거라."

요화는 접객용 소파에 앉아 학준을 바라봤다. 그녀는 어떻게 말해야 제게 유리한 쪽으로 이끌 수 있는지를 고민하는지 자리에 앉고 나서도 한동안 입을 열지 않았다. 결국 말문을 먼저 연 사람은 학준이었다.

"할 말이란 게 무엇이냐."

"우건 오라버니에게…."

이야기를 꺼내는 것만으로도 속이 뒤집히는 것 같아, 요화는 잠시 입술을 꾹 깨물며 감정을 삭이고는 다시 말을 이었다.

"오라버니에게 약혼녀가 있다는 소문이 세간에 파다한 것을 아시는지요?"

"흠…."

학준의 입에서 깊은 탄식이 흘러나왔다. 놀랐다기보다는 애써 덮어둔 문제를 들쑤신 것이 성가신 듯했다. 그 반응에 요화는 고운 미간을 더욱 일그러트리며 말했다.

"사장님께서도 아셨던 겁니까?"

"그래. 나도 이미 들은 이야기다."

"근데 어찌 이리 태평하십니까?"

"태평하지 않아야 할 이유는 또 무엇이냐?"

학준의 얼굴이 굳어졌다.

"여기까지 찾아와서 기껏 한다는 소리가 그것뿐이냐?"

오히려 저를 힐난하는 듯한 표정에 요화는 더욱 마음이 급해졌다.

"이 시국에 갑자기 여인이라니요. 그것도 불법 카페에서 무용수로 일하던 계집과, 하물며 사장님께 말씀도 드리지 않고 그런 일을 벌이다니요?"

학준은 손끝으로 지끈거리는 관자놀이를 문질렀다. 지금이야 요화 앞이라 애써 태연한 척하고 있지만, 실은 그 역시 속이 상당히 시끄러운 상태였다. 가뜩이나 신경 쓸 일이 많은 시기에 이런 일까지 터졌으니 어찌 심란하지 않을까. 오히려 요화보다 더하면 더했지, 결코 덜하지 않았다. 다만 자신의 통제 범위가 아니기에 일단 지켜보는 중일 뿐이었다.

"글쎄. 그 녀석의 속내야 아비인 나도 알 수가 없으니."

사실 처음 소문을 처음 들었을 때는 어디서 또 말도 안 되는 거짓 스캔들이 터졌구나 싶었다. 하지만 모던 카페에서 벌어진 일에 대해 보고를 받고, 우건이 그 여인을 집에 들였다는 이야기까지 듣고 나서야 껍데기뿐인 소문이 아니라는 걸 깨달았다. 설마설마하는 마음에 사람을 시켜서 순심에게도 물어봤으나, 돌아온 건 "우건의 진짜 약혼녀가 맞는 것 같다"라는 대답뿐이었다.

'연인이라는 게 사실이든 아니든, 소스케 앞에서 그 계집을 지키려다가 그랬다는 건데….'

그러잖아도 요화를 통해 알아보려던 일이건만. 요화조차 자세한 내막을 알지 못한다면 우건이 혼자 독단적으로 벌인 일이라는 뜻이었다. 제 아들이 대책도 없이 스스로 위험을 자초할 성격이 아니라는 걸 누구보다 잘 알기 때문에 더욱 생각이 복잡해지는 학준이었다. 학준의 침묵이 길어지자 요화가 채근하듯 말했다.

"무슨 조치라도 취하셔야지요. 이건 오라버니의 약점만 늘리는 일입니다. 오라버니의 약점은 곧 저희 한열단의 약점이라는 걸 잘 아시지 않습니까."

확실히 요화의 말이 옳긴 했다. 한열단에게 우건은 양날의 검과도 마찬가지인 존재였으니까. 한열단 내부의 정보 교환과 작전 수행이 모두 우건을 통해 이뤄지는 만큼 그의 안전을 최우선으로 생각해야 했다. 그런데

가뜩이나 주시받는 상황에서 이렇게 눈에 띄는 짓이라니. 몸에 기름을 들이붓고 불구덩이에 뛰어드는 것만큼이나 위험한 일이었다.

"생각해보지. 나와는 원체 만나려 하지 않는 놈이니."

"제가 한번 알아볼까요?"

잠시 풀어졌던 학준의 눈이 다시 단단히 조여졌다.

"걱정하는 건 당연하다만, 너무 깊이 관여하지는 말거라."

한순간에 냉기를 뿜어내는 눈빛에 요화는 입술을 굳게 다물었다. 요화가 무슨 생각으로 여기까지 찾아와 이 화두를 던진 것인지 학준도 모르지 않는 바였다.

"이야기 다 끝났으면 이만 나가보거라."

"…다음에 또 뵙지요."

요화는 자리에서 일어나 허리를 숙이고는 사장실을 나섰다. 쿵, 등 뒤에서 닫힌 문이 그녀에게 한 번 더 축객령을 내리는 듯했다. 연지 바른 입술이 잇새에서 잘근 아프게 짓눌렸다. 요화는 긴 손가락을 말아서 주먹을 꼭 쥐었다. 머릿속에 떠오르는 얼굴은 다름 아닌 소혜, 며칠 전 봤던 그 계집이었다.

"어쩐지 처음 봤을 때부터 거슬리더라니…."

기어이 이리되고 말았다. 행색으로 보나 뭐로 보나, 어차피 주어진 환경 자체가 다르니 가만히 뒤도 알아서 떨어져 나갈 줄 알았는데. 그 안일함이 이런 결과로 돌아올 줄은 상상도 못 했다.

"이럴 수는 없어. 오라버니가 나에게… 이럴 수는 없다고."

요화는 핏발 선 눈으로 허공을 노려봤다. 학준은 깊이 관여하지 말라고 했지만 그 말을 얌전히 따를 수는 없었다.

"감히 분수도 모르고…."

우건을 제 남자로 만들 수 없다면, 그의 곁에 어떤 여자도 둘 생각이 없었으니까.

◆ ◆ ◆

영원 같은 몇 분의 시간이 흐른 후. 두 사람의 귀에 마침내 멀어지는 발소리가 들려왔다. 이 거짓 키스에 사내가 속았다는 뜻이었다. 지척에서 소혜의 마음을 애타게 하던 붉은 입술이 작게 틈을 벌렸다.

"허락도 없이 이런 짓을 해서 미안하다. 미행을 의심 없이 떨어트리려면 이 방법밖에 없을 것 같아서."

그때까지 입술을 가로막고 있던 엄지도 느릿하게 입술을 쓸며 지나갔다. 우건이 고개를 들자 그에게 가려져 있던 햇살이 소혜의 붉은 뺨 위로 흘러내렸다. 다시 현실로 돌아온 것이다. 소혜는 그제야 입안에 가득 고여 있던 숨을 내쉴 수 있었다. 다리에 힘이 풀려서 당장이라도 주저앉을 것만 같았다. 이것이 두려움으로 인한 긴장이었는지, 아니면 설렘으로 인한 긴장이었는지는 알 도리가 없었다.

최대한 다리에 힘을 줘 버틴 그녀는 뒤늦게 다른 곳으로 시선을 돌리며 손등으로 입술을 가렸다. 온 신경이 몰려들었던 탓에 불에라도 덴 것처럼 입술이 쓰라렸다. 채 분출되지 못한 열기가 그곳에 진득하게 남아 그녀를 괴롭혔다. 대답이 없어 화가 났다고 생각한 걸까.

"기분, 많이 나빴나?"

우건이 걱정스레 그녀의 안색을 살폈다. 그만큼 또 가까워진 거리에 소혜가 반사적으로 뒷걸음질을 쳤다. 저도 모르게 나온 행동이라 스스로도 놀라고 말았다.

"아니, 그러니까…."

이런저런 생각이 한꺼번에 달려들다가 또 한순간에 사라졌다. 그 바람에 도무지 무슨 말을 해야 좋을지 알 수 없었다. 소혜는 복잡한 심경을 구구절절 늘어놓지 않고, 지금 가장 선명한 감정 하나만 솔직하게 말했다.

"그냥, 너무 놀라서…."

아직도 심장이 세차게 뛰어올라 목소리까지 떨릴 지경이었다. 그 모습에 우건의 눈매가 한층 깊어졌다.

"기분 나빴으면 화내도 돼."

"그런 거 아니에요."

"표정은 그런 것 같은데."

소혜는 바닥에 시선을 고정한 채 손끝만 꼼지락거렸다. 기분이 나빴을 리가.

"위험할 뻔…했잖아요."

"너를 함부로 대하려던 건 아니야. 앞으로도 그럴 생각 없고."

"그게 아니라…."

소혜는 답답하다는 듯 우건을 봤다가 이내 다시 시선을 떨궜다. 그녀가 위험할 뻔했다고 말한 건 자신을 두고 한 말이 아니었다.

'하마터면 제가 선생님 손을 치워버리고 먼저 입술을 가져다 댈 뻔했다구요….'

우건, 그가 위험할 뻔했다는 말이었다. 이 사내는 감히 짐작이나 할 수 있을까. 조금 전까지만 해도 미행이 무섭다며 울먹이던 그녀가 그 순간만큼은 우건의 입술밖에 보지 않았다는 것을. 처음 봤을 때부터 넋을 놓게 만들던 그 입술을 그녀가 얼마나 탐냈는지를. 아마 말해도 믿지 못할 것이다. 아니, 믿는 건 둘째 치고 저를 음란한 여인이라 생각하며 이상하게 볼지도 모른다. 그런데도 눈앞에서 놓쳐버린 입술이 자꾸만 아른거리니, 아쉬움에 절로 한숨이 나오는 그녀였다.

'아쉬워할 상황이 아니잖아, 백소혜. 정신 차려!'

소혜는 솔직하다 못해 본능에 충실한 제 마음을 꾸짖었다. 그러곤 애써 표정을 가다듬으며 목에 힘을 줘 말했다.

"저는 정말 괜찮아요. 필요할 때는 신체적 접촉을 허락한다고 계약서에도 썼잖아요. 이 정도는 각오한 일이에요."

그제야 우건의 얼굴에서도 미안함이 덜어졌다. 그는 고개를 끄덕이며 소혜에게 팔을 내밀었다.

"그래도 다음부터는 미리 알리도록 하지. 네가 놀라지 않도록."

다음부터는 미리 알려준다니. 그럼 같은 상황에 처하면 또 이런 행동을 하겠다는 뜻인가?

'세상에…'

뜻밖의 입맞춤 예고에 소혜의 두 뺨이 홍당무처럼 발그레해졌다.

'뭐지. 나 지금 위험해지기를 바라야 하는 상황인 건가…'

또다시 찾아든 혼란이 그녀의 머리를 어지럽혔다.

◆ ◆ ◆

아침이 밝았다. 창문 너머로 스며드는 햇살에 눈을 뜬 소혜는 아직 잠기운이 가득한 눈을 비비며 침대에서 일어났다. 잠시 멍하니 앉아 있던 그녀는 오늘도 움직이는 대로 푹푹 들어가는 매트리스를 신기한 듯 꾹 눌러봤다. 어제 막 집으로 들여온 새 침대였다.

'폭신해….'

한평생 딱딱하고 차가운 바닥에서만 잠을 자온 터라, 아침마다 몸을 구름처럼 받쳐주는 침대가 소혜는 마냥 신기하기만 했다. 침대뿐만 아니라 이곳에서의 모든 환경이 새롭고 낯설었다. 달라진 옷, 이전과는 비교도 할 수 없을 만큼 넓고 커다란 집, 처음 보는 신식의 값비싼 물건들, 거기에다 순심을 비롯하여 있는 듯 없는 듯 조용히 집안일을 처리하는 수많은 고용인들까지. 세상이 뒤집혔다고 해도 과언이 아닐 만큼 자신을 둘러싼 모든 것이 하루아침에 바뀌었다.

그래도 돌아갈 곳이 없다는 생각 때문일까. 다행히 소혜는 이 모든 것에 빠르게 적응해나갔다. 옆에서 하나하나 세심하게 가르쳐준 순심 덕분이었다. 하지만 딱 하나, 아직 적응하지 못한 것이 있었으니….

"아… 안녕히 주무셨어요."

"그래."

바로 집 안 곳곳에서 마주치는 우건이었다. 방을 나설 때나 집 안을 돌아다닐 때, 이따금 그를 만나면 지금처럼 저도 모르게 흠칫 어깨를 떨곤 했다. 이곳이 우건의 집이라는 걸 잊은 게 아니었다. 다만 그를 마주할 때마다 입을 맞출 뻔했던 그날의 일이 떠올라 절로 몸이 굳는 탓이었다. 유일하게 남겨진 세상처럼 시야를 점령하던 그 눈빛과 입술이 그녀의 머릿속에 눅진하게 남아서 떠나지 않았다.

"내려가지."

"아, 네…."

소혜는 부엌으로 향하는 우건의 뒤를 종종걸음으로 따라갔다. 아침 식사는 단둘을 위한 것이었다. 마지막 국그릇까지 두 사람 앞에 놓은 순심이 기분 좋게 웃으며 말했다.

"도련님도 집을 자주 비우시고, 드신다 캐도 늘상 방에서 드셔가 식탁 차릴 일이 거의 없드만. 확실히 아가씨가 오시니까 이 식탁에도 사람이 앉네예."

"아주머니는 같이 안 드세요?"

"지는 저짝 사람들하고 같이 먹으면 됩니더. 그럼 필요한 거 있으면 언제든 불러주이소."

아침부터 두 사람이 함께 있는 모습을 봐서 좋은지 순심은 부엌을 나가는 순간까지 싱글벙글거렸다. 마침내 부엌에는 우건과 소혜, 두 사람만 남았다.

"먹지."

"네. 잘 먹겠습니다."

소혜는 수저를 움직이면서도 내내 우건만 힐긋힐긋 살폈다. 식사를 마치고 바로 학교에 갈 생각인지 우건은 벌써 외출복을 차려입은 상태였다. 깔끔하게 손질한 머리와 아침인데도 부기 하나 없이 말끔한 얼굴, 그리고 단정하면서도 잘 어울리는 셔츠 차림에 어쩔 수 없이 또 가슴이 설레고 말았다.

그러나 밥 한 술에 얼굴 한 번 쳐다보는 소혜와 달리, 우건은 오로지 식사에만 집중했다. 마치 앞에 누가 앉아 있든 신경도 쓰지 않는 사람처럼 말이다.

'선생님은 앞에 내가 있는데 아무렇지도 않으신가?'

나만 이렇게 신경을 쓰는 거야? 고개 한 번 들지 않는 우건 때문에 소혜는 절로 시무룩해졌다. 아무리 그래도 남녀가 한집에 사는데 저토록 평안한 얼굴이라니. 어쩐지 억울하기도 하고, 혼자만 가슴이 들쑥날쑥하는 것 같아 창피하기도 했다.

그러고 보면 우건은 소혜가 이 집으로 오고 나서 단 한 번도 동요하는 모습을 보인 적이 없었다. 다정한 모습을 보이고 살뜰히 챙겨주는 것도 순심이나 다른 고용인들의 눈이 향할 때뿐. 그 외에는 철저히 거리를 유지하며 그녀에게 가까이 다가오려 하지 않았다. 오히려 전보다 더 멀어진 기분까지 들었다.

'나도 선생님처럼 아무렇지 않았으면 좋겠는데….'

제 의지와는 달리 가슴은 언제나 제멋대로였다. 언젠가는 헤어져야 할 관계니, 훗날 계약이 끝나고 그와 영영 보지 못하게 될 걸 생각하면 이 마음을 빨리 정리하는 편이 자신에게도 좋을 텐데. 정리가 되기는커녕 날이 갈수록 더해지기만 하니, 도무지 이 마음의 끝이 어디로 향하게 될지 가늠조차 못 하는 그녀였다.

"…하면 좋겠는데."

"…."

"듣고 있나?"

"네?"

혼자 생각에 잠겼던 소혜는 뒤늦게 고개를 들어 우건을 봤다. 검은 눈동자가 오롯이 그녀를 향하고 있었다.

"자리를 마련했으니 오늘부터 바로 연구실에 출근해도 되겠냐고 물었어."

"아…아, 네! 그럼요. 저는 언제든 괜찮아요."

"그럼 오전 열 시까지 출근하도록 해. 다른 조수들도 보통 그때쯤 오니까."

"네, 그럴… 아, 맞다."

고개를 끄덕이던 소혜가 문득 낮은 신음을 흘렸다. 중요한 일 하나를 여태 그에게 말하지 않은 것이다.

"저, 한 가지 부탁드릴 게 있는데요…."

소혜는 우물쭈물하며 말끝을 흐렸다. 말해보라는 듯 우건이 고개를 끄덕였지만 이번에는 입이 쉽사리 떨어지지 않았다. 린진, 그러니까 학제의 집에 가는 문제였기 때문이다. 둘 사이가 좋지 않다는 걸 익히 알고 있었기에 어떤 식으로 말을 꺼내야 할지 고민됐다.

"첫날부터 이런 이야기를 꺼내서 죄송하지만, 매주 월요일마다 조금 일찍 퇴근해도 될까요? 세 시쯤이면 될 것 같은데…."

주말 내내 경황이 없던 터라 이 문제에 대해 상의해야 한다는 걸 깜박 잊었다.

"아니면 중간에 잠깐 나갔다가 다시 돌아올게요. 한두 시간 정도만요."

"어디에 가는데?"

"그게 어쩌다 보니 제가 교습을 하나 맡아서…."

"교습?"

"네. 아이한테 그림 가르치는 교습이에요."

차마 그의 앞에서 학제의 집에 간다는 말은 꺼낼 수가 없었다. 비록 낮 시간대라 학제를 마주칠 일은 거의 없겠지만, 그래도 우건이 듣기에 썩 좋은 일은 아닐 것이다. 그렇다고 갑자기 그만두자니 린진과 정씨가 걱정돼 그럴 수도 없었다. 우건에겐 미안한 일이지만 어쩔 수 없이 비밀에 부칠 수밖에.

"학교에서 그리 멀지도 않아요. 정말 딱 두 시간이면 돼요."

마침 송일고보에서 학제의 집까지 그리 먼 거리도 아닌 터라, 두 시간이면 충분히 린진의 그림 교습을 마치고 연구실로 돌아갈 수 있을 것 같았다. 우건은 잠시 말없이 소혜를 응시했다. 좁아진 미간에서는 고심하는 눈치가 엿보였다.

"혼자 돌아다니다가 미행이라도 붙으면 어쩌려고. 나와 함께 있는데도 혼비백산하지 않았나, 그때?"

"혼비백산까지는 아니었는데…."

다시금 그날 일이 떠올라 부끄러움과 민망함이 동시에 소혜에게 찾아들었다.

"그날은 정말 처음 겪는 일이라서 놀란 것뿐이에요. 이제는 괜찮아요."

무엇보다 미행꾼이 완전히 어수룩하지 않은 이상, 자신은 미행이 따라붙는 줄도 모를 것이다. 그날도 우건이 말해줘서 알게 됐으니까. 그 골목으로 들어설 때까지만 해도 사내의 그림자 하나 못 보지 않았는가. 게다가 우건의 말마따나 결정적인 증거가 없으면 어찌하지 못할 테니 크게 두려워할 것도 없었다.

"일주일에 딱 하루, 그것도 두 시간만이에요. 이외에 다른 시간에는 무조건 집이랑 연구실에만 있을게요."

소혜는 진심으로 부탁했다.

"그러니 이거 하나만 허락해주세요. 다른 아이들처럼 평범한 아이가 아니라 걱정돼서 그래요."

간곡히 청하는 부탁에 우건은 낮게 한숨을 내쉬었다. 그녀의 안전이 걱정되긴 했지만, 그렇다고 마냥 반대할 일도 아니었다. 사실 소혜가 연구실에서 일한다고 해도 출퇴근을 모두 그와 함께할 수 있는 게 아니었기 때문이다. 평생 이 집에 갇혀 사는 게 아닌 이상, 그녀에게도 혼자만의 생활 반경이 필요하다는 뜻이었다. 돌발 상황이 생기더라도 어느 정도는 스스로 해결할 수 있도록 말이다.

"어떻게 안 될까요…?"

침묵이 길어지자 소혜의 눈망울이 애처롭게 일렁였다. 크게 숨을 내쉰 우건은 어쩔 수 없다는 듯 고개를 끄덕였다.

"대신 연구실이 바쁜 날에는 안 돼. 같이 일하기로 한 이상 너 혼자만 편의를 봐주기는 어려우니."

"네, 그렇게 할게요."

"오늘은 아예 교습을 끝내고 연구실로 와. 조수들과는 그때 인사시켜 줄 테니까."

"네! 정말 감사합니다, 선생님."

소혜는 그제야 안도하며 입가를 늘였다. 혹시나 우건이 반대하면 어쩌나 했는데. 다행히 허락을 받아내서 이제야 마음이 놓였다. 일이 많아 나가지 못할 것 같으면 미리 연락을 취하면 될 터였다. 그 정도는 학제도 충분히 이해해주리라. 소혜는 가슴을 누르는 비밀의 무게를 애써 외면하며 식사를 이어나갔다.

◆ ◆ ◆

낮 동안 린진에게 가르칠 내용을 정리한 소혜는 시간 맞춰 학제의 집으로 향했다. 이제 늦가을로 접어들었는지 뺨을 스치는 바람이 제법 서늘하게 느껴졌다.

"그래도 선생님 덕분에 새 옷을 살 수 있어 다행이야."

소혜는 제 몸을 감싼 옷을 내려다봤다. 오늘 그녀는 앞섶에 레이스가 적당히 달린 진녹색 블라우스에 골반에서부터 차르륵 떨어지는 재질의 감빛 스커트를 입었다. 값비싼 옷은 확실히 다르긴 한 모양인지 외투를 입지 않았는데도 몸이 따듯했다. 예전에는 버틸 때까지 버티다가 살갗이 붉게 틀 즈음 낡고 성긴 누비옷을 꺼내 입었는데. 달라진 의복이 새삼 그녀의 뒤바뀐 현실을 일깨웠다.

"연구실에 정식으로 출근하는 날이니 얌전하게 저고리나 입을 걸 그랬나."

소혜는 제 옷차림을 앞뒤로 살펴보다가 이내 고개를 저었다. 치마저고리가 얌전한 멋은 있겠지만, 연구실 사람들을 처음 대면하는 자리인 만큼 세련되고 우아한 첫인상을 남기고 싶었다. 가뜩이나 꼬리표처럼 따라붙을 '모던 카페 무용수' 이미지를 조금이나마 지우기 위함이었다. 연구실이라면 무척이나 점잖은 곳일 테니, 최대한 자연스럽게 그들 속에 녹아들고 싶었다.

이런저런 생각을 하다 보니 어느새 학제의 집 앞에 다다랐다. 대문을 두드리자 곧 정씨가 밖으로 나왔다. 정씨는 맵시가 확 바뀐 소혜의 복색을 먼저 알아차리고 눈을 동그랗게 떴다.

"어머, 소혜 양. 이렇게 입으니까 정말 다른 사람 같아요."

"감사합니다. 새로 장만해서 입긴 했는데, 아직은 좀 어색해요."

"너무 잘 어울려요. 역시 예쁜 사람은 뭘 입어도 다 어울리네."

"감사합니다."

"어서 들어오세요. 아가씨께서 기다리고 계세요."

정씨와 함께 안으로 들어가자 지난번처럼 린진이 현관에 서 있었다. 들어오는 소혜를 향해 달려오던 린진도 좀 전의 정씨처럼 눈을 크게 깜빡였다. 우와, 하듯 입을 벌린 아이는 반짝반짝 광택이 나는 치마를 손끝으로 만지다가 저 혼자 방싯 웃으며 박수를 쳤다. 바쁘게 움직이는 손짓에 정씨도 싱긋 웃으며 소혜에게 말을 전했다.

"아가씨가 무척이나 예쁘다고 하시네요."

"그래요? 고마워, 린진."

머리를 쓰다듬자 린진이 배시시 웃으며 꼭 안겨 왔다. 너무 어릴 때 엄마를 여의어서 그런 걸까. 린진은 안기는 것을 참 좋아하는 아이였다. 어리광 가득한 린진을 너끈히 안아 든 소혜는 지난번처럼 아이의 방이 있는 2층으로 향했다. 오늘은 미리 교습 내용을 준비해온 덕분에 다행히 헤매지 않고 아이를 가르칠 수 있었다.

"연필은 이렇게 쥐고, 자세는 똑바르게. 그렇지. 그리려는 대상을 잘 살피고 나서 이렇게 종이에 틀을 잡는 거야."

소혜는 린진의 손에 제 손을 겹쳐 함께 연필을 쥐고 종이 위에서 움직였다. 희미해진 옛 기억이나마 더듬어 최대한 정석대로 가르치려 노력했다. 그림을 통해 아이가 조금이라도 더 많은 감정을 표출하길 바라는 마음에서였다. 린진은 자유롭게 인형을 그리던 지난주와 달라진 교습에 조금 어리둥절한 듯했지만 곧 무리 없이 따라왔다. 그 덕분에 교습은 매끄럽게 진행될 수 있었다. 그렇게 한 시간 남짓의 교습이 끝난 후.

"자, 린진. 내 손 잡고 내려가자. 옳지."

소혜가 손을 내밀자 어김없이 고사리 같은 손이 얹어졌다. 한 손에는 손가방을 들고, 다른 한 손으로 린진의 손을 잡은 소혜는 한 계단 한 계단 조심스럽게 내려갔다. 그런데 린진이 무언가를 발견하고는 갑자기 남은 계단을 폴짝폴짝 뛰어내리는 게 아닌가.

"어, 린진! 그러다 다쳐!"

놀라서 린진을 부르던 소혜는 곧 시선 끝에 닿은 사람 때문에 몸이 굳고 말았다.

“사장님….”

“오랜만이네요, 소혜 양.”

린진을 한 팔로 안아 든 학제가 그녀를 발견하고는 입가를 늘였다.

“오늘도 못 보면 어쩌나 했는데. 다행히 아직 가시기 전이었군요.”

학제는 린진의 귀에 대고 무어라 속삭였다. 그러자 고개를 끄덕인 린진이 도로 바닥에 내려섰다. 그러곤 소혜에게 팔랑팔랑 손만 흔든 뒤 정씨와 함께 어디론가 가버렸다. 소혜는 멀어지는 두 사람을 차마 쫓아가지 못하고 당황한 눈으로 양쪽을 번갈아 보기만 했다. 예상치 못하게 학제를 만난 데다가 그와 둘만 남게 된 이 상황이 조금 불편한 까닭이었다. 우건에게 사실대로 말하지 못한 죄책감이 양심을 콕콕 찔러댔다.

“그간 잘 지냈어요?”

낮게 흐른 학제의 음성이 스며들듯 귓가에 걸렸다.

“나는 소혜 양 덕분에 잘 지냈는데.”

어딘지 모르게 조금은 위험한 듯한, 웃고 있는데도 자꾸만 또 다른 얼굴을 떠올리게 만드는 목소리였다. 소혜는 안개처럼 밀려드는 위화감을 애써 모른 척하며 어색하게 입꼬리를 올렸다.

“네, 저도 잘 지냈어요.”

“…그게 다입니까?”

“네?”

학제의 눈동자가 느릿하게 아래로 향했다. 이전과 확연히 달라진 복색을 눈에 담던 그가 어째서인지 힘 빠진 목소리로 말했다.

“이번에는 내 덕분이라고 안 해주네.”

그리고 다시 소혜의 얼굴로 올라온 시선에는 어쩐지 외면할 수 없는 감정이 가득 담겨 있었다. 원망, 그리고 서운함. 거기에 애처로움까지.

"그사이에 약혼자가 생겨서 그런가."

약혼자라는 단어에 뜨끔해진 소혜는 말없이 눈만 빠르게 깜빡였다. 학제가 어째서 저런 눈빛으로 자신을 쳐다보는지 알 길이 없었다. 큰 보폭으로 천천히 소혜에게 다가온 학제가 그녀를 향해 손을 뻗었다.

"정말 사실입니까? 신우건 선생, 그자와 약혼했다는 소문이."

레이스에 얽혀 있던 머리끝이 그의 손끝에 감겨들었다. 소혜는 마른침을 삼키며 굳은 고개를 끄덕였다.

"네. 사실이에요."

"왜 말해주지 않았어요? 송일고보 앞에서 만난 날, 알려줄 만도 했는데."

"밝히지 못할 사정이 있었거든요. 아버님의 반대 때문에…."

우건과 미리 말을 맞췄던 대답이다. 그런데 학제의 눈을 마주할수록 소혜는 점점 이상해지는 기분을 지울 수가 없었다. 이 남자는 뭔가를 알고 있는 것 같아서. 심연처럼 검디검은 저 눈동자가 제 속을 훤히 들여다보는 것 같아서.

'정신 똑바로 차리자. 누구에게도 들키면 안 돼.'

소혜는 스스로에게 '나는 우건의 약혼녀다, 약혼녀다' 하고 최면을 걸며 학제의 눈을 똑바로 쳐다봤다.

"그날도 제가 폭탄 사건에 억울하게 휘말리게 돼서, 어쩔 수 없이 밝히게 된 거예요."

"그래요?"

그 당돌한 눈동자를 가만히 바라보던 학제는 쥐고 있던 그녀의 머리카락을 빙글, 손가락에 감았다. 동시에 그의 한쪽 입꼬리가 아찔하게 말려 올라갔다. 뒤이어 나온 말은 간신히 평정을 되찾은 소혜의 가슴을 휘젓기에 충분했다.

"이상하네. 나는 왜 전부 거짓말 같지?"

"뭐… 뭐라구요?"

소혜는 당황한 나머지 말을 더듬고 말았다. 그녀의 반응을 세세하게 눈으로 좇던 학제가 입술을 조금 더 가로로 늘이며 말했다.

"소혜 양과 신 선생의 그 약혼이 나는 거짓말 같다고요."

사르륵, 그의 손가락에 말려 있던 머리카락이 흘러내려 소혜의 가슴에 도로 얹어졌다.

"그렇게 믿고 싶어서 그런가?"

쿵쿵거리는 심장 소리가 제 귀에까지 들리는 것 같았다. 이 남자, 설마 뭘 알고 이러는 건가? 아니면 그냥 떠보기?

'대체 왜?'

단순히 호기심 때문이라기에는 학제의 눈빛이 묘하게 날카로웠다. 풀 릴 길 없이 엉켜드는 생각은 점점 더 머릿속에 가득 찼다. 소혜는 긴장과 초조로 턱 아래까지 고인 숨을 억지로 삼켰다.

'아냐. 그래도 당황한 티를 내면 안 돼.'

실없는 농담으로 말한 것이든, 정말로 뭔가를 캐내려고 말한 것이든 거짓말임을 들켜서는 절대로 안 된다. 우건 외에는 누구도 믿어선 안 되니까. 소혜는 들쑥날쑥 뛰어오르는 감정을 가라앉히려 가방을 쥔 손에 힘을 줬다.

"왜 그런 말씀을 하시는 거죠?"

"그저 제 감일 뿐입니다. 혹시 소혜 양에게 그렇게 해야만 하는 사정이 있었던 건 아닐까… 하는 마음에."

학제는 부러 '그렇게 해야만 하는 사정'이라는 말에 힘을 주며 말했다. 꼭 그녀가 피치 못할 일에 얽히게 됐다는 걸 아는 사람처럼. 두 눈빛은 전보다 더 깊은 속내까지 들여다보려는 듯 짙은 밀도를 품고 있었다.

"제 눈에 그날 두 사람은 서로 사랑하는 연인처럼 보이지 않았거든요."

약혼까지 할 정도로 사랑하는 연인 사이라면 가까이 붙었을 때 그토록 당황한 얼굴을 보이진 않았을 테니까.

"아닙니까?"

학제는 회심의 미소를 지으며 물었다. 이제껏 지금과 같은 눈빛, 지금과 같은 분위기, 그리고 지금과 같은 애절함 앞에서 그를 거부한 여인은 결단코 한 명도 없었다. 설령 당장은 절개나 자존심 때문에 한 걸음 물러서더라도 수일 내에 그의 품에 떨어지듯 안겨들었다. 학제는 소혜 역시 그렇게 만들 자신이 있었다. 이처럼 순진하고 세상 물정 모르는 아가씨는 그에게 가장 쉬운 먹잇감이었다. 천천히 허리를 숙인 그가 소혜의 귓가에 가까이 입술을 붙였다.

"혹시 남들에게 차마 말 못 할 고민이 있다면 뭐든 다 얘기해봐요. 내가 당신에게 또 다른 동아줄이 돼줄 테니."

그 뜨거운 숨결 저변에 깔린 진짜 의도는 소혜의 마음을 뒤흔들려는 것이었다. 그 남자 대신 내가 더 튼튼한 울타리가 돼줄 수 있다고. 이 약혼이 사실이든 아니든 상관없이, 그는 애초부터 우건에게서 소혜를 빼앗을 생각이었으니까. 물론 두 사람은 진짜 연인이 아니니 크게 어렵지도 않을 테고.

"…대체 무슨 말씀을 하시는 거예요?"

하지만 돌아온 대답은 학제의 예상을 완전히 뒤엎는 것이었다.

"그 말씀은, 제가 다른 목적으로 신 선생님께 접근했다는 뜻인가요?"

학제의 미간이 어긋났다. 어쩐지 길을 잘못 들어선 느낌. 그는 천천히 허리를 펴고 제 앞에 서 있는 여인을 내려다봤다.

"그동안 사장님을 좋은 분으로만 생각해왔는데, 아무래도 제가 사람을 잘못 본 것 같네요."

소혜는 상한 기분을 숨김없이 드러냈다.

"선생님과 제가 연인이란 건 분명한 사실인데, 그걸 왜 사장님께 구구절절 설명해야 하는 거죠? 그것도 이렇게 모욕적인 말을 들으면서요."

부디 이것이 당황이 아닌 불쾌함으로 비치기를. 말아 쥔 주먹 속에는 그녀의 필사적인 의지가 숨어 있었다. 하지만 되레 당황한 학제의 눈에 그것이 보일 리가 없었다.

"소혜 양을 나쁘게 폄하하려는 의도는 전혀 없었습니다."

"어떤 의도로 말씀하셨든 듣는 저는 불쾌했습니다. 방금 하신 말씀이 무척 무례했다는 건 꼭 알아주셨으면 좋겠어요."

생각과 달리 단호하게 선을 긋는 소혜 앞에서 학제는 서둘러 한발 물러설 수밖에 없었다.

"제가 섣부른 오해를 했나 보군요. 죄송합니다."

"지금 이 상황을 어떻게 생각해야 될지 모르겠네요."

소혜는 금방이라도 울 듯 입술을 파르르 떨었다. 그녀의 시선이 힘없이 아래로 떨어져 내렸다. 말간 눈망울에는 서운한 기색이 짙게 깃들어 있었다.

"너무 갑작스럽고 의외라서 그렇게 생각하시는 것도 이해 못 하는 건 아니에요. 믿고 싶지 않다면 믿으시지 않아도 좋아요. 그건 각자가 선택해야 할 일이니까요."

"소혜 양, 저는…."

"하지만 제 앞이나 선생님 앞에서 저희 관계가 거짓이라는 말씀은 안 하셨으면 좋겠습니다. 가뜩이나… 그런 시선들 때문에 저희 둘 다 많이 힘드니까요.”

그녀는 정말로 지친 사람처럼 눈꼬리를 축 늘어트렸다. 아래로 떨어진 고개에 가슴이 조여오는 건 오로지 학제의 몫이었다.

“변명할 여지도 없이 제 잘못입니다. 소혜 양을 걱정하는 마음이 앞서서 제가 해서는 안 될 말을 꺼내고 말았군요. 부디 무례를 용서해주십시오.”

학제는 고개를 숙이며 진지하게 사과를 했다. 속에서는 어긋난 전개로 인해 다소 복잡해진 감정이 날뛰고 있었다. 다행히 사과가 진심이라고 믿어준 걸까. 소혜는 흥분했던 감정을 한층 누그러트리며 얼굴에서 슬픈 빛을 덜어냈다.

“그럼 오늘 말씀은 못 들은 걸로 할게요. 다음부터는 조심해주시기를 부탁드려요.”

“부디 소혜 양도 저 때문에 마음 상하지 마시길 바랍니다.”

“이제 사장님만큼은 제 편이 돼주셔야 해요. 이렇게 제게 큰 상처를 주셨으니….”

묽게 번진 눈동자를 보니 차마 안 된다는 말은 입에 담을 수 없었다.

“…그러죠.”

학제의 대답에 비로소 소혜가 입가를 늘였다.

“그럼 이만 가보겠습니다. 다음에 또 뵐게요.”

“앞까지 배웅을….”

“아니요, 괜찮아요. 지금은 혼자 있고 싶어요.”

꾸벅 허리를 숙인 그녀가 곧장 몸을 돌렸다. 탁, 닫힌 현관문 너머로 멀어지는 발소리가 들렸다.

“하….”

학제는 낮게 숨을 내뱉으며 이마에 흘러내린 머리카락을 쓸어 넘겼다.

정말 헛다리를 짚은 걸까. 설마 하는 마음이야 약간은 있었지만, 적어도 제대로 허를 찔렀다고 생각했다. 그런데 저토록 슬픈 모습까지 보이며 호소할 줄은 몰랐기에 되레 당황하고 말았다. 학제는 소혜가 나간 문을 우두커니 바라봤다. 굳게 다물린 입에서 쓸쓸한 목소리가 낮게 흘러나왔다.

"맞아요. 나는 소혜 양이 생각한 것만큼 좋은 사람이 아닙니다."

오히려 그 반대에 속하죠. 당신의 연인이라는 신우건을 일본에 넘기고 당신을 내 것으로 만들 계획을 세우고 있으니까요.

"연인 관계가 사실이라…. 여전히 석연찮은 건 많지만."

뭐, 그건 이제 아무래도 좋습니다. 내가 계획을 바꾸죠. 당신과 신우건 선생이 모종의 계약으로 연결된 사이라는 걸 밝히고 내 옆으로 데려오는 것 말고….

"그 관계가 무엇이든 간에, 그냥 깨트려버리는 걸로."

방금, 당신을 더 갖고 싶어졌거든.

◆ ◆ ◆

끼익─ 쿵. 등 뒤로 묵직한 대문이 닫혔다. 최대한 아무렇지 않은 척 의연하게 학제의 집을 나온 소혜가 그 소리에 휘청거리며 담벼락을 짚었다. 손가방을 든 손은 여전히 잘게 떨렸고, 다리는 서 있는 것조차 힘들 만큼 자꾸만 힘이 빠졌다. 숨 쉬는 것조차 잊고 허공만 보기를 잠시.

"하아…."

소혜는 뒤늦게 가슴 깊이 숨을 들이마셨다가 한꺼번에 토해냈다. 빗줄에 묶인 듯 굳어 있던 감각들도 그제야 하나하나 녹진하게 풀어졌다.

"하마터면 전부 들킬 뻔했어…."

가슴에 손을 얹자 쿵쿵쿵, 놀랐다며 아우성을 치는 심장이 느껴졌다. 이걸 숨기느라 얼마나 애를 썼던지. 억지로 숨을 꾹 누르고 있었던 탓에 가슴께가 뻐근할 정도였다.

"설마 대놓고 물어볼 줄이야."

왕학제 저 사람, 보기보다 눈치가 정말 장난이 아니다. 그나마 들키면 모든 것이 끝장난다는 일념 하나로 아닌 척을 했기에 망정이지. 당황해서 말려들었다면 그 자리에서 술술 다 불어버렸을지도 모른다. 아니, 어쩌면 너무 과민 반응을 보여 더 의심하고 있을지도.

"거기다 적반하장으로 사장님을 나쁜 사람으로 몰아갔어…."

소혜는 울상을 지으며 뒤를 돌아봤다. 학제가 좋은 사람이라는 건 자신이 더 잘 아는데, 그 순간 어떻게든 빠져나가야 한다는 생각에 반대로 그를 몰아붙이고 말았다. 물론 학제의 말이 직설적이고 무례했던 건 맞지만, 어쨌든 약혼은 사실이 아니었으니까. 그가 한 말의 무게와 그 속에 담긴 뜻에 대해 전혀 실감하지 못하는 소혜였다.

"린진이랑 아주머니께 인사도 못 했네."

경황이 없어 급하게 나온 게 마음이 쓰였지만, 그렇다고 다시 저 안으로 들어갈 용기는 없었다. 지금 학제를 본다면 조금 전처럼 뻔뻔하게 연기할 자신이 없었으니까. 결국 소혜는 마음이 무거운 상태로 자리를 떠날 수밖에 없었다.

송일고보 앞에 도착했을 때는 어느덧 저녁노을이 조금씩 하늘을 물들이고 있었다. 학생들은 전부 하교를 마쳤는지 학교 앞이 한산했다. 너무 늦게 도착한 건 아닐까. 소혜는 급히 박물관 계단을 올랐다. 곧이어 도착한 연구실 앞에서 작게 숨을 몰아쉬며 마음을 가다듬었다. 똑똑, 문을 두드리자 안에서 "누구세요?" 하는 물음이 들려왔다. 낯설지 않은 목소리였다.

"저, 신 선생님 부름으로 왔는데요."

잠시 후, 닫혀 있던 문이 열리면서 목소리만큼 익숙한 얼굴이 보였다.

"어? 지난번에 연구실에 계셨던…."

세호가 소혜의 얼굴을 알아보고 눈을 커다랗게 떴다. 제법 시간이 지난 데다가 옷차림도 많이 바뀌었는데 용케도 그녀를 알아봤다. 소혜가 멋쩍게 웃으며 고갯짓으로 인사했다.

"안녕하세요. 오랜만에 뵙네요."

"하하, 그러게 말입니다. 선생님을 뵈러 오셨다고요?"

"네."

세호의 어깨너머로 연구실 안에 있는 몇 사람이 하던 일을 잠시 멈추고 이쪽을 쳐다보는 모습이 보였다. 정작 그 가운데에 우건은 없었다.

'선생님은 안 계신 건가?'

민망한 마음에 차마 연구실 안으로 들어가지 못하고 기웃거리던 그때.

"왔어?"

어깨에 닿은 온기와 함께 다정한 음성이 그녀의 귓가에 울렸다. 옆을 돌아보니 우건이 따스한 눈빛으로 저를 보고 있었다. 연기라고 생각할 수 없을 만큼 온몸을 녹일 듯한 눈빛이었다.

"앞에서 기다리고 있었는데. 길이 엇갈렸나 보군."

소혜의 눈동자가 옅게 떨렸다. 짧게 들이쉰 숨에 옅은 담배 향이 흘러들어 그녀의 폐부에 아찔하게 스몄다. 우건은 긴장한 소혜를 달래듯 손바닥으로 부드럽게 다독였다.

"들어가자. 서로 소개가 필요할 테니."

"아, 네⋯."

두 사람은 함께 연구실로 들어갔다. 문 앞에 서 있던 세호는 물론이고 안에 있던 모두가 호기심 가득한 눈으로 소혜를 주목했다. 한눈에 봐도 새로운 사람이 온다는 이야기를 일절 듣지 못한 얼굴들이었다.

'미리 언질이라도 좀 해주시지⋯.'

어리둥절한 눈들을 마주하자니 더욱 어찌할 바를 모르겠다. 소혜는 사뭇 긴장하며 그들 앞에 섰다. 곧 우건이 연구실 사람들에게 그녀를 소개했다.

"오늘부터 우리 연구실에서 함께 일하게 된 새 조수, 백소혜다. 앞으로 표본 기록 업무를 담당할 거야."

"잘 부탁드립니다. 백소혜입니다."

허리를 숙여 인사하자 어색한 박수가 돌아왔다. 아무래도 사내들뿐인 곳에 처음으로 여자 조수가 들어와 다들 겸연쩍은 모양이었다. 우건의 눈짓에도 누구 하나 선뜻 나서서 이름을 밝히는 이가 없었다. 개중 그나마 소혜와 안면이 있는 세호가 잠시 눈치를 살피다가 먼저 제 소개를 했다.

"저는 봉세호라고 합니다. 원래는 산악 전문이고, 선생님을 도와서 우리 조선 나비의 분포지를 지도로 만들고 있습니다. 다시 만나게 돼서 반갑습니다, 하하!"

지난번 연구실에서 우연히 마주친 까닭일까. 그때 펼친 오해의 나래를 이제는 완전히 기정사실화한 건지, 그는 사람 좋은 미소를 지으면서 묘한 흐뭇함을 숨기지 않았다.

'아니⋯. 무엇을 상상하시든 그때는 정말 그런 게 아니었는데요⋯.'

하지만 이제 와서 그때 아무 일도 없었다고 해명하면 더 이상해지겠지. 심지어 지금은 가짜 연인까지 됐으니, 더더욱 해명하면 안 되는 상황이 되고 말았다.

"잘 부탁드리겠습니다, 소혜 씨."

"아, 네. 저도 잘 부탁드려요."

소혜는 벙어리 냉가슴만 앓으며 세호와 악수를 나눴다. 이후에 다른 사람들도 차례로 자신을 소개했다. 우건과 같이 나비 전문인 정석태, 세호처럼 산악 전문인 김재우, 학술부 학생들 몇 명.

"박제 전문 오희욱이오."

그리고 희욱이 있었다.

'저 사람은 어디서 본 것 같은데… 아!'

기억 속에 떠오른 희욱의 얼굴. 바로 모던 카페에서 처음 우건을 만난 날, 세호와 함께 있던 그 사내였다. 쌍꺼풀 없이 날렵한 눈매와 짙은 눈썹 때문에 인상이 제법 강하여 기억에 남아 있었다. 그런데 그때였다.

"한 가지 질문이 있는데."

가만히 소혜를 바라보던 희욱이 손까지 번쩍 들며 모두의 이목을 집중시켰다. 삐딱하게 틀어진 눈썹에는 무슨 이유에선지 불만이 가득해 보였다. 그리고 굳이 물어보지 않아도 불만의 화살이 누구에게로 향하는지 알 수 있었다. 날 선 눈동자가 곧장 소혜, 그녀를 향해 돌진했으므로.

"돌려 말하지 않고 단도직입으로 묻지. 지금 저 여자가 이곳에 온 게, 최근 항간에 떠돌던 소문 속 네 연인이라서 그런 건가?"

저 여자. 그 단어 하나만으로도 희욱이 소혜를 못마땅해한다는 게 확연히 드러났다. 희욱은 불만을 넘어서 아예 직접적으로 거부를 표명했다.

"그런 거라면 나는 반대인데."

싸한 정적이 연구실 안으로 쏟아졌다. 돌려 말하지 않겠다더니 정말 제대로 정곡을 찌르는 희욱이었다.

"저 여자와 네가 약혼을 했든 어쨌든, 여기는 일터다. 사적인 감정을 끌고 오는 곳이 아니란 말이야."

철렁이는 가슴에 소혜는 아무 말도 못 하고 입술만 꾹 깨물었다. 시작도 전에 우건에게 흠이 됐다는 생각 때문이었다. 그렇다고 희욱의 말에 당당히 반박할 수도 없었다. 제 그림 실력이 이곳에 필요한 건 사실이었지만, 결정적인 이유는 역시 경림과 엮여 일본의 감시를 받게 된 자신을 지키기 위함이었으니 말이다. 그걸 이들에게 속 시원히 밝힐 수도 없는 노릇이니 더욱 답답할 수밖에. 점점 눈앞이 아득해지던 찰나.

"그게 왜 반대할 사유가 되는지 나는 전혀 모르겠군."

침묵을 지키던 우건이 소혜의 어깨를 감싸 안았다.

"내 연인이라는 게 이곳에서 죄라도 된다는 뜻인가?"

가냘픈 어깨를 굳게 감싼 팔은 조금의 틈도 허락하지 않았다. 날아드는 화살을 기꺼이 본인이 대신 맞겠다는 듯. 누구도 감히 이 여인을 건드릴 수 없다는 듯. 예기치 못한 우건의 행동에 연구실 사람들은 모두 입을 다물지 못했다.

"선생님…."

괜히 긁어 부스럼을 만든다고 생각했는지, 소혜 역시 두려움 섞인 눈으로 그를 봤다. 우건은 그런 소혜에게 괜찮다는 시선을 보냈다. 이런 일일수록 정면 돌파를 해야 한다. 괜히 어중간하게 덮었다가는 나중에 더 큰 불이 될 가능성이 컸다.

"연구실 꼴 참 재미있게 돌아가네."

희욱이 작게 헛웃음을 터트리다가 더욱 눈빛을 굳혔다. 학문에 있어서는 누구보다 철두철미한 우건이 연구실에 연인을 데려오다니. 동갑일지라도 배울 점이 많아서 진심으로 존경하고 따랐던 희욱은 지금 우건의 행동이 실망스럽기 짝이 없었다.

"남들은 들어오고 싶어 용을 써도 못 들어오는 곳을…."

그 생각을 우건이라고 모를 리가 없었다. 희욱은 누구보다 연구실을 신성하게 생각하는 이였으니까.

"희욱 자네가 뭘 걱정하는지는 알고 있어."

"알고 있는데도 이런 짓을 벌여?"

"그 걱정이 기우라는 걸 말하고 있는 거야."

처음엔 약혼녀라는 걸 밝히지 말까도 생각해봤다. 소혜의 그림 실력만으로 충분히 저들을 설득할 자신이 있었기 때문이다. 하지만 이곳 역시 소문이 고이는 곳이다. 밖에서 부풀 대로 부푼 스캔들을 듣게 하는 것보다는 직접 사실을 밝히고 소문의 와전을 막는 편이 나았다. 믿는 건 어디까지나 저들의 몫이지만.

"내가 소혜를 데려온 건 단순히 내 연인이라서가 아니야."

우건이 눈짓으로 연구실 한구석에 있는 자료 보관함을 가리켰다.

"얼마 전에 폐기 예정 표본을 그림으로 기록해둔 자료는 다들 봤겠지."

사람들의 눈이 일제히 자료 보관함으로 향했다. 표본 때문에 발 디딜 틈조차 없던 차에, 표본 대신 보관할 수 있는 그림 자료가 생겨 모두 환호를 했더랬다.

"그 그림을 그린 게 바로 소혜다."

그 말에 모두가 의외라는 눈으로 소혜를 봤다.

"그걸 정말 소혜 씨가 그리신 겁니까? 혼자서?"

"…네."

세호가 놀라서 묻는 말에 소혜가 작게 고개를 끄덕였다. 연구가 끝나도 언제 어떻게 쓰일지 몰라서 버리지 못했던 나비 표본들을 사진처럼 똑같이 그려놓아 다들 혀를 내둘렀다. 그런데 그 그림을 전부 이 여인이 그렸다니. 그들의 눈에 '우건의 여인'에 불과했던 소혜가 순식간에 '전문 화가'로 변하는 순간이었다.

"나는 소혜의 그림 실력이 앞으로도 우리 연구실에 계속 필요하다고 생각하는데. 이래도 반대할 텐가?"

우건이 단단한 시선을 희욱에게 던졌다. 희욱은 여전히 마음에 안 든다는 눈치였지만, 여기서 더 반대하는 건 제 고집일 뿐이라는 걸 모르지 않았다. 그는 억지로 떠밀리듯 답했다.

"마음대로 해. 저 여자 때문에 연구실 분위기가 망가지든 말든."

"저 여자가 아니라, 백소혜. 연구실 동료끼리 호칭은 좀 제대로 하지. 이곳에서 나 이외에는 모두가 같은 조수니까."

평소에는 크게 격식을 따지지 않는 우건이었지만 지금만큼은 위계가 필요했다. 두 남자 사이에 팽팽한 줄이 당겨졌다. 마치 당장이라도 공기가 터질 듯 팽창하던 그때.

"먼저 간다."

결국 희욱이 먼저 연구실을 나가버렸다. 쾅! 신경질적으로 닫힌 문소리가 응집돼 있던 공기를 터트렸다. 바짝 숨이 조였던 소혜는 안절부절못하고 우건과 문을 번갈아 봤다. 애써 웃으며 다가온 세호가 대신 소혜를 안심시켰다.

"걱정 마세요. 내일이면 아무렇지 않게 출근할 겁니다. 저 형님이 원체 낯을 좀 많이 가려서."

그냥 낯가리는 정도가 아닌 것 같은데…. 소혜는 첫날부터 문제를 일으켰다는 생각에 마음이 무거웠다.

"네 잘못 없어. 원래 저런 성격이야."

시무룩해하는 그녀를 보고 우건도 신경 쓰지 말라며 분위기를 정리했다. 석태와 재우 역시 이런 일에 익숙한 듯 태평한 얼굴이었다. 저 혼자만 이 상황에 적응이 안 되는 모양이다. 소혜는 희욱이 나가버린 문을 걱정스럽게 쳐다봤다. 속으로 삼킨 한숨이 텁텁하기만 하다.

'나⋯ 여기서 정말 괜찮을까.'

걱정만 한가득 떠안은 첫 대면이었다.

◆ ◆ ◆

다음 날, 우건이 새벽같이 학교로 가는 바람에 소혜 홀로 연구실에 도착했다. 현재 시각 여덟 시 삼십 분. 조심스럽게 문을 열자 적막한 공기가 제일 먼저 그녀를 반겼다. 아직 아무도 출근하지 않은 듯했다.

"휴, 다행이다⋯."

텅 빈 연구실을 보자 절로 안도의 한숨이 나왔다. 행여나 희욱이 먼저 와 있을까봐 걱정했던 것이다. 아무래도 첫 만남이 별로 유쾌하지 않다 보니 그와 단둘이 있게 되는 상황은 어떻게든 피하고 싶은 그녀였다. 그렇다고 출근 첫날부터 시간에 딱 맞춰 올 수는 없는 노릇. 결국 원래 출근 시각보다 한 시간 반이나 일찍 나오고 말았다.

"뭐, 일찍 오면 좋지. 미리 와서 청소도 하고 주변 정리도 해놓으면 되니까."

소혜는 어깨를 가볍게 으쓱이며 연구실로 들어갔다. 그러나 어질러진 주변이 아직 익숙하지 않은 탓일까. 그만 허리께까지 쌓인 책 더미를 발로 건드리고 말았다.

"으앗…!"

가까스로 손을 뻗어서 무너질 뻔한 책 탑을 끌어안았다. 조금만 더 늦었더라면 그 옆에 있던 다른 책들까지 전부 무너뜨릴 뻔했다. 소혜는 철렁한 가슴을 쓸어내리며 책들을 한 편에 잘 밀어놓았다.

'실수는 절대 하면 안 돼. 책잡힐 짓은 더더욱.'

앞으로는 자신의 말 한마디, 행동 하나가 우건의 흠으로 돌아갈지도 모르니까. 아무리 제 필요 가치를 인정받았다곤 해도 이건 어쩔 수 없는 일이었다. 이곳에서 무언가를 잘못하는 순간, 그건 '실력이 부족해서'가 아니라 '우건의 연인이라서'가 되는 것이다. 연구실에 들어오자마자 물 흐리는 미꾸라지가 될 수는 없으니 제가 더 조심할 수밖에. 특히 오희욱, 그 사람 앞에서는 더더욱.

"좀 불편하긴 하지만… 그래도 인사는 내가 먼저 하는 게 좋겠지?"

비록 첫인상은 좋지 않았더라도 먼저 살갑게 인사하고 다가가면 분명 마음을 열어줄 것이다.

"자리는 어디로 잡으면 되려나."

소혜는 잠시 연구실 안을 두리번거렸다. 어제는 각자 소개만 하고 끝난 탓에 자리에 대한 이야기를 듣지 못했다.

"그냥 아무 데나 앉으면 되는 건가?"

연구실이라 해도 책상이 다 거기서 거기인지라, 따로 지정된 자리가 있는 것 같지 않았다. 이곳저곳을 두리번거리던 눈에 비교적 깔끔하고도 구석진 자리가 들어왔다. 오호라, 저곳이 내 자리렷다. 구석 자리라면 연구실에 사람이 들어올 때마다 잘 볼 수 있고, 다른 사람에게 방해되지 않게 조용히 일하기도 좋을 것 같았다. 소혜는 가벼운 발걸음으로 곧장 구석 자리로 향했다. 그리고 의자를 빼려고 책상을 빙 돌아선 순간.

"여기에 있으면 그 사람 눈에도 잘 안 띄으아앗!"

소혜는 소스라치게 놀라서 비명을 지르고 말았다. 책상 바로 앞에 의자들을 길게 이어 붙이고는 희욱이 자고 있던 것이다.

"뭐, 뭐야? 으악!"

쿵!

비명 소리에 놀라 잠에서 깬 희욱도 허둥거리다가 결국 의자 밑으로 떨어지고 말았다. 묵직한 무게에 풀썩 피어오른 먼지가 폴폴폴, 그의 몸에 내려앉았다.

"헉! 괘, 괜찮으세요?"

"아, 허리야…."

바닥에 제대로 부딪혔는지 허리를 부여잡은 손이 애처로웠다. 언뜻 욕이 들린 것도 같았다. 괴로운 신음이 흘러나오기도 잠시. 희욱의 고개가 천천히 돌아갔다.

"너…."

가뜩이나 날카로운 눈매가 호랑이처럼 매섭게 변해 있었다.

"일부러 나 놀래려고 소리를 지른 거냐?"

꾹꾹 짓씹는 목소리에는 금방이라도 터질 것 같은 분노가 한가득 담겨 있었다. 소혜는 도리질과 손사랫짓을 동시에 했다.

"그, 그럴 리가요! 저는 아무도 없는 줄 알았는데 여기에 계셔서 정말 놀라서, 저도 모르게 막…."

너무 놀란 나머지 말을 버벅거리고 말았다. 도깨비라도 본 사람처럼 혼비백산하는 소혜의 모습에 희욱은 더 짜증 난다는 표정을 지었다.

"내 눈에 안 띄려고 일부러 구석 자리까지 찾아온 거로군."

"아니, 그게…."

아랫입술을 꾹 깨문 소혜는 이내 잔뜩 풀 죽은 얼굴로 손을 내밀었다.

"정말 죄송해요. 제 손을 잡으시면서 일어…."

"됐으니까 비켜."

하지만 희욱은 그마저 무시하며 스스로 일어났다. 그러곤 찬바람을 횡 날리며 소혜를 지나쳤다. 일부러 들으라는 듯 비아냥거리기까지 했다.

"연구실에서 두 번 잤다가는 사람 죽겠네, 아주."

됐네, 미꾸라지…. 저 사람의 마음을 아예 흙탕물로 만들어버렸어…. 소혜는 울상을 지으며 쭈뼛쭈뼛 돌아섰다. 아무래도 그의 마음을 열기는커녕 미운털만 더 박힌 듯싶다. 때마침 연구실로 세호가 해맑게 들어왔다.

"좋은 아침! …입니다만."

그는 살갗을 스치는 냉랭한 공기에 어리둥절한 표정을 지었다.

"분위기가 왜 이러지? 무슨 일 있었습니까?"

하지만 사건의 장본인인 소혜는 입이 열 개라도 할 말이 없는지라, 그저 어색하게 고개만 꾸벅일 뿐이었다. 희욱은 아예 대꾸조차 않고 말이다. 세호는 영문도 모르고 출근하자마자 눈칫밥부터 먹어야 했다.

다행히 열 시가 넘어서부터는 석태와 재우도 차례로 출근하여 연구실이 북적였다. 어수선했던 분위기가 어느 정도 가라앉자 세호가 소혜에게 다가왔다.

"신 선생님은 오늘 수업이 세 시 넘어서 끝나시니까, 그때까지 쉬고 계시면 될 겁니다."

"그럼 제가 따로 할 수 있는 일은 없을까요? 저 물건 옮기는 것도 잘해요."

소혜는 힘이라도 쓸 것처럼 적극적으로 나섰다. 이왕 일하러 온 것이니 제가 할 수 있는 게 있다면 그림이 아니더라도 뭐든 도울 생각이었다. 하지만 대답은 전혀 다른 곳에서 들려왔다.

"너는 가만히 있는 게 돕는 거다."

대팻밥이 든 상자를 정리하던 희욱이 날 선 눈으로 소혜를 응시했다.

"공주님은 얌전하게. 괜히 방해되지 말고, 조용히."

말이 좋아 공주님이지, 실상은 소혜를 무시하고 깔보는 것이었다. 이곳에 있는 동안에는 괜히 돌아다니다가 제 신경을 거스르지 말라는.

"나중에 낭군님이 오시면 그때 하고 싶은 대로 하든가."

그에게 소혜는 여전히 일터까지 따라온 우건의 철부지 연인, 그 이상도 이하도 아니었다. 도를 넘는 희욱의 비아냥에 연구실의 공기는 다시금 삭막해졌다.

"에이, 희욱 형님 또 그러신다. 그렇게 말씀하시면 상대방은 오해합니다."

"오해? 무슨 오해?"

희욱과 소혜 사이에 끼어 이러지도 저러지도 못하던 세호가 어색하게 웃으며 냉랭한 분위기를 풀어보려 했지만 무용지물이었다.

"기분 나쁘라고 하는 말 맞는데."

희욱이 한쪽 입꼬리를 삐뚜름하게 올렸다. 그 말에 소혜는 저도 모르게 헛숨을 뱉었다. 아니, 아무리 마음에 안 들어도 정도가 있지. 이렇게까지 대놓고 사람을 무시할 이유가 뭐란 말인가.

'심지어 어제 내 그림을 봤을 때는 아무 말도 못 했으면서.'

분한 마음에 당장 한마디 크게 하고 싶었다. 소혜의 표정이 점점 굳는 걸 본 세호가 재빨리 둘 사이를 막아섰다.

"에헤이, 그만! 그만! 텃세는 적당히 부립시다, 형님."

"이게 그냥 텃세로 보이냐?"

이제는 옆에 있던 석태와 재우도 소혜의 편을 들었다.

"이유 없이 그러시는 게 텃세가 아니면 뭡니까?"

"신 선생님이 단순히 연인이라고 데려오신 것도 아니잖습니까. 어제 소혜 씨가 그린 그림까지 보시고서 왜 그러십니까?"

조수들이 전부 하나같이 저를 나무라니 더욱 열이 뻗친 걸까. 희욱은 결국 들고 있던 상자를 쿵 소리가 나도록 내려놓았다.

"신우건 눈치나 보면서 사는 놈들."

그러곤 어제처럼 또 연구실을 박차고 나가버렸다. 한순간에 연구실 분위기가 싸늘해지고 말았다.

"자기도 눈치 보면서…."

세호의 서러운 중얼거림만이 정적과 함께 가라앉을 뿐이었다. 소혜는 원망 어린 눈으로 희욱이 나간 문을 바라봤다. 대체 저 사람은 내가 뭘 잘못했다고 저토록 미워하는 걸까. 우건의 연인이라서? 남들은 쉽게 들어오지 못하는 이곳을 겨우 베개송사로 들어온 것 같아서? 그런 게 절대 아니라고, 이미 제 능력까지 보였는데도 계속 저러니. 정말 어떻게 해야 좋을지 알 수가 없었다.

'이럴 줄 알았으면 선생님과 미리 상의해서 연인 관계라고 말하지 말걸 그랬어.'

그러나 이미 밝힌 일을 다시 덮을 수도 없는 노릇이었다. 무엇보다 만일의 상황에 대비해서라도 연구실 사람들은 그들이 연인 사이라고 알아야 했고, 하지만 하루 이틀 일할 것도 아닌데 껄끄러운 감정을 그냥 내버려둘 수만은 없었다. 우건의 무조건적인 두둔은 더욱 받고 싶지 않았다.

'이건 내가 해결해야 돼.'

역시 이대로 있으면 안 될 것 같았다. 이렇게 된 이상, 정면 돌파다.

"저 좀 잠깐 나갔다 올게요."

"예? 어디 가십니까? 소혜 씨, 소혜 씨! 형수님!"

소혜는 저를 붙잡으려는 세호의 부름을 뒤로한 채 연구실을 나갔다.

◆ ◆ ◆

수업을 하는 내내 우건의 머릿속에는 소혜에 대한 걱정뿐이었다. 가뜩이나 사내들만 있는 공간에 소혜 혼자 남겨둔 것도 신경 쓰이는데, 거기에 희욱까지 있으니 더욱 걱정될 수밖에.

'녀석에겐 미리 언질이라도 할 걸 그랬나.'

희욱은 철저한 실력주의자였다. 아무리 사람 좋고 열정 넘친다 해도 연구에 조금이라도 방해될 것 같으면 철저히 배척하려 들었다. 그의 등쌀에 못 이겨 나간 조수만 꼽아도 열 손가락이 모자랄 정도였다. 그러니 그림을 전공한 것도 아닌 데다가 우건이라는 든든한 뒷배로 들어온 소혜를 못마땅하게 보는 것도 무리는 아니었다.

"오늘 수업은 여기까지."

"차렷, 경례."

수업을 마친 우건은 교실을 나와 복도를 가로질렀다. 학생들의 묘한 시선과 어색한 인사가 따라왔지만, 아쉽게도 지금 그의 눈에는 아무것도 들어오지 않았다. 지금이라도 연구실에 가볼까 싶었지만 다음 수업 때문에 그럴 수도 없었다. 본관과 박물관의 거리가 상당히 먼 까닭이었다. 우건은 별수 없이 교무실로 직행했다. 안에는 조선인 교사 몇 명이 작은 기름 램프 앞에 둘러앉아 노닥거리고 있었다. 그들과 눈짓으로만 인사를 주고받고 막 자리에 앉은 찰나, 한 교사가 우건에게 말을 걸었다.

"신 선생님, 제가 최근에 아주 재미있는 소문을 들었는데 말입니다."

"무슨 소문 말입니까."

"선생님이 연인을 연구실 조수로 고용하셨다던데…. 정말 사실입니까?"

예상보다 더 이른 질문. 어제 연구실에 있었던 학술부 학생 중 누군가 소문을 퍼트린 모양이다. 이 일로 학교가 시끄러워지리라는 것은 미리 각오했던 터. 우건은 담담히 사실을 인정했다.

"제 약혼녀의 그림 솜씨가 뛰어나 종종 기록 업무를 맡겼는데, 이번 기회에 아예 정식으로 함께 일하기로 했습니다."

"허어, 남학생들이 우글거리는 고보인데 괜찮으시겠습니까?"

괜찮아야 하는데.

"연구실에만 있을 테고, 제 다른 조수들이 함께하니 걱정할 일은 없을 겁니다."

솔직히 괜찮지가 않다. 그러잖아도 조금 전 수업 내내 그 생각만 했으니까. 위협으로부터 지키려고 이곳에 데려왔는데 오히려 하이에나 소굴로 끌고 온 기분이라 해야 하나.

"그래도 조심하십시오. 원래 가까운 사람들이 제일 위험한 법 아니겠습니까."

그 말을 듣고 있던 다른 교사들이 저들끼리 키득거렸다. 분명 연구실에 있는 조수들을 두고 한 말이리라. 그 말에 우건의 눈매가 가늘게 조여졌다.

'학교에서 노름이나 하고 술판만 벌일 줄 아는 이들의 이야기를 왜 듣

고 있는 건지.'

그는 짙게 가라앉은 눈동자로 그들을 훑어보다가 자리에서 일어났다. 가뜩이나 예민한 신경이 더욱 곤두섰다.

"말씀하신 충고는 감사하지 않아 그냥 흘려듣죠. 제 사람들을 욕되게 하는 건 썩 유쾌하지 않아서."

그러곤 그대로 교무실을 나왔다. 뒤에서 혀 차는 소리들이 들려왔지만 제 알 바가 아니었다. 어차피 일본인 교사와의 차별 대우에 절망하여 교사의 기본 도리조차 내팽개친 인간들이었으니까. 저런 이들과는 상종할 이유조차 없었다. 이럴 시간에 차라리 연구실이나 살펴보는 편이 더 나으리라.

"다음 수업에 조금 늦게 들어갈 테니 자습하고 있으라고 5반에 전해."

"예, 선생님."

때마침 마주친 학술부 학생에게 말을 전한 우건은 곧장 연구실로 향했다. 실은 더 이상 참기가 힘들었다. 백소혜, 그 여자가 보고 싶어서.

◆ ◆ ◆

"희욱 씨!"

복도를 울리는 소혜의 목소리에 앞서 걷던 희욱이 걸음을 멈췄다. 뒤 돌아보는 눈동자에는 전보다 더 거친 가시가 돋아 있었다.

"…뭐야?"

보통은 그 날 선 눈빛에 기가 죽을 법도 하건만. 소혜는 움츠리는 대신 더 당당하게 희욱의 눈을 쳐다봤다.

"아무리 생각해도 이대로는 안 될 것 같아서요."

"뭐가?"

"희욱 씨가 저를 왜 싫어하시는지 알고 싶어요."

그 말에 희욱이 어이없다는 듯 짧게 실소했다. 다른 곳으로 시선을 돌린 얼굴에는 이 상황을 귀찮아하는 기색이 역력했다. 하지만 여기서 포기하면 그를 따라 나온 의미가 없다. 소혜는 용기를 내어 먼저 용서부터 구했다.

"우선 아침에 놀라게 해드린 건 사과할게요. 거기에 계신 줄 미처 몰랐어요. 느닷없이 소리를 질러서 죄송했습니다."

희욱은 그때까지도 입을 굳게 다문 채 그녀를 빤히 내려다보기만 했다. 이 여자가 무슨 수작을 부리고 있는 걸까. 그의 표정은 딱 그런 뜻이었다.

"그러니 솔직하게 말씀해주세요. 제가 무엇을 잘못했는지, 어떻게 고치면 되는지. 마음에 들지 않는 점이 있다면 그것도 고치겠습니다."

이 말을 하는 순간에도 사실 소혜의 머릿속에는 온갖 걱정이 벌 떼처럼 달려들고 있었다. 괜히 싫다는 사람을 건드려서 일을 키우는 게 아닐까. 버릇없이 군다고 더 싫어하면 어떡하지? 하지만 그런 게 무서워서 가만히 있으면 앞으로도 번번이 연구실 분위기를 흐릴 것 같았다. 차라리 이렇게 속 시원히 부딪치는 게 더 나으리라. 적어도 제 진심만큼은 전할 수 있을 테니까. 게다가 자신이 누군가. 그 사나운 경림과 질투 많은 무용수들 틈에서 5년이나 버틴 사람이 아닌가. 겨우 이 정도의 텃새로 물러설 그녀가 아니었다.

"저는 연구실에 있는 모든 분과 다 같이 잘 지내고 싶어요. 희욱 씨하고도 마찬가지고요."

소혜의 당찬 희망에 희욱의 미간이 사선으로 어긋났다. 풀 죽어서 서운한 티를 내거나 우건에게 쪼르르 달려가 전부 일러바칠 줄 알았는데. 생각보다 강단지게 나오는 모습에 조금은 의외라고 생각했다. 이제껏 제 눈 밖에 난 조수들과는 확실히 다른 모습이었다.

"어쩌지? 나는 그럴 생각이 없는데."

하지만 감상은 딱 그뿐이었다.

"나는 그냥 네가 싫어."

"제가 여자라서 그런 건가요? 아니면 신 선생님의 연인이라서?"

"만일 후자라고 한다면."

희욱은 주머니에 양손을 꽂아 넣으며 고개를 모로 기울였다.

"그 녀석이랑 헤어질 수 있어?"

소혜는 순간 심장이 덜컹거렸다. 이 남자의 마음 하나 열겠다고 우건과의 계약을 파기한다고? 말도 안 되는 일이었다. 제 마음은 차치하더라도 그건 우건까지 위험하게 만드는 짓이었으니까. 소혜가 움찔거리자 희욱이 낮게 코웃음을 쳤다.

"거봐, 못 하잖아."

"제가 선생님과 헤어진다고 해서 희욱 씨에게 무슨 득이 있는데요?"

"글쎄. 연구에 방해는 좀 덜 되겠지."

희욱은 어깨를 으쓱이며 다시 차가운 눈을 소혜에게 뒀다.

"아무것도 모르면서 연구실에서 시간만 잡아먹는 것들, 딱 질색이거든."

무엇보다 소혜는 우건의 연인이라서 이곳에 올 수 있었던 사람이다. 바꿔 말하면 우건이 아니었다면 이렇게 마주할 일조차 없었을 여자라는 뜻이다.

"전문적으로 그림을 공부한 사람도 아니고, 카페에서 일하던 여급이 우리 연구에 도움이 되면 얼마나 된다고."

조금이라도 힘들고 일하기 싫으면 은근슬쩍 내빼기 가장 좋은 유형. 언제든 그만두고 나가버릴 어중이떠중이. 지금 희욱의 머릿속에 소혜는 딱 그 정도였다. 그러니 성과도 없이 건성으로 연구실을 드나들게 할 바에는 차라리 완전히 눌러놓든가 아예 쫓아내는 편이 나았다.

"괜히 나한테 시간 낭비나 하면서 애쓰지 말고, 그냥 가만히 있어. 알아서 나가주면 더 좋고. 이렇게 설칠수록 눈에 더 거슬리니까."

그는 마지막까지 싸늘한 말을 내뱉고는 다시 발길을 돌리려 했다. 하지만 이대로 그를 보낼 소혜가 아니었다.

"희욱 씨 말씀이 맞아요."

몇 걸음 떼지 못한 발이 그 자리에 멈췄다. 고개를 돌리니 소혜가 빈틈없이 야무진 표정으로 그를 보고 있었다.

"저는 특별한 경력 없이 신 선생님 덕분에 이 연구실에 왔어요. 카페 무용수로밖에 일한 적 없고, 그림도 어릴 때 잠깐 배운 게 다예요."

희욱은 비아냥거리며 그녀의 말을 받아쳤다.

"스스로 연구실에 있을 자격이 없다고 인정하는 건가?"

"아니요. 그렇기 때문에 절대 가벼운 마음으로 이곳에 들어온 게 아니라는 말씀을 드리는 거예요."

소혜라고 어찌 부끄럽지 않았을까. 경력도 없이 연구실 일을 돕겠다고 나서는 것부터가 스스로도 염치없게 느껴졌거늘. 하지만 이렇게라도 우건에게 은혜를 갚고 싶었다. 목숨까지 걸어서 제 삶을 구해준 그가 너무도 고마워서. 무엇으로라도 도움이 되고 싶어서. 그리고 먼 훗날 그가 추억할 이 순간에, 조금이라도 더 파고들고 싶어서.

"저, 신 선생님을 진심으로 좋아합니다. 그래서 그분이 하시는 일에 어떻게든 도움이 되고 싶어요. 그분이 원하시는 게 제가 원하는 거니까요."

소혜는 목소리에 힘을 실어 말을 이었다.

"도움이 될 수만 있다면 그림으로든, 다른 무엇으로든 전부 돕겠습니다. 여자라고 편의를 봐주시지 않아도 괜찮아요. 체력으로는 정말 자신 있거든요."

우건이 자신의 온 생애를 바쳐 일궈내는 연구를, 일제의 억압에 맞서 싸우며 조선 나비에게 조선 이름을 붙여주겠다는 그의 소명을 그녀 역시 온 힘을 다해 돕고 싶었다.

"희욱 씨가 저를 인정해주실 때까지 더 열심히 일하겠습니다!"

소혜가 깍듯하게 허리를 숙였다. 그 모습에 희욱이 당황한 듯 눈가를 좁혔다.

"그러니 조금만 지켜봐주세요. 절대로 실망시키지 않을 테니까."

한참 만에 숙였던 허리를 편 소혜가 먼저 자리를 떠나려 했다. 그런데 막 발길을 돌린 찰나.

"…선배라고 불러. 건방지게 희욱 씨라 부르지 말고."

뒤돌아보니 전보다 누그러진 눈빛의 희욱이 보였다. 잠시 멍하니 입을 벌렸던 소혜가 이내 환하게 웃었다.

"네, 선배! 그럼 먼저 들어가겠습니다."

소혜가 한 번 더 허리를 꾸벅 숙이고는 먼저 연구실로 돌아갔다. 희욱은 멀어지는 그녀를 물끄러미 바라봤다. 고집 센 여자. 제 연인만 믿고 까부는 여자. 속으로 온갖 나쁜 수식어가 떠오르는데, 이상하게 거슬리지가 않다.

"하, 참."

희욱의 입에서 헛웃음이 새어 나왔다. 당황스럽고 어이도 없는데 그

와중에 저 여자가 조금 다르게 보인다. 의외라는 생각이 은연중에 머리를 스쳤다.

"당돌하네, 계집이."

제법 오기가 있어 보이는 게 조금은 지켜볼 만도 한 듯하고. 하긴, 그 목석같은 놈을 쥐고 흔들었으니 애초에 보통 여자는 아니겠지만. 쯧, 체념처럼 혀를 찬 희욱이 뒤돌았다.

"…뭐야?"

언제 왔는지 우건이 꺾인 복도에 등을 기댄 채 이쪽을 보고 있었다. 소혜가 완전히 사라진 복도를 바라보던 우건이 이내 희욱을 향해 걸어왔다.

"어때, 내 약혼녀를 밀어붙인 소감이?"

조금 전 상황을 전부 지켜본 걸까. 까맣게 응집된 눈동자와 달리 그의 입술 끝이 말려 올라가 있었다. 희욱은 다시 미간을 굳히며 괜히 삐딱하게 말했다.

"비난이라도 하고 싶은 건가?"

"아니라는 건 자네가 더 잘 알 텐데."

다가온 우건이 친구의 어깨에 손을 얹었다. 부탁의 손길이었다. 저 여인을 조금만 지켜봐달라는.

"책임감 없이 행동할 여인이 아니야. 우리 연구실에 분명 큰 도움이 될 거다."

"네 눈에만 그렇게 보이는 거라면?"

"나는 내 안목을 믿는다."

그만큼 저 여인을 믿고. 소혜를 향한 우건의 믿음은 결코 가볍지 않았다. 그녀라면 분명 이곳에 큰 도움이 될 것이다. 그리고 무엇보다….

"'우리 거사'에도 아무 문제 없을 거고."

그 말에 억지로 힘을 주고 있던 희욱의 눈가가 차츰 부드럽게 풀렸다. 희욱이 그토록 소혜의 존재를 반대했던 이유는 비단 연구실뿐만 아니라 한열단과도 관계가 있는 까닭이었다.

"수장님도 아시는 거냐?"

"소문으로 벌써 들으셨겠지."

희욱의 미간에 작게 균열이 일었다. 아무리 부자 사이가 나쁘기로서니 이런 중요한 일을 독단적으로 진행했다는 생각에 기가 찰 노릇이었다.

"대책 없는 놈."

"살면서 처음 듣는 말인데, 그 말은."

우건은 가볍게 받아치며 희욱을 안심시켰다.

"아무튼 너무 걱정하지 않아도 돼. 공사는 확실히 구분할 테니."

"…작은 실수라도 눈감아주는 일은 없을 거다."

마지막까지 가시를 세운 희욱이 그대로 우건을 지나쳤다. 일단은 소혜를 지켜보겠다는 신호였다.

"하여간, 솔직하지 못한 녀석."

우건은 한숨처럼 작게 실소를 흘렸다. 곧 시선은 유려하게 소혜가 사라진 방향으로 향했다. 희욱을 상대로 당당하게 맞서던 모습이 사진처럼 눈에 선했다.

솔직히 의외였다. 희욱이 말도 안 되는 이유로 몰아붙일 때 소혜의 기세가 꺾일 거라 생각했으니까. 같은 사내의 기도 죽여버리는 희욱인데 여인인 소혜에겐 오죽했을까. 하지만 예상과 달리 소혜는 똑 부러지게 제 할 말을 전하며 물러서지 않았다. 오히려 자신을 대놓고 싫어한다는 사람에게 열심히 할 테니 지켜봐달라고 떳떳이 부탁까지 했다. 대담한 여인이라는 것을 새삼 느낀 순간이었다.

'원래도 이상한 데서 겁이 없다는 건 알았지만….'

아마 소혜는 제가 생각했던 것보다 훨씬 강인하고 단단한 여인일지도 모르겠다.

– 저, 신 선생님을 진심으로 좋아합니다.

문득 소혜의 목소리가 귓가에 맴돌았다. 그저 약혼녀 역할에 충실한 것이라기에는 그 눈빛이나 표정이 무척이나 진지했다. 그녀를 도와주려던 그의 발목을 잡은 말이기도 했다.

'진심… 진심이라.'

그 순간 소혜는 희욱에게 호소하고 있었다. 마치 자기 마음을 가벼운 것으로 매도하지 말아달라는 것처럼. 부디 이곳에 있는 사람들만이라도 그 마음을 알아달라는 것처럼. 예기치 않게 남의 속마음을 엿들은 것 같아 기분이 묘해졌다. 평소라면 이런 이야기를 들었어도 마음이 술렁이지 않았을 텐데. 오늘만큼은 이상하게 그녀의 목소리가 쉬이 떠나가지 않았다. 아니, 오히려 제 가슴으로 깊이 흘러들어 진득하게 자리까지 잡고 있었다.

'진심으로, 좋아한다.'

곱씹을수록 색이 입혀지고 온기가 채워지는 말. 무의식중에 자꾸만 되풀이하게 만드는 말. 그리고 그녀의 진심을 알기에 더욱 무겁게 다가오는 말.

저도 모르게 호선을 그렸던 입꼬리가 천천히 일자로 굳어졌다. 어둠에 물든 눈동자는 한숨과 함께 눈꺼풀 밑으로 사라졌다. 깊은 물속에 잠긴 것처럼 가슴이 답답해졌다.

"당황스러울 만큼 맹목적이야, 너는."

나에게 향하고 있음을 알면서도 끝끝내 네 마음을 모른 척해야 하는 것은 대체 무슨 죄를 지어야 받는 벌이던가. 그런 나를 좋아하는 너는 도대체 무슨 죄를 지었던가.

"너와 나는 모두 죄 없이 벌을 받는 사람들이구나."

쓸쓸히 흘려보낸 목소리가 허공에서 흩어졌다. 그런데도 끝끝내 너를 멀리 놓아주지 않는 나는 어쩌면 진짜 죗값을 받는 중일지도. 내 욕심만 버리면 모든 것이 끝날 일인데 그러지 못하고 있으니까. 아니, 그러지 않고 있으니까.

잡을 수 없이 사라진 잔상을 눈으로만 좇던 우건은 끝내 발길을 돌렸다. 지금은 억누를 때였다.

◆ ◆ ◆

희욱을 따라 나갔던 게 신의 한 수였던 걸까. 제 입장을 확실히 밝히고 난 뒤라 그런지, 희욱은 오전처럼 대놓고 소혜에게 무안을 주거나 딴죽을 걸지 않았다. 여전히 눈이 마주칠 때면 그 끝이 날카로웠지만 많이 유순해진 모습이었다. 용기를 낸 보람이 있었다.

하지만 소혜는 안심하는 대신 긴장을 놓지 않고 더욱 최선을 다했다. 그림으로 기록해야 할 표본이 있으면 집중해서 그리다가도 자잘한 허드렛일이 눈에 보이면 제일 먼저 나서서 처리했고, 조수들이 어지른 것은 그때그때 대신 치워줬다. 괜찮다는 동료들의 만류에도 소혜는 자신이 할 수 있는 일을 계속 찾았다. 우건이나 희욱이 없더라도 마찬가지였다. 단순히 남의 눈을 의식해서 그러는 게 아니라 진심으로 연구실 일에 최선을 다했다. 그 노력이 통한 걸까. 소혜를 보는 희욱의 눈매에서 사나움이 빠르게 옅어졌다.

"야, 옆에 통 좀 줘봐."

"이 나무통요? 네!"

더러는 소혜에게 일을 시키기까지 했다. 정말로 장족의 발전이 아닐 수 없었다. 그렇게 정신없이 일하던 첫날이 흐르고, 어느새 창밖으로 어둑한 땅거미가 내려앉았다.

"일 마무리된 사람은 알아서 퇴근하도록 해."

몸이 뻐근해지는 줄도 모르고 연구에 열중하던 이들은 우건의 목소리에 겨우 허리를 폈다. 그 가운데 슬쩍 눈치를 살피던 세호가 배시시 웃으며 말문을 열었다.

"선생님, 오늘 오랜만에 회식 어떻습니까?"

돋보기로 나비 표본을 들여다보던 우건이 눈만 힐끔 들어 세호를 봤다. 그러나 이내 관심 없다는 듯 다시 표본으로 눈길을 돌렸다.

"마시고 싶은 사람은 가서 마셔. 퇴근 후까지 간섭할 생각은 없다."

"에이, 소혜 씨 오신 기념으로 다 같이 환영회를 해야 하지 않겠습니까?"

소혜의 이름이 나오자 우건의 손이 멈칫했다. 그 미세한 떨림에 하마터면 나비 날개 한쪽이 떨어질 뻔했다. 세호는 사람 좋은 미소를 지으며 그를 설득했다.

"새 식구가 잘 적응하려면 이런 자리가 꼭 필요하다니까요. 네?"

"저도 좋은 생각 같습니다."

"저도요. 표본 소독 말고 제 위장 소독도 좀 하고 싶습니다."

옆에 있던 석태와 재우도 한몫 거들었다. 세호는 기세를 몰아 소혜에게도 물었다.

"소혜 씨는 어떻습니까? 아까 점심도 제대로 못 드신 것 같은데, 저희랑 같이 가서 맛있는 것도 좀 드시죠!"

이목을 받은 소혜가 우건의 눈치를 보며 어색하게 웃었다.

"저는 선생님이 그래도 된다고 하시면…."

"들으셨죠, 선생님? 소혜 씨도 좋다고 하시지 않습니까!"

세호가 한층 들뜬 목소리로 말했다. 이쯤이면 우건도 조수들의 기대 어린 눈을 외면할 수 없게 되는 것이다. 하지만 아직 남은 관문이 있었다.

"희욱, 자네는 어떻게 할 건가?"

이번에는 모두의 시선이 희욱을 향했다. 나비 표본을 만드느라 한창 집중하던 중에 난데없이 부담스러운 눈빛들이 쏟아지니, 당연히 당황할 수밖에. 희욱이 사납게 눈썹을 구겼지만 그들은 고개를 돌리기는커녕 더 애원하는 눈길로 쳐다봤다.

"나는…."

싫다는 소리가 목구멍까지 치솟은 찰나. 희욱의 눈에 소혜가 들어왔다. 그녀도 함께 저녁을 먹고 싶은지 두 눈이 반짝반짝 빛나고 있었다. 결국 목울대를 울컥울컥 치던 거절의 말이 다시 밑으로 꿀꺽 넘어갔다.

"…애초에 끌고 갈 거면 물어보지나 말든가."

함께 가겠다는 뜻이었다.

"와아!"

희욱의 승낙에 어린아이 같은 탄성이 곳곳에서 터져 나왔다. 소혜는 다른 조수들과 함께 좋아하며 화사하게 웃었다. 그 해맑게 웃는 얼굴이 꽃을 찾아드는 나비처럼 자연스레 우건에게 날아들었다. 여름 바람처럼 청량한 웃음이 그의 망막에 선명히 맺혔다.

"얼른 가요, 선생님!"

마음속에 남아 있던 어둠을 몰아내며. 그 자리에 이성을 죽이고 소유 욕이라는 새로운 꽃을 피워내며.

"그럼 업무 시간은 끝났으니 이제 자유롭게 있어도 되겠지."

우건이 자리에서 일어났다. 길게 뻗은 다리는 오롯이 한 사람을 향해 움직였다. 이윽고 소혜 옆에 나란히 선 우건이 팔을 뻗었다. 미끈하게 등 허리를 감싸는 단단한 팔, 밀착된 몸. 머리 위로 드리운 안온한 그림자에 소혜가 놀란 눈을 들었다.

"공사는 구분해야 하고, 지금은 사에 집중할 시간이니까."

아찔한 속삭임이 소혜의 귓바퀴로 집요하게 엉겨들었다.

"이만 가지."

우건은 소혜의 허리를 감싼 채 그대로 연구실을 빠져나갔다. 교무실에 있는 다른 선생들도 퇴근할 시간이니, 한 번쯤 그들의 얼굴을 더 구겨도 좋을 것 같았다.

◆ ◆ ◆

시끄러운 술집 안으로 한 무리의 사람들이 밀려들었다. 우건과 소혜, 그리고 다른 조수들은 북적거리는 틈에서 운 좋게 자리를 잡을 수 있었다. 곧이어 식사를 겸한 안주와 술상이 차려졌다.

"자, 자! 모두 잔을 위로 드시고!"

세호는 먼저 비루 잔을 들며 우렁찬 목소리로 회식 분위기를 주도했다. 그러더니 자연스럽게 우건에게로 이목을 집중시켰다.

"첫 잔이니 특별히 우리 신 선생님께 한 말씀 부탁드리겠습니다!"

"그냥 마셔. 고작 비루 마시는데 무슨 건배사야?"

"에이, 소혜 씨와 함께 마시는 첫 잔이잖습니까! 소혜 씨의 연인이신 선생님께서 당연히 말씀하셔야죠"

세호는 이상야릇한 표정을 지으며 일부러 '소혜 씨의 연인이신'을 힘줘 말했다. 우건의 옆구리를 툭툭 치는 팔꿈치는 덤이었다. 분명 연구실을 나설 때 모두 앞에서 대놓고 소혜를 감싸 안은 걸 두고 하는 말이리라. 하아, 낮게 한숨을 내쉰 우건이 고개를 돌려 소혜를 봤다. 그녀도 조금 전의 일이 떠올랐는지 술 한 모금 마시지 않은 뺨이 벌써 발그레 물들어 있었다.

"어서요, 선생님."

그래. 저지른 일이 있으니 놀림을 받아줘야 빨리 끝나겠지. 세호의 채근에 우건은 체념하며 자리에서 일어났다. 까마득히 높아진 눈높이에 모두가 고개를 젖히거나 의자를 살짝 뒤로 빼며 그의 얼굴에 집중했다.

"바빠도 이런 자리를 종종 만들어야 하는데, 매번 일거리만 던져서 미안할 따름이군."

우건의 눈이 연구실 단원들을 차례로 스쳤다. 희욱, 세호, 석태, 그리고 재우까지. 하나같이 우직하게 저를 따라주는 고마운 조수들이었다. 그리고 마지막으로 시선이 정착한 곳은 바로 제 옆에 앉아 있는 소혜였다. 이 매캐하고 어둑한 공간에서도 홀로 빛을 발하는, 호수처럼 고요히 고인 제 감정을 시시때때로 일렁이게 만드는 여인이었다. 소혜는 알전구 빛을 받아 반짝이는 눈으로 오롯이 그를 바라보고 있었다. 옅은 충동과 그보다 짙은 감정이 깊은 저변에서 꿈틀거렸다. 밀려드는 파도처럼, 넘쳐버린 샘물처럼.

'정말로 사에만 집중하면 어쩌자는 건지.'

온종일 머릿속을 괴롭히던 생각이 다시금 지끈 떠올랐다. 버릴 수도,

해소할 수도, 그렇다고 온전히 받아들일 수도 없는 이 감정을 어찌해야 좋을지.

"소혜도 우리 연구실에 온 걸 환영하고…."

느슨했던 눈동자를 다시 조인 우건은 애써 그녀에게서 눈길을 거두며 말을 매듭지었다.

"모두들 앞으로 잘 부탁한다. 조선의 나비를 위하여."

"위하여!"

우건답게 깔끔한 마무리에 모두가 묵직한 잔을 높이 들었다. 한곳으로 모인 잔은 경쾌한 소리를 내고는 각자의 입으로 돌아갔다.

한창 식사를 하던 와중, 세호가 나물만 깨작거리는 소혜를 보고서 그녀 앞으로 접시 하나를 내밀었다. 투박하게 썬 돼지고기에서 모락모락 김이 피어올랐다.

"소혜 씨, 이것 좀 드셔보십시오. 이게 이 집에서 가장 잘하는 음식입니다."

"아, 감사해요."

그러자 옆에 있던 희욱이 눈가를 구기며 세호를 노려봤다.

"야, 먹을거리로 알랑거리지 마라. 음식 가지고 그러는 게 제일 치사한 거다."

"그런 거 아닙니다! 소혜 씨가 잘 못 드시기에 챙겨드린 것뿐입니다."

그래도 미심쩍은 눈초리에 세호가 억울하다는 듯 미간을 치켜올렸다.

"아니, 소혜 씨를 보고 있으니까 제 동생이 생각나서 그런 거라고요."

함경도로 시집을 가서 3년이나 보지 못해 더욱 애틋한 여동생이었다. 워낙 남매 사이가 끈끈해서 그와 비슷한 연배만 봐도 이토록 그리워지는 것이었다.

"저도 사진으로 본 적 있는데 세호 형님과는 영 딴판입니다."

"그러고 보니 소혜 씨랑 조금 닮은 것 같기도 하고?"

재우와 석태가 서로 마주 보며 고개를 끄덕였다. 이 좋은 놀림감을 그들이 이대로 놓칠 리 없었다.

"하지만 세호 형님, 아무리 그래도 형수님께는 그러시면 안 됩니다."

"진짜 동생이 생각나서 그런 거라니까!"

석태의 말에 세호는 얼굴까지 새빨개져서 펄쩍 뛰었다. 제 딴에는 소혜가 사내들 사이에서 혼자 잘 먹지 못하는 것 같아 챙긴 것뿐이건만. 이 짓궂은 동료들이 그걸 물고 이리들 장난질이다.

"야, 우건아. 네 약혼녀 잘 챙겨야겠다."

심지어 희욱까지 합세하니, 장난기 많은 석태와 재우는 아주 물 만난 물고기처럼 더욱 신났다. 우건을 놀리던 게 그대로 부메랑이 돼 세호에게 돌아간 것이다. 소혜는 당황해하면서도 두 사람의 합동 공격에 웃음을 터트렸다. 소혜가 그들의 장난을 부담스러워하면 조금 중재할 생각도 있었건만. 그녀의 화사한 웃음에 우건도 짧게 실소하며 한 발 물러섰다. 한 번쯤 긴장을 풀고서 이런 시끌벅적한 순간도 즐겨보고 싶었다.

"선생님, 저 진짜 그런 거 아닙니다!"

결국 혼자서는 놀림을 당해내지 못하겠는지 세호가 우건에게 도움을 요청했다. 이러다 저 녀석 울겠군. 우건은 짧은 장난을 마치며 그만 분위기를 환기하려 했다.

"다들…."

움직이던 입술이 일순 굳은 듯 멈췄다. 술집 창가에 수상한 인영人影이 비친 것이다.

'방금 그 남자….'

이쪽을 염탐하듯 쳐다보던 누군가. 빠른 찰나에 사라져 자세히 보진 못했지만 언뜻 낯익은 얼굴이었다. 날카로운 감각이 우건의 신경을 사납게 건드렸다. 그의 심각한 표정에 술자리가 사뭇 어색해졌다. 소혜도 웃음기를 지우고 걱정 어린 얼굴로 그를 바라봤다. 우건의 시선이 향한 곳을 따라 고개를 돌려도 보이는 것은 어둑한 창문뿐. 혹시 또 미행이 붙었던 걸까. 소혜는 피어오르는 불안을 누르며 조심스럽게 우건을 불렀다.

"선생님, 왜 그러세요?"

생각에 잠겨 있던 우건이 소혜의 목소리에 다시 현실로 돌아왔다. 앞을 보자 둘러앉은 이들이 전부 이쪽을 쳐다보고 있었다.

"…미안. 잠시 다른 생각 좀 하느라."

우건은 표정을 갈무리하고 다시 창문을 봤다. 수상한 그림자는 보이지 않았지만 아무래도 확인해볼 필요가 있었다.

"희욱, 나가서 담배나 한 대 피울까."

"그러지."

뭔가 이상한 낌새를 눈치챘는지 희욱도 군말 없이 자리에서 일어났다. 우건은 그사이 불안한 눈으로 저를 바라보는 소혜의 어깨에 손을 얹었다. 그러곤 살짝 허리를 숙여 귓가에 나직이 속삭였다.

"잠시만 있어. 금방 올게. 별일 아니니까 걱정하지 말고."

"네. 다녀오세요."

부드럽게 감겨드는 음성에 소혜가 녹녹해진 눈빛으로 고개를 끄덕였다. 그것이 어쩐지 영역 표시처럼 느껴져 다른 조수들은 보이지 않는 경계선을 앞둔 것처럼 긴장해야 했다.

우건은 곧 희욱과 함께 가게 밖으로 나왔다. 좁은 골목 끝자락에 위치한 가게라 주위를 한눈에 살필 수 있었다. 구석진 모퉁이에는 곧 한 줄기 연기만 피어올랐다.

"뭐 때문인데? 피우지도 않는 담배 핑계까지 대면서."

길게 연기를 내뿜은 희욱이 한쪽 눈썹을 들썩이며 물었다. 우건은 한동안 어둠에 잠긴 골목을 계속 경계하다가 마침내 희욱에게만 들릴 목소리로 작게 물었다.

"최근에 욱영 형을 본 적 있나?"

"두어 달 전에 상하이에서 돌아왔다는 소식은 들었는데, 아직 만나보진 못했다. 근데 그 형은 왜?"

우건은 쉽게 말을 잇지 못했다. 지금 하려는 이야기는 자칫 한열단 내부에 큰 반향을 일으킬 수도 있기에 신중에 신중을 기해야 할 주제였다.

"뭔데 그래?"

침묵이 길어지자 희욱이 대답을 재촉했다. 우건은 짙은 한숨을 내쉬며 한층 가라앉은 목소리로 말했다.

"방금 형을 본 것 같아서."

"여기서?"

"오늘뿐만 아니라, 형이 경성에 돌아온 이후부터 종종."

그 말에 희욱의 얼굴근육이 차츰 굳기 시작했다. 숨죽인 목소리가 연기보다 낮게 흘러나왔다.

"그 형이 너를 미행이라도 한다는 뜻이야?"

마른세수로 쓸어내린 우건의 얼굴에 전보다 더 복잡해진 눈빛이 드러났다.

"아직은 그냥 짐작일 뿐이야."

"말도 안 되는 소리 하지 마. 욱영 형이 어떤 사람인지 잘 알면서 그런 말이 나와?"

밀정이었던 동생조차 제 손으로 처단한 사람이 바로 욱영이다. 그만큼 배신에 누구보다 민감한 사람이라는 뜻이다. 그런 욱영이 다른 사람도 아닌 우건을 미행한다는 건 우건을 변절자로 의심한다는 의미가 아닌가. 한 열단 수장의 아들이자 모든 계획의 중심이 일제에 정보를 팔아넘긴다? 이건 생각만으로도 끔찍한 일이니 차치하고. 그 반대의 경우라면 욱영이 변절자라는 건데….

"아… 무슨 개 같은 경우냐, 이건."

이 또한 골치가 아프기는 마찬가지였다. 어디 골치만 아프고 말 뿐일까. 이전에 벌어진 단독 처단 사건의 진위까지 전부 뒤집어엎을 가정인데. 우건도 그 사실을 잘 알고 있기에 섣불리 단정하지 못하는 상황이었다.

"일단 이 이야기는 비밀로 해줘. 내가 너무 예민하게 생각하는 것일지도 모르니."

"제발 그러길 빈다."

폐부 가득히 담배 연기를 채워 넣은 희욱이 신경질적으로 숨을 내뱉었다. 두 남자는 한동안 차가운 밤공기에 머리를 식히다가 가게 안으로 다시 들어갔다.

그리고 멀지 않은 인근의 다른 가게. 그 안에서 막 문을 열고 나온 한 남자가 그들이 사라진 방향을 주시하다가 곧 모습을 감췄다.

◆ ◆ ◆

다시 술집 문을 열었을 때 웬 구성진 가락이 우건의 귀에 달라붙었다. 그사이에 제법 불콰하게 취한 세호가 축음기 노래에 맞춰 춤을 추고 있던

것이다. 교양 댄스도 뭐도 아닌 괴상한 몸짓에 주위는 한바탕 웃음바다가
돼 있었다.

"아, 저거 또 시작했군. 야! 창피하니까 그만해!"

쯧, 혀를 찬 희욱이 큰소리로 그를 나무랐다. 하지만 세호는 멈추기는
커녕 더욱 흥이 올라 곁에 앉은 사람들까지 일으키려 했다.

"얼른 일어나라, 석태야. 이런 날에는 춤을 춰야지!"

"조심하십시오. 그러다 다치십니다."

"재우야, 너 이러다가 다시 나비 무덤에 끌려간다아!"

세호가 석태에 이어서 재우의 손도 잡았지만, 두 남자 모두 징그럽다
며 내빼기만 할 뿐이었다. 입술을 삐죽이며 서운해하던 세호의 눈길이 이
번에는 소혜에게 닿았다. 동글동글 커다란 눈이 애처롭게 휘었다.

"소혜 씨, 내 동생을 닮은 소혜 씨이…. 소혜 씨는 저랑 같이 춤춰주실
거죠?"

"예? 아, 저는….'

당황하던 소혜는 마침 안으로 들어온 우건과 눈이 마주쳤다. 세호를
보며 못 말린다는 듯 고개를 젓던 그가 소혜를 향해 살짝 턱만 추켜올렸
다. 하고 싶은 대로 하라는 뜻이었다. 몇 년이나 일상적으로 추던 춤을 한
동안 못 추다보니, 사실 소혜도 흘러나오는 음악에 조금씩 몸이 들썩거리
던 차였다.

"음, 좋아요."

머뭇거리던 그녀는 곧 못 이기는 척 자리에서 일어났다. 그녀가 일어
나자 주변에서 환호성이 들려왔다. 세호는 호탕하게 웃으며 소혜와 발맞
춰 춤을 추기 시작했다. 확실히 무용을 해서 다르긴 다른 모양인지, 소혜
가 춤을 추자 그동안 보고만 있던 다른 사람들까지 어깨를 들썩이기 시작

했다.

곧이어 한두 사람씩 끼어든 흥 놀이는 술집 전체를 아예 댄스홀로 만들어버렸다. 세호와 춤을 추던 소혜의 손은 곧 석태에게로, 다시 재우에게로 넘어갔다. 처음에는 한사코 거절하다가 세호의 끈질긴 노력으로 끌려 나온 희욱도 투박한 몸짓으로 함께 발을 굴렀다. 술기운 덕분일까. 아니면 함께 어울리는 이 활기찬 공기 덕분일까. 오전만 해도 한껏 날을 세우던 희욱은 어느새 소혜가 바로 앞에 있어도 아무렇지 않아 했다. 그 덕분에 긴장이 풀린 소혜도 어렵지 않게 그를 대할 수 있었다.

"아하하! 선배, 그렇게 말고 발을 이쪽으로요."

"아, 똑같이 하고 있잖아."

맑게 터지는 소혜의 웃음에 신경질을 부리면서도 꿋꿋이 본인만의 춤을 이어가는 희욱이었다. 한참 웃으며 사람들과 춤을 추던 소혜가 문득 옆으로 고개를 돌렸다. 자리를 비켜 한 곳으로 물러난 우건이 혼자 비루를 마시며 그들을 구경하고 있었다.

"선생님도 오세요."

소혜가 그를 향해 손짓했다. 그러나 가볍게 미소를 지은 우건은 감은 눈으로 고개만 저을 뿐이었다. 밀려난 눈꺼풀 아래로는 그저 평안한 눈동자가 보였다. 그러고 보니 처음 만난 날에도 이런 데 어울리는 성격이 아니라 했지. 소혜는 그런 우건에게 작게 웃어 보이다가 다시 사람들과 어울렸다.

　　　　　　　◆ ◆ ◆

　술자리는 늦은 밤이 돼서야 끝났다. 비틀거리며 멀어지는 조수들을 뒤로하고 우건과 소혜는 나란히 집으로 향했다. 소혜는 크게 숨을 들이마셨다가 내쉬며 기분 좋게 말했다.

　"오늘 정말 즐거웠어요. 오랜만에 이렇게 마음 편히 논 것 같아요."

　밤바다처럼 짙은 우건의 눈동자가 그녀의 말간 얼굴을 담았다. 배시시 예쁘게 웃는 미소가 그의 눈 안에서 물감처럼 번졌다.

　"선생님 덕분에 연구실 사람들을 알게 돼서 너무 좋아요. 전부 너무 좋은 분들 같아요."

　"희욱이 녀석이 계속 눈치를 주는 것 같던데."

　"괜찮아요. 모던 카페에서 일할 때 이미 많이 겪어봐서."

　소혜는 대수롭지 않다는 듯 장난스럽게 웃었다. 그나마 희욱은 이유 없이 질투나 시샘을 하는 게 아님을 알았으니, 앞으로 열심히 하는 모습을 보이면 되는 일이었다.

　어느덧 인적이 사라진 거리에는 가을벌레만 한적하게 울어댔다. 같이 걸음을 옮기던 소혜가 문득 멈춰 섰다. 자신을 따르는 기척이 사라지자 우건도 걸음을 멈추고 뒤돌았다. 하얗고 말끔한 손이 물결처럼 그를 향해 밀려왔다.

　"선생님, 저랑 춤춰요."

　그 갑작스러운 제안에 우건이 눈썹을 들썩였다. 올라간 입꼬리에는 당황스러워하는 기색이, 눈가에는 어여뻐하는 시선이 한 줌 녹아들어 있었다.

　"여기서?"

"아까 선생님하고만 못 췄잖아요. 약혼녀를 다른 사내들하고만 춤추게 하는 남자가 어디 있어요?"

짐짓 토라진 척하는 입술이 밉지 않게 삐죽였다. 그 새침한 표정은 오히려 우건의 마음을 몽글몽글하게 만들었다.

"…원래 이런 건 사내가 먼저 청하는 것인데."

"요즘 같은 시대에 그런 게 뭐 중요하나요? 함께 춤춘다는 것이 중요하지."

그래도 우건이 제 손을 잡지 않자 소혜가 태연하게 말했다.

"혹시 춤을 잘 못 추서서 그래요? 걱정 마세요. 제가 엄청 잘 추니까. 저만 따라오시면 돼요."

참새처럼 짹짹거리는 모양이 어찌나 귀여운지. 그 당돌함에 결국 우건의 입에서 피식 실소가 새어 나왔다. 역시 예측하기 어려운 여자였다.

"도발하려는 거면 성공이야."

소혜가 내민 하얀 손을 크고 마디 굵은 손이 파고들었다. 소혜의 손을 돌려 제 손바닥 위에 얹은 우건이 그녀의 허리를 감싸 바짝 끌어당겼다. 한순간 가까워진 거리에 소혜는 저도 모르게 숨을 참았다. 긴장한 목으로 마른침이 넘어갔다.

"움직여봐. 거기에 맞춰줄 테니."

다시금 볼이 화끈해지는 건 바람이 멈춘 탓일까. 아니면 우건과 가까이 밀착한 탓일까. 머리카락이 간간이 목에 감기는 걸 보니 아무래도 후자 때문인가 보다.

한 손은 우건의 손을 잡고, 나머지 한 손은 그의 어깨에 얹은 소혜가 천천히 발을 움직이기 시작했다. 우건이 여유롭게 그녀를 지탱하며 그 발을 따라왔다. 미리 맞춘 동작처럼 부드럽고 자연스러운 흐름이었다. 밤하늘을 밝히는 경성의 화려한 불빛들. 선율처럼 조화를 이루는 풀벌레 소리.

바람이 불어올 때면 그의 체온과 체향이 더욱 진하게 느껴졌다. 아니, 온 신경이 이 남자에게 사로잡혀 모든 감각이 그의 것만 받아들였다. 세차게 뛰는 심장이 가슴을 온통 헤집어 놓았다.

'이 시간이 영원하면 좋겠어.'

소혜는 우건의 어깨에 기댄 채 천천히 눈을 감았다. 어디선가 음악 소리가 들리는 것만 같았다. 이제껏 들어본 적 없는, 두 사람만을 위한 슬프고도 아름다운 왈츠가.

"…."

이윽고 두 사람의 발이 나란히 바닥에 멈췄다. 고요한 적막이 흐르는 허공에 누구의 것인지 모를 옅은 숨소리가 뒤엉켜 스며들었다. 소혜가 들이마시는 공기 사이로 우건이 숨결을 흘려보냈다.

"이런 느낌이구나. 너와 춤을 춘다는 건."

뜻 모를 묘한 감정에 가슴이 간질거렸다.

"잘 추네, 역시."

다정히 소혜의 머리를 쓰다듬은 우건이 이만 가자며 먼저 발길을 돌렸다. 소혜는 그의 손이 닿았던 머리를 공연히 쓸어내리다가 이내 가슴을 꾹 눌렀다. 터질 것 같은 심장은 쉬이 진정될 줄 모르고 손바닥에 감정을 쏟아냈다.

서서히 멀어져가는 저 사내는 어떤 생각을 하고 있을까. 조금이라도, 아주 조금이라도 나와 같은 감정이기를 바라는 건 너무 욕심인 걸까. 나와 같은 기쁨이기를 바라는 건 꿈에나 가능한 일인 걸까. 끝내 알지 못해 더욱 애틋하고 괴로운 마음이었다.

가을밤, 관객 하나 없이 열린 공연은 그렇게 소혜의 가슴에 짙은 열상을 남기고 막을 내렸다.

· 5장 ·

이 거짓을 진짜로

경성 권번의 아침은 어떤 곳보다 고요했다. 밤사이에 요정이나 고위층의 저택에 다녀온 예기藝妓들은 모두 곤히 잠들어 있고, 여태 돌아오지 않은 주인을 기다리는 빈방도 많았기 때문이다. 창마다 쳐놓은 화려하고 두꺼운 커튼에 아침 햇살마저 이 공간을 침범하지 못했다. 행여 예민한 형님들이 이른 잠에서 깨어 짜증을 부릴까, "채 맞은 생짜회초리를 맞으며 제대로 학습한 예기를 일컫는 기생들의 은어"를 꿈꾸는 어린 소녀들은 까치발을 하며 수련장으로 옮겨 갔다.

그렇게 경성에서 홀로 아침을 맞지 않는 밤의 세상. 그중 가장 크고 화려한 방에서 이른 아침부터 웬 기척이 들려왔다. 복도에서 마른걸레질을 하던 어린 시녀는 좁은 문틈으로 새어 나오는 빛에 고개를 갸웃거리며 다가갔다.

"요화 아가씨, 일어나셨습니까?"

"경자니?"

"예, 아가씨."

"잠깐 들어오지 않으련?"

문을 열자 환한 아침 햇살 속에서 단장하는 요화가 보였다. 그녀는 평소에 즐겨 입는 화려한 한복이나 양장이 아니라, 한없이 평범한 흰 저고리에 검정 치마를 입고 있었다. 흔한 장신구 하나 없이, 마치 평범한 학생인 것처럼. 이리저리 거울을 들여다보며 단장을 마친 요화가 은은한 미소를 지으며 시녀를 봤다.

"안 그래도 아침으로 가볍게 먹을 게 필요해서 너를 부르려 했단다."

"이른 아침부터 어디에 가시려고요?"

루주를 옅게 펴 바른 입술이 고운 호선을 그렸다.

"우건 오라버니를 뵈러."

"이렇게 일찍 말이어요?"

놀란 듯 묻는 시녀의 말에 웃고 있던 요화의 입꼬리가 살짝 굳었다.

"내가 오라버니를 뵙겠다는데 시간이 무슨 상관이니?"

"아, 그게···."

시녀는 우물쭈물하며 답을 미뤘다. 최근 경성 바닥에 파다하게 퍼진 '그 소문'을 권번의 어린 시녀라고 모를 리 없는 까닭이었다.

"아무래도 혼인을 약속한 여인이 생기셨으니, 당분간 먼저 찾아뵙는 건 자중하시는 편이···."

"그게 뭐 어때서?"

차가운 목소리가 시녀의 힘없는 말허리를 단번에 잘랐다. 눈가에 남아 있던 미소마저 싸늘히 식어버렸다.

"나와 오라버니는 내가 권번에 오기 전부터 알아온 사이야. 오라버니에게 여자가 생기든 말든 그깟 이유로 만나지 못할 관계가 아니란 말이야."

화가 난 요화가 자리에서 벌떡 일어났다. 그녀는 곧장 작은 손가방에 필요한 물건들을 챙겼다.

"됐으니까 이만 나가렴."

"아침 식사는 그럼…."

"필요 없어. 너를 보니까 입맛이 싹 사라지는구나."

그러곤 찬바람만 일으키며 방을 나가버렸다. 시녀는 뒤늦게 제가 괜한 소리를 했다며 자책했지만 이미 늦은 후였다. 빠른 걸음으로 복도를 가로지르는 요화의 뒷모습을 보며 그녀는 난처한 표정을 지었다.

"저러다 무슨 사달을 내시려고…."

이곳 권번에 몸담은 지는 이제 겨우 두 해밖에 되지 않았지만, 그 짧은 기간에도 임자 있는 남자와의 만남을 지속하다가 험한 꼴을 겪은 기생을 숱하게 본 그녀였다. 그렇게 사랑을 외치며 평생을 약속하던 사내들이 제 마누라가 기생 머리채를 휘어잡는 건 막지도 못하고 구경만 했다. 혹은 하룻밤 치정으로 치부하고 감쪽같이 발길을 끊는다든가. 요화의 말로는 우건과 자신이 가족 같은 사이인 데다가 지금은 외국어 수업을 받는 스승과 제자라지만… 글쎄. 아무리 저마다의 속사정이 있다지만, 겉보기에 같아 보이는 부류는 그 결과도 비슷하기 마련이다. 조금 전 요화의 눈 역시 예의 그들과 다르지 않아 보였다.

"에휴…. 내가 말해서 들으실 거면 이런 걱정을 하지도 않지."

시녀는 고개를 저으며 이내 요화의 방문을 닫았다. 독기를 품은 위험한 마음이 훗날 그녀 자신을 깊게 찌르지 않기를 부디 바랄 뿐이었다.

소혜는 며칠 사이에 빠르게 연구실에 적응했다. 그녀는 나비 표본을 그림으로 기록하는 요령이 날로 늘어갔다. 게다가 연구실이 어떻게 돌아가는지가 눈에 익으니 다른 사람들에게도 슬슬 일손을 보탤 수 있게 됐다.

　　"이 자료, 여기 있는 지도랑 같이 묶어서 넣으면 되는 거죠?"

　　"네! 감사합니다, 소혜 씨. 미리미리 정리해야 하는데….'

　　"괜찮아요. 손 남는 사람이 도와야죠."

　　소혜는 그림 작업이 끝나면 연구실 곳곳을 청소하거나 다른 조수들의 자료를 정리해줬다. 각 자료마다 특징대로 분류하여 범주를 나눠놓은 것이다. 그 덕분에 자료를 한번 찾으려면 온 사방을 뒤지던 예전과 달리, 조수들은 자신이 원하는 자료를 빠르고 쉽게 찾을 수 있었다. 먼지로 뒤덮였던 곳곳이 깔끔해진 것도 소혜 덕분이었다.

　　"확실히 소혜 씨가 오고 나서 연구실이 엄청 쾌적해졌습니다."

　　"맞아요. 예전에는 기침도 많이 났는데 요즘에는 목이 편해진 느낌입니다."

　　재우와 석태의 말에 표본 정리를 도우러 온 학술부 학생들도 고개를 끄덕였다. 예전에는 연구실에 올 때마다 책이든 뭐든 꼭 쓰러트리기 일쑤였는데 요즘에는 그럴 일이 없다고 말이다.

　　"앞으로 연구실의 청결은 제가 책임져야겠네요."

　　소혜는 뿌듯해하며 환하게 웃었다. 이런 일로도 도움을 줄 수 있다는 생각에 자연스레 기분이 좋아졌다. 다들 잠자는 시간을 빼고는 하루의 대부분을 이곳에서 보내는데, 주위를 더럽게 둘 수는 없었다. 우건 역시 조금 더 쾌적한 환경에서 일하게 해주고 싶었다.

'선생님이 이곳에 제일 오래 계시니까.'

책상에도 먼지가 많은 듯해서 걸레를 드는데, 소혜의 손에서 일순 걸레가 쏙 빠져나갔다.

"너 청소하라고 여기에 데려온 거 아니야."

언제 수업을 마치고 돌아왔는지, 우건이 제 뒤에서 빼앗은 걸레를 들고 있었다. 정리된 주변을 둘러본 그는 말릴 새도 없이 세호를 향해 걸레를 던졌다.

"받아."

"어, 어이쿠!"

포물선을 그리며 날아든 걸레를 간신히 잡은 세호가 얼떨떨한 얼굴로 우건을 봤다.

"앞으로 아침마다 출근해서 다 같이 청소부터 하도록."

"아까 소혜 씨가 책임지신다고…."

"모두가 함께 쓰는 공간인데 한 사람만 청소하면 어떡해. 치우고 가꾸는 것도 함께해야지."

"그럼 이건…?"

"든 김에 네가 닦도록 해."

"아…."

바보같이 입을 헤벌린 세호가 걸레와 우건을 번갈아 보기도 잠시. 우건의 날카로운 눈총에 그는 곧 열심히 책상을 닦기 시작했다.

"그럼요, 연구실 주인은 우리니까 모두가 같이 청소해야지요, 암요."

중얼거리는 목소리가 걸레에 함께 닦여 나갔다. 급하게 다른 할 일을 찾는 소혜에게 우건이 낮은 목소리로 말했다.

"청소 같은 건 다른 조수들 시켜. 네가 일일이 다 하려 들지 말고."

"제가 할 일을 다 끝내고 한가해서 그런 거예요."

"그럼 청소 말고 다른 일을 해."

"하지만…."

"걸레 자주 만지면 손도 망가질 텐데."

우건이 걸레의 물기로 축축해진 소혜의 손을 쓸어내렸다. 느릿하게 살 갗을 쓸어내리는 우건의 손가락이 예민한 손바닥을 간지럽혔다.

"손이 자산인 사람인데, 아껴줘야지."

우건은 훔친 물기 대신 진득한 체온과 저릿한 감촉을 남겼다. 커다란 손이 마지막으로 손끝을 스치며 멀어지자 서늘한 공기가 금세 그 안을 채 웠다.

"네. 조심할게요."

소혜는 반사적으로 손을 오므리며 꼭 움켜쥐었다. 스며든 감각이 다시 증발하지 않도록. 그저 찰나의 순간일지언정 소혜에겐 무엇보다 소중한 설 렘이었다. 우건은 제 손에 묻은 물기를 손수건으로 대충 닦아내며 말했다.

"기고문에 넣을 그림이 필요해. 표본을 가져다줄 테니 그것 좀 부탁하지."

"네. 주시면 바로 그릴게요."

소혜가 입술 틈새로 슬며시 새어 나오는 미소를 깨물며 자리로 돌아가 려던 그때. 똑똑, 문 두드리는 소리가 고요한 연구실을 울렸다. 그 소리를 향해 고개를 돌린 순간, 문틈 사이로 보이는 낯익은 얼굴에 소혜의 미소 가 서서히 지워졌다.

"…요화?"

우건의 목소리가 한 번 더 그녀의 존재를 확인시켰다. 수수한 얼굴에 옷차림까지 확 달라져서 혹시나 했는데, 요화가 맞았던 것이다. 그녀는 얼어붙은 연구실을 둘러보고는 미안하다는 듯 웃었다.

"이런. 제가 한창 바쁠 때 찾아온 건가요?"

"…지금 무슨 짓이야. 학교 안에 네가 왜 들어와?"

앞서 문께로 나선 우건이 싸늘하게 굳은 눈으로 요화를 응시했다. 얼음송곳처럼 파고드는 냉랭한 목소리에도 그녀는 호선을 그린 입매를 풀지 않았다. 지금 그녀의 미소는 자존심과 오기로 만들어진 가면이었다.

"서신을 보낼 아이가 오늘 갑자기 몸살로 드러누워 제가 어쩔 수 없이 직접 오게 되었어요. 혹시나 이상한 말이 돌까 봐 나름대로 학생처럼 꾸며봤답니다. 좀 그럴싸한가요?"

요화의 웃는 얼굴이 이번에는 학술부 학생들에게로 향했다. 그 낯빛이 말이 돌지 않게 조심해달라는 건지, 아니면 알아서 잘 퍼트려달라는 건지 알 수가 없었다. 학생들은 어색하게 서로 눈짓만 주고받을 뿐이었다. 그녀의 뻔뻔한 태도에 우건의 안면이 더욱 굳어졌다. 겉으로 크게 드러나진 않았지만 필사적으로 분노의 감정을 억누르는 듯했다.

"너희는 교실로 돌아가."

"예, 선생님."

"지금 본 건 어디서도 말하지 말고."

학생들은 무조건 함구하겠다는 듯 고개를 끄덕이고는 서둘러 연구실을 나갔다. 그들이 나가자 연구실 분위기는 더욱 적나라하게 나빠졌다. 문이 완전히 닫힌 것을 확인한 우건이 고개를 앞으로 돌렸다. 다시 요화에게로 향한 눈빛은 힐난, 그 이상이었다.

"내가 보기에는 지금 일을 그르치려고 작정한 사람처럼 보이는데. 틀렸나?"

"제자가 스승을 찾아오는 게 무슨 문제가 되던가요?"

"시답잖은 말장난이나 할 거면 당장 돌아가. 두 번 다시 안 보기 전에."

곁을 내주진 않아도 강하게 밀어낸 적 또한 없던 우건이건만. 그답지 않은 살벌한 경고였다. 이제껏 한 번도 본 적 없는 그의 날 선 반응에 요화의 철벽같던 미소도 결국 금이 갔다.

"…중요한 일로 온 것이어요."

요화 역시 자신이 잘못했다는 건 안다. 지금 이 행동이 우건의 위신을 얼마나 떨어트릴지도 모르는 바가 아니었다. 기생이 교사를 찾아 학교까지 찾아왔다는 소문이 퍼지면 얼마나 곤혹스러울까. 하지만 요화는 가만 있을 수 없었다. 학준은 알아서 할 테니 신경 쓰지 말라고 했지만, 도저히 그냥 두고 볼 수만은 없었던 것이다. 백소혜, 저 여자를 당장 우건의 곁에서 떨어트리고 싶어서. 설령 그렇게 못 한다면 이것 한 가지만이라도 제대로 알려주고 싶었다.

"저분 때문인가?"

너는 우리 사이에 결코 끼어들지 못할 거라고, 네가 평생 알 수 없을, 알아서도 안 되는 비밀이 우리 사이에 존재한다고.

"오라버니가 저를 이리도 냉대하시는 것이."

억지로 미소를 붙잡던 입가가 경직돼 파르르 떨렸다. 요화는 끝내 미소를 지우고 아까부터 빤히 이쪽을 쳐다보는 소혜를 마주 봤다. 겨우 온기를 띠던 눈동자는 이제 그마저도 지워버렸다.

"서러워라."

낮고도 날카로운 목소리에 소혜가 작게 어깨를 떨었다. 마치 이전에는 우건이 그러지 않았는데, 소혜 때문에 자신이 이런 대접을 받는다는 투였다. 일전에 우건이 아무 사이도 아니라고 직접 해명했건만. 요화를 볼 때마다 묘하게 느껴지는 이 서늘함이 자꾸만 소혜의 가슴을 따끔거리게 만들었다.

'서로가 아니라면… 저 여인도 혼자구나.'

같은 마음이라 알 수 있었다. 요화가 지금 어떤 생각으로 자신을 보고 있는지. 저 고운 눈매 속에 욱여넣은 마음이 얼마나 깊고, 짙고, 또 시린지도. 그래서 더욱 피할 수 없었다. 아니, 피하고 싶지 않았다. 단순히 계약에 의한 관계라 하더라도 지금 우건 옆에 있는 건 바로 자신이었으니까.

"나가라고 했는데. 안 들리나?"

우건이 곧 그들 사이를 막아섰다. 소혜를 향한 요화의 눈길을 차단하기 위함이었다. 그녀가 잠깐이라도 소혜를 쳐다보는 것이 불쾌하다는 뜻이기도 했다. 침입자처럼 대하는 그 분명한 태도에 짧은 헛웃음이 요화의 선 고운 입술을 비집고 나왔다.

"말씀드렸잖아요. 중요한 일로 왔다고. 저는 오늘 에스페란토 수업 일정에 관해서 상의하러 온 것이어요."

요화는 한 발짝도 물러서지 않고 우건을 응시했다. 숯으로 유려하게 그린 눈썹이 가소롭다는 듯 휘었다.

"그런데 이를 어쩌죠? 제 일과는 권번의 기밀이라 다른 분들은 잠시 나가주셨으면 하는데…."

수업 일정. 한열단에 필요한 외부 정보를 전달하겠다는 뜻인 그 말에, 우건이 턱에 굳게 힘을 줬다. 정보라면 요화를 당장 돌려보내기가 어려웠다. 그 정보를 기반으로 다음 거사를 위한 계획을 수립하고 단원들에게 전달해야 하니까.

'하필이면 여기서….'

이전이라면 다른 사람들에게 적당히 얼버무리며 자리를 비켜달라고 얘기한 후, 요화에게서 정보만 빠르게 듣고 그냥 돌려보냈을 텐데. 지금

은 이상하게 그녀를 안으로 들이고자 선뜻 나머지 사람들을 밖으로 내보
낼 수가 없었다.

"저 여자분이 걸리시나 봐요. 역시 연인은 다르다는 건가?"

소혜 때문이었다. 아무것도 모르는 그녀가 여러 감정이 섞인 복잡한
눈으로 자신을 보고 있었기에. 괜한 오해를 만들고 싶지 않은데, 별달리
설명조차 할 수 없는 상황이라 더욱 답답했다. 스스로 이런 생각을 한다
는 것도 그에겐 혼란스러웠다. 누군가를 신경 쓴다는 사실은 이미 상황이
이전과 달라졌음을 의미하는 것이었다.

하지만 우건은 결국 현실적인 선택을 할 수밖에 없었다. 지그시 감았
던 눈을 다시 뜬 그가 가라앉은 목소리로 말을 꺼냈다.

"세호야."

"예, 선생님."

"소혜랑 애들 데리고 잠시 지하 박물실에 가 있어."

"예? 어, 음…."

그 말에 세호가 소혜의 눈치를 살피며 어쩔 줄 몰라 했다. 연인을 내보
내고 기생인 요화를 남겨두는 게 보통 사람의 눈에는 상식적으로 보이지
않는 까닭이었다. 물론 우건 역시 이대로 모두를 내보낼 생각은 없었다.

"희욱, 자네는 여기에 남아 있게."

어차피 거사의 계획이 아닌 단순한 정보라면, 같은 한열단 단원이자
요직에 있는 희욱이 듣는다 해서 크게 문제가 될 건 없으니까.

"자네도 이달부터 함께 에스페란토를 배우기로 하지 않았는가? 함께
일정을 맞추면 좋을 것 같으니 남아 있게."

"…아, 그랬지. 내가 또 깜빡했네."

눈치 빠른 희욱이 팔짱을 끼며 책상에 걸터앉았다.

"별로 좋아하지 않는 건 기억에 남겨두지 않는 편이라."

요화를 쳐다보는 희욱의 표정은 평소보다 더욱 불친절했다. 어디서 수작을. 그 속마음이 이마에 고스란히 보이는 것은 단순히 소혜만의 착각이 아니리라. 희욱은 소혜를 턱짓으로 가리키며 불퉁하게 말했다.

"너, 청소 좋아하니까 밑에 내려가서 박제한 조류들 먼지나 털고 있어. 볼일 끝나면 이 녀석이랑 같이 내려갈 테니까."

두 여자 다 마음에 안 들기는 마찬가지였지만, 굳이 경중을 따지자면 지금은 무조건 소혜를 편들고 싶은 희욱이었다.

"에스페란토 수업이 좋긴 좋다. 권번 기밀도 다 듣고."

비아냥거리는 희욱의 말에 요화의 눈빛이 언뜻 거칠게 변했다.

"그럼 저희는 먼저 내려가 있겠습니다."

고래 싸움에 새우 등까지 터질라, 세호는 서둘러 사람들을 데리고 연구실을 나섰다. 모두가 연구실을 나가고, 마지막으로 소혜가 우건 곁을 지나치던 찰나.

"아…"

그녀의 가는 손목으로 온기 짙은 손이 감겨들었다. 소혜를 가까이 끌어당긴 우건이 보란 듯이 그녀의 귓가로 입술을 붙였다. 귓바퀴를 아찔하게 휘감는 숨결에 소혜는 솜털이 곤두섰다.

"밑에 가서 얌전히 기다리고 있어. 괜히 이상한 생각 하지 말고."

한층 낮아진 목소리에는 토라진 연인을 달래는 다정함이 가득 묻어났다. 우건은 천천히 끌어올린 시선을 요화에게 뒀다. 전하고자 하는 뜻은 분명했다.

"질투할 가치도 없거든."

이 여인 앞에서 더 이상 쓸데없이 선을 넘지 말라는. 우건이 이성으로

서 옆자리를 허락한 사람은 오로지 소혜뿐이었다.

탁, 소혜를 끝으로 마침내 연구실 문이 닫혔다. 우건과 요화, 그리고 희욱만 남게 된 연구실에는 아슬아슬한 적막만이 묵직하게 깔렸다.

"나는 없는 셈 치고, 둘이 알아서 이야기 나누도록 해."

희생양으로 이곳에 남은 희욱이 연구실에서 가장 구석진 자리로 걸어 갔다. 주머니에서 헝겊 뭉치를 꺼내어 귀를 틀어막고 앉은 그는 아예 책상 위로 다리까지 꼬아 올린 채 잠을 청하듯 눈을 감았다. 정보 전달이든 치정극이든, 자신은 이 일에서 완전히 빠지겠다는 뜻이었다.

"…그래서."

그제야 눌러 감추고 있던 분노를 서서히 풀어낸 우건이 서늘한 눈으로 요화를 쳐다봤다.

"뭐 하자는 짓이지, 지금?"

주위가 모두 얼어붙을 만큼 냉랭한 목소리였다. 요화는 대답 대신 마른 두 눈으로 그를 응시했다. 낮게 책망하는 음성은 차라리 크게 소리치는 것보다 더 잔인하게 들렸다.

"급한 일이었다고 거짓말할 생각은 하지 마."

지금 이 순간에도 밖으로 소리가 새어 나갈까, 그래서 조금 전에 나간 소혜가 그 소리를 듣고 걱정하진 않을까 지극히 조심하는 모습 같아서.

"학교까지 찾아올 정도로 급한 일이었으면 네가 아니라 아버지가 직접 오셨을 테니까."

처음 보는 우건의 낯선 모습에 요화는 이를 앙다물며 치닫는 감정을 억눌렀다. 차라리 매섭게 화를 내주면 좋겠는데. 왜 이런 무모한 행동을 벌였냐고, 따끔하게 말해주면 좋겠는데.

"네가 나와 만나서 안전할 수 있는 곳은 평춘관뿐이다."

우건은 한사코 감정을 터트리는 일이 없었다. 화낼 가치조차 없다는 듯이.

"너는 지금 스스로 적들에게 꼬리를 내준 거야."

"그걸 그렇게 잘 아시는 분이."

요화는 주먹을 움켜쥐며 원망스레 우건을 봤다.

"소스케 앞에서 용의자로 지목된 여자를 약혼녀라 얘기한 것도 모자라 학교까지 데리고 나오신 거예요?"

우건의 미간이 한층 더 구겨졌다. 두 눈에는 역시, 하는 속마음이 고스란히 비쳤다. 그는 요화가 이곳까지 온 진짜 이유를 알았다. 한 번 더 울컥하는 감정을 삼킨 우건은 마지막 인내로 입을 열었다.

"그 일로 찾아온 거라면 이만 나가. 너와 할 얘기는 없으니까."

"아뇨, 전 들을 말 있어요."

사사로운 감정을 완전히 배제할 수는 없었지만, 이 일은 요화에게도 아주 중요했다. 대의를 위해 가족까지 버린 동료가 수두룩하다. 약점이 생기면 거사를 행하는 데 차질이 생길까 봐, 저 때문에 애꿎은 가족까지 고초를 당할까 봐 그들은 사지를 잘라내는 심정으로 사랑하는 이들을 떠나 나라를 위해 싸우고 있다.

"정말로 저 여자를 연모하시는 겁니까?"

그런 상황인데도 일군들 앞에서 보란 듯이 연인이라니, 약혼이라니.

"분명 다른 이유가 있으시지요? 다른 계획이 있으셔서, 그래서 저 여자를 이용하시는 것이지요?"

요화는 우건의 선택이 다른 단원들을 기만하는 것이라고 생각했다. 그 선택으로 우건 스스로의 안전을 위협했고, 나아가 한열단의 대의까지 위태롭게 만들었다고 생각했다.

"제발… 그렇다고 해주세요."

아니. 사실 동료를 기만했느니, 대의를 저버렸느니 하는 것들은 아무래도 상관없었다. 그저 우건이 진심으로 그 여자를 대하는 게 아니기만 하면 된다. 그럼 얼마든지 그를 기다릴 수 있었다. 이 순간만 지나면 그의 곁에 여인이라고는 다시 저 하나만 남게 될 테니.

"왜 아무 말도 안 하시는 건데요…!"

하지만 아무리 기다려도 우건은 답을 하지 않았다. 이토록 매달리는데도 작은 동정 하나 보이지 않았다. 그녀는 이 순간 짓밟혀 구겨진 제 자존심이 너무도 가엾고, 불쌍하고, 서럽게 느껴졌다. 끝내 제가 원하는 대답이 나오지 않자 요화가 두 눈시울을 붉히며 물었다.

"진짜로, 저 여인을 마음에 두신 것이어요?"

우건은 피곤한 듯 길게 한숨을 내쉬었다. 내리깐 시선은 이 대화가 얼마나 의미 없는지를 여실히 말하고 있었다.

"오라버니는… 이제껏 다른 여인에게 눈길 한 번 주신 적이 없잖아요."

어떤 여인에게도. 그토록 오랫동안 오라버니 곁에서 기다려온 나에게도.

"그러니 소혜가 더욱 특별한 것이지. 그런 나를 빠지게 만들었으니까."

우건의 무정한 눈빛이 비수처럼 시리게 요화의 가슴을 파고들었다. 진심이 아니라고 믿고 싶은데, 어째서 저 눈동자에 거짓이라고는 보이지 않을까. 요화는 이제껏 숱하게 남자들의 눈을 봐온 자신이 이 순간만큼은 끔찍이 싫었다. 사랑에 빠진 남자의 눈이 어떤지 차라리 몰랐다면 이토록 아프진 않을 테니까. 혼란에 절망이 더해져 숨이 막힐 듯 가슴이 답답해졌다. 요화는 파르르 떨리는 주먹을 감추고서 간신히 말을 이었다.

"그럼 이대로 저 여자를 계속 곁에 두시겠다는 것이어요?"

"내 연인과의 미래까지 너에게 설명해야 하는 건가?"

"저는 알 권리가 있지요. 오라버니의 안전이 곧 한열단의 안전인데."

요화가 원하는 건 민족의 해방도 아니요, 한열단의 안전도 아니다. 그녀가 바라는 건 오로지 우건과 가장 가까운 여인이라는 위치, 그것 하나뿐이었다.

"그 안전이 보장돼야 제게서 계속 정보를 들을 것 아닙니까."

"'안전이 보장돼야 한다'라…"

굳게 눈을 감았다 뜬 우건이 예리하게 벼린 눈으로 요화를 봤다. 냉기 어린 입술이 조소를 품었다. 그 사실을 우건이라고 모를 리 없었다.

"안전하지 않으면 필요 없다는 소리인가?"

"그런 뜻이 아니잖습니까!"

"소리 낮춰. 여기서 소혜 외에 다른 여자 목소리가 들리는 일은 없어야 하니까."

또 한 번 칼처럼 베어드는 목소리. 조각조각 모난 단어들은 가차 없이 마음을 할퀴고 찢어서 기어이 요화의 가슴에 상처를 냈다. 낯빛이 창백해진 요화는 고통이 질투를 짓누를 때까지 입술을 짓씹으며 고개를 떨어뜨렸다. 어찌 저렇게 내 마음을 몰라주실까. 목숨이 위험해지는 것까지 감수하며 오라버니만을 위해 일하고 있는데. 온갖 더러운 꼴을 당하면서도 오라버니 하나만 생각하며 버티고 있는데.

"그리고 네가 나를 찾아오는 이유 역시, 정보 이외에는 그 무엇도 없어야 한다."

나에게 어찌.

"선은 지켜, 요화."

이 마음마저 욕심이라 꾸짖으시는지. 요화는 금방이라도 눈물을 떨굴 듯 눈을 흐렸다. 눈가에 붉게 차오른 마음은 지난 수년간 거절당해온 연심이었다.

"제가… 진심으로 오라버니를 걱정하고 있다는 것만 알아주세요."

그러나 다 해진 연심을 드러내기에는 요화의 자존심이 너무도 고고했다. 그녀는 안간힘으로 눈물을 삼켰다. 여기서 추악하게 제 진심을 강요할 수는 없었다. 어렵게 움켜쥐고 있는 그와의 연결 고리를 제 손으로 끊고 싶지 않았다. 요화는 품속에서 봉투 하나를 꺼내어 책상 위에 엎어뒀다.

"오라버니가 저를 그토록 찾으시는 이유, 여기에 내려놓지요."

비참하더라도, 서럽더라도 우건이 고개를 돌리면 언제든 볼 수 있는 곳에 항상 서 있고 싶으니까. 그가 내 생명을 구해줬을 때부터 내 마음은 피지도 못하고 져버릴 꽃봉오리의 운명이었으니까.

"오늘 제가 한 짓에 대한 책임은 물으시는 대로 지도록 하지요."

요화는 고개를 숙이고는 몸을 돌렸다. 문손잡이를 잡은 그녀의 등 뒤로 우건의 목소리가 들려왔다.

"소혜를 원망하지 말거라. 지금 나를 버티게 하는 여인이니."

끝까지 그 여자를 두둔하는 그가 원망스러웠다. 요화는 뒤돌아보지 않고 애써 평정을 다잡은 목소리로 말했다.

"작은 불씨 하나가 큰불을 만드는 법입니다."

"그 여인이 오히려 나를 살릴 거다."

"…두고 보지요."

요화는 그대로 문을 열고 연구실을 나왔다. 등 뒤로 문을 닫기가 무섭게 눈앞이 뿌옇게 변했다. 몇 걸음 걷다가 멈춘 요화는 잠시 벽에 기대어 섰다. 숨을 쉬기가 버거워 억지로 목 안에 공기를 욱여넣었다.

"하아…."

서 있는 것조차 힘들어 무릎을 짚으며 허리를 숙였다. 투둑, 무게를 견디지 못한 눈물이 끝내 바닥으로 떨어져 부서졌다. 유리처럼 산산조각 난 모양이 꼭 제 자존심 같았다.

오라버니는 모르시겠지요. 오라버니가 그럴수록 나는 그 여자가 더 미워진다는 사실을. 그 여자를 더욱 밀어내고 싶어진다는 사실을.

"꼬리는 내가 아니라 그 여자가 밟히게 될 겁니다."

오라버니와의 사이를 이토록 멀어지게 만든 그 여자를 절대로 용서할 수 없었다.

◆ ◆ ◆

소혜는 습관처럼 동작을 멈추고 바깥에 귀를 기울였다. 하지만 들리는 소리라고는 함께 내려온 조수들이 대화하는 소리뿐. 텅 빈 복도에서는 아무런 기척도 나지 않았다. 몸만 지하로 내려왔지, 그녀의 신경은 온통 2층 연구실에 얽매여 있었다.

'벌써 시간이 꽤 지난 것 같은데….'

한 번 더 시계를 본 소혜가 작게 한숨을 내쉬었다. 체감상 한 시간은 훌쩍 지난 듯하건만, 시계의 큰 바늘은 아직 반절도 돌지 않았다. 일분일초가 이렇게 느릴 줄이야. 할 수만 있다면 지금이라도 다시 연구실로 돌아가 그의 옆에 있고 싶었다. 지금 새어 나오는 한숨은 그럴 수 없다는 걸 잘 알고 있는 탓이었다.

'얼른 오시면 좋겠다.'

소혜는 기계적으로 먼지를 털며 하염없이 우건이 오기만을 기다렸다.

그렇게 얼마의 시간이 더 지났을까. 문득 귓가를 두드리는 둔탁한 소리에 소혜가 번쩍 고개를 들었다. 동시에 열린 문 너머로 우건이 희욱과 함께 모습을 드러냈다.

"선생님."

소혜는 벌떡 자리에서 일어나 박물실로 들어오는 그를 눈에 담았다. 그의 얼굴을 보자 가슴을 옥죄던 불안이 조금이나마 사라지며 숨이 편해졌다.

"미안하게 됐군. 원래는 학교까지 찾아올 일이 아니었는데, 괜히 너희만 성가시게 했어."

"괜찮습니다. 요화 씨는 가셨습니까?"

"조금 전에."

세호에게 짧게 대답한 우건이 고개를 돌려 소혜와 눈을 맞췄다. 무슨 대화를 나눴을까. 단순히 수업 일정에 관해서만 얘기했다기에는 지금 그의 얼굴에 드리운 피곤이 무척이나 짙어 보였다.

그것이 다시금 불안이 돼 소혜의 가슴을 헤집었다. 그녀는 마주 보던 눈길을 거둬 바닥만 내려다봤다. 그러곤 깍지로 맞잡은 손가락만 애꿎게 괴롭혔다. 고작 가짜 연인일 뿐인데 정말로 질투가 나버려서. 그 마음을 들켜선 안 될 것 같아서. 질투할 가치도 없다던 그의 말은 순식간에 무용지물이 됐다.

"무슨 일 있었나?"

어느새 소혜 앞으로 걸어온 우건이 한결 풀어진 어투로 물었다.

"왜 이렇게 표정이 어두워."

머리 위로 떨어지는 다정한 목소리에 괜스레 마음이 파도처럼 일렁였다. 소혜는 자꾸만 밑으로 향하려는 입꼬리를 밀어 올리며 다시 우건을 마주 봤다.

"얘기는 잘 나누셨어요?"

나름대로 속상한 마음을 감춘다고 감췄는데, 어느 틈을 비집고 조금 새어 나간 모양이다. 가만히 소혜를 들여다보던 우건이 두 눈에 묘한 이채를 띠며 느릿하게 고개를 비틀었다. 그 특유의 표정과 동작에 어김없이 입안이 말랐다. 그가 이런 표정을 지을 때면 모든 걸 들켜버린 기분이 든다. 어쩌면, 정말로 다 알고 있을지도. 제가 무슨 생각을 하는지, 무엇을 바라고 있는지.

"다른 하고 싶은 말이 있는 것 같은데."

역시나 우건은 기민하게 소혜의 불안을 감지했다. 소혜는 눈을 빠르게 깜빡이다가 입술 속살을 지그시 깨물었다. 질투를 하는 제 모습이 옹졸하게 느껴졌다. 눈앞의 이 남자는 아무 감정 없이 이 연극에 참여하고 있는데, 혼자만 거짓에 빠져 허우적대는 것 같아 부끄럽기도 했다. 하고 싶은 말이 입안에 고이다가 텁텁하게 말라비틀어졌다. 이 순간 말할 수 있는 건 나의 솔직한 감정 빼고 모두 다.

"그냥요. 일전에 저도 에스페란토를 배우고 싶다고 말씀드렸는데, 아까 불러주시지 않아서…."

흐린 말끝에 채 지우지 못한 서운함이 약간 묻어 나왔다. 그녀는 본심을 연기로 포장하며 섭섭함을 토로했다. 혼인을 약속한 연인이 기생과 대화하겠다고 자신을 내보냈는데, 아무렇지 않아 하면 그게 더 이상할 테니까. 그러니 지금 이것은 연기인 거다. 그를 부담스럽게 할 진심이 아니라.

"못났나요, 저?"

은연중에 질투가 났다는 뜻을 전한 소혜가 힐긋 우건의 눈치를 보며 물었다. 동그란 눈매 속에서 말갛게 빛나는 눈동자가 그의 얼굴을 고스란히 담고 있었다. 혹 너무 과하게 표현한 건 아닐까. 한 겹 더 가면을 쓰기 위해 멋쩍은 미소를 머금어본다. 걱정과 달리 다른 사람들의 눈에는 귀여운 질투 정도로 보일 뿐이었다.

"그럴 리가."

다행히 우건의 눈에도 그리 보인 모양이다. 짙게 응집된 눈빛으로 소혜를 바라보던 그가 그녀의 등허리로 팔을 감쌌다. 끌어당기는 힘에 스르르 딸려 간 몸이 그의 품에 꼭 안겼다. 머리를 부드럽게 감싸는 손은 한없이 따스하기만 했다.

"신경 쓰게 해서 미안하군."

"…아니에요."

"너와는 따로 시간을 잡고 싶어 그리한 것인데."

이 또한 계산된 행동, 꾸며낸 말. 남들에게 보이기 위한 그럴싸한 연극일 뿐이었다. 계약서에 명시된 대로 남들 앞에서 완벽한 연인처럼 보이기 위한 포옹인 것이다. 등에 닿은 그의 손이, 서로 맞닿은 가슴이 열망처럼 뜨겁게 느껴져도 절대 속아 넘어가면 안 된다. 소혜는 입안에 쓴침이 고이는 걸 외면하며 그의 등을 마주 끌어안았다. 남들 다 보는 앞에서 당당히 애정 행각을 하니, 예기치 못하게 낯부끄러운 상황에 조수들이 일제히 눈을 돌렸다.

"스읍."

"아!"

희욱이 홀로 눈을 말똥하게 뜨고 이 상황을 지켜보는 재우의 뒤통수를 쳤다. 재우까지 툴툴거리며 고개를 돌리자 소혜는 비로소 눈을 내리감았다. 우건의 셔츠 자락을 그러쥔 손은 무엇 때문에 이리도 간절한지. 심장 주위로 따가운 가시와 푹신한 솜을 함께 둘러놓은 것처럼 맥박이 뛸 때마다 아프면서도 포근하다. 차마 꺼낼 수 없는 모든 감정이 전부 형체를 갖추고서 제 심장을 둘러싸고 있나 보다. 이토록 괴로운 기쁨. 이토록 행복한 아픔. 정말로 지독하게 이 남자에게 빠져버린 모양이다.

"걱정하지 마. 아무에게도 들키지 않았으니."

소혜에게만 들릴 나직한 목소리가 은밀하게 밀려왔다. 그녀의 표정이 내내 좋지 않았던 이유를 비밀이 탄로 날까 걱정한 것으로 여긴 듯했다. 맥 빠진 미소가 입가에서 힘없이 흘러나왔다.

"걱정 안 했어요. 선생님께서 연기를 잘하시니까."

"그런 칭찬을 들을 줄은 몰랐군."

천천히 상체를 떼어낸 우건이 제 품에 안겨 있느라 흐트러진 소혜의 머리카락을 귀에 걸어줬다. 소혜는 귓바퀴를 스치는 그 손을 잡고 싶었지만, 허락된 접촉은 여기까지라는 것처럼 그는 빠르게 손을 거뒀다.

"우선 에스페란토는 따로 입문자에게 좋은 책을 추천해주지. 읽으면서 찬찬히 공부해봐."

에스페란토는 그저 핑계일 뿐이었는데, 우건은 그것마저 귀담아듣고 이리 신경을 써준다. 괜히 또 마음 뭉클해지게.

"자, 이만 올라가지. 할 일도 많은데."

"예, 선생님."

조수들에게 말한 우건이 먼저 걸음을 옮겼다. 우두커니 서 있던 소혜는 그의 온기가 사라진 귓가를 의미 없이 쓸어내렸다. 왜 이렇게 기분이 이상할까. 처음에는 그의 옆에 있을 수 있다는 게 마냥 좋기만 했는데, 시간이 지날수록 묘한 감정 하나가 싹트기 시작한다. 욕심. 그래, 이건 욕심이었다. 이 거짓을 진짜로 만들고 싶다는. 정말로 그의 여인이 되고 싶다는.

'…안 될 건 없지 않을까.'

앞을 향한 시선 끝에 멀어지고 있는 우건이 보였다. 그 뒷모습을 물끄러미 바라보던 소혜는 걸음을 떼어 그가 있는 곳까지 빠르게 나아갔다. 계약이 끝나면 당신은 그 곁을 떠나라고 말했지만.

"같이 가요, 선생님."

나는 이 계약을 조금 뒤틀어보고 싶어졌다.

◆ ◆ ◆

깊은 밤. 학제는 서재에 앉아 독한 술이 담긴 잔만 물끄러미 바라보고 있었다. 방 안을 밝힌 불빛은 밤을 몰아내기라도 할 것처럼 환히 빛나고 있었지만, 그의 검은 눈동자는 밤하늘을 그대로 밀어 넣은 듯 한없이 어둡기만 했다.

"뭔가를 놓치고 있는 게 분명한데…"

학제는 천천히 술을 입안으로 흘려 넘겼다. 식도를 뜨겁게 만들 만큼 독한 술이었지만, 속이 시끄러울 때는 이것만큼 좋은 게 없었다. 모든 것을 태워서 재로 만들면 잠시나마 그 무게를 잊을 수 있으니까. 하지만 오늘따라 쉽게 태워지지 않는 정신은 더욱 또렷이 새벽을 기다리고 있을 뿐이었다.

"소혜 양은 결코 알려주지 않으려 하니."

학제는 주머니에서 손수건 하나를 꺼냈다. 일전에 소혜에게 받았던, 그녀의 이름자가 새겨진 그 손수건이었다.

"조금만 더 들여다보면 알 것도 같은데."

소혜와 우건의 약혼설은 여전히 의심스러웠다. 하루아침에 갑자기 연인 사이라고 드러낸 건 그녀를 구하기 위해 어쩔 수 없었다 치고. 그 이전까지는 완전히 남남인 것처럼 따로 지내다가 그날을 기점으로 일터도, 거주지도 모두 우건이 있는 곳으로 바꿨다는 게 영 수상했다. 꼭 그들이 연인이라는 걸 사람들에게 억지로 인식시키고 싶어 한다는 느낌이랄까. 학제의 눈에는 너무도 자연스러워 오히려 부자연스러운 두 사람이었다. 의문은 이외에도 더 있었다.

"신우건이 대체 왜 그렇게까지 소혜 양을 감싸느냐는 것인데…."

만일 소스케의 주장대로 우건이 한열단과 관련이 있다면 소혜의 일에서는 더욱 발을 빼야 하는 것이 맞을 터. 하지만 우건은 되레 자신까지 의심받을 위험을 무릅쓰고서 소혜를 제 울타리 안에 넣었다. 엄밀히 말해서 이용 가치도 없어 보이는 여인을 말이다. 그저 그런 알량한 이유 정도로는 설명이 안 되는 일이었다.

하지만 학제의 생각은 이 이상으로 나아가지 못했다. 소혜에게 조금이라도 틈이 있다면 그 사이를 파고들어 사실을 캐낼 수 있으리라고 생각했는데, 철저한 오산이었다. 오히려 지난번 섣부른 추궁으로 그녀의 경계심만 더 불러일으켰으니. 스스로 일을 복잡하게 만든 꼴이 돼버렸다.

"후… 골치 아프게 됐군."

학제는 한숨과 함께 고개를 뒤로 젖혔다. 손수건을 꼭 쥔 채 팔로 눈을 가리니, 비로소 그의 공간에도 어둠이 찾아왔다. 한 달이면 충분히 우건의 비밀을 밝히고 소혜까지 빼앗을 수 있을 줄 알았는데. 이대로라면 한 달은커녕 반년이 지나도 이렇다 할 성과를 못 내게 생겼다.

"꼴좋게 됐군."

소스케를 무능력하다고 비웃을 게 아니었다. 신우건, 과연 만만찮은 자였다. 복잡하게 엉키다 풀리기를 반복하는 생각들 속에서 손수건만 쥐었다 펴기를 여러 번. 똑똑, 때마침 적막한 방 안으로 집사의 인기척이 스며들었다.

"도련님, 곧 손님이 오신다고 합니다."

눈을 가리고 있던 팔이 스르륵 내려갔다. 그 위로 짙게 가라앉은 눈빛이 다시금 드러났다. 자정이 넘은 늦은 밤, 손님의 방문이 극히 드문 시간인데도 학제는 당황하는 기색이 없었다. 누가 저를 찾아왔는지 짐작이 가는 까닭이었다.

"오시면 응접실로 모셔. 곧 가지."

"예."

집사가 나가자 학제는 깊은 한숨으로 뜨거운 술기운을 몰아냈다. 그리도 독한 술을 마셨건만. 정신이 혼미해지기는커녕 오히려 더욱 또렷해졌다. 잠시 후에 나누게 될 대화에 대한 중압감 때문이었다. 창문 너머로 구름에 가려진 달빛이 희미한 달무리를 만들어내고 있었다. 쥐고 있던 손수건을 주머니에 넣은 학제는 흐트러진 옷매무새를 가다듬었다.

"숨통 한번 죄이지, 뭐."

서재를 나서는 학제의 얼굴에 다시금 가식적인 미소가 그려졌다.

◆ ◆ ◆

소혜는 잠이 오지 않아 우건이 골라준 에스페란토 입문서를 읽던 중이었다.

"아…."

오른 검지에 선연히 비치는 붉은빛에 잠시 인상을 찌푸렸다. 책장을 넘기다가 그만 날카로운 종이 날에 베이고 만 것이다. 상처는 깊지 않은데 피와 통증이 제법 선명했다. 쓰라림을 조금이라도 줄여보려고 입바람을 후 불고 있는데, 때마침 밖에서 대문 열리는 소리가 들렸다.

"선생님이 오셨나?"

소혜가 귀를 쫑긋 세우고 자리에서 일어났다. 요 며칠 우건이 너무 바빠서 제대로 대화를 나눈 기억이 없었다. 심지어 금요일 저녁부터는 그가 내내 집과 연구실을 비웠던 터라 얼굴조차 보지 못한 차였다. 계약을 뒤틀고 싶다고 생각하면 무얼 하나. 막상 임은 볼 수조차 없는데. 계약을 한 뒤 처음 며칠을 제외하고는 단둘만 있을 기회조차 거의 없으니, 뭘 어째야 좋을지 알 수가 없는 소혜였다.

"하늘을 보아야 별을 따지."

한숨을 폭 내쉰 그녀는 짧게라도 우건의 얼굴을 보고 싶어 얼른 옷매무새를 정돈하고 방에서 나왔다. 1층으로 내려가니 예상대로 우건이 현관으로 들어오고 있었다. 그의 얼굴을 보자 자연스럽게 미소가 새어 나왔다.

"지금 오신 거예요?"

막 신발을 벗고 안으로 들어오던 우건이 그제야 소혜를 발견했다. 잠시 놀란 표정을 짓던 그가 곧 눈가에 힘을 풀며 낮게 타이르듯 물었다.

"안 자고 뭐 해?"

"잠이 안 와서 에스페란토 책을 읽고 있었는데, 선생님이 들어오시는 소리가 들려서요."

소혜는 짧은 날 동안 눈덩이처럼 불어난 그리움을 숨기며 두 눈에 담뿍 그의 얼굴을 담았다.

"여태 연구하다 오신 거예요?"

"봐야 할 게 남아 있어서."

"논문 마감이 얼마 안 남았다고 하셨죠? 많이 힘드시겠어요."

"새삼 힘들 게 있나. 늘 하던 일인데."

행여 건강이라도 상할까 걱정돼 눈꼬리를 내리는데, 소혜의 눈에 문득 낯선 가방이 보였다. 여행용으로 흔히 들고 다니는 네모반듯한 가죽 트렁크. 우건이 본래 들고 다니는 가방과는 완전히 다른, 처음 보는 것이었다.

'어디 먼 곳에 다녀오신 건가?'

가끔 나비를 채집하러 다른 지방에도 다니곤 하던 그였다. 별다른 뜻 없이 가만히 가방을 쳐다보자, 우건이 의식한 듯 그것을 슬쩍 뒤로 물렸다. 가방을 보이고 싶지 않은 것 같았다.

"들어가서 자. 시간도 늦었는데."

"아… 네. 선생님도 얼른 주무세요."

소혜는 멋쩍게 시선을 거두며 그가 지나가도록 한쪽으로 비켜 섰다. 이틀 만에 본 건데, 겨우 섞은 대화는 이렇게 끝인가 보다. 아쉬운 마음에 맞잡은 손을 꼭 그러쥐는데, 그 앞을 지나던 우건이 문득 걸음을 멈췄다.

"손은 왜 그래?"

"네?"

고개를 드니 우건의 짙은 눈동자가 아래를 향하고 있었다. 그 시선을 따라 고개를 내리니 조금 전 종이에 베인 손가락에서 피가 다시 배어나고 있었다. 소혜는 다른 손으로 얼른 상처를 가리며 어색하게 웃었다.

"종이에 살짝 스쳤어요. 별거 아니에요."

"봐봐."

가방을 바닥에 내려놓은 우건이 소혜의 손목을 잡았다. 상처를 살피는 그의 미간이 옅게 구겨졌다.

"아끼라니까, 손."

바라보는 시선이 지극했다. 정말로 많이 걱정되는 것처럼. 그 눈빛을 예고 없이 마주한 소혜의 가슴이 파도처럼 일렁였다. 두근거리는 소리가 우건의 귀에까지 들릴 것 같아 손을 빼고 싶은데, 동시에 그가 조금 더 손을 잡아줬으면 하는 마음에 아무 행동도 할 수 없었다. 면밀히 살피는 시선이 잡은 손의 온기보다 뜨거웠다.

"잠시만 기다려."

얼마 안 있어 우건이 거실 선반에서 의료용 소독약과 연고를 가져왔다. 소독약을 묻힌 솜으로 살살 상처를 닦아내는 손길이 무척이나 신중했다. 깨지기 쉬운 유리를 만지듯, 혹은 아주 큰 상처를 다루듯 하는 모습에 소혜는 숨까지 조심조심 내쉬며 그가 하는 양을 지켜봤다. 작은 상처에도 이토록 마음을 써준다는 게 괜스레 기뻤다.

"내일은 그림 교습 마치면 연구실로 돌아가지 말고 곧장 집으로 와."

"왜요?"

"나도 일이 있어서 수업만 마치고 바로 학교를 나설 예정이라. 연구실도 일찍 문을 닫을 거야."

얇게 펴 바른 연고 위로 나직한 음성이 얹혔다. 소혜는 제 손과 맞닿은 길고 유려한 손가락을 바라보며 의미 없이 물었다.

"어디 또 먼 지방에 가시는 거예요?"

상처를 보는 중이라 그런지 대답이 없다. 소혜는 걱정스러운 마음에 공연히 안 해도 될 말을 늘어놓았다.

"연구도 좋지만 조금은 쉬엄쉬엄하세요. 가뜩이나 무리하시는데 정말 몸이라도 상하실까 봐 걱정돼요."

그 순간 연고를 바르던 손길이 멈췄다. 우건이 상처에서 시선을 떼지 않은 채 입을 열었다.

"내 몸을 네가 왜 걱정하지? 각자의 생활에 대해서는 깊게 관여하지 않기로 했던 것 같은데."

손을 감싼 온기와는 다르게 어딘지 서늘하게 들리는 목소리였다. 순간 소혜는 가슴이 선득해져 말문이 막히고 말았다. 심장이 쿵 소리를 내며 떨어진 것 같기도 했다. 이렇게 가까이 있는데, 한순간에 닿을 수 없이 멀리 밀려난 기분이었다. 머릿속이 새하얘진 소혜는 황급히 사과했다.

"아, 죄송해요. 그냥 너무 무리하시는 걸까 봐 걱정돼서…."

"네가 걱정할 일 아니야. 신경 쓰지 마."

소혜는 아랫입술을 꾹 깨물며 더 말을 잇지 않았다. 마지막까지 꼼꼼히 약을 도포한 손가락은 끈적이는 온기를 남기고서 멀어졌다. 차마 가슴까지는 번지지 않는 온기였다.

"푹 자. 내일 출근 늦지 말고."

평범한 인사를 끝으로 우건은 다시 가방을 들고 그대로 자기 방으로 올라갔다. 문 닫히는 소리가 낮게 소혜의 가슴을 두드렸다. 갑자기 눈앞에 그어진 선 때문일까. 의미를 알 수 없는 묘한 감정 하나가 아프게 가슴을 건드렸다. 소혜는 연고가 발린 상처를 보다가 답답하게 조여드는 가슴을 손바닥으로 꾹 눌렀다.

"그래, 나 혼자만 마음이 있는 거니까…. 이 정도는 각오해야지."

서운함인가 했지만, 실은 불안이었다. 경림을 마지막으로 본 그날과 꼭 같은.

◆ ◆ ◆

손님의 방문을 알리듯 복도마다 환한 불이 켜졌다. 그 인위적인 불빛을 가로지르며 나아간 학제가 드디어 손님과 마주했다.

"조선의 밤은 자네에게도 긴가 보군."

평소와 다르게 사복을 입은 소스케가 옅게 풍겨오는 술 냄새에 피식 입꼬리를 올렸다. 집사에게 차 두 잔을 부탁한 학제도 맞은편 자리에 앉았다.

"오실 줄 알았으면 미리 마시고 있지 않았을 텐데요."

"나와 술잔을 기울이고 싶다는 뜻인가?"

"대좌와 못 마실 이유가 뭐 있겠습니까. 한배를 타고 있는데."

"글쎄. 둘 다 취하면 그 배가 뒤집힐지도 몰라서."

농담인지 아닌지 모를 살벌한 말에도 학제는 그저 입가를 길게 늘일 뿐이었다. 어차피 각자 필요한 것만 얻으면 끝날 한시적 관계이니, 쓸데없이 선을 넘어올 생각은 하지 말라는 뜻이겠지. 역시 불필요한 마음의 빚은 만들지 않는 소스케였다. 학제는 능청스럽게 입가를 늘였다.

"다행히도 저는 제 안전을 가장 최우선으로 여기는 사람이라, 저와 한배에 타셨다면 배가 뒤집힐 걱정은 안 하셔도 될 겁니다."

"혹시 모르지. 날 내리눌러서 혼자 숨을 쉬려 할지도."

"이런, 그건 최후의 방법이라 숨기고 싶었는데. 아쉽게 들켰으니, 대좌 말고 다른 걸 붙잡아 살아남도록 하죠. 대좌께도 한 명 구해드리겠습니다."

두 남자 사이에 아슬아슬한 긴장감이 부유했다. 하지만 쓸데없는 농담은 여기까지. 소스케는 제 몫으로 놓인 차를 한 모금 음미하며 말을 이었다.

"호언장담하던 모습이 벌써 머릿속에서 희미해지는데. 생각보다 일이

수월하지 않은 모양이지?"

태연하게 떨어지는 목소리와 달리 학제를 쳐다보는 눈매는 날카롭기 그지없었다. 시작부터 정곡을 찌르는 말에 학제의 웃음이 가면처럼 굳었다. 어색해진 입술을 찻잔으로 빠르게 가린 그는 곧 아무렇지 않은 목소리로 말했다.

"재촉하시기에는 아직 이른 때가 아닙니까."

"넉넉하게 시간을 줄 거였으면 그리 큰돈을 주지도 않았겠지."

"그리 쉽게 해결할 수 있는 일이었으면 저를 찾아오지도 않으셨겠죠."

"이 와중에 자신감은 마음에 드는군."

소스케의 눈동자가 바짝 조여졌다.

"그 자신감이 나중에 근거 없는 오만으로 비칠 일은 없어야 할 텐데 말이지."

맹수 같은 그 눈빛에 학제도 완전히 웃음기를 지웠다. 공동의 목표가 있는 사이끼리 무의미한 신경전은 시간 낭비일 뿐이었다. 학제는 소스케에게 기가 눌리는 대신 진짜 본론을 물었다.

"그래서 오늘 찾아오신 용건은 무엇입니까? 겨우 지지부진한 상황이나 꾸짖자고 저희 집까지 올 대좌가 아니시지 않습니까."

"백소혜."

소혜의 이름 석 자에 뒤늦게 독주가 속을 태웠다.

"그 여자에 대해 조금 더 알아봐줄 게 있어서."

소혜를 폭발 사건 용의자의 대체물로만 생각하던 소스케가 갑자기 그녀에게 새삼스런 관심을 보이니, 학제는 본능적인 경계가 일었다. 백소혜는 오로지 그만의 먹잇감이었으므로. 학제는 곤두서는 신경을 숨기며 천연덕스럽게 의아함을 드러냈다.

"무엇입니까? 제가 더 알아볼 것이."

"백소혜의 친부가 몇 년 전 제 딸을 카페에 팔아넘기고 나서 행방불명이 됐다지."

"…그러합니다만."

"그자의 이름이 백호원이 확실한가?"

무엇 때문에 그 아비로까지 이야기가 번지고 있는지는 알 수 없었지만, 학제는 일단 고개를 끄덕였다.

"확실합니다. 따로 호적 사항을 보셨다면 대좌께서도 아시는 내용이실 텐데요."

"그렇지."

"제게 다시 물어보시는 이유라도?"

"그냥, 이 우연이라는 게 좀 재밌어서 말이야."

소스케의 입가에 위험한 미소가 걸렸다.

"혹시나 싶어서 살펴보니, 오래전 수형 기록표에 그자의 사진이 있더군."

순간 학제의 뒷목이 뻣뻣하게 굳었다. 나쁜 예감이 가슴을 스친 탓이었다.

"여기, 백호원의 얼굴이다."

소스케가 품에서 사진 두 장을 꺼내어 학제 앞으로 밀었다. 수의를 입은 어느 남자의 앞모습과 옆모습을 찍은 사진이었다. 그 안에서 어떤 취급을 당했는지 충분히 짐작되고도 남을 상처들과 퍼석하게 마른 얼굴. 하지만 눈빛만큼은 감히 눌러 죽일 수 없을 만큼 형형히 살아 있는 남자였다.

"…이 남자가 소혜 양의 아버지라고요."

"그래."

학제는 잠시 말없이 사진 속 남자의 얼굴을 눈에 담았다. 많이 상했지만 곳곳에서 소혜와 닮은 구석이 보였다. 의심할 여지 없이 그녀의 아버지였다.

"1919년에 검거되어 투옥됐지."

"거기서 죽은 겁니까?"

"아니. 기록을 보니 2개월가량 있다가 곧 풀려났더군."

소스케는 마음에 안 든다는 눈초리로 턱을 문질렀다.

"그리고 한동안 조용히 지내다가 1933년에 갑자기 딸만 남겨두고 잠적… 이후에 항저우에서 목격된 걸 마지막으로 아직까지 생사 확인이 안 된다는군."

툭, 툭, 툭. 소파 팔걸이를 일정한 속도로 치는 소스케의 손끝이 제법 날카로웠다. 그 예리한 탁음이 학제의 가슴에 쿡쿡 박혔다. 항저우라는 지명이 의미심장하게 들린 건 단순히 기분 탓이 아니었다.

"그 대의라는 걸 못 버리고 다시 독립운동을 하러 나선 거지. 대부분 그러다가 아까운 목숨만 잃었는데도 말이야."

설마 하는 마음과 의심이 번갈아 학제의 머리를 혼란스럽게 만들었다. 신우건, 그 남자 하나만 한열단과 엮어서 넘기는 조건으로 소혜의 안전을 보장받으려 했는데. 자칫 잘못했다가는 소혜까지 빼앗기게 생겼다. 학제는 자꾸만 구겨지려는 미간을 억지로 펴며 말했다.

"하지만 카페 직원들은 소혜 양이 아버지 도박 빚에 팔려 왔다고 말하던데요. 백호원 그자는 이전에도 가산을 전부 탕진할 만큼 도박에 미쳐 있었다고도 했고."

"놈들이 도박쟁이로 둔갑하는 건 일도 아니지."

독립 자금 후원이라면 그 큰돈을 한꺼번에 소진하는 것도 무리는 아니니 말이다.

"그러니 백소혜도 놓치지 말고 예의 주시해. 아비 일에 딸이 개입하지 않았다는 보장도 없으니까."

"…그러죠."

학제는 떨어지지 않는 입술을 억지로 움직였다. 일이 자꾸만 예상치 못한 방향으로 흘러간다.

"사진은 선물이야."

소스케는 호원의 사진을 둔 채 자리에서 일어났다. 이 사진으로 소혜를 떠보든, 수소문을 더 하든 그가 원하는 정보를 알아서 얻어 오라는 뜻이었다. 학제는 호원의 사진을 잘 갈무리해 품에 넣었다. 이 사진을 어떻게 쓸지는 조금 더 고민해봐야 할 것 같았다.

"참, 내일 한열단이 폭탄을 안전한 곳으로 옮기기 위해 움직일 거라는 첩보가 있었다."

"제가 개입해야 하는 일입니까?"

"신우건이 합류할 가능성이 매우 크다더군."

걸음을 멈춘 소스케의 눈빛이 악랄하게 빛났다.

"그가 우리 측 계획대로 움직이는지 잘 주시하도록 해. 반드시 그 자리에서 현행범으로 생포해야 하니까."

"믿을 수 있는 정보입니까?"

"내부에서 직접 들은 거라 했으니 영 거짓은 아니겠지."

"알겠습니다. 주의하죠."

학제는 고개를 끄덕이다가 문득 떠오른 생각에 다시 입을 열었다.

"참, 혹시 저 말고 신우건 그자에게 또 다른 사람을 붙이셨습니까?"

"지난번에 알려준 그 형사 외에는 없을 텐데. 왜, 누가 또 신우건을 뒤밟나?"

한쪽 눈썹을 들썩인 학제가 이내 태연한 미소를 지었다.

"아닙니다. 워낙 주변을 세세하게 살피다보니 아무래도 자주 보이는 인물이 있었나 봅니다."

"그러고 보니 나한테 첩보를 전한 형사가 제법 괜찮은 끄나풀을 얻었다던데."

잠시 기억을 되짚던 소스케가 눈가를 가늘게 조이며 말했다.

"리오 상…이라고 했던가. 어쩌면 그자일지도 모르겠군."

리오 상. 학제는 그 이름을 기억 속 깊이 집어넣었다.

"기회 되면 서로 안면이나 터보든가."

기분 나쁘게 피식 웃은 소스케가 곧 차에 올라탔다. 차가 완전히 사라질 때까지 바라보던 학제는 마침내 주위가 조용해지자 낮게 중얼거렸다.

"적이 많네, 신우건."

내부에서 흘러나온 이야기라면 분명 한열단에 변절자가 있다는 터. 리오 상이라는 자도 왠지 일본식으로 이름을 바꾼 조선인인 듯했다. 생사를 함께하는 동지가 배신한 데다가 자신의 신변까지 노린다는 사실을 알면 얼마나 절망스러울까. 배신감으로 일그러질 그 잘난 얼굴이 궁금했다.

"아, 알려주고 싶다."

학제는 묘하게 피어오르는 희열을 느끼며 주머니에 손을 넣었다. 부드러운 천이 손가락에 기분 좋게 감겨들었다. 이제 한나절 정도면 소혜를 다시 볼 수 있다.

"이왕이면 소혜 양과 함께 있을 때 좋은 소식이 들려오면 좋겠군."

내일은 그녀를 위한 만찬을 준비해야지. 지난번 실수를 만회할 수 있도록. 그녀 스스로 나에게 조금 더 다가올 수 있도록.

"그리고 당신의 허물은 내가 어떻게든 덮을 거야."

당신 아버지와의 연결 고리를 끊어서라도, 당신을 지금과 전혀 다른 사람으로 만들어서라도.

소혜의 손수건을 손가락에 휘감은 학제가 그것을 물끄러미 내려다봤
다. 애초에 돌려줄 생각이 없던 물건이다. 밤보다 더 짙은 암흑을 지닌 눈
동자가 위험하게 빛났다.

"아직 손에 쥐어보지도 못한 보석에 흠집이 나는 건⋯."

절대로 참을 수 없거든.

◆ ◆ ◆

새벽 동이 터올 무렵. 우건은 어제 가져온 트렁크 가방을 들고 대문을
나섰다. 평소보다 이른 시각에 나오니 차가운 공기가 여느 때보다 시리
게 폐부를 채웠다. 그는 밀어 넣은 숨을 낮게 내뱉었다. 희뿌연 한숨이 번
지다가 이내 새벽안개 속으로 스며들었다. 우건은 몇 걸음 나서다가 뒤
를 돌아봤다. 시선이 향한 곳은 대문 너머 소혜의 방이 있는 쪽이었다. 그
곳을 가만히 응시하는 얼굴은 이 새벽을 닮아서 잔잔하고 고요했으며, 또
어두웠다.

'서운⋯했으려나.'

신경 쓰지 말라는 제 말에 흐려지던 소혜의 얼굴이 눈앞에 아른거린
탓이었다. 그녀가 진심으로 자신을 걱정한다는 걸 알았다. 그래도 그 순
간에는 걱정을 받아들이면 안 된다는 생각이 더 강했다. 애써 다잡은 결
심이 그녀로 인해 무너지게 될까 봐. 오늘이 두려워지게 될까 봐.

내부에 상인이 있는 것으로 추정.

그날 요화가 학교에 와서 전한 편지의 말미에는 이런 내용이 적혀 있었다. '상인'은 한열단 내부에서 '밀정'을 가리키는 은어였다. 최근 한열단의 크고 작은 작전들이 실패로 돌아가면서 수뇌부에서 이 문제를 의심하게 된 것이다. 이렇게 이야기가 번진 이상, 밀정이 누구인지 찾는 일은 더는 미룰 수 없는 문제로 부각됐다.

하여 우건은 한열단의 각 부대에 의심 가는 몇몇에게 일부러 이번 작전을 흘렸다. 지역도, 시각도 전부 다른 정보를 말이다. 작전이 시행되는 곳은 총 여덟 곳. 그중에서 습격당하는 지역의 인물이 바로 변절자일 터였다. 이번에 놓치면 완전히 꼬리를 자른 채 잠적할 수 있었기에 확실히 잡아내고자 다소 위험을 무릅쓰는 작전을 짠 것이었다.

우건 역시 이 중 한 지역을 맡았다. 그 지역에서 임무가 진행될 거란 사실을 아는 사람은 단 하나, 바로 욱영뿐이었다.

'내가 나서야 더 확실히 움직일 것이다.'

어쩌면 목숨까지 잃을지도 모르는 위험한 작전이었다. 늘 글자 뒤에 숨어서 죄책감에 시달리던 그가 드디어 전면에 나서는 것이다. 그토록 바라던 일이건만. 어째서 자꾸만 걸음이 망설여지는지.

우건은 천천히 눈을 내리감았다. 아무 소리도 들리지 않는 적막 가운데 소혜가 뒤척이는 소리가 들리는 듯했다. 미안한 마음이 빚어낸 저만의 상상인데도 어쩐지 그녀가 애처로워졌다. 밀어 올린 눈꺼풀 밑으로 검게 응집된 눈동자가 드러났다.

"…푹 자고 일어나."

내 생각은 하지 말고. 내 걱정도 하지 말고. 차마 전할 수 없는 다정한 인사를 허공에 흘려보내본다. 꿈결에서나마 네가 들을 수 있도록.

우건은 가방 손잡이를 굳게 그러쥐며 다시 걸음을 옮겼다. 이내 새벽동이 채 밝히지 못한 회색빛 안개 속으로 그의 모습이 사라졌다.

◆ ◆ ◆

"다들 고생 많으셨어요. 그럼 내일 뵙겠습니다."

"예. 소혜 씨도 조심해서 가세요!"

조수들과 인사를 나눈 소혜가 학교를 나섰다. 이제 막 네 시에 접어든 하늘은 한없이 맑고 밝기만 했다. 밤늦게까지 연구가 이어지는 탓에 늘 사위가 어둑해져서야 학교를 나섰건만. 오랜만에 밝은 시간에 밖으로 나오니 기분이 새삼스러웠다. 게다가 오늘은 연구실로 돌아가지 않아도 되니, 사실상 이게 퇴근인 셈이었다.

"결국 선생님은 아예 못 뵙고 나왔네."

연구실에 들르지 않는다는 말을 미리 듣긴 했지만, 아주 잠깐이라도 오지 않을까 기대했던 탓에 더욱 맥이 빠졌다. 무엇보다 근래에 우건과 멀어진 것 같은 기분도 들어 마음이 초조했다.

"괜히 조급해져서 그런가…."

계약이 언제 끝날지 모른다는 건 이별이 언제 어느 때 다가올지 모른다는 뜻과 같다. 당장 오늘이라도 일제의 감시가 없어지면 그의 곁을 떠나야 하는 것이다. 그러니 자연히 마음이 급해질 수밖에.

"차라리 선생님이 나를 좋아하시게 만들 수 있다면 좋을 텐데."

그럼 계약 같은 건 필요 없어질 테니까. 문제는 어떻게 해야 우건이 자신을 바라보게 할 수 있는지 소혜는 전혀 알지 못한다는 점이었다.

"이럴 줄 알았으면 언니들이 남자들 이야기 할 때 귀담아 들어놓을걸."

유혹이니, 데이트니, 전부 문란하고 소모적인 이야기라고 치부하며 매번 흘려듣거나 그 자리를 피한 게 이리도 후회될 줄이야. 유난히 모던 카페의 무용수들이 그리워지는 날이었다. 기억의 단편이라도 모아보려 열심히 생각하다 보니 어느새 목적지에 다다랐다.

"에휴, 교습 끝내고 마저 생각해봐야겠다."

작게 고개를 털며 잘 나지 않는 생각을 몰아낸 소혜가 대문을 두드렸다. 소혜를 맞이해 함께 들어오던 정씨가 조심스럽게 말문을 열었다.

"참, 소혜 양. 혹시 오늘도 끝나고 바로 학교에 돌아가시나요?"

"아뇨, 오늘은 집으로 가요."

"어머, 잘됐다! 그럼 오늘은 저녁 드시고 가세요."

"저녁요?"

손뼉까지 치며 안도한 정씨가 고개를 크게 끄덕였다.

"도련님께서 소혜 양이 괜찮으시다면 오랜만에 식사를 대접하고 싶다고 하셨거든요."

"아, 사장님께서요…."

혹시 지난주에 있었던 일 때문에 미안해서 그런 걸까. 그리 도망치듯 나갔으니 내 화가 덜 풀렸다고 생각할지도 모르겠다. 그녀 역시 그날 일이 계속 마음에 걸리던 차였다.

'어차피 오늘은 연구실로 다시 안 가도 되니까, 여기서 식사하고 집에 가도 괜찮겠지?'

소혜는 짧은 고민 끝에 고개를 끄덕였다.

"좋아요. 먹고 갈게요."

"그럼 도련님께도 그렇게 말씀드릴게요. 교습 잘 마치고 내려오세요!"

정씨가 환히 웃으며 돌아섰다. 어쩐지 그녀가 더 기뻐하는 듯해서 의아한 소혜였다. 방으로 올라가자 린진이 커다란 이젤 앞에 앉아서 얌전히 기다리고 있었다. 그녀를 보자마자 입술만 방긋방긋하며 팔을 활짝 벌리는 모양이 애타게 기다렸다는 뜻 같았다.

"나도 반가워, 린진."

소혜는 품속에 쏙 들어오는 린진을 꼭 안아주고서 그 옆에 앉았다. 그러곤 따로 챙겨 온 작은 공책에 한자가 아닌 다른 문자를 적어서 아이에게 보여줬다.

─교습 시작.

요 며칠 에스페란토를 공부하다가 린진에게 보여주려고 미리 익혀둔 단어들이었다. 공책을 보고 눈을 동그랗게 뜬 린진이 마찬가지로 에스페란토로 답했다.

─에스페란토를 배우기 시작했어?

─초보.

누가 봐도 새로운 언어를 배우는 첫 단계임이 티가 나는 짧은 답문에 린진이 천진하게 쿡쿡 웃었다. 그러곤 소혜가 쉽게 이해하도록 한자로 그 밑에 적었다.

─에스페란토는 희망과 평화의 언어. 언니가 열심히 배우면 좋겠어.

희망과 평화의 언어. 그 말을 본 순간 소혜는 가슴속에서 묘한 일렁임이 이는 걸 느꼈다. 새삼 민족의식이라도 깨우친 걸까. 아니, 그보다는 이 순간에 떠오른 우건의 얼굴 때문이었다.

그분이 나에게 에스페란토를 권한 것 역시 조선의 앞날에 조금이나마 빛을 더하기 위함이었을까. 말로써, 글로써 조선의 애환과 슬픔을 세계에 널리 알리기 위해? 말과 글마저 억압당하는 이 시국에 조선 나비에게 조선어로 이름을 붙이겠다는 그의 소명만 봐도 충분히 짐작할 수 있는 마음이었다.

희망과 평화라는 단어를 쓰다듬는 손길이 애틋해졌다. 과연 에스페란토를 배우는 게 얼마나 의미 있는 일인지는 알 수 없었지만, 우건이 권한 것이니 계속 배워보고 싶었다.

- 열심히 배울게.

싱긋 웃어 보인 소혜는 교습을 위해 공책을 다음 장으로 넘겼다.

◆ ◆ ◆

그림 교습을 마친 후. 린진과 함께 1층으로 내려오자 맛있는 냄새가 코끝을 맴돌았다. 때마침 소혜를 발견한 정씨가 음식이 담긴 커다란 접시를 옮기며 말했다.

"도련님께서도 이제 곧 도착하실 거예요. 린진 아가씨랑 먼저 앉아 계세요."

"네. 준비하시느라 정말 고생 많으셨어요, 아주머니."

"이 정도는 크게 차린 것도 아닌걸요."

정씨는 빙긋 웃고서 두 사람을 식탁으로 안내했다. 정씨가 자리를 비운 후, 무언의 웃음만 주고받던 아이가 식탁의 빈자리에 글자를 쓰기 시작했다. 또 무슨 이야기를 하려고 저리 귀엽게 꼼지락거리나. 그런데 앙증맞은 손가락을 따라가던 소혜의 눈동자가 일순 경직됐다.

－오라버니랑 혼인할 거야?

갑자기 혼인이라니. 맥락 없는 엉뚱한 질문에 놀라서 무어라 말해야 할지 선뜻 떠오르지 않았다. 당황한 소혜가 눈만 빠르게 깜빡이자, 린진은 한 번 더 식탁 위에 글자를 써 내려갔다.

－나는 둘이 혼인하면 좋겠어.

소혜는 당혹스러운 나머지 잠시 머뭇거렸다. 어린 마음에 성인 남녀가 조금이라도 가까워 보이면 다 혼인을 한다고 생각하는 걸까. 이 일로 린진이 자신을 얼마나 좋아하는지 잘 알게 됐지만, 그래도 사실이 아닌 걸 맞다고 할 수는 없었다. 소혜는 린진 앞에 또박또박 글자를 썼다.

－사장님과 나는 그런 관계가 아니야.

－오라버니는 정말 좋은 사람이야. 언니도 좋은 사람이니까, 두 사람은 좋은 부부가 될 거야.

린진이 두 눈을 반짝반짝 빛내며 기대감으로 소혜를 쳐다봤다. 그 한 없이 순수한 눈을 보고 있자니 더욱 난감해졌다. 어떻게 설명해야 아이가 상처받지 않고 제 말을 이해할 수 있을까. 신통한 방법이 잘 떠오르지 않았다. 별수 없이 이미 약혼한 사람이 있다고 알려주려던 찰나.

－린진, 나는 이미….

"늦어서 죄송합니다, 소혜 양."

호랑이도 제 말 하면 온다더니, 하필 그때 학제가 등장했다. 소혜는 움직이던 손을 멈추고 놀란 마음을 추스르며 어색하게 입가를 늘였다.

"아… 사장님."

"이왕이면 먼저 와서 소혜 양을 기다리고 싶었는데, 갑자기 급한 일이 밀려들어서."

"괜찮아요. 저희도 앉은 지 얼마 안 됐어요."

정씨에게 코트와 재킷을 건넨 학제가 그녀의 맞은편에 앉았다.

"그렇다면 다행이군요."

가볍고 유쾌한 분위기는 여전한데, 확실히 전보다 더 조심스러운 기색
이 엿보였다. 곧 따듯하게 데운 물수건으로 손을 닦은 그가 소혜를 향해
잔잔히 미소를 지었다.

"저번에 그렇게 보내드린 일이 죄송해서 식사 자리를 마련했는데. 혹
시 무리하게 청한 건 아닌지 걱정되는군요."

"아니에요. 저도 마침 오늘은 시간이 비었거든요."

그 말에 학제가 소혜를 오롯이 응시하며 말했다.

"소혜 양과 함께 식사할 수 있어서 기쁩니다."

매끄럽게 올라가는 학제의 입꼬리가 물결처럼 소혜의 시야로 밀려들
었다. 린진에게 둘이 혼인하면 좋겠다는 이야기를 들어서 그런가. 이상하
게 의식돼 괜스레 눈앞의 남자가 어색하게 느껴졌다. 그에게 미안한 마음
이 남은 까닭일 수도 있고, 어쩌면 비밀을 들킬지 모른다는 경계심까지
복합된 감정일지도 모르겠다.

"식겠습니다. 얼른 드시죠."

"네, 잘 먹겠습니다."

소혜는 얼른 수저를 들며 린진과 나눈 대화를 기억에서 밀어내려 애
썼다.

♦ ♦ ♦

군청색으로 물든 하늘 아래, 가로등 불빛마저 아슬아슬하게 내려앉는 거리. 그 가운데로 검은 구두가 땅거미를 가르며 일정한 속도로 걸어가고 있었다.

'거의 도착했군.'

잠시 걸음을 멈춘 우건은 들고 있던 가방을 내려다봤다. 안에 무엇이 들었는지 가늠할 수 없을 만큼 두껍고 단단한 가방. 묵직하게 전해지는 무게감이 가슴까지 짓누르는 듯했다. 이것은 작전 성공 여부에 뒤따르는 긴장감일까. 혹은 밀정 색출을 앞둔 배신감일까.

'그도 아니면, 죽음에 대한 두려움인가.'

가슴속에는 저곳에서 일군을 맞닥트려 변절자를 찾아냈으면 하는 마음도 있었지만, 한편으로는 이대로 아무 일 없이 지나갔으면 하는 마음도 있었다. 그럼 적어도 오늘 밤은 무사히 지날 수 있을 테니. 그래서 소혜를 다시 볼 수 있을 테니.

"…쓸데없는 생각을."

저도 모르게 헛웃음이 새어 나왔다. 나라와 민족을 위해 이 한 몸을 바치겠다는 자가 목숨을 아까워하다니. 한때는 누구보다 최전선 가까이에서 일군과 맞서던 자신이 죽음을 별스럽게 생각하는 것도 참 우스웠다. 글자 뒤에 숨어 있는 동안 겁쟁이가 돼버린 모양이었다. 들인 건 고작 여인 하나뿐인데, 흔들리는 건 삶 전체이니. 어쩌면 그 여인이 묻어둔 옛 기억을 다시 떠올리게 만든 탓일지도 모르겠다. 구하고자 한 행동 때문에 오히려 가족을 잃어버린 과거의 자신을.

'이리 나약해서 무슨 거사를 이룬다고.'

지그시 눈을 감았다 뜬 우건이 가방을 쥔 손에 조금 더 힘을 줬다. 학준의 꾸지람을 흘려들을 게 아니었다. 우건은 다시 목적지를 향해 걸음을 내디뎠다. 지금은 주어진 임무를 어떻게 잘 완수해낼 것인지에 더 집중해야 할 때였다.

검은 구두는 넓은 대로를 벗어나 으슥한 골목으로 들어갔다. 벽 곳곳에 금이 가고 무너져 내려 을씨년스럽기 그지없는 길목이었다. 게다가 안으로 들어갈수록 미로처럼 복잡해져 초행이라면 길을 잃기 십상이었다. 지도로 몇 번이나 길을 외운 우건조차 경로를 잃지 않기 위해 신경을 곤두세워야만 했다.

그렇게 얼마나 더 들어갔을까. 이윽고 저 멀리 가방을 건네받기로 한 사내가 보였다. 우건은 끝까지 긴장을 놓지 않으며 한 걸음 한 걸음 그에게 다가갔다. 둘 사이의 거리가 점점 가까워지고, 마침내 사내의 손으로 가방이 건네진 순간.

탕―!

천지를 흔드는 단발의 총성. 그리고 이어지는 무섭도록 시린 적막.

"선생님!"

골목을 울리는 사내의 비명에 우건은 천천히 시선을 밑으로 내렸다. 타들어가는 듯한 뜨거움과 함께 하얀 셔츠 위로 붉은 핏빛이 번졌다. 빠르게 번진 피는 그대로 왼팔을 타고 흘러 손끝에 무겁게 맺혔다. 툭, 투둑. 피가 떨어진 곳은 열린 가방 위. 만일을 대비해 폭탄 가방으로 위장한 나비 표본들이었다.

우건은 흐트러지는 정신을 가까스로 붙잡았다. 늘어지던 시간은 곧 빠르게 궤도를 찾았고, 그제야 귓속으로 한꺼번에 소란이 밀려들었다.

탕, 탕탕!

계속해서 날아드는 총알에 우건은 재빨리 사내를 데리고 벽 뒤로 숨었다.

"서, 선생님. 이게 대체 무슨 일입니까!"

"아무래도 내부에 상인이 있는 모양입니다."

"사, 상인요?"

그 섬뜩한 단어에 사내의 얼굴이 창백해졌다. 한열단 말단 단원인 그에겐 지금이 처음으로 맛보는 항일의 호된 이면일 것이다.

도망칠 틈새조차 막으려는 생각인지 일군은 사격을 멈추지 않았다. 점점 가까워지는 압박에 우건이 품속에 있는 마우저 권총을 잡았다. 하지만 총이 있어도 섣불리 방아쇠를 당길 수는 없었다. 조선인의 무기 소지를 엄금하는 지금, 이쪽에서 대응 사격을 하는 순간 스스로 무기 소지자임을 알리는 꼴이 돼 덜미를 잡힐 수 있었기 때문이다. 신변이 발각된 지금 사격은 최후의 보루였다.

'젠장…. 이대로 개죽음인가.'

선택의 기로에 놓인 우건이 어금니를 꽉 깨물었다. 여차하면 전면전에 나설 생각으로 권총을 쥔 손에 힘을 준 순간.

탕! 탕! 탕!

갑자기 전혀 다른 방향에서 세 발의 총성이 울렸다. 소리가 난 곳을 쳐다보자 익숙한 인영이 눈에 들어왔다. 그를 본 순간 우건의 미간이 뒤틀렸다.

'욱영 형?'

오른 뺨에 선명한 흉터는 분명 욱영의 것이었다. 욱영은 일군이 있는 방향으로 정확히 총을 조준하며 격전을 벌였다. 방아쇠를 당길 때마다 번쩍이는 불빛이 어둠 속에서 그의 얼굴을 더욱 확실하게 보여줬다.

"도망가, 어서!"

욱영은 정면을 주시한 채 허공에 대고 소리쳤다. 엄호인가. 아니면 눈속임인가. 하지만 지금은 한가롭게 파악할 시간이 없었다. 상처를 움켜쥔 우건은 퇴로가 막히기 전에 서둘러 사내를 데리고 도망쳤다. 도망치는 그들 뒤로 총알이 몇 발 더 날아갔지만 욱영 때문에 멀리 따라가진 못했다. 결국 일군은 눈앞에서 우건을 놓치고 말았다.

우건이 어둠 속으로 완전히 사라지자 매서운 총성이 일시에 멎었다. 순식간에 사람의 기척이라고는 증발하듯 사라져버린 골목. 그 한가운데로 총을 거둔 욱영이 천천히 걸어 나왔다. 조금 전까지만 해도 총알이 무섭게 빗발치던 곳이건만. 그의 등장에도 일군은 거짓말처럼 어떤 공격도 하지 않았다. 그저 무엇을 하려는 양인지 지켜보듯 적막을 지킬 뿐이었다.

욱영은 가만히 그 자리에 서서 바닥에 흐트러진 물건들을 내려다봤다. 볼품없이 열린 트렁크 주변으로 잡동사니와 나비 표본들의 잔해가 어질러져 있었다.

"함정…."

나직이 중얼거린 입에서 바득, 이 갈리는 소리가 났다.

"리오 상."

그때 욱영이 있는 곳으로 또 하나의 발걸음이 다가왔다. 전혀 다른 이름이 불렸는데도 욱영은 거리낌 없이 그곳을 향해 고개를 돌렸다. 날렵한 눈매가 향한 곳에는 일본인 형사가 서 있었다.

"이게 뭐 하는 짓이야?"

형사가 욱영에게 총구를 겨누며 짓씹듯 말했다.

"왜 갑자기 우리한테 총을 쏴? 미쳤어? 네놈 때문에 다 망쳤잖아!"

"제가 아니라 자케우치 형사님께서 일을 그르치신 거죠."

"뭐?"

이마에 닿은 총구 앞에서도 욱영은 전혀 미동하지 않았다. 그의 표정이 한층 살벌해졌다.

"제가 신호하기 전까는 가만히 계시기로 하지 않았습니까? 왜 멋대로 사격을 명하신 겁니까? 하마터면 놈을 죽일 뻔했습니다."

그 말에 형사가 크게 헛웃음을 쳤다.

"눈앞에 먹이가 있는데 언제까지 기다릴 셈이었나? 지금도 허무하게 놓쳐버렸잖아!"

"놓친 게 아니라 놓아준 겁니다."

"뭐?"

"저희는 오늘 헛다리를 짚었단 말입니다."

"그게 무슨 말이야?"

형사는 욱영이 눈짓하는 곳으로 시선을 돌렸다. 바닥에 널린 것들을 확인한 형사가 믿을 수 없다는 표정을 지었다.

"이, 이게 대체…. 폭탄은 어디 있는 거야?"

"말씀드렸잖습니까. 헛다리라고."

욱영은 신경질적으로 말을 짓씹었다. 신우건, 그 쥐새끼 같은 놈이 이런 잔머리를 썼을 줄이야.

'일단 급한 대로 연기를 좀 하긴 했지만… 젠장. 당분간 몸을 사려야겠군.'

그나마 순간적인 판단으로 우건을 도왔기에 망정이지. 그러지 않았더라면 꼼짝없이 밀정이라는 걸 들킬 뻔했다. 지금도 썩 좋은 상황은 아니었지만.

'뭐, 만회할 기회는 얼마든지 있으니까.'

욱영은 총을 다시 품에 넣었다.

"당분간 접촉은 자제하도록 하죠. 추후에 상황을 봐서 제가 다시 연락드리겠습니다. 수습은 형사님께서 알아서 하십시오."

"뭐야? 리오 상. 어이, 리오 상! 이런 젠장!"

발길을 돌린 리오 상, 욱영은 그대로 어둠 속으로 몸을 숨겼다. 자신을 대신할 희생자를 사냥하기 위한 걸음이었다.

그리고 모두가 떠난 이후. 제3의 인물이 조용히 자리를 벗어났다는 건 아무도 모르는 일이었다.

◆ ◆ ◆

식탁 위로 연신 소혜의 웃음소리가 쏟아졌다. 마치 아무 일도 없었다는 듯 농담 섞인 대화를 이어가는 학제 덕분에 그녀도 예전처럼 편안한 마음으로 그를 대할 수 있었던 것이다. 식사는 깔끔하면서도 유쾌하게 마무리됐다.

"다 드셨으면 잠시 걸을까요? 근처에 공원이 있는데 이 시간쯤이면 사람이 많이 다니지 않아 조용히 산책하기 좋습니다."

"네. 좋아요."

정씨에게 린진을 맡긴 학제는 집 근처에 있는 파고다공원으로 소혜를 데려갔다. 어둠을 밝히는 가로등 불빛이 아직도 한낮인 양 환했다. 공원마다 '에로당'이라 불리는 청춘 남녀들의 풍기 문란을 단속하기 위해 가로등을 늘린 덕분이었다.

하지만 환한 주위와 달리 공원에는 학제의 말대로 사람이 거의 없었다. 늦은 시간인 데다 날씨가 제법 쌀쌀해진 까닭이었다. 찬바람이 불어와 소혜가 팔을 쓸어내리자, 학제는 입고 있던 코트를 벗어 그녀의 어깨에 걸쳐줬다.

"저는 괜찮은데…."

"날씨가 춥습니다. 소혜 양이 추위 때문에 저와의 시간에 집중하지 못하시는 건 싫으니, 이렇게라도 입고 계십시오."

소혜는 차마 거절하지 못하고 학제의 재킷을 그러쥐었다. 한적한 분위기 속에서 두 사람은 여유롭게 공원을 거닐었다.

"집에 일찍 들어오는 날이면 저녁을 먹은 뒤 항상 이곳에서 산책하곤 합니다."

"걷는 걸 좋아하시나 보네요."

"특히 미인과 걷기를 좋아하죠."

능청스러운 농담에 소혜는 그저 못 말린다는 듯 짧게 실소를 터트렸다. 하지만 한편으로는 이상하게 마음이 불편했다. 아직 그에게 사과하지 못한 탓이려나. 소혜는 짐짓 기회를 살피다가 먼저 입을 열었다.

"저, 지난번에 사장님을 잘못 봤다고 말한 거…. 늦었지만 사과드릴게요."

예상치 못한 말이었는지 학제가 눈썹을 추키며 물었다.

"잘못한 사람은 저인데 어째서 소혜 양이 사과하십니까?"

"사장님께서는 이미 저한테 사과하셨잖아요. 저도 사장님을 용서하기로 했고요."

"제가 소혜 양에게 실언을 했다는 사실은 변하지 않습니다."

"제가 사장님에게 화를 냈다는 사실도 변하지 않죠."

순간 학제의 입에서 다소 복잡하게 들리는 작은 숨이 새어 나왔다. 헛웃음 같기도 했고 한숨 같기도 했다. 혹시 제 태도에 상처를 많이 받았던 건가. 의아함과 걱정으로 학제를 가만히 바라보자 이내 그가 묘한 미소를 그렸다.

"소혜 양은 정말이지 마음이 너무 여리십니다."

이런 경우는 처음이라 당황스러워 어찌할 줄 모르겠다는 미소였다.

"소혜 양은 제 잘못에 응당한 대우를 하신 것뿐입니다."

"그렇게 생각하신다면 다행이지만, 그래도 꼭 사과를 드리고 싶었어요."

"…정말 이상하군요."

"뭐가요?"

무의식중에 흘러나온 말이었는지 학제는 얼른 표정을 달리하며 고개를 저었다. 저 같으면 이것을 빌미 삼아 어떻게든 상대를 이용해먹으려 했을 텐데. 참으로 이상한 여인이었다. 저렇게 순진한 얼굴로 공연히 제 마음 한구석까지 거침없이 건드리고 마는, 바보 같을 만큼 착한 여인. 아주 오래전, 기억 속에 묻어버린 감정 하나가 가슴 한가운데로 번져나갔다.

'혹자는 이걸 죄책감이라 부르더라지.'

학제는 애써 그것을 지워내며 입가를 길게 늘였다.

"참, 제가 얘기했던가요. 사실 돌아가신 저희 어머니도 소혜 양과 같은 조선인이셨습니다."

"정말요? 그래서 이렇게 조선말을 잘하시는구나."

소혜는 그에게 가지고 싶은 여인일 뿐 사랑하는 여인은 아니었다. 그러니 이런 무거운 감정은 불필요한 것이었다.

"어머니의 영향이 확실히 컸죠. 어머니와 있을 때는 항상 조선말로 대화를 나누곤 했으니 말입니다."

"다른 가족분들은 조선말을 모르셨나요?"

"싫어했다는 편이 더 맞을 겁니다. 어릴 때는 멋모르고 할아버지 앞에서 조선말을 썼다가 호되게 혼나기도 했거든요. 할아버지 눈에는 제가 민족성을 잃은 것처럼 보였나 봅니다."

품에 안으면 그만일 이 여인이 어떤 생각과 마음으로 자신을 보는지는 전혀 신경 쓸 일이 아니니까.

"그때부터는 숨어서 어머니를 만났죠."

"어머니를 많이 좋아하셨나 봐요."

그런데 왜 이리 가슴이 답답한지. 학제는 서서히 웃음을 멈추고 소혜를 봤다. 까만 눈동자에 굳은 제 얼굴이 비쳤다. 그는 마치 속을 들킨 사람 같은 표정을 짓고 있었다.

"…그렇죠. 어머니니까."

특별히 어머니에 대한 애틋함이 있다고는 생각하지 않았다. 기억이 있을 때부터 어머니는 집 안에서 가장 구석진 좁은 방에 유폐돼 계셨고, 그런 어머니를 만나려면 집안사람들의 눈을 피해야 했다. 어쩌다 어머니 방에 갔다는 사실을 할아버지에게 들키는 날이면 엉망진창이 되도록 매를 맞곤 했다. 그래서 머리가 크고 나서부터는 거의 어머니를 찾아뵙지 않았다. 아버지 대신 가업을 이어받아야 한다는 생각에 모든 것이 정신없이 돌아갈 때였다.

─ 꼭 좋은 사람이 될 거야, 우리 학제는.

남은 건 아득히 희미해진 어머니의 말버릇뿐이었다. 이 여인이 새삼스럽게 떠오르게 만든 바로 그 목소리. 학제는 뻣뻣해진 입가에 힘을 풀었다.

"소혜 양."

현실이라는 흙으로 단단히 묻어서 발 아래 두고 있던 것들이 자꾸만 하나둘 지면 위로 불거져 나오려 했다.

"앞으로도 계속 저와 친구를 해주시겠습니까?"

"친구요?"

"저희 할아버지께서 늘 하시던 말씀이 있습니다. 좋은 친구를 곁에 두어라. 그러면 좋은 사람이 될 것이다."

물론 할아버지가 말씀하신 좋은 친구란 사업 수완이 뛰어난 자를 뜻했지만, 이 순간 학제는 저 좋을 대로 해석했다. 소혜를 담은 그의 눈빛이 사뭇 짙어졌다.

"그러니 앞으로도 제 친구로 계셔주십시오. 소혜 양께서 나를 정말 좋은 사람이라 생각한다면."

당신만이 더럽고 추악한 나를 좋은 사람으로 봐줄 테니까. 당신의 목소리로 그 아름다운 말을 계속 들을 수 있을 테니까.

"그래야 소혜 양도 저처럼 좋은 사람이 되실 것 아닙니까."

학제는 깊어지는 눈빛을 뒤로 감춘 채 다시금 능글맞은 미소를 지었다. 그 말에 소혜가 말간 웃음을 흘리며 고개를 끄덕였다.

"네. 그럴게요."

어여쁜 미소가 물감처럼 그의 안으로 흘러들었다. 일순 요동치는 감정과 걷잡을 수 없는 충동이 내면을 휩쓸었다. 간절함이라는 게 이런 느낌이었나. 초조한 듯 죄어오는 가슴에 입이 멋대로 움직였다.

"소혜 양, 사실 나는…."

본능처럼 소혜를 향해 손을 뻗으려던 찰나.

"사장님."

누군가 부르는 소리에 학제는 황급히 손을 거뒀다. 뒤돌아보니 그의 비서가 서 있었다. 아무래도 우건에 대한 소식이 전달된 듯했다. 비서를 본 소혜가 재킷을 벗어 학제에게 도로 건넸다.

"일이 생기신 듯한데, 저는 가볼 테니 편히 말씀 나누세요."

"아뇨, 잠깐이면 됩니다."

"실은 저도 이제 가야 할 시간이라서요. 선생님께서 기다리실지도 몰라서…."

수줍게 뒤이은 말이 학제의 가슴을 무겁게 짓눌렀다. 그는 경직되려는 얼굴근육을 겨우 풀며 미소를 그렸다.

"집까지 바래다드리지 못하여 죄송합니다."

"괜찮아요. 사람들 눈도 있어서 혼자 가는 게 더 편해요."

소혜는 꾸벅 고개를 숙이고는 뒤돌았다. 멀어지는 그녀의 뒷모습을 하염없이 바라보던 학제는 뻗으려다 만 제 손을 내려다봤다. 대체 그녀에게 무슨 말을 할 생각이었을까. 나는 당신을 조선에서 가장 행복한 여자로 만들어줄 수 있다고? 그러니 신우건을 버리고 나에게 오라고? 아니면, 당신을 좋아한다고?

"…말도 안 되는 소리."

학제는 손을 꽉 말아 쥐며 다시 앞을 응시했다. 어느새 소혜의 모습은 사라지고, 앞에는 현실을 일깨우는 소식만이 저를 기다릴 뿐이었다.

"집으로 가서 얘기하지."

"예, 사장님."

미소 한 줌까지 지워낸 학제는 그대로 몸을 돌렸다. 머릿속이 여전히 혼란스러웠다. 인정하고 싶지 않은 진실을 마주한 기분이었다.

◆ ◆ ◆

우건과 사내는 간신히 작전 지역에서 벗어났다. 그러고도 행여 일군에게 뒤를 쫓길까, 두 사람은 인접한 산길로 최대한 돌아갔다.

"윽…."

또 한 번 왈칵 피가 새어 나오는 느낌에 우건이 괴로운 신음을 흘렸다. 시간이 지날수록 헤아릴 수 없는 통증이 온몸을 뒤흔들었다. 어느새 피는 왼쪽 바지춤까지 다 적시고 있었다. 우건은 핏자국이 길에 남지 않도록 재킷을 벗어 상처를 틀어막고 안간힘으로 버텼다. 숨이 턱턱 막혀왔지만 발을 멈출 수 없었다.

'돌아가야 해. 어떻게든 다시 돌아가야 해….'

그 강렬한 일념이 억지로나마 다리를 움직이게 했다. 경성에 도착했을 때는 피와 땀을 너무 많이 흘려서 의식이 흐릿해질 정도였다.

다행히 두 사람은 순사의 눈을 피해 무사히 우건의 집 근처까지 올 수 있었다. 익숙한 풍경을 보자 긴장이 풀린 나머지 몸이 휘청거렸다.

"선생님! 괜찮으십니까?"

"…괜찮습니다."

쓰러질 듯 담벼락에 기댄 우건을 사내가 얼른 부축했다. 그러다 제 손을 타고 흐르는 피에 화들짝 놀랐다.

"서, 선생님. 피가…!"

"쉿."

우건이 고개를 저으며 조용히 하라고 일렀다. 낮게 신음을 삼키는 입에서는 연신 거친 숨이 터져 나왔다.

"여기까지 함께해주셔서 감사합니다. 저는 괜찮으니 이만 돌아가십시오."

"하지만 상처가…."

"이 정도는 혼자서 치료할 수 있습니다."

"선생님."

"여기 계속 있다가는 당신도 위험해집니다. 일군들의 눈을 피해야 하니 어서 돌아가십시오."

우건의 태도가 강경했다. 사내는 어쩔 줄 모르고 머뭇거리다가 결국 고개를 끄덕일 수밖에 없었다.

"부디 잘 치료하십시오. 추후에 소식을 기다리겠습니다."

마지막까지 걱정스런 눈길로 뒤돌아보던 사내가 이내 시야에서 사라졌다. 우건은 마지막 힘을 짜내어 겨우 집 앞 대문까지 걸어갔다. 그러나 이미 한계에 다다른 몸은 오래 버티지 못했다. 담벼락을 짚으며 몸을 지탱하던 그는 끝내 바닥에 쓰러지고 말았다. 몸이 뒤흔들리자 한층 심해진 고통에 인상이 절로 구겨졌다. 어서 안으로 들어가 몸을 숨겨야 하는데, 팔이고 다리고 도무지 말을 듣지 않았다. 정신은 희미해지고 감각도 무뎌졌다. 살갗을 시리게 에던 바람도 더 이상 느껴지지 않았다. 상처를 감추고 있던 재킷이 힘없이 그의 손에서 빠져나갔다.

'정신… 차려야 하는데.'

점점 무거워지는 눈꺼풀을 억지로 밀어 올린 우건이 멍하니 허공을 바라봤다. 흐릿한 시야 너머로 그려지는 단 하나의 얼굴. 바로 소혜였다.

"백소혜…."

꿈을 꾸고 있는 건가. 이토록 정신이 흐려지는 와중에도 소혜의 청량한 미소만큼은 무척이나 선명했다. 그녀를 보자 내내 괴로웠던 가슴이 풀어지며 안도가 느껴졌다. 하고 싶은 말들이 진득하게 입안에 고였다. 실은 두려웠노라고. 목숨을 잃는 것보다 목숨을 잃어 너를 다시 못 보게 되는 게 심히 두려웠노라고. 무서웠노라고. 지켜주겠다는 약속을 못 지키게 될까 봐 미안했노라고.

"…소혜야."

우건은 그 짧은 이름 하나에 차마 말할 수 없는 자신의 마음을 꾹꾹 눌러담았다. 얼음장처럼 차가워진 몸 위로 따스한 온기가 내려앉는 것 같았다. 귓가에 그녀의 고운 목소리도 들리는 듯했다.

"선생님…."

다행이다. 꿈에서나마 너를 보고 갈 수 있어서. 천천히 눈을 내리감은 우건은 그대로 깊은 잠에 빠져들고 말았다.

◆ ◆ ◆

집 근처에 다다랐을 때였다. 소혜는 대문 앞에 있는 낯선 인영에 잠시 걸음을 멈췄다.

"저게 뭐지?"

눈가를 찌푸려도 길게 늘어진 그림자처럼 보일 뿐, 사위가 어둑하여 얼굴이나 행색이 제대로 보이지 않았다. 괜스레 겁먹은 소혜는 몸에 바짝 힘을 주며 조심조심 그것을 향해 걸어갔다. 이윽고 상대의 정체를 확인한 순간.

"어…."

소혜의 동공이 확장됐다. 낯선 인영은 다름 아닌 우건이었던 것이다.

"선생님!"

아연실색한 소혜가 황급히 그에게 달려갔다. 의식을 잃었는지 그에게서는 작은 미동조차 없었다. 어떻게든 깨워볼 생각으로 그의 몸을 흔드는데 문득 손바닥에 뜨겁고 끈적끈적한 무언가가 묻어났다. 어둠 속에서도 선연한 붉은빛. 너무 놀라서 숨을 집어삼키자 비릿하고 불길한 냄새가 지독하게 코에 달라붙었다. 소혜는 바들바들 떨리는 손을 말아 쥐며 다시 우건을 봤다. 그제야 흙바닥을 물들이고 있는 피가 보였다. 더불어 이미 검붉게 굳어가는 왼쪽 셔츠도. 난생처음 보는 끔찍한 참상에 소혜는 온몸의 핏기가 사라지는 기분이었다.

"서… 선생님. 신우건 선생님…."

흔들리는 목소리로 몇 차례 그를 더 부르기도 잠시.

"순심, 순심 아주머니! 아주머니, 빨리 나와주세요! 아주머니! 아주머니이! 제발…!"

곧 그녀는 목청이 찢어져라 온 힘으로 울부짖으며 순심을 부르기 시작했다. 눈물이 걷잡을 수 없이 앞을 가리고 머릿속이 새하얘졌지만, 지금은 어떻게든 우건을 안으로 데리고 들어가야 한다는 생각뿐이었다. 소혜는 온몸으로 우건의 상처를 막으며 더욱 큰 목소리로 순심을 불렀다. 다행히 오래지 않아 순심이 헐레벌떡 밖으로 뛰쳐나왔다.

"시상에, 이 야밤에 와 그리 큰 목소리로… 허억!"

순심 역시 눈앞에 벌어진 상황을 보고서 혼비백산했다. 소혜는 점점 차가워지는 우건의 몸을 필사적으로 끌어안으며 애원하듯 말했다.

"아주머니…. 선생님 좀, 선생님 좀 제발…."

순심은 그 말에 얼른 정신을 차렸다. 간신히 이성을 붙든 그녀는 함께 나온 사람들에게 침착하게 각자 할 일을 전달했다.

"순이야. 니는 당장 물 뎁혀가 면포랑 수건이랑 같이 도련님 방에 갖다 놓아라."

"예, 예!"

"그리고 정구 아범은 퍼뜩 황금정에 있는 곽 선상 좀 불러주이소."

"알겠어라."

"남은 사람들은 여 좀 치아주고!"

순심은 장정 몇 사람을 시켜서 우건을 방 안으로 들이도록 했다. 바닥에 고인 피는 흙으로 덮어서 작은 흔적도 남지 않게 했다. 근처에 또 다른 핏자국이 없는지 살피게도 했다.

"아가씨, 퍼뜩 안으로 들어가입시더. 여 있다가는 일본 놈들한테 죄 잡힙니더."

소혜가 일어나지 못하고 사시나무처럼 떨기만 하자, 순심은 아예 그녀를 안다시피 일으켰다. 그러곤 마지막까지 주위를 살피며 집 안으로 들어와 대문을 굳게 걸어 잠갔다. 처음 겪는 일이라 하기에는 상당히 능숙한 대처였다.

"아가씨. 지금부터 제 말 단디 잘 들으이소."

순심은 소혜를 안으로 데려가며 은밀한 목소리로 말했다.

"지는 도련님이 뭔 짓을 하다 저 짝이 되셨는지 참말로 모릅니더. 그러니 아가씨도 모르셔야 합니더. 아가씨도, 아가씨 주변 사람들도, 연구실 사람들도 죄다예. 아시겠습니꺼?"

그때까지 울기만 하던 소혜가 순심의 팔을 붙들며 정신 나간 사람처럼 물었다.

"아주머니, 선생님이 저렇게 되신 게 설마 저 때문인가요? 저를 지켜주시려다가, 저 때문에 대신…."

계약에 대해 모르는 순심은 영문 모를 소혜의 말에 한사코 고개를 저었다.

"이기 와 아가씨 탓입니꺼? 그런 거 절대 아입니더."

"그런데 왜, 흐윽, 어째서 저렇게 다치신 거예요…."

조금 전 처참했던 우건의 모습이 떠올라 소혜는 목이 멨다. 온갖 두려움과 공포로 숨을 쉬는 것조차 버거웠다. 이대로 선생님이 잘못되시면 어떡하지? 깨어나시지 못한다면? 이렇게 떠나시게 된다면?

"아, 아아…!"

"아이고, 아가씨!"

다리에 힘이 풀려 쓰러질 뻔한 소혜를 순심이 겨우 붙들었다. 소혜가 제정신이 아니라는 걸 깨달았는지, 순심은 때마침 옆으로 지나가던 다른 시녀에게 그녀를 부탁했다.

"막분아. 아가씨 좀 방으로 뫼셔가 뉘드리라."

"아뇨, 아뇨."

소혜는 고개를 저으며 순심의 팔을 더욱 꼭 붙들었다.

"저도 선생님 방으로 갈래요."

"이 계시다간 아가씨까지 쓰러지십니더!"

"괜찮아요. 저도 선생님 곁에 있을래요. 선생님이 깨어나실 때까지 같이 있고 싶어요. 제발 그렇게 하게 해주세요…."

우건이 깨어날 때까지 그 옆을 지키고 싶었다. 지금 혼자 있게 되면 파도처럼 덮치는 두려움에 제가 먼저 숨이 막혀 죽을지도 몰랐다. 아무리 달래도 그 고집을 꺾지 못할 거라 생각했는지, 순심은 결국 소혜를 데리고 우건의 방으로 함께 들어갔다.

"흑, 흐윽…!"

침대에 누워 있는 우건을 보자 다시금 울음이 터져 나왔다. 소혜는 차마 그에게 다가가지 못하고 비틀거리며 두 손으로 입을 틀어막았다. 대체 누가 우건을 저리 만든 걸까. 아무리 생각해도 일전에 그들을 미행하던 형사 외에는 떠오르지 않았다.

'나만 아니었다면, 선생님께서 나를 감싸지만 않으셨더라면….'

틀어막은 입에서 흐느낌이 비집고 나왔다. 우건이 이렇게 된 게 전부 제 탓인 것만 같았다. 소스케 앞에서 자신을 두둔하려다가 약혼자라고 거짓말을 하는 바람에 일제의 감시와 미움을 받게 된 거라고. 우건이 요 며칠 무엇 때문에 그리 바빴는지, 그가 연구실을 비울 때마다 무엇을 했고 어디에 다녀왔는지 알지 못하는 소혜로서는 그렇게 생각할 수밖에 없었다. 눈을 감아도 자꾸만 눈물이 새어 나와 우건의 피가 묻어 있는 두 손을 적셨다. 차라리 정신을 놓고 싶을 만큼 괴로웠다.

"슨상님 오셨어라!"

그때 정구 아범과 함께 곽 선생이 방 안으로 들어왔다. 순심은 정구 아범과 소혜를 제외한 나머지 하인들을 모두 밖으로 내보냈다. 문이 닫히자 곽 선생은 능숙하게 우건의 상의를 벗겼다. 미리 준비해둔 면포에 알코올을 적셔 피를 닦아내자 상처가 더욱 확실하게 보였다. 작고 동그랗게 파인 상처와 그 주위로 번진 열상. 상처를 살핀 곽 선생의 미간이 좁아졌다. 한눈에 봐도 총상이었다.

"음…."

낮게 신음을 흘린 곽 선생은 지체 없이 진료 가방에서 핀셋을 꺼냈다. 핀셋의 끝이 조심스럽게 상처 속으로 들어갔다. 잠시 후, 핀셋에 딸려 나온 것은 어김없이 총알이었다. 곽 선생은 총알을 손수건으로 꽁꽁 싸서 정구 아범에게 건넸다. 마지막으로 상처를 꿰맬 때까지 누구 하나 숨소리한 번 내지 못했다.

마침내 치료를 마친 곽 선생이 진료 가방을 갈무리하며 자리에서 일어났다. 순심이 긴장 어린 목소리로 물었다.

"어떻습니꺼? 많이 심각하신가예?"

"천만다행으로 급소는 피하셨습니다."

"하아… 감사합니더, 참말로 감사합니더…"

순심이 맞잡은 두 손에 얼굴을 묻으며 그제야 안도의 한숨을 토해냈다. 소혜 역시 바닥에 주저앉아 몸을 웅크리며 숨죽여 울었다.

"하지만 아직 안심하기에는 이릅니다. 피를 너무 많이 흘리셔서 당장 오늘 밤이 고비가 될 겁니다. 몸을 계속 따뜻하게 유지해주시고, 의식을 찾으시거든 여기에 적힌 음식을 드시게 하면 좋습니다. 혹시 새벽에라도 상태가 나빠지거든 다시 불러주십시오."

"알겠심더. 감사합니더. 감사합니더, 선상님."

곧 곽 선생이 정구 아범과 함께 방을 나섰다. 눈물범벅이 된 눈가를 소매로 훔쳐낸 순심은 웅크려 울고 있는 소혜에게 다가갔다.

"아가씨, 일어나보이소. 이 계시면 몸 상합니더."

간신히 소혜를 일으킨 순심이 그녀를 침대 옆 의자에 앉혔다.

"우건 도련님, 억수로 강하신 분이니 퍼뜩 털고 일어나실 겁니더. 하모, 우리 도련님이 어떤 분이신데예."

투박한 손으로 소혜의 눈물을 닦아준 순심이 낮은 목소리로 당부하였다.

"그러니 우지 마시고, 아가씨께서도 맘 단디 묵으셔야 합니더. 아시겠지예?"

"네…"

소혜는 경황이 없는 와중에도 작게 고개를 끄덕였다. 상처를 무사히 치료했으니 이제부터는 우건이 무사히 일어날 것이라고 믿는 수밖에 없었다.

"그럼 도련님 좀 부탁하겠심더."

순심이 바깥 상황을 마저 수습하기 위해 나갔다. 홀로 남은 소혜는 진정되지 않는 숨을 억지로 고르며 우건을 바라봤다. 가슴과 어깨 위에는 붕대가 가로지르며 감싸져 있었고, 핏기 없는 얼굴은 시린 달처럼 창백하기만 했다. 이리 상처가 깊은데도 찡그리지 않는 미간은 무섭도록 평온했다. 그 모습을 보자 덜컥 겁이 나서 또다시 눈앞이 희뿌예졌다.

'아니야, 오늘 밤만 넘기면 된다고 하셨잖아. 곧 깨어나실 거야. 분명 그러실 거야.'

아무렇게나 눈물을 닦은 소혜는 물에 적신 수건으로 우건의 얼굴을 정성스럽게 닦아냈다. 벌써 열이 오르는 모양인지 식은땀이 맺혀 있었다. 물수건을 꼭 짜서 그의 이마 위에 올린 소혜는 이불 밖으로 드러난 손을 꼭 맞잡았다. 언제나 따뜻하던 그의 손이 얼음장처럼 차가웠다. 그 냉랭한 기운에 어쩌지 못하고 눈물이 볼을 적셨다. 소혜는 아랫입술을 꽉 깨물며 터지려는 울음을 막았다.

"얼른 일어나세요…. 저 무섭단 말이에요…."

소혜는 침대맡에 얼굴을 묻었다. 그렇게 그녀는 늦은 밤까지 우건을 간호하다가 울기를 반복하며 잔혹한 밤을 견뎌냈다.

◆ ◆ ◆

우건은 감았던 눈꺼풀을 천천히 들어올렸다. 무엇인지 알아볼 수 없는 희미한 윤곽들이 흐릿한 시야를 채우고 있었다. 머리가 어지러웠고, 목은 타는 듯이 말랐으며, 속은 메스꺼워 금방이라도 구역질이 날 것 같았다. 몸은 무언가가 짓누르는 것처럼 한없이 무거워 손가락 하나 까딱하기 힘들었다. 지금이 밤인지 새벽인지, 시간은 또 얼마나 지난 건지 알 수가 없었다. 답답한 기분에 숨을 들이쉰 순간.

"으⋯."

가슴을 관통하는 엄청난 통증에 저도 모르게 신음이 새어 나왔다. 영문을 알 수 없는 상황에 당황하기도 잠시. 오래지 않아 정신을 잃기 전 기억들이 동시다발적으로 돌아왔다. 함정을 판 작전과 일군의 기습, 그리고⋯.

'욱영 형.'

우건의 눈매가 혼란으로 깊어졌다. 그가 작전을 수행한 지역에 대해서 아는 사람은 분명 욱영뿐이었다. 그에게서 수상한 행보를 여럿 봤기에 거의 확신을 가지고 진행한 일이었다.

'그런데 형은 분명 일군을 향해 총을 쐈다.'

누가 봐도 그를 구하기 위한 행동 같았다. 만일 한열단 내부 정보를 흘린 밀정이라면 결코 쉽지 않은 결정이었을 터. 그게 정말로 자신을 지키기 위한 행동이었는지, 아니면 함정임을 눈치채고 눈속임하기 위한 행동이었는지 판단이 서지 않았다.

'좀 더 치밀하게 작전을 짰어야 했는데. 내 실수다.'

지끈거리는 머리로 팔을 올리려던 찰나. 손등을 덮은 온기와 무게가 뒤늦게 느껴졌다. 고개를 돌리자 침대 옆에 소혜가 불편하게 엎드려 있는 모습이 보였다. 밤새 간호하다가 지쳐서 잠든 걸까. 그녀는 우건이 깨어난 줄도 모르고 깊은 잠에 빠져 있었다.

'꿈이 아니었던 건가.'

붉게 부은 소혜의 눈가에 시선이 묶였던 우건은 제 손을 천천히 빼내어 그녀의 손을 감쌌다. 손바닥 안으로 전해지는 선명한 감촉. 참담한 가운데 비로소 한 줄기 안도가 스며들었다. 그래도 나, 살아 돌아왔구나. 이 여인 곁으로 다시 왔구나. 그 이기적인 안도가 죄스러우면서도 감사했다.

"으음…."

그때 소혜가 작게 뒤척이며 눈을 떴다. 몇 번 느리게 눈꺼풀을 감았다 뜬 그녀는 곧 자신을 바라보고 있는 우건을 확인하고서 화들짝 몸을 일으켰다.

"서, 선생님. 정신이 좀 드세요?"

고개를 끄덕이자 소혜의 눈가에 새로운 눈물이 차올랐다. 그녀는 울먹이며 허둥지둥 자리에서 일어났다.

"잠시만 기다리세요. 제가 얼른 순심 아주머니를…."

"나중에."

방을 나서려던 소혜가 멈칫하며 아래를 봤다. 우건이 잡고 있던 손에 힘을 준 까닭이었다. 그는 의아한 눈으로 쳐다보는 소혜를 의자로 끌어당겼다.

"지금은 조용히 있고 싶어. 그러니 나중에."

낮게 갈라진 목소리가 고요히 가라앉았다. 두 눈가에 커다란 눈물방울을 매단 소혜는 잠시 머뭇거리다가 이내 몸에 힘을 풀었다. 대신 우건의 이마에 올린 물수건만 새로 갈았다.

"이대로… 깨어나시지 않을까 봐 무서웠어요."

식은땀을 훔쳐내는 손길이 옅게 떨렸다. 그 손끝에서 그녀가 밤사이에 느꼈을 두려움과 공포가 고스란히 전해지는 듯했다.

"걱정시켜서 미안하다."

나직이 건넨 사과에 그녀는 고개만 저을 뿐이었다. 몇 번이나 울음을 삼키려는 듯 가슴을 들썩이던 소혜는 한참 만에야 다시 입을 열었다.

"대체 어쩌다 이리되신 거예요?"

그러나 우건은 어떤 대답도 해줄 수가 없었다. 일군에게 습격당했다고 말하려면 작전에 대해서도 이야기해야 하는데, 그렇게 되면 한열단까지 모두 설명해야 하기 때문이었다. 우건은 통증에 미간을 구기면서도 옅은 미소를 지어 보였다.

"좀 과격한 싸움에 휘말려서."

단번에 거짓임을 알아챈 소혜의 눈가가 일그러졌다.

"저 다 봤어요. 선생님 상처에서 총알이 나오는 거."

애써 올린 입꼬리는 한숨으로 서서히 무거워졌다. 아무래도 소혜는 쉽게 넘어가주지 않을 생각인가 보다.

"설마 지난번에 저희를 미행하던 그 형사인가요? 그 사람이 선생님을 쏜 거예요?"

"…그런 거 아니야."

"그럼 누가 이런 건데요?"

소혜의 목소리 끝이 애처롭게 떨려왔다. 걱정, 불안, 공포, 그리고 부정. 그 모든 것이 차례로 그녀의 눈동자를 스쳐 갔다.

"설마… 위험한 일을 하고 계신 건가요?"

우건은 대답 대신 말없이 소혜를 응시했다. 행여 밖에서 누가 들을까 봐 위험한 일이라고 말했지만, 그게 독립운동을 뜻하는 말임을 우건이라고 모르지 않았다. 수긍도 부정도 하지 않는 그의 모습에 소혜는 속이 문드러지는 것만 같았다. 일전에 순사를 피해 도망치던 그의 모습이 눈앞을 스쳐지나갔다.

"왜요…."

그래서 애꿎은 그를 탓했다.

"그런 걸 왜 하시는데요…."

이불을 그러쥔 손이 서럽게 떨렸다.

"다들 외면하고 피하는 그 길을, 왜 선생님께서 가시려 하는 건데요…. 대체 왜."

후드득 떨어진 눈물이 우건의 손등을 적셨다. 소혜는 이해가 되지 않았다. 자그마치 28년이다. 일본이 이 땅에 들어와 우리의 주권을 빼앗고, 민족을 짓밟고, 나라를 없앤 것이. 오랜 시간 수많은 사람이 나라를 되찾으려 노력했지만, 그 무수한 희생의 결과는 지금에 불과했다. 해서 소혜는 희망이 없다고 생각했다. 그저 주어진 현재에 수긍하며 살아가는 것만이 최선일 뿐이라고, 그래야 이 구차한 목숨이라도 건질 수 있다고 생각했다.

한데 어찌하여 이 사내는 목숨을 내바치면서까지 저항하는 걸까. 그래 봤자 조선은 돌아오지 않을 텐데. 누구도 그를 알아주지 않을 텐데. 결국 그렇게 사라질 텐데.

"이 나라는…."

내내 침묵을 유지하던 우건이 퍼석하게 마른 입술을 움직였다.

"이 조선이라는 나라는… 너무 많은 것에게 눈을 빼앗겨 어둠에 갇힌 나라다.”

낯선 빛으로 물든 눈동자가 그녀를 향했다.

“그래서 다시 볼 수 있게 해야 해. 앞을, 미래를, 가능성을, 희망을.”

결코 꺾을 수 없는 결연한 의지가 그 말속에 깃들어 있었다. 그것이 소혜를 더욱 아득한 어둠 속으로 내몰았다. 계약 때문에 그의 곁을 떠나게 되는 게 아니라, 제가 어찌할 수 없는 이유로 영영 그를 못 보게 되는 건 너무 가혹하지 않은가. 그런 건… 우리 계약에 없었잖아.

“저는 선생님께서 안전하시면 좋겠어요. 그런 위험한 일들일랑 하지 마시고, 그냥 지금처럼 나비만 연구하면서 사시면 좋겠어요.”

“조선인은 어디에서도 안전하지 못해.”

“아무것도 안 하시면 되잖아요.”

물끄러미 소혜를 마주하던 우건이 침전한 목소리로 물었다.

“그게 사는 것인가?”

아무것도 안 하고 살아가는 게 정녕 사는 것이냐고, 살아도 죽은 것 아니냐고. 우건은 대답 없는 소혜에게 직접 그 답을 알려줬다.

“나에게 그건 사는 게 아니야. 행동하지 않더라도 어차피 나라를 되찾지 못하면 저들의 발에 짓밟혀 죽게 되는 건 똑같아.”

“죽는다는 말씀은 제발 하지 마시고요….”

소혜는 고개를 저으며 뚝뚝 설움을 떨어트렸다. 우건의 죽음을 떠올리는 것만으로도 벌써 가슴이 찢어지는 것 같았다. 이미 독립이라는 이유로 가까운 사람을 잃지 않았는가. 같은 상처를 또 받고 싶진 않았다. 그 슬픔과 고통이 감히 경림 때와는 비교도 할 수 없으리라는 걸 잘 알기에.

“선생님….”

소혜는 애원하듯이 우건을 불렀다. 하지만 애초에 그녀가 어찌할 수 있는 일이란 아무것도 없었던 걸까.

"이만 방으로 가서 잠시라도 눈 붙여. 나 때문에 제대로 쉬지도 못했을 텐데."

우건은 잡고 있던 손마저 놓고서 하인들의 방과 연결되는 종을 울렸다. 곧이어 순심과 몇몇 사람이 방으로 들어왔다.

"아이고, 도련님! 괜찮으십니꺼?"

"소혜 좀 방으로 데려가줘. 이야기는 그다음에 하지."

"예, 예. 알겠심더."

소혜는 원망 어린 눈으로 우건을 봤다. 그러나 그는 지그시 눈을 감고서 그 시선을 외면할 뿐이었다.

"가입시더, 아가씨. 어서예."

소혜는 어쩔 수 없이 순심의 손에 이끌려 우건의 방을 나올 수밖에 없었다. 그사이 새벽 동이 트는지 하늘이 저 끝에서부터 서서히 밝아지고 있었다. 하지만 소혜는 한 치 앞도 보이지 않는 것처럼 몇 걸음 떼다 말고 자리에 멈춰 섰다.

"아가씨?"

"…저 어떡하죠, 아주머니."

"…"

"이제… 어떡해야 하죠, 저는."

표정을 놓아버린 얼굴 위로 마르지 않을 눈물이 흘러내렸다. 어딘가에 갇힌 것처럼 앞이 어두컴컴한 기분이었다. 아무것도 보이지 않았다. 그가 말하는 희망도. 제 마음이 가야 할 방향도.

◆ ◆ ◆

창문 앞에 선 소혜는 뒷마당에서 피어오르는 검회색 연기를 멀거니 바라봤다. 모든 흔적을 지우라는 우건의 명령에 따라 하인들이 피 묻은 것들을 전부 태우는 중이었다. 피를 닦은 면포건 우건의 옷이건 할 것 없이 전부 불길 속에 던져졌다. 소혜의 옷도 저곳에서 한 줌의 재가 되고 있었다.

시선을 옮기니 연기 너머로 어느덧 완전히 밝아진 하늘이 보였다. 몸이 천근만근 무거웠지만 잠은 오지 않았다. 뜬눈으로 밤을 꼬박 지새웠는데도 자야겠다는 생각조차 들지 않았다. 오로지 머릿속을 가득 채운 건 상처 입은 우건의 모습과 도대체 왜, 라는 질문. 그리고 그가 했던 말들뿐.

"너무 많은 것에게 눈을 빼앗겨, 어둠에 갇힌 나라…"

힘없이 중얼거린 목소리는 그대로 돌아와 제 귀에 걸렸다. 쉽게 떨칠 수 없는 말이었다.

"대관절 독립이라는 게 무엇이기에… 저렇게 목숨도 아끼지 않게 되는 걸까."

이 민족에게 남은 희망과 미래가 어디에 있다고, 독립, 그게 대체 언제 이뤄진다고. 전부 밑 빠진 독에 물 붓기일 텐데.

하지만 아무리 그들의 선택이 터무니없다고 생각하려 해도, 머리와 달리 마음은 자꾸만 다른 말을 했다. 우건이 가는 길이라면 어디든 함께 가고 싶어 했던 것 아니냐고. 그러니 그가 그토록 독립을 원한다면 너도 도와야 하지 않겠느냐고. 이 불합리한 억압에, 저들의 지독한 인면수심에 너는 화나지 않느냐고.

소혜는 아랫입술을 꾹 깨물며 여전히 불길이 거센 뒷마당을 봤다. 연기는 끊임없이 하늘로 흩어지고, 불꽃은 어젯밤의 잔상까지 모조리 태울 듯 매서운 기세로 혀를 날름거리고 있었다. 살아 있어도 죽어 있는 것.

'죽어가면서도… 살아가는 것.'

가만히 그것을 바라보던 소혜는 아예 몸을 돌려버렸다. 그래도 복잡하게 엉킨 생각들이 떨쳐지지 않아 두 눈을 꼭 감아버렸다. 그녀 스스로조차 납득할 수 없는 감정들이 가슴속에서 폭풍처럼 몰아쳤다. 예기치 못하게 갑작스레 찾아온. 어쩌면 아주 필연적인.

"대체 어떡하라고, 나보고…."

소혜는 차마 창가를 떠나지 못하고 두 손에 얼굴을 묻었다. 우건이 말하는 희망과 미래라는 것도, 독립이라는 것도 전부 뜬구름처럼 느껴졌다. 모든 걸 태울 듯 세차게 타오르는 불꽃도 끝내 한 줄기 연기로 흔적조차 없이 사라지지 않는가. 그저 찰나에 사라질 허상처럼 말이다.

"무서운데…. 정말 위험할 텐데…."

그런데도 그 허상이 자꾸만 발목을 붙잡는 건, 아마도 그 길에 우건이 서 있는 까닭이겠지. 지금 어디서 무얼 하고 있는지 모를 경림 또한 걸어온 길일 테고. 혹은 제가 아는 누군가와, 또 모르는 누군가들도.

소혜는 북받치는 감정을 삼키며 입술을 감쳐물었다. 여전히 머릿속은 복잡했지만 이것 하나만큼은 확실했다. 그를 막을 수 없다면 차라리 곁에서 지키고 싶다고. 침묵으로, 감은 눈으로 지금 내가 할 수 있는 일은 그것뿐이니.

"하…."

울음 섞인 한숨을 내쉰 소혜는 피곤에 젖은 걸음을 옮겼다. 이제 그만 학교로 가야 할 시간이었다.

새 옷으로 갈아입은 그녀는 가방을 챙겨서 밖으로 나왔다. 집을 나서기 전에 우건의 얼굴을 한 번 더 보고 싶어 그가 있는 방으로 갔다. 조심스럽게 문을 열자 곤히 잠들어 있는 모습이 보였다. 조금 전에 곽 선생이 들러서 진통제를 처방한 덕분인지 한결 편안해진 얼굴이었다.

'선생님…'

붕대를 감고 있는 우건을 보자 다시금 왈칵 눈물이 고였지만, 소혜는 울음을 꾹 참으며 그 얼굴을 꾸역꾸역 눈에 담았다. 복잡한 생각은 나중에. 지금은 우건이 무사히 회복하는 것만 생각하고 싶었다. 그가 온전히 낫고 나서 이 일에 관해 다시 얘기해도 늦지 않을 테니까.

"다녀올게요. 푹 쉬고 계세요."

조용히 인사를 전한 소혜는 바깥 소리가 그의 잠을 방해하지 못하게 방문을 닫아쳤다. 그 앞을 떠나야 하는 발걸음이 결코 가볍지 않았지만 한 발 한 발 억지로 떼어냈다. 우선은 당장 주어진 하루에 충실해야 했다. 멀어지던 소혜의 발소리가 마침내 사라졌다.

우건은 감았던 눈을 천천히 떴다. 차마 눈을 뜨고 그녀를 마주 볼 수 없었던 건 혹시나 직면하게 될지도 모르는 상황 때문이었다. 이토록 위험한 곁이니 그만 떠나고 싶다고 말할까 봐. 그런 그녀를 붙잡게 될까 봐. 그러면 안 되는 것을 잘 알기에.

"…어찌해야 좋을까, 이 이기적인 마음을."

우건은 도로 눈을 감아버렸다. 빛 한 점 들지 않는 끝없는 길 위에 홀로 서 있는 기분이었다. 빛을 밝힐 수 있는 건 소혜 너뿐이라는 걸 아는데도 차마 이 길을 함께 걷자고 말할 수가 없다. 내가 가는 길은 멀디멀고, 어둡디어둡고, 또 뼛속까지 엘 만큼 춥디추워서 여린 네가 감당하기에는 너무도 큰 고통이기에. 차라리 네 몫까지 내가 다 감당할지언정 너만큼은 이 고통을 모르고 평안하기만을 바라기에.

그게… 내가 너를 지키는 방법이기에.

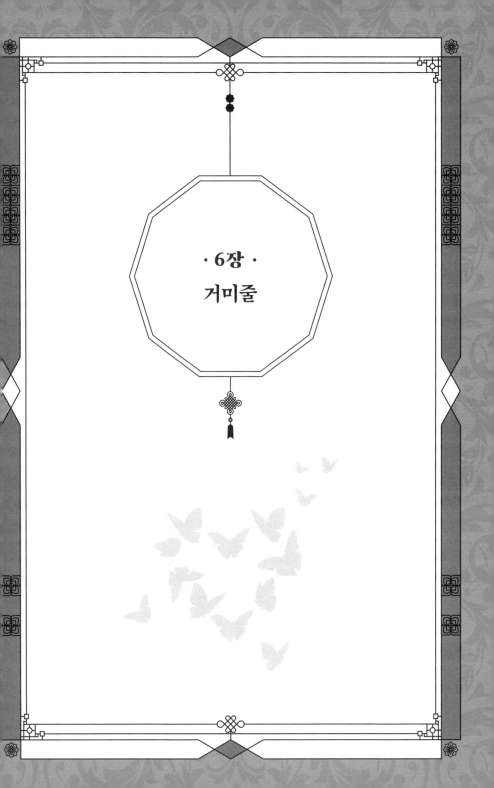

· 6장 ·

거미줄

평춘관의 비밀방. 그 안에서는 학준과 한열단 단원인 사내가 대화를 나누고 있었다. 사내는 간밤에 일어난 사건들을 고스란히 학준에게 전달했다.

"다행히 급소를 피해서 생명에는 지장이 없다고 하더랍니다. 상처도 그리 깊지 않고요, 피를 많이 흘리긴 했는데, 밤사이에 고비를 넘겼으니 곧 회복할 거라고 했습니다."

"…그렇군."

이야기 끝에 학준의 묵직한 목소리가 한숨처럼 더해졌다. 시종일관 굳어 있던 표정에 한 줄기 안도가 스며들었다. 사내는 그의 눈치를 살피다가 마냥 피할 수만은 없는 불편한 진실을 또 하나 꺼냈다.

"밤사이에 습격당한 곳은 신우건 동지가 맡은 지역뿐이었습니다."

"그럼…."

"예. 역시 말이 새어 나간 것이겠지요."

학준은 지그시 눈을 감았다. 아들의 부상만으로도 심기가 몹시 어지러운

데, 이 와중에 내부 변절자까지 생각해야 하니 머리가 터질 것만 같았다.

"대체 누굴까요? 일군에게 우리 정보를 팔아넘긴 자가."

"밀정 색출은 신우건 동지에게 온전히 일임했으니, 이후 상황을 지켜보면 알게 되겠지."

해당 지역을 누구에게 알렸는지는 오직 우건과 학준, 둘만 아는 사실이었다. 하여 그 역시 이번 사건에 욱영이 연관돼 있다는 걸 알고 있었다. 몸이 회복되는 대로 우건이 직접 확인하러 갈 테니 최종 결정은 그 이후에 내려야 할 몫. 굳게 감았던 눈을 다시 뜬 학준이 미간을 좁혔다.

"다치지만 않았어도 바로 밀정을 잡아냈을 텐데, 대책 없이 혼자 가서 습격을 당한 꼴이라니."

학준은 부러 모진 말을 뱉었다. 그리 말하면서도 두 눈에는 아들에 대한 걱정이 묻어났다. 자식 가진 심정을 충분히 이해하는 바라, 사내는 학준의 마음을 헤아려 넌지시 물었다.

"오늘이나 내일쯤 사람을 보내어 살필 예정인데, 그때 걱정하신다는 말을 전할까요?"

그러나 그 짧은 사이에 감정을 갈무리한 학준은 다시 단단한 눈빛으로 일축했다. 마치 단 한 번도 아들을 걱정한 적이 없는 것처럼.

"작전을 수행하다가 다치는 게 무슨 대수라고. 쓸데없는 소리 하지 말고 이만 나가봐."

사내가 나가고, 뒤이어 비밀방을 나온 학준은 긴긴 복도를 말없이 걸었다. 아무도 없이 홀로 적막하게 걷는 길이건만. 어디선가 자꾸만 혼란스러운 소리가 들리는 듯했다. 총성과 폭음, 그리고 절규 섞인 애원이.

–아버지, 안 돼요. 조금만 더 기다려주세요!

–분명 잘 빠져나왔을 거다. 더 늦으면 저놈들을 놓치고 남은 동지들까

지 모두 죽어!

－안 돼요, 아버지. 아직 저 안에 형이…! 아버지, 아버지이!

일순 발밑이 크게 흔들리는 듯한 착각이 일었다. 학준은 잠시 걸음을 멈추고 눈을 질끈 감았다. 바로 옆에서 들리는 듯 생생한 비명과 숨이 막힐 듯 매캐한 화약 냄새. 수년이 지나도 이따금 저를 괴롭히는 지독한 환각이었다. 학준은 숨을 내리누르며 요동치는 마음을 안간힘으로 다잡았다. 형언할 수 없는 감정이 심장을 옥죄었지만 그는 결코 그것을 드러낼 수 없었다. 민족의 해방을 이끄는 한열단 수장이었기에. 대의를 지키기 위해 모든 것을 포기해야 하는 혁명가였기에. 민족을 구한다면서 아들조차 지키지 못한… 죄 많은 아버지였기에.

"하…."

몸 안의 모든 숨을 내뱉은 학준은 다시 정면을 응시하며 발을 옮겼다. 이 죄업의 굴레는 홀로 감내하며 고통받아야 하는 것.

그러니 우진아. 끝내 지키지 못한 나의 아들아.

'네 원성은… 하늘에 가서 모두 받겠다.'

후회를 드러내는 것조차 죄가 되는 그는 오늘도 창자가 끊어지는 아픔을 견디며 수장으로서의 무게를 짊어졌다.

◆ ◆ ◆

순심이 따로 연락했는지, 학교에서는 다들 우건이 독감에 걸렸다고 알고 있었다. 밤사이에 있었던 일을 연구실 사람들에게 어떻게 말해야 하나 걱정하던 소혜는 그나마 걱정을 덜었다.

'누가 얼마만큼 선생님의 비밀을 아는지 모르니까.'

이 땅에서는 조선의 독립을 외치는 것만으로도 죄가 된다. 독립 단체에 속해 있든, 홀로 일제와 맞서 싸우든 우건이 독립을 열망한다는 사실이 알려지면 그것만으로도 위험해질 수 있는 것이다. 특히나 각자 어떤 사상을 지니고 있는지 모르는 학교에서는 더더욱 위험했다. 아무리 송일고보가 민족의식을 고취하는 곳이라 해도 생각이 다른 이들은 늘 존재하기 마련이다. 그러니 조심, 또 조심할 수밖에.

"후…."

소혜는 잠시 그림을 멈추고 눈을 감았다. 밤을 새운 데다가 줄곧 긴장했더니 오후가 반절쯤 지났을 때는 거의 녹초가 돼 있었다. 유난히 지쳐 보이는 소혜에게 세호가 걱정스러운 얼굴로 말했다.

"소혜 씨, 아무리 독감이래도 잘 먹고 잘 쉬면 금방 회복할 수 있어요. 그러니 너무 걱정하지 마세요."

"네? 아… 네."

잠시 생각에 빠졌던 소혜는 얼른 현실로 돌아와 어색한 미소를 지었다.

"그러셔야 할 텐데…."

"많이 불안하세요?"

"그게… 이렇게까지 앓아누우신 건 처음 봐서요."

그 말에 희욱이 쯧, 혀를 차며 못마땅하다는 듯 고개를 저었다.

"하여간 요즘 너무 무리한다 싶었어. 밤낮없이 책상 앞에만 앉아 있으니 몸이 안 약해지고 배겨?"

이번 작전은 수뇌부 몇몇을 제외하고는 극비에 부친 사안이었다. 심지어 희욱과 세호는 각자 다른 부대에 속해 있었으므로 작전에 대한 정보 역시 다르게 가지고 있었다. 그러니 같은 한열단 단원이더라도 둘 다 지난밤의 일을 모를 수밖에. 물론 이런 사실을 알 리 없는 소혜는 끝까지 그의 총상을 숨겨야 한다는 생각뿐이었다.

"퇴근길에 땅콩이나 좀 사가지고 가. 그 녀석, 그거 좋아하니까."

희욱이 쓰고 난 실험 기구들을 옮기면서 불퉁하게 말했다. 우건이 연구실에도 못 나올 정도로 앓아누운 건 그도 처음 보는 것이라 내심 걱정되는 모양이었다.

"네, 그럴게요. 알려주셔서 감사합니다, 선배."

그래도 소혜의 표정이 나아지지 않자 희욱이 인상을 구겼다. 결국 안 되겠다 싶었는지 그가 소혜에게 퇴근을 명했다.

"야, 너 오늘은 그냥 들어가라."

"지금요?"

"네 멍한 꼴 보고 있으니까 괜히 여기 있다가 사고 칠까 봐 겁난다."

"하지만 선생님도 안 계시고, 다들 늦도록 계시는데 제가 뭐라도 도와야…"

"네가 가는 게 도와주는 거야. 그 자식 성격에 우리는 병문안도 못 오게 할 텐데, 너라도 가서 옆에 있어야지."

그 말에 세호와 다른 조수들도 고개를 끄덕였다.

"그래요, 소혜 씨. 선생님 곁에 있어주세요. 그래야 선생님도 더 힘내실 거예요."

"연구실은 걱정하지 마시고요."

희욱은 아예 코트와 가방까지 꺼내 와서 그녀 앞에 놓았다.

"버티지 말고 어서 가. 네 마음은 충분히 아니까."

"…감사합니다, 선배."

"어서 가. 어서."

거의 떠밀리다시피 연구실에서 나온 소혜는 그 길로 학교를 나왔다. 사실 우건이 계속 걱정돼 일에 집중을 못 하던 터라, 희욱의 말대로 계속 연구실에 남았다간 무슨 실수를 했을지 모를 일이었다.

'오늘은 집에 가서 선생님께서 정말로 무사하신지 확인하고, 내일부터 다시 정신을 바짝 차려야지.'

소혜는 발걸음에 속도를 붙여 집으로 향했다. 희욱의 조언대로 땅콩을 사는 것도 잊지 않았다.

집에 도착하니 여러 음식 냄새가 대문 밖까지 흘러나오고 있었다. 안으로 들어가자 식사 준비를 위해 바쁘게 움직이는 사람들이 보였다.

"아가씨 오셨습니꺼?"

때마침 소혜를 발견한 순심이 웃으며 맞이했다.

"선생님은 좀 어떠세요?"

"좀 전에 일어나셔가 시장하신지 식사를 찾으시길래 지금 막 차리는 중입니더."

그래서 이렇게 맛있는 냄새가 나는구나. 식사를 할 정도라면 기운을 차렸다는 뜻이겠지. 그렇게 생각하자 비로소 가슴을 조이던 불안이 탁 풀어지는 듯했다.

"아가씨도 퍼뜩 옷 갈아입고 오이소. 같이 식사하시라예."

"네. 그리고 이거, 선생님이 땅콩을 좋아하신다고 들어서 조금 사 왔어요."

"아이고, 많이도 사셨네예. 잘하셨습니더."

"그럼 선생님 모시고 나올게요."

순심에게 땅콩 봉지를 건넨 소혜가 얼른 방으로 올라갔다. 빨리 우건을 보고 싶은 마음에 옷을 갈아입는 손길이 무척이나 분주했다. 이 순간에는 새벽 내내 저를 괴롭히던 고민도 떠오르지 않았다. 그저 우건이 무사한 모습을 보고 싶다는 생각뿐이었다. 서둘러 평상복으로 갈아입은 소혜는 곧장 그의 방으로 향했다.

"저, 선생님."

조심스럽게 불러봤지만 어째서인지 아무 소리도 들리지 않았다.

'혹시 그사이에 잠드신 건가?'

그래도 식사를 해야 기운이 날 텐데. 잠시 고민하던 소혜는 그를 깨워야겠다는 생각으로 닫힌 문을 열었다. 그리고 마침내 침대가 보일 만큼 문을 열어젖힌 순간.

"아, 아니…! 저…"

소혜는 그만 얼음이 돼 그 자리에 굳고 말았다. 셔츠를 절반만 걸친 우건의 반라가 빨려들듯 시야에 잡힌 까닭이었다. 눈앞에 펼쳐진 광경에 놀란 소혜는 입술만 뻐끔거렸다. 복부 한가운데에 선명하게 새겨진 금들은 납작하고 단단한 배를 조각조각 갈라 놓았고, 여러 겹으로 둘러싼 붕대 아래에는 탄탄한 가슴이 제 존재감을 여실히 드러내고 있었다. 넓게 벌어진 어깨 밑으로 뻗어 나온 팔도 적당히 단련돼 섬세한 굴곡을 보였다. 그 위를 푸르게 장식하는 굵은 핏줄들도, 곳곳에 이유를 알 수 없는 흉터들도 묘하게 눈을 자극하기는 마찬가지였다. 책상 앞에 앉아서 연구만 하는 사람으로는 결코 보이지 않는 몸. 선이 유려하거나 곱지 않은데도 아름답다는 생각이 절로 드는 몸이었다.

그 아름다움에 홀려서 소혜는 고개를 돌려야 한다는 생각조차 하지 못했다. 어제는 경황이 없어 미처 보지 못한 것들이 지금은 불순하게 시야를 점령했다. 몸에 조각된 근육만큼 단단한 눈빛으로 소혜를 바라보던 우건이 천천히 입술을 움직였다.

"도와줄 생각이라면, 일단 방문부터 닫는 편이 좋을 것 같은데."

"…네?"

그때까지 넋을 놓고 있던 소혜가 뒤늦게 정신을 차렸다.

"아, 아! 네! 죄, 죄송해요!"

황급히 뒤돌아 방문을 닫자 쿵, 하고 큰 소리가 났다. 그리고 그보다 더 큰 소리가 그녀의 가슴에서 울리기 시작했다. 쿵, 쿵, 쿵, 쿵, 쿵! 온몸을 뒤흔들 기세로 뛰는 심장 때문에 머리까지 어지러울 지경이었다.

'침착하자, 백소혜. 침착해. 나는 선생님을 도와드리러 온 거야.'

간신히 당황한 기색을 갈무리한 소혜가 천천히 뒤돌아섰다. 우건은 여전히 셔츠를 입지도, 벗지도 못하는 상태 그대로였다. 또 한 번 눈을 자극하는 그의 맨몸에 공연히 동공이 흔들렸다. 저도 모르게 시선이 바닥으로 향했다.

"저, 저녁 식사 준비가 다 돼서요."

소혜는 목청에 힘을 주며 목소리가 떨릴 뻔한 걸 간신히 막았다. 그러다 무슨 용기가 일었는지, 다시 시선을 들어 올려 우건을 마주 봤다.

"옷 갈아입으시려는 거면, 제가 좀 도와드릴까요?"

그러곤 한 걸음 그에게 다가섰다. 가만히 그녀를 바라보던 우건이 낮게 한숨을 내쉬었다. 그러잖아도 상처의 통증 때문에 셔츠 한 벌 갈아입는 일조차 버거운 지금이었다.

"이번 한 번만 부탁하지."

"네."

소혜는 걸음을 옮겨 그의 등 뒤로 돌아갔다. 제 작은 몸을 온전히 가릴 만큼 넓은 등도 깎은 듯 견고한 근육들로 이뤄져 있었다.

"팔 옆으로 벌려주세요."

우건은 소혜의 말대로 순순히 팔을 벌렸다. 하지만 통증이 심한지 움직일 때마다 그가 낮게 숨을 참는 것이 느껴졌다. 소혜는 최대한 그의 상처에 무리가 가지 않도록 주의하며 셔츠를 입혀줬다.

사그락, 사그락. 간지러운 소리를 내며 옷감이 스칠 때마다 그녀의 부드러운 손끝도 예민한 살갗을 건드렸다. 그 섬세한 움직임이 감각을 사로잡은 탓일까. 거짓말처럼 우건은 통증에 무뎌졌다. 진통을 위해 먹은 소량의 아편에도 가라앉지 않던 통증이 소혜의 손길에 잠잠해진 것이다.

우건은 일렁이는 감정을 지그시 누르며 낮게 숨을 내쉬었다. 옷을 입고 있는 것뿐인데 이상하리만치 감정이 날뛰어 스스로 당황스러울 정도였다. 나머지 한쪽 팔도 셔츠에 끼우도록 도와준 소혜가 다시 앞으로 돌아왔다. 우건은 제 가슴으로 손을 뻗는 그녀를 제지했다.

"단추는 내가 잠글 수 있어."

"왼팔 움직이면 많이 아프시잖아요. 제가 해드리는 게 마음 편해요."

소혜는 우건의 만류에도 제법 고집 있게 버텼다. 그러곤 밑에서부터 하나하나 단추를 채워 올라오기 시작했다.

우건은 그런 소혜의 모습을 말없이 지켜봤다. 그의 것보다 한참 작은 손이 꼼지락거리며 야무지게 단추를 채워냈다. 단추를 끼우는 데 집중하느라 힘을 준 눈꺼풀 위로 촘촘한 속눈썹이 파르르 떨렸다. 그 팔랑거리는 속눈썹이 작은 바람을 일으켜 제 가슴을 간질이는 것 같았다.

복부를 지나 명치께로 올라온 손이 이윽고 턱 밑까지 다다랐다. 마지막 단추가 채워지며 셔츠가 우건의 목을 미약하게 옥죄었다. 그게 정말로 단추 때문인지, 혹은 서로의 숨결이 섞일 만큼 가까운 거리 때문인지는 알 길이 없었다. 그저 묘한 긴장감이 폐부 가득히 채워질 뿐이었다. 옷매무새까지 정리해준 소혜가 손끝을 말아 쥐며 조심스럽게 우건을 올려다봤다.

"더 필요하신 거 있으세요?"

여린 숨결이 목 언저리에 달라붙어 온기를 남겼다. 우건은 또 한 번 감정이 요동치는 것을 느끼며 애써 평정을 유지했다.

"아니. 충분해."

"그럼 이제 식사하러 가요."

소혜가 한 걸음 물러서자 우건이 먼저 걸음을 옮겨 문으로 향했다. 방문을 열면서 뒤돌아보니 동그란 눈이 저를 쳐다보고 있었다.

"고마워. 도와줘서."

그 짧은 인사에 소혜의 두 뺨이 옅게 물들었다.

"선생님께 드리는 도움이라면 얼마든지요."

그녀의 입가에 스며든 미소가 덥게 달아오른 공기를 조금이나마 식혀줬다.

두 사람은 함께 부엌으로 향했다. 순심은 곽 선생이 몸에 좋다고 일러준 음식은 죄다 요리했는지, 민어에 사골국에 꿩고기까지 온갖 산해진미를 상다리가 부러질 만큼 차려놓았다. 겨우 두 사람이 먹기 위한 저녁 식사치고는 상당한 양이었다.

"밥은 부족하면 얼마든지 더 드이소. 많아예."

지금도 반 이상을 남기게 될 지경인데, 순심의 눈에는 소혜의 놀란 표정이 보이지도 않는 모양이었다.

"수고했어. 어서 가서 식사하도록 해."

"그래도 도련님이 식사하시는 건 다 보고 가야지예. 팔 움직이기도 불편하실 텐데."

"소혜와 둘이서만 있고 싶어서."

우건의 시선이 오롯이 소혜를 향했다. 무언가 따로 할 이야기가 있나 싶으면서도 그 말에 마음이 설레는 건 어쩔 수 없었다. 소혜는 그의 시선에 달아오르는 얼굴을 느끼며 순심에게 말했다.

"제가 옆에서 도와드릴게요. 아주머니도 편히 식사하세요."

"음… 그럼 그럴까예?"

순심은 눈치를 살피다가 이내 어색하게 웃으며 자리를 떠났다. 마침내 부엌에는 두 사람만 남게 됐다. 정작 식탁 위로는 달콤한 눈빛 대신 고요한 적막이 내려앉았지만.

"우리도 이만 먹지."

"아, 네."

소혜도 우건을 따라 숟가락을 들었다. 식사를 하는 동안 두 사람 사이에는 아무 말도 오가지 않았다. 간간이 식기 부딪치는 소리만 조용히 울릴 뿐이었다. 할 말이 있는 게 아니라 그저 편하게 먹고 싶었던 듯했다.

소혜는 천천히 입술을 오물거리다가 우건을 흘깃 쳐다봤다. 그는 아무 일도 없었던 것처럼 평소 같은 모습으로 밥을 먹었다. 한 번씩 좁아지는 미간이 아니었다면 그가 다쳤다는 사실도 잊을 정도였다.

'물어보고 싶은 게 많은데… 아무것도 못 물어보겠어.'

감히 어제 일을 꺼내어 이 고요를 깨고 싶지 않은 까닭이었다. 게다가 이미 들으면 안 될 이야기까지 듣지 않았는가. 그가 구체적으로 일제와 어떻게 싸우고 있다고 말하진 않았지만, 한 가지 확실한 건 그가 예사롭지 않은 일에 가담하고 있다는 사실이었다. 막는다 한들 그가 멈추지 않으리라는 것을 잘 알아서 더욱 애가 타는 소혜였다.

"그렇게 쳐다보면 계속 모른 척하기가 힘든데."

시선을 느낀 우건이 결국 침묵을 깨고 먼저 입을 열었다. 눈을 피할 순간을 놓친 소혜는 곧 조그마한 목소리로 대답했다.

"그게… 좀 걱정돼서요."

"뭐가?"

꺼내고 싶은 말들이 입속에 한가득 고여왔다. 어떻게 하면 이 나라에도 희망과 미래가 보이게 할 수 있는지. 그것은 반드시 당신을 희생해야만 이룰 수 있는지. 조금 더 안전한 방법은 없는지. 내가 함께할 수는 없는지.

"학교요."

하지만 당장 직면하기 어려운 문제들은 잠시 뒤로하고, 소혜는 현실적인 일만 입에 담기로 했다.

"몸이 완전히 나으실 때까지는 집에서 푹 쉬셨으면 해서요."

"글쎄. 나흘 후부터 다시 나갈 생각이었는데."

"그렇게나 빨리요?"

소혜가 놀란 눈을 커다랗게 떴다.

"몸살로 그렇게 오래 쉴 수는 없으니까."

"선생님은 몸살이 아니시잖아요."

그녀는 눈망울을 흐리며 간곡히 말했다.

"한 달만, 아니 딱 일주일만 더 쉬시면 안 돼요?"

"수업도 연구도 하루만 지체해도 큰 차이를 만들어내는 법이야."

"무리하시면 분명 상처가 덧날 거예요. 아직 움직이는 것도 힘드시잖아요."

하지만 우건은 대수롭지 않게 고개를 저었다.

"이 정도 상처는 괜찮아."

'이 정도'라는 말이 예전에는 그보다 심하게 다친 적도 있다는 뜻으로 들려서 소혜는 마음이 더욱 무거워졌다. 대체 무슨 말을 해야 저 남자가 자기 몸을 조금 더 아끼게 될까. 할 수만 있다면 이 집 장정들을 시켜서라도 그를 꼼짝 못 하게 가둬두고 싶은 심정이었다.

'선생님은 서로 각자의 생활에 깊이 관여하지 말자고 하셨지만….'

그래도 걱정되는 마음은 어쩔 수 없는 것이었다. 이마저도 쓸데없는 참견이라 생각하실까. 걱정을 숨기지도, 그렇다고 전부 드러내지도 못하는 소혜는 음식만 굼뜨게 씹을 뿐이었다. 그 모습이 마음에 걸렸는지 우건이 나직한 목소리로 그녀를 달랬다.

"너무 걱정하지 마. 정말로 괜찮으니까."

그 다정한 목소리가 어쩐지 마음을 더 응어리지게 했다. 차마 독하게 말릴 수 없도록 만드는 것 같아서. 소혜는 아랫입술을 꾹 깨물다가 우건을 똑바로 마주 봤다.

"그럼 한 가지만 약속해주세요."

"어떤 약속?"

"몸이 나을 때까지 절대로 위험한 일은 하지 않으시겠다고요."

사실 그렇게 말하면서도 우건이 이 약속을 제대로 지키리라고 생각하진 않았다. 그는 때가 오면 언제든 망설임 없이 자기 신념대로 행할 것이다. 이제껏 소혜가 지켜본 우건은 그런 사람이었다.

그런데도 약속을 거는 것은 이렇게라도 그가 자기 안전을 한 번 더 생각해줬으면 해서. 그에게 무슨 일이 생기면 누구보다 슬퍼할 사람이 있다는 것을 기억해줬으면 해서.

우건의 깊어진 눈매 속으로 뜻을 알 수 없는 이채가 스며들었다.

"…그러도록 하지."

"정말 약속하신 거죠? 꼭이에요."

재차 묻는 물음에 우건이 고개를 끄덕였다. 그의 입가가 희미하게 늘어졌다.

"내 약혼녀는 걱정이 참 많은 여인이었군."

낮게 이어지던 긴장이 그 미소에 연기처럼 사라지는 기분이었다. 마주 오는 눈빛에는 그녀를 어여삐 여기는 마음마저 보이는 듯했다. 그게 당황스러워 소혜는 눈만 빠르게 깜빡였다.

"그렇게 다치셨는데… 걱정 안 하는 사람은 아무도 없을 거예요."

나 혼자만 심각했던가. 괜스레 밀려오는 민망함에 저도 모르게 시선을 내리고 말았다. 우건은 그런 소혜를 온전히 눈에 담으며 말했다.

"앞으로 각별히 주의하지."

결코 지킬 수 없는 약속이었다. 그래도 지금만큼은 그녀에게 다짐하고 픈 마음이었다. 불나방처럼 목숨을 아끼지 않던 내가 너로 인해 삶이라는 걸 생각하게 됐노라고, 너로 인해 두려움을 알게 됐지만, 또 그만큼 기필코 살아남겠다는 의지를 굳히게 됐노라고. 처음으로 해방의 길 가운데서 쓰러지는 내가 아니라, 해방된 조국의 땅을 밟고 웃는 나를 상상해봤노라고.

"네가 불안해하지 않도록."

우건은 그 짧은 한마디에 제 마음을 담았다. 당장 며칠밖에 지키지 못할 약속이었지만.

◆ ◆ ◆

깊은 밤. 흐릿한 달빛이 스며드는 허름한 여관방으로 옥영이 들어왔다. 소파에 쓰러지다시피 몸을 깊이 묻은 그는 목울대를 긁는 듯한 숨을 내쉬며 고개를 젖혔다. 은밀한 화약 냄새와 그보다 조금 더 짙은 비릿한 냄새가 기분 나쁘게 코끝을 맴돌았다.

"젠장⋯. 하여튼 수습은 귀찮다니까."

무거운 눈꺼풀을 억지로 밀어 올린 그는 자리에서 일어나 욕실로 향했다. 입고 있던 옷을 빠르게 벗어 던지고 온몸에 뜨거운 물을 끼얹었다. 발밑으로 흘러내린 물에 붉은빛이 언뜻 섞이는가 싶더니 빠르게 사라졌다.

머리부터 발끝까지 밖에 다녀온 '흔적'을 전부 지운 욱영은 곧 새 옷으로 갈아입었다. 그러곤 벗은 옷가지를 살피며 개중에 '흔적'이 남은 옷들만 골라가지고 나갔다. 사람 하나 다니지 않는 여관방 뒷길에는 밤사이에도 꺼지지 않는 군불이 있었다. 욱영은 지체 없이 그 안으로 옷가지를 던졌다.

화르르!

게으른 움직임으로 장작만 야금야금 갉아먹던 불은 난데없이 날아온 먹잇감을 게걸스럽게 먹어치웠다. 빠르게 타드는 제 옷을 보며 욱영은 작게 코웃음을 쳤다. 익숙한 비명 소리가 불길 속에서 들려오는 듯했다.

"네 희생은 내가 길이길이 기억하지."

누구에게도 닿지 않을 감사까지 전하며 발길을 돌렸다. 욱영은 근처 가게에서 비루 한 병을 사서 여관으로 돌아왔다. 나름 괜찮은 수습을 했다는 생각에 기분이 한결 나아지며 긴장도 풀어졌다. 그리고 막 여관방 안으로 들어온 순간.

"어디에 다녀오는 길인가 보지."

이마에 와닿는 서늘한 쇠의 감촉에 온몸이 굳었다. 눈이 어둠에 익지 않아 윤곽이 흐릿했지만 한눈에 알아볼 수 있었다. 자신에게 총을 겨눈 사람이 희욱이라는 것을.

"…뭐 하는 짓이야, 지금?"

뒤이어 어둠 속에서 우건의 목소리도 들려왔다.

"취조."

"…뭐?"

"여태까지 어디에 가서 뭘 하고 온 거지?"

계속 내 방에서 기다리고 있었나? 아니면 계속 나를 따라다녔나? 그랬다면 어디부터 어디까지 지켜본 거지? 욱영은 나락까지 떨어지는 이성을 간신히 붙들며 그 물음에 순순히 대답했다.

"보면 알잖아. 술 사 온 거."

아까 옷을 갈아입으며 책상에 놓아둔 총을 곁눈으로 찾았다. 하지만 어디에도 총은 보이지 않았다.

"이걸 찾는 건가?"

그 앞에 긴 다리를 꼰 채 앉아 있던 우건이 그의 총을 들어 보였다. 왼팔에 덧댄 부목이 언뜻 보였다.

'젠장….'

방심이 죄였다. 속으로 욕을 뇌까린 욱영은 불리한 상황에서 벗어나기 위해 필사적으로 머리를 굴렸다. 일단은 끝까지 시치미를 떼야 했다.

"이렇게 갑자기 쳐들어와서 뭐 하자는 짓인지 모르겠군."

"단도직입적으로 말하지."

우건이 총구처럼 형형한 눈으로 욱영을 응시했다.

"지난밤 일군들의 습격, 형이 정보를 팔아넘긴 거지."

"뭐?"

"그날 그 작전을 아는 사람은 형뿐이었어."

일순 욱영의 턱이 움찔했다. 경직된 반응은 두 사내의 눈에도 고스란히 들어왔다. 천천히 자리에서 일어난 우건이 들고 있던 총을 욱영에게 겨눴다. 총이 장전되는 소리가 소름 끼치게 고막에 달라붙었다.

"발뺌할 생각은 마. 이미 다 알고 왔으니까."

두 총구 앞에서 욱영이 할 수 있는 일은 아무것도 없었다. 그는 비루 병을 깨트릴 것처럼 손에 힘을 줬다. 한눈에 봐도 비밀을 들킨 것처럼 구는 태도. 우건이 드디어 꼬리를 잡았다고 확신하던 순간.

"지금 대체 무슨 말을 하는 거야?"

욱영의 입에서 나온 건 전혀 예상치 못한 말이었다.

"너한테 작전에 대한 이야기를 들은 날, 형권이랑 같이 너를 엄호할 계획을 세웠어."

그 말에 우건이 미간을 구겼다.

"작전을 안형권 동지한테 얘기했다고?"

"그래. 형권이라면 그 정도 규모의 작전을 당연히 알 거라고 생각했으니까."

안형권. 욱영과 같은 5부대 단원. 굳은 신념과 높은 실력으로 제법 굵직한 작전에도 몇 번 투입됐던 그는.

"그러고 보니… 그날 계획을 세운 이후로 며칠간 보이지 않던데."

조금 전 욱영의 손에 허망하게 목숨을 잃은 희생자였다.

"이래도 나를 의심하나?"

욱영은 턱을 추켜세우며 우건을 압박했다.

"나는 어제 널 지키기 위해 혼자 일군들과 맞서 싸웠다. 네가 직접 봤으니 이건 부정할 수 없겠지."

그는 끝까지 평정심을 잃지 않고 두 동지의 눈을 똑바로 쳐다봤다.

"내가 정말 밀정이라면 네가 놈들의 손에 죽든 말든 끝까지 모른 척하지 않았겠어? 애초에 그 자리에 가지도 않았을 테지."

어차피 증거가 될 만한 건 모두 없애버린 참이었다. 시체도 쉽게 찾을 수 없는 곳에 버리고 왔으니, 하늘이 저를 버리지 않는 이상 절대로 형권을 찾지 못할 터. 이들은 결코 자신의 비밀을 알아내지 못할 것이다. 제 승리에 더욱 심취한 욱영은 절실함을 연기하며 말을 이었다.

"안형권이다. 그 자식이 우리를 배신하고 일본에 정보를 팔아넘긴 게 틀림없다고!"

한시도 방심할 수 없을 만큼 공기가 팽팽하게 부풀었다. 그렇게 영원 같던 찰나의 시간이 흐른 후. 거듭 결백을 주장하는 욱영의 눈빛에 드디어 마음이 흔들린 걸까.

"…총을 거둬."

우건이 결국 겨누고 있던 총의 장전을 풀고 팔을 내렸다. 일단은 결정을 보류하기로 한 것이다. 그의 명령에 희욱도 어쩔 수 없이 총을 거뒀다. 욱영의 총을 품속에 갈무리한 우건은 한열단 수뇌부 중 한 사람으로서 그에게 명령했다.

"5부대 고욱영, 이 시간부로 소지한 무기는 모두 압수한다. 또한 당분간 전달책 이외 단원들과의 접촉을 금한다. 이후의 처분은 수장님께서 결정하실 테니 그때까지 매일 위치를 보고하며 기다리도록."

욱영이 얼굴을 일그러트리며 으르렁거렸다.

"나를 못 믿겠다는 건가?"

"개인적으로 전달받은 작전을 다른 동지에게 발설했다는 것에서 이미 징계감이야. 가벼이 넘길 사안이 아니라는 건 누구보다 잘 알겠지. 한때 부대장까지 맡았던 사람이니까."

우건은 마지막까지 욱영의 눈을 뚫어져라 응시하다가 이내 여관방을 나갔다. 욱영이 숨겨놓은 탄창 등을 모두 찾아낸 희욱도 그를 뒤따랐다.

쿵, 문이 닫히는 소리를 마지막으로 무거운 적막이 욱영의 몸을 옥죄었다. 그는 팔을 들어 손끝으로 이마를 문질렀다. 머리에 구멍을 낼 듯 꾹 눌러오던 차가운 쇠의 촉감이 아직도 선명했다.

"하… 제기랄."

살벌하게 욕을 뇌까린 욱영이 바드득 이를 갈며 닫힌 문을 노려봤다. 그나마 간발의 차이로 일을 수습했기에 망정이지. 그러지 않았다면 꼼짝없이 이 자리에서 개죽음을 당할 뻔했다.

"내가 어떻게 여기까지 왔는데…."

이 시궁창 같은 땅에서라도 목숨을 부지하려고 어떤 짓까지 했는데. 이 손에 얼마나 많은 피를 묻혔는데.

"그래놓고… 겨우 여기서 네놈들의 손에 죽을 수는 없지."

그럼 내가 이런 괴물이 된 게 너무 억울하잖아.

─ 형…. 형, 제발 그러지 마. 형…. 허엉!

기억 아득한 곳에 묻었던 비명 소리가 어디선가 들리는 듯했다.

"크큭… 크크크큭…."

낮게 흐르는 웃음소리가 그 위를 덮으며 소름 끼치게 울려 퍼졌다.

◆ ◆ ◆

"정말 저렇게 놓아둘 생각이야?"

골목을 벗어나기도 전에 희욱이 우건을 불러 세웠다. 천천히 걸음을 멈춘 우건은 대답 대신 낮은 한숨만 내쉬었다. 처음 우건이 넌지시 얘기했을 때만 해도 절대 욱영이 밀정일 리 없다고 생각한 희욱이었다. 하지만 우건에게서 며칠 전 일어난 일에 대해 듣고, 또 조금 전에 여관방을 수색하면서 그는 확신했다. 욱영이 밀정이라는 것을.

"너, 이걸 보고도 정말 저 인간의 말을 믿는 거냐?"

희욱이 무기를 쓸어 담은 가방을 우악스럽게 열었다. 그러곤 그중 하나를 꺼내 들었다.

"이게 증거가 아니면 뭔데!"

그가 꺼낸 물건은 다름 아닌 발터 PPK 권총. 현재 한열단에서 보급하는 총들 중에는 없는 기종이거니와, 따로 보고받은 적도 없는 물건이었다. 출처를 알 수 없도록 외부에서 새로 구했다는 뜻인데, 자기 행적을 지울 목적이 아닌 이상에야 욱영이 가지고 있을 이유가 없었다. 이 총을 소지했다는 것만으로도 욱영은 이미 조직에서 중징계를 당하기에 충분했다. 우건은 묵직한 눈으로 그 총을 바라봤다.

"…지금으로서는 어쩔 수 없어."

"대체 왜!"

"아직 죽이기에는 섣부르니까."

그는 마지막의 마지막까지 만전을 기할 생각이었다. 설령 욱영이 진짜 밀정이더라도 그의 죗값에 가장 걸맞은 처단을 해야 했다. 그래야 그 때문에 억울하게 죽은 동지들의 원한이 조금이나마 풀릴 테니까. 희욱은 여전히 분이 가라앉지 않는지 연신 욕을 해댔다.

"뻔뻔하게 다른 동지한테 뒤집어씌우려는 꼴이라니. 부대장까지 했던 인간이 우리 철칙을 간과했다는 게 말이 돼?"

한열단의 철칙 하나. 같은 작전조로 구성된 동지 사이가 아니면 누구에게도 계획을 발설하지 말 것. 말단 단원들까지 다 아는 철칙을 욱영이 허투루 생각했다는 건 말이 안 된다. 게다가 뜬금없이 안형권 동지라니. 누구보다 지금 시국에 거세게 분노했던 그가 이렇게 쉽게 일제의 편으로 돌아섰을 리 없다.

"옆에서 보는 나도 거짓말이라는 걸 알겠다. 아무리 우리를 얕잡기로서니 저건…!"

"그만."

우건이 흥분한 희욱의 말허리를 낮은 목소리로 눌렀다. 그의 어깨에 손을 얹어 툭툭 다독이니 들쑥날쑥하는 분노가 손안에 여실히 느껴졌다.

"화나는 심정은 충분히 이해하지만, 지금 여기서 우리끼리 말한들 아무 소용도 없어."

"그럼 저대로 도망치도록 보고만 있자고?"

"도망치게 내버려두지 않을 거다. 계속 사람을 붙여서 예의 주시할 예정이니까."

이런 상황까지 내몰렸으니 욱영도 당분간 몸을 사릴 게 분명하다. 그러니 상부에서 지시가 내려올 때까지 기다릴 수밖에. 물론 곱게 놓아둘 생각은 없었다.

"그리고 역으로 이용할 생각이다."

어차피 욱영에게 미심쩍은 정황이 발견된 이상 앞으로 그와 함께할 수 있는 일은 아무것도 없었다. 그러니 그가 동지들의 목숨을 이용한 것처럼 우리도 그를 이용할 수밖에.

"안형권 동지가 지금 어디에 있는지부터 최대한 빨리 알아볼 생각이야."

"그건 저 자식의 미끼라니까!"

"그러니까 더욱 알아봐야지. 과연 어디까지 최악의 상황으로 만들어놨는지."

순간 싸늘한 기운이 두 사람의 발목을 휘감았다. 희욱도 그제야 우건의 말뜻을 알아챈 것이다. 흔들리는 동공 속에 끔찍한 생각이 스치고 지나갔다.

"설마… 저 자식이…."

"아니길 빌어야겠지만, 지금으로서는 가망이 없다고 본다."

냉정하게 상황을 판단해야 할 때였다. 욱영이 저렇게 대놓고 이름을 언급했다는 건 이미 손을 썼다는 방증일 테니.

"젠장…. 젠장!"

제 분을 못 이기고 희욱이 죽일 듯 악을 썼다. 씩씩거리던 그는 욱영의 방을 노려보다가 한참 만에야 가까스로 제 분을 삭였다. 신경질적으로 머리를 흐트러뜨리던 희욱은 뒤늦게 우건의 몸을 살폈다.

"…몸은 좀 괜찮냐?"

배신의 상황을 전해 듣고 걱정할 새도 없이 곧바로 욱영의 방을 급습한 터였다. 우건은 쓴웃음을 지으며 고정된 제 팔을 들어 보였다.

"학교에서는 말 좀 잘 맞춰줘. 몸살 때문에 쓰러지는 바람에 좀 다쳤다고 할 테니."

"비리비리한 인상만 더해지겠네, 아주."

"압수한 무기도 잘 전달해주고."

"걱정 마라. 나를 뭐로 보고."

오늘 욱영에게서 압수한 총들은 전부 한열단 본부 창고로 전달될 터였다.

"네 몸이나 잘 간수해."

마지막으로 희미한 걱정만 전하고 희욱이 몸을 돌렸다. 쇠끼리 부딪쳐

절그럭거리는 마찰음이 구둣발 소리와 함께 빠르게 멀어졌다.

"너도 조심해서 들어가라."

희욱의 등 뒤로 나직이 인사를 전한 우건은 물끄러미 여관방을 바라봤다. 욱영의 방에는 여전히 불이 꺼져 있었다. 충격에 빠져 있는 걸까. 아니면 이쪽을 지켜보고 있는 걸까. 어느 쪽인지 알 수 없었지만 긴장을 놓지 못하기는 매한가지였다. 어둡게 물든 창문을 바라보는 표정이 한없이 굳어졌다. 차라리 대놓고 우리에게 총을 겨눴더라면, 그랬다면 이 허망함이 조금은 덜했을까. 꾹 말아 쥔 주먹이 제 힘을 감당하지 못하고 파르르 떨렸다.

'하긴, 배신에 경중이 어디 있다고.'

지금은 배신감에 빠져서 허우적거릴 시간이 없었다. 욱영이 또 다른 일을 꾸미기 전에 이쪽에서 먼저 움직여야 한다. 가슴 통증이 한층 짙어지는 듯했다. 우건은 길게 한숨을 내쉬며 발길을 돌렸다. 동지가 작전 중에 죽었다는 소식을 듣는 순간보다 동지의 변심을 목격하는 순간이 더욱 고통스럽다는 걸 새삼 느끼게 된 하루였다.

◆ ◆ ◆

"…!"

굳게 감겨 있던 눈이 일순 크게 떠졌다. 소혜는 빠르게 숨을 몰아쉬며 황급히 주위를 둘러봤다. 어슴푸레한 시야 너머로 익숙한 천장이 보였다. 놀라서 팽창했던 가슴이 그제야 푹 꺼졌다.

"하아… 꿈이구나."

뒤늦게 안도한 입에서 긴 한숨이 새어 나왔다. 요 며칠 동안 우건이 상처 입은 몸으로 또 어디로 나갈까 봐 얼마나 가슴을 졸였는지. 오늘도 잠자리에 든 이후로 계속 뒤척이다가 겨우 선잠에 들었는데, 그마저도 악몽을 꾸고 말았다. 열린 창문에서 커튼이 펄럭이고, 우건의 침대가 피로 물든 채 텅 비어 있는 꿈을.

다시 눈을 감고 잠을 청했지만 불안감이 가슴을 눌러서 잠이 쉬이 오지도 않았다. 억지로 누워 있던 소혜는 하는 수 없이 침대에서 일어났다. 이대로 있다가는 걱정 때문에 한숨도 못 자고 아침을 맞을 것 같았다.

'아무래도 확인해야겠어.'

소혜는 아직 땅거미가 점령하고 있는 복도를 살금살금 걸었다. 발소리까지 조심하며 향한 곳은 역시나 우건의 방이었다.

'설마 간밤에 정말로 나가신 건 아니겠지?'

소혜는 숨을 낮게 죽이며 닫힌 문에 귀를 댔다. 자고 있는 건지, 아니면 안에 없는 건지 아무 소리도 들리지 않았다.

'조금 더 집중하면 들릴 것도 같은데….'

소혜는 아예 문을 뚫고 들어갈 기세로 바짝 몸을 붙였다. 바스락, 바스락. 그러자 문 너머에서 드디어 옅은 기척이 들렸다. 우건이 방 안에 있는 모양이다.

'아, 다행이다…. 역시 꿈일 뿐이었구나.'

하지만 방심은 금물이라 했던가. 그 순간 난데없이 문이 열리는 바람에 기대고 있던 몸이 그대로 휘청이고 말았다.

"어, 으앗!"

중심을 잃어서 바닥에 쓰러지려던 찰나. 어깨를 단단히 끌어안아 지탱하는 팔이 느껴졌다. 놀란 소혜가 고개를 들어 올렸다.

"아, 선생님…."

우건이 오른팔로 그녀를 안다시피 부축하고 있었다. 지금 막 잠에서 깨어났는지 흐트러진 머릿결이 무방비하게 틈을 보였다. 잠기운이 채 가시지 않은 두 눈은 권태롭게 힘이 풀려 있었다. 그 모습마저 퇴폐적이어서 절로 가슴에 숨이 차올랐다.

"이제는 방 앞에서 감시까지 하는 건가?"

낮게 갈라진 음성이 간지럽히듯 귓가로 흘러들었다. 정곡이 찔린 탓에 소혜의 얼굴이 새빨갛게 달아올랐다.

"아뇨, 그게 아니라…."

얼른 몸을 일으킨 그녀는 제일 먼저 상처부터 걱정했다.

"몸은 좀 어떠세요? 밤에 또 열이 오르시진 않았어요?"

"이제는 정말 괜찮아. 곽 선생님도 이 정도면 회복이 빠른 편이라 하셨고."

"아, 다행이다…."

"애초에 그리 깊은 상처도 아니었어."

그제야 가슴을 꾹꾹 짓누르던 불안이 사라졌다. 사실 꿈 때문이 아니더라도, 혹시나 밤사이에 또 열이 오르면 어쩌나 하는 걱정 때문에 다시 잠에 들지 못했을 것이다. 고비를 지났다곤 해도 상처는 언제든 덧날 수 있으니 말이다. 지쳐 보이는 소혜를 우건이 지그시 바라봤다.

"내 걱정 하느라 잠도 못 잔 건가?"

그 말에 소혜가 눈을 느리게 깜빡이다가 고개를 저었다.

"그냥, 조금 전에 꿈을 좀 꿔서…."

"꿈?"

소혜는 부끄러운 마음에 시선을 밑으로 떨어트렸다. 그러곤 기어드는 목소리로 대답했다.

"선생님께서 사라지시는 꿈이요….'

우건의 눈매가 짙어졌다. 겨우 꿈 한 번 꾼 것으로 유난을 떤다고 생각
하시는 걸까. 그에게 어리광을 부리고 싶진 않았기에 소혜는 부러 입가를
늘이며 미소를 지어 보였다.

"그냥 잠깐 걱정돼서 와본 것뿐이에요. 너무 신경 쓰지 마세요. 정말이
에요.'

우건은 그녀의 안색을 살피듯 가만히 바라봤다. 그러다 이만 대화를
마무리하려는지 고개를 끄덕였다.

"가서 조금 더 자. 일찍 깨서 피곤할 텐데."

"선생님 먼저 들어가세요. 저는 그냥 거실에 있으려고요."

"거실에?"

"그게… 너무 놀라면서 깼는지 잠이 다 달아나서요."

"다시 잠들 때까지 옆에서 지켜봐줘야 하는 건가?"

"네?"

그러잖아도 큰 눈이 더욱 커다래졌다. 솔직하게 달아오른 얼굴은 덤이
었다. 금방 눈물이라도 떨어질 것처럼 촉촉한 눈동자는 어쩔 줄 모르고
방향을 잃었다. 농담이었다고 말해줘야 하나. 소혜가 당황하는 모습이 귀
여워 조금 더 지켜보던 찰나. 괜찮다고 손을 내저으리라는 예상과 달리,
그녀의 입에서 다소 당돌한 대답이 돌아왔다.

"그렇게… 해주실 수 있으세요?"

그 말에 우건의 눈빛이 옅게 흔들렸다. 소혜는 귀 끝까지 붉게 물들이
면서도 부탁을 물리지 않았다.

"약혼자니까 한방에서 같이 자도 남들이 이상하게 보지 않을 거잖아요.'

말간 눈동자가 오롯이 그를 향했다.

"제가 다시 잠들 때까지만… 옆에 계셔주세요."

선명히 빛나는 그 순수한 눈빛에 차마 거절의 말이 나오지 않았다. 할 말을 채 찾지 못한 우건이 한쪽 눈썹을 들썩이자, 소혜가 풀 죽은 강아지처럼 눈썹 끝을 늘어뜨렸다.

"그럼 안 될까요…?"

소혜는 용기의 마지막 자락까지 끌어와서 물었다. 지금 이 순간, 제 심장이 얼마나 크게 뛰고 있는지 안다면 아마 우건은 놀라서 곽 선생을 다시 부를지도 모른다. 그만큼 소혜는 잔뜩 긴장한 마음으로 우건의 입술만 쳐다봤다.

제 말이 무척 불순하게 들릴 수 있다는 건 잘 알았다. 나이에 맞지 않게 어리광을 부린다며 나무라도 할 말이 없었다. 하지만 어쩌겠는가. 이대로 방에 돌아가면 분명 뜬눈으로 아침을 맞거나, 또 악몽을 꿀 텐데.

'잠들기 직전까지 선생님 얼굴을 보면 괜찮을 것 같단 말이야.'

소혜는 저도 모르게 애원하는 눈길로 우건을 바라봤다. 무슨 생각을 하는지 입을 다물고 있기를 잠시. 마침내 우건이 한숨인지 실소인지 모를 것을 작게 흘렸다.

"좋아."

그리고 손에 휘감겨오는 따스한 열기.

"내 방에서 자. 재워줄게."

우건은 그대로 소혜의 손을 잡고서 다시 방 안으로 들어갔다. 막상 내뱉긴 했어도 그가 정말로 곁에 있어줄 거라고는 생각지 못한 터라, 소혜는 눈을 빠르게 깜빡이며 그가 이끄는 대로 따라갔다. 침대 앞에 다다른 우건이 이불을 들춰 그녀가 눕기 편하게 해줬다.

"아… 감사합니다."

소혜는 이불이 사라진 자리로 반듯하게 누웠다. 그런데 곧바로 제 몸 위로 이불이 덮일 거라는 예상은 보기 좋게 빗나가고 말았다. 이불을 들고 있던 우건이 그녀 옆에 나란히 누운 것이다. 소혜는 토끼처럼 놀라 동그래진 눈으로 옆을 봤다. 오른팔을 머리 위로 올린 우건도 그녀를 향해 고개를 돌렸다. 나른하게 풀린 눈동자가 놀란 얼굴을 고스란히 담아내고 있었다.

"나도 아직 피곤해서."

우건의 눈빛이 어둠 속에서 묘하게 빛났다. 마치 배부른 맹수가 먹잇감을 앞에 두고 언제 먹을까, 여유롭게 고민하는 표정이었다.

"한 침대에서 자도 상관없겠지. 약혼자니까."

자극적인 체온이 몸을 녹일 듯 금세 이불 안에 차올랐다. 소혜가 여전히 눈을 동그랗게 뜨고 있자 우건이 손을 올려 그 눈을 덮었다. 따듯한 온기가 눈을 통해 온몸으로 퍼져나갔다.

"얼른 자. 그래야 학교에 가서 덜 피곤하지."

귓가로 나직이 흘러드는 음성에 소혜는 저도 모르게 마른침을 삼켰다. 둥, 둥, 둥. 심장이 말랑한 침대 밑으로 북소리를 크게 울려서 온몸이 흔들리는 것 같았다. 몸은 밧줄에 꽁꽁 묶인 것처럼 경직돼 숨 한 번 크게 내쉬지 못했고, 긴장하여 꼭 말아 쥔 주먹에는 파르르 떨릴 만큼 힘이 들어갔다. 잠들 때까지 곁에 있어준다는 게 이런 뜻일 줄이야. 자신이 부탁하고도 차마 감당할 수 없는 결과에 소혜는 바짝 얼어붙을 수밖에 없었다.

'이러다가는 정말 한숨도 못 자겠어….'

지금이라도 제 방에 돌아가고 싶었지만, 우건이 옆을 가로막은 탓에 마음대로 벗어날 수도 없었다. 그야말로 채집통 안에 갇힌 나비 꼴이 된 것이다.

"푹 자. 계속 옆에 있을 테니."

이런 게 자업자득인가. 아픈 사람을 두고 뭘 할 수도 없고…. 소혜는 속으로 울상을 지으면서도 어떻게든 잠들어보려 애썼다. 옆에 누운 우건의 머릿속에서 어떤 일들이 벌어지는지 알지도 못한 채 말이다.

제 손바닥 안에 갇힌 두 눈이 포충망에 걸려든 나비처럼 바르작거렸다. 그 간지러운 촉감에 우건은 조심스럽게 손을 거뒀다. 애처로우리만치 꼭 감은 눈은 오히려 그녀의 또렷한 정신을 여실히 보여주고 있었다. 정말 못 말리는 여인. 배짱에 비해 참으로 부끄럼이 많고, 뻔히 보이는 속은 깊은 산의 계곡물처럼 말갛고 시원한 여인이었다.

그렇게 얼마나 시간이 흘렀을까. 편안하게 색색거리는 숨소리가 어느새 적막을 가르며 귀엽게 새어 나왔다. 인상을 쓰다시피 했던 눈가에도 어느새 힘이 많이 빠져 있었다. 조금 전 긴장하던 모습이 무색할 만큼 빠르게 잠들어버린 소혜였다. 밤새 뒤척이다가 겨우 들었던 선잠마저 악몽 때문에 깨고 말았으니, 베개에 머리를 대자마자 다시 잠드는 것도 당연한 일이었다. 그 사실을 알지 못하는 우건은 그 짧은 시간에 무방비하게 잠들어버린 그녀의 모습에 짧게 헛숨까지 나왔다.

'이건 겁이 없다고 봐야 할지, 아니면 한없이 순수하다고 봐야 할지….'

이토록 빠르게 긴장을 풀어버리는 여인을 어찌하면 좋을까. 뭘 어쩌려는 생각은 결코 없었지만, 그래도 남녀가 한 이불 속에 함께 누웠는데. 어쩐지 묘하게 자존심이 긁히는 기분도 든다.

'…무슨 생각을 하는 거야. 자는 사람을 두고.'

이런저런 생각에 잠시 심란했던 우건은 뒤늦게 허탈한 실소를 지었다. 잠들 때까지 옆에 있어주겠다고 제 입으로 말해놓고 무엇을 바란 것인지.

아무 짓을 하지 않고도 사람의 마음을 참 어수선하게 만든다, 이 여인은.

잡념을 지운 우건은 오른팔로 머리를 괸 채 물끄러미 소혜의 옆얼굴을 바라봤다. 달빛을 받아 보얗게 빛나는 새하얀 피부가 그의 눈을 밝히고 있었다. 동그란 이마도, 버선코처럼 봉긋하게 솟은 콧마루도, 그리고 붉은 빛이 선명한 입술도 그의 눈길을 사로잡기는 마찬가지였다. 우건은 시선으로 그것들을 하나하나 어루만졌다. 부드러운 꽃잎을 만지듯 가슴 한편이 몽글해졌다. 동시에 무어라 형용할 수 없는 애틋함이 일었다.

지난여름, 방학을 맞이해 나비를 채집하려고 전국으로 여행을 다닌 일이 있었다. 묘향산에 갔을 적에 산은줄표범나비를 봤는데, 그것이 팔랑거리며 시야를 희롱하는데도 산길이 어지럽고 수풀이 우거진 곳이라 끝내 놓치고 말았다. 손을 뻗으면 닿을 듯한데 잡힐 것 같으면서도 잡히지 않는 그 나비가 어찌나 애태우던지. 조선에서는 아주 희귀한 데다가 암컷은 발견된 개체 수도 적어서 제 마음에서 놓아주기까지 몇 날 며칠이 걸렸더랬다.

그리고 소혜를 바라보고 있는 지금 이 순간. 우건은 잊고 있던 그 감정을 실로 오랜만에 다시 떠올렸다.

'아니. 어쩌면 그때보다 더 안타까운 마음이려나.'

지금은 손을 내밀면 닿을 곳에 있는데도 오히려 잡지 못하고 있으니. 그저 눈앞의 이 여인은 평생 내 손으로 잡을 수 없는, 아니 잡아서는 안 되는 나비려니 생각할 뿐이었다. 끝도 없이 쫓으면서 끝도 없이 놓아버려야 하는. 내 주위를 자유롭게 훨훨 날아다니게 하다가 때가 되면 더 비옥한 땅으로 보내줘야 하는.

그때 나는 너를 잊는 데 얼마나 시간이 걸릴까. 일주일? 한 달? 아니면 1년?

'어쩌면 눈을 감는 순간까지도 잊히지 않으려나.'

무엇으로도 이 여인을 대신할 수 없을 테니까. 훗날에 느낄 절망과 허망이 벌써부터 파도처럼 덮쳐와 정신을 아득하게 만든다. 우건은 나비를 볼 때보다 더욱 소혜에게 빠져들어, 그녀의 얼굴을 이루는 아주 작은 것들까지 기억 속에 아로새겼다. 언젠가 이 여인이 제 곁을 떠나 먼 곳으로 훨훨 날아가고 나면 하루라도 더 그녀를 기억할 수 있도록. 이 얼굴을 선명히 떠올릴 수 있도록.

"…잘 자. 백소혜."

우건은 이 적막한 새벽을 홀로 지새우며 그녀의 평안을 간절히 빌고 또 빌었다.

◆ ◆ ◆

수업을 마친 우건이 돌아오자 연구실은 한바탕 난리가 났다.

"선생님, 팔이 어찌 그러십니까?"

"어디 다치신 겁니까?"

조수들이 몰려와서 복작대며 부산을 떨었다. 우건의 왼팔이 완전히 박제되다시피 감싸진 것이다. 총상 때문에 왼팔을 쓰기가 어려운 것을 둘러대느라고 가짜 부목을 댄 탓이었다. 억지로 표본에 집중하던 희욱도 결국 고개를 들었다. 못마땅한 듯 한숨을 푹 내쉰 그는 소혜를 툭 건드리며 말했다.

"야, 쟤 몸살 걸렸다며? 몸살이 아니라 어디서 한바탕 구르고 온 거냐?"

다 아는데도 모른 척 연기하는 희욱의 모습이 상당히 어색했다. 하지만 바짝 긴장한 소혜의 눈에는 아무것도 보이지 않았다. 설마하니 희욱이 내막을 알 것이라고는 상상도 못 한 까닭이었다.

"그게, 현기증 때문에 쓰러지셔서…."

입이 열 개라도 할 수 있는 말은 없는지라, 그녀도 어색한 웃음으로 대답을 얼버무릴 뿐이었다. 차마 총에 맞아서 저리됐다며 대놓고 말할 수는 없지 않은가. 그 가운데 우건 혼자만 평온한 얼굴로 어수선한 분위기를 잠재웠다.

"팔이 이 모양이라 당분간은 표본을 제대로 살필 수 없게 됐다."

"그럼 팔이 다 나으실 때까지 연구를 쉬시는 겁니까?"

"아니. 이참에 이제껏 연구한 결과들을 제대로 도식화해볼까 해."

"아! 그러지 않아도 주문하신 것은 어제 도착했습니다."

세호가 연구실 한구석에 놓아둔 커다란 상자를 들고 왔다. 그 안에는 여러 겹으로 접힌 종이들이 한가득 들어 있었다. 우건이 그중 하나를 펼치자 제법 커다란 지도가 나타났다. 각 지명은 물론 지형의 특색까지 상세히 표시된 조선 지도였다.

하지만 모두가 같은 지도는 아니었다. 어떤 지도는 흔히 아는 일반적 지도인 데 반해, 어떤 지도는 마치 조선 땅을 세로로 가른 것처럼 높낮이로 표현해놓았다. 특정 지역만 따로 뚝 떼어놓은 지도들도 있었다. 크기도, 모양도 전부 다른 지도를 의아하게 보는 조수들을 향해 우건이 자기 목표를 밝혔다.

"앞으로 이 지도에 우리가 연구한 나비들을 모두 기록할 예정이다."

제 키만 한 커다란 지도를 보며 소혜가 눈을 동그랗게 떴다.

"나비를 왜 지도에 기록해요?"

"같은 나비일지라도 성별과 세부 계통, 그리고 나라마다 그 특성과 서식지가 다 다르거든."

우건은 소혜가 쉽게 이해할 수 있도록 설명했다.

"어떤 나비는 전국에서 골고루 발견되지만 어떤 나비는 고산 지대에서만 잡히고, 또 같은 나비라 할지라도 어느 나라에선 습지에서 서식하는가 하면 또 다른 나라에선 양지바른 곳에서만 서식하기도 하지. 또한 나비라고 모두 꽃꿀만 먹는 건 아니야. 어떤 나비는 꽃꿀 대신 나무줄기의 진물만 빨아먹고 살기도 해."

특히 조선은 지형이 복잡하고 기후가 매우 다양한 나라다. 북과 남이 다르고 동과 서가 다르니, 서식하는 나비 또한 지역마다 눈에 띄게 차이가 날 수밖에 없었다.

"한 나라의 나비라 하더라도 전부 다르니, 우리는 이것들을 분류하여 조선 나비들의 특성을 더욱 확고히 해야 해."

한마디로 나비 분포 지도를 만들겠다는 뜻이었다. 이처럼 분포 지도를 만들면 각 나비가 서식하는 지역을 한눈에 알게 될 뿐만 아니라, 조사가 더 필요한 지역도 명확하게 드러난다. 다음 채집지를 선택하는 데도 도움이 되는 것이다. 우건에겐 반드시 필요한 작업임이 분명했다.

하지만 연구에 파묻혀 살다시피 하는 우건에게나 달가운 작업이지, 함께 매달려야 하는 조수들에겐 이보다 버거운 작업도 없었다. 이제껏 조사한 나비만도 수십만 마리일진대, 그것들을 각기 다른 지도에 전부 표시해야 한다니.

"무엇보다 이번 작업의 중요한 과제는, 그동안 타국 학자들이 우리 조선 나비에 멋대로 명칭을 부여하느라 마구잡이로 늘어난 동종이명들을 모두 말살하는 것이다."

"동종이명 말살이요?"

"그래. 각 나비의 특성을 세세하게 밝혀서 나비들 간의 변이 범위를 규정하고, 같은 종인데도 신종新種이니, 신아종新亞種이니 발표한 것들을 모두 없앨 계획이야."

소혜는 물론이고 옆에서 같이 듣던 다른 조수들까지 정신이 아뜩해지는 기분이었다. 분포 지도를 만드는 것만으로도 어마어마한 작업량인데, 거기에 부풀려진 학명까지 모조리 정리하겠다니. 아마 한동안은 이 나비 무덤에서 살다시피 해야 하리라.

"꾸물거릴 시간 없어. 다들 각자 맡은 나비부터 지역별로 정리 시작하도록 해."

"네, 선생님."

우건의 지휘에 따라 조수들이 일제히 자료들을 나눠 들었다. 소혜도 책 세 권 분량에 달하는 자료를 받아 들고 그들과 함께 분류 작업을 시작했다. 한 장 한 장 종이를 넘기는 손길들이 무척이나 분주했다. 정리하면서 한눈에 들어오도록 그 옆에 소혜의 그림도 몇 장 붙여놓았다. 그것을 가만히 들여다보던 세호가 감탄을 흘렸다.

"처음 봤을 때도 느꼈지만, 소혜 씨의 그림까지 이렇게 배치하니 꼭 조복성 선생님의 도감과 똑같은 것 같습니다."

"오, 그러게요. 듣고 보니 정말 그렇습니다."

세호의 말에 재우가 고개를 끄덕이며 동조했다. 조복성이 자신의 은사인 도이 히로노부, 모리 다메조와 함께 공저한 『원색 조선의 접류』는 조선 최초의 나비 도감이었다. 심지어 조복성 역시 그림 솜씨가 뛰어나 그 책에 수록한 나비를 직접 그려 넣은 것으로 유명했다.

세호가 주먹을 번쩍 들며 별안간 의지를 불태웠다.

"소혜 씨의 그림으로 조복성 선생님의 도감을 한번 뛰어넘어봅시다!"

"쟤 또 흥분한다. 백소혜가 어떻게 조복성 선생님의 그림을 이기나?"

"아, 희욱 형님은 이럴 때 꼭 초를 치십니다. 같은 편이니 응원을 해주셔야죠!"

"맞습니다!"

석태의 맞장구에 희욱이 미간을 매섭게 구겼다.

"맞아? 한 대 맞고 싶은 소리?"

"아, 형님!"

"이리 와. 요즘 내가 너무 봐줬지?"

"오, 오지 마십시오! 책 무너집니다! 으악!"

연구실에는 또 한 번 때아닌 소란이 일었다. 이 복잡한 연구실 안에서 어찌 저리들 날래게 다니는지. 결국 세호와 석태를 양팔에 하나씩 낀 희욱이 그들의 목을 마구 졸라댔다. 눈치껏 가만있던 재우만 겨우 사달을 피했다. 하여간 다 큰 어른들이 한 번씩 꼭 저렇게 유치해진다니까. 소혜는 그들을 보며 웃음을 터트리고는 이내 분류 작업에 다시 몰두했다.

지역마다 분포하는 나비의 과를 나누고, 또 그 안에서 속과 종을 나눈다는 게 결코 쉬운 일은 아니었다. 그런데도 소혜는 나비마다 사는 곳이 다르고, 또 지역마다 나비 고유의 특색을 지닌다는 것이 신기하고 재미있게 느껴졌다. 분류 작업이 진행되면서 점차 지도를 물들여가는 붉은 점들은 꼭 이 거대한 땅 위에 붉은 물감을 떨어트린 듯 신비롭기까지 했다. 고작해야 손바닥보다도 작은 생물이 이토록 사람을 매료하다니. 우건이 어째서 나비 하나에 밤낮없이 그토록 매달리나 싶던 게 이해되는 순간이었다.

"은점어리표범나비는 풍서동."

소혜는 평안북도만 그려놓은 지도의 한 부분에 점을 찍고, 연구실 벽면에 크게 붙여놓은 조선 전도에도 표시하기 위해 다가갔다.

"이게 왜 이렇게 안 닿지…."

하지만 지도가 워낙 큰 탓에 아무리 까치발을 들어도 붉은 펜은 신의주에 있는 풍서동까지 닿지 않았다. 한참을 낑낑거리던 그때, 문득 머리 위로 그림자가 드리우더니 익숙한 체향과 온기가 물씬 그녀를 감싸왔다. 뒤이어 뻗은 손등 위로 짙은 체온이 달라붙었다. 온기의 주인은 소혜의 어깨너머로 그녀가 들고 있던 종이를 힐긋 봤다.

"은점어리표범이면 여기겠군."

나직한 음성이 안락한 무게감을 지닌 채 가슴으로 흘러들었다. 굳이 돌아보지 않아도 목소리가, 온기가, 그리고 체향이 우건임을 알려줬다. 그는 부드럽게 소혜의 손에서 펜을 가져가 풍서동에 표시하고는 다시 쥐여줬다.

"다칠라. 조심해."

그녀의 손등을 느릿하게 엄지로 문지른 우건이 천천히 그 손을 놓았다.

"아… 감사합니다."

소혜는 사뭇 떨리는 마음을 끌어안은 채 그를 봤다. 가만히 자신을 내려다보는 얼굴 위로 문득 아침에 봤던 모습이 함께 겹쳐졌다. 희미한 빛 가운데에서 지그시 눈을 감고 있던 얼굴은 지독히 아름답고도 시리게 보였다. 그린 듯 선명한 윤곽들은 곧 다가와 부서질 햇살을 기다리는 것처럼 차가웠지만, 숨결이 드나드는 입술은 세상의 모든 생명을 머금은 것처럼 뜨겁게 붉었다.

이 남자는 알까. 그 뜨거움에 제 몸이 녹는 상상을 했다는 걸. 나비가 꽃 위에 앉듯이 그 입술로 향하려는 제 손을 몇 번이나 움켜쥐었다는 걸.

"그거 아세요? 선생님이 다니신 곳을 모두 선으로 이으면 꼭 거미줄 같다는 거."

소혜는 두 눈동자에 우건을 오롯이 담으며 말했다.

"나비라면 결코 선생님의 손을 벗어날 수 없게 되나 봐요."

그래서일까. 내가 이토록 당신에게 얽매이게 되는 까닭이. 도망칠 생각조차 할 수 없도록 점점 깊이 얽혀드는 까닭이.

"나비들한테는 내가 거미보다 더한 천적이겠군."

"조선 학계에서는 영웅이시고요."

"여기 있으면서 애들한테 이상한 아부만 배웠어."

"진심이에요."

우건의 거미줄에는 상대를 현혹하는 무엇이 있다. 소혜에겐 그것이 기대였다. 헛된 줄 알면서도 공연히 움켜쥐고 마는 기대. 언젠가 이 남자의 마음에 닿을 수 있지 않을까. 이미 나는 거미줄에 걸렸고, 당신은 그 거미줄 한가운데에 있으니. 계속 발버둥 치고 몸을 움직여 당신을 자극한다면, 그래서 내 존재를 당신의 영역에 깊이 새긴다면 언젠가는 나를 취하러 오지 않을까.

"이렇게 열성적으로 나비를 채집하시는 거, 정말 대단하다고 생각해요."

오늘 아침만 해도 그랬다. 그저 한 공간에 있는 게 아니라 한 침대에, 한 이불 속에서 그와 함께 누워 있다는 사실은 소혜의 감정을 끝없이 부풀게 만들었다. 평소에는 우건이 동트기 전에 집을 나선다는 걸 알기에 동이 트고도 한참동안 제 곁을 지켜준 것에 큰 감동을 느꼈더랬다. 저와의 약속을 지키려고 끝까지 함께해준 것이니까.

"선생님, 오늘은 집에 같이 들어가요."

소혜는 우건에게만 들릴 목소리로 작게 말했다.

"혹시나 또 이상한 사람이 선생님을 뒤쫓을지도 모르잖아요."

"그런 위험한 상황이라면 너는 더욱 따로 가야지."

"선생님이 오실 때까지 기다릴 바에야 차라리 같이 도망치는 편이 나아요."

어차피 우건이 무사히 돌아올 때까지는 편히 쉬지도 못할 게 분명했다.

"제가 달리기 얼마나 잘하는지 아시잖아요."

싱긋 웃는 소혜를 향해 우건이 작게 숨을 내쉬었다. 그는 거듭 거절하지 않고 이내 고개를 끄덕였다.

"좋아. 그럼 오늘은 일을 좀 일찍 마치도록 하지."

"네. 저도 빨리 마무리해볼게요."

소혜는 고개를 살짝 숙여 보이고는 다시 제자리로 돌아갔다. 집으로 돌아가면 오랜만에 선생님과 커피를 마셔야지. 어차피 집에서도 미처 마치지 못한 작업을 마저 하고 에스페란토 공부도 해야 할 테니, 커피를 조금 마시는 게 도움이 되리라.

'그 핑계로 선생님과 조금 더 시간도 보내고.'

하지만 이때만 해도 소혜는 알지 못했다. 거미줄에는 비단 나비만 걸리는 게 아니라는 것을. 자신 같은 또 다른 곤충이 걸릴 수도 있고, 혹은 전혀 다른 포식자가 그 위에 올라설 수도 있다는 사실을. 그날 밤, 예고도 없이 찾아온 손님을 보고 나서야 비로소 깨달을 수 있었다.

◆ ◆ ◆

펜을 내려놓은 우건이 피곤으로 짙게 물든 눈을 손으로 덮었다. 불이 이는 것처럼 감은 눈이 화끈거렸다. 밤사이에 잠을 잘 이루지 못해 피곤하기도 했거니와 총상 때문에 몸의 기력이 많이 떨어진 탓이었다. 욕심 같아서는 연구실에서 밤새 연구하고 싶었지만 지금은 몸을 더 생각해야 할 때였다.

'오늘은 집에 같이 가기로 하기도 했고.'

우건은 고개를 들어 연구실 구석에 있는 책상을 바라봤다. 책상 한편에 한 자 높이의 종이를 쌓아둔 소혜가 열심히 그것들을 분류하고 있었다. 여느 조수 못지않게 진중한 모습이었다. 제 연구를 돕기 위해 열심히 하는 모습이 어여쁘고 또 고맙기도 했다.

한참 고개를 숙인 채 집중하다가 힘들었는지, 소혜가 고개를 뒤로 젖히며 한 손으로 어깨를 주물렀다. 그래, 이제 쉬게 할 때도 됐지. 저 아이도 어제 나 때문에 잠을 많이 설쳤을 테니.

자리에서 일어난 우건이 천천히 소혜에게로 걸어갔다. 어깨를 감싸자 바삐 움직이던 하얀 손이 멈췄다.

"선생님?"

부드럽게 웃어 보인 그가 그대로 소혜를 일으키며 조수들에게 말했다.

"이제 슬슬 마무리하고 정리하자. 밤이 늦었다."

밤샘을 각오하던 조수들은 의외로 이른 시각에 떨어진 퇴근에 어리둥절했다.

"정말 여기서 끝입니까? 저희 다 가도 됩니까?"

"첫날부터 너무 무리할 필요는 없지. 앞으로 날은 많으니."

연구에 있어서는 하루도 온 힘을 다하지 않으면 안 된다던 우건이었건만. 그런 그가 앞으로 날이 많다는 말을 하고 있으니 그들로서는 의아할 법도 했다. 하지만 지금은 몸도 성치 않은 데다 소혜까지 옆에 있으니, 일찍 자리에서 일어나려는 것도 이해는 가는 바였다. 오히려 저 몸으로 이 시간까지 버틴 게 용할 정도였다.

"맞습니다, 선생님. 지금은 무리 안 하시는 게 최고입니다. 얼른 소혜 씨랑 같이 들어가세요."

행여 그사이에 마음을 바꿀세라 세호가 얼른 우건의 자리를 정리했다. 이럴 때만 참 날랜 세호를 보며 우건이 못 말린다는 듯 웃었다.

"그래. 먼저 갈 테니 연구실 뒷정리 좀 부탁하지."

"옙! 걱정 마시고 조심히 들어가십시오."

희욱도 우건의 어깨를 툭 치며 무심한 걱정을 내비쳤다.

"가서 푹 쉬고 와라. 괜히 집에서도 논문 쓴답시고 설치다가 몸만 더 망가트리지 말고."

"고맙다. 마무리 좀 부탁할게."

"먼저 들어가보겠습니다. 다들 조심해서 퇴근하세요."

"소혜 씨도 고생 많으셨습니다!"

인사를 마친 우건과 소혜가 함께 연구실을 나섰다. 밤이 깊은 까닭에 복도에서부터 찬 기운이 온몸을 휘감았다. 바람 소리도 심상치 않은 걸 보니 바깥은 더욱 추울 듯했다.

"선생님, 잠시만요."

소혜가 갑자기 우건을 멈춰 세우며 그 앞에 섰다. 그러곤 단추가 채워지지 않은 그의 코트를 꼼꼼히 여미기 시작했다.

"상처에 바람이 들면 낫는 게 더뎌진댔어요. 집까지 한참 걸어가야 하니까 최대한 따뜻하게 하세요."

하얀 손이 야무지게 단추를 채웠다. 그러고도 바람이 한 줌이라도 들어갈세라, 느슨하게 두른 목도리까지 꼼꼼히 여며주는 소혜였다.

"됐다. 이제 가요."

그제야 만족스러운지 붉은 입술이 싱긋 미소를 띠었다. 가만히 소혜를 바라보던 우건은 오른손으로 그녀의 손을 잡고 제 코트 주머니에 넣었다. 동그란 눈이 놀라서 커다래지며 그를 올려다봤다. 우건은 그 눈을 오롯이 마주하며 그녀의 손가락 사이사이로 제 손가락을 밀어 넣었다.

"손 많이 차갑네."

소혜가 벗어나지 못하도록 꼭 맞잡았다.

"장갑 한 켤레 사야겠다. 손이 제일 중요한 사람인데."

느릿하게 살결을 문지르는 손길에 소혜의 어깨가 살짝 경직되는 것이 보였다. 잇새에 물린 입술은 그녀가 긴장한다는 걸 뜻했다. 찰나에 미소를 띠다가 지운 우건은 그대로 걸음을 옮겼다. 작은 몸은 그 옆에 가까이 붙어 나란히 그를 따라왔다. 학교 밖으로 나오니 예상대로 바람이 세차게 불었다.

"더 가까이 와. 바람 차다."

소혜의 걸음에 맞춰 보폭을 줄인 그가 제 쪽으로 조금 더 끌어당겼다.

"…그럼 조금만 더 붙어서 걸을게요."

머뭇거리던 소혜가 아예 팔짱을 끼듯 몸을 가까이 붙여왔다. 팔에 맞붙은 굴곡이 두꺼운 옷감 너머로 선명하게 느껴졌다. 옆을 보니 발그레한 빛깔이 소혜의 뺨을 물들이고 있었다.

"우와, 선생님. 저기 보세요. 눈 와요!"

소혜가 하늘을 향해 손을 뻗었다. 그녀가 가리키는 곳으로 고개를 돌리니, 까만 밤하늘 사이로 별처럼 반짝이는 눈이 내려오고 있었다. 첫눈이었다. 제법 커다란 눈송이가 그녀의 손바닥에 내려앉아 사르르 녹았다. 그 시리고도 포근한 감촉을 쥔 소혜가 우건을 향해 말갛게 웃었다.

"눈을 좋아하나?"

"네. 뭔가 되게 낭만적이잖아요. 하얗고, 차가운데도 포근한 느낌이 있고."

우건이 지그시 소혜를 바라봤다. 하얗고, 포근하고, 낭만적이라.

"그러게."

딱 너 같네. 소혜를 담은 우건의 눈매가 더 깊어졌다. 옷이 젖거나 길이 질척거리는 게 싫어 눈이나 비를 썩 좋아하지 않는 편이건만.

"괜찮네. 이렇게 눈을 맞는 것도."

너와 같이 눈을 맞는 이 순간이, 모든 것이 처음인 이 순간이 너무 좋다. 이대로 시간이 멈췄으면 싶을 만큼.

"저도요."

소혜의 볼에 움튼 홍조는 그사이 더욱 환하게 피어나 있었다. 추위 탓일까. 아니면 다른 이유 때문일까.

'추위 때문이 아니었으면 좋겠는데.'

우건은 맞잡은 손에 조금 더 힘을 줬다. 그러곤 소혜가 밤하늘에서 내리는 눈을 해맑게 구경하는 모습을 가만히 두 눈에 담았다. 주변을 둘러싼 공기가 차가운데도 그다지 시리다는 느낌이 들지 않았다.

"시간이 조금만 천천히 흐르면 좋겠다…."

포근하고 낭만적인 그녀가 함께 있어서. 나와 같은 생각을 하는 이 여인이 함께 있어서. 우건은 서럽도록 이 순간이 간절해졌다. 고요히 흐르는 시간 속에서 바람은 그들의 공간을 지나쳐 잠시 허공으로 숨어들었다.

◆ ◆ ◆

먼저 집 안으로 들어서던 소혜가 잠시 걸음을 멈칫했다. 현관에 웬 낯선 신발 한 켤레가 놓여 있었던 것이다.

'선생님 구두는 아닌데…. 순심 아주머니가 사가지고 오신 건가?'

하지만 문수도 다르고, 무엇보다 누군가의 발에 길들여진 흔적이 선명했다. 잠시 현관에 멈춰 있으니 뒤따라오던 우건이 무슨 일이냐며 옆으로 다가왔다. 그러다 가지런히 놓인 구두를 보고는 일순 미간을 구겼다.

"백소혜, 먼저 방으로 들어가 있어."

"네?"

"어서."

우건은 그 말만 남기고 소혜보다 먼저 신발을 벗고 올라섰다. 한순간에 뒤바뀐 분위기에 소혜가 눈을 크게 깜박였다. 사뭇 가라앉은 공기는 바깥에 내리는 눈보다 더 차갑게 느껴졌다. 혹시 그가 아는 손님이 찾아온 것일까. 영문은 몰라도 방해가 되지 않으려면 얼른 제 방으로 가야 할 것 같았다. 그때였다.

"밤새 기다려야 하나 싶었는데. 예상보다 일찍 들어왔구나."

묵직한 목소리가 어깨를 짓누르듯 내려왔다. 소리가 들린 곳으로 고개를 들자 한 중년 남성이 보였다. 희끗한 머리와 얼굴 곳곳에 잡힌 주름으로 미루어 나이가 제법 지긋한 듯했다. 하지만 풍채는 웬만한 젊은이 못지않을 만큼 크고 단단해 보였다. 가까이 다가올수록 압도되는 느낌에 소혜는 저도 모르게 마른침을 삼켰다. 특히나 저 눈빛. 불도 켜지 않은 복도 한가운데에서 형형하게 빛나는 두 눈동자가 마치 호랑이의 안광처럼 보였다. 그저 바라보는 것만으로도 괜스레 몸이 굳을 만큼 강렬한 눈빛이었다. 그리고 분명히 처음 보는 얼굴인데도 어쩐지 낯설지 않았다.

복도를 가로질러 그들을 향해 걸어오던 남자는 우건의 등 뒤에 서 있는 소혜에게로 시선을 고정했다.

"저 계집 때문이냐?"

마침내 가까이서 남자의 얼굴을 확인한 소혜는 그제야 알 수 있었다. 눈앞의 남자가 바로 우건의 아버지라는 것을. 세월의 흐름만 다를 뿐이지, 우건이 나이가 들면 저런 얼굴이겠다 싶을 만큼 두 사람은 이목구비가 무척 닮아 있었다. 다만 한 가지 다른 점은 우건이 차가운 얼음 같다면, 학준은 아주 고요하게 일렁이는 뜨거운 불처럼 느껴진다는 것이었다.

"아이고, 도련님하고 아가씨 오셨습니꺼?"

뒤늦게 따라 나온 순심이 어쩔 줄 모르고 그들의 눈치만 바쁘게 살폈다. 차마 우건에게 미리 알리지 못한 걸 미안해하는 얼굴이었다. 그런 순심을 뒤로한 채 학준은 부목을 대고 있는 우건의 왼팔을 힐긋 봤다. 시선은 스치듯 진짜 상처가 있는 왼쪽 가슴에 내려앉았다가 다시 소혜에게 닿았다. 그의 표정이 복잡해졌다.

"순심아, 차 좀 내오거라. 들을 이야기가 많을 것 같으니."

"예? 아… 알겠심더."

하지만 애초부터 학준에게 소혜를 보일 생각이 전혀 없던 걸까. 우건이 살짝 몸을 틀어서 소혜를 향한 그의 시선을 막아버렸다.

"두 잔만 준비해줘. 소혜는 방으로 올라갈 거니까."

소혜는 어찌할 줄 모르고 우건만 봤다. 등을 돌린 채라 표정은 알 수 없었지만, 아버지에 대한 우건의 마음이 그리 호의적이지 않다는 건 목소리만 들어도 알 수 있었다. 더불어 제 앞을 가로막은 등에서도. 살짝 고개를 돌린 그가 등 뒤에 있는 소혜에게 거듭 말했다.

"얼른 들어가, 백소혜."

"나는 들어가라고 말한 적 없다."

그러나 우건의 말을 학준이 단번에 눌렀다. 무게감 있게 떨어진 그 목소리는 소혜의 발목마저 그 자리에 묶었다.

"내 며느리가 될지도 모른다는 소문이 파다한 아이인데, 나도 얼굴은 한번 봐야지."

"추후에 정식으로 인사시키겠습니다."

"언제 말이냐. 이 아비가 죽고 나서?"

우건의 어깨너머에서 오가는 말소리들은 낮고도 살벌해서, 소혜는 듣고 있는 것만으로도 몸이 옥죄는 듯한 기분이었다. 마치 두 사람의 목소리가 공기에 무게를 더하여 어깨를 짓누르는 것 같았다. 직접 보지 않아도 학준의 눈이 계속 자신을 찾는 것도 느낄 수 있었다. 우건의 아버지라는 걸 알았는데도 이렇게 계속 숨어만 있는 건 도리가 아닌 것 같았다. 아무리 피치 못할 사정이라고는 하지만, 부모의 허락도 없이 제멋대로 약혼을 한 데다가 혼인도 하기 전에 함께 살고 있는 게 아닌가. 분명 좋아 보일 일은 아니었다.

결국 소혜는 우건 옆으로 비켜서 나왔다. 그리고 학준을 향해 허리를 숙여 다소 늦은 인사를 했다.

"인사가 늦어 죄송합니다. 처음 뵙겠습니다. 백소혜입니다."

그런 소혜를 가만히 주시하던 학준이 격앙됐던 숨을 작게 내뱉으며 우건을 봤다.

"너보다는 말이 통할 것 같은 아이구나. 둘 다 따라오거라."

학준이 먼저 등을 돌리며 복도 끝에 위치한 사랑방으로 향했다. 우건이 걱정과 나무람이 뒤섞인 눈으로 그녀를 봤지만 그래도 소혜는 물러서 지 않았다. 어찌 됐건 자신 역시 이 일의 당사자니까. 우건의 등 뒤에만 숨 어 있고 싶진 않았다.

"걱정 마세요. 지금은 아버님이 아무리 반대하셔도 버텨볼게요. 인내와 끈기 하면 또 저거든요."

물을 뿌리면 그 물을 맞을 것이고, 돈 봉투를 내밀면 한사코 거절할 것 이다. 대신 이 집에서는, 그리고 우건의 곁에서는 절대로 떠나지 않을 생 각이다. 적어도 우리 계약이 유지되는 한 나는 이 남자를 떠날 수 없으니 까. 그러기로 이 남자와 약속했으니까. 소혜는 단단히 각오하며 우건과 함께 학준의 뒤를 따랐다.

방으로 들어서자 상석에 앉은 학준이 소혜의 움직임을 눈으로 좇았다. 그 시선에 걸음걸이 하나에도 신경이 쓰여 자꾸만 몸이 뻣뻣하게 움직였 다. 우건 옆에 나란히 앉았지만 학준의 눈동자는 여전히 그녀에게만 붙박 여 있었다. 괘씸하다고 생각하실까. 어쩌면 길가에 떠도는 소문만 듣고서 순진한 고보 선생을 유혹한 요물로 보고 있을지도 모르겠다.

'진솔하게, 지금 보여드릴 수 있는 모습만 보여드리자. 허락은 내 몫이 아니니까.'

소혜는 주먹을 꼭 말아 쥘 만큼 긴장하면서도 중심을 잃지 않았다. 분 명 긴장은 되는데 이상하게 무섭지도, 피하고 싶지도 않았다. 자신 있다 는 뜻은 아니었다. 다만 자신을 향한 학준의 눈빛에서 그리 큰 거부감이 느껴지지 않는다는 것이 그녀에게 용기를 줬다.

"차 드시라예."

곧 순심이 각자 앞에 따뜻한 찻잔을 놓았다. 소혜를 바라보는 얼굴에 는 근심과 걱정이 한가득했다.

'걱정 마세요. 저는 괜찮아요.'

소혜는 눈짓으로 오히려 순심을 다독여 보냈다. 문이 닫히자 사랑방에는 다시 무거운 적막이 흘렀다. 학준도, 우건도 누구 하나 먼저 입을 열지 않았다. 찻잔에서 은은하게 피어오르는 김만 시간이 흐르고 있음을 알려 줄 뿐이었다. 그 가운데 소혜는 오롯이 제 몫의 무게를 감당하며 지금 주어진 상황에 어떻게 대처해야 할지 생각했다.

"그래."

드디어 굳게 닫혀 있던 학준의 입술이 움직였다.

"도대체 무슨 정신 나간 생각으로 저 계집을 이 집안에 들인 게냐?"

첫마디부터 날 선 질문에 소혜의 가슴이 철렁였다. 아까는 그저 화를 억누르고 있었던 것일까. 싸늘한 바람이 방 안으로 흘러드는 것 같아 솜털이 일었다. 우건은 최대한 감정을 누르며 낮은 어조로 대답했다.

"소혜가 억울한 사건에 휘말렸습니다. 저는 신분이 보장돼 있으니 저쪽에서 함부로 건드리지 못할 듯하여 저희 관계를 대외적으로 밝히고 집으로 들인 것뿐입니다. 만에 하나의 위험한 상황에 대비해서 말입니다."

"나는 경위를 물은 게 아니다."

학준의 눈빛이 한층 두껍게 응집됐다.

"카페 무용수 출신이라는 저 계집과 정말로 혼인까지 생각하는지 묻고 있는 것이다."

학준은 알고 있었다. 독립을 위해 움직이는 이들한테 가정을 이룬다는 게 얼마나 어렵고 힘든 일인지를. 가뜩이나 일제의 눈을 턱밑에 두고 있는 우건이 그들 앞에서 약혼녀를 밝히는 건 스스로 약점을 내보이는 것과 마찬가지였다. 모두가 이해할 수 없다고 비판한 그 결정이 과연 무엇을 가리키고 있는지 학준은 알아야만 했다. 그래야 저 아이에 대한 처분을 내릴 수 있을 테니.

"혼인, 할 것이냐."

제아무리 아들의 약혼녀라 한들, 한열단에 위협이 될 수 있는 존재는 그 싹을 잘라내야 했다. 우건도 학준의 그러한 뜻을 알고 있기에 선뜻 대답을 내놓기가 어려웠다. 터질 듯한 긴장이 팽팽하게 양쪽으로 당겨졌다. 끝없이 이어질 것 같은 침묵의 시간이 찻잔의 온기마저 흐릿하게 만들어 놓을 때쯤. 대답은 의외로 소혜에게서 나왔다.

"아니요. 저희는 혼인하지 않을 겁니다."

그것도 전혀 예상치 못한 답변이. 우건이 놀란 얼굴로 소혜를 봤다. 혼인을 약속한 사이인데 정작 혼인은 하지 않겠다니. 계약을 발설하려는 건가 싶어서 놀라기보다, 설마 여기서 계약을 파기하겠다는 뜻인가 싶어서 심장이 내려앉는 기분이었다. 이대로 저를 떠나려는 걸까 봐. 하마터면 학준의 앞이라는 것도 잊은 채 그녀의 손을 잡을 뻔했다.

소혜도 제 얼굴로 쏟아지는 시선을 느끼며 우건을 돌아봤다. 하지만 그녀는 제 대답을 번복하는 대신 확고한 음성으로 같은 말을 한 번 더 되풀이했다.

"저는 선생님과 혼인하지 않을 거예요."

우건의 눈동자가 옅게 떨렸다. 누군가 심장을 움켜쥔 것처럼 가슴이 답답해졌다. 그 사이로 아린 감각이 번져 서서히 몸을 잠식해나갔다. 어차피 계약일 뿐인데. 모든 것이 연기일 뿐인데. 거짓 속 유일한 진실인 저 대답 하나에 어째서 이토록 가슴이 무너져 내리는가. 우건은 불안한 마음을 감추며 소혜의 눈만 바라봤다.

그렇게 동요하는 감정을 아는지 모르는지, 소혜는 다시 학준을 향해 고개를 돌리고 말을 이어나갔다.

"말씀드린 대로, 저는 얼마 전에 일어난 폭발 사건에 휘말려서 감시를 받고 있습니다."

그 말을 하는 내내 지나간 공포와 긴장이 소혜의 머릿속에 떠올랐다. 목소리가 떨릴 것 같아 목에 최대한 힘을 줘야만 했다.

"선생님께선 어떻게든 제 결백을 주장하시기 위해 어쩔 수 없이 저희 관계를 밝히셨고요."

여기까지는 모두가 아는 사실.

"하지만 저는 절대로 선생님까지 위험에 빠트리고 싶지 않습니다."

그리고 여기서부터는 그녀만이 품은 진실이었다.

"이미 벌어진 일들은 어쩔 수 없다지만, 지금 상황을 더 이상 악화시킬 생각은 없어요."

소혜의 시선이 우건에게 가닿았다. 붕대에 감긴 왼팔 너머, 옷 속에 숨겨진 진짜 상처가 눈앞에 선명히 보이는 듯했다. 그녀의 눈빛이 한층 짙어졌다.

"그래서 저에 대한 혐의가 모두 사라지기 전까지는 절대로 혼인하지 않을 겁니다."

여전히 우건의 총상을 자신 때문이라 생각하는 그녀였으므로 이에 대한 책임감도 막중했다.

"비록 저는 힘도 없고 아는 것도 많지 않지만, 제가 할 수 있는 모든 방법으로 선생님을 지켜드리고 싶어요."

우건을 지키고 싶었다. 그게 나비 연구를 돕는 일이든, 그저 허수아비 약혼녀로 그의 옆자리에 가만있는 일이든, 설령 제 몸을 던져 그의 위험을 막아야 하는 상황이 올지라도. 소혜는 어떻게든 끝까지 그를 지키고 싶었다. 이게 그녀의 진심이었다.

"만약 선생님 곁을 떠나야 할 때라고 판단되면, 그렇게 하겠습니다."

소혜는 각오 어린 목소리로 말을 이었다.

"하지만 지금은 아니에요."

지금은 감시의 눈에서 벗어나는 게 우선이었다. 약혼녀라고 밝힌 지 얼마 되지도 않았는데 갑자기 그녀가 종적을 감추면 저들은 우건을 더 의심할 것이다. 그러니 아직은 그의 곁에서 약혼한 연인으로서 자리를 지켜야 했다. 훗날의 결정은 그때에 맡기면 될 일이었다.

"인사도 드리기 전에 먼저 선생님과 동거하여 죄송합니다. 피치 못할 사정이라는 말은 핑계로밖에 들리지 않는다는 걸 잘 알아요. 그래도 한 번만…."

소혜는 흔들리지 않는 시선으로 학준을 바라봤다.

"이번 한 번만 저희를 믿고 지켜봐주세요. 절대로 걱정하실 일은 만들지 않겠습니다."

말을 마친 소혜가 입술을 다물고 학준의 답을 기다렸다. 그녀의 목소리가 사라진 허공에는 도로 무거운 적막이 내려앉았다. 학준은 눈빛에 틈 한 번 보이지 않고 있었다. 그게 꼭 자신을 나무라는 것 같았다. 감히, 욕심이라고. 그 눈을 계속 마주하기가 어려워 소혜는 이만 고개를 숙였다. 이미 다 식은 찻잔이 공기 중에 시린 냉기를 더했다.

'역시 안 되는 걸까….'

곧 떨어질 호통을 기다리며 마음의 준비를 하던 그때.

"배짱 한번 좋구나."

소혜의 머리 위로 떨어진 건 호통 대신 희미한 웃음기가 묻어나는 목소리였다. 고개를 들자 학준의 입가에 뜻 모를 미소가 그려져 있었다. 엄한 표정이 곧 그 미소를 가렸지만 소혜의 눈에는 그 잔상이 남았다.

"그래. 네가 언제까지 그 말을 지킬 수 있는지 한번 지켜보마."

지금 이거, 허락인가? 어리둥절하기도 잠시.

"집에서는 나가지 않아도 좋다. 어차피 주인보다 고용인이 더 많이 사는 집이니, 방 하나 내주는 일은 어렵지 않지."

그제야 몸을 옥죄던 긴장이 일시에 풀어졌다. 소혜는 속으로 안도의 한숨을 삼키며 학준에게 고개를 숙였다.

"감사합니다. 정말로 감사합니다."

"언제 시간 내서 평춘관으로 오거라. 식사 한번 하지."

"평춘관이요?"

평춘관이면 조선에서 제일가는 요릿집이 아닌가. 한 끼 식사비가 평범한 조선인의 한 달 생활비라는 말을 들은 적이 있다. 아무리 그래도 그렇게 비싼 밥을 선뜻 얻어먹을 수는 없었다. 소혜는 사뭇 조심스러운 얼굴로 물었다.

"저… 말씀은 감사하지만, 평춘관에서 식사하려면 너무 비싸지 않을까요? 저는 그냥 순심 아주머니가 해주시는 밥으로도 충분한데…."

"뭐?"

그 말에 한쪽 눈썹을 들썩이던 학준이 곧 크게 웃음을 터트렸다. 옆을 슬쩍 보자 우건도 묘한 표정으로 저를 쳐다보고 있다.

'왜 웃으시지? 내가 무슨 말실수라도 했나?'

고개를 갸웃거리는 소혜에게 학준이 그 답을 알려줬다.

"사장에게 밥값을 받는 가게도 있다더냐?"

"예…?"

사장요?

'그럼 선생님께서 평춘관 사장님의 아들?'

소혜가 놀라서 커다래진 눈으로 우건을 봤다. 그의 얼굴에는 곤란한 사실을 들킨 사람처럼 난감한 빛이 엿보였다. 어쩐지 젊은 나이에 이런 큰집에서 혼자 사시나 했더니, 다 이유가 있었던 것이다.

"그러니 아무 부담 가지지 말고 오거라. 네게도 돈은 받지 않을 터이니."

"아… 네. 감사합니다."

소혜는 뒤늦게 밀려오는 민망함에 두 볼을 붉혔다. 그래도 호통 대신에 웃음을 받았으니 일단 고비는 넘긴 건가. 매서운 듯하면서도 어딘지 모르게 인자해 보이는 학준의 얼굴이 불안했던 마음을 잠재웠다. 학준은 한결 풀어진 눈빛으로 소혜에게 말했다.

"그럼 우리는 다음에 또 보자꾸나. 이제부터는 내 아들 녀석과 할 이야기가 있어서."

"네. 조만간 다시 인사드리겠습니다."

소혜는 자리에서 일어나 허리를 숙인 뒤 방을 나섰다.

"하아…."

방문을 닫자 비로소 뭉쳐 있던 숨이 길게 터져 나왔다. 근처에서 서성이던 순심이 때마침 그녀에게 다가왔다.

"아이고, 아가씨. 괜찮으셨습니꺼?"

"네. 아버님께서 여기에서 계속 지내도 괜찮다고 하셨어요."

"참말입니꺼? 하이고야, 다행이네예."

그 말에 순심도 안도의 한숨을 내쉬며 가슴을 쓸어내렸다.

"혹시나 대감마님께서 아가씨를 내치실까 봐 내 을매나 조마조마했는지…. 사람이라도 보내가 말을 전할라 캤는데 아무도 못 나가게 하셔서예."

"괜찮아요. 오히려 이렇게라도 뵐 수 있어서 저는 좋았어요."

사실 이 집에 들어온 이후로 내내 궁금하긴 했다. 우건의 가족은 어떤 사람들인지. 그는 어째서 가족과 함께 살고 있지 않은지.

'오늘 보니 그 이유를 알 것도 같지만….'

소혜는 잠시 걱정스런 눈길로 닫힌 문을 바라봤다. 문 너머에서는 어떤 소리도 들리지 않았다. 꼭 폭풍 전야처럼 고요해서 아슬아슬한 기분이었다. 둘만 저렇게 둬도 정말 괜찮은 걸까. 차가운 냉기가 흐르던 우건의 뒷모습이 떠올라 더욱 불안한 마음이었다.

'도대체 무슨 일이 있었길래 선생님께서 저렇게까지 하실까.'

분명 일반적인 부자 사이는 아닌 듯했다. 하지만 가족사에 함부로 끼어들 수는 없으니 두 사람이 대화를 끝낼 때까지 기다릴 수밖에.

"아가씨께서는 잠시 들어가 쉬고 계이소. 대감마님 나오시면 다시 불러드릴게예."

"네. 감사해요, 아주머니."

소혜는 마지막으로 우건과 학준이 있는 방을 바라보다가 이내 떨어지지 않는 발길을 억지로 돌렸다.

◆ ◆ ◆

소혜가 방을 나간 후. 우건과 학준 둘만 남게 된 공간에는 다른 공기가 흘렀다. 경계 혹은 언짢음. 그도 아니면 원망. 부자 사이에서는 흔히 오가지 않는 감정들. 긴장과는 전혀 다른 무거운 감정들이 그들 주위를 맴돌았다. 마치 사나운 맹수 두 마리가 서로를 탐색하는 듯 침묵의 시간이 한동안 이어졌다.

하지만 자리가 길어질수록 불편해지기는 피차 마찬가지. 결국 우건이 먼저 말문을 열었다.

"궁금하신 건 다 보셨습니까."

결코 살갑지 않은 첫마디였다. 낮게 내려앉은 음성에 학준이 다시 시선을 단단하게 조였다. 소혜 덕분에 잠시나마 풀어졌던 미간에도 깊은 금이 그어졌다.

"너에 대해 어디까지 알고 있는 것이냐?"

"일본에 호의적인 학자가 아니라는 것까지만 압니다."

"한집에 살고 있다면 네가 부상당한 것도 봤을 것 아니냐."

"그것 역시 본인 때문이라 생각하고 있습니다."

"본인 때문이라니?"

"사이토 처단 사건 이후에 소혜에게 미행이 붙었습니다. 그 형사가 오해하여 저를 쏜 것이라고 생각하는 듯합니다."

학준의 입에서 묵직한 신음이 새어 나왔다. 그래서 저렇게 우건을 지키겠다고 다짐했던 건가. 자신 때문에 애먼 사람이 위험에 휘말렸다고 생각해서?

"저 아이에게 진심인 것이냐?"

누가 누구 때문에 위험해진 줄도 모르면서. 오히려 그 상대를 지키겠다, 라. 어떻게 생각하면 참 가소롭다가도 그 마음이 갸륵했다.

"진심입니다."

학준은 속마음을 읽으려는 것처럼 우건의 눈을 뚫어져라 쳐다봤다. 굳건한 눈빛에서는 어떤 거짓도 찾을 수 없었다.

"위험하다고 판단되면 제가 먼저 저 여인을 먼 곳으로 보낼 것입니다."

제 아들에게 이런 면모가 있다는 게 놀라울 정도로.

"그러니 아무리 조직의 일이더라도 저 여인은 함부로 건드리지 마십시오. 진심으로 드리는 부탁입니다."

늘 자신을 원망하고 멀리하던 아들이 처음으로 부탁이라는 걸 해온다. 그만큼 저 여인을 신경 쓰고 있다는 뜻이겠지. 동시에 친부마저 못 믿는다는 뜻이겠고. 아마도, 수년 전 그날 일 때문에.

"대체 언제까지…."

학준은 말을 꺼내다 말고 그만 입을 다물어버렸다. 언제까지 그날 일에 얽매여 있을 것이냐? 나 역시 이리도 괴로운데. 너만큼이나, 아니, 너는 감히 상상도 못 할 만큼. 내 속은 썩어 문드러져 이미 산 사람의 것이 아니게 됐는데.

'그걸 네가 어찌 알겠느냐.'

어쩐지 마음이 복잡해져 학준은 눈앞이 아득해졌다. 하여 하고 싶은 말을 하는 대신 해야 할 말만 전했다.

"…따로 보고가 들어오기 전까지는 그렇게 하지."

앞으로 조금 더 지켜봐야 알겠지만, 당장 소혜를 내칠 필요는 없어 보였다. 생각했던 것보다는 제법 당차고 현실적인 아이인 듯도 싶었다. 저런 아이가 우건의 옆을 지킨다는 게 아비로서 조금은 안심이 되기도 했다.

'만일 이런 시국, 이런 나라에서가 아니었다면… 정말로 마음에 들었을지도 모르겠군.'

학준은 다소 씁쓸한 숨을 내쉬며 눈앞에 있는 아들을 바라봤다. 한없이 냉랭하고 이성적인 얼굴 위로 불편함이 짙게 새겨져 있었다. 마치 이리 마주하는 게 또 다른 고통이라는 듯이. 학준은 쓴침을 삼키며 입을 열었다.

"어쨌든 저 아이가 이곳에 있을 수 있는 건 어디까지나 '조직의 존재'를 알기 전까지다. 우리 조직의 존재를 알게 되면 그 즉시 정리하도록 해."

"…그러겠습니다."

"쓸데없이 일을 그르치는 상황은 없으리라고 믿는다."

모든 것을 이성적으로 계산하여 결정하고 행동하는 아들이니, 순간적인 감정을 이유로 동지들을 위험에 빠트리진 않을 것이라고 학준은 믿었다. 사적인 대화를 끝낸 그는 마지막으로 짧게 지령을 남겼다.

"상인은 네 뜻대로 거둬 돌보도록 하지."

당장 욱영을 죽이진 않겠다는 뜻이었다. 사라진 안형권의 자취는 백방으로 찾는 중이었다. 이번 일을 통해 욱영의 손에 죽은 동생, 욱조에 대한 조사도 다시 이뤄지고 있었다. 이미 시일이 오래 지난 일이라 그 조사가 얼마나 진척될지는 알 수 없었지만, 그래도 억울한 죽음이라면 누명이나마 씻겨주고 싶은 게 그의 마음이었다.

"그러니 놈을 이용할 기회를 노려라."

그를 통해 적들을 일망타진하여 완벽히 죗값을 치르고, 동지들의 희생이 헛되이 흘러가지 않도록.

"그때까지는 네가 알아서 잘 통제하리라 믿는다."

학준은 그 말을 끝으로 자리에서 일어났다. 문을 열고 밖으로 나가자, 그 기척을 들었는지 뒤이어 소혜도 순심과 함께 밖으로 나왔다.

"벌써 가십니꺼?"

"가봐야지. 할 일이 태산이니."

학준은 잠시 소혜 앞에서 걸음을 멈췄다. 그러곤 차마 우건 앞에서 드러내지 못한 진심을 조용히 꺼냈다.

"저 녀석을 잘 부탁한다."

"네, 걱정 마세요. 제가 옆에서 잘 챙겨드릴게요."

그 말이 꼭 자신을 인정한다는 뜻 같아서 소혜는 성심껏 답했다. 학준은 시선을 돌려 어느새 소혜 옆에 서 있는 우건을 바라봤다. 하고 싶은 말은 많았으나 입 밖으로 내뱉을 수 있는 말은 지극히 한정적이었다.

"몸 챙겨라."

그저 이런 인사치레 같은 걱정만이 그가 표현할 수 있는 최대치의 마음이었다. 곧 학준이 몸을 돌려 대문을 나섰다.

대문이 완전히 닫힐 때까지 우두커니 지켜보던 우건은 뒤늦게 허공으로 갑갑한 숨을 몰아서 내쉬었다. 지독한 피곤이 어깨를 짓누르는 듯했다. 아버지를 만난 날이면 으레 느끼는 억압과 괴로움의 결과였다. 잊을 수 없는 과거의 잔상이 더욱 끈적하게 제 몸에 달라붙는 것 같아서. '그날'의 씻을 수 없는 상처가 더욱 깊어지는 것 같아서.

"괜찮으세요?"

홀로 곁에 남은 소혜가 흐린 얼굴로 그의 안색을 살폈다. 순간 감당하기 어려운 무게와 그보다 더 짙은 충동이 우건을 사로잡았다. 만일 나를 이 굴레에서 벗어나게 도와줄 존재가 있다면, 이 끝없는 수렁에서 빼내어 줄 유일한 존재가 있다면.

'그게 너라면 좋을 텐데.'

하지만 어떻게 너에게 보이겠는가. 내 속에서 끝없이 거세게 물결치며 나날이 깊어지는 진창을, 내 나약을. 그저 이렇게 옆에 있어주는 것만으로도 내겐 과분한 행복이거늘.

가만히 그녀를 바라보던 우건은 충동처럼 팔을 뻗어 그 작은 어깨를 품에 안았다. 허공에 남겨진 소혜의 손이 움츠러들었다.

"선생님…?"

"잠시만."

낮게 갈라진 음성이 괴롭게 내려앉았다.

"잠시만 이러고 있자."

우건은 그녀를 안은 팔에 조금 더 힘을 줬다. 고마워. 옆에 있어줘서. 그렇게 말해줘서. 내 편이 돼줘서. 혀끝을 맴돌던 말이 서로 엉키고 뭉쳐서 하나의 말이 됐다.

"다행이다. 너라서."

영문을 모르는 소혜의 얼굴이 서서히 흐려졌다. 무엇이 그렇게 아파서 이토록 힘들어하는지, 무엇이 그렇게 괴로워서 이토록 무너지는지. 그 이유는 알 수 없어도 그가 한 말의 뜻은 알 수 있을 것 같았다. 허공을 배회하던 소혜의 손이 곧 우건의 등에 닿았다.

"…괜찮아요. 다 괜찮아요."

소혜는 그렇게 오래도록 우건의 품에 안겨 그를 위로했다.

◆ ◆ ◆

월요일 오후. 린진의 몸 상태가 그리 좋지 않아 평소보다 일찍 그림 교습을 마친 소혜가 다시 학교로 돌아가기 위해 준비를 마쳤다.

"린진, 오늘은 푹 쉬고, 다음 주에 건강한 모습으로 다시 보자. 알았지?"

기운 없는 얼굴로 저를 바라보는 린진을 꼭 안아준 소혜는 바로 학제의 집을 나섰다. 밖으로 나오니 살을 에는 듯 불어오는 바람에 저도 모르게 고개가 숙여질 정도였다.

"으, 추워. 얼른 연구실로 돌아가야겠다."

소혜는 코트 깃을 여미며 서둘러 학교로 발걸음을 옮겼다. 오늘도 돌아가자마자 곧바로 나비부터 분류할 생각이었다.

"경기도 지역은 오늘 내로 끝날 것 같고, 강화 쪽은 석태 씨랑 같이 작업하면 되려나…."

혼잣말로 제 할 일을 정리하며 정신없이 걷노라니 어느새 번화가로 접어들었다. 그런데 그때.

"여기서 이렇게 마주치네."

문득 귓가로 흘러드는 낯익은 목소리에 소혜가 고개를 들었다. 시야로 들어오는 화려한 차림새는 분명 요화였다.

"기분 나쁘게."

그녀는 구두를 또각거리며 소혜에게 걸어왔다. 대놓고 구긴 미간에는 불쾌함이 고스란히 담겨 있었다. 소혜를 위아래로 훑어보는 눈길은 무례하기 그지없었다.

"많이 한가한가 봐요. 이 시간에 이렇게 돌아다니기도 하고."

소혜는 사뭇 경계하며 요화를 봤다. 난데없이 나타나서 첫마디부터 시비를 붙이는 그녀가 소혜라고 좋아 보일 리 없었다. 가뜩이나 지난번에 학교까지 찾아온 이후로 요화에 대한 경계심이 더욱 심해진 터였다. 소혜는 경계의 빛을 굳이 감추지 않은 채 말했다.

"그러잖아도 지금 학교로 돌아가는 중이었어요."

"오라버니 연인이라고 너무 특혜를 받는 것 아니에요? 지금 연구실은 한창 바쁠 텐데."

붉은 입술이 날카롭게 올라갔다. 소혜만큼, 아니 소혜보다 더 연구실에 대해 잘 안다는 듯한 태도였다. 요화가 이토록 자신을 경계하는 이유.

'역시 선생님을 좋아하고 있는 거겠지.'

사실 처음 만났을 때부터 짐작은 했다. 우건을 바라보는 눈빛, 표정, 말투. 그 모든 것에서 저와 같은 마음이 보였으니까. 하지만 우건은 분명히 요화와 아무 사이도 아니라고 말했고, 학교로 찾아왔을 때도 질투할 필요 없다며 확실하게 못 박기까지 했다. 그런데도 이렇게 나온다는 건 우건에 대한 미련을 여전히 버리지 못하고 있다는 뜻일 터. 굳이 그녀를 상대할 이유가 없을 것 같았다. 그러고 싶지도 않았고.

"특별히 하실 말씀 없으면 먼저 가보겠습니다. 아시다시피 연구실이 많이 바빠서요."

"잠깐 나랑 차 한잔하죠."

"네?"

소혜는 잘못 들었나 싶어 되물었다. 조금 전까지 고슴도치처럼 온몸의 가시를 죄다 세우다가 갑자기 차를 마시러 가자니. 무슨 장단인지 알 수 없어 얼떨떨하기까지 했다. 요화는 붉은 입술 끝을 더욱 말아 올리며 말했다.

"궁금하지 않아요? 나랑 우건 오라버니 사이. 약혼녀라면 신경 쓰일 텐데. 오라버니는 말씀해주시지 않았을 테니."

소혜는 아랫입술을 꾹 깨물었다. 그녀의 말대로 둘이 어떤 사이인지 궁금한 건 사실이었다. 우건에게 스스럼없이 대하는 태도며, 마주칠 때마다 감히 누구도 넘어설 수 없는 그들만의 선을 그으려는 이유가 늘 궁금했다. 요화는 일부러 소혜가 자신을 따라올 수밖에 없도록 유도했다.

"약혼녀니까 더더욱 알아야 하지 않겠어요? 앞으로 우리가 얼마나 더 마주칠지 모르잖아요. 뭐, 그때마다 혼자 속앓이를 하겠다면 굳이 말리지는 않겠지만."

그 말인즉 앞으로도 계속 우건 앞에 그런 식으로 나타나겠다는 의미였다. 어떻게 해야 할까. 선뜻 따라가기에는 미심쩍은 점이 있었지만, 한편으로는 그녀의 입에서 나올 우건의 이야기도 신경 쓰였다. 이대로 계속 두 사람의 복잡하고도 미묘한 관계를 애써 모른 척하고 싶지도 않았고.

'평소보다 교습도 일찍 끝났으니까, 아주 잠깐이면 되지 않을까.'

소혜는 고심 끝에 요화를 따라가기로 했다.

"오래는 시간 못 내요."

"마찬가지예요. 나는 누구처럼 그렇게 한가한 사람이 아니거든요."

요화는 먼저 발길을 돌려 익숙하게 길을 걸었다. 도착한 곳은 인근에 있는 어느 다방이었다. 축음기에서는 최근에 유행하는 대중음악이 흥겹게 흘러나왔고, 사람들의 열띤 말소리가 담배 연기에 녹아들어 공간을 가득 채웠다.

익숙하게 주문을 마친 요화는 손바닥만 한 가방에서 담배를 꺼냈다. 후, 길게 내뿜은 연기가 주변 공기를 탁하게 만들었다. 요화는 두 손가락 사이에 담배를 끼운 채 따가운 시선으로 앞에 앉은 소혜를 바라봤다. 소혜는 바짝 신경을 곤두세우며 그녀의 시선을 오롯이 받아냈다.

"커피 두 잔 나왔습니다."

이윽고 하얀 찻잔에 담긴 커피가 그들 앞에 놓였다. 요화는 몇 모금 피우지도 않은 담배를 그대로 재떨이에 비벼 끄고는 우아하게 찻잔을 들어 커피를 마셨다. 서늘한 시선은 여전히 소혜에게 고정한 채였다. 달그락, 찻잔 내리는 소리가 유난히 예민하게 들려왔다.

"오라버니와 알게 된 지는 얼마나 됐어요? 한 1년은 됐나?"

"아뇨. 올여름에 처음 만났어요."

"여름?"

그린 듯 고왔던 미간이 눈에 띄게 어긋났다.

"겨우 여름에 만나놓고 약혼까지 했다는 거예요?"

하, 기가 차다는 듯 내뱉는 웃음은 분명 그들 사이를 비꼬는 것이었다. 소혜는 동요하지 않고 담담히 말을 이었다.

"서로가 진심이라면 한 달을 만났든, 하루를 만났든 서로의 앞날을 기약할 수 있죠."

"그만큼 서로에 대해 모르는 게 많을 텐데."

"모르는 건 차차 알아가면 되는 문제라고 생각해요."

"그래봤자 내가 아는 것보다 더 많이 알 수 있을 것 같아요?"

"오래 알아왔다고 해서, 모든 것을 다 아는 사이라고는 할 수 없죠."

매끄럽게 휘어 있던 요화의 입술이 일자로 경직됐다. 찻잔을 잡은 그녀의 손에 언뜻 힘이 들어갔다. 지금 소혜의 말은 신경에 아주 거슬리는 것이었다. 그토록 오랜 기간을 알아왔는데도 우건의 마음 한 자락 얻지 못한 건 요화의 가장 큰 약점이자 상처였기에.

"백소혜 씨."

요화는 차갑게 비틀어지려는 표정을 간신히 미소로 유지했다.

"나랑 오라버니가 정말로 에스페란토 공부만 하는 사이라고 생각해요?"

그러곤 다소 위험한 발언을 서슴없이 입에 담았다.

"나는 오라버니를 아주 오래전부터 알아왔어요. 오라버니가 어떤 집안에서 자랐는지, 학창 시절을 어떻게 보냈는지, 어떻게 교사가 됐고 학자의 길을 걷게 됐는지 전부 다 봤다고요."

그녀의 눈매가 가늘게 예리해졌다.

"그 기간 동안 당신이 모르는 일들도 함께 공유했죠."

그 말에 소혜의 눈가가 움찔했다. 너 따위는 감히 알 수도, 끼어들 수도 없다는 듯 내보인 선명한 경계. 요화는 소혜가 알지 못할 과거의 연을 무기로 꺼낸 것이다. 그녀의 유일하고도 절대 함락되지 않을 무기를.

"하지만 아무리 연인이라도 오라버니는 그 일들을 절대 당신에게 말해 주지 않을 거예요."

서서히 굳어지는 상대의 얼굴에 요화는 의기양양한 표정을 지었다.

"왜냐하면 오라버니는 당신을 나만큼 믿지 않을 테니까."

내 말에 얼마든지 질투하렴. 질투로 타오르고 타올라서 오라버니에게 지겹도록 달라붙어봐. 지쳐버린 그가 너를 버릴 수 있게.

"오랫동안 오라버니를 지켜봤지만, 그분은 어느 여인한테도 깊게 마음을 주지 않는 사람이에요."

이쯤 말했으면 알아들었겠지. 그 자리를 차지하고 있는 게 얼마나 우습고 알량한 일인지. 지금이야 연인이니 뭐니 하지만, 결국 소혜에겐 우건에게 가까이 다가가기에 한계가 있을 것이다. 그마저도 우건의 마음이 돌아서면 언제 깨질지 모르는 유리 같은 관계이니.

'하지만 나는 달라.'

적어도 한열단에서 계속 활동하는 이상, 우건은 좋든 싫든 계속 그녀를 찾아야만 한다. 그러니 아무리 우건이 밀어내더라도 두 사람의 관계는 그렇게 쉽게 끊어지지 않을 것이다. 요화는 그것을 굳게 믿었다.

"그러니까…."

상체를 앞으로 기울인 요화가 소혜의 눈을 뚫어져라 응시했다.

"내 앞에서 뭐라도 된 것처럼 괜히 우쭐대지 마. 그 반반한 얼굴, 아예 들고 다니지도 못하게 만들어버리기 전에."

짓씹듯 내뱉은 목소리에 주변 공기가 차갑게 얼어붙었다. 당장이라도 잡아먹을 듯 노려보는 요화의 눈동자. 그것을 마주 보며 소혜는 아무 말도 할 수 없었다.

＊ ＊ ＊

교무실에서 볼일을 마치고 연구실에 돌아가는 길이었다. 무감한 얼굴로 복도를 가로지르던 우건의 귀에 일순 낯익은 이름이 박혔다.

"진짜야?"

"그렇다니까. 조금 전에 북동이가 심부름으로 나갔다가 봤대."

"요화랑 그 여조수랑 같이 있는 걸?"

요화와 여조수. 각각 따로 들었다면 크게 상관하지 않아도 될 일이었지만, 그 두 사람이 나란히 붙어 있다면 이야기가 달라진다. 우건은 앞서 걸어가던 학생들을 멈춰 세웠다. 방학 중 학교에 나온 동아리 학생들이었다.

"헉, 신 선생님…!"

"방금 이야기 다시 해봐. 누가 누구랑 있었다고?"

화들짝 놀란 학생들은 서로 눈치만 살폈다. 그러다 이내 쭈뼛거리며 방금 한 말을 되풀이했다. 한 학생이 심부름으로 번화가에 다녀왔는데, 그곳의 한 다방에서 소혜와 요화가 함께 있더라는 이야기였다. 둘 다 송일고보는 물론이고 경성 일대에서 유명한 여인들이니 잘못 봤을 리는 없었다.

"거기가 어딘데."

"'본에호'라는 다방…."

우건은 그 길로 곧장 발길을 돌렸다. 어쩐지 불길한 예감이 들었다. 요화의 성격상 소혜를 데려갔다면 분명 고운 말로 얘기하지만은 않을 터. 분명 자신과 관련하여 애꿎은 소혜에게 모진 말을 해대고 있으리라. 평상시에는 모던 걸이자 일류 기생답게 점잖고 단아한 모습을 유지하는 요화였지만, 수틀리면 날카로운 가시를 사납게 드러내 보인다는 걸 모르지 않는 바였다.

'젠장, 왜 하필 밖에서.'

결국 우건은 뛰다시피 학교를 벗어나 소혜가 있는 곳으로 달려갔다.

◆ ◆ ◆

팽팽한 긴장감이 흐르는 가운데. 무겁게 흐르는 침묵 속에서 드디어 소혜가 입을 열었다.

"그래서, 지금 무슨 말씀을 하고 싶으신 거예요?"

그 말에 요화가 인상을 구겼다. 소혜는 그 얼굴을 똑바로 마주하며 말했다.

"설마 약혼녀인 나보다 기생인 당신이 내 연인과 더 가깝다는 말을 하고 있는 건가요? 그러니 선생님 곁에서 떨어지라고?"

또박또박 내뱉은 단어가 다방 안에 울려 퍼졌다. 그러잖아도 힐끔힐끔 그들을 훔쳐보던 손님들은 아예 대놓고 수군거리며 쳐다보기 시작했다. 쏟아지는 시선이 따끔하게 온몸을 찔렀다. 이 소란으로 인해 또 얼마나 많은 사람의 입에 오르내릴까 잠시 걱정이 들었지만, 소혜는 물러서지 않았다. 그런 말을 듣고 가만있을 수는 없었다.

"당신이 얼마나 오래 선생님과 알아왔는지 나는 잘 몰라요. 하지만 이거 하나만큼은 확실히 알고 있어요."

소혜는 다른 사람더러 들으라는 듯 더욱 확실한 목소리로 말했다.

"선생님께선 당신이 아닌 나를 사랑하고 계신다는 것."

제아무리 거짓뿐인 연기라 해도 지금만큼은 절대 물러날 수 없었다. 지금 우건의 연인은 이 여자가 아니라 바로 소혜, 그녀 자신이었으니까. 소혜는 요화가 자신을 무시하고 깔보는 건 참을 수 있었다. 오래전부터 우건을 알고 지냈고, 또 그에 대한 마음을 키워왔으니 난데없이 우건을 빼앗겼다 생각하여 분했겠지. 자신을 굴러온 돌처럼 취급하는 것도 어느 정도 이해는 갔다.

하지만 아무리 그렇다 한들 우건을 욕되게 만드는 것은 도저히 두고 볼 수 없었다. 이렇게 공개적인 장소에서, 그것도 모두가 약혼녀로 알고 있는 소혜 앞에서 우건에 대한 마음을 드러내다니. 어리석어도 한참 어리석은 행동이었다.

"선생님의 연인은 나예요. 그러니 착각하지 말아요."

더 이상 길게 대화를 끌 것도 없었다. 소혜는 자리에서 일어나 마지막 경고를 했다.

"무슨 짓을 해도 당신은 나보다 더 가까이 선생님께 다가갈 수 없어."

요화의 얼굴이 싸늘하게 변했다. 치솟는 분노에 치가 떨리고 눈이 뒤집힐 것만 같았다. 많은 사람이 보는 앞에서 모욕을 당했다는 생각에 미치도록 수치스러웠다. 말아 쥔 주먹이 새하얗게 질리다 못해 바들바들 떨렸다.

"나를 감히… 이런 식으로 취급해?"

네까짓 게 뭔데? 네가 나와 오라버니에 대해서 뭘 안다고!

"우쭐거리지 말랬지!"

화를 참지 못한 요화가 찻잔을 들었다. 그러곤 가득 담긴 커피를 소혜에게 뿌려버린 그때.

"아…!"

쨍그랑! 순식간에 눈앞을 가로막은 검은 형체에 요화가 놀라 찻잔을 떨어트렸다. 소혜를 감싸며 대신 커피를 맞은 그가 천천히 몸을 돌렸다.

"오라…버니."

우건의 싸늘한 눈초리가 그대로 요화의 얼굴에 꽂혔다. 모두가 숨을 집어삼킨 가운데, 그의 숨소리만 거칠게 다방 안을 채웠다.

"지금 뭐 하는 짓이야?"

가슴을 푹 찌르는 살벌한 목소리에 요화는 몸이 얼어붙는 것만 같았다. 방황하던 눈길을 내리자 커피로 축축하게 젖은 그의 양복이 보였다. 뚝뚝, 커피가 흘러내리는 손등도 붉게 데어 있었다.

"오, 오라버니. 손이…"

손을 뻗은 순간 우건이 피하듯 팔을 들었다. 허공에 버려진 하얀 손끝이 당황과 무안으로 잘게 떨렸다.

"분명히 말했는데. 선은 지키라고."

칼처럼 공간을 베어버리는 경고. 돌이킬 수 없는 실수임을 깨달았을 때는 이미 늦은 뒤였다.

"내가 너를 어디까지 봐줘야 될지 모르겠군."

"오라버니, 저는 그냥…"

"그만."

요화의 말허리가 단칼에 잘렸다. 우건은 보호하듯 단단히 안고 있던 팔을 풀어서 소혜부터 살폈다. 저 대신 커피를 맞은 그의 모습에 소혜는 거의 아연실색한 얼굴이었다. 소혜의 손을 잡은 우건은 날 선 눈으로 다시 요화를 봤다. 그 검은 눈동자를 직면한 순간, 요화는 알 수 있었다.

"오늘로 너와 만나는 일은 없을 거다. 그 어떤 일로도"

이제 정말 끝이라는 걸.

"앞으로 두 번 다시 나와 내 약혼녀 앞에 나타나지 마."

잔인한 선고를 내린 우건은 그대로 소혜를 데리고 몸을 돌렸다. 망연 자실한 요화가 무어라 변명하려 했지만, 목소리를 채 내기도 전에 밖으로 사라져버린 그였다.

◆ ◆ ◆

소혜가 정신을 차렸을 때는 어느새 우건의 손에 이끌려 빠르게 길을 걷고 있었다.

"선생님, 선생님! 잠시만요."

팔에 힘줘 끌어당기니 우건의 발이 멈췄다. 소혜는 황급히 그의 왼팔 을 잡아당겨 살폈다. 커피로 얼룩진 양복 밑으로 울긋불긋해진 손등이 보 였다. 총상을 숨기기 위해 며칠 간 하고 다녔던 붕대를 하필 오늘 벗은 바 람에 손이 그대로 데고 말았다.

"어떡해, 데이셨나 봐요. 다른 데는 괜찮으세요?"

"괜찮아. 많이 식어 있었어."

"저한테는 항상 손을 조심하라 하시고는…."

소혜의 눈망울이 흐리게 번졌다. 괜히 요화를 도발하지만 않았어도 이 런 일은 없었을 텐데. 공연히 사건을 키운 게 제 탓인 것만 같아서 죄책감 이 들었다.

"백소혜."

우건이 소혜의 손안에 잡혀 있던 팔을 빼냈다. 그제야 고개를 든 소혜의 눈동자 속에는 사뭇 굳은 그의 얼굴이 담겼다. 그 얼굴이 꼭 왜 그랬냐고 나무라는 듯해서 가슴이 철렁했다. 입술을 맞다문 소혜는 다시 시선을 내리며 풀 죽은 목소리로 말했다.

"죄송해요…. 선생님 지인한테 함부로 말했어요."

한순간 축 늘어진 어깨가 우건의 눈에 들어왔다. 그런 소혜를 가만히 바라보던 그가 곧 나지막한 음성으로 말했다.

"말했지? 네가 내 약혼녀라는 걸 잊지 말라고."

아래로 향해 있던 눈망울이 다시 우건을 마주했다.

"요화를 단둘이 만난 건 마음에 안 들지만… 그래도 잘했어."

"선생님…."

"다음에 또 이런 일이 생기면 오늘처럼만 행동해."

소혜의 머리를 가볍게 쓰다듬은 우건이 흐트러진 머리카락을 귀에 걸어줬다. 바닥으로 떨어졌던 마음이 그 손길을 따라 제자리를 다시 찾은 기분이었다. 우건은 그런 소혜의 손을 꼭 잡았다.

"이만 가지. 해야 할 일도 많으니."

"네, 선생님."

우건의 손을 맞잡은 소혜는 그와 함께 나란히 학교로 향했다.

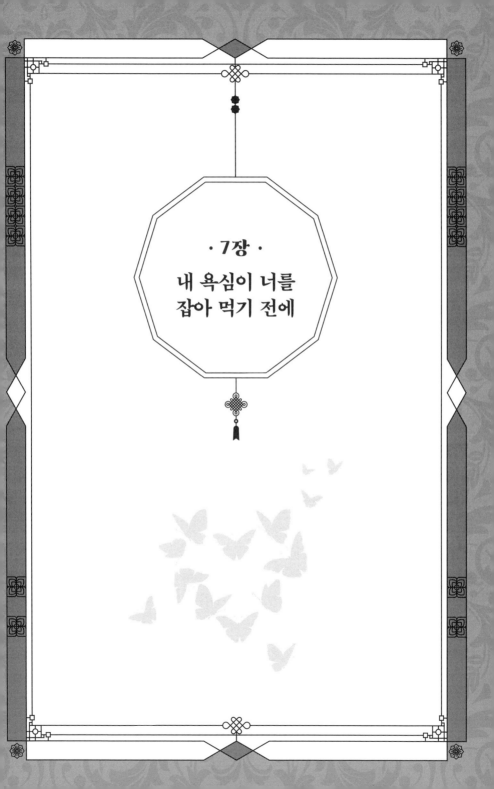

· 7장 ·

내 욕심이 너를
잡아 먹기 전에

소복하게 눈이 쌓인 창문 너머, 송일고보 연구실에서는 모두가 한창 바쁘게 움직이고 있었다.

"강원 지역은 일단 놔둬. 조금 더 보강해야 하니까."

"네, 선생님."

시간이 흐르면서 겨울은 한층 단단해져 난방을 해도 조금만 있으면 손과 귀가 시렸다. 하지만 연구실 사람들은 추위도 아랑곳없이 열정적인 작업을 이어갔다. 나비 분포 지도를 만들고 개체 변이를 연구하는 일은 계속됐던 것이다.

"소혜 씨, 붉은점모시나비 그림 좀 가져다줄래요?"

"네, 여기 있어요!"

소혜도 다른 이들과 함께 맡은 일에 최선을 다했다. 냉기에 손이 얼면 방열기에 잠깐씩 손을 대어 녹이고는 곧바로 다시 나비를 그렸다. 쉽지 않은 과정이었지만, 조수들 중 누구도 자기 일을 게을리하지 않았다.

물론 그중에서 가장 많은 심혈을 쏟고 있는 사람은 단연 우건이었다.

그는 총상이 낫기가 무섭게 본격적으로 연구에 돌입했다. 겨울이라 다양한 종류의 나비를 채집하기가 어렵게 되자, 친분이 있는 학회와 연구실에 연통을 넣어서 그들이 보유한 표본을 빌리기도 했다. 밤낮을 잊을 만큼 매달린 탓에 한겨울에 눈병까지 날 정도였다. 곁에서 지켜보는 소혜로서는 저러다가 우건의 몸이 축나진 않을까 매일 걱정이었다. 소혜는 잠시 하던 일을 멈추고 난로에 미리 데워둔 차를 잔에 담아서 우건에게 다가갔다.

"선생님, 차 좀 드시면서 하세요."

한창 배추흰나비의 날개 길이를 재던 우건이 그제야 고개를 들었다. 몇날 며칠을 연구에 매달린 까닭에 많이 피곤할 법한데도 그의 얼굴에서는 약간의 피로만 비칠 뿐 전과 다름없었다.

"고마워."

우건의 얼굴에 옅은 미소가 스며들었다. 그 미소를 고스란히 담은 가슴이 둥둥 파동을 일으켰다. 차갑게 얼어붙은 땅 위에 매화가 핀 것을 보면 이런 기분일까. 남자를 꽃에 비유하기가 참 그렇지만 지금은 그 생각밖에 들지 않았다. 그만큼 소혜의 눈엔 가장 아름다운 사내였기에. 소혜는 그의 손끝에 살짝 스친 제 손가락을 오므리며 설레는 마음을 감췄다.

"필요하시면 언제든 말씀하세요."

"고마워."

한집에 함께 살며 매일같이 마주친 지도 벌써 수개월인데, 저 얼굴과 미소에는 왜 아직도 면역이 안 되는 건지 알 수가 없다. 우건을 볼 때마다 매번 처음인 것처럼 가슴이 쿵쿵 뛰어 스스로도 당황스러울 지경이었다.

'잘생긴 건 늘 새롭다, 뭐 이런 건가…'

언제나 느끼지만 이 남자, 이렇게 척박하고 먼지 많은 곳에서도 혼자 빛을 발한다. 잘 차려입은 양복 위로 새하얀 연구 가운을 걸친 모습은 꼭 천상에서 내려온 선인처럼 보이기도 했다. 연구실 생활이 힘들어도 소혜가 힘을 낼 수 있는 유일한 이유는 첫째도 우건이요, 둘째도 우건이요, 셋째도 우건이었다. 그래, 긴말이 더 필요하겠는가. 이 남자 자체가 나비이고, 꽃이고, 진리인데.

"필요한 게 있는 사람은 내가 아니라 너 같은데."

"네?"

저 홀로 '신우건 만세!'에 빠져 있던 소혜가 뒤늦게 현실로 돌아왔다. 정신을 차리니 우건이 의아한 눈으로 그녀를 보고 있었다. 그제야 제가 또 멍하니 우건의 얼굴만 봤다는 걸 깨닫고 황급히 시선을 거두며 자세를 바로 했다.

"아뇨, 그…. 아! 아까 말씀하신 그림들요. 오늘 오후에 다 끝낼 수 있을 것 같다고요."

"역시 손이 빠르네. 그럼 조금만 더 수고해줘."

"네. 얼른 마무리해서 가져다드릴게요."

우건은 차를 몇 모금 마시다가 다시 나비 표본에 집중했다. 행여 그에게 방해될까, 소혜는 조용히 걸음을 옮겨 제자리로 돌아왔다. 고단한 날들이었지만, 그래도 아무 사건 없이 이렇게 잔잔한 나날이 이어져서 행복했다.

'나도 원하는 그림을 맘껏 그릴 수 있고.'

소혜는 싱긋 웃으며 남은 그림들을 한 장씩 그려나갔다.

＊ ＊ ＊

　그들의 노력이 드디어 빛을 발하기 시작한 걸까. 우건이 조선 나비들의 분포 지도를 만들면서 잘못된 학명을 정리하고 있다는 소문이 퍼진 이후, 각종 동물학회와 교수들이 송일고보로 연락해오기 시작했다. 모두 우건의 연구와 계획에 관심을 보이며 도와주겠다고 나선 것이다. 국내 학자들과 더불어 외국 학자들까지 우건의 연구에 도움이 되고 싶다며 본인들의 나비 표본을 여럿 보냈다. 신문사나 학술 잡지사에서 취재 요청이 들어오기도 했다.

　심지어 익명의 누군가 거액의 연구비를 지원하겠다는 소식까지 전해졌다. 이런 대규모 프로젝트에 연구비 지원은 날개를 다는 것과 마찬가지였다. 연구비가 얼마나 뒷받침되느냐에 따라 연구의 질과 기간이 달라지기 때문이었다. 우건은 망설임 없이 그것을 받아들이겠다고 전했다.

　그리고 며칠 후.

　"선생님, 저희 연구를 지원하신다는 분이 오늘 연구실에 방문하시겠는데요?"

　"오늘?"

　교무실에서 연락을 받고 다녀온 세호의 말에 석태가 놀라서 반문했다.

　"정말 오늘 오신답니까?"

　"응. 그간 너무 바빠서 시간이 없었다고, 오늘 잠깐이라도 둘러보고 가겠다고 하셨대."

　이번에 지원받기로 한 연구비가 상당한 거액이어서 다들 익명의 후원자에 대한 궁금증이 제법 크던 차였다. 희욱이 미간을 삐딱하게 틀며 물었다.

"대체 누구래냐? 그 거액의 후원자가."

"그건 잘 모르겠습니다. 직접 만나서 인사하겠다고, 누구인지는 따로 말씀 안 해주셨대요."

직접 만날 때까지 제 정체를 숨기겠다는 건가. 참으로 이상한 양반이 아닐 수가 없었다. 이제 막 가운으로 갈아입은 우건이 나지막한 소리로 말했다.

"우리 연구에 그만큼 지원할 가치가 있는지 없는지, 직접 눈으로 확인하겠다는 뜻이겠지."

소혜가 걱정스러운 얼굴로 물었다.

"그럼… 그분의 마음에 안 들면 연구비 지원을 철회할 수도 있다는 뜻인가요?"

"후원자의 결정에 따라 달라지겠지. 지원을 할지, 철회를 할지."

그 말에 소혜의 얼굴이 걱정으로 흐려졌다. 거액의 연구비를 받는다고 해서 한동안 들떴는데, 철회의 가능성도 있다고 하니 새삼 불안이 밀려왔다. 우건과 다른 조수들이 얼마나 고생했는지, 또 앞으로 얼마나 더 오랜 시간을 고생해야 하는지 누구보다 잘 알고 있는 까닭이었다. 그런 입장에서 연구비 지원이 철회되는 일만큼 걱정스러운 건 없었다. 이 연구가 조선 나비 학계의 지평을 넓힐 만큼 가치 있다는 건 자신했지만, 연구비를 후원하는 입장에서는 또 다르게 생각할 수도 있으니까.

'제발 좋은 결과가 있어야 할 텐데.'

경직된 어깨에서 긴장을 읽은 걸까. 우건이 다가와 소혜의 어깨에 손을 얹었다.

"너무 걱정할 필요 없어."

목 안으로 말려든 옷깃이 그의 손끝에 잡혀서 다시 정돈됐다. 목덜미를 스치는 온기에 소혜의 귓가가 붉어졌다.

"하지만 연구비가 철회되면 저희는…."

"우리는 하던 대로만 하면 돼."

우건은 걱정하고 있는 다른 조수들에게도 들리도록 말했다.

"연구비를 지원받으면 좋겠지만, 행여 그러지 못하더라도 우리 연구가 중단되는 일은 절대 없을 거다."

우건은 무슨 일이 있어도 이 연구를 중단할 생각이 없었다. 연구비가 부족하면 제 사비를 끌어와서라도 충당하면 된다. 그러니 후원자에겐 있는 그대로의 연구를 보여주면 되는 일이었다.

"손님이 오시면 그만큼 시간을 빼앗길 테니, 그때까지 각자 자기 일에 최대한 속도를 내자고."

"예!"

조수들은 역시 우건답다면서 긴장을 풀고 다시 연구에 몰입했다.

"너도 걱정 말고."

우건은 소혜의 어깨를 한 번 더 부드럽게 다독이고는 제자리로 갔다. 눈을 깜빡이던 소혜도 잠시 목뒤를 매만지다가 이내 자리에 앉았다. 그래, 걱정할 시간에 그림이나 한 장 더 그리고 나비나 한 마리 더 분류하자. 선생님의 말씀대로 우리 연구가 중단될 일은 없을 테니까. 그리고 분명 후원자도 우리 연구의 가치를 제대로 평가해줄 것이다. 소혜는 그렇게 믿기로 했다.

◆ ◆ ◆

연구실에는 펜 움직이는 소리와 종이를 넘기는 소리만 들릴 뿐 말소리 하나 오가지 않았다. 해는 빠르게 움직여 어느덧 서산으로 기울어지고 있었다. 슬슬 하늘에 붉은 노을빛이 번지고, 피로와 권태가 쌓여 자신과의 싸움으로 접어들 때쯤. 적막하기 짝이 없는 연구실로 낯선 발걸음 소리가 들려왔다. 똑똑, 문을 두드리는 소리에 우건을 제외한 모두가 일제히 고개를 들었다.

"누구십니까?"

세호가 일어나서 문을 열었다. 그리고 마침내 방문자의 모습이 드러난 순간.

"어…?"

낯익은 얼굴에 소혜의 눈이 커다래지고 말았다. 비서를 대동한 남자가 새삼스러운 눈길로 연구실 안을 들여다봤다.

"이렇게 생겼군요. 내가 후원하기로 한 연구실이."

눈 쌓인 질퍽한 바닥은 닫지도 않았는지 광이 번쩍이는 구두하며, 새로 맞춘 듯 작은 티끌도 없는 양복과 비싸 보이는 코트하며, 세련된 디자인의 모자와 고급스러운 가죽 장갑, 거기에다 말끔히 넘긴 머리 아래에 반듯한 얼굴까지.

"반갑습니다. 대통상회 사장, 왕학제입니다."

그들의 연구를 후원하기로 한 사람의 정체가 다름 아닌 학제였던 것이다. 뜻밖의 인물에 모두가 놀란 표정을 지었다.

"오랜만에 뵙는군요, 소혜 양."

단 한 사람, 우건을 제외하고.

"그간 잘 지내셨습니까?"

"네? 아… 아, 네."

소혜와 인사를 나누는 학제를 보며 우건은 턱에 힘을 줬다. 사람들이 지켜보는 앞에서 대놓고 그녀에게 친분을 드러내는 그가 마음에 들지 않았다. 다른 곳도 아니고 내 연구실에서, 내 약혼녀에게. 둘 사이의 접점은 모던 카페에서가 마지막이라고 생각하는 그로서는 지금의 저 살가운 얼굴이 상당히 거슬릴 뿐이었다. 동시에 신경을 묘하게 건드리는 불쾌한 예감.

'연구가 목적이 아닌 건가?'

마치 맹수가 제 먹잇감을 탐하는 침입자를 발견한 것처럼 본능적으로 든 생각이었다. 우건은 가라앉은 기분을 굳이 감추지 않으며 입을 열었다.

"저희 연구를 후원한다는 사람이 왕 사장일 줄은 몰랐습니다만."

그제야 학제의 눈동자가 우건에게로 향했다. 소혜와의 시간을 방해받았다는 양 얼굴 표정에 금이 가기도 잠시. 순식간에 형식적인 웃음으로 덮은 학제는 우건에게도 고개를 까딱이며 인사했다. 그의 입가가 조금 더 길게 늘어졌다.

"일전에 말씀드리지 않았습니까. 선생의 연구에는 늘 관심을 가지고 있다고."

소혜를 향할 때와는 확연히 다른 종류의 웃음이었다. 두 사람 사이에 일순 묘한 공기가 휘돌면서 분위기가 삽시간에 냉랭해졌다.

"밖이 많이 춥습니다. 얼른 들어오시죠."

"감사합니다. 참으로 친절하신 분이군요."

잠시 눈치를 살피던 세호가 얼른 웃으며 학제를 안으로 들였다. 과거에 학제가 제멋대로 연구비 지원을 취소한 일에 대해 우건이 아직도 마음을 풀지 않은 것이리라, 그리 짐작한 듯했다.

학제는 사람 좋게 웃으며 연구실로 들어왔다. 그러곤 느긋한 눈길로 주위를 둘러봤다. 평가라도 하는 듯한 태도에 세호와 재우, 석태는 슬금슬금 몸을 움직여 어질러진 흔적들을 재빨리 감췄다. 연구실을 빠르게 훑어본 학제는 미리 계산한 것처럼 코트 주머니에서 회중시계를 꺼내어 시간을 확인했다.

"이런, 지금 보니 제가 상당히 늦은 시간에 방문했군요."

다소 고의성이 보이는 행동이었지만 누구 하나 토를 달진 않았다. 세호가 사람 좋은 웃음을 지으며 말했다.

"아뇨, 괜찮습니다. 더 둘러볼 것이 있으면 편히 보십시오."

"저야 그러고 싶지만, 여러분의 식사 시간까지는 방해하고 싶지 않아서 말입니다."

"저희 식사 시간이야 워낙 들쑥날쑥해서…. 하하."

"그러실 것 같아서 제가 여러분을 위해 요릿집에 따로 방을 잡아뒀는데."

학제는 콧잔등을 찡긋하며 웃어 보였다.

"어떻게, 먼저 가서서 식사를 하시겠습니까?"

그의 미소가 한층 짙어졌다.

"물론, 신 선생과 소혜 양은 잠시 남아주시고요."

"저도요?"

"네. 소혜 양도요."

소혜가 얼떨떨하며 눈을 빠르게 깜빡였다. 학제의 입에서 소혜의 이름이 다시 나오자 우건의 날 선 눈동자가 거칠게 그의 얼굴을 붙들었다. 기어이 심기를 건드린다. 일부러 도발이라도 하려는 것처럼. 소혜도 당황한 듯 어쩔 줄 모르는 얼굴이었다. 그 모습을 본 우건은 그녀에게 향해 있는 학제의 시선을 도로 제 쪽으로 가져왔다.

"소혜는 기록에 필요한 그림만 그립니다. 우리 연구와는 직접적인 관련이 없습니다."

"연구실에 있는 사람이라면 모두 관계자이지요."

"자세한 설명을 듣고 싶은 거라면 나 혼자로도 충분할 텐데요."

"글쎄요. 그건 내가 판단할 몫이라."

학제는 생글 웃으면서도 기어이 소혜까지 남아달라고 고집했다. 낯선 사내가 자기 약혼자를 두고 싸움을 걸어온다. 이대로 있다가는 조수들 앞에서 우스운 꼴만 보일 판이었다. 결국 우건은 구겨진 기분을 애써 억누르며 그가 원하는 대로 하도록 했다.

"좋습니다. 소혜의 이야기까지 함께 듣기를 원한다면 그렇게 하도록 하죠."

대신 이쪽에서도 마냥 신사적으로 나갈 수는 없었다. 우건은 고개를 모로 기울이며 틀어진 눈빛으로 학제를 응시했다. 그러곤 망설임 없이 소혜의 어깨에 팔을 둘러 그녀를 안다시피 끌어당겼다. 단단한 울타리를 치는 것처럼, 똑바로 보라는 듯이.

"잘됐네요. 나도 내 애인을 보내고서 혼자 남아 있고 싶진 않았는데."

네가 함부로 관심을 둘 여자가 아니거든, 이제. 우건은 학제의 일그러진 얼굴을 똑바로 응시한 채 조수들에게 말했다.

"먼저 가서 식사들 하고 있어. 우리는 대화가 끝나면 갈 테니."

"네? 정말 저희가 먼저 가도…."

"그래. 이야기 잘 나누고 와라. 우리 먼저 간다."

심상치 않은 분위기를 감지한 희욱이 세호와 벙찐 조수들을 연구실 밖으로 몰았다. 마침내 조수들이 모두 나가자, 세 사람만 남은 연구실에는 바깥의 한기보다 더 싸늘한 냉기가 차올랐다.

우건의 눈매가 한층 사납게 변하며 학제를 몰아붙였다.

"이제 이야기 좀 들어보고 싶은데. 왜 후원자께서 내 약혼녀를 함께 보고 싶어 했는지."

그 명백한 적대에 오히려 학제가 눈가를 휘었다. 낮게 웃음을 흘리던 그는 실례했다며 여유롭게 표정을 가다듬었다.

"아… 그 말을 안 했구나, 내가."

이리도 대놓고 경계할 줄이야. 생각보다 소유욕이 심하네, 신우건. 이러면 괜히 더 건드리고 싶다니까.

"당연한 일 아닙니까. 소혜 양 때문에 여기 후원을 결정한 건데."

네 여자, 내가 엄청 탐내고 있거든.

"지금 뭐라고 했습니까?"

"소혜 양 때문에 이 연구실을 지원하기로 결정했다고요."

학제의 말에 우건이 사납게 미간을 구겼다. 학제는 느긋하게 주위를 둘러보다가 이내 벽면에 걸린 지도를 눈에 담았다. 붉은 점이 곳곳에 찍혀있는 지도를 보며 그는 흥미로운 듯 고개를 끄덕였다.

"선생의 연구에 관심이 많았던 건 사실이지만, 나에겐 그 이상으로 뛰어넘을 만한 이유가 필요했거든요. 내 돈을 써야 하는 일이니까."

마치 미술 작품을 보듯 지도를 바라보던 그가 고개를 돌렸다. 시선이 멈춘 곳은 소혜의 얼굴이었다. 그 눈길의 행로에 우건의 눈매가 더 날카로워졌다.

"그게 내 약혼녀라고?"

"뭐, 말하자면 그렇죠."

학제는 싱긋 웃으며 두 사람 앞으로 걸어왔다. 여전히 제 얼굴로 향해 있는 눈동자에 소혜의 얼굴이 창백해졌다. 무슨 생각을 하고 있는지 알 것 같은 얼굴. 그 흐려진 낯빛을 보며 학제는 속으로 낮은 신음을 흘렸다. 말하지 않았구나. 나와의 접점이 계속 이어져 있었다는 걸.

"보답을 좀 하고 싶었거든요."

"보답?"

"내가 소혜 양에게 신세를 좀 지고 있어서 말이죠."

학제는 입가를 길게 늘였다. 처음에 우건의 연구비 지원을 떠올린 건 그의 자금 운용을 뒤쫓기 위함이었다. 만일 우건이 독립운동에 가담하고 있다면 자금의 흐름만 좇아도 뭔가 잡히는 게 있을 테니까. 그가 가장 많은 시간을 할애하는 공간이 이곳 연구실인 만큼, 분명 이 안에서 한열단과 연결되는 움직임이 있으리라고 생각한 것이다.

"모르셨나보네."

그리고 때마침 내가 탐내는 여인이 이곳에 있기도 하고. 연구비를 지원한다는 핑계가 생기면 이곳에 들락거리기도 자연스러울 테니. 학제는 둘 사이를 더 흔들어보고 싶었다.

"소혜 양이 내 동생에게 그림을 가르치고 있는데."

그녀가 말하지 않았을 법한 비밀로.

"보수를 높여드린다고 해도 한사코 거절하시고, 식사 대접도 몇 번 했지만 내 마음에는 영 차지 않아서요."

그 말에 소혜의 얼굴이 더욱 굳어졌다. 학제의 집에서 그림을 가르치고 있다지만 그와 마주친 건 정말 손에 꼽을 정도였다. 게다가 식사를 대접받은 것도 기껏해야 두 번밖에 되지 않는다. 처음에 길 잃은 린진을 데려다줬을 때 한 번, 그 이후에 사과를 위해서 한 번. 하지만 학제는 매주 그를 만나온 것처럼 들리도록 교묘하게 말했다.

'지금은 무슨 말을 해도 선생님의 귀에 핑계처럼 들릴 것 같아…'

제 딴에는 두 사람의 사이가 나쁘니까 숨긴 것이지만, 어찌 됐건 사실 대로 말하지 않은 건 잘못이었다. 소혜는 두려웠다. 이 일로 우건이 자신에 대한 믿음을 버리면 어쩌나 싶어서 가슴이 철렁였다. 갑자기 찾아와 제멋대로 사실을 밝힌 학제보다, 우건에게 사실을 숨기고 비밀을 만든 제 잘못이 크다는 생각에 죄책감이 커졌다. 입이 열 개라도 할 말이 없었다.

"그래서 이렇게라도 은혜를 갚아보고자 송일고보 연구실에 연구비를 지원하기로 결정한 거죠."

어깨에 닿은 우건의 팔이 서늘하게 느껴졌다. 화나겠지. 어쩌면 학제의 후원을 거절할지도 모른다. 모든 일이 다 제 탓인 것만 같아서 소혜는 고개를 들 수조차 없었다. 그렇게 잠깐의 침묵이 흐른 후.

"내 약혼녀를 그렇게까지 챙겨주시니, 어떻게 감사 인사를 해야 할지 모르겠군요."

우건의 입에서 나온 말은 그녀의 예상과 전혀 다른 것이었다. 학제도 마찬가지인지 얼굴근육이 미약하게 경직됐다.

"그러잖아도 소혜가 연구실 일에다가 그림 교습까지 병행하느라 많이 힘들지 않을까 걱정했는데, 왕 사장이 신경을 많이 써주는 듯하니 걱정을 덜 수 있겠습니다."

"…선생이 나를 그렇게 믿는 줄 몰랐군요."

"내가 안 믿으면 누가 믿겠습니까?"

물론 당신이 아닌 내 약혼녀를 믿는 것이지만. 우건은 뒷말을 삼킨 채 여유로운 얼굴로 소혜를 봤다. 그녀의 떨리는 눈동자 속에 걱정이 고스란히 담겨 있었다.

"고마워. 네 덕분에 여유롭게 연구를 진행할 수 있게 됐으니."

걱정과 불안으로 가득한 소혜의 얼굴에 의아함이 스며들었다. 그 의아함을 우건은 미소로 지그시 덮어줬다. 괜찮다고. 이 일로 너를 책망하는 일은 없을 것이라고.

불쾌하지 않다고 하면 분명 거짓말이겠지. 숨길 생각이 없었다면 처음부터 솔직하게 말해줄 수도 있었을 테니까. 하지만 속이 뻔히 보이는 학제의 도발에 그대로 넘어가고 싶은 마음은 없었다. 겨우 저런 인간 때문에 이 자리에서 소혜를 불안하게 만들 생각은 더더욱. 게다가 각자의 생활에 대해서는 깊이 관여하지 말자고 제 입으로 직접 말하지 않았던가. 그러니 소혜가 누구의 집에서 무엇을 하든 자신은 이래라저래라 할 자격이 없는 것이다. 설령 그 상대가 학제더라도.

'우리는 진짜 연인 사이가 아니니까.'

우건은 소혜를 안은 팔에 조금 더 힘주며 학제를 봤다.

"후원은 감사히 받겠습니다. 성원에 보답하기 위해 더 열심히 연구하도록 하죠."

"…기대하겠습니다."

연구실에는 다시금 냉랭한 기운이 감돌았다. 누구 하나 양보할 수 없는 경계심의 끝.

"사장님, 시간 다 되었습니다. 이만 출발하시는 게 어떨까요?"

그때 문밖에서 비서의 목소리가 팽팽한 긴장을 뚫었다. 본가에서 사람이 오기로 한 날이었다. 다른 일이라면 미뤄보겠지만 본가에서 보낸 사람이라면 함부로 기다리게 할 수 없었다. 아직 회사 일이 많이 남아 있기도 했으니, 오늘은 이쯤에서 물러나야 했다.

"그러지."

무리해서 시간을 낸 터라 학제는 어그러지는 감정을 누르며 자리에서 일어났다.

"먼저 실례하도록 하죠."

"조심히 가십시오."

끝까지 소혜를 제 품에서 놓지 않는 우건을 뒤로한 채 학제는 그대로 몸을 돌렸다. 이윽고 그들의 발소리가 완전히 사라졌다. 그때까지 침묵을 지키고 있던 소혜가 먼저 고개를 숙이며 입을 열었다.

"죄송해요, 선생님…."

이런 식으로 들키기 전에 먼저 사실대로 말했어야 했는데. 학제 앞에서 아무렇지 않은 척, 알고 있었던 척 말하면서도 우건은 얼마나 배신감이 들었을까. 차마 고개를 들 수가 없었다. 그의 얼굴을 똑바로 마주하기가 미안하고 또 두려운 탓이었다. 저를 원망스럽게 볼까 봐. 그의 눈빛이 차갑게 식어 있을까 봐.

"네가 왜 미안해. 잘못한 게 없는데."

그런데 의외로 돌아온 목소리가 담담했다. 고개를 드니 우건이 차분한 얼굴로 그녀를 내려다보고 있었다. 짧은 사이에 너무 많은 걱정을 한 탓일까. 어쩐지 뭉클해져서 소혜는 눈시울이 붉어지는 걸 참으려고 숨을 삼킬 수밖에 없었다.

"사장님 댁에서 그림을 가르치고 있다는 걸 미리 말씀드리지 못해서요…."

그런 소혜를 가만히 바라보던 우건이 차분한 목소리로 말하였다.

"그럼 지금이라도 얘기해줄래?"

고개를 끄덕인 소혜는 처음 린진을 만난 순간부터 그 아이의 그림 교습을 맡게 된 이유까지 전부 상세히 말해줬다. 그 이후로 학제를 마주친 건 딱 두 번뿐이었다는 사실은 물론, 학제가 그들의 사이를 의심한다는 말도 조금 돌려서 전부 이야기했다.

"어차피 사장님과 저는 마주칠 일도 거의 없어서 말씀드리지 않아도 될 거라고 생각했는데…."

말하면서도 자신이 얼마나 생각이 짧았는지 절감했다. 소혜는 진심을 담아 다시 한번 우건에게 사과했다.

"정말 죄송해요. 제 이야기인데 남을 통해 듣도록 만들어서…."

"괜찮아. 네 입장도 이해하니까."

"그리고 감사합니다."

우건이 한쪽 눈썹을 들썩이자, 소혜는 그의 눈을 바라보며 말을 이었다.

"그 자리에서 저를 감싸주셔서요."

탓하려면 얼마든지 탓할 수 있는 상황이었다. 하지만 우건은 그 순간에 소혜가 제게 비밀을 만들었다는 사실을 숨겨줬을 뿐만 아니라 그녀 덕분에 후원까지 받게 됐다며 공을 치켜세워주기까지 했다. 본인의 체면을 위해서가 아니라는 건 그 눈만 봐도 알 수 있었다.

우건은 그런 소혜를 잠시 말없이 눈에 담았다. 아직 해소되지 못한 낯선 감정이 가슴속에 소용돌이치고 있었다.

'이런 걸 질투라고 하던가.'

내가 모르는 순간에, 내가 모르는 공간에서, 내가 아닌 다른 남자와 함께 시간을 보냈을 소혜를 떠올리자 피가 심장을 역류하는 느낌이 들었다. 심지어 하필이면 여자 버릇이 나쁘다고 소문난 왕학제 사장과. 소혜를 응시하던 그 불순한 시선이 떠오르자 다시금 턱에 힘이 들어갔다. 지금이라도 그림 가르치는 일을 그만두라고 하면 이 여인은 곧바로 그만둘 것이다. 본인의 의사와는 상관없이 제 말을 따르려 하겠지. 제게 진 빚이 있으니. 하지만 그렇게 묶어둔들 소혜가 과연 그쪽 일을 완전히 잊을 수 있을까.

"하고 싶은 일이라면 계속해도 좋아."

우건은 그렇지 않을 거라고 생각했다. 소혜의 성격상 아마 린진이라는 아이와 정씨에게 계속 신경을 쓰며 걱정할 것이다. 그럴 바에야 차라리 그녀가 원하는 대로 하도록 놓아두는 편이 좋았다.

'왕학제가 소혜를 눈여겨보는 것 같긴 하지만…'

어쨌든 지금은 소혜 본인이 가능한 한 그와 거리를 두려는 듯하니, 그녀를 믿을 수밖에. 사실 믿는 것 말고는 달리 할 수 있는 일이 없기도 했고.

"대신 밖에서 오해를 살 만한 행동은 하지 않았으면 해. 어디든 보는 눈들이 항상 있다는 걸 잊지 말고."

"네. 꼭 주의할게요."

소혜가 크게 고개를 끄덕였다. 그제야 그녀의 얼굴에서 흐린 빛이 사라졌다. 필요 이상으로 간섭한다고 기분 상해하진 않을까 걱정했는데, 다행히 그건 아니었나보다. 우건은 어지럽게 뒤엉킨 마음을 애써 묻으며 물었다.

"식사는 어떻게 할 거지?"

"아, 선생님도 배고프시죠? 저희도 이만 나갈까요?"

"나는 별로 생각이 없어서. 배고프면 지금이라도 가서 다른 조수들이랑 먹도록 해."

소혜도 고개를 저었다.

"아뇨, 저도 지금은 먹고 싶은 생각이 크게 없어요."

식사도 학제가 사주는 것인데, 이 상황에 그곳에 간다고 하는 바보는 없을 것이다. 우건 역시 그래서 저녁 생각이 없다고 하는 것 같고.

'그래도 식사를 거르시면 안 되는데…'

눈치를 살피던 소혜가 조심스럽게 말을 이었다.

"저, 선생님. 괜찮으시면 이따가 집에 가는 길에 같이 국숫집에 가실래요?"

"국수?"

"네. 세호 씨가 학교 앞에 괜찮은 국수 가게가 생겼다고 했거든요. 간단하게 저녁도 해결할 겸 한번 가보고 싶어서요."

가만히 생각하기를 잠시, 우건이 이내 연구 가운을 벗고 자리에서 일어났다.

"그럼 지금 가지."

"지금요?"

"먹고 싶은 것 아니었나? 생각났을 때 바로 가야지."

"하지만 선생님은 지금 배가 별로 안 고프시다고…."

"국수 이야기를 들으니까 먹고 싶어졌어. 세호가 제법 미식가거든."

얼떨떨한 마음에 머뭇거리던 소혜가 곧 웃으며 그를 따라 일어났다. 우건이 자신을 생각해서 바로 움직인다는 걸 모르지 않는 까닭이었다.

"네. 그럼 지금 가요."

학교를 함께 나선 두 사람은 국수 가게로 곧장 향했다. 생긴 지 얼마 되지 않은 곳인데도 벌써 입소문을 탔는지 단출한 가게 안에는 사람이 가득했다. 소혜와 우건은 운 좋게 바로 자리를 잡을 수 있었다. 가게에서 내놓는 요리는 오로지 멸치국수 하나. 하지만 단일 차림답게 맛은 무척이나 좋은 곳이었다.

만족스럽게 식사를 하고 나온 그들은 나란히 눈 쌓인 길을 걸었다. 요 며칠 연속으로 눈이 내린 탓에 길이 많이 얼어 있었다. 이제는 우건과의 팔짱도 제법 자연스러워진 소혜는 조심조심 두껍게 덮인 눈길을 밟아갔다.

"그런데 식당에는 잠시 안 들러봐도 괜찮을까요? 기다리실 것 같은데…."

"걱정하지 마. 어차피 다들 술에 취해서 알아서들 집에 갈 거다."

학제가 잡아둔 요릿집이라면 분명히 고급 요정일 것이다. 벌써 거나하게 취했으리라는 건 직접 보지 않아도 알 수 있었다. 참새가 방앗간을 지나지 않듯 그들도 요릿집에 가서 술을 마시지 않고 돌아가는 일은 없을 테니까.

계속 걷다 보니 어느새 가로등이 환히 켜진 길에 다다랐다. 저녁이 제법 늦었는데도 가게 불빛이 아직 곳곳에 켜져 있었다.

"잠깐 저쪽으로 갈까?"

우건이 발길을 틀어서 어느 가게 앞으로 다가갔다. 가게 안에는 목도리와 장갑, 귀마개 같은 방한 용품이 한가득 널려 있었다. 싸구려 방열기 앞에서 꾸벅꾸벅 졸던 점원이 얼른 일어나서 손님을 맞이했다.

"어서 오십시오. 찾으시는 물건이 있으십니까?"

"장갑을 좀 보고 싶습니다."

"이쪽으로 오시죠."

우건은 소혜를 데리고 점원이 안내하는 곳으로 갔다. 모직 장갑부터 제법 값나갈 듯한 가죽 장갑까지 가짓수도 상당했다.

"마음에 드는 것으로 골라봐."

"제 장갑 사주시는 거예요?"

"이제 곧 신년이기도 하니까 선물해주고 싶어서."

그러고 보니 지난번에 언뜻 지나가는 말로 장갑을 사주겠다고 했던 게 떠올랐다. 그냥 하는 말인 줄 알았는데, 계속 생각하고 있었나보다.

소혜는 싱긋 미소를 지으며 장갑들을 살폈다. 그중에서 얇고도 보들보들한 재질의 연갈색 장갑과 보라색 장갑 두 가지를 골라서 우건에게 보였다.

"선생님은 이 둘 중에 어느 게 더 저랑 어울려 보여요?"

유심히 장갑과 소혜를 번갈아 보던 우건이 이내 연갈색 장갑을 가리켰다.

"이게 더 잘 어울릴 것 같은데."

"그럼 이걸로 할게요. 저도 이게 좋아요."

우건은 그 자리에서 바로 계산하고는 소혜를 향해 장갑을 벌려줬다.

"잘 맞는지 한번 껴봐."

소혜는 조심스럽게 벌려진 장갑 안으로 제 손을 밀어 넣었다. 맞춘 듯 꼭 맞게 들어가는 손 때문에 장갑이 도톰하게 부풀었다. 다른 손에도 장갑을 끼워준 우건이 그 손을 맞잡았다. 틈 없이 꼭 맞물리는 두 손에 금세 온기가 채워졌다.

"잘 어울리네."

"선생님이 골라주셔서 그런가 봐요."

두 사람은 웃음을 주고받으며 가게를 나섰다. 거리 위로 다시 소복한 눈이 내리고 있었다. 함께 저녁을 먹고, 선물을 받고, 눈 오는 거리를 걸으며 같은 집으로 향한다.

'진짜 연인 사이 같아….'

이토록 평화롭고 낭만적인 날들이 계속 이어진다면 얼마나 좋을까. 거짓일지라도, 연극일지라도, 그저 이 거짓에 폭 젖고 싶은 마음이었다. 소혜는 맞잡은 손에 고이는 온기를 느끼며 옆을 봤다. 언제부터 바라봤는지 우건의 짙은 시선도 그녀를 향해 있었다.

'선생님도 나와 같은 마음이었으면….'

닿을 듯, 혹은 닿지 않을 듯. 보이지 않는 안개 속을 걸으면서도 언젠가는 그 끝에 다다르지 않을까 하는 희망에 공연히 설레고야 마는 이 길. 소혜는 어쩐지 저와 닮은 듯한 우건의 눈빛에 오늘도 또 한 번 기대를 걸어 본다. 당신에게 내가 조금 더 다가가도 되지 않을까. 그 마음을 향해 조금 더 손을 뻗어도 되지 않을까.

"매일이 오늘 같았으면 좋겠어요."

"또 받고 싶은 선물이 있는 건가?"

"아니요. 그런 거 말고요."

소혜는 맞잡은 손의 단단함을 느끼며 평안한 미소를 지었다.

"아무 탈 없이 이렇게 매일 선생님과 보내는 날들 말이에요. 처음 느껴 보는 행복이거든요."

따사로이 번지는 미소가 우건의 눈에 한가득 담겼다. 이 순간 그의 마음에 새겨진 문장은 단 하나였다.

'이 여인의 소원이 이뤄지기를.'

◆ ◆ ◆

하지만 언제나 그렇듯, 고요한 평화는 늘 아슬아슬하고 깨지기 쉬운 법. 새해가 밝고 1939년의 1월도 막바지에 접어들 무렵.

"선생님, 이게 대체…."

연구실에 도착하자마자 접한 소식에 소혜는 그만 아연실색할 수밖에 없었다.

"선생님, 선생님!"

개강 첫날부터 복도를 쩌렁쩌렁 울리는 목소리 때문에 학생들이 일제히 놀라서 밖으로 나왔다. 세호는 따라붙는 시선에도 아랑곳하지 않고 손에 무언가를 꽉 움켜쥔 채 부리나케 우건이 있는 교무실로 달려갔다.

"선생님!"

쾅 하는 소리와 함께 교무실 문이 부서질 듯 열렸다. 교사들의 따가운 눈총이 일제히 세호를 향해 쏟아졌다.

"저거 저, 신 선생네 연구실 조수가 아니오?"

"조수가 연구실에나 있지, 여기에는 무슨 일이래?"

"죄송합니다, 죄송합니다!"

그들에게 허둥지둥 사과한 세호는 곧장 우건에게 다가갔다. 수업을 준비하던 우건은 난데없는 호들갑에 미간을 좁혔다.

"선생님, 저희 이제 어떡합니까!"

"아침부터 무슨 일이야?"

"이것 좀 보십시오."

불쑥 들이민 책자로 그의 시선이 향했다. 세호가 건넨 것은 일본 홋카이도 대학에서 정기적으로 발행하는 학술지였다. 펼쳐진 지면에는 홋카이도 대학에 재직하는 일본 곤충학자, 다치다 마스케 교수의 기고문이 실려 있었다. 그 내용을 읽어 내려갈수록 우건의 얼굴이 점점 더 경직됐다.

> 그는 엄연히 다른 개체를 아둔한 지식으로 같은 종이라 말하고 있다. 나비를 사랑하고 연구하는 학자로서 참으로 통탄할 일이 아닐 수 없다. 이는 조선인 학자가 우리 일본 학자들을 우롱하는 격이니, 이것이야말로 대일본제국을 향한 저항이 아니고 무엇이겠는가.

우건이 나비의 동종이명을 밝혀서 말살하려 한다는 계획이 전해지자, 다치다 교수가 대놓고 우건의 연구와 논문을 비판하고 나선 것이다. 다치다 교수는 우건이 자신을 비롯한 일본 학자들을 일부러 폄하하려 한다고 주장하면서, 우건이 최근에 발표한 논문까지 죄 엉터리라고 깎아내렸다.

이 때문에 송일고보 연구실은 아침부터 난리가 났다.

홋카이도 대학의 학술지는 제법 권위 있는 학술지로, 동물·곤충학계에서는 독보적인 위치를 차지하고 있었다. 심지어 다치다 교수도 곤충학 분야에서는 알아주는 학자였다. 그런 교수가 우건을 전면적으로, 그것도 민족적 감정을 내세워 비난했다. 평판은 물론이거니와 자칫 잘못했다가는 연구의 본질에 대한 의심까지 사서 국비가 철회될 수도 있는 심각한 문제였다.

"이제 저희는 어떡합니까? 다치다 교수가 이렇게 나왔다면 다른 일본 학자들도 말을 맞추려 할 텐데 말입니다."

일본 곤충학계에서 다치다 교수의 입김은 상당히 센 편이었다. 아마 이번 일로 우건에게 등을 돌리는 학자들도 꽤 있을 것이다.

우건은 잠시 말없이 학술지를 바라봤다. 다치다 마스케. 몇 년 전에 학제의 연구비 지원을 가로챈 것으로도 모자라, 이제는 학자로서 우건의 앞날까지 짓밟으려 하고 있었다.

'그만큼 겁내고 있다는 뜻이겠지, 나를.'

본인의 명예를 위해 마구잡이로 발표한 학명들이 모두 정리되면 위신 또한 떨어질 테니, 아마 그게 두려워서 방해하려는 것이리라. 우건은 학술지를 덮어서 책상 서랍에 깊이 넣었다.

"일단 연구실로 돌아가. 다른 애들이 동요하지 않게 잘 다독이고."

"…네. 소란 피워서 죄송했습니다."

시무룩해진 세호가 돌아간 후. 우건은 지끈거리는 이마를 짚으며 허공을 봤다. 세호 앞에서는 애써 동요를 감췄지만, 솔직히 발밑이 아찔했다는 건 부정할 수 없었다. 다른 이유라면 몰라도 연구에 반일 혐의가 씌워진다면 당장 나라에서 제재를 가할 테니까. 기껏 연구한 성과들이 덮이는 것은 물론이고 함께 연구한 조수들까지 애꿎은 일을 당할지 모른다. 최악의 경우에는 연구실 폐쇄까지 고려해야 할 상황.

'어떻게 해야 이 사태를 무사히 벗어날 수 있을까.'

아무리 고민해봐도 쉽게 판단이 서지 않았다. 제 욕심대로 이 연구를 계속 끌고 나가도 괜찮을지 염려되는 까닭이었다.

'이제 겨우 시작 단계인데….'

눈앞이 아득하여 사고가 제대로 되지 않았다. 어떻게 수업을 마쳤는지 모를 만큼 정신없이 시간이 흐른 후, 우건은 무거운 발걸음을 옮겨 연구실로 향했다. 이미 다치다 교수의 기고문으로 다들 침울해 있으리라.

'나까지 흔들리는 모습을 보여서는 안 돼.'

착잡하게 가라앉는 마음을 다잡으며 연구실 문을 열었다. 그런데 눈앞에 펼쳐진 풍경은 우건의 예상과 전혀 달랐다. 연구실 식구들은 아무 일도 없다는 듯, 아니. 전보다 더욱 열정적인 모습으로 각자의 일에 몰입하고 있었다.

"아, 선생님 오셨습니까?"

자신이 분류한 자료들을 지도에 정리하러 나오던 세호가 우건을 발견하고 허리를 꾸벅 숙였다. 아침에 학술지를 전달할 때만 해도 울상을 짓던 그가 지금은 하루 전으로 시간을 되돌린 것처럼 아무렇지 않은 모습이었다. 희욱을 비롯해 다른 조수들도 평소와 다름없이 그를 반겼다. 연구를 비난당한 얼굴들이라고는 전혀 생각되지 않았다.

"다치다 교수 건은 아직 얘기하지 않은 건가?"

우건이 목소리를 낮춰 묻자 세호가 고개를 저으며 또렷하게 말했다.

"아뇨, 다들 알고 있습니다."

"다 안다고?"

"선생님."

때마침 다가온 소혜가 싱긋 미소를 지으며 그를 반겼다. 그 미소에 우건은 저도 모르게 솔직한 걱정을 내뱉었다.

"다들 걱정하고 있을 줄 알았는데. 다치다 교수 때문에."

다른 조수들과 눈빛을 주고받은 소혜가 어색하게 웃었다.

"저희도 처음에는 엄청 기겁했어요."

권위 있는 일본인 학자가 우롱이라느니, 저항이라느니 하는 말까지 써가며 비난하는데 어떻게 걱정되지 않을 수 있겠는가. 소혜는 다른 무엇보다 이 일로 우건에게 큰 피해가 갈까 봐 더욱 걱정했다. 하지만 걱정은 그저 걱정일 뿐이었다.

"얼마 전에 자료를 조사하면서 선생님께서 쓰신 글을 봤어요."

일전에 우건은 세분론자와 통합론자에 대해 송일 과학지에 기고한 적이 있다. 작은 범위에서 대상을 연구하는 세분론자. 그리고 큰 범위에서 대상을 연구하는 통합론자. 그 둘은 연구의 양이 다르므로 결과적으로 서로 다른 양상을 띨 수밖에 없다. 특히 자연과학계에서는 대상 개체의 수가 많으면 많을수록 그 결과가 정확해진다. 즉 그들이 연구한 나비가 서로 같은 종인지, 다른 종인지는 그만큼 더 많은 개체 수로 증명하면 될 일.

"선생님께서 그러셨잖아요. 모든 분류학과 측정학은 실험한 개체 수가 곧 정확도라고."

소혜는 확신에 찬 어조로 말했다.

"그러니까 저희는 더 많이 채집하고, 더 많이 연구하면 돼요. 저들이 감히 우리 연구 결과에 아무 반박도 할 수 없게요."

그녀의 자신감에 찬 말들이 하나하나 우건의 가슴으로 흘러들었다. 할 수 있다는 말. 이대로 계속해도 된다는 말. 무엇보다 절실했던 그 말들을 눈앞의 이 여인이 해주고 있는 것이다.

"선생님께서는 조선 최고의 나비 학자시잖아요. 나비에 대해 아무것도 모르는 저까지 선생님을 존경하게 만들 만큼."

소혜의 입가에 환한 미소가 그려졌다.

"그러니 이번에도 해내실 수 있을 거예요."

보는 것만으로도 마음까지 환해지는 미소가. 알 수 없는 감정을 휘몰아치게 만드는, 그런 미소가.

"…너는 참 예기치 못한 순간에 나를 흔들어."

"네?"

우건은 소혜의 머리에 손을 얹더니 다정하게 쓰다듬었다.

"덕분에 가야 할 길을 알았다고."

머릿결을 부드럽게 쓸어내린 그의 손끝이 예민한 귓바퀴를 살짝 스치고 떨어졌다. 그 손길에 옅게 번지는 붉은빛을 눈에 담고서 우건은 곧장 흰 가운으로 갈아입었다. 잠깐이나마 다른 학자의 비난에 움츠러들었던 제 자신이 부끄러웠다. 연구를 책임지고 이끌어야 할 사람이 겨우 그런 비난에 중단할 생각까지 했다니. 뒷걸음질하려던 스스로를 반성하게 되는 순간이었다.

"그래. 우리는 우리 방식대로 대응해줘야겠지."

우건이 조수들에게 말했다.

"오늘부로 채집 수량을 더 늘린다. 아직 겨울 성충 나비들이 남아 있을 테니 산악부와 함께 최대한 채집하고, 봄이 되고 나면 본격적으로 다들 채집에 나서도록 하지."

그의 눈빛이 짙어졌다.

"우리는 내년 봄, 홋카이도 대학에서 일본동물학회 학술대회가 열리기 전에 다치다 교수가 발표한 이론을 모두 반론하기로 한다."

"네!"

연구 기간으로 1년은 결코 길지 않은 시간이었다. 이 짧은 기간에 최대한 많은 나비를 채집하여 서로 다른 종으로 명명된 동종을 규명하고 남겨진 학명은 말살한다. 우건은 내년 봄에 열릴 동물학회 학술대회에 사활을 걸 생각이었다. 분명 평탄치 않겠지만, 그래도 홀로 걷는 길이 아니니 분명 해낼 수 있을 것이다.

"다 같이 힘내요, 우리!"

소혜, 저 여인도 이 길에 함께할 테니. 우건은 밀려드는 잡념을 털어내며 책상 앞에 앉았다.

◆ ◆ ◆

창밖으로 흐린 구름이 느리게 흘러갔다. 요화는 멍하니 제 방 안에 앉아서 덧없이 흐르는 구름을 멍하니 바라보고 있었다. 지겨운 겨울도 끝나고 봄이 곧 다가오건만. 이제 움틀 준비를 하는 다른 생명들과 달리, 요화는 제 삶이 점점 말라가는 것처럼 느껴졌다.

벌써 우건을 만나지 못한 지도 두어 달이 다 돼간다. 그날 이후로 편지를 보낼 때마다 번번이 직접적인 만남을 피하는 탓에 어쩔 수 없이 그가 지정한 평춘관 비밀방에 지령을 놓아둘 수밖에 없었다. 오늘 역시 그러했다. 에스페란토 수업 날짜를 잡자는 편지를 보냈으나 돌아온 대답은 전과 같은 내용이었다. 그들이 늘 만나던 평춘관 비밀방에 편지만 두고 가라는. 손을 바르르 떨며 그 편지를 보던 요화는 끝내 반듯한 글씨로 쓰인 그의 편지를 찢어버리고 말았다.

"그 계집 때문이야…. 그 계집 때문에."

퍼석하게 마른 요화의 입술에서 독기 어린 목소리가 흘러나왔다. 비록 남녀 관계는 아닐지언정, 그동안 요화는 우건과 자신이 그보다 더 깊고 은밀하고 끈끈한 사이라고 생각했다. 그런데 난데없이 약혼녀라며 소혜가 나타난 이후로 그가 자신을 점점 멀리하기 시작했다. 단 한 번도 저에겐 보여주지 않던 미소를 그 계집에게 보여주며, 단 한 번도 허락하지 않던 틈을 이제는 아예 바랄 수조차 없게 하며. 일부러 소혜에게 경고도 해봤으나 오히려 보기 좋게 창피만 당하고 말았다. 결과적으로 그날 일로 인해 우건과 만날 길도 완전히 끊어지게 됐다.

"가증스러운 계집…."

허공을 노려보는 눈동자에 서늘한 핏발이 서렸다. 지난 몇 년간 제가 그토록 원하던 자리를 단숨에 차지해버린 소혜도 미웠지만, 요화는 그런 소혜를 제 앞에서 감싸던 우건이 더욱 원망스러웠다. 많은 걸 바라는 게 아닌데. 그저 눈길 한번 받아보고 싶은 것뿐인데. 그게 그렇게 큰 욕심인가? 그런 모멸까지 받아야 할 만큼?

"아가씨, 이만 준비하셔야 할 시간입니다."

시녀인 경자의 목소리가 상념을 깨웠다. 하염없이 창밖만 바라보던 요화는 신경질적인 한숨을 내쉬며 자리에서 일어났다. 문을 여니 경자와 더불어 다른 시녀들이 줄지어 안으로 들어왔다. 그들은 하나같이 일사불란하게 움직이며 요화를 단장시키기 시작했다. 이윽고 준비를 마친 요화는 굳은 얼굴로 복도를 걸어 나와 다른 기생들이 기다리고 있는 곳으로 나갔다.

"타십시오."

인력거 위로 그녀의 조그마한 발이 올라탔다. 똑같은 길, 똑같은 풍경,

똑같은 하루. 쳇바퀴 굴러가듯 모든 게 매일매일 똑같은데, 우건을 보지 못한다는 사실 하나만으로 제 삶은 송두리째 뒤바뀐 것만 같았다. 빠르게 달리던 인력거는 곧 송화관 앞에서 멈춰 섰다.

'끔찍해.'

무표정하던 얼굴이 송화관의 화려한 외관을 눈에 담자마자 구겨졌다. 제 삶의 유일한 목표를 잃어버린 지금, 저 안으로 들어가는 것마저 괴롭게 느껴졌다. 요화는 당장이라도 도망가고 싶은 마음을 꾹 억누르며 저보다 한참 어린 기생들을 데리고 지정된 방으로 걸어갔다. 늘 그렇듯 송화관 복도를 시끄럽게 울리는 목소리가 불쾌하게 귀에 달라붙었다. 다만 조금 불안한 점이 있다면, 방 밖으로 흘러나오는 소스케의 목소리에 술기운이 매우 짙다는 것이었다.

'아이들은 빨리 내보내야겠군.'

요화는 겁에 질린 어린 기생들을 눈빛으로 안심시키며 방 앞에 도달했다. 이윽고 문이 열리자 예상대로 꽤나 난잡한 풍경이 펼쳐졌다.

"뭐 해, 얼른 들어오지 않고?"

불쾌하게 술에 취한 소스케가 요화의 손을 우악스럽게 잡아끌었다. 속수무책으로 끌려간 요화는 거의 내팽개쳐지다시피 자리에 앉았다. 요화가 흐트러진 매무새를 빠르게 가다듬는 동안, 다른 기생들도 눈치를 살피며 쭈뼛쭈뼛 자리에 앉았다. 소스케와 동석한 다른 인사들 역시 거나하게 취하기는 마찬가지였다. 얼굴에 살이 투실한 남자가 어린 기생의 손목을 잡고 억지로 술병을 들게 했다.

"어서 술이나 따라."

"나리, 저는 가무를 하는 기생이온데…."

"지금 내 말에 토를 다는 것이냐?"

"아, 아니. 그런 게 아니오라…."

어린 기생의 얼굴이 파리하게 질렸다. 거친 손님은 처음 겪어보는지라 금방이라도 울음을 터트릴 듯하던 찰나. 요화가 부드러운 목소리로 손님을 달랬다.

"손님을 받은 지 얼마 되지 않아 아직 많은 게 미숙한 아이입니다. 나리께서 너그러이 이해해주시지요."

소스케가 아니면 감히 부를 엄두조차 내지 못하는 요화가 자신에게 말을 걸어주니, 남자는 큼큼 헛기침을 하며 화를 가라앉혔다. 초장부터 가무는 제대로 하지도 못한 채 나무기생^{재능 없이 얼굴만 반반하여 술상 앞에만 앉아있는}기생처럼 술이나 따르게 됐지만, 요화는 내색 하나 하지 않고 묵묵히 소스케의 기분을 맞췄다. 오가는 이야기를 하나하나 빠짐없이 듣는 게 이곳에 온 진짜 목적이었으므로. 더럽고 추한 처지 따위, 조금만 버티면 되는 일이었다. 물론 우건을 볼 수 없는 요즘에는 더욱 쉽게 지쳤지만.

"그래서…."

술잔을 빠르게 비워낸 소스케가 짐승의 낮은 울음 같은 목소리로 말했다.

"신우건 그 자식은 요즘 잘 안 만나나 보지?"

그러잖아도 예민한 부분을 기어이 건드린다. 간신히 억누르던 감정이 크게 요동쳤지만, 요화는 애써 평정을 유지하며 입을 열었다.

"많이 바쁘신 듯하여서요."

"바쁜 일이 끝나면 다시 만날 거란 뜻인가?"

"그분에게 에스페란토를 계속 배울 것이냐 물으시는 거라면, 그렇습니다."

"흥, 약혼녀까지 있는 놈에게 참 처량하게 매달리는군."

요화의 얼굴근육이 움찔거렸다.

"아…!"

그 미세한 균열을 놓치지 않은 소스케가 요화의 손목을 세게 움켜쥐며 가까이 끌어당겼다. 낮게 흐르는 음성이 서늘하게 가슴으로 흘러들었다.

"그만두고 이만 나한테 와라, 요화."

일순 가슴속이 서늘해졌다.

"사실대로 고하면 모든 것이 편해지거늘."

이 남자가 지금 무슨 이야기를 하는 걸까. 머릿속으로 채 파악하기도 전에 소스케의 소름 끼치는 목소리가 이어졌다.

"네가 전달하는 그 모든 것을 신우건이 아닌, 나에게 얘기하란 말이다."

뱀의 혀처럼 간사한, 상처 입고 찢긴 그녀의 마음을 유혹하는 악마의 목소리다. 요화는 곁눈질로 황급히 주변을 둘러봤다. 다른 손님들은 모두 취했고, 기생들은 그들의 취기를 받아내느라 정신이 없었다. 다행히 소스케의 목소리도 작았던 터라 그의 말을 들은 사람은 그녀밖에 없는 듯했다.

"무슨…… 말씀을 하시는지 모르겠군요."

요화는 빠르게 표정을 풀며 시치미를 뗐다. 그러나 긴장을 쥔 주먹만큼은 풀 수 없었다. 설마 뭔가를 들킨 걸까? 뒤밟혔다 해도 특별히 단서를 흘린 적은 없는데. 지난날을 빠르게 뒤져봐도 무엇 하나 걸리는 게 없었다. 그렇다면 그냥 떠보는 걸지도 모른다. 요화는 애써 평정을 유지하며 태연한 척했다.

"혹시 대좌께서도 에스페란토에 관심이 있으신 겁니까? 그렇다면 오라버니께 한번 말씀을 드려볼까요?"

"하!"

모르는 척 물어보는 말에 코웃음이 돌아왔다. 소스케는 마지막까지 서늘한 시선으로 요화를 쳐다보다가 이내 잡았던 손목을 놓았다. 붉게 남은 자국이 찌릿하게 뼛속으로 스며들었다. 꼭 붉은 뱀이 손목을 감싼 듯했다. 요화는 얇은 소매 밑으로 그것을 재빨리 숨겼다.

"그래. 순순히 말해줄 거면 이렇게 여기까지 오지도 않았겠지."

소스케는 잔에 가득 술을 부어 한입에 털어 넣었다. 그러곤 취한 일행들을 내버려둔 채 홀로 자리에서 일어났다.

"생각이 바뀌면 언제든지 찾아와라. 네 이야기를 들어줄 시간은 얼마든지 낼 수 있으니."

그는 평소와 달리 요화에게 폭력을 휘두르지 않았다. 배웅할 새도 없이 혼자 밖으로 퇴장할 뿐이었다. 드르륵, 탁. 등 뒤에서 문이 닫히는 소리가 유난히 크게 들려왔다. 다른 손님들이 기생들과 노니는 시끌벅적한 이곳에서 그녀만 홀로 외따로 떨어진 기분이었다. 뜻 모를 감정들이 휘몰아쳐 기분이 이상해졌다.

'내 이야기를 듣겠다고….'

정작 오라버니는 외면해버린 내 이야기를? 비참했다. 비참한데 간절했다. 간절한 만큼 배덕감이 덮쳐와 스스로가 혐오스러웠다. 요화는 요동치는 감정을 삼키려 아랫입술을 깨물었다. 꾹 짓씹는 입술에서도 답을 찾을 수 없었다. 무슨 정신으로 자리를 정리하고 권번으로 돌아왔는지 알 수 없었다.

"옷 갈아입는 걸 도와드리겠습니다."

"됐어. 혼자 할 테니 이만들 가보렴."

"네."

요화는 모두 물리고서 방문을 굳게 걸어 잠갔다. 불조차 켜지 않은 방에는 아주 희미한 달빛만이 겨우 사물들의 윤곽을 드러낼 뿐이었다. 요화는 천천히 자리에 주저앉았다. 멍하니 허공을 바라보는 눈동자 속에는 문 득 오래전 일이 떠올랐다.

요화는 본디 무당집 손녀였다. 어미와 아비는 그녀가 눈도 뜨기 전에 세 상을 떠나고, 남은 혈육이라고는 무당인 할머니뿐이었다. 나름 용하다고 소 문난 할머니 덕분에 요화는 어릴 적부터 이곳저곳을 전전하면서 여러 굿판 을 봤다. 그런 그녀에게 소리와 춤은 놀이이자 교육이고 삶이었다.

할머니를 따라 처음 경성에 올라왔을 무렵. 담벼락 너머에 펼쳐진 권 번의 풍경은 어쩌면 그녀에게 신내림보다 더 강한 운명처럼 다가왔을지 도 모르겠다. 한눈에 기생의 삶에 마음을 빼앗긴 요화는 몇 날 며칠을 할 머니에게 졸랐다. 이래도 고되고 저래도 고된 인생, 이왕이면 제가 좋아 하는 춤과 소리를 마음껏 하며 살고 싶었다.

하지만 할머니는 완고하셨다. 가진 것이라고는 반반한 얼굴밖에 없는 손녀딸이 괜히 나가서 술만 따르는 나무기생이 될까 걱정했던 것이다. 매 일같이 설득과 반대를 반복하던 어느 날, 요화는 할머니와의 말다툼 끝에 집을 나와버렸다. 막 자정에 가까워지던 즈음, 어두운 길을 정처 없이 걷 던 발이 도착한 곳은 어김없이 권번 앞이었다.

'나도 이곳에서 춤과 노래를 배우고 싶은데….'

담벼락에 꼭 붙어서 권번을 훔쳐보던 중. 갑자기 대문이 열리더니 그 안에서 사나운 일본어가 들려왔다.

-저 계집은 또 뭐야?

-여기 기생인가?

-아닌 것 같은데. 근데 생긴 건 꽤 반반하군.

-그럼 쟤도 데려갈까?

서로 눈짓을 주고받은 일본인 두 명이 그녀에게 다가왔다. 요화는 난데없이 제 팔을 잡아끄는 그들 때문에 얼굴이 파리하게 질렸다. 몸부림을 치고 비명을 질렀지만 그들의 우악스러운 손길을 뿌리치기에는 역부족이었다. 이대로 꼼짝없이 끌려가는 걸까. 범람한 눈물과 극한의 두려움에 정신을 잃기 직전.

─윽!

사내들의 신음과 함께 몸을 옥죄던 압박이 사라졌다. 정신을 차리고 나니 누군가의 품에 안겨 있었다. 고개를 들자 머리부터 발끝까지 온몸을 검은 천으로 가린 남자가 보였다. 구원자였다. 요화는 홀린 듯 그에게 팔을 뻗었다. 얼굴을 가리고 있던 천을 그녀가 벗기리라는 건 생각도 못 했는지, 사라진 천 너머로 놀란 남자의 얼굴이 보였다. 그게 우건과의 첫 만남이었다.

─오늘 일은 전부 잊으시오. 하나도 남김없이 모두 다.

서둘러 얼굴을 다시 가린 우건은 그대로 바람처럼 자취를 감췄다. 그는 잊으라고 했지만 그 얼굴이 사진처럼 각인돼 요화는 그날부터 닿을 길 없는 사랑앓이를 시작했다. 그리고 더욱 필사적으로 할머니를 설득했다. 권번 앞에서 그 남자를 만났으니, 권번에 들어가서 기생이 되면 다시 그를 만날 수 있을지도 모른다는 생각이 강하게 든 까닭이었다. 다소 허무맹랑한 생각이었지만 그때는 정말로 그리될 것이라고 믿었다.

결국 할머니를 설득하는 데 성공한 요화는 열일곱 나이에 권번에 들어갔다. 운 좋게 당대 풍류의 대가라 불리던 선생의 수양딸까지 된 그녀는 그날로 밤낮도 잊은 채 춤과 소리를 배우는 데 모든 것을 바쳤다. 3년간의 혹독한 교육 끝에 드디어 '채 맞은 생짜 기생'으로 불릴 수 있었다. 최단기간에 경성 최고의 기생 반열에 오른 요화는 경성은 물론 전국에서 이름을 떨치게 됐다. 그때까지 그녀는 단 하루도 우건을 잊어본 적이 없었다. 오히려 힘들고 지칠 때마다 그를 떠올리며 더욱 이를 악물었다.

그 간절한 바람이 이뤄진 걸까. 운명은 장난처럼, 혹은 필연처럼 그녀를 다시 우건 앞으로 데려갔다. 바로 한열단의 정보 전달책으로서. 경성에서 가장 뛰어난 예기인 만큼 일본 고위 관료들의 은밀한 비리와 정치 이야기를 많이 알게 된 그녀는 자신이 보고 들은 정보를 전부 한열단에 전달하기로 한 것이다.

그날 이후로 요화는 자기 재능을 십분 발휘했다. 그녀에겐 오직 우건을 위한다는 일념 하나뿐이었다. 그가 있기에 어떤 상황도 달게 감내할 수 있었고, 그의 입에서 나온 "고맙다"란 한마디면 세상 모든 것을 얻은 기분이었다.

그런 가운데 만나게 된 소스케는 그녀에게 양날의 검이나 마찬가지였다. 제 몸과 마음을 갉아먹히면서 그에게 얻어낸 정보는 한열단에서 아주 유용하게 쓰였다.

"그랬는데…. 내가 그렇게까지 했는데…."

하루아침에 이렇게 토사구팽을 당하다니. 심지어 이제는 양날의 검이 자신에게 그 손잡이를 잡으라고 유혹하고 있다. 그것으로 모든 걸 처단할 수 있다고. 네 마음 한 자락만 버리면 그에게 복수할 수 있다고.

"나는… 아니야. 그런 악귀가 될 수는 없어."

요화는 무릎을 웅크리며 덜덜 떨리는 몸을 끌어안았다. 상상만으로도 끔찍한 결과를 가져올 게 분명한 그것에게 제 손을 내줄 수는 없었다.

하지만 마음속 깊은 곳, 아주 익숙한 목소리가 그녀를 향해 자꾸만 속살거렸다. 억울하지 않느냐고. 너를 그리 야박하게 내친 그 사내가 밉지도 않느냐고. 네가 목숨을 다해 간절히 원했던 건 독립이 아니라 신우건, 그 사내 하나가 아니었냐고.

"나는… 나는…."

요화는 눈물이 가득 고인 얼굴을 결국 무릎 사이에 묻고 말았다. 혼란이 해일처럼 덮쳐 와서 그녀의 모든 것을 어지럽혔다.

◆ ◆ ◆

일본이 하이난 섬을 침공한 일로 며칠째 신문이 들썩거리고 있었다. 소강될 줄 모르는 전쟁의 불안감이 이 땅에도 만연하게 퍼져나가는 이때에, 송일고보 연구실은 변함없이 나비 연구에만 몰두하고 있었다. 마치 세상의 소식은 이곳과 전혀 관계없는 것처럼, 겉으로는 오직 나비만이 인생의 전부인 양 굴었다.

그날도 밤이 깊도록 모두가 연구실에 남아서 일하고 있었다.

"오늘은 이쯤에서 마무리하지. 다들 퇴근하도록 해."

"예, 선생님."

조수들이 일제히 자리를 정리하고 일어났다. 우건도 이만 끝낼 생각으로 가운을 벗었다. 그런데 문득 시선 끝에 아직도 그림에 열중하고 있는 소혜가 들어왔다. 얼마나 집중하고 있는지 제 목소리조차 듣지 못한 듯했다.

"이만 가지."

그 어깨에 손을 얹자 소혜가 살짝 놀라며 고개를 들었다.

"저 딱 세 마리만 더 그리면 끝나는데…. 이것들만 마무리하면 안 될까요?"

애원하는 듯한 눈망울이 간절하게 다가왔다. 어차피 그도 더 읽을 자료가 남아 있던 터라, 우건은 조수들부터 집에 보내기로 했다.

"다들 먼저 가. 뒷정리는 우리가 하고 갈 테니."

"아, 그렇게 해주시겠습니까? 그럼 부탁드리겠습니다."

세호가 옳다구나 웃으며 우건에게 열쇠를 넘겼다. 희욱은 괜스레 눈가를 좁히며 두 사람을 번갈아 봤다.

"연구실은 신성한 곳이다. 이상한 짓 할 생각하지 마."

"걱정되면 함께 남으실래요, 선배? 아까 보니까 전라도 쪽이 조금 덜 분류…."

"힘내라. 이따 조심히 가고."

희욱은 소혜의 말을 다 듣지도 않고서 도망치듯 연구실을 나가버렸다. 하여튼 시비를 거는 데만 선수다, 선수. 우건과 소혜는 서로 시선을 주고받으며 피식 웃었다. 이내 나머지 조수들도 전부 연구실을 나갔다.

"저도 얼른 끝낼 테니까 조금만 기다려주세요, 선생님."

"천천히 해. 나도 어차피 볼 게 남아 있던 차였어."

제자리로 돌아가려던 우건은 문득 떠오른 생각에 다시 소혜를 봤다.

"혹시 어젯밤에 내 방에 왔었나?"

"선생님 방에요? 아뇨, 왜요?"

"…아니야, 아무것도."

고개를 저었지만 미심쩍은 마음은 풀리지 않았다. 물건들의 위치가 조금씩 달라진 것 같았는데.

'착각이었나.'

도둑이 겁도 없이 사람 있는 집에 들어왔을 리는 없을 테니. 묘하게 신경에 거슬렸지만, 우건은 잠을 제대로 자지 못하여 제가 예민해진 탓이라 생각하곤 이내 자리에 앉았다. 소혜와 우건은 다시 조용한 분위기 속에서 각자 할 일을 이어나갔다. 그런데 잠시 후.

쿵… 쿵….

아득한 어둠 속에서 들려오는 수상한 소리에 우건이 청각을 곤두세웠다. 아무도 없어야 할 복도에서 문 열리는 소리와 발걸음 소리가 들리기 시작한 것이다.

끼익… 쿵. 끼익… 쿵.

멀리서부터 문을 하나하나 열고 닫는 소리가 점점 선명해졌다. 소혜도 그 소리를 들었는지 고개를 들어서 우건을 봤다.

"선생님, 지금 밖에 누가…."

"쉿."

검지를 입술에 댄 우건이 잠시 복도 쪽으로 고개를 내밀었다. 아직 2층까지 올라오지는 않았는지 소리가 다소 멀었다. 조심스럽게 연구실의 불을 끈 우건은 소혜를 데리고 복도와 맞닿은 벽면에 붙었다. 만일의 상황을 대비하여 우건은 기다란 막대도 들었다. 두 사람은 틈 하나 생기지 않게 꼭 붙어 앉아 숨을 죽였다. 잔뜩 겁에 질렸는지 소혜의 어깨가 가늘게 떨리고 있었다. 우건은 팔을 뻗어 그 여린 어깨를 감쌌다. 동아줄을 잡듯 그의 옷깃을 그러쥔 소혜가 작게 소곤거렸다.

"이 시간에 대체 누가 온 걸까요…?"

"글쎄. 일단 학교 사람이 아니라는 건 확실하군."

연구실 조수라면 저렇게 교실마다 문을 일일이 열어젖히면서 확인할 리가 없을 테니까. 그렇다면 누가 쫓기다가 학교 안까지 들어온 걸까? 아니면 경찰? 혹은 자신들을 감시하던 형사? 정체를 알 수 없으니 대비할 방법도 한정적이었다. 만일 진짜 형사라면 이렇게 숨어 있는 게 의심을 더욱 살 행동이겠지만, 그렇다고 다시 불을 켜자니 어떤 변수를 맞닥트릴지 몰라서 위험했다.

문이 여닫히는 간극이 빠른 것으로 봐서 상대는 교실 안을 대강 훑어만 보는 듯했다. 어쩌면 이대로 무사히 지날 수도 있으리라. 그 사이 쿵쿵거리는 소리가 점점 가까워졌다. 소혜의 떨림도 그만큼 심해지고 있었다.

"걱정 마. 아무 일도 없을 테니까."

우건은 소혜를 단단히 끌어안으며 온 신경을 집중했다. 만일의 사태에 대비해 몸싸움까지 할 각오가 돼 있었다. 이윽고 2층으로 올라온 소리가 그들을 향해 빠르게 다가왔다.

끼익, 쿵. 끼익, 쿵.

마치 괴담의 한 장면 같아서 소혜는 차라리 눈을 질끈 감아버렸다. 마침내 소리가 바로 지척까지 다가왔을 때.

쾅!

"웃…!"

유난히 크게 들리는 소리에 소혜가 품을 파고들다시피 우건에게 안겨들었다. 정체불명의 상대는 천천히 걸음을 옮겨서 연구실 앞에 다다랐다.

끼이익.

문이 열리는 동시에 서늘한 한기가 연구실 안으로 밀려들었다. 소름 끼치는 적막. 그리고….

"딸꾹! 뭐야? 왜 여기만 따듯해애…."

뭉개진 발음이 팽팽한 긴장을 무너트렸다. 동시에 강한 술내가 주위에 진동했다. 그들을 공포로 몰아넣은 상대의 정체가 다름 아닌 취객이었던 것이다.

"에잇, 뭔 짐이 이렇게 많아. 누울 자리도 없구먼."

취객은 비틀거리며 연구실을 휘이 둘러보다가 이내 문을 다시 닫았다. 그러곤 그대로 1층으로 내려갔다. 취객이 철창살로 된 교문을 넘어가는

지, 거칠게 철컹철컹하는 쇳소리가 휑한 운동장을 울렸다. 그때까지 숨죽인 채 있던 소혜가 민망함과 허무함에 작게 헛웃음을 쳤다. 소혜는 긴장이 풀렸는지 축 늘어졌다.

"하아, 괜히 일에 욕심부렸다고 벌 받았나 봐요…."

그러다 문득 느껴진 거리. 얼굴 위로 쏟아지는 짙은 온기에 그녀의 미소가 차츰 희미해졌다. 그동안 복도를 울리는 정체 모를 소리에 정신이 쏠려서 의식하지 못했는데. 지금 보니 너무 가까운 거리에 있었다. 우건의 얼굴이. 그의 눈빛이, 숨결이… 그리고 입술이.

우건도 뒤늦게 그 사실을 인지했는지 서서히 표정이 사라졌다. 허공에서 얽혀드는 서로의 숨결이 둘 사이에 진득하게 고였다. 시선 하나가 천천히 무게를 가지고 밑으로 내려갔다. 콧등을 타고 내려가 스치듯 뺨을 지난 시선은 이윽고 숨이 드나드는 입술에 안착했다. 심장이 크게 날뛰며 걷잡을 수 없는 충동이 일었다. 누가 먼저랄 것도 없이 두 사람의 가슴에 동시에 피어오른 충동이었다.

"…선생님."

다만 행동으로 먼저 옮긴 사람이 소혜였을 뿐. 소혜가 우건의 옷깃을 잡은 손에 힘을 줬다. 피하지 않는다. 그 역시 무언가를 느끼고 있으면서도 그녀를 밀어내지 않았다. 소혜는 거기에 용기를 얻어서 조금 더 고개를 들었다.

"저, 선생님이 좋아요."

흔들리는 눈동자에 그녀의 얼굴이 가득 들어찬다. 그 파동이 무엇을 의미하는지 직감적으로 알 수 있었다. 나와 같은 마음. 나와 같은 감정. 찰나에 스친 것이라 할지라도 괜찮았다. 이 순간 나비처럼 내려앉은 그것을 소혜는 붙잡고 싶었다.

"선생님을… 진심으로 좋아해요"

소혜는 앞으로 몸을 기울여 우건에게 다가갔다. 아주 조심스럽게, 천천히. 놀란 그의 마음이 멀리 달아나지 않도록. 그녀는 눈을 감아서 시야로 들어오는 한 줌의 빛마저 지워버렸다. 그리고 마침내 입술 위에 닿는 따듯한 온기. 손안에 그러쥔 옷깃이 깊게 구겨졌다. 입술은 다가갔던 속도만큼 천천히 멀어졌다.

소혜가 천천히 눈꺼풀을 밀어 올렸다. 눈앞에 매끄러운 피부가 보였다. 그녀의 입술이 닿았던 볼은 어둠 속에서도 환히 보일 만큼 붉어져 있었다. 내 얼굴도 꼭 이런 색깔이겠지. 심장이 터질 듯 쿵쾅거려서 머리가 어지러울 지경이었다. 꿈인 듯 아련하여 정신이 몽롱하기까지 했다. 시선을 들자 숨을 멈춘 눈동자가 보였다. 그 눈동자가 짙게 조여진 순간.

'내가 지금 무슨 짓을…'

뒤늦게 현실로 돌아온 소혜는 화들짝 놀라서 몸을 일으켰다.

"…이, 이만 가요, 저희!"

그러곤 쏜살같이 가방과 외투를 챙겨서 도망치듯 혼자 연구실을 나가버렸다. 복도를 울리는 자그마한 발소리가 참 빠르게도 멀어졌다.

"하…"

혼자 남은 우건의 입에서 헛웃음인지 한숨인지 모를 것이 터져 나왔다. 더불어 채 해소되지 못한 열기가 그의 안에 가득 고여들었다. 우건은 손으로 제 얼굴을 가렸다. 시야가 어둠으로 덮이자 조금 전 뺨에 닿았던 감촉이 더욱 선명해졌다. 보드랍고, 말랑하며, 온몸을 따스하게 간질이던 그 입술이.

닿는 순간 심장이 아찔하게 솟구치다가 감미롭게 떨어지던 그 기분을 무어라 설명할 수 있을까. 이제껏 필사적으로 틀어막고 있었던 무언가가 한계의 한계까지 다다른 느낌이었다. 그것이 터져버리면 나는 아마 지독한 열망에 휩싸이리라. 어깨를 짓누르는 고민들도, 늘 내 앞을 가로막는 제약들도 모두 다 집어삼킬 만큼.

우건은 천천히 자리에서 일어났다. 소혜의 입술이 닿았던 곳에 집중됐던 신경은 느릿하게나마 다시 제자리로 돌아갔다. 하지만 그의 몸속을 가득 채운 열기는 여전히 빠져나갈 구멍을 찾지 못한 채 어딘가에서 방황하고 있었다. 만일 소혜가 그에게서 달아나지 않았더라면, 그녀를 삼키는 건 그가 됐을지도 모른다.

혼란스러운 생각과 함께 날뛰는 감정을 내리누른 우건은 뒤늦게 연구실을 빠져나왔다. 박물관 밖으로 나오자 저 멀리에 서서 그를 기다리는 소혜가 보였다. 보이는 건 뒷모습뿐이었지만, 그녀도 열기를 식히는 중이라는 걸 우건은 모르지 않았다. 그는 느릿한 걸음으로 다가갔다. 기척을 느꼈는지 작은 어깨가 살짝 움찔거리는 게 보였다. 열 걸음가량 남기고 우건은 발을 멈췄다.

"백소혜."

나직이 부르자 이번에는 잘못한 학생처럼 그녀의 어깨가 움츠러든다. 무슨 말을 해야 할까. 나도 너와 같은 마음이라고? 하지만 언제든 죽음을 앞두게 될 처지이니 이 마음을 차마 너에게 줄 수 없다고? 어떤 말을 해도 상처가 되리라는 걸 모르지 않기에 선뜻 입이 떨어지지 않았다. 정리되지 않은 생각들이 얽히고설켜서 입안을 끈적하게 만들었다.

나는 너에게 해줄 수 있는 말이 없다. 이토록 많은 단어를 가지고서도.

"방금 전 일은 그냥 잊으셔도 돼요."

예상치 못한 답변에 우건의 눈가가 굳었다. 뒤돌아선 소혜가 사뭇 결연한 표정으로 그를 마주 봤다.

"저희 계약서에 상대에게 마음이 생겨선 안 된다는 조항은 없었잖아요."

차마 건너가지 못하던 강에 더욱 깊은 수렁이 생긴다. 당신은 건너오지 않아도 된다고. 나 혼자 이 마음을 감당하겠다고.

"그러니까…."

그녀의 눈가에 옅은 물빛이 흐리게 아른거린다.

"저를 밀어내지만 말아주세요."

오히려 잔인하게 우건의 마음을 밀어내는 말이었다. 내가 너를 어떻게 하면 좋을까. 지금도 너에게 손을 뻗지 못해 이토록 애태우는 내가. 다 알면서도 끝내 외면해야만 하는 내가.

우건은 채 건네지 못한 단어들을 억지로 삼키고 삼켰다. 절대 내뱉어서는 안 되는 것들이기에. 더 이상 나아갈 수 없는 걸음이기에.

"그래. 오늘 일은 없었던 걸로 하지."

나는 너에게 오늘도 내 마음을 숨기려 한다. 네가 들킨 그 마음까지 이 손으로 덮으며. 우리는 어디까지나 계약으로만 이어져 있는 연인이어야 하니까. 그래야, 네가 안전하니까.

◆ ◆ ◆

며칠 후. 연구실의 시간은 평소보다 삭막한 분위기 속에서 흘러갔다. 늘 필요한 대화 이외에는 별다른 말을 하지 않긴 했지만, 요 며칠간 유독 서늘한 공기에 모두가 눈치를 살피기 바빴다. 데굴데굴 굴러가던 눈동자들이 이내 냉기의 근원으로 향했다.

"여기 순천 쪽 자료요."

"거기에 놔둬."

시선이 몰린 곳은 바로 우건과 소혜였다. 시도 때도 없이 붙어 있진 않았어도 함께 있는 모습을 보면 흐뭇하리만치 사이좋은 그들이었는데, 어째 요즘은 둘 사이에 어색한 기류가 흐르고 있었다. 그것도 엄청 냉랭하게. 책 뒤에 숨어서 두 사람을 유심히 살피던 세호가 조그맣게 속삭였다.

"맞는 것 같죠? 사랑싸움."

"그거밖에 더 있겠냐."

희욱이 눈가를 가늘게 좁히며 고개를 끄덕였다.

"저 둘의 성격상 그런 건 안 할 줄 알았는데. 쟤네도 사람은 사람인가 보다."

"남녀 사이에 어디 좋은 일만 있을 수 있나요?"

"세호 형님의 말씀이 맞습니다. 저희는 그냥 모른 척하죠. 괜히 중재하려 들었다가 불똥만 튑니다."

휘휘 젓는 석태의 손길에 다들 모른 척 고개를 돌렸다. 그 가운데 소혜도 가시방석이기는 마찬가지였다.

'왜 그런 짓을 해가지고…. 바보야, 난 바보!'

지금 생각해도 그날의 자신은 미쳤다고 해도 과언이 아닐 정도였다. 대체 무슨 생각으로 그런 대담한 짓을 벌였는지. 고백을 할 만한 상황도 아니었고, 입을 맞출 만한 상황은 더더욱 아니었다. 그런데도 입술이, 몸이 제 의지와 다르게 멋대로 움직였다. 바로 눈앞에 있는 우건을 보는 순간 도저히 참을 수가 없어서. 끝내 넘치고야 마는 제 마음을 더 이상 모른 척할 수가 없어서. 당장 그에게 마음을 내보이지 않으면 제가 숨 막혀 죽을 것만 같았다. 충동적으로 우건의 뺨에 입을 맞췄을 때는 이미 모든 것이 엎질러진 뒤였다.

'아무리 생각해도 너무 성급했어….'

소혜는 자료를 옆으로 넘기며 한숨을 삼켰다. 계약을 뒤틀어보기는 무슨, 관계만 뒤틀어지게 생겼다. 이 정도면 우건이 당장 계약을 파기하자고 해도 할 말이 없을 지경이었다.

'할 수만 있다면 시간을 되돌리고 싶어….'

소혜는 슬쩍 눈을 들어 앞을 봤다. 제법 떨어진 책상에 앉은 우건이 완전히 등을 돌린 채 연구에 집중하고 있었다. 예전에는 저 뒷모습을 바라보기만 해도 마냥 좋았는데. 그런 일이 있고 나서라 그런가. 이제는 그의 등이 꼭 자신을 거부하고 있는 것만 같아서 괜스레 초조하고 속상했다. 차라리 그날 일에 대해 속 시원히 대화하고 싶은 마음도 있었지만, 잊어달라고 했던 건 바로 그녀였다. 그의 대답을 듣는 게 무서운 까닭이었다. 작은 충동이 불러온 차디찬 결과는 온전히 그녀 혼자 감당해야 할 몫이었다.

'어쩌겠어. 다 내 잘못인 걸….'

폭 한숨을 내쉰 소혜는 억지로 일에 집중하며 불안을 잠재우려 애썼다.

◆ ◆ ◆

"희욱, 나는 잠시 외출하고 돌아올 테니 연구실 좀 부탁할게."

"오래 걸리나?"

"그리 오래 걸리지는 않을 거야."

우건이 그 말만 남기고 연구실을 나갔다. 입술만 벙긋거리던 소혜는 끝내 인사할 때를 놓치고 말았다. 작은 어깨가 축 늘어졌다. 오늘도 하루 종일 반드시 필요한 대화를 할 때만 제외하고는 눈 한 번 마주치지 못했다. 우건이 일부러 그녀를 피하고 있다는 건 굳이 물어보지 않아도 알 수 있었다. 이대로 거리를 두려는 걸까.

'내 마음을 알아서 정리하라고…'

어느 정도 예상한 바이지만 막상 그의 답을 알고 나니 어쩔 수 없이 마음이 가라앉았다. 오갈 데 없는 마음이 제 안에서 뱅뱅 도는 기분이었다.

"소혜 씨."

그때 세호가 슬그머니 다가와서 소혜에게 뭔가를 건넸다. 펼친 손바닥 위로 조그마한 모리나가 캐러멜이 두어 개 올라왔다. 요 조그마한 한 알의 값이 찹쌀떡과 맞먹어서 쉽게 먹지 못하는 고급 간식이었다.

"이거 소혜 씨 드세요."

"이걸 저한테 왜…?"

"원래 기분이 안 좋을 때는 단것을 먹어야 한다잖아요. 이걸 먹고 나면 마음도 조금 풀릴 겁니다."

세호가 한쪽 눈을 찡긋했다.

"이거 먹고, 마음 넓은 소혜 씨가 저희 선생님 좀 너그러이 봐주세요. 무슨 일이 있었는지는 모르겠지만 저희 선생님은 소혜 씨 없으면 안 됩니다."

"아… 네, 감사합니다."

그제야 세호의 뜻을 알아챈 소혜가 어색하게 웃으며 캐러멜을 받아 들었다. 차라리 단순한 싸움이라면 열 번이고 백 번이고 용서했을 것이다. 하지만 아쉽게도 이번 일의 결정권은 그녀가 아닌 우건에게 있었다.

'제가 선생님 곁에 쭉 있으려다가 이리됐는걸…'

약혼한 연인에게 좋아한다고 말했다가 이렇게 됐다고 하면 누가 믿어줄까. 솔직하게 말할 수도 없으니 그저 쓴웃음만 삼킬 수밖에. 답답한 마음에 계속 앉아 있기가 힘들었다. 소혜는 잠시 바람이라도 쐴 생각으로 건물을 나섰다. 바깥으로 나오자 차가운 바람이 온몸을 휘감았다. 계단을 내려선 소혜는 근처에 있는 벤치에 앉아서 멀거니 하늘을 바라봤다.

"하아…."

길게 숨을 내쉬자 뽀얀 한숨이 차가운 허공으로 빠르게 사라졌다. 내 마음도 한숨처럼 저렇게 흩어져버렸으면. 그렇게 되면 우건도 자신을 부담스러워하지 않았을 텐데. 차라리 대놓고 거절당했으면 조금은 후련했을까.

"하지만 그건 너무 잔인하잖아…."

소혜는 양손에 얼굴을 묻으며 신음을 흘렸다. 풀리지 않는 상황이 겹겹이 쌓여 그녀를 무겁게 짓누르는 것만 같았다.

"어, 연구실에 새로 들어왔다던 그 조수, 맞죠?"

고요했던 그녀의 공간으로 낯선 목소리가 침범했다. 목소리가 들린 곳으로 고개를 돌리자 웬 남학생 너덧이 다가오고 있었다. 한눈에 보기에도 그리 질 좋은 학생들 같진 않았다. 껄렁껄렁하게 걸어온 그들은 순식간에 소혜를 에워쌌다.

"와, 나는 소문으로만 들었지 실제로는 처음 본다."

"나도, 학술부 녀석들만 연구실에 갈 수 있으니까, 우리같이 평범한 학생들은 볼 수가 있어야지."

"학교 파하고도 남아 있기를 잘했네."

그들은 자기들끼리 키득거리며 구경거리를 보듯 소혜를 대했다. 난데없이 남학생들에게 둘러싸인 소혜는 잔뜩 긴장하여 그들을 봤다. 괜히 엮여봤자 시간 낭비만 되리라. 소혜는 연구실로 돌아가려 했다.

"저는 이만 들어가야 해서요."

"에이, 방금 만났는데 같이 인사 좀 합시다."

학생 하나가 어깨를 누르는 바람에 벤치에서 일어날 수조차 없었다. 인상을 굳히며 쳐다봐도 그들은 물러나기는커녕 더욱 흥미롭다는 표정을 지었다. 다른 학생이 무릎을 낮춰 소혜와 눈높이를 같이했다.

"원래 나비를 연구하던 사람이 아니라면서요. 뭐 하다가 우리 학교에 왔어요?"

"야, 쟤 알면서 물어보는 것 좀 봐. 다 들었잖아, 카페 무용수라고."

"신 선생님, 그렇게 안 봤는데 생각보다 인력을 뽑는 기준이 너무 주관적이시네."

"에로틱하고."

그 말에 다른 학생들이 기분 나쁜 웃음을 터트렸다. 소혜에겐 숨기고 싶은 과거였기에 이런 식으로 제 과거 이야기를 듣는 게 거북했다. 무엇보다 우건을 욕되게 하는 말에 화까지 났다. 사람을 앞에 두고 대체 뭐 하자는 건지. 가뜩이나 심란하던 터라 지금 같은 상황에 여유롭게 대처할 여력이 없었다. 이러나저러나 부딪치기는 매한가지. 자리에서 일어난 소혜가 지지 않고 학생들에게 맞섰다.

"시답잖은 이야기 할 거라면 이만 물러나줘요. 무례한 행동까지 참을 만큼 착하지 않아요, 나."

생각보다 강한 반격에 학생들이 당황한 빛을 보였다. 하지만 그도 잠시, 그들은 곧 코웃음을 치며 소혜를 비웃었다.

"아이고, 그렇게 착한 사람은 아니세요?"

"안 참으면 어떡하실 건데요?"

"우릴 혼내기라도 하실 건가? 선생도 아니면서."

"그러지 말고 우리 앞에서도 춤 한번 춰봐요. 나타샤랑 같은 곳에서 일했다면서."

"오, 그럼 춤 실력은 볼만하겠네."

은근슬쩍 하대까지 하는 그들에게 소혜는 기가 찰 노릇이었다. 하지만 머릿수로나 힘으로나 제가 어찌할 수 있는 상대들이 아니었다. 괜히 소란만 키워봤자 우건에게 안 좋은 이야기만 돌아갈 터. 소혜는 아예 무시할 생각으로 몸을 돌렸다. 그러자 한 학생이 겁도 없이 소혜의 손목을 잡아 세웠다.

"아, 거참. 우리랑 좀 더 얘기하자니까요?"

"이거 놔요!"

잡힌 손목을 뿌리치려고 몸부림친 그때.

"지금 뭐 하는 짓이지?"

날카롭게 파고드는 음성에 시간이 멈춘 듯 모두가 굳었다. 소혜가 목소리를 향해 시선을 돌렸다.

"선생님…."

언제 다가왔는지 우건이 얼음처럼 차가운 눈으로 학생들을 노려보고 있었다. 서늘해진 눈동자가 이내 소혜의 손목을 잡은 팔로 내려갔다.

"뭐 하는 거냐고 물었는데, 지금."

그제야 학생이 잡고 있던 손을 부랴부랴 풀었다. 우두머리 역할을 하던 학생이 능글맞게 웃으며 앞으로 나섰다.

"저희는 그냥 조수 선생님께서 혼자 쓸쓸하게 계시길래, 소소하게 말동무나 해드리려고 한 것뿐입니다."

"말동무를 해준다?"

그 말을 곱씹은 우건이 긴 다리로 성큼성큼 걸어와서 소혜의 손을 잡아 올렸다. 하얀 손목에 붉은 손자국이 선명히 남아 있었다.

"너희는 말동무하면서 서로 손목을 비트는 모양이군."

우건은 변명 아닌 변명을 가져다 붙이는 학생에게 날 선 시선을 박았다. 그러곤 소혜가 당한 그대로 그 학생의 손목을 붙잡았다.

"악…!"

뼈가 으스러지는 듯 살벌한 악력에 학생이 괴로운 신음을 흘렸다.

"곽진명."

"…예, 예."

"학적부 기록이 아쉽지 않나 보지. 듣자 하니 연희 전문을 목표하고 있다던데."

그 말에 학생의 얼굴이 붉은빛에서 흙빛으로 변했다. 바드득 힘준 턱에 반항이 묻어났다.

"저는 아무 짓도 하지 않았습니다."

"그럼 내가 조금 전에 본 건 뭐야. 헛것을 본 거라고 말하려는 건가?"

"이게 학적부에까지 올라갈 일입니까?"

"그건 네가 판단할 몫이 아닐 텐데."

학생은 더 이상 대꾸하지 못하고 입을 맞다물었다. 여기서 더 대들어 봤자 본인에게 득이 될 게 하나도 없음을 깨달은 것이다.

"내 약혼녀를 우롱하는 건 나를 우롱하는 것과 마찬가지다."

우건은 내던지듯 학생의 팔을 놓았다. 그러곤 겁에 질린 학생들을 위압적인 목소리로 내리눌렀다.

"경고는 한 번뿐이야. 내 눈에 두 번 다시 이런 일 안 띄게 해."

"예, 죄송합니다."

"가."

학생들은 꾸벅 허리를 숙이고는 서둘러 사라졌다. 마침내 박물관 주위가 한산해졌다. 우건은 부러 소혜의 얼굴을 보지 않은 채 그대로 몸을 돌려서 박물관으로 들어가려 했다.

"…감사해요, 선생님."

그러나 몇 걸음 내딛지 않은 발을 다시 멈출 수밖에 없었다. 길게 한숨을 내쉰 우건이 뒤돌아 소혜를 마주 봤다.

몇 날 며칠을 고민하고 또 고민했다. 제 삶을 송두리째 흔들고 있는 저 마음을 차마 어떻게 해야 좋을지 알 수가 없어서. 도무지 결론이 나지 않았다. 잊어볼까. 없었던 일인 척해볼까. 하지만 외면하려 해봐도 잠깐일 뿐, 도무지 머릿속에서 사라지지 않는 그날의 잔상에 모든 것이 뒤흔들렸다.

시간을 끌수록 힘들어지는 건 서로 마찬가지다. 나는 이 혼란을 그만 끝내려 한다. 더 끌었다가는 욕심이 날 것 같아서. 너를 이 끝없이 위험한 길로 끌어들일 것 같아서. 힘을 준 턱에 근육이 사납게 일어났다.

"백소혜."

나는 끝까지 너에게 거짓말을 해야 한다. 너를 원치 않는다고.

"이 계약을 조금이라도 더 유지하고 싶다면."

괴로운 만큼 더욱 억눌러야 한다. 내 욕심이 너를 잡아먹기 전에.

"그 마음, 접어."

소혜의 얼굴이 하얗게 굳어갔다. 그 얼굴을 바라보는 우건의 가슴도 차갑게 얼어붙어 산산조각이 나는 것만 같았다.

"우리 계약에 진짜 마음은 필요 없어."

말을 내뱉을 때마다 단어들이 그대로 총알이 돼 제 가슴에 박혔다. 깊게 파고드는 통증에 우건의 표정에도 서서히 균열이 일었다. 이 계약에 진짜 마음은 필요 없다. 그러니 내 마음도 버려야 한다. 아무리 너를 열망하고 바란다 해도 언제 목숨이 다할지 모르는 내 옆에 너를 둘 수는 없었다. 그러니 나는 지금 아주 잠깐 너를 아프게 해야 한다. 훗날 네가 더 큰 상처로 아파하지 않도록.

"왜 그렇게 단정하세요?"

하지만 너는 한 번 더 나의 예상을 비튼다.

"왜 우리 계약에 감정이 필요 없어요? 아무리 거짓이래도 선생님과 저는 지금 연인이잖아요."

나약하게 걸어 잠근 나의 마음을 또 한 번 뒤흔든다. 소혜가 조금 더 다가오며 말했다.

"제가 선생님께 마음이 생겼다고 해서 바뀌는 건 아무것도 없어요. 우리 관계도, 사람들의 눈에 보이는 모습도 전부 똑같을 거예요."

"아니. 아주 많은 것이 바뀌게 될 거야."

"대체 어떤 게요?"

"계약이 끝날 때."

결연했던 그녀의 눈빛이 크게 흔들린다. 애써 외면하고 있던 걸 마주한 것처럼.

"너는 더 힘들어질 거야. 그 마음 때문에."

"…상관없어요. 이러나저러나 괴로운 건 마찬가지니까."

그러나 잠시 흔들렸던 눈동자는 이내 더욱 확고한 빛을 품었다.

"나중에 후회할 바에야… 전하고 싶은 건 다 전할래요, 저는."

우건의 가슴이 크게 일렁였다. 훗날 헤어질 때를 대비하여 지금 움츠리고 숨기기에만 급급한 자신과 달랐다. 이 여인은 나중에 연연하지 않고, 지금 이 순간에 집중하고 있는 것이다.

"선생님께선 끝을 두려워하시는 거예요?"

굳건히 쌓아 올린 벽에 금이 가는 순간이었다. 소혜가 한 걸음 더 우건에게 다가왔다.

"그래서 지금 그런 표정을 지으시는 거예요?"

기어이 그 틈으로 더 깊숙이 들어온다.

"왜 선생님께서 더 상처받은 얼굴을 하시는데요…?"

끝내 이 마음을 들키고 만다. 그녀를 막고자 한 행동에 스스로가 괴로워지고 말아서. 그 표정을 감추려고 등을 돌린 우건의 모습에 소혜가 멈췄던 걸음을 마저 앞으로 내디뎠다. 점점 가까워지는 거리에 그의 마음도 크게 범람하고야 만다. 시리게 번지는 바람을 타고 전부 흘러가서 그녀를 적실 것처럼.

우건의 뒷모습을 한참 바라보던 소혜는 이내 그의 등을 꼭 끌어안았다. 피하지 않았다. 아니, 피할 수 없었다. 나에게 모든 것을 내던지려는 이 여인이 너무 가엾어서. 그런 이 여인이 너무도 사랑스러워서. 놓아주고 싶지가 않아서. 우건은 자신을 안은 그 작은 몸을, 맞닿은 등에서 뛰고 있는 심장을 그저 느낄 뿐이었다.

"기다릴게요."

간지러운 속살거림이 그의 몸속으로 스며들었다. 무언가 가슴에서 터질 것만 같아서 우건은 주먹을 말아 쥐었다.

"선생님께서 어떤 끝을 생각하시든, 저는 다 감당할 수 있어요."

아, 이 여인을 어찌하면 좋을까. 자꾸만 불나방처럼 불속으로 뛰어들고 싶게 하는 이 여인을, 나는 정녕 어찌하면 좋을까. 휘몰아치는 감정을 이겨낼 인내가 조금씩 바닥을 드러내고 있다. 우건은 몇 번이고 소혜를 마주 안으려는 팔에다가 힘을 주며 안간힘으로 버텼다. 무엇을 위하여 이리도 제 마음을 막아내는지 이제는 스스로도 알지 못한 채.

"자꾸 나를 흔들려고 하지 마."

"흔들 거예요. 제가 할 수 있는 한 힘껏."

그 인내의 바닥을 소혜는 기어이 보고 만다.

"그리고 선생님, 지금 저한테 들키신 거예요."

"…."

"저와 같은 마음이라고."

그 순간 마음에 걸어뒀던 빗장이 산산이 부서져버렸다.

"그러니까 이제부터는 그 자리에 가만히 계세요. 제가 다가갈 테니까."

천천히 팔을 푼 소혜는 먼저 발길을 돌려 박물관 안으로 들어갔다. 홀로 남은 우건은 고요한 폭풍 속에서 오랫동안 열렬한 충동에 휩싸여야만 했다.

◆ ◆ ◆

유리문을 열고 안으로 들어올 때까지 뒤에서 따라오는 기척은 들리지 않았다. 소혜는 연구실 쪽이 아닌 반대쪽 계단으로 발길을 돌렸다. 곧바로 연구실에 돌아가서 아무렇지 않은 척하기가 힘들 것 같았다. 빠르게 내딛던 걸음은 계단참에 올라서고 나서야 천천히 멈췄다.

"하…."

뭉쳐 있던 숨이 한꺼번에 터져 나왔다. 가슴에 손을 올리자 터질 듯 세차게 뛰는 심장이 느껴졌다. 소혜는 우건의 말들을 찬찬히 되풀이하며 마음속에 새겼다.

"흔들린다는 건… 그래도 마음이 있다는 거겠지."

처음에 마음을 접으라는 이야기를 들을 때만 해도 심장이 멎는 듯 아팠다. 숨조차 제대로 쉬어지지 않아서 왈칵 눈물을 쏟을 뻔했다. 차라리 확실히 거절당하는 편이 낫지 않을까 했던 게 씨가 된 것 같아서 잠깐이나마 그런 생각을 한 스스로가 원망스럽기까지 했다.

그런데 오히려 자신이 상처받은 듯한 표정으로 서 있는 우건을 본 순간, 소혜는 모든 생각을 바꿨다. 그는 자신을 싫어하는 게 아니었다. 흔들리는 눈빛도, 그 속에 채 막지 못하여 차오르던 마음도 모두 자신을 향한 것이었다. 같은 마음이라는 걸 그제야 깨달은 것이다.

"바보같이, 뭐가 그리 두려우셔서…."

소혜는 낮게 호흡하며 감정을 가라앉혔다. 그의 앞을 가로막는 문제들이 무엇인지 알지 못해 조금 두렵기도 했다. 얼마나 큰 문제를 안고 있기에 자기 마음조차 외면하려 했을까. 아버님과 관련된 집안 문제? 혹은 학교 문제?

'어쩌면 그분이 가시려는 길 때문일지도….'

독립, 그 아득한 길. 그렇게 생각하니 잠시 눈앞이 막막해졌다. 만일 마지막 이유 때문이라면 그의 마음을 돌리기가 쉽지 않을 테니까.

"…아니야. 괜히 나까지 겁먹지 말자."

어떤 문제든 해결 방법이 반드시 있다고 믿는 소혜였다. 우건의 마음이 자신과 다르지 않음을 확인했으니, 이제부터는 그를 향해 나아가기만 하면 되는 일이었다. 시간이 얼마나 걸리든 그가 온전히 나에게 다가올 수 있도록. 이 계약의 끝이 이별로 이어지지 않도록. 찰나의 감정으로 끝내기엔, 당신을 향한 나의 마음이 이미 걷잡을 수 없이 커져버렸으니까.

-『손끝에 빛나는 나비』下권에서 계속

손끝에 빛나는 나비 上

초판 1쇄 발행 2021년 8월 27일
지은이 이은비

펴낸이 민혜영
펴낸곳 (주)카시오페아 출판사
주소 서울시 마포구 월드컵로14길 56, 2층
전화 02-303-5580 | **팩스** 02-2179-8768
블로그 blog.naver.com/cassiopeia_romance
이메일 romance@cassiopeiabook.com | **공식 트위터** twitter.com/Rmoon_book
출판등록 2012년 12월 27일 제2014-000277호
책임편집 공하연
책임디자인 최예슬
편집 위유나, 최유진, 진다영, 공하연 | **디자인** 고광표, 최예슬
마케팅 허경아, 김철, 홍수연, 변승주

ⓒ이은비, 2021
ISBN 979-11-90776-88-2 03810

R&moon은 (주)카시오페아 출판사의 로맨스·로맨스판타지 레이블입니다.